P ✡

GRAZIELLA : LE CONCERT
est le cinq cent cinquième livre publié par Les éditions JCL inc.

Catalogage avant publication de Bibliothèque et Archives nationales du Québec et Bibliothèque et Archives Canada

Villeneuve, Nicole, 1940-

Graziella: roman

Sommaire : t. 3. Le concert.

ISBN 978-2-89431-505-7 (vol. 3)

I. Villeneuve, Nicole, 1940- . Concert. II. Titre. III. Titre : Le concert.

PS8643.I447G72 2013 C843'.6 C2013-940171-7

PS9643.I447G72 2013

Édition originale: septembre 2015

Graziella

***

Les éditions JCL inc.
930, rue Jacques-Cartier Est, Chicoutimi (Québec) G7H 7K9
Tél. : 418 696-0536 – Téléc. : 418 696-3132 – www.jcl.qc.ca
ISBN 978-2-89431-505-7

Cet ouvrage est aussi offert en version numérique.

NICOLE VILLENEUVE

Graziella

Le Concert

***

ROMAN

DE LA MÊME AUTEURE :

Graziella, tome I : Les Premières Notes, roman, Chicoutimi, Les éditions JCL, 2013, 496 p.

Graziella, tome II : La Partition, roman, Chicoutimi, Les éditions JCL, 2014, 576 p.

Nous reconnaissons l'aide financière du gouvernement du Canada par l'entremise du Fonds du livre du Canada pour nos activités d'édition. Nous bénéficions également du soutien de la SODEC.

Gouvernement du Québec – Programme de crédit d'impôt pour l'édition de livres – Gestion SODEC

En ce centième anniversaire de la Première Guerre mondiale,
je dédie ce roman à mon petit-fils, le soldat Jean-François Tremblay,
et aux héros d'hier, d'aujourd'hui et de demain.
Merci à eux!

Chapitre 1

22 décembre 1916

Il était tout chaud!

Allongé en étoile dans le milieu du lit, un bras sur la poitrine de sa mère et une jambe sur sa cuisse, le petit Hubert occupait presque toute la place. Graziella profitait pleinement du réconfort que lui procurait ce moment de la journée où elle prenait son fils avec elle sous les couvertures.

« Déjà dix-neuf mois, pensa-t-elle. Mon grand garçon a déjà dix-neuf mois. »

Elle releva juste un peu la tête et admira les cheveux foncés fournis, ainsi que la mimique joyeuse qu'il gardait même en dormant. Son fils était le plus beau de tous les enfants. C'était le discours de toutes les mères. Cependant, il ne fallait pas le nier, Hubert se démarquait.

Au risque de le réveiller, Graziella colla son front à sa tempe et passa son bras par-dessus son corps tout chaud qui dégageait les parfums de la nuit. Sa chaleur était bienfaisante, apaisante. Comment ferait-elle pour s'en séparer pendant presque deux mois?

— Ma... man!

— Oui, mon chéri, maman est là.

Graziella le serra fort dans ses bras et lui bécota le visage à répétition en le chatouillant. Le petit rit et se débattit. Essoufflés, ils restèrent un moment sans bouger, Hubert la tête enfoncée dans le creux de l'épaule de sa mère.

Était-elle égoïste? Cette réflexion, elle se l'était faite combien de fois depuis que William Price avait téléphoné? Il avait annoncé que le gouvernement canadien réclamait une fois de plus ses services à Witley, en Angleterre. Il avait invité Kate et Timothy à l'accompagner. Henry serait très heureux de voir sa mère et son père après trois ans de vie là-bas. Si la femme de William, Amelia, avait été dans le même cas, elle n'aurait pas hésité un seul instant.

Timothy avait analysé la situation sous tous ses angles. En premier lieu, il avait dépouillé les journaux afin de se renseigner sur la situation en mer. Au point où en était la guerre, il y avait un certain danger à traverser l'Atlantique. Cependant, une multitude de transatlantiques voguaient toutes les semaines sans encombre d'un port à l'autre. Il n'y avait donc pas à s'en faire outre mesure. Son désir de serrer la main d'Henry était grand, mais oserait-il le regarder droit dans les yeux? Il avait trompé sa mère... Les conséquences de cet égarement lui semblaient lourdes, maintenant qu'il allait affronter son fils. Henry croyait fermement en sa fidélité et en son intégrité.

En deuxième lieu, froidement, Timothy avait considéré la somme des efforts qu'il avait faits en vue de remplacer adéquatement son patron pendant un temps indéterminé.

Survoltée, Kate avait insisté; non seulement n'avait-elle aucune crainte, elle mourait d'envie de serrer son fils dans ses bras... Elle imaginait aussi la cruelle déception d'Henry s'ils devaient refuser d'aller là-bas; depuis qu'il avait appris que ses parents avaient l'occasion de venir le voir, ses lettres s'étaient accumulées.

Mais, tout bien considéré, Timothy n'avait pu se résoudre à accepter. Il avait refusé de faire le voyage, pour ce qui le concernait. Il ne pouvait ignorer les risques de sabotage maritimes, même s'il les considérait comme minimes. De plus, l'importance de son travail ne lui permettait pas un tel voyage alors même que William s'absentait.

Il avait permis à Kate de se faire accompagner de Graziella; sa femme s'était toujours sentie en sécurité avec elle. De plus, leur fille adoptive pourrait réaliser le rêve qu'elle caressait depuis longtemps de fouler la terre européenne.

À cette annonce, Graziella avait sauté de joie et versé des larmes. Mais elle avait réfléchi sérieusement et mesuré plus justement les inconvénients d'un départ prolongé. Si elle avait finalement accepté, c'était en raison de l'insistance de Kate, qui tenait mordicus à saisir l'occasion.

À la veille de son départ, juste trois jours avant Noël, voilà qu'elle hésitait à nouveau. Il lui fallait une fois de plus se convaincre du bien-fondé de cette séparation d'avec son fils. Mais Kate aurait tant de peine si elle ne faisait pas ce voyage! «Alicia n'aurait pas hésité un seul instant», pensait Graziella. Anne-Marie Palardy laissait ses enfants sous la garde de Nannie, et ils ne s'en portaient pas plus mal.

Les Angers avaient accepté avec joie d'accueillir le filleul d'Alexis. Il serait en sécurité dans leur maison, et la vie dans une grande famille ne pouvait que lui être bénéfique. Il apprendrait à communiquer et à transiger avec d'autres enfants, de même qu'à attendre son tour; en un mot, cette expérience lui servirait le reste de ses jours. N'empêche, Graziella devait se résigner à passer presque deux mois sans lui.

Était-il trop tard pour se raviser? Quelles seraient les conséquences d'un refus de dernière minute? Kate comptait sur elle. Serait-elle très déçue? Par contre, devait-elle se sacrifier pour sa mère adoptive? Les aspects positifs et négatifs bouillonnaient dans la tête de Graziella.

Deux mois! Était-ce payer trop cher les bontés que Kate avait eues pour elle? N'était-ce pas grâce à sa compréhension, à sa grandeur d'âme, à sa tolérance qu'elle avait pu mettre au monde ce petit être qu'elle chérissait plus que tout et en prendre soin? La perspective d'être séparée du petit Hubert pendant presque soixante jours lui faisait voir la souffrance profonde que Kate éprouvait depuis l'enrôlement de son fils, trois ans plus tôt. Graziella réalisait combien elle avait été forte. Pouvait-elle la décevoir en se montrant égoïste?

Lové sur la poitrine de sa mère, Hubert s'était rendormi. Graziella le serra un peu plus et profita de la chaleur de son petit corps en fermant les yeux, le nez appuyé sur son crâne. Elle huma son odeur en imprimant en elle cet instant de ravissement. Kate avait dû faire les mêmes gestes, avoir les mêmes attentions pour Alicia et Henry. Elle avait dû éprouver la même sensation de paix et de pur bonheur. Même devenus adultes, les enfants demeurent dans le sein de leur mère, car des instants pareils sont inoubliables.

C'en était fait! En fin de compte, deux mois dans toute une vie, c'était bien peu. Elle devait à Kate de l'accompagner, de lui permettre de soulager en toute sérénité la douleur constante et indescriptible de la séparation.

— Ma... man!

— Oui, mon trésor, maman va faire ta toilette. Après le petit-déjeuner, maman va ensuite aller dire au revoir à sa grande amie Claire.

⁂

« Quelle tempête! » pensa Graziella.

Un vent violent venant du nord soufflait une neige abondante. Graziella tenait les cordeaux fermement dans ses mains gantées; à travers ses cils glacés, elle avait peine à discerner l'ombre de son cheval, aussi blanc que le paysage; les maisons se dessinaient devant elle comme des fantômes venus de l'au-delà. Enfin, la carriole fut devant une maison de bardeaux au toit concave à deux lucarnes.

— Woh!

Enfer obéit à l'ordre. Sa maîtresse laissa tomber les rênes sur la banquette de la carriole et sauta dans la neige:

— Je ne serai pas longue, juste le temps de dire au revoir à Claire et à mon filleul, François! Je ne t'attache pas, reste tranquille, ordonna-t-elle. Bon cheval!

En empruntant l'étroit sentier, elle pensa à la relation difficile entre Claire et Paul Chamberland depuis leur mariage, en septembre 1915. L'image d'Alexis tombant entre les pattes de son cheval se campa aussitôt dans son esprit. Avec un pincement au cœur, elle se dit qu'elle aussi aurait dû être mariée depuis plus de quinze mois; Claire et elle avaient prévu un mariage double. Déjà quinze mois! Aurait-elle été heureuse avec ce jeune soldat qui l'aimait et qui affectionnait son petit Hubert sans rien attendre en retour?

À l'intérieur de la maison, en tournant la tête vers la fenêtre, Claire Juneau vit dans la rue un cheval arrêté devant chez elle.

— Graziella! Que fait-elle ici par un temps pareil? dit-elle tout haut en déroulant jusqu'à son poignet la manche de son chandail de laine, soucieuse de cacher les empreintes de doigts qui marquaient la peau de son avant-bras.

D'un regard circulaire, elle s'assura que sa maison était à l'ordre. Son mari lui reprochait d'avoir sempiternellement l'air d'attendre de la visite qui ne pointait jamais son nez. Quel plaisir éprouvait-elle à épousseter, à laver vêtements et planchers jusqu'au soir où, tombant de fatigue, elle n'avait plus la force de faire son devoir conjugal?

Un poing frappa la porte. Claire prit son petit de six mois dans le moïse sur la table et dit:

— Viens, François, on va aller répondre à ta marraine.

Avant qu'elle ait eu le temps d'inviter Graziella à entrer, une vague de froid s'abattit sur elle. Sur le tapis donnant directement dans la cuisine, elle fit face à l'effrontée qui n'avait pas pris la peine de s'annoncer par téléphone.

— Tu as osé sortir par un temps pareil, Graziella Davis! lui reprocha-t-elle sans la saluer.

— Je vois que ma visite ne te fait pas plaisir. Tu as des cachettes pour moi comme toujours, je suppose!

— Si tu es venue pour me faire encore le reproche de me laisser maltraiter par mon mari, tu peux t'en aller. Tu n'es pas peureuse, de sortir par un temps pareil.

— Ni vent ni neige ne peuvent m'empêcher de venir saluer ma grande amie Claire et son beau petit François. Je te connais bien. Tu prends ton air bourru, mais je sais que, si j'étais partie pour l'Europe demain matin sans te saluer, tu m'en aurais voulu. Invite-moi à enlever mon manteau et fais-moi une place à ta table devant une tasse de thé.

Elle s'adressa à l'enfant cimenté à la hanche de sa mère :

— Allo, mon filleul! Quand tu seras en âge, tu viendras jouer avec Hubert.

La visiteuse bécota les joues rougeaudes de l'enfant en lui chatouillant les côtes. Le petit réagit en riant et en se contorsionnant. Claire marmonna :

— Laisse faire. Je ne laisserai pas partir mon fils du Trou-de-la-Moutonne pour courir jusque dans les hauteurs de la rue Jacques-Cartier. Donne-moi ton manteau, je vais aller l'étendre sur mon lit.

— Tu parles comme si Paul ne couchait plus avec toi. Tu as dit « mon lit »!

— Ne me tire pas les vers du nez, je te le répète.

— Ne t'inquiète pas, je serai de retour pour ton prochain accouchement, dit Graziella sur un ton léger, comme pour cacher son inquiétude.

Elle s'assit à la table tout en écoutant la répartie de Claire, qui s'était rendue dans la chambre.

— Je ne suis pas enceinte, tu le sais. Et puis, ne dis pas de semblables atrocités. Il suffit de nommer le malheur pour qu'il arrive. Sers-nous le thé, si tu veux, pendant que je change François de couche.

— Hubert est déjà propre, il demande le petit pot, dit Graziella en fouillant dans l'armoire.

— À dix-neuf mois, le mien sera moins avancé que le tien. C'est pour cette raison que je lui défendrai de jouer avec ta petite merveille.

De la chambre à la cuisine, elles continuèrent à se lancer des taquineries sur l'éducation des enfants. Claire installa son bambin sur des oreillers par terre près du poêle et prit place en face de son amie déjà assise à la table devant le thé qui fumait dans la tasse. Le regard bleu nuancé de mauve de Graziella dévora celui d'un vert transparent de la femme qui était sa confidente depuis son arrivée à Chicoutimi, en octobre 1914.

— Ma petite Claire, je suis sérieuse, je souhaite que nos enfants deviennent d'aussi grands amis que nous le sommes.

— Donne-moi le temps d'y penser.

L'air sérieux, d'une voix qui transpirait la déception, elle ajouta :

— Pourquoi pars-tu, Graziella? Comment vas-tu faire pour te séparer de ton fils pendant presque deux mois? Et, de plus, juste avant Noël?

— Claire, je suis chagrinée plus que tu le penses de me séparer de lui à son deuxième Noël. Cependant, dans la vie, on n'a pas le choix de se mesurer aux plus grands sacrifices, tu ne peux pas démentir cela. Grâce à Kate, aujourd'hui, j'ai une vie décente avec mon enfant. Une âme généreuse comme la tienne est en mesure de comprendre que je lui dois une fière chandelle. De plus, je pourrai voir sur place les nouvelles influences de la mode. Ce sera un atout de plus, si je veux ouvrir ma boutique l'été prochain. Comme tu vois, je me piétine le cœur en risquant le tout pour le tout.

— Oui, je sais, advienne que pourra, telle est ta devise. Pour toi, ça marche.

— Et pour toi…

— Je te le répète : n'essaie pas de me tirer les vers du nez.

— Claire, je sais que tu n'es pas heureuse et que tu as de la peine de me voir partir sans toi; ce voyage, nous avions prévu de le faire ensemble. Mais le sort en a décidé autrement. Tu aurais pu au moins garder Hubert pendant mon absence! J'étais prête à te confier ce que j'ai de plus précieux au monde, si Paul avait voulu.

— Ce n'est pas Paul, qui n'a pas voulu, mentit-elle, c'est moi. J'avais peur de prendre une telle responsabilité. L'enfant d'une riche est élevé différemment de celui d'une pauvre.

— Je ne te crois pas. Ton regard me révèle que tu ne dis pas la vérité.

Elle lui prit les deux mains au-dessus de la table.

— Claire, je m'ennuie tellement de toi, de nos rencontres quotidiennes assises sur le lit d'Henry, de nos prises de bec, des leçons de lecture et d'écriture et quoi encore?...

— De tes rencontres dans l'écurie, je suppose, de tes entourloupettes dans l'intention de piéger monsieur Davis en plus des autres hommes qui te tournent autour?

— Tu sais qu'après la mort d'Alexis, je me suis évertuée à rester dans le droit chemin. Tu me reproches mes comportements spontanés antérieurs parce que tu as de la peine, je le vois bien. Je ne supporte pas de te voir malheureuse.

— Occupe-toi de tes affaires et laisse-moi gérer les miennes. Comme tu me l'as tant de fois répété, j'ai refusé les belles offres. Oui, c'est vrai, j'ai choisi la petite vie, celle de mes parents qui n'ont pas l'air malheureux.

— Ton père n'est pas rude avec ta mère.

— Qui te dit que Paul est rude avec moi?

— Voyons, Claire, je ne suis pas dupe! Pendant les deux années où tu as été au service des Davis, il ne t'est arrivé qu'un seul accident. Tu as cassé une tasse de porcelaine, une vétille. Depuis que tu es dans ta propre maison, tu dis que tu tombes ou que tu te cognes une main ou un poignet pour justifier les ecchymoses que tu ne peux pas cacher. Il y en a sûrement d'autres qui se trouvent sous tes manches ou ta robe.

L'air empreint d'assurance qu'avait affiché Claire jusque-là se transforma soudain en un nuage de tristesse. Elle cacha son visage dans ses mains qui furent en un instant baignées de larmes. En relevant la tête, Claire s'aperçut que Graziella pleurait elle aussi en prenant la chaise à ses côtés. Elle se serra contre elle et lui entoura les épaules.

— Claire, promets-moi de ne plus te laisser frapper. Si tu veux, je vais t'emmener aujourd'hui chez les Davis. François et Hubert seraient ensemble, dans la maison où il est né. Les Angers comprendraient, si je changeais d'idée et que je te confiais mon fils plutôt qu'à eux. Tu pourras aussi aider Julienne et Benoît à faire le grand ménage, de même qu'à soigner mon cheval et les lapins.

— Tu sais bien que c'est impossible. Je serais excommuniée pour avoir laissé mon mari. Tu connais l'abbé Gagnon. À mon tour, je serais convoquée à l'évêché.

— Tu ne serais pas excommuniée, tu ne ferais que t'ajouter à celles qui sont déjà montrées du doigt pour des balivernes. Claire, c'est ta vie qui est en jeu. C'est aussi celle de François et des futurs petits qui naîtront presque tous les ans. Ne me fais pas monter sur mes grands chevaux avec des raisons comme celles-là. Si l'abbé et l'évêque n'acceptent pas de protéger une femme d'un homme violent, ils ne sont pas dignes de leur titre... Il est vrai que nous, les filles d'Ève, n'avons pas de crédibilité. Ils seraient bien capables de dire que tu as provoqué ton mari et que tu mérites d'être remise à ta place. Ça n'a pas de bon sens, quand on sait comment tu peux être douce et pieuse. Claire, je t'avoue que je prie pour toi tous les soirs. Comme tu le vois, pas un saint ne m'écoute, parce que rien ne t'arrive de favorable. À l'avenir, je m'en tiendrai à mes anciennes habitudes; je n'invoquerai qu'Alicia. Sans me soucier de qui que ce soit, je prends à l'instant même le taureau par les cornes, comme on dit. Habille-toi et viens-t'en avec moi. Dépêche-toi avant que Paul n'arrive pour le lunch

Elle s'était remise debout et la pressait.

— Non, Graziella, je ne veux pas m'attirer encore plus de problèmes. L'évêque et l'abbé Gagnon auraient raison de dire que c'est ma faute, tout ça, hoqueta Claire en recommençant à verser un flot de larmes.

Son amie se rassit à ses côtés et lui massa le dos en attendant qu'elle se calme. Dans un soupir, Claire ajouta:

— Je ne peux pas t'en parler.

— Et pourquoi donc? Ne t'ai-je pas déjà déclaré tous mes secrets sans honte, même parfois dans un langage assez cru.

Claire tendit un regard humide vers Graziella et émit un sourire timide.

— Tu n'as peur de rien. Moi, je ne suis pas comme toi. Il y a des choses qui doivent rester secrètes.

— Quand il y a des marques sur le corps, cela n'est plus un secret.

— Je les mérite, ces marques. Mon mari n'est pas satisfait de moi.

— Je sais que tu ne parles pas de la propreté de ta maison. On n'a qu'à regarder autour et on voit bien que tout est en ordre. Je présume que c'est dans votre relation…

— Tu trouves toujours les bons mots. Je ne suis pas comme toi.

— Comme moi?

— Tu m'as crié haut et fort qu'il y avait du plaisir à aller avec les hommes.

— Paul te bat à cause de cela? Tu ne peux pas avoir de plaisir? Tu en as peur!

— Dès le premier soir, je n'ai pas été capable de lui donner ce qu'il voulait.

— Et il t'a prise de force, je suppose?

— Je n'ai pas à répondre à cela.

— Tu n'as pas besoin de dire quoi que ce soit, je devine… Je te plains. Je voudrais faire quelque chose pour toi.

— Il n'y a rien à faire de plus. Merci d'être venue dans cette tempête.

— Veux-tu que je transmette tes salutations à Henry?

— Si tu veux…

— Claire, sois franche avec moi. Penses-tu encore à lui?

— Je sais juste que c'était sa prestance et son prestige qui me faisaient croire que j'étais amoureuse de lui. C'était surtout son inaccessibilité qui me charmait. L'éloignement me protégeait d'une relation avec un homme.

— Qu'est-ce qui te fait dire cela?

— Je le sais, c'est tout.

— Si tu voulais te protéger d'une relation avec un homme, pourquoi t'es-tu intéressée à Paul malgré les efforts que j'ai faits pour t'en dissuader?

— Tu le sais. Je voulais la vie de mes parents. C'est après le mariage que j'ai découvert que je ne suis pas faite pour vivre en couple. J'ai menti devant l'autel. Je dois expier.

— Tes premières expériences t'ont mal orientée.

— Si tu veux, parlons d'autre chose. Vas-tu m'écrire?

— Maintenant que tu sais lire, tu sais bien que je vais t'écrire! Et toi, vas-tu le faire aussi?

— Oui, je te le jure!

— Je remarque que ton langage est de plus en plus soigné.

— Je veux donner le bon exemple à mes enfants. J'ai déjà commencé à lire de courtes histoires à François. Il aime les livres.

— Bravo, ma petite Claire! Tu es sur le chemin de l'indépendance.

— Pas autant que toi. Je n'ai pas ton audace ni ta détermination. Maintenant, si tu veux, va-t'en. Paul va bientôt arriver pour dîner. Je ne veux pas qu'il te voie ici. Il va encore dire que tu m'influences et il va en faire tout un plat.

— Pour faire un jeu de mots avec ce que tu viens de dire, mets-lui de l'arsenic, dans son plat.

— Graziella, es-tu folle! s'écria Claire en lui tapant la main.

— Je vois que tu n'es pas tout à fait perdue: tu as repris tes anciennes habitudes. Je m'en vais.

Claire l'étreignit en l'entourant fermement de ses deux bras.

— Je t'aime tant! Prends soin de toi. Il faut que tu reviennes de ce voyage en santé, pour nous tous.

Graziella se libéra et s'agenouilla devant le petit François qui sommeillait sur les oreillers. Étouffée de chagrin, elle lui baisa doucement le front, les joues l'une après l'autre et le menton. Claire observait chacun de ses gestes, comme si elle voyait sa défenderesse pour la dernière fois.

Dans le chant de la bûche qui crépitait dans le poêle accompagné de celui du vent qui frappait les carreaux, la visiteuse, maintenant habillée de son manteau trop voyant, se tenait sur le tapis; elle accepta pour une seconde fois l'affection sincère que lui manifestait son amie, puis elle passa le seuil de la porte.

De la fenêtre, Claire l'admira alors qu'elle montait dans la carriole sous une neige battante. Elle savait qu'aucun homme ne pourrait jamais lui insuffler dans le cœur un sentiment plus fort que celui qu'elle éprouvait pour Graziella. Son amitié était son bien le plus précieux.

François se réveilla en babillant. Claire se pencha au-dessus de son fils calé dans les oreillers.

— Ta marraine, je ne l'aime pas plus que toi, tu le sais, ça!

❋

La rue était déserte. En passant devant l'entrée de la Pulperie, à travers le sifflement du blizzard, Graziella perçut une voix connue qui l'appelait.

— Woh, Enfer! commanda-t-elle fermement.

Dans un mouvement désordonné, le cheval immobilisa la carriole brusquement.

— Alphonse, c'est bien toi?

— Oui, Graziella, c'est moi, dit le jeune Gendron en se donnant un élan pour monter dans le traîneau.

— Je ne t'ai pas proposé de te reconduire chez toi.

— Je vais voir Julienne.

— Julienne ne reçoit pas son cavalier sur ses heures de travail. Tu ne travailles pas, cet après-midi, toi?

— Non, à cause de la tempête. Et toi, d'où viens-tu?

— De chez Claire Juneau.

— Claire porte le nom de son mari depuis son mariage. C'est une Chamberland.

— Pour moi, elle restera toujours une Juneau. Descends, Alphonse, et va-t'en chez toi.

— Non, je reste dans ce traîneau pour me rappeler

de bons souvenirs. Tu sais que je ne t'ai pas tout à fait oubliée malgré l'affection que je porte à Julienne.

— Oublie-moi!

— Ce n'est pas facile, pour une rivale, de t'égaler.

— Alphonse, je t'accorde une faveur. Je te laisse chez toi en passant.

— J'espérais un autre genre de faveur.

— Pousse-toi ou je te pousse moi-même, le menaça Graziella.

— Tu n'as pas changé. Tu ne t'améliores pas avec les années! lança-t-il d'une voix forte.

En se laissant tomber debout dans la neige, il se souvint qu'elle l'avait déjà jeté en dehors d'une voiture alors qu'elle surveillait sur le sentier de la Pulperie l'arrivée de Julien-Édouard Dubuc; elle voulait lui demander des informations sur la conduite de Paul Chamberland et lui dire qu'elle désirait acheter des parts dans son entreprise. Alphonse était convaincu que, en ce moment, elle aurait eu l'audace de répéter ce geste. Sans lui faire part de la pensée qui lui avait traversé l'esprit dans un éclair, il se mit à secouer ses vêtements.

Le vent apporta le tintement des grelots d'un attelage qui serpentait dans le sentier. Graziella reconnut Antoine, déjà blanc comme un bonhomme de neige. Le jeune homme fut surpris de la voir là à la veille de son départ pour l'Europe.

— Graziella, c'est bien toi? Alphonse t'embête encore, je suppose.

— Je suis capable de me défendre, hein, Alphonse?

Le garçon, l'air piteux, se tenait debout, appuyé au panneau de la carriole. Les épaules de son parka de gabardine étaient déjà recouvertes d'une mince couche de neige. Son casque de fourrure rentré jusqu'aux yeux laissait à peine de la place à ses pommettes empourprées cernées par des favoris épais. Il ne répondit pas à la bravade de Graziella. Il tourna plutôt un visage poudré de menus flocons vers Antoine, le fils de son patron.

— Je n'en doute pas, dit Antoine. Tu as les armes pour

te défendre. Je m'inquiète surtout à cause de la température. Penses-tu être capable de te rendre jusque chez toi dans cette poudrerie?

— Je ne peux répondre à cela. Par contre, je commence à frissonner.

— Tu n'as pas été prudente. Alphonse, suis-moi avec mon attelage chez Graziella, fit-il en s'extirpant du traîneau. Je vais monter avec elle et ajouter sur elle ces peaux aux siennes.

Les fourrures sous le bras, il se dirigea vers la carriole de Graziella.

En bougonnant sourdement, Alphonse Gendron obéit au « petit boss », comme les travailleurs appelaient Antoine Dubuc dans son dos. Droit sur le siège, il demanda, en s'emparant des guides du cheval brun :

— Et moi, qui va me ramener à la maison?

— Benoît ira te reconduire chez toi et il reviendra me rendre mon attelage chez les Davis.

Alphonse éprouvait de l'animosité envers le fils Dubuc. Quand Antoine n'en venait pas aux poings avec lui, chaque occasion était bonne pour lui rappeler ses origines. D'une voix sarcastique, il caqueta :

— Le fils du patron sait trouver une solution à tout!

— Ce n'est pas surprenant : j'ai hérité de ses habiletés exceptionnelles, répondit Antoine, l'air de s'amuser.

— Tu veux aussi dire que l'argent achète tout, même l'amour?

Alphonse avait emprunté un air hautain et accusateur en jetant les yeux sur la jeune femme qui se laissait couvrir les genoux des fourrures.

— Tu n'es pas respectueux pour Graziella, déclara Antoine.

— Arrêtez! commanda-t-elle. Vous ne changerez donc jamais! Je ne me laisserai pas accaparer par vous deux. Je me rendrai à la maison toute seule. Allez, hue, Enfer!

Le traîneau disparut dans une nuée de poudre blanche. Les deux jeunes hommes restèrent hébétés. Le fils Gendron tenait dans sa main les guides du cheval du fils Dubuc qui, lui, avait les bottes enfoncées dans la neige.

⁂

Pendant ce temps, au 150 de la rue Jacques-Cartier, Kate Davis ne savait plus où donner de la tête. Elle était dans sa chambre devant deux énormes valises ouvertes. Elle sortait un morceau de l'une et le plaçait dans l'autre sans se décider. Il y avait longtemps qu'elle n'avait pas fait un aussi long voyage et elle croyait avoir oublié la manière de s'y préparer. Anne-Marie Dubuc aurait pu lui donner un fier coup de main; cependant, elle n'osait pas lui téléphoner. Qu'aurait-elle pensé devant une pareille démonstration d'incertitude? À ce malaise venait s'ajouter le petit Hubert, qui la suivait pas à pas et dépliait à mesure les vêtements qu'elle croyait avoir placés au bon endroit.

— Julienne! cria-t-elle enfin. Venez amuser Hubert, je n'arrive pas à boucler ces satanées valises.

Dans la cuisine, la jeune servante laissa tomber la lavette dans l'évier, s'essuya les mains à la serviette à proximité, lissa des deux mains son tablier empesé et apparut dans l'embrasure :

— Madame m'a appelée?

— Voyez ce petit chéri, il a besoin qu'on s'occupe de lui.

— Il n'y a pas de problème, madame. Je vais l'emmener à la cuisine.

— Non, restez ici. Je ne veux pas le perdre de vue pendant une seule minute. Elles sont précieuses. Je me demande comment je vais faire pour me passer de lui pendant tout ce temps. Il faut que je me rassure en pensant que je retrouverai Henry.

— Vous avez raison : ça sera bien long, opina Julienne en saisissant par la taille l'enfant qui faisait mine de se sauver.

Elle comprenait sa patronne d'être profondément attachée à ce bambin pour qui tout son entourage craquait. Des cheveux bouclés foncés encadraient des joues colorées dans un visage rond et plein. Ses yeux étaient rieurs et coquins. Un nez en trompette et des lèvres bien découpées attiraient le regard. En considérant la taille qu'il avait déjà atteinte, on estimait qu'il serait plus grand que la normale et bel homme. Julienne aimait en prendre soin et elle n'aurait pas eu d'objection à l'amuser pendant des heures en pensant à son amoureux, Alphonse Gendron.

Elle le déposa par terre. Aussitôt libéré, il courut se réfugier dans la jupe de Kate, qui caressa la petite tête en disant:

— Chéri, allez voir Julienne, grand-maman est occupée. Quand elle aura terminé, elle vous lira un beau conte.

— Con... te? balbutia l'enfant.

— Oui, un conte. Vous choisirez celui que vous préférez, suggéra Kate en le dégageant du pli de sa tenue.

— Venez, Hubert. Pardon, monsieur Hubert, l'invita Julienne en le prenant par la main.

Lorsqu'elle s'adressait au bambin spontanément, la jeune domestique avait tendance à oublier que les règles de la maison exigeaient des domestiques le vouvoiement et la mention du titre de respect qui devait être accordée à leurs employeurs et à leur descendance.

Julienne entraîna Hubert dans un coin éloigné de la chambre, où elle s'assit dans un fauteuil et le prit sur ses genoux. Elle se mit à compter sur ses doigts potelés les pièces de vêtements que sa patronne transportait d'une valise à l'autre. Il répétait:

— Deux... *Tois*!

— Pas *tois*, trois, le reprit Julienne en continuant à jouer avec ses doigts. Votre nom est Hubert Cormier.

— *Comier.*

— Hubert Cormier, prononça-t-elle clairement.

Avec d'importants mouvements des lèvres, il répéta lentement:

— *Hu-bet.*

— Bravo, le complimenta la jeune servante en lui baisant la joue. Vous êtes un petit garçon formidable. Quel est le nom de votre maman?

— *Ma... man...*

Julienne éclata d'un rire sonore. Kate prit la parole.

— Graziella Davis. Votre maman s'appelle Graziella Davis, vous le savez déjà.

— *Zilla*, fit le bambin.

— Très bien, le félicita à nouveau la servante. Cependant, on dit: Graziella.

Kate intervint en disant:

— Mon chéri, demain, vous allez prendre le train avec votre maman Graziella et moi. À la gare de Jonquière, Marie, la petite sœur de votre parrain Alexis, va vous attendre avec sa maman, Marguerite, et sa sœur Aurore. Vous resterez avec elles pendant presque deux mois. Vous serez tout près de votre grand-papa Timothy. Il pourra vous rendre visite très souvent. Il est même invité à réveillonner avec vous demain soir. Vous aurez beaucoup de plaisir avec les huit enfants et votre grand-papa, au réveillon chez les Angers.

— *Zers*.

— Oui, vous resterez avec la famille Angers. Ils vont vous donner beaucoup d'amour.

— *Mour*, répéta Hubert en tentant de sauter des genoux de Julienne.

— Emmenez-le à la cuisine et donnez-lui des biscuits et un verre de lait. Vous me le ramènerez lorsqu'il aura terminé.

— Bien, madame.

— Je me demande ce que fait Graziella. Elle ne sera jamais prête pour demain. Nous avons encore tellement à faire en si peu de temps!

— Madame Graziella, c'est madame Graziella. Il n'y a rien pour l'arrêter, pas même une tempête, dit Julienne en se dirigeant vers la cuisine, les petits doigts d'Hubert entrelacés dans les siens.

❋

Arrivée dans la cour, Graziella laissa à Benoît le soin de dételer son cheval. Elle ramassa les peaux de fourrure qu'Antoine avait placées sur ses genoux et se précipita vers la galerie en claquant des dents. Que d'images troublantes lui passaient par la tête! Plus de deux ans plus tôt, elle avait souffert d'engelures pour s'être hasardée toute seule en carriole tirée par Enfer entre Jonquière et Chicoutimi dans une tempête. Sans l'aide de Rodolphe Saint-Germain, elle serait peut-être morte avec Hubert dans son sein. Elle aimait mieux ne pas y penser.

Dans la cuisine, elle laissa tomber les peaux sur le tapis et alla réchauffer ses mains en les frottant au-dessus du poêle dans le concert du babillage enfantin entre Kate qui essayait de boucler ses malles et Hubert qui la suivait pas à pas en imitant chacun de ses gestes. Elle avait envie de se joindre à eux et de câliner son fils en éclatant de rire. Cependant, elle remit ce moment privilégié à plus tard; elle ne voulait pas troubler l'intimité qui régnait entre le petit-fils et la grand-mère.

— Julienne, Hubert a-t-il eu une collation?

— Oui, madame! J'lui ai servi du lait et des biscuits qu'il a dévorés. Il est retourné dans la chambre de madame seulement depuis quelques minutes.

— Si je n'avais pas été retardée en chemin, j'aurais pu le surprendre ici, dans la cuisine. Dans ce cas, je le verrai plus tard. Je monte à l'étage boucler mes valises. Je pourrai ensuite consacrer le reste de la journée à mon fils.

Dans sa chambre, Graziella enleva son manteau. Sans tarder, elle entreprit de vérifier à nouveau les vêtements pratiques de tous les jours qu'elle avait étendus sur le lit en attendant de les plier dans les malles. De la penderie, elle retira la robe de bal noire qu'elle avait étrennée au banquet des Dubuc deux ans plus tôt. Cette toilette lui avait valu des réprimandes de la part de l'abbé Gagnon et des commérages peu élogieux. Elle l'avait alors remisée en se promettant de ne l'endosser que lors du voyage en Europe dont elle rêvait tant. Après qu'elle l'eut placée sur le lit avec les autres vêtements, elle révisa le tout une dernière fois. Avait-elle pensé assez sérieusement que la guerre régnait, là-bas? Y aurait-il des bals où elle serait invitée? À la place de cette robe vaporeuse qui prenait à elle seule l'espace d'une valise, elle eut une idée fabuleuse. Elle se souvint que Claire l'avait grondée quand elle lui avait confié son intention de se confectionner un pantalon bouffant du même modèle que celui qu'elle avait vu dans un journal et que certaines écuyères avaient adopté. Elle parlerait à sir Price, le lendemain, dans le train. Peut-être pourrait-il lui fournir un pantalon de soldat qu'elle accompagnerait de la veste de ses deux-pièces vert et bourgogne sous le trench-coat d'Alexis. Il serait utile pour sa robustesse et son imperméabilité. Si cela s'avérait nécessaire, elle le porterait coiffée de son casque de lapin; ce serait la tenue idéale durant la traversée et pour refaire le parcours d'Alexis.

Graziella décida donc d'ignorer la toilette trop somptueuse et revint la pendre dans le placard. Il ne lui restait qu'à convaincre William Price.

De nouveau près du lit, elle révisa la pile de ses sous-vêtements. Il en manquait un. Où était passée sa vieille ceinture-jarretelles? Elle ne l'avait sûrement pas jetée par distraction. Ce n'était pas dans ses habitudes. Quand elle était concernée, elle rapiéçait ou transformait; l'argent durement gagné devait contribuer à bâtir son avenir et celui de son fils. Tout à coup, elle se souvint: le samedi précédent, elle l'avait lavée dans le lavabo de la salle de bain. Elle se revoyait tordre l'accessoire délicat quand Hubert s'était blessé un genou en trébuchant dans le corridor. Elle l'avait secouru, avait pansé la plaie et l'avait bercé alors qu'il était en pleurs. Par la suite, dans la cohue d'une fin de semaine plutôt remplie par la visite surprenante de Timothy, elle avait complètement oublié l'un de ses quatre vêtements intimes qu'elle faisait d'habitude sécher en les suspendant au pied de son lit en hiver ou qu'elle épinglait entre deux serviettes sur la corde à linge extérieure en été.

Elle fit le tour des tiroirs, sans succès. Elle se dit qu'elle en avait trois autres. C'était bien suffisant!

Pressée par le temps, elle plia les vêtements soigneusement et les rangea dans les deux valises selon l'ordre de leur utilité pendant le voyage.

Le visage tourné vers la photo d'Alicia sur la commode, elle la pria.

«Alicia, je sais que tu ne m'en veux pas d'avoir gagné l'affection de tes parents. Le voyage que nous entreprenons, ta maman et moi, sera long. Je rencontrerai ton frère Henry pour la première fois. J'espère qu'il aimera autant sa demi-sœur que sa petite sœur. Protège-nous! J'ai fait des choses répréhensibles, mais, d'où tu es, tu peux voir que, dans le fond, je ne suis pas malintentionnée. Je ne veux de mal à personne. J'ai en moi un petit démon qui me pousse à la légèreté. Je te demande encore de nous protéger, ma chère Kate, Timothy, mon petit Hubert et Henry. N'oublie surtout pas Claire. Ainsi soit-il!»

Julienne frappa à la porte. Avant même d'en avoir obtenu la permission, elle entra en annonçant:

— Madame, monsieur Antoine demande à vous voir.

— Antoine? Qu'est-ce qu'il me veut?

— J'le sais pas, il a juste dit qu'il tenait à vous parler en tête-à-tête. Il vous attend au salon. J'ai ajouté des bûches dans l'âtre.

— Julienne, tandis que nous sommes seules, j'ai un service à vous demander. En fait, ce n'est pas spécifiquement pour moi, mais pour votre grande sœur, Claire.

— J'sais pas quel service je pourrais rendre à ma grande sœur. Elle a une belle vie avec son mari, son petit François et tout ce qu'il faut dans sa propre maison. Je l'envie.

— Vos parents pensent également que Claire a une belle vie?

— Oui.

— Je ne veux pas vous scandaliser avec ce que je vais vous dire, Julienne, mais, moi, je crois le contraire. Claire n'est pas heureuse.

— Qu'est-ce qui vous faire dire ça?

— Avez-vous remarqué qu'elle a souvent des accidents, ce qui est contraire aux habitudes d'une femme posée et prudente comme elle l'est?

— Des accidents, ça arrive à tout le monde.

— Julienne, je soupçonne Paul de ne pas être gentil avec votre grande sœur; je voudrais que vous en parliez à vos parents.

— Mes parents me croiront pas. Moi non plus, j'vous crois pas.

— Je vous demande d'être vigilants, Benoît et vous. Si vous vous apercevez que Claire a eu un nouvel accident, je veux que vous l'ameniez ici avec son petit François.

— Paul va savoir où la retrouver.

— Vous avertirez le shérif, s'il le faut. C'est très grave.

— Une femme ne peut pas laisser son mari! C'est un péché mortel.

— Je ne veux pas vous scandaliser, comme je vous l'ai dit, mais il faut essayer par tous les moyens de la protéger. Parlez-en à votre mère sans lui avouer tout ce que je viens de vous confier. Demandez-lui simplement ce qu'elle pense des accidents répétés de Claire, voulez-vous?

— Oui, madame, je le ferai... J'vais m'ennuyer de madame et de vous, pendant votre séjour en Europe.

— Avec tous les travaux à effectuer, vous n'aurez pas le temps. Descendons!

Au salon, elle surprit Antoine debout devant les panneaux vitrés de la bibliothèque. Elle l'interpella:

— Bonjour, Antoine. Il me semble que nous venons juste de nous laisser.

— Je devais arrêter ici de toute façon après mon travail. Je n'ai pas eu le temps de t'en informer, tu es partie trop vite.

— Je ne puis vous endurer, Alphonse et toi, quand vous êtes ensemble.

— Je sais que tu plais encore à Alphonse malgré ce qu'il affirme.

— Merci de prendre ma défense, mais je suis capable de me débrouiller. Ne parle pas si fort, Julienne pourrait nous entendre.

Antoine baissa le ton et s'éternisa sur le sujet.

— Tu ne sais pas jusqu'où peut aller un amoureux éconduit. Je pense qu'Alphonse t'en veut plus que tu le penses.

— Depuis presque deux ans, il s'intéresse à Julienne.

— C'est la raison qui lui ouvre la porte de cette maison. C'est pour mieux te surveiller.

— J'ai assez entendu parler d'Alphonse. Si nous revenions au but de ta visite? Ne reste pas devant la bibliothèque et prends ce siège, dit-elle en lui désignant le fauteuil attitré à Kate.

Elle s'assit élégamment sur le canapé, en face du foyer qui jetait une chaleur bienfaisante dans la pièce.

— Comme je te l'ai déjà dit, je devais arrêter après mon travail. J'ai reconduit Alphonse chez lui et je suis passé par le bureau de poste. À cause de la mauvaise température et, comme tu pars demain, le postier a fait une exception; il m'a remis cette lettre pour toi. Et me voilà!

Il avança le buste et lui remit le pli par-dessus la table basse.

— Justement, je me demandais par quel miracle je pourrais livrer à ta mère avant Noël la jupe que j'ai réparée. Et il faut que je te remette tes peaux de fourrure que j'ai laissées dans la cuisine.

Comme s'il sortait d'un rêve, Antoine dit soudain :

— Deux ans presque jour pour jour. Je n'oublierai jamais cela.

— Qu'est-ce que tu n'oublieras jamais? demanda-t-elle en détaillant la calligraphie bien connue qui parait l'enveloppe sur ses genoux.

— 23 décembre 1914, ça te rappelle quelque chose?

— Oui, le 23 décembre 1914 au matin, je me suis foulé un pied en me rendant à la gare et j'ai pris le train pour Kénogami afin d'obtenir un premier contrat d'Amelia Price. C'est une chose qui ne s'oublie pas. Ensuite, je me suis rendue chez les Angers pour le réveillon du lendemain.

Il y avait eu bien plus. Entre la visite du médecin pour fixer sa cheville et son départ chez les Angers, elle avait cédé à Timothy, maintenant son père adoptif. Cette pensée lui déplut. Elle se concentra sur les lèvres rosées d'Antoine.

— Et ta cheville?

— Elle est restée faible, mais je m'en accommode. Bien de l'eau a coulé sous les ponts, depuis ce temps.

— Et moi je ne t'ai pas trouvé de remplaçante dans mon cœur. Je comprends Alphonse : je vis la même chose que lui.

— Antoine, ne reviens pas sur le sujet. Tu étais dans le train avec moi, le soir de Noël où ton père a mis cartes sur table. Il ne voulait pas pour toi d'un enfant sans lien consanguin.

D'humeur revêche, elle avait monté le ton, oubliant les possibles oreilles indiscrètes.

— Ma mère est folle du petit Hubert comme toutes les personnes qui le voient, certifia Antoine.

— C'est un enfant merveilleux et je l'aime plus que tout. De partir pour deux mois n'est pas sans m'arracher le cœur. Mais je pense à ta mère qui vous a laissés nombre de fois sans pour autant en être plus mal. Je me rassure également en me disant qu'il va être en sécurité, dans la famille de son parrain, autant que vous l'étiez avec Nannie. Son grand-papa pourra le visiter tous les jours, si le cœur lui en dit. Ce sera une occasion de souder des liens plus profonds entre eux. Depuis sa naissance, il s'est absenté plus qu'à son tour. Pour en revenir à ton père, va-t-il être à Chicoutimi à Noël? Comme le maître de cette maison, il s'est souvent éloigné pour affaires depuis deux ans et c'est pourquoi tu as de si grandes responsabilités à la Pulperie. C'est un bon apprentissage. J'ai l'intention d'augmenter mes parts, vu que les affaires vont rondement.

— On dirait que tu veux prendre de plus en plus d'importance dans la compagnie avec ce nouvel achat d'actions! Quant à mon travail, je te l'accorde, j'ai appris beaucoup pendant les séjours de mon père à Chandler.

— De piloter une entreprise aussi importante exige du doigté et de l'assiduité.

— Je ne te le fais pas dire. Quand des financiers américains t'approchent afin de créer un regroupement dans le but de relancer l'usine de pâte chimique en Gaspésie, il faut en avoir les capacités et faire tout ce qui est en son pouvoir pour que ça marche. Comme cette usine est maintenant un succès sur le plan de la productivité, mon père reviendra pour de bon à Chicoutimi. Dans quelques mois, il va fonder, avec l'aide d'investisseurs anglais, une usine à Port-Alfred qui fabriquera de la pâte chimique.

— Je vois que, pour le magnat de la pulpe, les projets ne manquent pas.

— Pour Graziella Davis non plus…

— Antoine, tu dois savoir que, d'avoir des rêves, c'est vivre pleinement. Ils sont le moteur qui nous pousse à tracer notre propre chemin, sans ménager les efforts. La satisfaction qu'apporte leur réalisation est synonyme de bonheur.

— C'est beau, ce que tu dis, Graziella, mais prends garde! Il y a des personnes qui t'en veulent, Alphonse en particulier. Il peut te causer du tort, c'est évident. D'autant plus que, dans le monde des affaires, tu sais qu'une femme est mal vue. Tant que tu couds dans ta propre maison, c'est acceptable. Mais, en faire un commerce, c'est une autre paire de manches. Alphonse a donc plusieurs cartes en main contre toi.

— Tu as déjà promis que tu m'aiderais.

— Je n'ai pas le temps, avec toutes les responsabilités qui m'incombent. Et je vais être sincère avec toi: sans me l'avouer franchement, j'ai l'esprit aussi fermé que la majorité des hommes à ce sujet.

— Tant pis, je prendrai les moyens qu'il faudra, quitte à être montrée du doigt. Graziella Davis ouvrira sa propre boutique pas plus tard que l'été prochain, qu'on soit d'accord ou pas.

— Je ne discute plus. Je sais que tu n'en démordras pas. Revenons à l'objet de cette visite.

— Oui, que voulais-tu, en fin de compte? Que Kate te prête sa collection de livres à l'index? dit-elle d'une voix badine.

— Ne te moque pas parce que j'inspectais la bibliothèque quand tu m'as surpris.

— Il y a un livre qui t'intéresse plus particulièrement?

— Plusieurs.

— Justement, plusieurs de ces romans ne sont pas pour les hommes. Ils leur dévoilent trop largement les moyens qu'une femme peut prendre pour arriver à ses fins.

— Tu les as tous lus?

— Non, mais une bonne partie. Je ne te scandalise pas, j'espère? En voyage, je vais m'attaquer à Jean-Jacques Rousseau et à Baudelaire.

— Tu ne lis que des ouvrages condamnés.

— Je ne m'en confesse pas à l'abbé Gagnon, claironna-t-elle en riant. Ces livres font voir le côté des choses que la religion nous cache.

— Quels sont les titres de ces livres que tu vas lire en voyage?

— J'ai déjà mis dans mes malles *Les Fleurs du mal*, de Baudelaire.

— *Les Fleurs du mal*, j'ai toujours pensé que c'était un titre contradictoire.

— Tiens, tiens! Monsieur Antoine Dubuc connaît les titres des livres à l'index!

— N'oublie pas que je n'ai pas seulement étudié au séminaire de Chicoutimi, mais aussi à l'Université de Fordham, à New York. Je connais la liste des auteurs qui se sont fait spécialement remarquer en raison d'œuvres qui ont été jugées par la Sûreté publique comme un outrage à la morale. Baudelaire est parmi ceux-là, ainsi que Flaubert, notamment son *Madame Bovary*.

— Revenons à nos moutons, veux-tu? Je n'ai pas tout mon temps. Je dois boucler mes valises avant le repas, et mon petit Hubert a besoin de sa maman.

— Ma mère t'a fait la liste de ses connaissances à Londres et à Paris. Elle leur a déjà annoncé votre visite par lettre, à madame Davis et à toi, dit Antoine en lui tendant une feuille de papier parchemin.

Graziella détailla de haut en bas l'écriture fine et appliquée.

— Dis à ta mère que j'apprécie beaucoup cette délicatesse de sa part. C'est une femme peu commune. J'aimerais bien lire ses lettres de voyage!

— C'est personnel. Ses lettres appartiennent à notre famille.

— Et je ne ferai jamais partie de ta famille...

— Si tu le veux, il en est encore temps. Je me permets de te le dire franchement sans t'offenser.

— Antoine, je t'apprécie et je t'admire. Tu seras le mari idéal pour la jeune Agnès Nault qui semble avoir conquis le cœur de tes parents.

— Je n'ai pas encore dit oui. Je t'attendrai tant qu'il le faudra.

— Je vais chercher la jupe de ta mère. Je l'ai déjà emballée sans savoir comment la lui livrer. J'apporte aussi les peaux de fourrure de la carriole.

— Tu n'avais qu'à téléphoner.

— Je téléphone le moins souvent possible chez toi; je ne veux pas semer la controverse. J'attendais que ta mère le fasse.

Elle se dirigea vers la salle de couture qui avait été la chambre d'Alexis le peu de temps qu'il était demeuré chez les Davis. Sur la table de taillage, l'orthèse qu'un médecin de Québec lui avait fabriquée s'y trouvait en permanence. Elle n'avait pas eu le courage de la remiser ou de la jeter. Dans cet objet, qui aurait dû lui rappeler l'accident irréparable qui avait bouleversé son avenir, elle décelait l'amour profond qu'Alexis éprouvait pour elle; il s'était mesuré à Enfer afin de lui passer une bague de fiançailles au doigt devant la foule.

Graziella fit tourner à son annulaire l'anneau orné d'un diamant qu'elle portait depuis. Distraitement, elle prit dans ses mains le morceau de bois sculpté attaché à des courroies de cuir. Les paroles du shérif, au téléphone, remontèrent à sa mémoire. L'homme de loi lui avait dit qu'une attache semblait avoir été forcée. Elle avait alors pensé que les exercices exagérés qu'Alexis avait faits avant la kermesse pouvaient en être la cause. Il y avait un an et trois mois que l'accident était survenu; pouvait-elle à présent y voir plus clair? Antoine venait de dire qu'Alphonse Gendron était capable de lui causer du tort. Elle pouvait croire en ses paroles puisqu'il l'avait déjà menacée de mort, elle et l'enfant dans son sein, à cette époque-là. Spontanément, elle se précipita au salon.

Demeuré assis dans le fauteuil de Kate, Antoine fut surpris de la voir revenir avec autre chose dans les mains que les peaux et le paquet destiné à sa mère. Il leva un visage intrigué vers celui de la femme qui faisait vibrer son cœur.

— Antoine, veux-tu examiner attentivement cette orthèse? le pria-t-elle en la lui remettant. Dis-moi si tu remarques une anomalie ou une faiblesse apparente.

Il tourna et retourna dans tous les sens la pièce de bois qui s'amincissait petit à petit pour former une allumette géante.

— Je vois de l'usure.

— Remarque cette attelle, le pria-t-elle en posant l'index à l'endroit suspect. Tu vois que la vis a probablement été forcée.

— Je vois qu'elle a plus d'usure que les autres. Mais cela ne veut rien dire. Tout peut dépendre de la façon dont Alexis utilisait sa jambe. Il mettait peut-être plus de poids de ce côté-là que de l'autre. Tu doutes de quelque chose?

Graziella restait debout devant lui. Si le sujet n'avait pas été aussi sérieux, la concentration d'Antoine se serait fixée sur ce corps désirable qui lui faisait face. Combien de fois avait-il rêvé de l'emmener dans son lit luxueux, dans l'une des chambres du château qu'il habitait avec ses parents, son frère et ses trois sœurs? Il chassa ces pensées indécentes et leva les yeux vers le visage soucieux de la jeune femme en écoutant attentivement la réponse à la question qu'il venait de lui poser.

— Je ne sais pas trop. Tu as parlé de l'amertume d'Alphonse envers moi. Penses-tu que sa rancune pourrait venir de la méprise, lors du baptême du petit Hubert?

Alexis était censé être au front et il voulait absolument le remplacer comme parrain. J'ai accepté, sans savoir que, juste ce jour-là, sir Price le ramènerait d'Europe en convalescence à la suite d'une blessure grave.

Graziella resta discrète; elle ne souleva pas les faits qui l'avaient amenée à prendre cette décision à regret en faveur de l'aîné des Gendron; il lui avait fait du chantage.

— Tu penses qu'Alphonse aurait développé de la rancœur contre Alexis à cause de cette méprise? En fait, ce n'était qu'une ironie du sort! Par contre, c'est une accusation grave, que tu portes là.

— Je ne l'accuse pas. Je ne fais que réfléchir tout haut. Ce sont tes paroles qui ont fait remonter ces souvenirs. Le shérif a souligné cette faiblesse, à l'époque.

— Il n'a pas fait enquête, les journaux en auraient parlé.

— Quand il me l'a fait remarquer, j'ai également pensé comme toi. Maintenant que la poussière est retombée, on dirait que tout devient plus clair.

— Admettons qu'Alphonse ait forcé la courroie. Comment aurait-il fait pour s'infiltrer dans la maison?

— Depuis que monsieur lui a ouvert la porte comme à un habitué, sans que j'en connaisse la raison, Alphonse se permet des visites impromptues. N'oublie pas que c'est à cette époque-là qu'il a commencé à fréquenter Julienne. Il était alors facile pour lui d'en profiter.

— Et quand aurait-il pu agir? Durant le jour, Alexis portait sa prothèse pour dresser Enfer et s'exercer à la course.

— La nuit... Tu sais que personne ne verrouille sa porte, ici comme ailleurs.

— Il me semble qu'une intrusion dans sa chambre l'aurait réveillé ou aurait réveillé l'un des membres de cette maison, monsieur ou madame Davis, par exemple, dont la chambre est à proximité.

— Et s'il avait été assez silencieux pour ne réveiller personne? Un voleur n'arrive pas avec ses gros sabots. Il aurait pu prendre l'objet, l'emporter à l'extérieur, forcer la courroie et le remettre à sa place.

— Il y a une certaine logique dans ton scénario, Graziella.

— Que devrais-je faire?

— Comme tu l'as dit, ça fait déjà un an et trois mois que cet accident est arrivé. À ta place, je ne déterrerais pas les morts. Cela ne ressuscitera pas Alexis.

— Justice pourrait lui être rendue.

— Pour que justice soit faite, il faut des preuves solides basées sur des actes. Pour que ce soit crédible, pourrais-tu arguer qu'il y a déjà eu des conflits entre Alexis et Alphonse, semblables à ceux qui se sont produits entre lui et moi, par exemple? Si un malheur arrivait à Alphonse, je serais la première personne à être soupçonnée; nous avons eu plus d'une altercation ouverte, tous les deux.

— Non, il n'y a jamais eu de conflit semblable entre Alexis et Alphonse.

— Aucun juge sérieux ne pourrait délibérer sur une cause sans preuve. Cette attelle ne présente que de l'usure normale un peu plus prononcée à un endroit, une faiblesse facilement explicable. Pour te prouver que la justice est difficile à convaincre, je vais te donner un exemple dont les journaux ont parlé à l'époque, selon mon père. En 1904, un cultivateur de Saint-Prime a été accusé de meurtre. Après seulement quarante-cinq minutes de délibération, un verdict de non-culpabilité a été rendu pour manque de preuves.

— Tu as raison: je ne peux pas entreprendre de démarche en ce sens. Je suivrai ton conseil. Mais j'essaierai de ne rien prendre à la légère, à l'avenir. Je remets cette orthèse à sa place et je te rapporte les peaux et le paquet pour ta mère.

— Pourquoi ne brûles-tu pas ce souvenir? Il est pénible, je le vois bien.

— Je ne sais pas. Il faut que j'y pense encore.

— Ce serait un premier pas vers une nouvelle vie qui commence, avec ce voyage en Europe.

— C'est aussi un pèlerinage en souvenir d'Alexis. Je veux me rendre à Ypres.

— Tu veux te faire du mal pour rien.

— Je lui dois cela; il a failli devenir mon mari en acceptant que je fasse carrière et il aimait mon fils autant que s'il avait été son père. Je veux comprendre ce qu'il a vécu là-bas. Je cesserai de seulement l'imaginer. Tu sais que l'imagination est une grande traîtresse qui mène la vérité sur des routes accidentées. De faire mon deuil me permettra de regarder vers l'avenir.

Antoine espérait faire partie de ses futurs projets. Il émit l'idée qu'il avait en tête :

— Avant que tu ailles prendre le colis pour ma mère, une dernière question! Vas-tu être revenue pour le Mardi gras? La ville organise une grande mascarade avec la participation de la fanfare du séminaire. La patinoire sera décorée pour l'occasion, et les personnes costumées auront le loisir de parader. Comme pour la cérémonie de l'ouverture de la cathédrale et la kermesse, la compagnie de chemin de fer va modifier ses horaires pour permettre aux résidents du tour du Lac de participer. Ce sera l'occasion de leur montrer le haut de la côte complètement reconstruit, après le grand feu.

— Je ne serai certainement pas de retour, vu que la mi-carême tombe souvent vers la troisième semaine de février. Pourquoi me demandes-tu cela?

— Je voudrais que tu m'accompagnes. J'ai déjà pensé à un modèle de costume pour moi et je suis certain que tu ne manquerais pas d'imagination pour t'en fabriquer un.

— Ton invitation ne plaira pas à tes parents. Mais, pour une fois, je pourrais bien t'accompagner sans offusquer qui que ce soit. Je vais commencer par faire ce voyage, ensuite, nous verrons. Je vais chercher le paquet et les peaux. Je ne serai pas longue, cette fois-ci.

À son retour au salon, Antoine était debout devant l'âtre et observait la bûche que la flamme consumait en dansant joyeusement. Ce rondin qui brûlait, c'était son cœur enflammé pour une femme trop indépendante, sans préjugés, qui n'en faisait qu'à sa tête. C'était ce qui lui plaisait le plus en elle, plus encore que son corps attirant.

Se sentant effleuré, il se tourna pour faire face à Graziella; elle jetait l'orthèse de bois dans le feu. En l'enlaçant, il affirma :

— Le mal a lui aussi ses fleurs séduisantes.

Et il l'embrassa fiévreusement.

Le cœur en délire, Julienne avait tout entendu depuis le moment où Graziella avait monté le ton sans s'en rendre compte.

⁂

Timothy Davis et William Price discutaient, assis face à face dans le bureau de Timothy. Le voyage en Europe en temps de guerre les touchait autant l'un que l'autre. Il les mettait dans une situation délicate et sérieuse.

William avait un air déterminé, contrairement à Timothy, qui avait emprunté l'expression chagrine des nombreux mauvais jours qui empoisonnaient sa vie depuis quatre interminables années. Les deux dernières avaient été les plus accablantes.

— Si nous révisions une dernière fois, Davis.

— À la condition que vous ne me preniez pas pour un employé qui n'a pas les compétences requises pour accomplir son travail à la perfection. Je vous ai déjà maintes fois prouvé que j'ai les aptitudes nécessaires pour vous remplacer pendant de longues périodes.

— Oui, mais celle-là est bien particulière, puisque je ne sais pas combien de temps je resterai à Witley. Une fois de plus, je mettrai les aptitudes que j'ai acquises antérieurement au service de cette guerre.

William Price, en effet, était maintenant coutumier des conflits armés. D'allégeance profondément impérialiste, au tout début du siècle, il était intervenu activement dans la seconde guerre des Boers et il était retourné en Europe en 1915, d'où il avait précisément ramené le jeune Alexis Angers, sérieusement blessé au combat.

— Cette fois-ci, je n'oublie surtout pas que vous entraînez toute ma famille avec vous, répliqua Timothy

Davis. Malgré tous les articles que j'ai lus dans les journaux au sujet des traversées de l'Atlantique, il me reste une certaine appréhension. Depuis que le gouvernement canadien vous a appelé en Europe pour la mi-janvier, je ne cesse de me faire du souci et j'avoue que, à la veille du départ de Kate et de Graziella, je me sens fébrile.

— Mon cher ami, il faut rester confiant. Nous prenons combien de risques par jour? Des bateaux ont coulé bien avant la guerre, mais je puis vous assurer que l'*Adriatic* est né sous une bonne étoile.

— Vous en avez, de ces expressions! Né sous une bonne étoile! Voilà qui ne rassure guère un homme qui voit partir ce qu'il a de plus précieux au monde sans savoir si des nuages n'occulteront pas la lumière de l'étoile. Ne me répétez pas que, pendant tout le temps que ce transatlantique a été sous le commandement d'Edward Smith, il n'a connu que des succès, alors que le *Titanic* a coulé sous le commandement du même homme.

— Vous voyez, c'est un bon point qui prouve la chance de l'*Adriatic*. Ajoutons que c'est à son bord que Millvina Dean, alors âgée de deux mois, la plus jeune rescapée du malheureux *Titanic*, est revenue en Angleterre. À l'époque, les journaux en ont parlé abondamment.

— William, comme d'habitude, vous avez le dernier mot. Pour en revenir au sujet qui nous préoccupe, promettez-moi que Kate et Graziella reviendront saines et sauves.

— Vous n'avez pas oublié qu'elles reviendront sans moi? Je pars pour un temps indéterminé.

— Ne tournez pas le fer dans la plaie. Au retour, sans votre présence, elles seront soumises à tous les dangers.

— Elles sont débrouillardes; il y aura toujours des personnes responsables à qui elles pourront s'adresser. Faites-leur confiance... Au moment où je laisse mon entreprise entre vos mains, je pourrais moi aussi être inquiet. Mais John et vous faites une bonne équipe, tous les deux.

— J'apprécie votre fils John. Malgré son jeune âge,

il est fort compétent. Il a hérité de votre flair et il est entièrement engagé dans les dossiers de la compagnie.

— Comme prévu, je rejoindrai Kate et Graziella à la gare de Jonquière demain matin, accompagné de quelques recrues. À Québec, ces dames séjourneront quelques jours au Château Frontenac, pendant que je me rendrai au camp de Valcartier où je constaterai personnellement les résultats du recrutement là-bas, ainsi que l'état de l'équipement de mon bataillon d'infanterie. Je passerai également une journée à la maison mère de mes compagnies à Québec. Nous nous rendrons à New York en train pour monter sur l'*Adriatic*. Si tout va comme je le souhaite, nous serons à Witley vers le 12 janvier.

— Je regrette infiniment que vous ne puissiez pas partir directement de Québec.

— Vous en connaissez les raisons. À ce temps-ci, la navigation est difficile sur le fleuve et l'horaire des navires qui s'y risquent ne me convient pas. Je viens de le dire : je dois être à Witley le 12 janvier. Et je vais en profiter pour rencontrer William Hofstra, l'un de nos collaborateurs, à New York.

— Kate m'a juré plus d'une fois qu'elle était suffisamment en forme pour faire ce long voyage. Pour avoir le plaisir de serrer Henry dans ses bras, elle serait capable de traverser l'Atlantique à la nage. De son côté, depuis que notre fils a appris qu'il pourrait avoir de la visite du Canada, ses lettres sont plus fréquentes et convaincantes.

— Je comprends leur empressement à tous deux. Après trois longues années de séparation, mon fils et ma femme seraient au moins aussi enthousiastes à l'idée de se retrouver. Graziella, elle, dans quel état d'esprit est-elle?

Timothy recula dans son siège. William n'était pas dupe, c'était certain; il se doutait des sentiments qu'il nourrissait pour celle qu'il avait adoptée afin de l'aider à régulariser sa situation de mère célibataire. Ces deux dernières années, elle avait réussi à se tailler une place digne des rêves qu'elle caressait. Quant à lui, il avait essayé d'arracher de sa chair un certain souvenir de décembre, sans y parvenir. Il ne pourrait jamais oublier que c'était dans l'intention de la prendre qu'il l'avait fait venir à Kénogami et qu'elle avait cédé à ses avances. Il avait cru se guérir ainsi de son attirance pour elle, mais le désir ne cessait plus de le harceler depuis.

— Vous connaissez très bien l'état d'esprit de Graziella, dit-il. Sa carrière passe avant tout. Depuis qu'Amelia a fait d'elle sa couturière, nous nous sommes découverts plus intimement dans d'autres circonstances que le travail. Pourquoi éviter le sujet qui vous préoccupe depuis votre entrée dans mon bureau?

— Puisque vous abordez la question, Davis, je vais aller droit au but avec la même franchise et le franc-parler qui nous caractérisent dans nos rapports professionnels. Si, à cinquante ans, je suis devenu chauve à brasser des affaires un peu partout dans la province, jusqu'à faire la courbette devant le gouvernement fédéral, vous, Davis, vous pataugez dans une histoire de cœur qui ne vous satisfera jamais, parce que vous n'avez pas osé prendre de décision ferme. Vous rêvez, vous soupirez et votre santé en est affectée. Je ne suis pas aveugle. Je ne vous ai jamais parlé aussi directement de cette affaire parce que votre travail n'en souffre pas. Cependant, aujourd'hui, j'ose vous avouer tout haut ce que je devine depuis deux ans.

Timothy agitait son crayon entre ses doigts et en frappait les feuilles devant lui. Il le déposa et saisit son cigare qui brûlait dans le cendrier. Le plus profond désarroi s'imprimait sur ses traits. William avait touché son point sensible et il demeurait muet, les yeux fixés sur son cigare; il le porta à ses lèvres et jeta un regard désespéré vers son ami.

— Qu'est-ce que vous devinez si sûrement?

— Voyons, Davis, ne me prenez pas pour un imbécile. Avouez donc enfin à quelqu'un d'autre qu'à vous-même que vous êtes fortement attiré par Graziella. Il n'y a qu'à vous entendre prononcer son nom. Je comprends l'attrait qu'exerce sur vous cette jeune femme de dix-neuf ans et quelques poussières. De l'avoir dans sa maison doit être dérangeant. Or, ce que je désapprouve, dans votre cas, c'est votre instabilité. Vous êtes assis entre deux chaises, mon cher ami. Tant que vous ne prendrez pas une décision radicale et nette en faveur de l'une ou l'autre des deux femmes qui vous préoccupent, vous allez languir et mourir à petit feu.

— Vous avez raison, William, j'ai été faible, admit bien humblement Timothy d'une voix que l'émotion rendait chevrotante. Depuis deux ans, je ne fais qu'exister. Je travaille sans relâche en évitant Kate et Graziella. Pendant mes longues absences, elles se sont bâti une vie sans moi. Elles ont des projets ensemble et élèvent le petit Hubert à leur façon. Il est le centre de leur vie. J'en suis exclu.

— Bien par votre faute. Je ne vous ai jamais demandé de faire autant d'heures supplémentaires. Je vois qu'en fin de compte vous acceptiez la surcharge de travail pour vous sauver de la maison et éviter de faire face à votre dilemme. Vous n'avez pas, non plus, fait d'efforts pour vous rapprocher de votre femme. Autrement, vous n'en seriez probablement pas là, aujourd'hui. Depuis quand n'êtes-vous pas allé à Chicoutimi?

— J'y suis allé en fin de semaine dernière pour être avec ma famille avant notre séparation. Nous avons discuté de leur escapade en votre compagnie. Dans le fond, j'étais chancelant; je n'étais pas certain de vouloir qu'elles partent.

— Et...

— Je n'ai pas besoin d'en dire plus, vous connaissez à présent le résultat. Elles iront avec vous.

— Davis, pourquoi ne reprenez-vous pas le temps perdu avec Kate? Venez avec nous en Angleterre; le fait de vivre de nouvelles expériences avec elle vous rapprocherait. Il n'est pas trop tard. Votre fils Henry se meurt d'envie de vous voir également, vous l'avez dit.

— Ce n'est plus possible. Qui me remplacerait ici?

— John ferait venir Thompson du siège social de

Québec. De plus, Romuald Angers se débrouille très bien auprès du personnel comme contremaître, vous le savez mieux que moi. Il n'y aurait pas de craintes à y avoir.

— Je vois que vous pouvez me remplacer très facilement. Me gardez-vous par charité?

— Ne le prenez pas mal, Timothy. En vous offrant cela, je pense plutôt à vous garder plus longtemps à mon service. Je vois bien que vous ne pourrez pas vous rendre à votre retraite si vous continuez à vous replier sur vous-même comme vous le faites. Ce voyage ne ferait que vous redonner le goût de vivre; mes compagnies ne s'en porteraient que mieux.

— Je refuse. Je ne serais pas capable de vivre à longueur de journée entre Kate et Graziella. De plus, Graziella espère refaire le parcours qu'Alexis a fait au début de la guerre. Je ne veux pas être témoin de ses déceptions ni même de ses joies. Et, savez-vous, je soupçonne Henry, mon propre fils, d'avoir un penchant pour elle. Je n'en suis qu'aux doutes, mais je sais qu'Henry et Graziella correspondent assez régulièrement.

— Un frère et une sœur peuvent s'écrire; ce n'est pas défendu.

— Vous avez raison, je me fais des idées. Mais je ne veux pas voir les hommes tourner autour d'elle, même par lettre.

— C'est plus sérieux que je le pensais, je le vois bien. Essayez de vous guérir. Je vais oublier cette conversation.

— Je l'espère bien!

Les deux hommes se levèrent en même temps et échangèrent des salutations énergiques.

❋

Henry Davis était à plat ventre sur un sol frais détrempé. Le fusil à l'épaule, l'œil dans la mire, il prévoyait un affrontement. Des ennemis étaient camouflés dans le boisé à proximité; ils pouvaient en sortir sans crier gare et attaquer. S'ensuivrait alors un corps à corps, lequel ne prendrait fin que lorsque le plus expérimenté appliquerait les techniques enseignées dans un cas pareil. C'était un scénario qu'il mettait en scène dans l'entraînement des fantassins sous son commandement.

Depuis qu'il savait que sa mère et sa sœur d'adoption avaient accepté l'invitation de William, il était nerveux et sa concentration n'était plus aussi fidèle. La crainte qu'elles changent d'idée à la dernière minute le rendait souvent taciturne.

Il revint à la réalité. Il crut entendre un froissement derrière lui. Prestement, il roula sur le dos et pointa l'arme vers un éventuel attaquant. Ce n'était que la brise qui jouait dans les feuilles. Il reprit sa posture initiale sur le ventre. S'il continuait ainsi, ses supérieurs auraient raison de lui accorder de mauvaises notes. Il n'avait jamais déçu ni ses parents ni ses commandants. Il devait redevenir l'enseignant qui avait su donner l'exemple depuis qu'on lui avait fait suffisamment confiance pour l'affecter à l'entraînement de jeunes pleins d'espoir de gagner la guerre.

Il pensa au jeune Alexis qu'il avait formé.

Il eut un pincement au cœur; Graziella avait failli l'épouser. Quelques mois après la mort accidentelle du jeune soldat de Jonquière, Henry avait pris l'habitude de correspondre avec sa demi-sœur. Ses écrits lui dévoilaient qu'elle était cultivée, qu'elle s'exprimait justement, qu'elle parlait la langue de Shakespeare, qu'elle cousait des vêtements assez élégants pour être remarqués et achetés par des dames de haute classe. Sa photo avait renforcé l'idée qu'il se faisait de la femme qu'il avait cru ne jamais rencontrer. Il avait développé un fort sentiment pour elle. Se faisait-il de faux espoirs?

Le plus édifiant modèle de couple qu'il avait connu était celui de ses parents, qui avaient toujours donné l'exemple de la complicité. La vie les avait-elle changés?

Claire l'avait attiré, un temps. Même que, dans l'une de ses lettres, Graziella l'avait pratiquement obligé à évaluer sérieusement le niveau des sentiments qui auraient pu le rapprocher de la blonde servante. Elle l'avait exhorté à être suffisamment clair à son égard pour lever tout malentendu. Jusque-là, il n'avait pu donner de réponse à sa demi-sœur. Maintenant sûr de lui, il lui avait répondu dans la missive qu'elle recevrait pour Noël.

Soudain, Henry fut dominé par un jeune fantassin qui l'avait approché par-derrière.

— Je vous ai eu, mon caporal, vous étiez distrait. La distraction est la pire ennemie, comme vous nous l'enseignez si bien…

Chapitre 2

23 décembre 1916

La tempête de la veille s'était apaisée.

Monsieur Genest aida Kate à descendre de sa carriole tirée par Ti-Noir. Graziella, pour sa part, n'attendit pas. Elle sauta à terre, le petit Hubert dans les bras. Pendant ce temps, Benoît déchargeait les valises du traîneau des Davis, qui était attelé à Enfer.

Le cheval avait bien changé depuis qu'Alexis lui était tombé entre les pattes lors de la course fatale, à la kermesse de septembre 1915; la mort du vieux Cyrus peu de temps après n'avait fait que confirmer sa métamorphose. Lui qui était jadis joyeux et plein de vie était devenu triste et sans entrain. Pour en rajouter, Graziella le privait de ses confidences; elle avait délégué son entretien au jeune Benoît, le frère de Claire. Enfer obéissait à l'adolescent; il se laissait atteler sans regimber, mais il refusait de montrer les finesses dont il était capable. Sa vie se résumait à manger et à boire, à se laisser brosser, à sortir dans la cour pour se dégourdir les membres, à tirer le boghei ou le traîneau lors des promenades et, de temps en temps, à transporter du bois.

Sous les yeux de Kate, Graziella chuchota à l'oreille du petit Hubert, qu'elle tenait toujours dans ses bras:

— Chéri, avant de monter dans le train, nous allons dire bonjour à notre beau cheval tout blanc.

— *Val ban,* répéta le bambin et frottant le museau de l'animal de sa menotte potelée.

Enfer s'ébroua, comme s'il attendait ce moment d'affection de sa part depuis longtemps.

— Maintenant, tous les deux ensemble, nous lui entourons le cou, suggéra-t-elle en montant le bras gauche de l'enfant le long du chanfrein et en portant son droit de l'autre côté.

Le cheval hennit et posa son nez dans le cou d'Hubert, qui se mit à rire, la tête penchée de côté. Graziella lui baisa le museau en disant:

— Sois sage. Je te promets qu'à notre retour, Hubert et moi, nous nous occuperons plus souvent de toi. Bon cheval, bon cheval!

En entendant les mots affectueux que lui disait sa maîtresse lorsqu'elle avait commencé à le dresser, même embêté par les brancards, Enfer se tint un instant sur ses jambes postérieures. Puis, lorsqu'il revint à sa position, Graziella lui mit un dernier baiser sur le nez. À son tour, Kate frotta chaleureusement ses gants à son cou. Enfer se tint tranquille et les regarda aller de ses grands yeux tristes et muqueux.

La cheminée de la locomotive laissait échapper une fumée dense. Réalisant que les employés en étaient aux derniers préparatifs avant de donner le signal du départ, les deux femmes se précipitèrent dans la gare. Attaché à la main de sa mère, le petit Hubert fit rire les voyageurs en émettant des tchou! tchou! répétitifs jusqu'à ce qu'ils parviennent au comptoir. L'homme au képi leur remit les billets déjà réservés en première classe. Enveloppant le bambin d'un regard amusé, il souligna que la petite locomotive était bien drôle. Il informa les dames que leurs bagages avaient déjà été déposés dans le compartiment qui leur était assigné et les pria de monter sans tarder.

Cette voiture, ne la connaissait-elle pas? Graziella l'avait déjà occupée avec Alexis, Kate, Timothy et Hubert lors d'un voyage à Québec. Ils avaient magasiné et en avaient profité pour rencontrer un médecin qui avait aidé Alexis à retrouver une certaine autonomie. Elle sentit une forte mélancolie monter en elle. Pour ne pas céder au chagrin, elle s'affaira à installer Hubert dans son siège. Elle lui retira son casque de fourrure, ainsi que son manteau qui tombait sur un pantalon de flanelle épaisse. Elle prit une étroite couverture de lapin dans son sac de voyage et lui en entoura les épaules. Le petit imita de nouveau la locomotive alors que son sifflement se réverbérait sur le mur de roc du Cap-Saint-François.

L'esprit de Graziella ne pouvait se fixer. Elle gardait les yeux obstinément tournés vers la fenêtre. L'énervement des dernières semaines, la peine de se séparer de son fils pour la première fois depuis sa naissance, la fébrilité du temps des fêtes et les souvenirs qui y étaient rattachés la rendaient morose et encline à se laisser entraîner dans les regrets et les remords. Elle songea qu'elle ne devait pas regarder en arrière; il lui fallait se tourner vers le futur.

Le train longeait le bas de la côte Saint-Ange. Elle pensa à Claire. Que faisait-elle en ce moment? La veille, avait-elle eu affaire à un Paul saoul qui l'avait prise de force en la frappant? Graziella avait le cœur gros. Son amie ne méritait pas de tels traitements. C'était injuste!

Kate, qui n'avait pas été très loquace jusque-là, remarqua l'expression de désarroi sur le visage de sa fille adoptive.

— Qu'avez-vous? Vous vous sentez mal?

— Je pense à Claire, avoua Graziella en ne retenant pas les larmes qui débordaient lentement sur ses joues.

— Qu'a-t-elle, Claire? Vous ne m'avez pas dit qu'elle allait mal après la visite périlleuse que vous lui avez faite hier avant-midi.

— J'ai bien essayé de garder ses malheurs pour moi, mais, dans l'état où je suis, il faut que je me libère.

— Vous me rendez triste à mon tour, ma chérie. Quels malheurs peuvent toucher une jeune femme qui a déjà un fils aussi joli et mignon que son petit François?

— C'est son mari...

— Je sais que vous avez toujours redouté un mariage malheureux entre elle et Paul Chamberland.

— J'avais des doutes que je taisais, mais, depuis hier, je sais qu'ils sont fondés. Elle me l'a avoué franchement. J'ai peur pour sa vie.

— Peur pour sa vie? Vous n'y allez pas un peu fort?

— Non, je n'exagère pas. Les ecchymoses sur ses bras et son visage ne sont pas dues à de simples accidents. Il est brusque avec elle.

— Que voulez-vous faire?

— Je lui ai conseillé de venir trouver Julienne et Benoît durant notre absence. La maison est trop grande pour eux deux.

— Et elle a refusé, puisque vous ne m'avez demandé aucune permission dans ce sens.

— Elle est convaincue que c'est sa faute si son mari est impatient.

— Il n'y a aucune raison pour justifier une pareille ignominie.

— Je suis outrée autant que vous et j'ai tellement de peine! éclata Graziella.

Déconcerté, Hubert restait sans babiller, le nez retroussé vers sa mère en larmes. Kate n'en revenait pas. Si elle n'éprouvait pas de sympathie particulière pour Paul Chamberland, jamais elle n'aurait cru que les choses en vinssent là. Il fallait trouver une solution le plus vite possible. Qui pourrait venir en aide à celle qui l'avait servie fidèlement pendant deux ans? Et comment? Toute intervention s'avérait délicate, dans un monde où les femmes portaient tous les torts sur leurs épaules, même si, en ce début du vingtième siècle, on pouvait jouir de toutes sortes de découvertes qui rendaient la vie plus facile. Cette pensée attisa son indignation. Elle affirma, convaincue:

— On a le devoir de mettre ses parents au courant. À n'importe quel prix!

— C'est ce que j'ai suggéré à Julienne, hier. Je lui ai demandé de les avertir. À ce moment-là, je croyais que mon intervention était suffisante. À présent, je n'en suis plus aussi certaine.

Graziella essuyait ses joues de son mouchoir.

— Croyez-vous que Julienne sera assez attentive à ce qui arrive à sa sœur?

— Elle a eu l'air de trouver que j'exagérais. Cependant, elle m'a promis d'ouvrir les yeux sur les accidents de Claire.

— Ce n'est pas suffisant. Elle ne la voit qu'une fois ou deux par mois. Il faut trouver une meilleure solution.

Kate se mit à réfléchir sérieusement; qu'importait si elle faisait un geste déplacé? Les changements n'étaient-ils pas provoqués par des prises de position qui attaquaient les règles prescrites? Protestante adepte de Luther, elle était convaincue que ce saint homme, incontestablement juste et humain, aurait dénoncé une telle violence faite à une femme. Kate Davis ne se tairait pas. Elle eut une idée.

— Consolez-vous, je vais prier Timothy de téléphoner à madame Juneau dès ce soir, quoi qu'elle en dise. Nous ne pouvons pas fermer les yeux sur une pareille injustice.

❋

Dans sa petite maison de bardeaux de deux étages du Trou-de-la-Moutonne, Claire entendait justement le sifflement de la locomotive à travers les invectives de son mari.

Il la frappait à répétition sur les épaules, le visage et la tête.

— Putain! la tançait-il. Sale putain de femme! Je vais te tuer!

Roulée en boule sur le matelas, elle se protégeait de ses deux mains. La jaquette déchirée sur son corps à moitié nu, elle gardait dans sa gorge les cris et les pleurs qui gonflaient son sein.

« Graziella! avait-elle envie de crier. Arrête ici, je vais mourir, sans toi! »

Les coups affluaient. Le corps de Claire devenait insensible. La douleur qui avait été si intense n'était plus qu'à peine perceptible. Elle sentait sa vie l'abandonner. Elle n'avait pas voulu qu'il la prenne. Elle ne pouvait pas se laisser percer par la puissance de l'homme qui la faisait vomir.

« Graziella, arrête! Graziella, aide-moi! »

Ses plaintes muettes semblaient se marier aux sifflements.

François se mit à crier.
Claire ne l'entendait plus.
Paul sortit en trombe.

❋

Julienne mettait de l'ordre dans la cuisine. Au rythme de son humeur tantôt maussade, tantôt fébrile, le balai s'agitait vivement. Elle en voulait à la dame Graziella, la menteuse qui avait accusé Alphonse sans preuve devant monsieur Antoine d'avoir forcé une courroie de la prothèse de monsieur Alexis. Son amoureux était bien trop doux et gentil pour être un assassin.

Autant elle n'avait pas digéré les propos qu'avaient tenus Graziella et Antoine Dubuc la veille, autant elle était prête à se tempérer; Alphonse savait qu'elle garderait la maison des Davis avec Benoît pendant presque deux mois. Ils auraient donc souvent l'occasion d'être seuls. Rien qu'à penser à ses baisers, elle avait les jambes flageolantes, son cœur montait dans ses tempes et elle ne pouvait pas garantir qu'elle serait assez forte pour le repousser s'il lui demandait la lune. Il lui faisait miroiter qu'à ses dix-huit ans il la demanderait en mariage. Elle les aurait au printemps prochain. Il ne consacrerait alors son amour qu'à elle-même, Julienne Juneau, et la dame Graziella lui sortirait de la tête. Comme sa sœur Claire, elle aurait la chance d'avoir un mari qui dormirait avec elle sans que ce soit un péché mortel.

En réfléchissant à ces choses, Julienne monta à l'étage. Pendant la nuit précédente, elle avait élaboré un plan. Elle considérait que madame Kate ne lui avait attribué que les restes depuis qu'elle travaillait à temps plein pour elle; pour dormir, elle lui avait assigné la plus petite des deux pièces rénovées par Rodolphe Saint-Germain avant la naissance du petit Hubert. Elle n'était meublée que d'une commode et d'un lit à une place.

Julienne se signa, demanda pardon au Seigneur et poussa la porte de la chambre de Graziella. Tout y était rangé. Le couvre-lit était sans faux pli, les deux oreillers faisaient une ligne droite, le trottoir de dentelle sur la commode était disposé de façon impeccable et la table de toilette était libre de tout objet. Comment était-ce, un lit de riche à deux places? Elle enleva ses souliers et s'étendit en travers sur la courtepointe. Le matelas était confortable, et l'odeur de Graziella était agréable.

Elle ne changerait pas d'idée. Cette chambre serait la sienne.

Elle sauta du lit et se rendit au placard. Devant la jolie robe de circonstance noire, elle s'exclama. Quand Alphonse viendrait la retrouver, il la verrait vêtue de crêpe léger et vaporeux. Il pourrait se rendre compte que sa future femme avait les qualités requises pour se présenter dans le grand monde.

Julienne s'agenouilla au milieu de la pièce et croisa les doigts sur sa poitrine.

— Seigneur Jésus, faites qu'Alphonse vienne aujourd'hui. Il ne travaille pas, c'est samedi. Je Vous en prie. Je Vous promets d'être sage. Je veux juste qu'il me voie comme une femme digne de lui. Ainsi soit-il!

Julienne se signa pour la seconde fois.

La porte claqua au rez-de-chaussée. Elle descendit à la hâte en s'agrippant une main à la rampe de chêne. Benoît, son jeune frère, la prévint.

— Julienne, j'ai pas dételé Enfer au retour d'la gare. J'dois aller chercher un voyage de bois de chauffage sur la côte de la Réserve, j'en ai pour une partie de la journée. Et toi, comment vas-tu t'occuper pendant c'temps-là?

— Comme madame me l'a demandé, j'vais commencer le grand ménage au deuxième. Vas-tu être revenu pour dîner?

— J'arrêterai manger chez nous en revenant. Ou bien chez Claire. Paul doit être à la maison, c'est samedi. J'en profiterai pour voir mon filleul.

— C'est correct. J't'attendrai pas. Je mangerai les restes de poisson d'hier.

Aussitôt son frère sorti, Julienne remonta à l'étage.

⁂

Le regard de Graziella était fixé sur l'agglomération des maisons longeant la voie ferrée; elles semblaient prêtes pour le réveillon du jour suivant. Quelques portes étaient décorées de branches d'épinette, de sapin ou de pin. Le cœur gonflé d'amour et de chagrin, elle pensa que le Noël de l'année précédente, qui était le premier du petit Hubert alors âgé de sept mois, avait rajeuni la maison et mis de la pommade sur les cœurs écorchés par la mort accidentelle d'Alexis. On avait décoré selon la tradition protestante; on avait accroché les bas au-dessus de la cheminée, envoyé des cartes de souhaits, des lettres et des tricots en cadeau aux soldats, on avait décoré l'arbre, cuisiné les célèbres *mince-pies*, le copieux *Christmas cake* et le fameux *Christmas pudding*. Avant la messe de minuit, on avait placé des boîtes colorées sous le sapin. Au réveil, le petit homme de la maison avait reçu des mains du père Noël des habits chauds de laine anglaise, un tambour et une flûte; Kate lui avait même fait fabriquer une couverture avec les peaux tannées de ses lapins, qu'on poserait sur ses genoux lorsqu'on utiliserait la carriole.

Toutefois, la plus grande des surprises venait d'Henry; dans une communication précédente, il avait mentionné qu'il adresserait une lettre à chacun des membres de la famille en leur recommandant de ne l'ouvrir qu'à Noël. Graziella froissa son sac de toile qui contenait celle que lui avait remise Antoine, la veille, après être passé par le bureau de poste. Elle attendrait minuit le lendemain avant de la décacheter.

Son esprit se concentra à nouveau sur le fils Dubuc. Après des années de houle tantôt tranquille, tantôt turbulente, elle avait été étonnée qu'il lui fasse connaître ses intentions par un baiser; le contact de leurs lèvres devant l'âtre l'avait d'abord embarrassée, puis elle s'y était laissé prendre avec ravissement. C'était bon. Si bon! C'était la première marque physique d'affection qu'elle accordait à un homme depuis son mariage manqué.

Sur les genoux de Kate, Hubert se frottait les yeux de son poing. Soudain, sa tête tomba sur sa poitrine de grand-mère aimante et il s'endormit. Tout l'amour qu'elle avait à donner se concentrait sur ce bambin qui égayait sa vie. Sa relation avec son mari s'était étiolée, et le bateau de son couple coulait lentement dans les vagues de la routine. Il était difficile de renflouer la coque quand la force et l'envie de voguer à nouveau n'y étaient plus.

La locomotive s'arrêta en émettant sa dernière plainte. Graziella étira le cou. Par la fenêtre, elle aperçut Timothy; le casque sur les yeux, emmitouflé dans sa capote de renard, il tenait les guides d'un attelage loué.

Vêtu d'un habit militaire, William Price était debout parmi un groupe de jeunes recrues.

Marguerite Angers et Aurore restaient à l'écart; elles tenaient Marie par la main. Le vieux Pitou avait la tête basse et l'air fatigué d'avoir tiré la carriole.

Le temps était compté. Après l'embarquement des nouveaux passagers et des marchandises, le train continuerait sa longue route jusqu'à Québec. Graziella réveilla brusquement Hubert en l'arrachant des genoux de Kate. Il se mit à chigner. Elle lui passa les manches de son manteau et l'enveloppa dans sa couverture. Suivie de Kate qui tenait un grand sac, elle descendit.

Timothy sauta dans la neige épaisse et vint au-devant d'elles.

Les Angers les rejoignirent en même temps que lui. Graziella embrassa Marguerite sur les deux joues.

Kate dit à Aurore:

— Ce sont des cadeaux du père Noël. Il les distribuera lui-même, car je suis certaine qu'il acceptera l'invitation de vos parents à réveillonner demain soir.

Elle avait accompagné sa dernière phrase d'un clin d'œil à l'adresse de l'aînée des Angers; la petite Marie ne perdait pas une syllabe.

Les yeux noyés, Graziella déposa Hubert dans les bras de Kate, se pencha vers la petite Marie et lui demanda son annulaire; elle y passa la bague de plastique qui venait d'une boîte de *Cracker Jack*, dont elle lui avait elle-même fait cadeau à Noël, il y avait de cela deux ans. Lors des fiançailles de Graziella avec Alexis, la fillette la lui avait offerte de bon cœur, même si elle y était profondément attachée. Son grand frère allait marier Graziella, qu'elle aimait comme une grande sœur.

Réjouie, la fillette admira son annulaire. Sous le choc d'un gros baiser, elle recula.

— Marie, avec ta maman et Aurore, tu vas prendre bien soin de mon petit Hubert, n'est-ce pas?

— Oui, je le promets, opina Marie en levant la main comme un soldat.

Marguerite s'essuya les yeux de son mouchoir. D'un geste rempli d'amour, Graziella prit Hubert des bras de Kate et le déposa dans ceux de la femme qui aurait été sa belle-mère en lui rappelant:

— Je vous confie ce que j'ai de plus cher au monde. Au revoir, maman Marguerite.

Timothy se tenait aux côtés de Kate; cependant, il n'avait d'yeux que pour Graziella. Il avait épié chacun de ses gestes, son mouvement de tête et du menton lorsqu'elle s'était adressée à madame Angers, sa façon gracieuse de se pencher vers la petite Marie. Ses souvenirs le torturaient. Il aurait voulu se revoir deux ans plus tôt; elle avait descendu les marches de la voiture, soutenue par Antoine. Il avait couru vers elle. Sans se soucier du jeune homme, il l'avait installée dans la carriole sous les couvertures de fourrure.

William le tira de ses pensées.

— Je prendrai soin de vos femmes comme il faut, ne vous inquiétez pas.

— Je suis moins tourmenté. Il n'y a pas de meilleur protecteur que vous. Bon voyage, guerrier! Revenez-nous le plus tôt possible, l'exhorta-t-il en lui tendant une main amicale.

— Je ne sais pas quand, mais je reviendrai pour Amelia et mes six enfants.

Timothy étreignit Kate; elle en profita pour lui souffler à l'oreille de téléphoner aux parents de Claire, le soir même, sans y manquer; elle redoutait un malheur. Elle donna un dernier câlin à son petit-fils dans les bras de Marguerite, fit une accolade à cette femme qu'elle estimait et monta dans le train sans se retourner.

Spontanément, Graziella entoura le cou de son père adoptif en disant :

— J'ai beaucoup d'affection pour vous, Timothy.

Elle lui tourna le dos et rattrapa Kate en courant. Toujours dans les bras de Marguerite, Hubert se mit à crier :

— Ma... man!

Graziella se boucha les oreilles des deux mains et gagna la voiture de train.

Un mouchoir sur la bouche, Kate la suivit en retenant ses sanglots.

Émue par le bambin qui pleurait à chaudes larmes, Marguerite se poussa avec les autres dans la carriole.

Aurore commanda Pitou qui, d'un pas lent, s'engagea sur le chemin de la maison.

Graziella éprouvait à nouveau la déchirure du départ. L'absence de son fils se faisait déjà sentir, alors qu'elle ne l'avait quitté que depuis quelques minutes. Elle se laissa tomber sur le siège rembourré et fixa le décor extérieur sans le voir. Des larmes coulaient sur ses joues.

Quel courage, quel renoncement lui faudrait-il pour affronter les deux prochains mois! Ce serait si long sans le rituel des câlins du matin! Hubert l'oublierait-il? La famille Angers multiplierait par dix la tendresse et les marques d'affection.

Le souvenir d'Alexis lui revenait avec acuité. La profonde affection qu'elle avait pour lui, sa douceur, sa bonté et son humour auraient-ils été suffisants pour qu'ils soient heureux ensemble? Jusqu'à présent, elle avait eu sa part d'expériences malheureuses. Quel était son destin amoureux? Le mariage n'était un gage ni de bonheur ni d'amour éternel. Elle s'en était rendu compte dès qu'elle avait découvert les trahisons de sa mère envers son père. Quant à la vie de couple de Claire, elle commençait bien mal! Combien de temps son amie pourrait-elle tenir dans l'enfer que lui faisait vivre son indigne mari? Graziella n'était pas non plus sans savoir que Kate et Timothy se distançaient, alors qu'ils avaient été si épris l'un de l'autre.

La seule évocation de cette réalité la fit frissonner. Elle était honteuse du rôle qu'elle avait joué et qu'elle jouait sans doute encore malgré elle dans les chagrins qui s'acharnaient sur sa mère adoptive.

Tout aussi remuée et défaite, Kate avait pris place en face d'elle. Le petit Hubert était son air, sa force, son courage, sa joie de vivre. Elle l'aimait sans condition comme elle aimait ses deux enfants, Alicia dans la mort et Henry à la guerre. Elle faisait ce voyage pour son fils chéri, pour le serrer ne serait-ce qu'une seconde dans ses bras. À quel prix! C'était bien peu sereine qu'elle s'engageait dans ce long voyage. Elle partait la tête et le cœur remplis d'inquiétudes de toutes sortes. Timothy téléphonerait-il aux parents de Claire? À son retour, Hubert aimerait-il Marguerite plus qu'elle? À cette pensée, un brin de contrariété atteignait sa fibre de grand-maman. Si cela était, comment réagirait-elle? Cependant, elle se disait qu'elle ne devait pas s'inquiéter. À force de se faire du mauvais sang, elle avait récemment frôlé la dépression profonde. Il valait mieux se concentrer sur la joie qu'elle aurait quand elle entendrait son fils lui dire, dans quelques semaines: « Mère, que je suis heureux de vous voir! »

William imposa sa carrure dans l'embrasure du compartiment. Voyant dans quel état étaient les deux femmes, il revint vers la dizaine d'hommes qui choisissaient d'aller combattre de leur propre chef plutôt que d'attendre la conscription dont on parlait de plus en plus sérieusement. Le premier ministre Borden, à son retour d'Europe, décréterait l'enrôlement obligatoire.

❋

Le train avait disparu. Timothy ne distinguait que les volutes de fumée au loin. D'un coup de reins, il se glissa sur le siège de la carriole et dirigea le cheval vers la rue Saint-Dominique. Il se souciait peu de la douleur au bras gauche qu'il ressentait de plus en plus souvent depuis quelques mois, plus précisément lorsqu'une pensée noire le troublait. La vue de l'un ou l'autre des Angers ravivait en lui le souvenir d'Alexis, qui avait failli chasser le soleil de sa demeure. Il secoua la tête comme pour laisser emporter par le vent cette pensée amère.

Fébrile, il se concentra sur Graziella. Deux ans plus tôt jour pour jour, épaule contre épaule, ils avaient longé à cheval cette même rue, tout à leur désir l'un de l'autre. Il avait conduit l'attelage dans la cour arrière. Elle avait sauté sur son pied blessé et douloureux et s'était retenue à la carriole. Il l'avait transportée dans ses bras dans la maison. Une fois leurs vêtements chauds tombés sur le tapis, il l'avait prise à nouveau dans ses bras et était allé la déposer sur une chaise dans la salle à manger. Il avait mis un appui sous sa jambe... L'homme se rappela chacun des détails de la seule fois où elle s'était laissé convaincre de répondre à son désir.

Timothy était bouleversé. Ce retour en arrière n'était pas son premier. Il avait revécu ce scénario combien de fois depuis ce temps-là?

Il s'arrêta dans la cour de la maison de la rue Price. Il sauta de la carriole et attacha la bête au poteau prévu à cet effet. Il poussa la porte, pendit son manteau et son chapeau à la patère, enleva ses chaussures sur le tapis et se rendit dans la chambre d'amis. Il laissa tomber ses vêtements un à un sur le sol, fouilla dans la poche de son pantalon et s'étendit nu sur la couverture. En baisant la ceinture-jarretelles de Graziella qu'il lui avait subtilisée la fin de semaine précédente, il laissa à nouveau voguer ses souvenirs. Sa chevelure balayait son corps, il était sous et sur elle. Ses lèvres parcouraient le chemin de ses seins à son temple. Ses mains palpaient sa chair.

Juste comme la sonnerie du téléphone se faisait entendre, Timothy, victime d'une attaque, émit une longue plainte saccadée en empoignant son bras gauche de sa main droite. La ceinture-jarretelles roula par terre.

❋

Julienne tournoyait. La jupe noire vaporeuse balayait le bois du plancher de la chambre. Elle s'arrêta devant le miroir, ramassa une mèche de cheveux dans son cou et la fixa à son chignon. Elle pinça ses deux joues et sourit à la jeune fille dont le tain lui retournait l'image. En réalisant à quel point elle était jolie et élégante, elle se dit qu'Alphonse ne pourrait pas lui résister. Sans aucun doute, il n'aurait plus la moindre pensée pour la dame Graziella, qui était bien attachante, mais qui se prenait pour Dieu, elle qui se mettait toutes sortes d'idées folles dans la tête et y croyait dur comme fer, ainsi que le disait sa mère Eulalie. La preuve, la veille, avant de rencontrer le fils Dubuc au salon, elle lui avait dit que sa sœur Claire était en danger avec Paul, son mari.

Soudain, un bruit la tira de ses pensées. De la coiffeuse, elle se rendit à la porte et l'ouvrit. Elle s'écria :

— Alphonse! Tu es venu!

— J'ai rencontré Benoît. Il m'a dit que tu étais seule... Tu es belle, avec cette robe.

La jeune fille éprouva un sentiment de fierté voisin de l'orgueil. Elle avait attendu si longtemps un compliment! Elle avait tant rêvé d'une telle sincérité dans la voix de l'homme qu'elle aimait de tout son cœur! Ses prières avaient été exaucées; il était là, devant elle.

En essayant de garder son calme, elle répondit :

— Merci! J'faisais juste l'essayer et tu m'as surprise.

— Garde-la sur ton dos, elle te va à ravir. Laisse-moi entrer dans la chambre.

— J'sais pas si je dois, réagit-elle en baissant les yeux au sol.

Elle éprouvait maintenant de la gêne.

— Pour une fois qu'on est seuls, nous pourrions en profiter.

— En profiter pour faire quoi?

— Nous pourrions nous asseoir sur le lit et discuter.

Julienne ne pouvait plus résister. Elle laissa tomber les armes. Il n'y avait plus de péché, de sermons de curés, de famille, il n'y avait que la chaleur qui montait en elle. Il n'y avait que les yeux d'Alphonse posés sur le puits de ses jeunes seins. Que son souffle qui glissait sur son visage. Que sa main dans la sienne qui l'entraînait.

Il n'y avait qu'une jeune fille étendue sur la couche sous un homme qui l'embrassait sur les lèvres avec frénésie, qui baissait les épaulettes et relevait la jupe noire.

Julienne s'abandonna...

❋

Enfer répondait docilement au commandement de Benoît. En ce lendemain de tempête, les rues étaient restées difficilement praticables. Le frère de Julienne en voulait au sort qui l'obligeait à imposer une pareille tâche à un cheval aussi racé. Cependant, il savait qu'il était fort et qu'il accomplirait sa mission sans flancher.

La remorque résistante et lourde avait déjà glissé sur toute la longueur de la rue Jacques-Cartier, elle avait emprunté la rue Saint-Paul jusqu'à l'embranchement de la rue Dubuc et elle passait maintenant devant l'entrée de la Pulperie. Benoît eut un élan de reconnaissance envers son père, le généreux Alcide Juneau; souvent, il faisait des heures supplémentaires le samedi pour arriver à faire vivre convenablement sa famille.

Le pont traversé, il décida d'arrêter sans tarder dire bonjour à sa grande sœur Claire et à son filleul François. Il se souvint de la joie qu'il avait éprouvée lorsqu'il avait été choisi avec madame Graziella pour recevoir cet honneur. Son grand frère Charles, qui travaillait pour les Dubuc avec leur père, lui en avait longtemps voulu; il avait argumenté que cette responsabilité revenait au plus vieux de la famille qui avait un emploi assuré. Un parrain devait être en mesure de faire vivre son filleul si un malheur arrivait aux parents. Mais madame Davis et sa mère Eulalie avaient argué que, puisque Benoît travaillait à temps plein chez les parents de la marraine, il serait plus facile pour eux de prendre soin du filleul en cas d'urgence.

— Woh!

Enfer sembla heureux d'obéir à l'injonction et stoppa immédiatement.

—J'serai pas longtemps. Juste le temps de dire un petit bonjour à ma grande sœur et à mon filleul.

Le cheval respira bruyamment, secoua sa queue et cogna du sabot droit dans l'épaisseur de neige qui recouvrait la rue. Les cordeaux encore entre les doigts, Benoît remarqua des traces qui traversaient la galerie et se dirigeaient vers la sortie de l'allée. Il se dit que Paul avait dû se rendre à son travail comme son père pour faire des heures supplémentaires. Ce Ti-Paul, il ne manquait pas une occasion de faire de l'argent. À dire vrai, cependant, il en dépensait une grande partie à payer à boire à ses amis. De toute évidence, un homme avait besoin de se distraire, pourvu qu'il ne privât pas sa famille en entretenant un vice condamné par la religion. Ce n'était pas le cas de Paul; il n'était pas l'un des alcooliques sur la liste noire du curé et il faisait bien vivre sa femme et son enfant.

Le jeune homme sauta à terre et longea l'allée en examinant la jolie maison de bardeaux à deux étages; sa sœur avait été chanceuse d'avoir eu son petit chez-soi dès le jour de son mariage. La plupart des jeunes mariés devaient habiter pendant des années avec les parents ou les beaux-parents avant de bénéficier d'un tel privilège.

La porte était décorée d'une branche de sapin enrubannée. Claire n'avait pas perdu les habitudes qu'elle avait prises du temps qu'elle travaillait chez les Davis. Le jeune homme espéra qu'elle puisse venir réveillonner chez leurs parents après la messe de minuit. Il avait acheté un présent à son filleul, François. Mais, qu'avait-il, François, à s'époumoner de la sorte!

Benoît poussa la porte de son épaule.

Il lâcha un cri de désespoir.

❋

William avait fait la navette entre le compartiment sans artifices de ses dix recrues et celui plus intime et luxueux de Kate et de Graziella. Maintenant que les deux femmes sous sa responsabilité avaient séché leurs yeux, il semblait plus à l'aise de passer du temps avec elles. D'un autre côté, il tenait à s'assurer de leur confort; le voyage qu'ils entreprenaient allait s'avérer pénible, mais il n'entendait rien négliger pour leur rendre les choses plus agréables. Il était homme à mener toutes ses entreprises avec la même minutie, que ce fût ses affaires, la guerre ou le soin des personnes sous sa responsabilité.

Assis sur la même banquette que Kate, il faisait maintenant face à Graziella, dont le teint éclatait dans la lumière de cette fin d'avant-midi. Il comprenait Timothy d'être fortement attiré par elle. Lui-même se laisserait bien tenter si l'occasion se présentait. Au fait, que faisait-il en ce moment, Timothy? Le connaissant, il devait être à l'usine, même le samedi précédant la veille de Noël. William demeura pensif; plus encore que d'habitude, le matin même, à la gare, il avait remarqué les traits tirés et l'air fatigué de son collaborateur.

William se racla la gorge, rompant le silence gêné par la voix particulière du train.

— Les femmes, qu'allez-vous faire pendant que je serai à Valcartier?

Kate badina.

— Nous allons rester à pleurer dans notre chambre jusqu'à ce que nous prenions le train pour New York. Nos fils respectifs nous manquent tant!

— Je suis heureux que vous ayez à présent cette humeur. Mes nombreux départs ont habitué Amelia et nos enfants à vivre sans moi. Je suis certain qu'en ce moment les préoccupations de ma femme sont tout entières centrées sur les derniers préparatifs de la fête de Noël et qu'elle agit comme si j'étais là. Au réveillon, elle portera votre dernière création, Graziella.

— J'en suis honorée. Madame Price m'a donné un fier coup de main en demeurant une cliente assidue, depuis deux ans déjà, jour pour jour.

Kate prit la parole :

— Le temps passe si vite! Depuis s'est ajouté notre

merveilleux petit Hubert. J'espère que son grand-papa ne changera pas d'idée et qu'il ira réveillonner chez les Angers afin de lui remettre lui-même ses cadeaux!

— Habillé en père Noël? plaisanta à son tour William.

— Oui, je l'espère. À son premier Noël, notre petit ange a vu un bonhomme tout en rouge lui remettre des présents. Nous voulons que la magie de cette fête le suive toute sa vie. N'est-ce pas, Graziella?

— Vous avez raison. Il en est déjà à son deuxième Noël, sans nous, cette fois. Je ne voudrais pas que notre absence assombrisse ses souvenirs, plus tard.

— Ne vous en faites pas pour des balivernes. Cet enfant n'a pas deux ans. Et puis, dans la vie, fit remarquer William, il n'y a pas que du beau. Plus vite votre fils s'en rendra compte, plus efficaces seront ses défenses pour affronter le pire. Je suis celui qui peut le mieux vous en parler; j'ai été séparé de mes parents dès l'âge de cinq ans.

— Je vous répète, cher ami, que j'ai été la plus surprise d'apprendre une pareille chose. Je pourrais même dire que j'en ai été outrée. Malgré l'autonomie qu'on peut développer après la séparation, nous ne voulons pas cela pour notre petit ange.

— Une fois n'est pas coutume. Vous vouliez venir avec moi pour voir votre fils Henry. Noël ou pas, je n'avais pas le choix de quitter à cette date si je veux être à Witley pour le 12 janvier. L'arrêt obligatoire à Valcartier retarde le départ en train vers New York. Quant à la traversée jusqu'à Liverpool, elle durera entre sept et dix jours. De là, il faut compter le temps qu'il nous faudra pour couvrir la distance jusqu'à Witley. Tout cela mis ensemble, en comptant les contretemps qui peuvent survenir, nous pouvons nous attendre à ce qu'il s'écoule une vingtaine de jours avant que nous arrivions à destination.

— Je ne vous en veux pas, le rassura Kate. Quand on désire absolument quelque chose, il faut en assumer les inconvénients.

— Je suis bien placée pour en parler, répliqua Graziella.

— Vous voulez dire que vos expériences difficiles ont laissé des traces, Graziella? Vous avez voulu marier Alexis, le parrain de votre fils, et ce curieux accident est arrivé.

— C'est ce dont je voulais parler. J'espère que j'aurai l'opportunité d'avoir un aperçu de ce qu'il a vécu.

— J'ai envie de vous dire que, plus on tourne le couteau dans la plaie, plus elle saigne. Je laisserais tomber, à votre place. Prenez note que, malgré la meilleure volonté du monde, je ne puis vous garantir que je pourrai vous emmener dans tous les endroits où il est allé. Tout n'est pas permis aux femmes, vous le savez déjà, et nous sommes en temps de guerre.

— Justement, en bouclant mes valises, hier, j'ai pensé à quelque chose qui pourrait m'aider.

— Vous semblez avoir des tours dans votre sac, comme on dit.

— Ce n'est pas méchant.

— Je me méfie de vos idées, jeune fille. Votre esprit avant gardiste me fait un peu peur.

— Moi? Faire peur à un homme aussi intelligent que vous? Je crois qu'il faudrait se lever de bonne heure pour arriver à vous effrayer. Quand on a connu la guerre, il ne doit pas y avoir grand-chose de surprenant.

— Dites toujours! Après, on verra.

— Ne sursautez surtout pas et ne me regardez pas d'un œil sévère comme vous savez si bien le faire.

— Je ne croyais pas avoir l'air aussi menaçant.

— Il faut être strict et discipliné pour arriver à concilier famille, affaires florissantes et guerre.

— Justement, pour moi, il n'y a pas de différence entre les trois sphères. La guerre existe autant dans la famille que dans les affaires, vous devez savoir cela!

Graziella se rembrunit. Elle lécha de son regard ses doigts croisés sur ses genoux. Elle était en guerre avec sa mère depuis son enfance et avec son père depuis qu'elle lui avait demandé de signer le papier d'adoption. De

Graziella Cormier, elle était devenue Graziella Davis. C'était pour son fils qu'elle avait fait ce geste.

William attendait une réplique :

— Vous avez raison, monsieur Price : il n'est pas nécessaire d'être sur un champ de bataille pour faire la guerre.

— À quoi avez-vous donc pensé en bouclant vos valises?

— J'y ai surtout mis des vêtements pratiques, qui m'aideront à passer inaperçue.

— Ce n'est pas le cas de ce manteau voyant, constata William.

Kate s'immisça dans la discussion :

— Vous devez savoir que Graziella use ses vêtements jusqu'à la corde en dépit des offres que nous lui faisons.

— Monsieur Price est le mieux placé pour comprendre que, pour devenir à l'aise financièrement, il ne faut pas jeter l'argent par les fenêtres. N'est-ce pas, monsieur?

— Vous ne pourriez mieux dire, Graziella. Je le vois à la vitesse que progressent vos actions dans mes compagnies. Bientôt, vous serez l'actionnaire principale, si vous continuez à en acheter à ce rythme-là, ajouta-t-il avec un léger sourire. Je n'aurais jamais dû vous recommander à un courtier.

— Ne plaisantez pas. Vous savez que vos propriétés n'ont rien à craindre de moi…, quoique…

— C'est à votre tour de me taquiner. Je suis un homme qui entend à rire, malgré ce qu'on en dit. Vous avez dû vous en apercevoir, depuis le temps que nous nous connaissons. Allez-vous enfin me dire l'excellente idée que vous avez eue?

— Je disais que j'y avais mis des vêtements pratiques. Entre autres, le trench-coat d'Alexis. Il est chaud et résistant; c'est un cadeau qu'Henry lui a fait lors de son passage à Witley. Je me suis dit que ce vêtement me serait indispensable sur le bateau. Il faut penser que nous y serons en janvier.

Graziella étirait le temps. Un homme comme William Price, qui s'opposait à la tolérance qu'on manifestait à l'égard des femmes dans tous les domaines depuis quelques années, pourrait promptement refuser d'accéder à sa demande.

— C'est un manteau peu commun pour une dame, mais, il faut l'admettre, c'est une bonne idée. Vous devez plutôt penser au confort.

— C'est ce que je me suis dit. Je n'ai même pas apporté de robe de circonstance.

— Mais qu'allez-vous porter lors du bal du commandant?

— Le bal du commandant?

— Comme, malgré la guerre, l'*Adriatic* a gardé la coutume des traversées de plaisance, nous aurons l'honneur de partager la table du commandant. À moins qu'on interdise toute réception pour des raisons de sécurité! Les attaques ennemies sont toujours possibles, il ne faut pas le nier... Excusez-moi, je n'ai pas voulu vous effrayer. C'est une chose peu probable.

William venait de soulever un point délicat. Anxieuse, Kate intervint.

— Vous croyez vraiment qu'une attaque peut survenir? Quelles sont les mesures prévues, dans ces cas-là?

— Si le bateau est victime d'une attaque, vous, les civils, resterez dans votre cabine tant qu'on ne vous donnera pas la consigne d'en sortir pour vous diriger vers les canots de sauvetage.

Kate devint songeuse. Tout à la joie de revoir son fils, elle n'avait pas vraiment réalisé quels étaient les réels dangers d'une telle traversée. Des papillons s'agitèrent dans son estomac et elle se sentit soudain nauséeuse. Avait-elle surestimé ses forces avant de s'engager dans un aussi long et hasardeux itinéraire?

La négociation accaparait à présent l'attention de Graziella. La résistance qui s'annonçait sollicitait son instinct de batailleuse, si bien qu'elle ignora le teint subitement pâle de Kate. Elle reprit la parole:

— Pourquoi rester dans la cabine quand on peut se rendre utile autant que les femmes qui œuvrent sur le terrain comme infirmières ou autrement?

— Ce ne sont ni la force de vos bras ni vos bonnes actions qui feront la différence. Vous ne connaissez pas la réalité de la guerre. Il y a une nette différence entre en entendre parler et la vivre sur le terrain. Que feriez-vous, exactement, si cela était?

— Je me confronterais à l'ennemi, riposta Graziella, convaincue.

William s'amusait. Cette naïveté, cette innocence lui faisait oublier la lourdeur de ses responsabilités. Cette fille avait la réplique facile; cela lui plaisait.

— Eh bien, allez-y, je vous écoute, jeune entêtée!

— Pourriez-vous me dénicher un pantalon de soldat à ma taille, à Valcartier?

— Un pantalon de soldat? Que dites-vous là?

— Je vois que ma requête vous étonne. Elle vous semble puérile, même insignifiante.

— Une dame porte une jupe, pas un pantalon.

— Vous refusez?

— Si vous me disiez réellement pourquoi vous voulez vous accoutrer comme un soldat?

— Vous savez déjà que j'espère avoir l'occasion de me rendre à l'endroit où Alexis a été blessé.

— Et je vous ai répondu que je ne puis rien vous garantir. Même avec une raison comme celle-là, je ne suis pas convaincu. Je dois y penser. Cela ne me semble pas très sérieux. Ce n'est pas un pantalon qui vous permettra d'accéder aux tranchées. Vous en avez, des idées! Je vois que vous ne connaissez pas les règles; il est temps que je vous en instruise.

Chapitre 3

Un préposé avertit les passagers.

— Après l'arrêt à la gare de Saint-Joseph, un lunch sera servi aux passagers de la première classe à la voiture-restaurant.

En attendant, les regards étaient fixés sur le magnifique décor qui se déroulait à l'extérieur. Une légère neige voletait et s'accrochait à l'accumulation de la veille dans les sapins et les épinettes; même les branches dénudées de leurs feuilles étaient ouatées.

La locomotive ralentissait sa course. Le cœur de Graziella s'affolait. Au loin apparaissait une nappe de glace à perte de vue. Quelques maisons se fixaient dans le paysage enseveli dans une couche immaculée de blanc. Pour se distraire, Graziella pensa à son petit Hubert; le matin même, il avait imité le tchou! tchou! de la locomotive en entrant dans la gare. Son fils lui rappela Hubert Grenier. Et si le père de son enfant allait se trouver lui aussi à la gare? Sa pensée se tourna plutôt vers Joseph, son frère. C'était lui, le voyageur de la famille. En outre, si Gabrielle était encore au sanatorium, Hubert avait bien pu emmener ses trois enfants voir leur mère à l'approche de Noël. La dernière fois, elle avait vu monter Louis Paquenaude dans le train; c'était un ami d'enfance qu'elle ne reverrait plus jamais, elle en était certaine.

Elle réalisa qu'elle avait beau s'évertuer à essayer de gommer son passé, elle le rencontrait sans cesse au détour d'un mot, d'une phrase, d'un événement, ou même dans un détail aussi futile qu'un objet.

La locomotive roulait maintenant à peine, et son cri

strident annonçait que ses freins se frotteraient métal sur métal jusqu'à l'arrêt complet. Pour masquer son inquiétude, elle dit à William:

— Je me demande pourquoi vous n'avez pas mis la main sur l'usine de pâte et papier de Val-Jalbert, dans l'intention de couper l'herbe sous le pied à la Compagnie de pulpe de Chicoutimi.

— Si vous le voulez, Graziella, ne me parlez pas des Dubuc et de leurs acolytes. Je ne veux pas me souvenir des démêlés que j'ai eus en justice avec eux après avoir construit et entretenu pendant une trentaine d'années les quais situés dans le bassin de la rivière Chicoutimi. Sans aucune considération pour le travail que j'avais fait, ils ont été vendus par le gouvernement provincial à la Compagnie de pulpe.

— Je ne savais pas cela. Je me demande comment vous faites pour arriver à gérer vos multiples entreprises un peu partout dans la province. Je ne vous cacherai pas que j'ai souvent entendu parler en mal de vous.

— Je sais ce qui se dit dans mon dos. Mais j'ai un cœur comme tout le monde. Apprenez, jeune dame, qu'en affaires il faut avoir de la poigne; il ne faut surtout pas s'écarter de la route qu'on s'est tracée, même si on s'entend traiter de sans-cœur.

— Je prends des notes. Je remercie mes parents adoptifs de vous avoir mis sur mon chemin. Les mois que nous allons passer ensemble m'apporteront beaucoup. Vous êtes un homme surprenant dans tous les domaines. De laisser ses affaires entre les mains d'associés pour contribuer personnellement à recruter et à équiper le 171e bataillon d'infanterie demande un esprit patriotique peu commun.

— Oui, on dit que je suis un ardent patriote, un impérialiste accompli. J'ai déjà plusieurs années de service militaire à mon actif. Il n'y a rien pour m'empêcher de guerroyer, d'une façon ou d'une autre.

— Pas même votre famille! Vous avez déjà parlé de l'attitude de madame Amelia quand vous n'étiez pas là.

— Ma famille me comprend et s'accommode fièrement de mon titre de sir.

— J'ai presque oublié que vous avez été fait chevalier en janvier 1915. Dorénavant, je vous appellerai sir William.

— William sans le sir ni le monsieur ferait mon affaire. Je ne suis pas attaché plus que cela aux titres. Je veux juste que les actions que j'aurai posées pour le bien de mon pays soient reconnues par la postérité, que ce soit pour sa défense ou pour l'exploitation de ses richesses. Je sais que ce n'est pas ce que les gens pensent, mais, bon! cela ne m'empêche pas de marcher la tête haute. Souvent, on ne regarde pas les deux côtés de la médaille avant de juger.

— Personne ne peut nier cela. Je vais avoir besoin de plusieurs cahiers pour noter vos leçons.

— Point n'en est besoin, nous nous ressemblons. Vous avez des idées d'homme. Si vous en étiez un, vous seriez aussi entreprenante que moi.

Ébranlée par la crainte d'un probable danger en mer, Kate ne s'était plus mêlée à la conversation. Son attention à présent sollicitée par les activités de la gare, elle imagina les appréhensions que pouvait ressentir Graziella de se retrouver dans sa contrée natale.

— Pour me remettre d'un malaise passager, dit-elle, je vais sortir me dégourdir les jambes et respirer le bon air frais. Je ne vous en voudrai pas si vous ne m'accompagnez pas, Graziella.

— Vous avez raison, j'aime mieux rester ici. Je suis désolée, Kate, de votre indisposition.

Graziella éprouvait une légère inquiétude. Ce long voyage serait-il trop épuisant pour elle?

— Moi, je retourne à mes fantassins. Je vais les faire descendre et en profiter pour allumer un bon cigare, décida William.

— Je vous suis, fit Kate en empoignant son sac à main.

— Vous pouvez le laisser ici, je vais le surveiller.

Graziella s'installa à la fenêtre. Son regard se posa sur le magasin général de l'autre côté de la rue. Elle se rappelait y être déjà venue avec ses parents; on y vendait de la nourriture sèche, des vêtements et des meubles prisés par les gens plus aisés; les pauvres sculptaient ou fabriquaient souvent eux-mêmes les utilités de la maison. À cette occasion, son père lui avait acheté des livres de contes qui se terminaient toujours par: *Ils vécurent heureux et eurent beaucoup d'enfants.* La princesse de Maurice Cormier n'aurait qu'un seul enfant si elle continuait à refuser les occasions qui se présentaient...

Ses yeux furent attirés par un couple qui quittait le commerce. Spontanément, elle se précipita hors de la voiture. Kate et William la virent se diriger vers un homme et une femme qui tenaient des paquets.

Graziella les aborda:

— Papa! Maman!

Une telle rencontre était inattendue pour ses parents. Si cela n'avait pas été du manteau bleu électrique que leur fille avait cousu elle-même alors qu'elle était étudiante de onzième, ils auraient eu peine à croire que c'était bien elle qui leur faisait face.

Maurice eut aussitôt le cœur en miettes. Il demeura muet. Maria reprit ses sens, leva le regard vers son mari et dit d'une voix mal assurée:

— Tu connais cette fille, toi, Maurice?

Il baissa des yeux contrits vers le sol, n'osant pas dévisager sa princesse qui n'attendait qu'un geste ou qu'une parole qui lui aurait fait croire en son pardon.

Maria lisait l'émotion sur le visage de Maurice. Contrairement à son mari, elle avait volontiers accepté que Graziella fût adoptée par les Davis. Toutefois, elle ne lui pardonnait pas d'avoir découvert son infidélité avec le beau Gérard. Elle n'avait toujours pas réussi à faire le deuil de son amant, le frère de son mari. Sa vie était devenue terne, sans l'excitation qui la rendait palpitante. Elle était comme une morte qu'on différait de mettre en terre. Cette pensée acerbe lui donna le courage de réagir avec autant de dépit qu'elle le pouvait. Elle dévisagea Graziella d'un regard sombre et claironna:

— Vous voyez ben qu'on vous connaît pas, mademoiselle.

Leur fille ne se laissa pas décourager par cette attitude acariâtre envers l'élan de bonne foi qui l'avait poussée spontanément vers eux. Elle comprenait que ses parents pussent lui en vouloir d'avoir ignoré leurs réticences et exigé leur consentement. Si Hubert demandait un jour de se faire adopter, elle refuserait carrément.

— Papa, vous connaissiez mes raisons. Je ne puis croire que vous m'en voulez encore.

L'homme était déchiré entre la femme qu'il aimerait toujours en dépit de sa personnalité équivoque et sa princesse à qui il ne pouvait que souhaiter de réaliser ses rêves les plus chers. Sachant que sa belle Maria ne lui pardonnerait pas de l'avoir contrariée, il se rangea de son côté. D'une voix hésitante, il répliqua :

— On peut pas vous en vouloir, on vous connaît pas.

Les yeux de Graziella traduisirent l'animosité qui montait en elle

— Très bien ! Puisque c'est comme ça, plus rien n'existe entre nous. Joyeux Noël ! Vous transmettrez mes vœux à Armandine et à l'oncle Gérard. Je m'en vais en Europe.

Elle tourna les talons, son mouchoir sous son nez. En redressant les épaules, elle courut vers sa voiture. On pouvait entendre la locomotive hoqueter. Elle contourna Kate et William. Médusés, ils la virent s'introduire à toute vitesse dans le compartiment.

Immobile dans la rue, Maurice n'essuyait pas les traces humides qui se glaçaient sur ses joues.

Maria lui conseilla :

— Ménage tes larmes de moule d'eau douce. Un homme pleure pas, surtout pour une fille sans-cœur qui en vaut pas la peine.

Quant à Graziella, plus rien ne la liait à une mère qui lui avait déjà déclaré dans une lettre qu'elle n'avait pas hérité de l'amour maternel et à un père qui n'osait pas contrarier sa femme pour montrer ouvertement à sa fille l'amour qu'il avait pour elle.

⁂

Les douze heures de train se faisaient sentir. Kate et Graziella étaient courbaturées de partout.

À Valcartier, le lieutenant-colonel, accompagné de son groupe de soldats, descendit en promettant de revoir les dames aussitôt que les préparatifs de départ seraient terminés. Graziella n'osa pas rappeler à William la demande qu'elle lui avait faite.

À la gare de Québec, elles louèrent une voiture-taxi. Coiffé du képi marine galonné de doré, le chauffeur accepta de conduire ces dames au Château Frontenac.

Graziella se réjouissait de voir que, dans les grandes villes, les voitures à essence étaient en service tout l'hiver. Pourquoi les Saguenéens n'utilisaient-ils pas les chaînes pour éviter les dérapages? Ces constatations la distrayaient de l'impression de désenchantement qu'elle n'arrivait pas à chasser en repensant à ses parents. Elle était bel et bien une orpheline, à présent, et elle pourrait dorénavant porter le nom de Davis sans plus aucun malaise, mais cela n'allait pas sans déchirements. Installée sur la banquette arrière avec Kate, elle s'attarda au décor extérieur.

Les gens marchaient à longs pas, d'autres glissaient malencontreusement sur la glace du trottoir ou pénétraient avec empressement dans les différents commerces. Il n'y avait pas à en douter, le 23 décembre était l'une des journées de l'année où tout un chacun essayait de reprendre le temps perdu; rien ne devait manquer pour le réveillon du lendemain. Des clients entraient chez le fourreur qui achetait des peaux de lapin à Kate, alors que d'autres quittaient la boutique. C'était de là que venaient le joli manteau et le chapeau de vison qu'elle portait si élégamment. Les envieuses se retournaient sur son passage. Madame Gendron ne digérait pas encore la chose. Graziella afficha un petit sourire au coin de ses lèvres. Kate le remarqua.

— On dirait que l'air de la ville vous va mieux que celui de la campagne?

— Pardonnez-moi, je n'ai pas été très agréable depuis Saint-Joseph, s'excusa Graziella d'uns voix lasse.

— Ne vous excusez pas. J'ai deviné ce qui s'était passé entre vos parents et vous, dit tristement Kate.

Elle était affreusement bouleversée par la scène dont elle avait été témoin devant le magasin général entre sa protégée et ses parents naturels. Elle ne pouvait pas concevoir qu'il pût exister une telle indifférence de la part d'un père et d'une mère face à l'affliction manifeste de leur enfant. Connaissant bien la sensibilité cachée sous des airs de conquérante de Graziella, elle imaginait le chagrin qu'elle devait ressentir après avoir été ignorée à ce point. Pour l'aider à se changer les idées, elle souleva le sujet qui la passionnait:

— Graziella, si nous arrêtions chez le fourreur? Je pourrais le remercier pour ce qu'il fait pour moi. Et que diriez-vous si je prenais l'argent qui me vient de mon commerce de peaux de lapin pour vous faire un petit présent? Ce manteau usé que vous portez...

— Je me sentirais mal à l'aise de parader dans un manteau de fourrure aussi chic devant des soldats qui ne reviendront peut-être pas vivants.

— Vous voulez dire que je ne suis pas de mise?

— Je veux simplement dire que ce n'est pas le temps de faire une pareille dépense. Que diriez-vous de conserver cet argent pour acheter des vêtements à Londres ou à Paris, comme le fait madame Dubuc pour sa famille?

— Je n'insiste pas. Je vous réserve quand même une surprise.

Graziella ne posa pas de questions concernant l'idée que Kate avait en tête. Elle écoutait.

— Savez-vous, je me sens mieux; j'ai combattu le malaise qui m'a prise quand William a parlé des dangers de notre future traversée. Il me reste une inquiétude, cependant. J'espère que Timothy va accepter l'invitation des Angers. Je téléphonerai en début de soirée demain pour en être certaine.

Le chauffeur annonça:

— Ces dames sont devant le Château.

Kate paya le montant de la course. À la réception,

elles furent accueillies par un commis vêtu d'un uniforme bourgogne, qui vérifia le registre et affirma que ces dames avaient bien deux chambres réservées à leur nom au quatrième avec vue sur le fleuve.

— Vous pouvez monter, mesdames. Un chasseur vous portera vos valises.

Elles se dirigèrent vers les ascenseurs. Elles reconnurent le liftier; il donnait le service à leur visite précédente. Il sourit à Graziella d'une façon charmante. Elle baissa les yeux candidement. Il n'y avait qu'à laisser tomber son mouchoir pour qu'il le ramasse et qu'il vienne le lui livrer à sa chambre, comme le faisaient dans les romans les dames en quête d'une aventure.

— Mesdames, vous êtes au quatrième. Le monsieur en uniforme avec des béquilles ne vous accompagne pas, aujourd'hui?

Au premier abord, Graziella fut étonnée de la remarque. Puis, elle se dit qu'il était difficile d'oublier l'infirmité d'un aussi jeune homme, causée par une guerre injuste. Spontanément, elle répondit:

— Il est décédé.

— C'est une triste nouvelle. Il était votre mari, votre fiancé?

— Mon mari, mentit Graziella.

Sa façon de la regarder était éloquente; elle se fit le reproche d'en avoir trop dit.

Cette conversation avait l'air d'inquiéter Kate. Elle chanta d'une voix salvatrice:

— J'imagine que, comme tous les jeunes hommes de votre âge, vous allez réveillonner avec votre famille?

— Non, demain, on m'a demandé de faire des heures supplémentaires. Il faut répondre aux besoins des clients; on ne peut pas tout arrêter parce que ce sera Noël. Comme ma famille demeure dans le Bas-du-Fleuve, je suis toujours disponible pour les remplacements qu'on m'offre.

— Merci, fit Kate en lui remettant un pourboire.

— Si vous avez besoin d'informations supplémentaires, vous n'avez qu'à me demander. Où est l'église la plus près, par exemple, ou bien à qui vous adresser pour les boissons et la nourriture à la chambre. À la salle à manger, on offrira un réveillon après la messe de minuit. Si vous êtes intéressées, vous n'aurez qu'à réserver lors du souper de demain, le 24. Pour ceux qui se couchent tard, il sera possible de faire une partie de cartes et de jouer du piano dans le salon adjacent au hall. Voilà, je crois que je n'ai rien oublié.

— Merci. Si nous avons besoin, nous nous adresserons à vous ou nous réserverons nous-mêmes.

— Bien! Mesdames, j'ai eu du plaisir à vous servir! salua-t-il en levant légèrement son képi.

Kate annonça:

— Ma chérie, il est tard et je me sens exténuée. Que diriez-vous si nous faisions livrer un en-cas à la chambre avant d'aller au lit.

— Je suis d'accord. La journée a été longue. J'ai bien hâte de me reposer.

Chacune se dirigea vers sa chambre.

Graziella referma la porte sur elle et déposa son sac sur la commode. La glace sur le mur de la fenêtre lui renvoya l'image d'un visage aux traits tirés. Sans quitter son reflet des yeux, elle enleva son chapeau passé de mode. Elle tourna ensuite sur elle-même et pendit son manteau sur un cintre dans le placard. Elle vint à la fenêtre. En observant les quais, elle pensa à la missive d'Henry dans son sac à main et au baiser d'Antoine, la veille. Il y avait si longtemps qu'elle n'avait pas été gâtée par un homme! Chaque fois qu'elle avait un contact avec sa mère, que ce fût par lettre ou en personne, l'envie d'être dorlotée et rassurée se manifestait. C'était dans ces sortes de circonstances qu'Alphonse Gendron avait pu obtenir ses faveurs.

On frappa à la porte. En ouvrant, elle vit que c'était le garçon d'ascenseur, et non le steward, qui venait livrer ses deux malles. Sans passer de remarque, elle s'occupa elle-même de les coltiner dans la chambre et referma promptement le battant. Elle prit les clés dans son sac à main sur la commode, déverrouilla la première valise et en sortit quelques vêtements qu'elle suspendit dans le placard. D'un bond, elle se réfugia sur le lit, où elle s'étendit par-dessus la courtepointe; des images de toutes sortes valsaient dans son cerveau : le petit Hubert, Alexis, Maurice, Maria, Timothy...

Un sommeil agité la gagna.

❋

24 décembre 1916, 7 heures

Déjà assise à une table ronde nappée de blanc et garnie d'ustensiles en argent, Kate surveillait l'arche. Elle sourit à Graziella lorsqu'elle fit son entrée.

— J'étais inquiète, ma chérie. D'habitude, vous êtes à l'heure.

— Excusez-moi. Cette longue journée de repos m'a alourdie. En fin d'après-midi, j'ai lu et je suis tombée endormie comme une bûche, la tête sur mon livre. En me réveillant, il m'a fallu faire vite. Voilà! Avez-vous eu le temps de regarder le menu? demanda-t-elle en prenant place en face de Kate.

Toute la journée, les deux complices étaient demeurées chacune dans sa chambre. De la salle à manger, un garçon leur avait apporté le petit-déjeuner ainsi que le dîner. Plutôt que de se livrer à quelque activité, elles avaient voulu refaire leurs forces en vue de la nuit qui s'annonçait. Elles avaient l'intention d'assister à la messe de minuit, de réveillonner à la salle à manger de l'hôtel et de se joindre à des partenaires de cartes.

Kate répondit :

— Pour nous mettre dans l'ambiance du dîner de la veille de Noël, je commanderai de la dinde aux canneberges.

— Aux atocas! Ici, on dit aux atocas, s'amusa Graziella.

— Disons aux atocas... Puis-je vous faire une remarque? fit Kate en plantant son regard dans celui de Graziella.

— Vos remarques sont toujours judicieuses. Dites!

— Vous avez les yeux d'une fille qui a pleuré. Est-ce à cause de vos parents que vous avez revus à la gare de Saint-Joseph, hier?

— Non, ce n'est pas seulement en raison de la rencontre de mes parents. C'est plutôt une série d'événements plus inattendus les uns que les autres qui me remuent. Je ne sais pas trop... J'ai un mauvais pressentiment qui ne me quitte pas depuis notre départ de Chicoutimi. Vous avez raison: j'ai les yeux d'une fille qui a pleuré. Je me suis endormie après la lecture d'un poème de Baudelaire et j'ai fait un rêve. Je me suis réveillée en larmes.

— Quel était donc ce rêve?

— Un songe qu'il m'arrive de faire de temps en temps.

— C'est peut-être un rêve prémonitoire?

— Qu'est-ce que cela veut dire?

— Un rêve qui vous annonce une aventure que vous vivrez.

— Je ne vois vraiment pas le rapport entre ce qui pourrait m'arriver et le fait que je galope sur Enfer.

— Et...

— J'aimerais mieux en rester là.

— Allez, dites, je suis curieuse.

Graziella ne voulait pas déclarer qu'elle était tourmentée. Elle avait remarqué qu'elle faisait ce cauchemar surtout lorsque des changements importants survenaient dans sa vie.

— Un cavalier noir me surprend. Je ne me défends pas, et il m'abandonne en larmes.

— Cet homme, vous avez le temps de voir son visage?

— Il ressemble à Joseph Grenier, le frère d'Hubert.

— Vous étiez peut-être amoureuse de ce jeune homme sans le savoir. Ou est-ce le signe que vous trouverez le prince de votre vie bientôt?

— Je me suis souvent dit que j'aurais dû m'intéresser à Joseph plutôt qu'à son frère, de qui j'ai cru être tombée amoureuse dès notre première rencontre.

— Vous avez été aveuglée et vous avez cru que c'était cela, l'amour.

— Kate, avant de m'engager à nouveau, je veux être sûre de ne pas faire fausse route. Vous êtes ma meilleure conseillère. Savez-vous vraiment ce qu'est l'amour?

Cette question troublait Kate. Elle avait cru en être certaine. À partir du moment où son couple avait commencé à battre de l'aile, elle avait souvent repensé à l'aventure d'un soir qu'elle avait eue avec son voisin de palier, à New York. Peu friande de se compromettre en parlant par mégarde de cette passade, elle obligea Graziella à réfléchir sur son propre cas.

— Vous pouvez vous-même me répondre. Si vous avez décidé d'épouser Alexis, c'est que vous éprouviez un sentiment particulier pour lui.

— Comme vous le savez déjà, j'ai commencé à estimer Alexis comme ami pour ensuite m'apercevoir que son humour, sa douceur et sa gentillesse faisaient forte impression sur moi. Est-ce que ce genre d'amour aurait duré toute une vie?

— Je vais vous avouer franchement le fond de ma pensée. J'étais certaine que vous aviez pris la décision de vous unir à lui parce que vous avez vu, dans la découverte du vol de votre mouchoir par mon mari, un signe qu'il vous aimait plus que vous le pensiez. Vous vouliez vous sauver de la maison pour ne pas me faire de peine plus que j'en avais déjà eu.

— Je vous ai exposé mes motivations à ce moment-là et je n'ai rien à ajouter, mentit Graziella.

Comment ne pas se rappeler pourquoi elle avait pris la décision spontanée d'unir sa destinée à un jeune soldat revenu blessé de guerre? Elle avait voulu quitter le plus tôt possible la maison de ses parents adoptifs pour éviter de faire de la peine à Kate, elle qui avait été affligée de retrouver par hasard dans la poche du pantalon de son mari le mouchoir que Graziella pensait avoir égaré. Cette relique qu'il lui avait dérobée n'était-elle pas le signe qu'il n'avait pas remisé dans un coin de son âme le souvenir de la séance amoureuse qui les avait rapprochés le 23 décembre 1914?

— À propos des sentiments exclusifs, j'en éprouve

un tout aussi particulier pour Antoine, un autre pour Alphonse, un autre pour mon père, et ainsi tourne la roue. Ce voyage va confirmer ou infirmer qu'Alexis était ou non le bon choix. Est-ce que je l'aimais plus que le souvenir que j'ai de lui?

— Et après...

— Après, je ne sais pas trop. Il me semble que, quand tout est clair, quand on peut nommer une chose qui nous trouble, c'est moins douloureux; la vie prend alors un autre sens.

— Ma fille, vous raisonnez si justement! J'en suis étonnée chaque fois que vous philosophez de cette manière.

— Kate, à mon tour de vous poser une question, dit Graziella en lui attrapant la main qui jouait avec le couteau d'argent sur la table. Pensez-vous que, malgré tout, vous aimez encore votre mari?

La femme hésita un léger instant. La question la surprenait. Elle n'y était pas préparée. D'une voix qui se voulait rassurante, elle traduisit sa vision présente le plus justement possible.

— Ma chérie, encore une fois, vous pourriez vous-même répondre à cette question. Au fil des années, l'amour change de forme. Ce sont les aléas de la vie qui font cela. J'ai des sentiments pour mon mari, mais je n'ai plus la passion qui m'a poussée à l'épouser. Peut-être qu'un homme et une femme ne sont pas faits pour passer leur vie entière ensemble! Je le répète : notre mariage n'était pas fait pour durer éternellement. Je ne dirai pas que vous avez été irresponsable, loin de moi cette idée! Mais vos frasques volontaires ou spontanées ont provoqué des changements dans notre maison. Ces changements sont-ils pour le mieux? Pour l'instant, je sais en tirer le meilleur. Ils me font voir clairement que mes priorités se tournent vers le côté humain des personnes, tandis que celles de mon mari sont plutôt axées sur le refus de vieillir. C'est à ce carrefour que nous avons pris un chemin différent. J'en ai pris mon parti. J'ai mon petit commerce de peaux de lapin, je tricote pour mes filleuls de guerre, j'ai mes bonnes œuvres et, par-dessus tout, il y a ce petit monsieur qui grandit en mettant de la joie plein la maison. Parmi les femmes autour de moi, y en a-t-il une plus chanceuse que Kate Hill-Davis?

Graziella ne pouvait retenir ses larmes; un tel renoncement, une telle clarté d'esprit, une telle grandeur d'âme la renversaient. Ce n'était pas la première fois que les paroles de cette femme, qui l'avait adoptée envers et contre tous et malgré ses errements, la troublaient ainsi. Elle aurait dû s'en aller coûte que coûte, quitter sa maison même si la mort d'Alexis avait fait échouer son plan.

Kate attendit que Graziella tire son mouchoir de son sac à main. Estimant que le moment était propice, elle avança:

— Dans moins de trois semaines, vous rencontrerez Henry pour la première fois. Vous avez correspondu régulièrement avec lui depuis l'an dernier. Je ne sais pas ce que vous vous écriviez et je ne vous le demande pas. Cependant, l'intuition d'une mère est infaillible. Je soupçonne Henry d'avoir un fort sentiment pour la charmante Graziella Cormier-Davis, qui court après des chimères. Elle se fait des accroires en pensant que de refaire le chemin du soldat Alexis l'aidera à repartir à neuf.

En émettant ces commentaires, Kate se trouvait en face d'une réalité qui se dessinait à l'horizon. En y pensant bien, elle devait cesser de prendre une histoire pareille à la légère. S'était-elle déjà arrêtée à analyser sérieusement les conséquences d'une relation amoureuse entre son fils et sa fille adoptive? Qui adhérerait à la religion de l'autre? Pour couronner le tout, la parenté légale, conséquence de l'adoption, rendait le mariage illicite. Avait-elle oublié le subterfuge auquel son mari et elle avaient eu recours lors de leur mariage et qu'elle avait relégué dans son jardin secret? Ç'avait été un mariage illégal entre une catholique et un protestant. Cela pouvait se découvrir, même aussi loin que dans une contrée où on croirait que l'information ne se rendrait jamais. Kate se rendait soudain compte de l'ampleur des obstacles qu'elle rencontrerait pendant ce voyage si Graziella jetait son dévolu sur Henry. Mais le coup d'envoi était donné. Il lui faudrait composer avec les situations imprévisibles qui se présenteraient. Aurait-elle la force de les affronter?

En serrant le poing qu'elle tenait sur la nappe, Graziella déclara d'une voix étranglée :

— Je voudrais tant que vous retrouviez le grand amour à nouveau! Pardonnez-moi si je vous ai fait du mal. Vous m'êtes si précieuse, Kate!

— Vous êtes pardonnée depuis longtemps. Je sais ce que vous valez.

Le temps s'étirait sans que s'épuise la conversation entre les deux femmes. Lorsqu'enfin le serveur sentit qu'elles prenaient une pause, il s'approcha de la table. Il était temps pour lui de prendre la commande.

Elles levèrent le menton vers l'homme. Les traits de Graziella lui donnaient un air ravagé, alors que la figure de Kate indiquait qu'elle avait perdu son aplomb.

❋

Le garçon de table avait apporté deux coupes de champagne pour accompagner le *Christmas pudding*. Plus détendues, Kate et Graziella se laissaient porter par l'ambiance festive. Il n'y avait autour d'elles qu'un tourbillon de voix joyeuses, de musique instrumentale émise par un phonographe, de jolies toilettes et de galanteries de la part des hommes. Soudain, Kate revint à la réalité :

— Graziella, il faut que je téléphone à Timothy.

— Vous avez raison. Voulez-vous que je vous accompagne?

— Non, vous avez droit à une seconde coupe de ce délicieux champagne. Je reviens.

— J'en commande une pour vous également. Nous boirons ensemble pour fêter les bonnes nouvelles.

Kate laissa sur la table sa serviette et son sac brodé de pierreries. Graziella observa son port de tête altier, ainsi que sa démarche élégante qui faisait danser la soie de la jupe bleu nuit pendant qu'elle traversait le hall. Parvenue à la boîte murale, Kate tourna la poignée et donna le numéro de la maison de la rue Price à la téléphoniste. La réponse se fit attendre. Graziella comptait le nombre de sonneries intermittentes dans sa tête : une, deux... jusqu'à dix. Enfin, Kate se mit à parler en gesticulant. Et, trop rapidement, elle raccrocha. En revenant vers la salle à manger, elle affichait un air chagrin.

Elle s'assit très lentement, comme si elle hésitait à retourner à l'appareil téléphonique.

— Quelque chose ne va pas? demanda Graziella, inquiète.

— La ligne était si mauvaise que je n'ai pratiquement rien compris.

— Qu'avez-vous entendu, au juste?

— Je suis à peu près convaincue que Timothy m'a dit qu'il avait l'intention d'aller réveillonner chez les Angers.

— C'est une bonne nouvelle! Nous sommes certaines que le petit Hubert recevra ses présents des mains du père Noël.

— Il me semble que j'ai entendu nommer Claire, sans savoir ce qu'il en était.

— Claire? Il vous a sûrement dit qu'il a téléphoné à sa mère, comme vous le lui avez demandé.

Le serveur débarrassa les assiettes à dessert souillées et ajouta sur la table deux coupes pleines.

— Vous avez raison. Je suis soulagée. Goûtons donc à ce champagne bien frais. De s'inquiéter inutilement n'arrangera pas les choses. J'en ai eu à nouveau un aperçu hier lorsque William a parlé des dangers qui pourraient survenir pendant la traversée. Je me suis sentie vraiment très mal. Il faut que j'arrive à me maîtriser sans rechuter. Santé! Au succès de ce voyage!

Kate frappa sa coupe à celle de sa fille adoptive.

❋

Timothy raccrocha le combiné en se demandant ce qu'avait pu décoder Kate de leur conversation coupée par l'instabilité de la ligne téléphonique. Il se laissa tomber dans son fauteuil et se mit à rouler un cigare entre ses doigts. Avait-elle compris qu'il avait l'intention de se rendre chez les Angers après la messe de minuit à l'église St. James de Kénogami? Cependant, il hésitait à les appeler pour les en aviser. De se retrouver dans cette grande famille ne raviverait chez lui que de mauvais souvenirs. Il se ferait violence pour le petit Hubert.

Timothy toucha son bras gauche. Un léger élancement partait du poignet et remontait jusqu'au coude. Pour ne pas l'inquiéter, il n'avait pas soufflé mot à sa femme de la légère attaque qu'il avait eue la veille. Était-ce une bonne idée de sortir ce soir? Ne serait-il pas mieux de se mettre au lit immédiatement et de remettre au lendemain le service du culte et la remise des cadeaux à Hubert?

Il venait de dire à Kate qu'il n'avait pas encore téléphoné à la mère de Claire, comme elle l'en avait prié la veille. Il était temps qu'il fasse un geste peu commun, qui pouvait sembler déplacé. Il devait le faire pour sa femme qui s'inquiétait, sans aucun doute à tort. Rassemblant ses forces, Timothy déposa son cigare éteint sur la table basse et se rendit à l'appareil. Il décrocha et donna le nom de l'abonné à la téléphoniste qui, la voix à demi noyée dans le grésillement, cria:

— Vous avez bien demandé à parler à madame Alcide Juneau, à Chicoutimi?

— Oui, c'est bien cela. Excusez-moi, j'ai un accent terrible.

— Attendez un instant.

En entendant la sonnerie, Eulalie tempêta contre ces appareils modernes qui étalaient la vie privée des citoyens sur la place publique. Mais apparemment les jeunes ne pouvaient plus vivre sans ces calamités. Elle essuya ses mains à son tablier et décrocha le combiné de la boîte fixée au mur de la cuisine.

— Allô!

— C'est monsieur Davis. Qui parle?

— J'ai de la misère à vous entendre!

— Je sais, la ligne est mauvaise. Avant de partir, ma femme m'a demandé de vous appeler pour avoir des nouvelles de Claire.

— Ma fille Claire a eu un accident. Est tombée en bas de l'escalier pendant que son mari était au travail. Le médecin a décidé de l'envoyer à l'hôpital.

— Comment va-t-elle, à présent? demanda Timothy.

— J'sais pas si elle a repris connaissance. J'vous remercie d'avoir appelé, monsieur Davis. Vous transmettrez mes salutations à votre femme pis à votre fille. Joyeux Noël!

Soucieux, Timothy tourna la manivelle pour avertir la téléphoniste de la fin de la communication. Claire avait-elle réellement dégringolé dans l'escalier? Sa femme se tourmentait pour elle…

Il revint lentement à son fauteuil, comme si ses jambes allaient le lâcher. Il reprit son cigare où il l'avait laissé, le planta entre ses lèvres et lui présenta l'allumette. En pensant qu'un cognac lui ferait du bien, il alla s'en servir un à la cuisine. Après avoir regagné son fauteuil, il fit tourner dans sa bouche une gorgée bienfaisante d'alcool en essuyant sa moustache touffue du revers de la main. Une lampée après l'autre, il vida son verre et retourna le remplir en glissant au passage une bûche dans le poêle. Devant le miroir au-dessus de l'évier, il redessina de son index la raie qui séparait en deux sa chevelure maintenant clairsemée.

Graziella ne le regardait plus de la même façon que lorsque sa crinière était plus abondante. Il constatait que William avait raison : la cinquantaine qui se dessinait à l'horizon se lisait dans ses rides et sur son front. Bien décidé, il sortit son rasoir de sa trousse et l'affûta à l'aide de la lanière de cuir fixée au comptoir. Il fit couler de l'eau tiède dans le bassin, y mouilla la savonnette et l'imbiba de savon qu'il fit mousser abondamment. Une fois la moustache détrempée et savonnée, il fit tomber les poils par petits coups de lame répétitifs. Il lava sa figure en entier à la débarbouillette, puis contempla sa peau mise à nu.

Le tain ne reflétait plus les traits auxquels il s'était habitué petit à petit depuis sa plus tendre jeunesse. Timothy Davis avait sacrifié ce qui le distinguait pour paraître cinq ans plus jeune. Il se regardait à présent dans les yeux, le visage dénudé et l'âme torturée.

Alexis n'avait ni barbe ni moustache, et Graziella l'avait choisi; par contre, elle avait ignoré Alphonse Gendron dont la moustache semblait ne jamais parvenir à se rendre à terme; celle d'Antoine avait la classe qu'il représentait. Chaque fois qu'il pensait à l'un ou l'autre des garçons qui tournaient autour de la jeune femme, son cœur s'emballait; un léger élancement se rappela à nouveau dans son avant-bras gauche. Il avala le verre de cognac d'un trait et emprunta le chemin de la chambre d'amis. Il ramassa la ceinture-jarretelles qui avait roulé à terre la veille, se redressa, s'assit sur le rebord du lit et s'écroula sur le matelas, inconscient.

⁂

Eulalie ne savait plus où donner de la tête. Qu'arrivait-il à ses plus vieux? Claire, son aînée, était à l'hôpital et il fallait mentir sur la cause de ses blessures; elle venait de commettre un péché au téléphone en racontant une fable à monsieur Davis. Depuis qu'il travaillait à la Pulperie dans l'équipe de Paul, Charles, son deuxième, ne crachait pas dans la bière, selon l'expression populaire. Une autre calamité qui perdait la jeunesse! Elle n'avait encore rien à redire sur la conduite de Benoît, à part son engouement trop prononcé pour le cheval blanc qui avait tué le jeune Alexis. Et si l'idée venait à son fils de vouloir courser aussi vite qu'une bête? Julienne, sa quatrième, n'était plus elle-même depuis qu'elle faisait les yeux doux à Alphonse Gendron. Elle s'assoyait les deux coudes sur la table, le menton entre les mains, et rêvait en comptant les planches du plafond. Eulalie était bien inquiète depuis le départ de madame Davis et de Graziella. Julienne serait souvent seule à la maison pendant que son frère ferait les travaux à l'extérieur et les commissions. L'amour était une arme à deux tranchants; autant il pouvait être gratifiant et sublime, autant il pouvait plonger l'âme dans un abîme menant au déshonneur et à l'enfer.

Quelle idée avait eue Julienne de tomber amoureuse du fils d'une femme qui avait blessé Claire d'une manière incompréhensible? Eulalie Juneau n'était pas instruite, mais elle avait une intelligence et elle s'en servait. Depuis qu'elle avait été mise au courant des faits et gestes impudiques de Paule Gendron sur sa fille, elle s'était informée.

En déplaçant le rouleau sur la pâte à tarte étendue sur un lit de farine, elle jeta un coup d'œil à son petit-fils qui dormait dans le berceau près du poêle. « Pauvre petit trésor! pensa-t-elle. Y aurait pu mourir à s'époumoner si Benoît était pas arrivé à temps! »

Ses pensées allaient aussi vite que l'instrument qui maltraitait les boules de pâte. Les abaisses se succédaient les unes aux autres dans des assiettes de fer-blanc que le four engouffrait.

Les malheurs qui lui tombaient sur la tête depuis deux jours avaient retardé les préparatifs. Le travail qu'elle accomplissait en panique à la dernière minute aurait dû être exécuté la veille. Le cœur chaviré, Eulalie ne pouvait se sortir de l'esprit la scène qui s'était passée la veille. Elle la revit aussi clairement que si elle y était encore.

Benoît était venu la chercher pour qu'elle porte secours à Claire. Elle avait couru en souliers dans la neige, son seul châle de laine passé sur ses cheveux et ses épaules. Elle avait trouvé sa plus vieille sans connaissance sur le lit, dans une jaquette déchirée qui découvrait une partie de son corps. Et Benoît avait été témoin d'un pareil scandale! Elle avait enveloppé François, devenu bleu à force de crier, dans une couverture de laine.

Elle l'avait mis dans les bras de son fils en lui confiant la mission de ramener l'enfant chez elle. Avec l'aide de Solange, sa sixième, il avait réussi à lui faire boire un biberon de lait.

Pendant ce temps, Eulalie avait passé à Claire une chemise de nuit propre et décente; elle lui avait mis une débarbouillette glacée sur le front pour l'aider à retrouver ses sens, mais rien n'y faisait. Elle avait bien dû admettre que, dans ce cas-là en particulier, le téléphone avait été utile. Elle avait appelé le médecin, qui avait posé des questions embarrassantes. En lui répondant qu'elle avait trouvé sa fille sans connaissance en bas de l'escalier et qu'elle l'avait transportée dans son lit avec l'aide de Benoît, elle avait maquillé la vérité.

De retour pour dîner, Paul était passé dans la chambre et avait jeté un coup d'œil insensible sur la forme inerte sur le lit. Très calme, il était venu à la cuisine et avait attendu que sa belle-mère lui serve un bol de soupe. En remettant ses instruments dans sa sacoche, le docteur lui avait posé les mêmes questions qu'à elle. À son tour, il avait inventé la réponse la plus logique, indiquant que sa femme était à l'étage quand il était parti au travail. Il avait ajouté qu'elle était malhabile et qu'il lui arrivait souvent d'avoir des accidents. Le docteur Riverin était resté perplexe.

À présent, Eulalie se demandait quoi faire d'un secret pareil. La jeune Graziella avait vu juste et elle l'avait mise au courant. En retour, elle l'avait sommée de se mêler de ses affaires et l'avait pratiquement mise à la porte.

Les larmes d'Eulalie tombaient dans la pâte. « Petits enfants, petites misères, grands enfants, grandes misères », se dit-elle. Si le shérif s'en mêlait, toute la ville le saurait, mais personne ne croirait Claire et elle serait accusée de mettre tous les torts sur le dos de son mari.

« Petit Jésus, Toi qui es mort pour nous sauver, mets de la cervelle dans la tête des hommes, ainsi soit-il! » supplia-t-elle. Elle se signa en laissant des traces de farine sur son front, au niveau du plexus couvert de son tablier blanc sur une robe noire, sur son épaule gauche et sur sa droite.

En reniflant, elle sortit une tarte au sucre dorée du four et en introduisit une encore blanche.

❋

Mère Marie-des-Anges éprouvait une grande affection pour cette jeune femme blonde qui ressemblait à un ange. Depuis qu'on avait transporté Claire à l'hôpital, elle n'avait pas quitté son chevet. Elle avait même manqué la récitation en groupe du chapelet de six heures pour aider le docteur Riverin à faire sa toilette. Elle la trouvait trop amochée pour une seule roulade dans l'escalier. Il y avait des marques sur la peau de ses bras et de son dos. « Seigneur Jésus, pourquoi permettre des horreurs comme celle-là? » demandait-elle dans son for intérieur en laissant courir ses doigts sur son chapelet à grains noirs.

La dame Graziella, la meilleure amie de sa patiente, aurait pu la réconforter, mais, comme toutes les infortunes arrivent en même temps, elle n'était pas là. Mère Marie-des-Anges avait vu depuis longtemps qu'il n'était pas nécessaire d'avoir une arme dans les mains pour faire la guerre. Dieu était partout, et le diable Le suivait un pas derrière. Même que, souvent, il Le doublait.

La religieuse changea le pansement de coton sur le front bleui. Le mari, Paul Chamberland, n'était pas venu la voir. C'était mieux ainsi; si elle s'était réveillée, quelle aurait été sa réaction? Elle aurait pu perdre connaissance encore. Elle ne pouvait pas rester ainsi très longtemps sans boire ni manger. À ce régime-là, elle ne se rendrait pas au jour de l'An, estimait la sainte religieuse.

Mère Marie-des-Anges prit la main inerte sur le drap et la plaça dans la sienne. De l'autre, elle continuait d'égrener le chapelet qu'elle n'avait pas récité à six heures comme de coutume avec ses consœurs et les pensionnaires.

Les bruits de l'orphelinat tout près s'étaient tus. On

n'entendait plus que quelques pleurs en provenance de la pouponnière. La coutume du réveillon n'existait pas dans cette institution. Les enfants déjeuneraient comme d'habitude le matin de Noël et on les emmènerait à la chapelle où l'abbé Gagnon dirait la messe. Avant le dîner, on distribuerait les présents que les donateurs généreux avaient offerts.

Un chuchotement la tira de sa réflexion.

— Comment va-t-elle? demanda le docteur Riverin, qui s'était approché à pas de loup.

— Elle n'a pas encore bougé. Je n'ai pas cessé de lui mettre des compresses froides sur le front et de lui humecter les lèvres. Il va falloir qu'elle boive et mange un peu, autrement, nous ne la réchapperons pas.

— Cette jeune femme me cause bien du souci! Je n'ai jamais eu affaire à un coma aussi prolongé.

Tout en parlant à voix basse, il prit ses instruments dans sa trousse et glissa un thermomètre sous la langue de sa patiente; il s'apprêtait à l'ausculter en écoutant la répartie de la bonne sœur.

— Vous avez raison, un coma de plus de trente-six heures, ce n'est pas bon signe. Toute la journée, j'ai prié pour que le Seigneur agisse. Je suis certaine qu'Il va faire un miracle par son fils Jésus le jour du souvenir de Sa naissance.

— J'aimerais bien qu'il en soit ainsi, ma mère, mais ce n'est pas aussi simple. Je suis croyant, vous le savez, mais ce cas-là me déconcerte.

Il releva la chemise de nuit et cogna délicatement les genoux d'un maillet de caoutchouc. En recouvrant les jambes de Claire, il remonta le drap jusqu'à son menton et affirma:

— Aucun signe de vie à part un cœur qui bat trop vite et une respiration à peine perceptible.

— Qu'allons-nous faire, docteur? Je suis convaincue que ce n'est pas un accident.

— J'y réfléchis. Je ne puis faire arrêter son mari, il n'y a pas eu de plainte. Sa mère, madame Juneau, m'a dit qu'elle l'avait retrouvée en bas de l'escalier.

— Si on demandait à l'abbé Gagnon de nous éclairer? Il pourrait en profiter pour l'administrer. Elle ne peut pas mourir en dehors des bras du Seigneur, s'inquiéta la bonne sœur.

— C'est une excellente idée. Son mari et sa mère sont-ils venus la voir?

— Madame Juneau est bien occupée à la maison, avec ses neuf enfants. Quant à son mari, Paul Chamberland, j'aimerais mieux qu'il ne se présente pas.

— Vous avez raison. Continuez le traitement. Je reviendrai la nuit prochaine après le réveillon.

— Vous êtes si généreux, docteur!

— Pas plus que vous, ma sœur. Tâchez d'aller vous reposer.

— Je ne puis la laisser seule.

— Demandez à l'une de vos jeunes novices de vous remplacer quelques heures.

— Vous avez raison. Sœur Marie-du-Bon-Secours le fera volontiers. Elle est si dévouée!

Chapitre 4

Dans le salon adjacent au hall de l'hôtel, Kate et Graziella acceptèrent l'invitation d'un groupe de joueurs de poker, deux hommes et leur conjointe. Ces deux couples de New York, les Brant et les Magliana, seraient possiblement dans le même train qu'elles le mercredi suivant, si William avait accompli toutes ses tâches à Valcartier. Bill, l'un des deux hommes, paya le champagne. Elles dépassèrent les limites et semblaient un peu ivres.

Dans l'ascenseur, Graziella demanda l'heure au liftier.

— Il est dix heures. Si ces dames veulent faire une sieste avant la messe de minuit, je peux me charger de les réveiller vers les onze heures trente.

— Très bien, opina Graziella en soupirant. Je ne sais pas si je vais pouvoir tenir sur mes jambes.

— Moi non plus, admit Kate. Mais il était délicieux, ce champagne.

— J'en prendrais bien encore, osa dire Graziella.

Le garçon écoutait attentivement la conversation. Il rappela:

— On est au quatrième. Est-ce que ces dames veulent que j'aille déverrouiller leur porte?

— Non, merci, je vais arriver à faire entrer la clé dans la serrure toute seule, dit Graziella en émettant un grand éclat de rire.

Le liftier crut à un double sens. Il demeura poli.

— Très bien, je viendrai frapper à votre porte à onze heures trente, comme convenu, pour vous permettre d'être à temps à la messe de minuit.

Les deux femmes quittèrent l'ascenseur en titubant légèrement. Elles se tenaient par la taille et riaient pour rien. Le garçon attendit que les deux portes de chambre soient ouvertes avant d'actionner la commande de la cage.

Graziella lança ses souliers sur le parquet et marcha vers la fenêtre en dissipant ses vêtements derrière elle. Elle était nue lorsque les draperies tendues la coupèrent des lumières de la ville.

Elle tira la chaîne et un éclairage ambré jaillit des trois lampes murales. Elle se sentait d'humeur gaie. La glace lui renvoya le reflet d'un corps appétissant. De profil, elle admira ses longs cheveux châtain-roux qui tombaient en bas de ses épaules. Ses yeux bleu-mauve étaient d'une profondeur transparente, ses lèvres pulpeuses entrouvertes découvraient ses dents égales, ses seins fermes pointaient voluptueusement, et son ventre était plat en dépit de la maternité. Elle détailla minutieusement chaque partie de son corps. Elle jeta à nouveau les yeux sur son visage et palpa ses lèvres qu'Antoine avait embrassées fiévreusement, sans oublier Hubert Grenier, le père de son enfant, qui les avait si ardemment dévorées du temps qu'elle avait la certitude qu'il brûlait des mêmes sentiments qu'elle.

Graziella enveloppa ses seins de ses deux mains. Soudain, on frappa à la porte. Troublée, elle pensa que Kate avait besoin d'aide; elle avait elle aussi trop bu. En se pressant, elle enfila son peignoir et en boucla la ceinture. Elle tira le loquet.

Face à face avec un jeune homme, elle s'écria:

— Que faites-vous ici? Ce n'est pas l'heure!

— Je viens vous livrer une bouteille de champagne de la part de monsieur Brant.

— De monsieur Brant! Je ne puis accepter. Que dirait sa femme, si elle savait cela?

— Sa femme est d'accord. Laissez-moi entrer, je vais placer ce plateau sur la table de service, ouvrir la bouteille et vous verser une coupe de ce divin liquide, offrit-il galamment.

— Si sa femme est d'accord, j'accepte. Placez-la sur la table, mais ne l'ouvrez pas. Je les remercierai demain.

— Ils ne veulent surtout pas que vous les remerciiez, c'est ce qu'ils m'ont dit. C'est un cadeau de Noël anonyme.

L'homme avait un drôle de discours, mais cela était charmant et mystérieux. Il pénétra dans la chambre en frôlant la femme qui se tenait toujours debout à l'entrée. Elle le suivit pas à pas en titubant légèrement. L'odeur du mâle plaisait à la femelle. L'uniforme le distinguait et ses mots étaient flatteurs. Il déposa le plateau, se redressa et lui fit face.

Elle resta immobile, incapable d'esquisser le moindre geste de refus.

En volant ses lèvres, il l'entraîna sur la couche.

⁂

Après le souper, Roméo, Marie et Pierre, le petit serpent venimeux qui tirait encore de temps en temps les couettes de sa sœur Anne, protestèrent avec vigueur. L'un et l'autre ne voulaient pas aller au lit avant la messe de minuit. Marguerite et Romuald Angers durent user de leur grosse voix et les menacer d'annuler la visite de saint Nicolas. Manuel, trois ans, avait déjà volontiers accepté Hubert dans ses jeux; ils étaient devenus d'inséparables amis. Contrairement aux autres, les deux bambins, tombant de fatigue, ne résistèrent pas et se dirigèrent eux-mêmes vers leur lit en se tenant par la main.

Une fois les jeunes endormis, Marguerite, Aurore, Lucille et Jémina ornèrent le sapin placé dans un coin du salon; les décorations avaient été fabriquées par les enfants avec du papier de couleur. Romuald avait trouvé une nouveauté chez Noël Laferrière, de minces lanières de papier argenté. Les glaçons, comme le marchand avait appelé cette décoration flamboyante, mettaient une touche de modernisme dans la maison.

Les quatre femmes admiraient leur ouvrage en s'exclamant gaiement d'un air satisfait. Les jeunes n'en reviendraient tout simplement pas! Cependant, on se doutait que Pierre avait pu trouver le moyen de venir espionner en douce.

Soudain, un nuage noir passa au-dessus de leur tête. Alexis, qui savait si bien égayer la maison de sa bonne humeur, était maintenant sans voix. Si sa hardiesse ne l'avait pas mené à des excès, il serait venu réveillonner avec sa femme Graziella et son fils adoptif, Hubert. D'un bout de son tablier, Marguerite essuya une larme au coin de ses yeux. En hoquetant, elle réalisa:

— Monsieur Davis nous a pas donné de réponse. On sait pas s'il va venir réveillonner avec nous autres. On n'a pas eu de nouvelles de lui depuis hier, à la gare. Il faut lui téléphoner.

Aurore se chargea de la mission. Mais la sonnerie se répéta sans qu'elle obtienne de réponse. Marguerite s'inquiéta.

— Hier matin, j'ai trouvé qu'il avait l'air malade.

Romuald, qui sommeillait dans le fauteuil devant l'arbre, se réveilla en sursaut. Il grogna:

— C'est un homme qui se mène dur, même s'il travaille dans les bureaux.

— Et s'il était sans connaissance, seul à la maison?

— Inquiète-toi pas, ma femme! J'vas m'habiller pis aller voir.

— D'abord que tu seras de retour pour la messe de minuit...

— Mon vieux Pitou va pas vite, mais j'suis certain d'être de retour avec mon boss.

— Ça va faire curieux d'avoir un boss à notre table, au réveillon.

— C'est notre Alexis qui a permis ça. Un bien bon fils, dit Romuald d'une voix étouffée par le chagrin.

— Va, mon vieux, j'suis inquiète! Pendant c'temps-là, les filles et moi, on va monter une belle table comme Aurore est capable de le faire. Tout va être parfait pour le beau-papa qu'aurait eu notre fils. Quand on va avoir fini, ça va être le temps de réveiller les petits.

⁂

À Chicoutimi, l'envolée joyeuse des cloches de la cathédrale rappelait solennellement la naissance d'un enfant dans une crèche à Bethléem. *Minuit, chrétiens!* chanterait le meilleur ténor de la ville. Après l'office en latin, la chorale égaierait deux messes basses par des cantiques entraînants: *Il est né le divin enfant, Nouvelle agréable, Les Anges dans nos campagnes.*

Pour les Juneau, l'effervescence était ombragée par l'absence du pilier de la famille, leur fille aînée, Claire. L'office qui se déroulait en l'église du Sacré-Cœur n'apaisait ni la douleur du cœur ni la peur du déshonneur. Paul Chamberland était invisible. Eulalie préférait qu'il en soit ainsi. Son Alcide croyait en sa version des faits. Il n'y avait que Benoît qui connaissait l'histoire véritable et il ne déclarerait rien sans sa permission. Il était le plus heureux des hommes d'avoir le privilège de garder son filleul pendant la messe de minuit.

Les huit autres de ses dix moussaillons, assis en ligne sur le banc devant elle et son mari, avaient eu comme consigne de ne penser à rien d'autre qu'à Claire, qui avait eu un pénible accident. Cependant, elle n'était pas certaine que Julienne, dont l'épaule frôlait d'une façon inconvenante celle d'Alphonse Gendron, suivrait strictement le mot d'ordre. Le plus rassurant, c'était que l'abbé Gagnon avait administré Claire vers les dix heures. Si la volonté du Seigneur était de la ramener à Lui, tous ses péchés étaient pardonnés sans exception.

En égrenant son chapelet, Eulalie demanda à Dieu de l'éclairer. Une lumière immédiate descendit sur elle: le jour de Noël, en après-midi, elle reviendrait à l'église avec ses plus jeunes. Sous la surveillance de Solange, pendant qu'ils glisseraient avec émerveillement un sou noir dans la fente de la robe de l'ange de porcelaine qui bougeait la tête en signe de remerciement devant la crèche, elle en profiterait pour se faufiler au presbytère. Les eudistes étaient de bon conseil. Même Paule Gendron mettait sa confiance dans leur jugement. Mais... leur disait-elle la vérité? Eulalie se reprocha d'avoir eu une pensée peu amène pour l'ancienne patronne de sa fille. Quand il recevait une gifle sur la joue, un bon chrétien devait tendre l'autre.

⁂

À dix heures, Amélie Huberdeau, surnommée sœur Marie-du-Bon-Secours, fut témoin pour une première fois de l'administration du sacrement d'extrême-onction. L'abbé Gagnon revêtit le surplis blanc immaculé par-dessus sa soutane. Accompagné d'un servant de messe, il récita des prières en latin en traçant le signe de la croix sur le front de la malade avec de l'huile consacrée. Il trempa le goupillon dans l'eau bénite et aspergea le corps inerte en l'absolvant de ses mensonges et de ses moqueries.

La jeune novice trouvait curieux qu'un prêtre identifie ainsi à voix haute deux péchés en particulier. Elle se dit qu'il avait pratiquement trahi le secret de la confession. Elle ne connaissait pas l'histoire de cette jeune femme blonde; cependant, d'après la douceur et le sérieux qu'elle dégageait, elle n'aurait pas eu tendance à croire qu'elle était menteuse et moqueuse. Pouvait-elle se tromper à ce point?

Sa propre histoire n'était pas rose non plus: enceinte de Joseph Grenier de Saint-Jean-Baptiste, elle était venue à l'orphelinat de Chicoutimi dans l'intention de donner son enfant en adoption et de devenir sœur tourière. Cependant, le sort avait mis sur son chemin Graziella Cormier, anciennement servante chez les parents de son amoureux. Cette jeune fille était enceinte. Était-ce d'Hubert, déjà père de trois enfants, ou bien de Joseph? Elle avait remarqué que le puîné la dévisageait d'un drôle d'air.

Lorsqu'il avait découvert l'ombre du scandale qui planait sur sa maison, l'industriel, avec l'aide du curé, avait expédié Graziella à Chicoutimi par le train. À l'occasion d'une visite de madame Davis à l'orphelinat, elle avait appris que cette même fille, qui se faisait passer pour une jeune veuve enceinte, était sous son aile comme dame de compagnie. Amélie avait présumé que Graziella l'aurait reconnue si elle venait avec sa patronne faire un don aux sœurs hospitalières, une situation qui l'aurait mise dans l'embarras. Elle avait alors demandé à être transférée à Québec. Sa petite fille était née. Le temps de se remettre moralement et physiquement, elle était revenue au point de départ. Elle se reprochait toujours d'avoir cédé à la passion que lui inspirait Joseph Grenier et, déterminée à expier ce péché impardonnable, elle s'était tournée vers le cloître des augustines, renonçant du même coup à devenir sœur tourière.

Les souvenirs de son triste passé l'affligeaient. Après le départ de l'abbé Gagnon, sœur Marie-du-Bon-Secours récita une fois de plus le rosaire dans l'intention d'obtenir le pardon de ses péchés. Elle y ajouta une demande spéciale pour la guérison de Claire. Au dernier *Ave*, un soupir de la patiente attira son attention. Vite, elle se pencha au-dessus du visage ciré et pâle; elle attendait un autre signe de vie.

Claire ouvrit les yeux en même temps que les cloches de la cathédrale effectuaient une dernière envolée sonore.

❋

Romuald frappa de son poing avec insistance contre la porte d'entrée de la maison de la rue Price sans obtenir de réponse. Il sonda la clenche, et le panneau céda. Tout était calme, et il y avait de la lumière dans toutes les pièces. Romuald ne connaissait pas les lieux. À partir du hall, il suivit le corridor qui séparait la salle à manger et le salon en criant sourdement :

— Monsieur Davis, monsieur Davis! C'est moi, Romuald, le contremaître des manœuvres du plan un. Le père d'Alexis!

Il était maintenant dans la cuisine. Il vit sur le comptoir le nécessaire de rasage à côté d'un bassin à demi rempli d'eau. Un tapis de poils jonchait le plancher. Son patron avait-il décidé de tondre son imposante moustache? Pourquoi? Un souffle court et bruyant l'attira vers la chambre d'amis. Il tira le rideau. Timothy avait l'air de sommeiller sur le dos en travers du lit, une ceinture-jarretelles sur sa poitrine. Romuald n'aurait jamais pensé à dormir avec l'un des dessous féminins de sa femme. Mais sa Marguerite n'était jamais partie en voyage sans lui. L'homme s'attendrit; son patron était éperdument amoureux de Kate et son départ lui pesait plus qu'il ne le laissait croire. Aussi se consolait-il en couchant avec un de ses vêtements intimes qu'il vénérait comme une relique.

Sans se questionner plus longuement, Romuald se mit à secouer doucement le corps inerte.

— Monsieur Davis, monsieur Davis, réveillez-vous!

Timothy ouvrit les yeux et jeta un regard effrayé sur l'étranger sans être capable d'émettre un seul mot de surprise. Romuald s'acharnait.

— Monsieur Davis, c'est moi, le père d'Alexis! Vous me reconnaissez pas?

Son patron faisait difficilement des gestes de la main droite. Il avait l'air paralysé. Le côté droit de sa bouche dénudée semblait tomber.

— Je ne peux pas vous laisser ainsi; je vous emmène chez moi. Si vous me le permettez, je vais téléphoner à Marguerite pour lui dire de pas m'attendre pour la messe de minuit. J'aimerais mieux qu'elle avertisse les enfants avant qu'ils vous voient. Quand ils seront partis pour l'église, je vais vous installer dans notre chambre, à Marguerite et moi. On va faire venir le docteur, pis, à leur retour de l'office, on leur expliquera. Voulez-vous de l'eau ou autre chose? J'vais vous laisser vous reposer jusqu'à l'heure de notre départ, vers minuit. J'vais tout de suite téléphoner à Marguerite.

Timothy se sentait sans ressources. Il pouvait à peine exprimer ses besoins de son bras droit. La vie circulait dans le gauche, puisqu'il ressentait de légers fourmillements. Cependant, ce membre était si faible qu'il arrivait à peine à le soulever un peu du matelas. Il pensa à la ceinture-jarretelles sur sa poitrine. Qu'avait pensé Romuald en voyant cela? Il dut faire un effort intense pour fourrer l'objet sous l'oreiller et s'asseoir. Les meubles autour de lui tournaient. En prenant une longue inspiration, il mit les pieds à terre. Son intention n'était pas de répondre à l'invitation de Romuald. Il n'accepterait pas de se faire soigner par les parents d'Alexis. Il lui fallait une feuille et un crayon. Peut-être arriverait-il à écrire! Les pas de Romuald résonnaient sur le bois. Marguerite savait, à présent.

— Ma femme va arranger notre lit avant de partir pour la messe et elle va téléphoner au docteur... Vous avez l'air de vouloir me dire quelque chose.

Son patron faisait des gestes lourdauds de son bras droit. Romuald demanda:

— Vous voulez de l'eau?

Timothy fit non de la tête.

— Un cognac vous ferait certainement du bien, offrit Romuald.

En même temps que le bassin et les articles de rasage, il avait remarqué la bouteille d'alcool et le verre sur le comptoir. Timothy répéta le geste précédent de la tête en dirigeant difficilement son index vers la commode. Le visiteur fit deux pas en étirant le cou. Il vit sur le trottoir de dentelle ce qu'il fallait pour écrire. Il tint le cahier sur les genoux tremblotants du malade et passa le crayon entre son pouce et son index. La posture étant inconfortable, il fut impossible à Timothy de tracer convenablement un message. Romuald proposa de l'aider à se rendre à la cuisine. En faisant des pas courts, Timothy réussit laborieusement à atteindre une chaise placée près de la table.

Ici! put lire Romuald sur la feuille blanche.

— Vous ne pouvez pas rester seul ici.

Timothy écrivit cette fois: *Chic...*

— Chez vous, y a personne, présentement. Vos employés réveillonnent chez leurs parents. Si vous voulez, on va passer un marché: j'vous emmène chez moi comme je l'ai dit pour la nuit et demain, jour de Noël. Mardi, le 26, j'ai congé. J'vous accompagnerai en train et j'vous installerai chez vous. À ce moment-là, Julienne, Benoît pis Rodolphe auront repris leur travail; y pourront prendre soin de vous. Vous y resterez le temps qu'il faudra sous la surveillance du docteur qui vous soigne ordinairement. J'avertirai John de votre état et je lui dirai de demander à Thompson de vous remplacer à l'usine pendant votre convalescence. Vous n'avez pas l'choix, il faut vous soigner.

Timothy était à court d'arguments. Il n'avait pas le choix, en effet; il devait accepter la solution proposée en dépit de l'embarras qu'il éprouvait à regarder le père d'Alexis dans les yeux.

❋

On frappait délicatement contre le panneau d'entrée. Graziella se réveilla en sursaut. Avait-elle rêvé qu'un homme l'avait prise? Elle attrapa son peignoir et vint ouvrir. Ne sachant comment se tenir devant le jeune steward, elle dit:

— Ce n'est pas vous qui deviez venir me réveiller pour la messe de minuit!

— Jean a terminé à dix heures quinze.

— Il m'avait dit qu'il travaillerait toute la nuit!

— Il avait suffisamment fait d'heures supplémentaires. Des changements ont été effectués au niveau du personnel de service. Les patrons ont évalué que je pouvais assumer la tâche de Jean en plus de la mienne.

— Ah, je croyais... Quelle heure est-il?

Après les avoir déposées, Kate et elle, à dix heures, le liftier avait eu la permission de quitter son travail. Graziella comprit alors pourquoi il avait pu s'attarder sans crainte dans sa chambre.

— Il est minuit quinze. Pardonnez-moi, madame, j'ai oublié de venir vous réveiller à onze heures trente comme Jean m'en avait prié. Est-ce que je réveille la dame de la chambre voisine?

— Non, laissez faire, il est maintenant trop tard pour la messe de minuit. Annulez notre réservation à la salle à manger, s'il vous plaît. Nous n'irons pas réveillonner. Je ne veux pas m'habiller juste pour descendre m'acquitter de cette formalité.

— Très bien, madame. Puis-je faire autre chose pour vous?

— Non, merci beaucoup, dit-elle en poussant la porte sur l'homme.

Graziella fit couler de l'eau dans le lavabo et se lava à la débarbouillette de la tête aux pieds. Elle avait oublié son petit prince Hubert et sa grande amie Claire; émoustillée par le champagne, elle n'avait pensé qu'à assouvir ses sens. Elle reconnaissait là la Graziella qui surveillait les ébats de sa mère avec l'oncle Gérard par une fente dans le mur.

En ramassant ses sous-vêtements, sa jupe de lainage bleu foncé et sa blouse de soie à col cheminée, elle pensa à la lettre d'Henry. De son sac à main, elle tira le pli et le décacheta. Ses yeux parcoururent les lettres formées avec application.

Witley, 28 novembre 1916
Très chère Graziella,

Mon plus grand désir est que vous receviez cette lettre pour Noël, alors que j'attends votre visite avec impatience. J'espère que l'idée d'accompagner mère n'est pas tombée caduque. Enfin, je ne me contenterai plus de votre photo que je garde en permanence dans la poche de ma veste d'uniforme. J'ai dans un coffret toutes les lettres que vous m'avez adressées ainsi que celles de mère. Vos encouragements m'aident à remplir avec vaillance et courage les fonctions qui me sont attribuées. Avez-vous gardé les miennes?

Je ne vous ennuierai pas en vous parlant à nouveau de la tournure de cette guerre. J'essaie d'élever mon esprit au-dessus des rancœurs qui, sur cette terre, dressent les hommes les uns contre les autres. J'ai bien dit les hommes, qui font subir des atrocités aux femmes et aux enfants qui ne demandent qu'à vivre pacifiquement. Il y a en chacun de nous un côté sombre qu'il faut apprendre à maîtriser. Vous, Graziella, petite sœur, êtes la lumière qui m'aide à poursuivre les buts qui me rendront meilleur. Mes parents vous disent que je suis parfait, mais ils ne me voient qu'avec les yeux du cœur. J'ai mes faiblesses.

Il faut être capable de laisser le passé derrière soi et de se tourner vers l'avenir. Le mien sera parsemé des fleurs que votre soutien y a semées. Je voudrais être un poète et vous dire ma reconnaissance en vers. Mais je laisse cela aux artistes qui arrivent à toucher l'âme par leurs odes. Je veux juste que vous pensiez à moi, à l'affection que je vous porte en mots simples qui viennent de l'âme.

Je n'ai pas écrit à mère. Je n'avais pas plus à lui dire que ce que je lui ai dit dans ma dernière lettre. Je veux que cette missive-ci reste entre nous.

Je n'ai jamais répondu à la question que vous m'avez déjà posée au sujet de mes sentiments pour Claire. Je puis en toute conscience affirmer qu'elle n'était pas la femme qui aurait pu me rendre heureux. Il y a en elle une souffrance profonde que je n'arrive pas à définir; elle perce à travers la douceur qui prime dans son regard. Je crois qu'elle-même ne peut pas expliquer le malaise qui la trouble. Je crois également qu'elle ne m'aimait pas aussi fort qu'elle l'aurait voulu. Elle s'attachait plutôt à l'impossible pour se protéger, comme on s'attache à un Dieu en sachant pertinemment qu'on ne sentira jamais la chaleur de Sa main bénie sur son front ou dans la sienne. Ses sentiments étaient plutôt platoniques.

J'essaie d'imaginer votre impatience. Pour l'apaiser, j'en viens aux tâches que vous avez exigées de moi dans l'une de vos lettres.

Premièrement, j'ai enfin trouvé l'adresse de mademoiselle Gabrielle Chanel. Je ne puis vous rassurer en vous disant qu'elle va répondre à la lettre que vous voulez lui écrire pour demander un entretien avec elle. Vous devez comprendre qu'elle est très occupée; les trois boutiques qu'elle exploite lui demandent tout son temps.

Deuxièmement, je n'ai pas encore obtenu un laissez-

passer pour aller près des tranchées d'Ypres avec vous et mère rencontrer Mathieu Girard, son filleul de guerre. Si j'échoue, il ne vous restera qu'à espérer qu'il soit en permission.

Voilà, j'ai accompli la mission que vous m'avez attribuée sans être capable de vous promettre de répondre entièrement à vos désirs.

Je compte les jours. Votre arrivée me paraît loin. Mes pensées vous accompagnent, vous et mère.

Au plaisir de vous serrer toutes les deux sur mon cœur,

Henry

Ce jeune homme semblait romantique. L'était-il seulement dans ses lettres? Elle le verrait bientôt. Il avouait qu'il avait lui aussi ses faiblesses; elle n'était donc pas seule dans son cas. Tant mieux! La perfection était un licou qui enlevait toute saveur à la vie.

En suivant les traces du papier, elle replia la feuille de la même manière que l'avait fait son frère d'adoption et la remit dans l'enveloppe. Sans plus se poser de questions, elle ouvrit au hasard *Les Fleurs du mal*. Cette fois, elle tomba sur le poème *À celle qui est trop gaie.*

Ainsi je voudrais, une nuit,
Comme un lâche, ramper sans bruit,
Et faire à ton flanc étonné
Une blessure large et creuse,
Et, vertigineuse douceur!
À travers ces lèvres nouvelles,
Plus éclatantes et plus belles,
T'infuser mon venin, ma sœur!

Graziella ne prit pas la peine d'essayer de percer l'idée de Baudelaire. Elle se glissa nue entre les draps, serra un oreiller contre sa poitrine et sombra dans un sommeil agité.

Chapitre 5

25 décembre 1916

Timothy occupait la chambre que Marguerite et Romuald avaient mise généreusement à sa disposition. Au retour de la messe de minuit, les parents instruisirent les jeunes de son état. Regroupée au pied du lit, la marmaille souhaita un joyeux Noël au papa de Graziella et promit de prier pour que le bon Dieu lui redonne la santé très bientôt. Timothy était heureux qu'elle ne fasse pas d'histoires avec son apparence peu reluisante.

Il ne dormit pas le reste de la nuit. Il eut connaissance du réveillon et du coucher des enfants qui espéraient la venue de saint Nicolas. Ils vérifièrent si la pomme et l'orange qu'ils espéraient étaient déjà dans les bas rapiécés suspendus au pied des lits. Une fois les petits endormis, Marguerite et Romuald garnirent le pied de l'arbre des cadeaux qu'ils avaient achetés. Ils gardèrent une place de choix pour ceux que Kate leur avait remis à la gare.

Au lever, Hubert se pâma devant un homme sans moustache qu'on lui présentait comme étant son grand-papa. De surcroît, le coin de la bouche de l'homme était tombant et il ne faisait que bredouiller. Marguerite dut sortir le bambin en pleurs de la chambre. Marie, qui essayait de lui changer les idées par tous les moyens, pensa soudain à lui donner sa bague de plastique que lui avait rendue Graziella à la gare. L'anneau qu'il avait remarqué au doigt de sa mère eut l'air de le soulager. Il s'exclama en le touchant délicatement de son index:

— Ma… man! Ma… man!

Et il se remit à pleurer de plus belle.

Timothy ne pouvait pas rester insensible au chagrin de son petit-fils qu'il entendait de la chambre. Comme c'était l'enfant d'un homme que Graziella avait aimé, il aurait dû le prendre en grippe. Mais, dès sa naissance, il s'était émerveillé au-dessus du moïse et il avait constaté que sa fibre paternelle était comparable à la fibre maternelle de Kate. Lors de ses premiers pas, le bambin l'avait ému encore plus par sa façon d'échouer dans ses bras tendus. Hubert était attachant.

Timothy regrettait à présent de ne pas avoir été plus souvent là; sa charge de travail et le désir qui le rongeait pour sa fille adoptive l'avaient tenu loin de la maison. Il avait misé sur le voyage des deux femmes pour se rattraper, pour profiter des finesses d'un enfant de dix-neuf mois. Était-ce encore possible, vu la paralysie qui le limitait soudain? Malgré tout, il trouverait un moyen de reprendre le temps perdu.

Les regrets et les remontrances se succédaient dans l'esprit de l'homme déçu de lui-même, anéanti par des chimères. William avait eu raison de dire qu'il aurait dû régler bien avant ses affaires de cœur. Divorcé et remarié à Graziella, il l'aurait emmenée vivre en Angleterre, loin d'une petite ville intransigeante sous le joug des cancans et des commérages. Elle n'aurait jamais eu l'idée de se marier avec Alexis.

Timothy vit venir Romuald à son chevet. Il ne pouvait en supporter davantage. Il en avait assez d'afficher son état de faiblesse devant un subalterne, de la jaquette trop grande qui dévoilait ses jambes velues chaque fois qu'il sortait de sous les couvertures, de la nécessité où il se trouvait de se laisser aider à tenir la cuillère ou la fourchette, d'en être réduit à accepter de l'aide pour aller se soulager, de la bonté et des délicatesses de Marguerite. Il ne pouvait plus souffrir l'altruisme inné des parentés d'Alexis. Chaque parole, chaque geste aimables lui étaient comme un reproche qui l'accusait d'avoir été vil à leur endroit. N'en avait-il pas sérieusement voulu à leur fils de lui avoir ravi à tout jamais l'attention de Graziella?

Le médecin lui avait prescrit le repos complet au lit. Faisant fi de ses directives, il s'assit sur le rebord du matelas.

— Attendez, je vais vous aider, s'imposa aussitôt Romuald.

Par des gestes éloquents du bras droit vers la commode, son patron lui fit comprendre qu'il voulait l'ardoise. Il avança une petite table carrée devant lui. Timothy marmonna quelques syllabes en écrivant: *Soir.* Romuald comprit qu'il voulait prendre le dernier train de la soirée. Il réagit:

— C'est Noël! Vous devriez attendre à demain. Votre maison est vide et vos employés sont en congé.

Devant un visage fermé et hostile, Romuald ajouta:

— Après la visite du docteur, on prendra une décision. S'il le permet, j'vous accompagnerai. En attendant, j'vais téléphoner aux Juneau pour voir si c'est possible de laisser aller les deux jeunes, Julienne pis Benoît. Ils prépareront la maison à vous recevoir en tenant compte de votre état.

Romuald lut la satisfaction dans un regard qui s'était éclairci. Il crut entendre un faible merci.

⁂

Des clameurs qui montaient de la rue vers les fenêtres donnant sur le fleuve tirèrent Graziella du lit. Elle se fit une place entre les deux draperies de brocard et regarda en bas. Deux voitures s'étaient tamponnées. Des curieux s'étaient regroupés, et chacun semblait avoir un commentaire de son cru sur les causes de l'accident; ce fut du moins ce qu'elle présuma en analysant les mimiques et les bras qui balayaient l'air. En levant la tête, un homme sembla l'apercevoir. Elle referma vivement les tentures sur sa nudité. Quelle heure était-il? La montre-bracelet d'Alexis était sur la table de toilette. Elle avait hérité de cet objet rare accordé aux soldats. Il était dix heures. Il y avait de cela douze heures exactement, elle avait demandé l'heure au liftier. Et, quelques minutes plus tard, elle lui avait permis de la prendre dans le lit.

Graziella décida que, dorénavant, elle ne demanderait plus l'heure au garçon d'ascenseur ni à qui que ce soit. Sans plus se soucier de ce qu'en penseraient les médisants, elle attacherait la montre d'Alexis à son poignet, du même côté que la bague qu'elle portait à son annulaire. Une larme se nicha sur sa joue. Elle l'essuya du revers de la main en reniflant.

— Assez, les attendrissements! Je ne passerai pas la journée de Noël à m'apitoyer sur mon sort. Mais qu'arrive-t-il donc à Kate? Elle n'a pas encore donné signe de vie. J'espère qu'elle n'est pas malade!

Tout en s'affairant dans la chambre, elle laissa sa pensée voler vers Jonquière et Chicoutimi.

Que faisait Hubert chez les Angers? Timothy avait-il joué au père Noël? Son fils avait-il aimé les soldats de bois, les bas, les mitaines et le joli chandail rouge de laine anglaise?

Marguerite et ses grandes filles avaient-elles sauté de joie devant les cols de fourrure de lapin qui rehausseraient le manteau d'hiver de chacune d'elles? Pierre et Roméo craindraient-ils d'être la risée de leurs compagnons en coiffant un casque de poil pareil à celui d'Hubert?

Et Claire! Avait-elle eu la chance de réveillonner chez ses parents? Paul s'était-il saoulé à la bière comme elle-même l'avait fait au champagne? Avait-il roué sa femme de coups en revenant à la maison après avoir communié à la messe de minuit? Que ressentait son filleul François quand sa mère pleurait sous la menace?

Julienne avait-elle invité Alphonse? S'ils se mariaient, le garçon l'oublierait-il une bonne fois pour toutes? Était-ce vraiment lui qui avait forcé la courroie de la prothèse d'Alexis comme elle le pensait? Elle n'avait aucune preuve. Il lui fallait ranger cette idée, comme le lui avait conseillé Antoine.

En voguant d'une question à l'autre, d'une hypothèse à son contraire, elle se retrouva dans le bain à se savonner aussi vivement que dérivait son imagination. Victime d'un léger haut-le-cœur, elle se reprocha l'abus d'alcool qui expliquait ce malaise passager. Elle préférait de loin le champagne des jours de fête au sherry, qu'elle prenait de temps en temps en compagnie de Kate avant le repas du soir. Alors que sa boisson préférée se trouvait en abondance, il avait été facile pour elle de dépasser les limites, la veille. Et, par la suite, de se laisser entraîner trop facilement à se donner à un inconnu. Sa légèreté l'embêterait-elle jusqu'à ce que sa volonté se pare d'une épaisse couche de maturité et de sagesse?

Elle sortit du bain et s'essuya si sommairement qu'elle laissa des traces humides sur le bois en se rendant à la penderie, où elle choisit le vieil ensemble bourgogne à jupe à boutons-pression qu'elle revêtait alors qu'elle était enceinte. Pour l'user jusqu'à la corde, elle avait enlevé les agrafes et fixé les plis plats à une ceinture. Elle pensa que Kate avait entièrement raison; elle agissait comme une enfant pauvre en économisant maladivement. Cependant, ses sacrifices ne seraient pas vains. Ces dames ouvriraient grand les yeux quand elles la verraient revenir de ce voyage les valises truffées d'exclusivités.

Une fois habillée, devant le miroir, elle remonta ses cheveux en chignon lâche et pinça ses joues. En passant la montre-bracelet à son poignet, elle admit qu'elle était prête à affronter ce premier Noël loin de son jeune fils.

La femme de chambre frappa délicatement. Graziella chaussa ses bottes, attrapa son sac, son manteau et son chapeau, et lui laissa la place.

Elle rencontra Kate dans le couloir. En lui faisant une accolade, elle lui dit:

—Joyeux Noël, Kate!

—Joyeux Noël, ma chérie! fit Kate en répondant à son geste d'affection.

—Je suis passée tout droit, s'excusa Graziella.

—Je suis passée tout droit également. C'est un accident de voiture qui m'a réveillée.

— Comme vous, je dois remercier deux malheureux conducteurs qui ont un véhicule en piteux état en plein jour de fête. Comment allez-vous, ce matin?

—J'ai une légère migraine. Par contre, pour le reste,

je suis en assez bonne forme. J'ai été une bien mauvaise compagne, hier soir! En libertines que nous sommes, nous avons manqué l'office de minuit à la cathédrale anglicane.

— Si vous êtes d'accord, nous nous reprendrons après le petit-déjeuner. Je vous attends. Allez prendre vos vêtements d'extérieur.

— C'est parfait!

Graziella patienta. Kate revint avec son manteau de vison plié sur son bras.

— J'y pense, dit-elle, avez-vous décommandé le réveillon? En arrivant dans ma chambre un peu pompette, je me suis couchée et je suis tombée endormie en posant la tête sur l'oreiller. Si le préposé est venu frapper à ma porte à onze heures trente, je n'ai rien entendu.

Ce retour en arrière embarrassait Graziella. Elle ne voulait surtout pas laisser deviner à sa mère adoptive, par quelque maladresse, ses ultimes frasques de la veille. De sa voix la plus posée, elle raconta la visite du remplaçant du liftier à minuit quinze. Elle termina ainsi :

— Comme il était trop tard pour la messe, je lui ai demandé d'annuler la réservation du réveillon à la salle à manger.

— Vous avez bien fait. Si nous descendions?...

Graziella aurait voulu emprunter l'escalier, mais quelle raison pourrait-elle servir à sa compagne pour la convaincre subitement de descendre à pied quatre étages? Advienne que pourra, elle affronterait le loup en cage.

L'ascenseur stoppa et la porte s'ouvrit. Johan et Rick Magliana ainsi que Sherry et Bill Brant, les deux couples rencontrés la veille, riaient à gorge déployée. Dans une cascade qui s'épuisait, ils saluèrent les gentilles dames qui leur avaient permis de remplir un peu plus leur gousset au poker. Kate répliqua :

— Nous vous devions bien de vous laisser gagner aux cartes, vous nous avez généreusement offert le champagne.

Le dénommé Bill Brant répondit en anglais :

— Ce fut un plaisir. Et je suis prêt à récidiver aujourd'hui, si le cœur vous en dit, mesdames, offrit-il en jetant les yeux sur Graziella en particulier.

Dans un coin, dos au mur, la jeune femme ne savait plus quoi penser. Était-ce cet Américain qui lui avait envoyé une bouteille de champagne? Elle reluqua vers Jean, comme l'avait appelé son compagnon de travail. Il ne bronchait pas. Elle ne voyait que le dos de son uniforme et son képi; il gardait sa place; ce matin, il était une palissade sans yeux, sans oreilles et sans voix, affichant ainsi une attitude contraire à celle qu'il avait eue les jours précédents. Aurait-elle l'occasion de lui demander seule à seul d'où venait exactement ce cadeau inusité?

Kate répondit:

— Nous reprendrions cette partie de poker avec plaisir, sans abuser de l'alcool, cette fois.

Sherry, la femme de Bill, prit la parole:

— Après le petit-déjeuner, nous irons à la *Cathedral of the Holy Trinity*. Nous n'avons pas rempli notre devoir, la nuit dernière.

— C'est également notre intention.

— Nous ferons le chemin ensemble, se réjouit Johan, l'épouse de Rick Magliana.

— Nous en serons ravies. N'est-ce pas, Graziella?

Cette question détourna son attention de ses propres interrogations. Elle balbutia:

— Oui..., oui, cela me va.

Rick ajouta:

— Vous pouvez venir à notre table pour le petit-déjeuner, nous en serions très heureux!

— Je vous remercie. Sans vouloir vous offenser, je souhaite en profiter pour converser en tête-à-tête avec ma fille, se désista Kate.

Le préposé annonça le rez-de-chaussée. Graziella sortit la dernière. Un frôlement de bras réveilla en elle des souvenirs agréables. Devait-elle s'enterrer de regrets pour un mauvais pas fait par mégarde?

⁂

Dans le hall, Kate tenta de téléphoner pour prendre des nouvelles de son mari. Constatant que la ligne était en aussi mauvais état que la veille, elle n'insista pas. En s'installant à la table que Graziella avait choisie, elle lui confia le résultat infructueux de son appel.

Leur regard fut attiré en même temps par une imposante stature qui franchissait le seuil de la salle à manger. Elles reconnurent William; il leur sourit aimablement en les abordant.

— Mesdames, je lis l'étonnement sur votre charmant visage.

Kate soutint son regard en s'exclamant:

— Nous ne nous attendions pas à votre visite!

— J'ai eu envie de me changer les idées. Les jeunes que j'entraîne sommairement avant d'appliquer la discipline stricte de Witley me donnent des maux de tête. En tout premier lieu, je vous souhaite un joyeux Noël.

En lui adressant leurs vœux, les deux femmes lui présentèrent chacune leur main droite qu'il baisa galamment.

— M'invitez-vous à m'asseoir?

— Excusez-moi, très cher, la surprise m'a fait oublier mes bonnes manières.

— Comme je le vois, vous n'avez pas encore pris votre petit-déjeuner?

— Nous venons juste de descendre. Je n'ai eu que le temps d'essayer de joindre mon mari. Mais la ligne était trop mauvaise et j'ai renoncé.

— J'ai tenté d'appeler Amelia hier soir et j'ai eu peine à déchiffrer quelques mots ici et là perdus parmi la friture. En hiver, à la suite d'une tempête, c'est fréquent. De toute façon, les appels au loin sont rarement satisfaisants, nous le savons tous. Tout ce qui est administré par Dubuc, Guay et compagnie manque d'expertise, on le sait.

— C'est la seconde fois que je subis un échec. Hier, j'ai cru comprendre que mon mari allait réveillonner chez les Angers et qu'il avait téléphoné à madame Juneau, comme je le lui ai demandé. J'aimerais quand même en être certaine...

Sa voix avait légèrement vibré.

— Il ne faut pas vous inquiéter, vous aurez l'occasion de vous reprendre. Racontez-moi donc vos extravagances depuis que vous êtes descendues du train!

— Nous nous sommes surtout reposées après nous être installées. Hier soir, après le dîner, nous nous sommes liées à deux couples d'Américains de New York, les Brant et les Magliana. Nous avons pris un peu de champagne en jouant au poker. À dix heures, nous sommes montées. Voilà!

— Vous avez mené une vie de pacha, mesdames, badina William.

— Je suis d'accord avec vous. Le dépaysement nous fait tourner la tête.

— Et vous, jeune fille, votre machine à coudre vous manque-t-elle? ironisa-t-il en s'adressant à Graziella.

Son attention était plutôt prise par le barman qui comptait les bouteilles de champagne sur le buffet. Elle bégaya:

— Non..., pas encore. Je pense surtout à ce premier Noël loin de mon petit garçon.

— Il est probablement si distrait par la ribambelle d'enfants qui tournent autour qu'il vous a déjà oubliée.

— Ne dites pas de telles choses, monsieur William, le supplia Graziella, le regard aussi assombri que si un orage se pointait à l'horizon.

— William, je vous ai demandé de m'appeler William. Mon intention était de vous rassurer. Je vois que j'ai été maladroit. Avez-vous faim?

— Il serait temps que nous mangions. Nous avons promis à nos nouveaux amis de nous rendre avec eux à la cathédrale anglicane, l'avisa Kate.

— Me permettrez-vous de vous accompagner?

— Certainement.

Le garçon de table prit la commande et tourna les talons vers la cuisine. Graziella ne pouvait détourner son regard de l'employé qui comptait pour la troisième fois les bouteilles de champagne. L'idée qu'un vol ait pu avoir lieu lui vint à l'esprit. Et si c'était Jean? La femme de chambre avait dû remarquer celle qui se trouvait dans sa chambre. En remontant à l'étage, elle la cacherait dans l'une de ses valises. Dans quels mauvais draps s'était-elle mise en acceptant ce cadeau?

William gesticulait et portait la main à son crâne en exposant le sort des recrues, à Valcartier. Il mit fin à son propos en disant:

— Nous sommes lundi. Demain, je passerai une partie de la journée au siège social de mes compagnies, ici, à Québec. Si tout va comme je le souhaite, nous prendrons le train pour New York le mercredi 27 ou au plus tard le jeudi 28 décembre, si je n'en ai pas terminé avec la réunion de demain. Je vous téléphonerai pour vous mettre au courant, ça va de soi.

On remercia le garçon de table qui venait de déposer une assiette bien garnie devant chacun des convives.

En piquant délicatement la fourchette dans son omelette, Kate s'inquiéta:

— Vous ne croyez pas avoir de surprises désagréables à la maison mère de vos trois entreprises?

— Non, mais il faut que je donne des directives claires, étant donné la lenteur des moyens de communication en temps de guerre. Les lettres peinent à parvenir à destination, et les télégrammes sont surveillés. Ma visite d'aujourd'hui n'est pas sans intention précise.

— Quelle intention précise avez-vous donc, très cher?

— Entre l'entraînement de mes soldats sur le bateau et le journal à tenir, je n'aurai pas grand temps pour la correspondance et les rapports. J'aurai besoin d'une secrétaire ou deux, si vous aviez le goût de vous occuper, mesdames.

— J'avoue que vous me tentez, William. J'ai le tricot et la lecture pour me distraire et passer le temps, mais ce travail me plairait par-dessus tout. Il me rappellerait que j'ai souvent écrit des lettres pour mon cher papa alors qu'il pratiquait le droit à New York.

— Si j'avais connu votre père, je l'aurais engagé pour régler le litige au sujet de ma scierie de Chicoutimi que j'ai été obligé de vendre pour, en fin de compte, la voir démolir. J'ai raison d'avoir les Dubuc et Guay en aversion, je le répète. Mais je m'arrête là, autrement, je vais laisser tomber mon poing sur la table. Je ne vais pas énumérer tous les coups bas qu'ils m'ont servis, que ce soit au sujet de la construction de l'aqueduc ou à propos de l'électrification de Chicoutimi!

Graziella se rappela qu'Herman Grenier soulignait souvent son argumentation en mettant son poing sur la table. Son petit Hubert avait instinctivement la même manie lorsqu'il voulait s'affirmer. Sûrement un héritage de son grand-père.

Exalté, William ajouta en s'adressant à Kate:

— Je devrais vous en vouloir, vous et Timothy, mon meilleur assistant, de frayer avec des gens si peu enclins à collaborer, même si vous souhaitez entretenir vos bonnes relations avec mademoiselle Beckett que vous avez présentée aux Dubuc. C'est une excellente raison, j'en conviens... Eh bien! ne nous étendons pas sur le sujet. Je retiens que je peux compter sur votre collaboration pour les travaux de secrétariat? L'affaire est donc conclue. Et vous, jeune fille, qu'avez-vous à dire?

— Je serai ravie de vous aider. Cependant, je ne maîtrise pas aussi bien la langue anglaise écrite que la langue parlée. Je n'en connais pas toutes les règles grammaticales et orthographiques. Je préférerais m'en tenir aux lettres en français.

— Ça me va. Kate en anglais, vous en français. Maintenant, résumons notre emploi du temps, proposa William en avalant un morceau de saucisse.

Attentives au rabâchage du lieutenant-colonel, Kate et Graziella sirotaient à petites gorgées leur café au lait.

À la fin du petit-déjeuner, les Brant et les Magliana furent présentés à William. Graziella resta muette d'étonnement en les entendant dire qu'ils connaissaient l'industriel par l'entremise de William Hofstra, de New York, qui faisait partie du conseil d'administration de ses trois compagnies avec des collaborateurs de Québec, de Londres et de Chicago.

Elle, la petite campagnarde de Notre-Dame, bourlinguait avec l'élite qui avait des ramifications de Jonquière jusqu'à Londres.

D'humeur réjouie, en quittant sa chaise, elle dressa les épaules et leva le menton. Elle laissa le groupe s'éloigner. Lorsqu'elle se retrouva seule, elle fit mine de quitter la salle à manger à son tour, mais, en passant à la hauteur du barman, elle lui dit:

— Hier soir, j'ai commandé une bouteille de champagne. Le liftier me l'a livrée et il ne m'a pas dit où la payer. L'a-t-il noté?

— Il ne l'a pas fait, puisque je n'ai aucune preuve que cette bouteille ait été payée. Comme son horaire a été écourté, il a dû remettre cela à aujourd'hui. En passant à la réception, mentionnez au préposé de l'ajouter à votre note. Le problème est réglé pour moi; je sais maintenant pourquoi il manque une bouteille.

— Merci beaucoup. Excusez ce retard.

Point n'était besoin de se gratter longtemps le crâne pour comprendre que Jean avait volé la boisson dans le but de passer du bon temps avec elle. Si Bill Brant la lui avait offerte, il l'aurait payée sur-le-champ ou l'aurait fait ajouter à sa note de frais. Pour sa tranquillité d'esprit et sa sécurité, elle évalua qu'il valait mieux pour elle d'acheter la paix plutôt que de courir le risque d'être dénoncée. En passant à l'accueil, elle sortit pour la première fois de l'argent de ses goussets. Des héroïnes de roman n'avaient-elles pas payé pour obtenir les faveurs de jeunes prétendants?

D'un pas alerte, elle rejoignit les autres à la sortie de l'hôtel.

❋

Dans la chambre, le docteur Riverin, mère Marie-des-Anges et l'abbé Gagnon patientaient. Les parents de Claire tardaient. Le prêtre était pressé et il ne le cachait pas; il devait seconder l'évêque à la grand-messe de onze heures à la cathédrale. D'humeur exécrable, il promenait sa taille rondelette de long en large, retirait d'une pochette de sa soutane sa montre retenue par une chaîne, y jetait un regard éloquent et la remettait à sa place pour la ressortir l'instant d'après. Avait-on idée de faire attendre un homme de son importance!

Claire sentait monter la nausée; en se réveillant, assommée par les bruits de l'orphelinat, elle avait prévu qu'elle serait interrogée. Quelle réponse devrait-elle donner, le moment venu? Qui l'avait trouvée sans connaissance dans son lit? Qui lui avait passé la chemise de nuit qu'elle avait remisée dans un tiroir le lendemain de ses noces? Où s'était réfugié Paul, après l'avoir secouée comme un tapis et laissée à demi morte? En déposant sa trousse sur la table de chevet, le médecin avait abordé le sujet. Elle s'était effondrée en larmes et avait dit qu'elle ne se souvenait de rien.

— Ah, enfin, vous êtes là! s'exclama l'abbé en voyant se pointer les parents de Claire dans l'embrasure. Je n'ai pas tout mon temps! Des responsabilités importantes m'attendent.

— Nous avons fait notre possible pour arriver à l'heure, monsieur le curé, s'excusa Eulalie en baissant les yeux vers le sol.

Elle semblait intimidée par le regard accusateur dont l'homme de Dieu l'affligeait.

— Allons directement au but de cette rencontre, fit-il en s'assoyant sur une chaise de bois sans coussin.

Le docteur occupait celle d'un côté du lit. La religieuse était debout à la tête, de biais avec le crucifix fixé au mur. Les Juneau s'avancèrent précieusement vers leur fille qui gisait là, aussi blanche que les couvertures remontées jusqu'à son menton. Les ecchymoses clairsemées sur son visage se démarquaient indubitablement. Alcide retenait son souffle; il tournait et retournait sa pipe entre ses doigts. Eulalie se rassurait en serrant son chapelet dans la poche de son manteau. L'abbé prit la parole:

— J'ai administré Claire, hier. Ses péchés sont pardonnés. Le sacrement de l'extrême-onction a cette vertu. Elle est maintenant en état de grâce. Comme elle peut retourner chez elle avec de l'aide, les religieuses ne peuvent pas la garder plus longtemps. Le lit doit servir à d'autres malades plus sérieux que votre fille.

C'était au tour du docteur Riverin d'émettre sa pensée qui différait de celle du religieux.

— Avec tout le respect que j'ai pour l'abbé Gagnon, je ne recommande pas le retour de Claire dans sa propre maison, même avec l'aide de la petite Solange. Je lui ai fait un examen complet la nuit dernière. Elle a de multiples fractures aux côtes et je redoute une fracture du crâne. Je lui avais promis que, si ses signes vitaux continuaient de s'améliorer, j'autoriserais votre visite aujourd'hui, monsieur et madame Juneau. J'ai la certitude qu'elle serait beaucoup mieux sous votre surveillance. Claire est encore confuse. Elle a affirmé qu'elle ne se souvenait pas de ce qui lui est arrivé. Nous devons nous en tenir à ce que vous nous avez dit le jour de l'accident, madame. Vous avez bien trouvé votre fille sans connaissance au bas de l'escalier? Vous l'avez transportée avec l'aide de Benoît dans son lit et vous m'avez téléphoné. C'est bien cela?

Claire eut un soupir de soulagement. Le médecin venait de donner la réponse aux questions qu'elle s'était posées à son réveil. Quant à Eulalie, elle tordait son chapelet dans sa poche à s'en bleuir les doigts. Elle avait été convoquée à l'hôpital avant d'avoir eu le temps de demander conseil à un eudiste.

Consciente de l'embarras de sa mère, Claire confirma ses propos. Elle se souvenait d'avoir perdu sa pantoufle, glissé et dévalé l'escalier. Puis plus rien. Il était logique que sa mère l'ait retrouvée à cet endroit.

Dans l'expression froide figée sur le visage du médecin et de la religieuse, l'abbé Gagnon lisait qu'ils doutaient de cette version des faits. La mère et la fille mentaient-elles? Cela ne l'aurait pas surpris puisque lui-même avait été victime d'un fait se rapportant à un péché commis par la jeune femme. Il n'avait pas encore digéré d'avoir été humilié par madame Davis. Cette protestante avait exigé qu'il donne l'absolution générale à Claire, dans sa propre maison, quand le sacrement ne devait s'accorder qu'au confessionnal. Cette confession publique avait eu pour but de couvrir les extravagances d'une dévergondée comme l'était Graziella, enceinte d'un supposé Cormier, à cette époque-là. Avec son air supérieur, en pensant faire passer ses égarements sous la couverture des bonnes œuvres, la dame Timothy Davis, catholique devenue protestante, ne perdait rien pour attendre. Il avait en main des informations sérieuses qu'il exposerait au grand jour en temps et lieu. À sa prochaine entorse envers les commandements, il agirait.

La situation de Claire était plus compliquée qu'il ne l'aurait cru. Il décida de ne pas insister pour qu'elle quitte l'hôpital sans délai. Ce qui ne l'empêcha pas de préciser :

— Claire est mariée. Il me semble que c'est à son mari de trancher. En venant ce matin, je m'attendais à ce qu'il ramène sa femme lui-même à la maison.

Ces paroles accablaient sérieusement la blessée; tout son corps se mit à trembler. Mère Marie-des-Anges s'assit sur le bord du lit et la réconforta. Cette réaction confirmait ses doutes. L'évocation de son mari l'effrayait. Il fallait trouver un moyen. Sans être certaine de ce qu'elle avancerait, elle se hasarda :

— Voilà deux jours qu'il a disparu, son mari.

Le docteur confirma :

— Je l'ai questionné à son retour du travail en fin d'avant-midi, le 23 décembre. Il m'a répondu que Claire était malhabile. Je ne crois pas à une simple chute dans l'escalier; il n'y a qu'à observer les marques sur son corps. Après avoir avalé une soupe sur le coin de la table, il a dit que son devoir était de retourner travailler. Je n'ai pas entendu parler de lui depuis ce temps-là.

Le discours du médecin était presque une accusation contre Paul. L'abbé Gagnon resta silencieux. Il réfléchissait fébrilement. Paul pouvait-il avoir été assez violent pour massacrer ainsi celle qu'il avait épousée en promettant de l'aimer et de la protéger? L'avait-elle provoqué? Lui avait-elle désobéi au point de le mettre en rage? Elle avait appris à la lettre les leçons de la damnée qu'était sa meilleure amie.

De plus en plus sur les dents, l'abbé reluqua sa montre et annonça:

— Excusez-moi, il faut que je me rende à la cathédrale. Quand le docteur le jugera bon, emmenez votre fille chez vous et nous verrons à mesure. Si scandale il y a, il ne faut pas l'ébruiter!

⁂

Timothy obtint enfin ce qu'il voulait: Romuald l'accompagna à Chicoutimi. Ils mirent les pieds dans une maison chaude et confortable. Julienne leur servit une soupe aux pois cuisinée par sa mère.

Le docteur Riverin téléphona à son confrère de Jonquière. Il corroborait son diagnostic; cet homme en faisait trop et il avait besoin de repos. La paralysie était passagère, sans pour autant qu'il fût indiqué de la prendre à la légère. Le patient aurait des exercices réguliers à faire pour retrouver la mobilité de son visage et ainsi recouvrer complètement la parole au bout d'une convalescence d'une durée difficile à préciser. Il ne fit aucune mention au sujet de sa lèvre supérieure à la peau étonnamment lisse, comme celle d'un bébé. Timothy, qui avait adopté l'ardoise de Romuald, écrivit à l'intention du médecin qu'il ne voulait pas inquiéter sa femme en raison d'un simple malaise passager. L'homme lui promit qu'il se chargerait de lui envoyer un télégramme en son nom.

Au moment du coucher, Romuald ne voulut pas déranger, selon ses dires; il refusa de défaire le lit de l'une des quatre chambres de l'étage. Tout habillé, il s'installa au salon, pour la nuit, dans l'un des confortables fauteuils. Il retournerait à Jonquière par le premier train du mardi matin et se rendrait en premier lieu à l'usine informer John, le fils Price, de l'absence indéterminée de son collaborateur, comme le souhaitait monsieur Davis.

Une fois de plus, Timothy se sentit honteux d'être aussi dépendant et d'avoir gâché la fête de Noël d'un honnête homme qui avait encore le cœur brisé par la perte d'un être cher. Il connaissait le manque infini que provoquait la mort d'un enfant; elle emprisonnait l'âme des parents dans un étau de douleur sans leur laisser le moindre espoir de s'en échapper.

Une larme vint se nicher au coin de ses yeux. Alors qu'il était dans la quarantaine avancée, il s'était entiché d'une jeune fille du même âge que sa fille Alicia et il avait voulu éloigner les garçons qui tournaient autour. Son désir effréné de possession l'avait poussé à forcer le boulon de la prothèse d'Alexis sans pour autant vouloir sa mort. Il ne souhaitait que le faire sortir de sa maison plus handicapé qu'il ne l'était déjà en pensant que Graziella se désintéresserait de lui. Comment avait-il pu en arriver à faire un geste aussi vil, aussi condamnable? Il ferma les yeux et fit une prière silencieuse de repentir.

Chapitre 6

26 décembre 1916

Paul Chamberland était comme un fantôme dont personne n'avait pu voir l'ombre. Depuis le 23 décembre, on n'avait pas entendu parler de lui. Ses parents étaient désolés; malgré leurs nombreux malheurs, ils croyaient avoir élevé un fils responsable. Ils s'étaient réjouis de le voir aussi attentionné envers sa jeune épouse. Qui connaissait, en effet, dans la ville, un nouveau marié qui avait emmené sa femme dans sa propre maison le soir de la noce? Ils n'avaient cependant pas mentionné que Claire y avait mise toutes les économies durement gagnées pendant ses trois années comme servante, en plus de l'argent des actions que lui avait offertes monsieur Davis lors d'un certain jour de l'An.

Claire était soulagée. Sous les bons soins de sa mère et de Solange, qui avait maintenant quinze ans, elle sentait revenir ses forces. Les côtes fracturées stabilisées par des bandes de coton, elle respirait mieux. Son état était précaire. Cependant, la sécurité que lui assurait le foyer où elle avait grandi l'aidait à reprendre goût à la vie. De plus, fait à ne pas négliger, son petit François était à l'aise parmi ses oncles et tantes; il pouvait leur faire confiance. Les voix élevées et le brouhaha n'étaient pas les effets de la violence, mais bien ceux des activités courantes d'une famille nombreuse et unie.

La force, la détermination, les châteaux en Espagne et la hardiesse de Graziella lui manquaient. Quelle réaction aurait-elle eue de la voir ainsi démolie? Claire était convaincue qu'elle serait partie en croisade afin de retrouver Paul. Elle aurait levé le menton vers sa balafre et lui aurait débité tout d'un trait sa façon de penser. Elle aurait même pu aller jusqu'à le viser avec un fusil ou l'assommer avec la crosse.

Eulalie s'approcha du grabat qu'Alcide avait installé dans un coin de la cuisine, tout près du poêle. Ce n'était pas l'endroit de la maison le plus tranquille pour une malade qui avait besoin de repos, mais sa plus vieille était frileuse.

Claire lut dans le regard tourmenté de sa mère que sa rencontre avec un eudiste n'avait pas eu les résultats escomptés.

— Qu'est-ce qu'il a dit, le prêtre?

Eulalie pencha son visage au-dessus de celui de sa fille et souffla:

— C'est une affaire bien compliquée. Le père Joseph-Marie est pas plus rassurant que l'abbé Gagnon.

— Vous lui avez dit la vérité?

— Oui, la pure vérité en confession. Si j'ai menti au docteur, aux religieuses et à l'abbé Gagnon, c'était pour te sauver du scandale. Puis j'étais pas en confession.

— Maman, que vais-je faire, si Paul revient?

— J'pense bien que t'auras pas l'choix de retourner vivre avec lui comme une femme doit le faire après le mariage.

Claire ne pouvait pas retenir ses sanglots devant l'éventualité de se retrouver seule avec son mari. Décontenancée, sa mère ne savait plus à quel saint se vouer. Son aînée allait mourir vidée de ses larmes, si cela continuait ainsi.

Certaine que sa fille était maintenant en état d'en entendre plus long à ce sujet, elle ravala sa salive et poursuivit sa réflexion d'une voix toujours aussi basse.

— Dans l'esprit des gens, t'es tombée en bas de l'escalier. On démentira quand même pas ça! Si tu vas pas retrouver ton mari dans sa maison, on va te montrer du doigt. Ton père pis moi, on veut bien te garder jusqu'à ce que tu sois capable de prendre soin de ton enfant, mais pas plus longtemps. On pourra pas.

Claire était impuissante à changer son sort. À quoi bon s'acharner? Elle devrait se soumettre même en sachant que son mari pouvait à nouveau la tabasser. Il n'était pas loin, le temps où le mari avait le droit de battre sa femme avec un bâton de la largeur de son pouce et de l'enfermer s'il le désirait.

À travers ses larmes, elle distingua la silhouette droite et empathique du docteur Riverin; il s'avançait à petits pas retenus vers sa couche. Il avait poliment frappé à la porte sans obtenir de réponse. Il s'était donc permis d'entrer sans plus de préambule.

Le tableau était déconcertant. Il statua que Claire ne pouvait pas se remettre de ses blessures physiques dans une telle ambiance. Elle n'avait aucune intimité, et le repos était impossible pour elle avec les allées et venues ainsi que les voix criardes ou basses. Elle deviendrait dépressive et en aurait pour des années avant de se sortir de ce traumatisme.

Eulalie se moucha, le salua, tira une chaise de bois de sous la table et l'approcha du grabat. Le médecin déposa sa trousse sur ses genoux; il en sortit le thermomètre et le stéthoscope. L'examen terminé, il rangea ses instruments avec précaution. Il semblait réfléchir.

— Madame Juneau, pourrions-nous rester seuls, s'il vous plaît? dit-il au bout d'un long moment.

La mère de Claire chassa au salon les jeunes qui se tiraillaient dans un coin de la cuisine et ferma la porte. En s'excusant, elle dit:

— Vous savez, docteur, les jeunes, on fait plus trop ce qu'on veut avec eux autres. Y a toutes sortes d'inventions pour leur enlever du plomb de la tête. Le téléphone, par exemple, c'est bien pratique, mais c'est aussi un objet de commérages et de troubles pour la jeunesse.

— Je sais, madame Juneau, mais on ne peut pas arrêter le progrès. Revenons-en à Claire. Je connais votre degré de fierté et votre grand cœur. Je ne veux pas vous offenser en vous disant que, même sous vos bons soins, son état ne s'améliorera pas tangiblement tant qu'elle ne sera pas dans un endroit plus tranquille.

— Je sais que c'est bien bruyant, icitte, docteur, mais on fait ce qu'on peut.

— Je ne vous jette pas le blâme, je ne fais que constater et discuter. Vous avez un bon jugement et vous êtes la mère idéale. Je vous confierais volontiers mes enfants. Cependant, Claire n'est pas en mesure de guérir dans cette ambiance malgré tout l'amour que vous lui donnez.

— L'amour, c'est pas le plus important pour guérir, docteur?

— Pas maintenant. Je reviens d'ausculter monsieur Davis.

— C'est un bien grand malheur qui l'a frappé! Je sympathise avec lui. J'sais pas ce que madame Kate pis madame Graziella vont faire quand elles vont savoir ça!

— Il vaut mieux qu'elles ne le sachent pas. Cela ne changerait rien et gâterait leur voyage. À leur retour, j'ai la certitude qu'il ira mieux. Il ne faut quand même pas négliger le fait qu'une première crise importante peut en entraîner d'autres plus sévères advenant des émotions trop fortes. Elles sauront, alors. Je vous disais que j'ai ausculté monsieur Davis et que je lui ai fait une proposition qu'il a acceptée. Vu mes nombreuses occupations entre les visites à la maison et à l'hôpital, en plus des urgences et des extractions de dents, j'économiserais du temps si on déménageait Claire chez ses ex-employeurs. En une seule visite, je verrais deux patients. Monsieur Davis est d'accord et il m'a encouragé à vous en parler. Il est désolé pour Claire et il veut l'aider; son état s'améliore de jour en jour. Il faut juste éviter les émotions trop fortes, comme je vous l'ai déjà expliqué.

— Vous y pensez pas, docteur? Que va dire le monde? Qu'on est pas capables de prendre soin de notre fille? Pis vous dites que monsieur Davis peut pas supporter les émotions trop fortes.

— Je parle surtout de mauvaises nouvelles au sujet de sa famille, par exemple. Quant à ce que les gens peuvent penser, je vous dis que, si madame Anne-Marie Dubuc et moi-même nous étions attardés aux commérages et aux qu'en-dira-t-on, il y a longtemps qu'on ne ferait plus rien. Ne pensez qu'au rétablissement de Claire, qui ne mérite pas ce qui lui arrive.

— Elle est tombée dans l'escalier.

— C'est ce que vous dites et ce que les gens croient. C'est tant mieux pour l'instant. Mais je ne suis pas dupe, mère Marie-des-Anges non plus. Nous savons que ses blessures viennent de coups brutaux qui auraient carrément causé la mort de votre fille si Benoît ne l'avait pas trouvée à temps. Dites-moi ce qui est le plus important: plaire aux commères ou sauver une vie, peut-être même plusieurs? Supposons que la relation de votre fille continue comme avant, qu'elle tombe enceinte tous les ans et que son mari s'en prenne également aux enfants?

Eulalie essuyait ses yeux d'une main et serrait son chapelet dans la poche de son tablier de l'autre. Elle hoqueta:

— L'abbé Gagnon a dit qu'il faut éviter le scandale. Vous l'avez entendu comme moi!

— Je ne dénigre pas la vocation de l'abbé Gagnon. Cependant, dans l'intention de devenir évêque, il veut trop en faire; aussi s'acharne-t-il sur des principes insensés dans certains cas. Mes paroles sont inconvenantes, j'en conviens. Je ne veux pas vous scandaliser en parlant contre un prêtre. J'irai m'en confesser, s'il le faut. Mais moi, ma vocation, c'est de sauver des vies, celle de Claire, de son fils et des enfants qui pourraient naître de cette union dysfonctionnelle. Claire, qu'en dis-tu?

La blessée avait le cœur chaviré. Des scénarios peu encourageants défilaient dans sa pauvre tête. Eulalie et le docteur attendaient une réponse en posant sur elle un regard tendu d'appréhension. Elle reprit son souffle. En mots saccadés, elle déclara:

— Je... suis coupable autant que mon mari. Je mérite ce qui m'arrive.

Et les deux personnes à son chevet distinguèrent comme une vague violente qui s'échouait sur un rocher. On aurait cru que les entrailles de la jeune femme allaient sortir de son corps. Ces convulsions alarmèrent le médecin. Il courut à l'évier. En y appliquant un linge humide, il se demanda quel secret se tapissait derrière ce joli front légèrement bombé. Il l'ausculta à nouveau. Son cœur allait-il tenir? Il n'arrivait pas à compter les pulsations; le pouls était à peine perceptible. Le visage de Claire était pâle, ses yeux étaient excavés et sa respiration demeurait irrégulière. Elle semblait manquer d'air. Il pria sa mère d'ouvrir la porte.

Le professionnel était à bout de moyens. À part l'aspirine Bayer, la morphine pour les cas de douleurs extrêmes, l'oxyde de mercure, le chloroforme, l'alcool dénaturé à quatre-vingt-quinze pour cent, le camphre, l'acide borique, le talc et le liniment, il n'avait pas de médicament dans sa trousse pour guérir un pareil choc nerveux. Il se rappela avoir lu que, dans les hôpitaux militaires, très avancés dans la démarche thérapeutique, les cas inusités qui se présentaient chaque jour contraignaient les médecins à la recherche intensive et à l'application de soins expérimentaux de leur propre cru. Dans ce cas précis, ils étendaient le malade la tête plus basse que le corps et le réchauffaient par des massages, des boissons chaudes et des bains; parfois, ils recouraient à des intraveineuses d'eau salée.

Avec l'aide de sa mère, il installa Claire la tête un peu en contrebas et prit du liniment Minard dans sa trousse. Eulalie refusa qu'il masse lui-même le corps amaigri. Sa main maternelle enduite du liquide redonna vie à la malade. Elle ouvrit les yeux. Le médecin, lui, tenait à la réalisation de son plan.

— Madame Juneau, il ne faut plus tenir devant votre fille des propos qui la perturbent tant qu'elle n'aura pas retrouvé toutes ses facultés. Vous n'avez plus le choix. Je déménage moi-même Claire chez les Davis. Vous viendrez la voir de temps en temps; vous lui amènerez son fils. Avec mon aide et celle de Benoît, Julienne saura en prendre soin, j'en suis convaincu.

❋

Avant qu'elle ne descende pour le petit-déjeuner, un steward vint livrer à Kate un télégramme à la chambre.

Elle s'exclama haut et fort devant lui comme quoi son mari avait pris les devants et qu'il savait encore lire dans ses pensées. Elle parcourut des yeux avec fébrilité le télégramme, en fait envoyé par le docteur Riverin, ce dont Kate ne se doutait pas.

> *26 décembre. Beau Noël. Tout va bien pour moi. Pas d'inquiétudes pour Claire. Bon voyage. Avec amour, Timothy.*

La bonne humeur de Kate était contagieuse. Sans attendre, elle vint frapper chez Graziella. La bonne nouvelle soulagea également sa fille. Kate ajouta :

— Enfin l'esprit tranquille! Je puis mettre mon projet à exécution! Nous sortons!

— Quelle idée avez-vous derrière la tête? demanda Graziella, intriguée.

— Je veux tout simplement que nous visitions la haute-ville ensemble. Il y a un magasin tout spécial où je veux vous emmener. Chez *Simons*! Et, surtout, ne me contrariez pas!

❋

Dans le tintement du carillon, Kate et Graziella s'introduisirent dans le magasin. La vendeuse s'adressa à celle qui semblait avoir le porte-monnaie le mieux garni.

— Puis-je vous venir en aide, madame?

Offensée, Graziella admit que Kate avait eu raison de la mettre en garde à propos de ses vêtements. Cependant, elle ne se laissa pas intimider. On ne recevait pas les clientes de cette façon; l'une avait autant d'importance que l'autre. Comme elle en avait l'intention en faisant ce voyage, elle se documentait autant sur le service aux clientes que sur l'aménagement de l'espace. Jamais elle ne se permettrait d'agir ainsi dans sa propre boutique. En estimant que cette personne n'était pas à la bonne place, elle se rendit au rayon des corsets. En riant sous cape, elle se demanda comment on pouvait arriver à respirer avec les seins, le ventre et le bas du corps emprisonnés dans un tel étau.

Elle découvrit le prix d'un corset avec horreur: cinq dollars!

Elle conclut que, depuis qu'elle en avait l'âge, en refusant de s'enrouler dans ce genre de carcan à baleines, elle avait économisé entre dix et quinze dollars à tout le moins; tout dépendait de la vitesse de l'usure et de la fréquence du changement de taille. Elle tendit l'oreille vers Kate qui disait:

— Je suis ici pour ma fille. Montrez-lui vos tenues chics, mais, en même temps, sobres.

— Je ne puis accepter, refusa Graziella.

— C'est votre cadeau de Noël une journée en retard. Faites-moi ce plaisir, je vous prie.

— À cette condition, j'accepte.

En souriant avec un air affable, la vendeuse fit quelques pas en avant et s'adressa à la cliente qu'elle avait négligée jusque-là.

— Nous pourrions commencer par choisir l'un de ces jolis dessous fabriqués ici même, à Québec, par la *Dominion Corset*, le plus important fabricant au Canada. Cette compagnie produit quatre cents douzaines de corsets par jour.

Tout en parlant, elle manipulait la gaine à baleines sous les yeux de sa cliente.

— Ils sont expédiés jusqu'en Afrique du Sud, en Amérique latine, en Angleterre, en France, en Australie et en Nouvelle-Zélande, ajouta-t-elle en redressant les épaules. Nous sommes fiers d'encourager une compagnie aussi florissante.

— Je n'avais jamais pris conscience qu'il y avait autant de femmes dans le monde qui perdaient du temps à agrafer pareil carcan tous les jours. Non, merci, je ne porte pas ce genre de dessous. La ceinture-jarretelles me convient parfaitement.

— Si ce n'est pas pour tous les jours, c'est au moins pour les sorties. Le corset est la base d'un vêtement bien ajusté. Je suis surprise que vous ne portiez que la ceinture-jarretelles.

— Merci de votre offre. Je continuerai à fabriquer mes dessous, même si cela est maintenant plus facile d'en trouver tout faits en magasin. Par contre, je me souviendrai qu'il y a une compagnie, à Québec, qui distribue ses produits partout dans le monde.

— Très bien, c'est votre choix! Je vais vous aider à trouver le vêtement qui vous convient le mieux.

❋

Depuis le début de la journée, chez les Davis, plus rien n'était pareil. Le docteur y avait emmené Claire dans le courant de l'avant-midi. Dans la salle de couture, elle occupait le lit de son frère Benoît; ce dernier coucherait au deuxième, dans la seconde pièce rénovée par monsieur Saint-Germain avant la naissance du petit Hubert. Timothy ne cessait d'arpenter le corridor à pas lents; il faisait la navette entre sa chambre, le salon et la salle à manger en répétant des lettres et des syllabes. Le médecin entrait à l'improviste et sortait par la porte avant ou arrière.

Ces bouleversements mettaient Julienne dans tous ses états. Elle ne suffisait pas à la tâche. Cependant, elle se promettait de ne pas s'en plaindre ouvertement; sa mère pourrait aussi bien lui offrir de se départir de Solange pour qu'elle vienne lui donner un coup de main chez les Davis.

Mais, le pire, c'était qu'Alphonse ne pourrait plus la visiter aussi librement, puisque la maison vivrait aussi intensément la nuit que le jour. Quand il n'y en aurait pas un pour aller au cabinet d'aisances, un autre se ferait couler un verre d'eau, ou bien un insomniaque se lèverait pour se livrer à quelque occupation.

Il n'y avait qu'une solution: elle pourrait toujours se faufiler en douce pour aller retrouver son amoureux dans l'écurie. Elle ne vivait que d'amour et d'eau fraîche, selon la formule qu'utilisaient les parents lorsque l'une ou l'autre de leurs filles ne rêvait plus que de mariage, une fois que le prétendant avait demandé la permission de venir accrocher son fanal. Cependant, dans le cas de Julienne Juneau, le prétendant n'accrocherait pas son fanal; les deux jeunes gens étaient soucieux de garder leur relation clandestine et ils n'allaient certainement pas mettre leurs parents respectifs au courant des rapports charnels auxquels ils s'adonnaient avec frénésie.

Une plainte se fit entendre en provenance de la salle de couture. Tout à ses pensées, Julienne ne l'entendit qu'à peine. Elle manipulait bruyamment les chaudrons sur le poêle de la même manière que Claire lorsqu'elle était contrariée.

C'était que, pour lors, elle se souvenait qu'Alphonse était allé dans la chambre de la dame Graziella, celle qu'elle-même occupait à présent, juste avant le baptême d'Hubert. Julienne, qui regardait déjà le jeune homme d'un œil intéressé, en avait été fort contrariée et c'était le même sentiment qui la troublait en cet instant, en beaucoup plus intense à présent qu'elle accordait ses faveurs à son amoureux. Le souci de s'assurer son amour exclusif la poussait à douter. Qu'avaient-ils fait, tout seuls dans la chambre, ce jour-là? Alphonse lui avait-il rendu les mêmes honneurs qu'à elle?

Une seconde plainte parvint à la distraire de sa réflexion au goût amer.

— Je viens, Claire. Juste le temps de finir d'essuyer cette marmite.

Un soupçon de doute dans l'esprit, elle déposa brutalement la casserole sur le comptoir et s'essuya les mains à son tablier. Comme madame Davis était absente, elle ne pouvait pas lui rappeler l'étiquette qui devait régner dans sa maison.

Dans la chambre, elle se tint au pied du lit de sa sœur aînée et dit:

— Tu as besoin de quelque chose?

D'une voix faible et saccadée, Claire implora:

— Je sais que c'est assez difficile, ce que je vais te demander, mais tu peux refuser. Cette table de taillage et la machine à coudre m'ennuient. C'est comme si Graziella était morte. J'étais tellement habituée à entendre le chant de la pédale et à la voir se démener pour rendre ses clientes heureuses que cela me fend le cœur.

— Je ne savais pas que tu l'aimais autant, cette dévergondée, avança Julienne, encore sous l'emprise de ses précédentes pensées.

— Qu'est-ce que tu dis là? Où as-tu appris ce vocabulaire?

Julienne frottait ses mains ensemble. Elle en avait trop dit.

— J'ai juste répété le mot que les commères disaient du temps où elle se promenait en ville à califourchon sur le dos de son cheval.

— Ne répète plus jamais cela! ordonna Claire d'une voix plus forte. Promets-le-moi!

— Je te le promets.

— Julienne, je trouve que tu as changé depuis le départ de madame. Il y a quelque chose qui ne va pas?

— Non, tout va comme avant... Tu te fais des idées. C'est qu'il y a eu que des imprévus, depuis trois jours.

— Tu as raison, petite sœur. De plus, ma présence ajoute à tes tâches.

— Ce n'est pas grave. Je vais demander à Benoît et à monsieur Saint-Germain, qui font l'abattage des lapins aujourd'hui, de monter la machine à coudre et le plan de travail au deuxième. Ils les mettront au bout du passage. J'arrangerai ensuite ta chambre à ton goût. Pourquoi tu ne veux pas monter dans celle de monsieur Henry, comme avant?

Elle n'aurait pas fait une pareille suggestion à sa sœur si Benoît n'avait pas été installé à l'étage.

— Parce que je ne suis pas assez forte pour monter un escalier. De plus, je ne serais pas à l'aise dans ses affaires.

— Pourquoi aujourd'hui plus qu'avant? Il me semble que tu aimais ça, rester dans ses affaires, à monsieur Henry.

— Ne me pose plus de questions, veux-tu? Je suis mariée, à présent. Et toi, quelle chambre occupes-tu?

— Celle de mademoiselle Alicia, laissa échapper Julienne.

— La chambre de Graziella? De quel droit entres-tu dans son intimité quand tu sais qu'elle va revenir? Qui t'a donné la permission?

En s'emportant, Claire s'était étranglée avec sa salive et elle avait le visage blême, soudain.

— Monsieur, appela Julienne, pouvez-vous venir m'aider? Je crois que Claire se sent mal!

❋

Les emplettes terminées, l'employée de la *Maison Simons* offrit le service de livraison à l'hôtel; ces dames n'auraient qu'à réclamer leurs sacs à la réception à leur retour. Elles pourraient donc continuer leur balade les mains libres.

Kate et Graziella étaient maintenant dans la rue. Le temps était splendide. La réverbération du soleil sur le blanc de la neige éclairait magnifiquement le panorama et illuminait le pastel des pans de maisons coude à coude. Les deux femmes prirent le temps d'admirer les différentes inspirations architecturales qui donnaient l'impression unique d'être en France, en Angleterre ou ailleurs dans le monde. Kate affirma que la ville de Québec, par le néoclassicisme, le néogothique et le néorenaissance de son architecture, représentait l'Europe entière en miniature.

Elles s'arrêtaient devant les vitrines qui attiraient leur attention. À un carrefour, elles commencèrent à descendre à pas lents la rue Saint-Jean. À bout de commentaires et d'impressions, elles continuèrent leur chemin silencieusement, toujours au même rythme.

Au loin, devant elles, des ruines se dessinaient de chaque côté de la rue. Graziella fut étonnée de voir les structures de pierres auxquelles elles avaient appartenu, qui avaient sans doute constitué un moyen de défense, jadis. Décidément, cette ville avait l'art de rappeler qu'elle avait déjà été en état de siège. Kate expliqua que ces vestiges étaient ceux d'une porte qui se nommait Saint-Jean; elle avait été démolie par trois fois, la dernière en 1898, afin de faciliter la circulation.

— J'admire la culture que vous possédez, fit Graziella. Vous connaissez mieux notre histoire que plusieurs d'entre nous.

— C'est assez naturel. On ne peut étudier l'histoire de l'Angleterre sans que cela déborde sur celle du Canada. Et je suis curieuse, vous le savez.

— Une patinoire! s'écria tout à coup Graziella.

— C'est place d'Youville. Venez, traversons. Nous allons admirer les patineurs.

Elles passèrent devant un joli édifice à la façade en demi-lune, puis empruntèrent la rue. Graziella n'eut pas le temps de poser la question qu'elle avait en tête; son regard fut attiré par un jeune couple. Vêtue aussi pauvrement qu'elle, la femme était filiforme. L'homme, qu'elle observait de dos, portait une veste à carreaux et une casquette. Dans un traîneau à patins dormait un poupon, sous des couvertures de jute remontées jusqu'à son nez.

Subitement, l'homme fit demi-tour. Kate s'écria:

— Monsieur Jean! Je croyais que vous étiez célibataire!

— Bonjour, mesdames, les salua-t-il, le visage cramoisi.

— J'imagine que cette jolie dame est votre épouse et que ce mignon bébé est votre enfant?

Graziella était abasourdie. Il avait certifié qu'il était libre et que ses parents demeuraient dans le Bas-du-Fleuve. Elle s'était laissé conter fleurette. Pour le jeune homme, elle n'avait vraiment été qu'une aventure de passage. Il était comme un marin qui honorait une fille à chaque port. Les hommes étaient-ils tous en partie des goujats? Elle n'osa pas aller plus loin dans sa pensée, elle savait qu'elle en serait venue à voir les images qui lui rappelleraient qu'elle faisait partie de la cohorte des insoumis. Elle ramena son attention à la conversation:

— Tu n'as pas l'habitude d'être aussi familier avec les clients de l'hôtel, lui reprocha sa femme.

Kate était émue par le trouble écrit noir sur blanc sur les traits du liftier. Il leur avait certainement menti sur toute la ligne, tant à propos de ses origines que de son statut. Dans l'intention d'amoindrir son malaise, elle remarqua, taquine:

— On dirait bien deux hommes en un. Votre uniforme vous donne un air de soldat, tandis que cette veste vous ferait plutôt passer pour un travailleur forestier ou un cultivateur.

— Quand je ne suis pas au travail, je reviens à mes racines, répondit-il comme pour se disculper en décochant un coup d'œil à la fois sournois et inquiet à Graziella.

Celle-ci préférait garder le silence. Kate aurait bien pu lire dans son ton ou dans ses gestes qu'il s'était passé quelque chose entre eux.

— Quels projets avez-vous pour le reste de la journée? demanda-t-il.

— Trouver un endroit pour nous distraire et casser la croûte quelque part avant de retourner à l'hôtel. J'y pense, vous pourriez vous joindre à nous! Je vous invite en reconnaissance des excellents services que vous nous avez rendus depuis notre arrivée.

«Ah, Kate! Quand cessera-t-elle de se faire la protectrice de gens qu'elle connaît à peine?» songea Graziella, qui n'avait pas l'intention de passer plus de temps avec eux.

La femme répondit:

— J'ai mis un pot-au-feu dans le four avant de partir et ce sera l'heure du boire de Simon dans quelques minutes. Il faut qu'on y aille, hein, Jean?

Son mari eut un bref mouvement de la tête, comme si l'intervention de sa femme perturbait le cours de ses pensées. Il opina:

— Oui, tu as raison. Merci pour votre invitation, madame. Si votre intention est toujours de vous distraire, vous voyez le joli édifice en face, de l'autre côté de la rue? C'est un théâtre.

— Le Capitole, ajouta sa femme. J'aimerais bien aller y voir un film, un de ces jours.

— Y en a-t-il un à l'affiche en ce moment? demanda Kate, excitée.

— Oui. Le titre est *Une pauvre petite fille riche*, répondit la jeune mère.

⁂

La voiture-taxi déposa Kate et Graziella devant le portique de l'hôtel. À la réception, elles cueillirent les paquets qui avaient été livrés par la *Maison Simons*. On remit à Kate une note mentionnant que monsieur Price avait téléphoné. Elle lut et s'exclama:

— Notre départ pour New York est retardé au 28. En raison de ses affaires, qu'il mentionne, et de la préparation du déplacement de ses cinq cents soldats.

— Cinq cents soldats? fit Graziella, étonnée. Dans ses conversations, il n'a jamais mentionné ce nombre!

En empruntant le corridor qui menait à l'ascenseur, Bill attira leur attention par de grands gestes des bras et de la tête. Il était à une table de poker avec sa femme et les Magliana. Kate s'avança vers eux; Graziella se tint discrètement à l'écart.

Bill quitta sa chaise et vint vers elle. Il se permit de la prendre par-dessous le bras pour la conduire dans le salon. Kate avait déjà accepté par politesse de s'asseoir à leur table. Comme elle avait trahi sa promesse de dîner en leur compagnie la veille, il lui fallait compenser par une partie bien arrosée. Ces messieurs et dames fêtaient leur départ prévu pour le lendemain. Graziella refusa de prendre place immédiatement avec eux sous prétexte qu'il lui fallait monter les emplettes dans sa chambre. Toujours avec le même regard calculateur, Bill lui certifia qu'il y aurait une chaise pour elle à la table le reste de la soirée.

L'ascenseur émit son grondement suivi d'un choc. L'ouverture de la porte lui dévoila le liftier remplaçant. Il la reconnut et la salua. En reluquant les paquets qu'elle tenait, il lui demanda:

— Madame a trouvé ce qu'elle cherchait?

— Oui, merci, répondit-elle avec l'air de vouloir mettre aussitôt un terme à la conversation.

L'homme sembla avoir compris. Il se tourna vers les commandes et s'appliqua à bien faire son travail.

— Le quatrième, l'avertit-il.

Lorsque l'ascenseur stoppa, elle le remercia sans lui laisser de pourboire.

— Madame veut-elle que je porte ses sacs à sa chambre?

— Non, merci, je peux le faire toute seule.

— Très bien, c'est comme vous voulez, se replia-t-il sur un ton mystérieux, un sourire au coin des lèvres.

Elle tourna la clé dans la serrure et ouvrit. À la faible lumière qui s'infiltrait par le voilage de la fenêtre, elle déposa les sacs sur le lit et alluma la lampe de chevet. Dans sa clarté, elle vit sur le chiffonnier une bouteille de champagne qui avait été livrée en son absence; elle comprit alors pourquoi le liftier l'avait lorgnée avec un air énigmatique.

Confondue, elle lut sur la carte le message suivant:

Dear Graziella,

You are welcome to my office at 1900 National City Bank Building, Wall Street, in New York. I can help you achieve your future projects.

Do me a favor, accept this present,

Rick[1]

Quelle surprise incroyable! Cet homme n'avait jamais manifesté franchement le moindre penchant pour elle. Il l'avait encouragée à ouvrir sa boutique de vêtements, mais de là à l'inviter personnellement à son bureau de Wall Street, il y avait une marge importante. La tentation était forte pour une jeune femme ambitieuse. Wall Street n'était-il pas le centre mondial de la

---

1. *Chère Graziella, Vous êtes la bienvenue à mon bureau du 1900, National City Bank Building, Wall Street, à New York. Je peux vous aider à réaliser vos projets. Faites-moi une faveur, acceptez ce présent. Rick*

Bourse? Ses actions de la Price Brothers et de la Pulperie n'étaient-elles pas négociées à New York? Elle n'avait jamais posé directement la question. Si elle se souvenait bien, les trois compagnies de William étaient administrées par un conseil dont l'un des membres était un certain William S. Hofstra de New York. Ces questionnements ne faisaient que stimuler Graziella. Que devait-elle faire? Accepter ou retourner le cadeau à son envoyeur? Sans plus se poser de questions, elle décida de rester dans sa chambre et d'ouvrir la bouteille. Quel mal y avait-il à ce qu'on remarque son absence à la table de poker?

Nue sous son peignoir, elle s'en versa une coupe, s'étendit sur l'habillage du lit et ouvrit au hasard *Les Fleurs du mal,* comme elle avait pris l'habitude de le faire. En faisant tourner la boisson ronde et puissante dans sa bouche, elle lut une partie du poème intitulé *La Beauté.*

> *Je suis belle, ô mortels! Comme un rêve de pierre,*
> *Et mon sein, où chacun s'est meurtri tour à tour,*
> *Est fait pour inspirer au poète un amour*
> *Éternel et muet ainsi que la matière.*

Le long miroir plaqué sur le mur en face lui restitua la posture d'une jeune femme devant un avenir incertain tracé de lignes courbes. La profondeur de son être inspirerait-elle un jour au poète muet un amour éternel?

En réfléchissant, Graziella but le reste de la coupe d'une traite et s'en versa une autre.

En levant le verre à son reflet dans la glace, Graziella émit à voix haute:

— Rick Magliana, êtes-vous envoyé par la Providence pour m'aider à atteindre l'un des principaux buts de ce voyage?

Chapitre 7

Depuis qu'il était au repos, les heures qu'il passait dans sa chambre paraissaient bien longues à Timothy. La seule satisfaction qu'il avait pour l'instant, c'était le télégramme que le docteur avait envoyé de sa part à Kate. Du moins, il était maintenant certain qu'elle ne s'inquiéterait pas pour lui.

Sans toutefois regretter d'avoir accueilli Claire dans sa maison pour le temps qu'elle demeurerait aussi fragile, il admettait que la charge était trop lourde sur les épaules de Julienne. Pour sa part, il avait peine à mettre un pied devant l'autre, et sa bouche restait à demi paralysée du côté gauche. Il n'avait pas non plus retrouvé l'usage complet de la parole. Cependant, le docteur Riverin lui conseillait de faire rigoureusement les exercices orthophoniques et physiques qu'il lui avait prescrits.

Pendant ce congé forcé, il avait le loisir de penser à sa vie passée, présente et future. Quand avait-il commencé à se laisser pousser une moustache à guidon plus touffue que le modèle typiquement anglais, bien que la majorité des hommes du Québec aient adopté celle à l'américaine? Il en était ainsi de celle de William, cependant, moins fournie que la sienne. Mais Julien-Édouard Dubuc était le maître en la matière : sa moustache rejoignait aux coins de sa bouche une barbe qui mourait en pointe sous son menton. Lui également souffrait d'une calvitie naissante.

Timothy sentit la bonne humeur le gagner. Comme il lui serait facile d'entretenir un visage lisse comme la peau des fesses d'un bébé, selon l'expression populaire régionale!

Et son chapeau à la Napoléon qui faisait rire les gens? C'était décidé, il le changerait pour un Fedora ou un chapeau rond comme celui de Charlie Chaplin, cet artiste qui faisait crouler de rire les cinéphiles. Il imagina la mimique que feraient Kate et Graziella en voyant son nouveau look. Couvre-chef élégant et visage nu! Ce dernier mot le laissa pensif. Était-ce le reflet d'un avenir qu'il voulait à nu, sans les cachettes, les faux sourires, les frivolités et les subterfuges qui avaient maquillé son passé et qui se prolongeaient dans le présent?

Des pas attirèrent son attention. Julienne entrait dans la chambre. En lui présentant l'ardoise, elle s'informa:

— Est-ce que monsieur va bien? A-t-il besoin de quelque chose?

Timothy s'assit sur le rebord du matelas et écrivit: *Tâche?* Il compléta en articulant:

— Lour... de?

— J'arrive à tout faire, monsieur.

Elle attendit quelques instants et lut: *Besoin?* Une fois de plus, il renchérit:

— Ai... de?

— Je ne vois pas qui pourrait m'aider, à part ma sœur Solange qui soutient ma mère à la maison.

Patiente, Julienne observait la main aux ongles propres qui traçait les lettres sur le schiste noir. Les mains de son père étaient calleuses, et il n'arrivait pas à déloger la saleté de sous ses ongles avec son canif.

Elle lut à nouveau: *Pensez.*

— Bien, monsieur, j'vais y penser et je vous en reparlerai.

Timothy s'apercevait que de tenir maison n'était pas aussi facile qu'il l'aurait cru. Kate avait été une parfaite hôtesse; elle avait su montrer à leurs amis ainsi qu'à la Price Brothers la classe qu'elle avait instaurée dans leur nid familial.

Julienne aida son patron à se glisser sous les couvertures. Depuis qu'Alphonse l'avait conquise, elle ne ressentait plus de gêne à voir les jambes d'un homme ni même ses sous-vêtements. Mais sa mère ne l'entendait pas ainsi. Chaque fois qu'elle téléphonait, elle lui répétait de mandater Benoît pour les soins particuliers à prodiguer à monsieur Davis.

« Qui pourrait bien me donner un coup de main le jour seulement? » Elle sortit de la chambre avec cette question en tête.

À la cuisine, elle bifurqua vers la chambre de sa sœur. La pièce respirait; elle avait été débarrassée des outils de travail de Graziella grâce aux bons soins de Rodolphe Saint-Germain et de Benoît. Claire semblait donc plus à l'aise. Elle paraissait remise de la défaillance qui l'avait terrassée en début d'après-midi. Son visage reprenait des couleurs et son souffle était moins rauque. Cependant, ses côtes fracturées lui interdisaient certains mouvements, assez pour la garder au lit. Le docteur avait été ferme : elle ne devait pas se lever sans aide et on devait éviter de tenir devant elle des propos qui la perturbaient. Surtout, ne pas parler de Paul, qui n'avait toujours pas donné signe de vie.

En fin d'après-midi, Julienne avait appris la bonne nouvelle par téléphone; Benoît avait eu l'ordre d'aller coucher à la maison familiale en prévision du lendemain; il aurait à ramener François, sa mère Eulalie et sa sœur Solange chez les Davis en début de matinée.

Comme ses deux malades n'avaient avalé qu'un maigre souper, il n'y avait en fait que quelques morceaux de vaisselle à laver. Après avoir essuyé le poêle et le comptoir, Julienne passa au salon. Elle attisa le feu dans l'âtre et l'alimenta de quelques bûches pour la nuit, qui serait fraîche. Dans la bibliothèque, elle prit le livre qui semblait avoir été le plus utilisé. Sur la couverture apparaissait le corps à demi profilé d'une charmante dame; coiffée d'un chapeau noir à large bord, elle avait le coude appuyé sur ses genoux enveloppés dans une longue jupe de soie luxueuse. L'air pensif, le menton dans le creux de sa main, elle semblait attendre son amoureux.

Sa trouvaille sous le bras, Julienne monta dans la chambre, où elle alluma la lampe de chevet. Elle sortit de la penderie la robe noire de Graziella, se départit de ses vêtements, l'endossa et se pavana devant le miroir de la coiffeuse. Elle était la jolie dame de la couverture du livre; il ne lui manquait que le chapeau. Comme elle, elle attendait son amoureux.

⁂

Alcide Juneau dormait d'un sommeil nerveux. Il ressentait jusque dans ses os quadragénaires la fatigue que lui avaient occasionnée les événements des derniers jours. Aussitôt son repas du soir avalé à grosses bouchées, il s'était affalé dans sa chaise berçante et s'était mis à planter des clous, comme disait sa femme. Elle avait chassé au salon ou à l'extérieur les enfants âgés de six à douze ans, sous prétexte qu'il ne fallait pas déranger le père qui travaillait sans relâche pour loger et nourrir sa famille.

Aidée de Solange, elle finissait de remettre le comptoir à l'ordre.

Eugène, douze ans, qui jouait dehors dans la neige avec Jacques, dix ans, vit se pointer son beau-frère au coin de la rue. Il entra en catastrophe en criant:

— Paul s'en vient! Paul s'en vient!

Alcide se réveilla en sursaut et se mit debout d'un coup. Sans attendre, en faisant mine de rien, il alla se poster sous la carabine accrochée au mur. De son index pointé vers la porte, il somma son fils de retourner à ses jeux. Eulalie proposa à Solange de se vêtir chaudement et de sortir retrouver ses frères. Elle aurait bien voulu que Charles et Benoît fussent là pour soutenir leur père, mais, comme tous les jeunes de leur âge, ils étaient chez leurs amis ou dans la rue à reluquer les filles.

Des pas lourds martelaient la galerie. Les parents de Claire retenaient leur souffle. Paul était-il ivre? C'était la question qu'ils avaient en tête.

La porte claqua brusquement. Sans cérémonie, Paul apparut dans l'encadrement tel un mort sortant de son tombeau. Craignant qu'il ne soit en état d'ébriété et qu'il se livre à des excès, Alcide décrocha la carabine et dirigea le canon vers son gendre.

— Arrêtez, le beau-père, j'veux juste discuter.

Eulalie poussa un soupir de soulagement. En un éclair, tous les scénarios possibles avaient défilé dans sa tête; elle avait même vu Paul étendu par terre, abattu d'une balle tirée par son mari.

— Veux-tu une tasse de thé? demanda-t-elle.

Tremblante, elle n'avait rien trouvé de mieux à dire. En tirant une chaise de sous la table, sans détour, Paul avoua franchement:

— Claire est pas tombée en bas de l'escalier.

— C'est ce que le monde pense, pis on veut pas démentir ça. Il faut éviter le déshonneur, gronda Alcide en serrant les poings.

Il était déchiré entre deux attitudes contradictoires: si les préceptes de l'Église recommandaient de pardonner sans condition, la haine que lui inspirait la violence faite à sa fille l'incitait à la vengeance. Il pendit la carabine au mur et regagna sa berçante en jetant un regard noir à son gendre. Rien n'aurait pu l'empêcher de le maudire intérieurement.

— J'veux réparer, allégua Paul sur un ton qui paraissait sincère.

— J'vois pas comment, glapit Eulalie en déposant une tasse de thé bouillant devant lui.

Si elle avait mis sa confiance dans cet homme en croyant qu'il allait rendre Claire heureuse, sa déception était amère et elle n'était pas prête à lui renouveler sa foi.

— J'pensais la trouver ici.

— On t'dira pas où elle est, riposta vivement Alcide.

— Ayez pas peur, monsieur Juneau, j'lui ferai plus jamais mal. J'veux juste lui dire que j'm'en vais au loin.

— Tu veux dire quoi, par là? Puis t'étais où, tout ce temps-là? Depuis l'avant-veille de Noël que t'as pas donné de nouvelles! *Au p'tit canot*, je suppose, avec les filles de rien? déduisit Alcide.

— J'étais pas au bordel comme vous le pensez. Le 23 décembre, j'suis entré au séminaire en retraite fermée, prêchée par le père Théophile Hudon, un jésuite bien compréhensif.

— En retraite fermée en plein temps d'Noël? s'étonna Eulalie.

— J'ai expliqué mon cas, puis j'ai été accepté. J'me suis confessé, j'ai réfléchi dans le silence à tout le mal que j'ai fait, puis j'ai pris une grande décision.

— J'vois pas quelle grande décision tu peux avoir prise. Le péché reste le péché, pis, quand c'est devenu public, ça s'efface plus, trancha Alcide.

— Vous croyez pas au pardon?

Eulalie mit son grain de sel:

— J'pense qu'y a juste Jésus qui était vraiment capable de pardonner. Les hommes ont ben de la misère avec ça. Une tache de graisse sur une nappe blanche, ça s'efface pas.

— C'est bien décourageant, c'que vous me dites là, madame Juneau. En tout cas, ma décision est prise: je débarrasse le plancher.

— Comment ça? mugit Alcide.

— J'veux dire que je viens faire mes adieux. Demain, j'pars pour Valcartier. Le père Hudon trouve que c'est la meilleure solution pour pas créer de scandale dans la ville. Si j'reviens vivant de la guerre, la poussière va être retombée malgré ce que vous en dites. On verra dans c'temps-là!

— T'abandonnes Claire pis ton fils, comme ça? Qui c'est qui va les faire vivre? interrogea Eulalie d'une voix grinçante.

— Elle pourra vendre la maison; j'la lui laisse. Y a bien des femmes de soldats qui s'débrouillent sans leur mari. De toute façon, avez-vous une autre solution? Claire puis moi, ça marche pas. Y faut qu'on s'sépare, pour l'instant.

— C'est pas catholique de dire des choses comme celles-là, dit Alcide. J'aurais jamais pensé que j'entendrais des propos d'protestant dans ma maison. J'aurai tout vu pis tout entendu avant d'mourir. Les jeunes d'aujourd'hui ont toutes sortes d'idées folles dans la tête. C'est ben décourageant. L'téléphone pis les films, c'est pas bon pour garder le monde dans le droit chemin.

— T'as raison, mon mari. C'est ce que j'passe mon temps à m'dire. Pis ton fils, le beau petit François, tu vas l'oublier comme ça, sur un coup de tête?

— C'est pas un coup de tête, c'est réfléchi puis étudié avec le père Hudon.

— Pis tes parents, tu leur as dit?

— Mes parents, j'leur ai jamais fait grand honneur. Ils ont autant de raisons de m'en vouloir que j'en ai de leur en vouloir de mon côté.

— J'pensais pas que t'en voulais à tes parents, puis qu'ils t'en voulaient. J'les ai jamais entendus dire du mal de toi. Pourquoi qu'ils t'en voudraient! Quand on est des bons parents, on essaie de comprendre ses enfants en s'inspirant de la Bible.

— Vous l'avez dit, tantôt, madame Juneau : une tache de graisse sur une nappe blanche, ça s'efface pas. Mon père crache pas dans le gin, puis moi, j'ai une balafre dans le visage qui va toujours être là pour rappeler à mes parents qu'ils ont pas mis un saint au monde.

— On t'a jamais demandé d'où ça venait, puis on te l'demandera pas à soir.

— J'vais quand même vous le dire, tant qu'à me confesser. Quand j'étais dans les chantiers dans le nord de Sainte-Marie, j'me suis battu au couteau avec un bûcheron qui passait son temps à me reprocher une chose que j'vous dirai pas, les jeunes pourraient m'entendre. J'lui ai percé le ventre, puis lui, il m'a fait c't'entaille-là dans la face.

— Tu l'as tué?

— Non, mais j'ai bien failli.

— Pis la guerre va effacer la tache sur ton âme? ironisa Eulalie.

— D'une manière ou d'une autre, quand Borden va revenir d'Europe, les journaux disent qu'il va imposer la conscription. Il se pourrait bien que Charles et Benoît soient obligés d'partir eux autres aussi. J'fais juste prendre de l'avance.

— C'est pas fait, s'énerva Eulalie. Le porte-parole du Canada français, Henri Bourassa, dit que notre pays a suffisamment contribué à la guerre, puis que les hommes sont plus utiles à produire d'la nourriture et des munitions.

— Ça n'empêche pas qu'à venir jusqu'ici, en parlant juste d'enrôlement volontaire, Borden a déjà envoyé plus de sept cent mille hommes. C'est du monde, ça, madame! Y a combien d'orphelins de guerre, présentement, dans notre pays? Juste à la deuxième bataille d'Ypres, la première division canadienne a perdu plus de six mille hommes.

— Ypres, c'est pas là qu'était le jeune Alexis Angers, l'parrain d'Hubert? demanda Eulalie.

— Y paraît. Il a été blessé, puis le hasard a voulu qu'il vienne mourir ici.

— J'sais pas où sont rendues madame Davis et sa fille.

— La Graziella, c'est elle qui a toujours monté la tête à Claire.

— J'veux pas qu'on dise du mal des autres dans c'te maison. Si on en revenait à ce que tu veux faire! dit la belle-mère.

— J'veux voir Claire pour lui dire tout ça. J'veux savoir où elle est.

— J'te dirai pas où elle est parce que, si elle te voit, elle va encore tomber en convulsions. Elle peut même pas entendre parler de toi sans faire une crise. J'vais lui dire tout ce que tu m'as dit sans oublier un seul mot, à l'exception de ce qui a causé ta balafre. Puis, François, tu veux l'voir ou pas? Il dort dans notre chambre, à Alcide pis moi. J'vais le chercher. Son père a bien l'droit de voir son fils. Qu'il soit comme y voudra, un père, c'est un père.

Paul avait eu peine à tremper deux ou trois fois ses lèvres dans le thé qui avait refroidi dans la tasse. Les yeux dans l'eau, Alcide avait bourré le fourneau de sa pipe et essayé de l'allumer sans réussir. Après un autre essai, il était enfin parvenu à en tirer quelques faibles touches.

Son gendre sortit un petit sac de papier de la poche de sa veste noire du dimanche; il en tira une cigarette qu'il avait roulée d'avance. En ayant l'air soulagé, il frotta l'allumette sur son pantalon et présenta le feu au tabac. Eulalie sortit de la chambre. L'enfant plissa les yeux en raison de la lumière et chigna. Paul se leva et tendit les bras à son garçon emmailloté.

— Tu sais, ton petit a besoin d'un bon papa.

Paul serra François sur sa poitrine en lui baisant le front.

❋

Les plans de Julienne avaient pris une tournure inattendue; puisque Benoît avait eu l'ordre de sa mère de coucher à la maison, elle n'avait pas reçu son amoureux dans l'écurie, mais bien dans la chambre de la dame Graziella.

Elle filait le parfait bonheur. Lovée sur la poitrine sans pilosité d'Alphonse Gendron, elle aurait voulu que le temps s'arrête. Depuis le départ des maîtresses de la maison, elle se disait qu'elle connaissait la vie que Jésus avait promise à Ses enfants dans le ciel pour l'éternité. Elle était aux anges. Son amoureux lui en faisait vivre encore et encore, de ce bonheur sans nom. Il suffisait qu'elle trouve le moyen de le recevoir.

Elle quitta ses bras et s'étendit sur le ventre, la tête tournée vers son homme. Satisfait, il dormait paisiblement, l'air détendu. Elle détailla son nez féminin et sa bouche gourmande, effleura tout doucement sa joue chaude et passa lentement ses doigts ouverts dans sa chevelure ondulée. Alphonse Gendron était le plus beau des garçons de Chicoutimi et c'était elle qu'il avait choisie. Serait-elle damnée pour lui avoir cédé avant le mariage? Si ses parents apprenaient ce qu'elle faisait en dehors de ses heures de travail, ils la renieraient. Mais l'ivresse de la récompense l'emportait sur la menace de la punition. De toute façon, Alphonse lui avait promis de la marier à l'été.

Il s'étira longuement en grognant sourdement. Ses narines frémissaient. Elle stoppa le mouvement de ses doigts dans ses cheveux et lui déposa un baiser sur les lèvres. Il ouvrit les yeux et porta la main à son front comme s'il venait d'apprendre une mauvaise nouvelle. À voix basse, il s'enquit:

— Quelle heure est-il?

— J'ai entendu les neuf coups de l'horloge.

— Neuf heures? Il faut que je m'en aille.

— Pourquoi tu restes pas toute la nuit?

— Que va penser ma mère, si je ne rentre pas? Elle est capable de me chercher dans toute la ville. Je reviendrai demain.

— Demain, Benoît va coucher ici. Tu sais qu'il est chez mes parents, ce soir, pour ramener maman et François de bonne heure demain matin. Reste, je t'en prie, le supplia-t-elle en s'étendant sur le corps de l'homme qu'elle aimerait toujours. On va recommencer comme tantôt. Tu vas me faire la cour comme dans le roman.

— Tu ne devrais pas lire de livres à l'index. C'est péché.

— Puis, ce qu'on fait sans être mariés, c'est pas péché? C'est pour apprendre à te faire plaisir que je lis ce livre.

— Tu as raison, recommençons, opina Alphonse en l'enlaçant.

Il la fit rouler sous lui, écarta ses cheveux et commença par lui baiser le cou. Il descendit jusqu'aux épaules et s'attarda aux mamelons qui pointaient dans sa bouche.

Julienne était comblée; elle ne pourrait jamais être plus heureuse.

❋

Paul Chamberland aussitôt parti, Alcide se retira dans la chambre. Assis sur le bord du matelas, il se dit que cette période de l'année n'avait jamais été aussi pénible pour lui. Il ne voulait surtout pas subir le même sort que

Timothy Davis. Le surmenage et les soucis n'étaient pas bons pour le cœur. Son père était mort jeune en laissant sa mère élever seule leurs six enfants et sa chère Eulalie en avait dix. Il fallait compter la plus vieille, même si elle avait pris mari quinze mois auparavant.

En laissant sa chemise et son pantalon sur le dossier d'une chaise de bois près du lit, il pensa aux projets de Paul. C'était la meilleure solution dans les circonstances. Il ne voulait pas sa mort, mais son départ pour le front arrangeait bien les choses. Il était plus noble pour une femme maltraitée d'annoncer que son mari s'en allait faire la guerre que de demander une séparation difficilement acceptée par l'Église.

Eulalie avait l'air de savoir des choses qu'il ignorait. Il faisait confiance à la Providence; elle en venait toujours à tout lui avouer. Elle était comme un grand livre ouvert, sa femme. La preuve, elle n'avait pas pu lui cacher bien longtemps que Claire n'était pas tombée dans l'escalier. Alcide se glissa sous les couvertures et ferma les yeux; il revit l'expression tendre de Paul qui serrait son fils sur sa poitrine. Des larmes lui vinrent entre les cils. En se concentrant sur le bourdonnement de la maisonnée qui refusait d'aller au lit, il s'endormit.

Eulalie passa la tête dans l'embrasure de la porte. Son mari ronflait. Elle alla au salon. Benoît était déjà rentré et, assis par terre, il jouait aux cartes sur la table de service avec ses deux frères, Eugène et Jacques. Elle lui fit signe de la suivre à la cuisine. À voix basse, elle lui ordonna d'atteler Enfer. Malgré ce qu'avait dit Paul, elle n'avait pas tout à fait confiance; son ami Ti-Gus avait bien pu apprendre entre les branches que Claire était maintenant chez les Davis et lui en faire part.

La pleine lune se joignait au lampadaire pour diffuser un éclairage surprenant; les arbres et les maisons se voyaient presque aussi nettement qu'en plein jour. Les sabots du cheval frappaient en cadence le sol gelé, et les skis de la carriole crissaient sur le pavé glacé. Eulalie se laissait fouetter le visage par la fraîcheur de la nuit. Elle sentait monter en elle un sentiment de gratitude envers le Seigneur qui lui avait donné une famille qui lui faisait honneur malgré ce qu'elle en disait quand sa fatigue était trop grande.

Cette escapade imprévue propulsa son esprit dans le passé. Par une soirée semblable, Alcide l'avait emmenée en promenade dans le rang. Il lui avait tenu la main pour la première fois. Un sourire se dessina sur ses lèvres; cette pensée faisait monter en son sein les mêmes désirs défendus qu'elle avait ressentis ce soir-là. C'était à cet instant précis qu'elle avait su que cet homme-là et lui seul la rendrait heureuse.

Soudain, l'inquiétude chassa la sensation de bonheur qu'elle éprouvait. Elle reconnaissait dans le regard de Julienne un sentiment aussi fort pour Alphonse Gendron. Pourvu que l'exemple de la prière qu'Alcide et elle lui donnaient la soutînt et la gardât dans le droit chemin! Le pire, c'était que Claire n'avait pas eu la chance d'être aimée autant. Une enfant aussi douce et dévouée ne méritait pas le sort que Paul lui avait réservé. Comme il était vrai que les voies de Dieu sont impénétrables! Il fallait cependant faire confiance. Il savait donner ce qu'il y a de mieux à Ses enfants. Ce mauvais moment passé, Claire redeviendrait la femme qu'elle avait été. Avec le départ de Paul, sa réputation était sauvée. La famille Juneau pourrait continuer à regarder les autres en face sans rien avoir à se reprocher.

La maison cossue des Davis se dressait maintenant dans le paysage. La randonnée avait été trop courte pour cette femme qui ne s'accordait jamais un moment de solitude. Elle n'arrivait même pas à réciter son chapelet en entier tout d'un trait; elle réussissait de peine et de misère à le terminer entre ses nombreuses occupations. Pour elle, les journées auraient dû avoir quarante-huit heures.

Pendant tout le trajet, Benoît n'avait pas été bavard. Il avait respecté le silence de sa mère. Pour lui faire plaisir, il aurait voulu conduire le traîneau jusqu'au bout du champ des religieuses de l'orphelinat, mais sa grande sœur était une priorité. Il laissa descendre Eulalie devant la porte principale. En conduisant le cheval jusque dans la cour arrière, il espéra que les grelots ne réveilleraient pas toute la maisonnée, ordinairement déjà plongée dans le sommeil à cette heure-là. Patiemment, il resta assis sur le siège en attendant de ramener sa mère à la maison.

Eulalie sonda la poignée et s'introduisit sur le bout des pieds dans le hall; l'éclairage du lampadaire de la rue lui suffisait pour se déplacer. Elle s'estima chanceuse d'être déjà venue dans cette maison; elle pourrait se faufiler à l'aveuglette dans la chambre de sa fille sans déranger monsieur Davis. Une main sur le mur, à pas feutrés elle longea le corridor jusqu'à la cuisine.

Julienne avait-elle oublié d'éteindre la lumière de la cour arrière ou était-ce dans les habitudes des gens riches de dépenser l'électricité pour éclairer une galerie et un pavillon qui ne servaient que pendant la saison estivale? Encore là, le Seigneur était bon; Il avait permis cette erreur, si erreur il y avait; il était plus facile pour elle de retrouver ses repères sans alerter les occupants.

Le trait de lumière qui entrait par le rideau transparent lui dévoilait une cuisine à l'ordre. Julienne était allée à bonne école; Claire avait su lui inculquer les règles de l'hygiène et de la bienséance. La tenue parfaite d'une maison était l'un des devoirs principaux d'une bonne épouse. De plus, à cette heure-là, Julienne était déjà couchée. Il importait qu'elle se repose, car les obligations qu'elle avait soudain sur les épaules étaient lourdes. De prendre soin de deux grands malades pourrait bien miner les forces d'une jeune fille qui n'aurait que dix-huit ans au printemps.

Déjà dix-neuf mois qu'elle travaillait pour les Davis! Claire avait commencé à l'initier au travail quelques semaines avant la naissance d'Hubert. Le sentiment de fierté qu'elle éprouvait en pensant aux grandes qualités et à la conduite quasi irréprochables de ses enfants malgré ce qu'elle en disait chatouilla à nouveau son plexus, là où se logeait le péché d'orgueil. Consciente de l'affront qu'elle venait de faire à son Dieu, avant de pousser la porte entrouverte de la chambre de sa fille, elle se signa et Le remercia des bienfaits qu'Il avait la bonté d'accorder à Alcide et à elle; dans le fond, ils n'en méritaient pas tant, ils ne faisaient que Sa sainte volonté.

Eulalie marcha délicatement jusqu'au pied du lit. Un trait de lumière semblable à celui qui éclairait faiblement la cuisine se projetait sur le corps de sa fille, recouvert de plusieurs épaisseurs de catalogne et de couvertures de laine. La fonte chauffée de bois dur n'arrivait pas à répandre une chaleur confortable dans les deux pièces adjacentes. À cet égard, les maisons des riches n'étaient pas mieux protégées que celles des pauvres.

En touchant délicatement au bonnet de coton blanc qui recouvrait les cheveux blonds de son aînée, Eulalie chuchota:

— Claire, fais pas de saut, c'est moi, ta mère!

La jeune femme ouvrit les yeux, un sourire reconnaissant sur les lèvres.

— Maman, c'est bien vous? Je ne m'attendais pas à vous voir. Que je suis contente!

❋

Pendant ce temps, Julienne était dans tous ses états. Elle tremblait de peur. Qui avait pu s'introduire en catimini dans la maison? Et Alphonse qui dormait à poings fermés. Quelle réaction aurait-il si elle essayait de le réveiller? Crierait-il? Bougonnerait-il? Et qui étaient ces personnes qui pourraient l'entendre? Sa mère, Paule Gendron? Était-elle inquiète de son fils au point de venir lui mettre la main au collet ici même? Quelle idée avait-elle eue d'insister pour qu'il dorme toute la nuit avec elle!

Elle se glissa hors du lit. Sur le bout des pieds, elle vint à la fenêtre. Que venait faire Benoît à cette heure, quand il était censé coucher chez leurs parents? Sa mère ne devait-elle pas venir seulement le lendemain avec François, le fils de Claire? Avait-elle changé d'idée? Si c'était cela, son frère était de retour pour la nuit. Il détellerait alors le cheval et monterait dans la chambre qui venait de lui être assignée à l'étage, il entendrait les ronflements d'Alphonse et il viendrait frapper à sa porte; quelle excuse pourrait-elle trouver pour se disculper? Le plancher se dérobait sous ses pieds. Une nausée aussi forte que si elle tombait dans le vide montait dans sa gorge. Julienne retenait ses larmes.

Alphonse se tourna lourdement dans le lit et se remit à ronfler.

❀

Assise sur le bord du lit, Eulalie berçait sa fille en pleurs sur sa poitrine, le nez dans sa chevelure libérée du bonnet de coton blanc. Elle redoutait de nouvelles convulsions.

Des pas lents et lourds longeaient le corridor.

— Claire, j'pense que monsieur Davis nous a entendues.

— Il faut qu'il sache. C'est mieux ainsi. Voulez-vous aller l'aider? Je crois que Julienne dort.

— J'vais monter la réveiller. C'est son travail, d'être au service de ses maîtres jour et nuit.

— Elle dort dans la première chambre en face de l'escalier.

— Inquiète-toi pas, ma fille, ta mère va trouver.

— Tirez sur la chaîne de l'ampoule de la cuisine.

— Inquiète-toi pas, j'te dis. En attendant, prends l'temps de digérer la nouvelle que j't'ai annoncée.

En haut de l'escalier, elle entendit des ronflements qui venaient de la chambre en face. Elle poussa la porte.

Elle sut aussitôt que le malheur s'abattait sur ses épaules. Son enfant en qui elle avait mis toute sa confiance était tremblante de peur, cachée sous les couvertures avec le fils de Paule Gendron, la pire des commères de Chicoutimi.

Sans ménagement, elle les tira tous les deux du lit en petite tenue, les fit habiller, les somma de s'asseoir sur le bord du lit et les apostropha.

— Comment j'vais pouvoir regarder les autres dans les yeux en disant que j'suis fière de mes enfants, après vous avoir vus comme ça, presque tout nus? Tu vas faire mourir ta mère, ma fille. C'est pas pour faire des choses de même que je t'ai mise au monde et éduquée. Ton père est mieux d'pas apprendre ça. Y a jamais levé la main sur un de ses enfants, mais, dans c'cas-là, j'peux pas répondre de lui. Toutes les catastrophes arrivent en même temps. Après être allés communier à la fête du petit Jésus, regardez-vous! Vous êtes déjà en état de péché mortel. Quelle sorte d'année on va faire si vos petits jeux tournent mal? Ô mon Dieu, j'aime mieux pas y penser. Toi, le jeune, tu vas t'en aller chez tes parents, pis toi, ma fille, tu t'en viens chez nous. Plus question de sortir autrement que sous ma surveillance. Tu m'connais. Tu sais que, quand j'dis quelque chose, j'le fais!

Julienne pleurait à fendre l'âme. Alphonse n'attendit pas que madame Juneau répète la consigne. Il attrapa ses vêtements d'extérieur et, tout en les revêtant à mesure, il courut dans le corridor, dévala l'escalier, arpenta le hall, enjamba le seuil et claqua la porte. Selon toute vraisemblance, ses visites dans cette maison venaient de prendre fin.

⁂

27 décembre 1916

En se rendant à l'orphelinat, l'abbé Gagnon rencontra le jeune Benoît Angers. Il le salua et le questionna sur le départ subit de Paul, sur l'état de sa sœur, sur celui de monsieur Davis et sur l'ampleur du futur travail de Solange. L'abbé corrigea l'adolescent en lui rappelant que c'était Julienne qui travaillait chez les Davis et non Solange, de sorte que Benoît n'eut pas le choix de lui dévoiler la raison du retour de sa sœur chez leurs parents.

Une idée en tête, le prêtre quitta promptement le jeune garçon. Sa taille rondelette enveloppée dans son manteau court de lainage noir et la jupe de sa soutane valsant sur la neige, il marcha à grands pas pressés. Essoufflé, il gravit les marches du perron de l'évêché et y entra en refermant la porte derrière lui. Tout en enlevant son casque de fourrure, il avertit la religieuse-ménagère qu'il avait une lettre urgente à écrire et exigea qu'on ne le dérange sous aucun prétexte. Elle devait attendre ses ordres; il lui faudrait se rendre rapidement au bureau de poste.

L'abbé Gagnon savait qu'il péchait contre la vertu de charité. Mais qu'était-ce comparativement aux protestants de sa paroisse, tels que les Davis, qui donnaient le mauvais exemple en manquant à plusieurs commandements de Dieu et de l'Église en même temps?

Il se retira dans son bureau et pendit son vêtement d'extérieur à la patère. Toujours aussi pressé, il s'assit à son pupitre, sortit du papier à lettres du tiroir, ouvrit l'encrier, changea la pointe de sa plume et la sauça dans l'encre.

La main poussée par le plaisir de se vider le cœur, il commença à écrire:

Chicoutimi, 27 décembre 1916
Madame Timothy Davis,
Camp militaire de Witley,
Angleterre

Madame,

Mon devoir est de vous mettre au courant de ce qui se passe dans votre maison. Comme je l'ai toujours pensé, le diable habite autant chez les protestants qui cachent leur vraie nature sous le couvert des bonnes œuvres que chez les lépreux condamnés pour leurs fautes à vivre en retrait dans les cavernes, au temps de Notre-Seigneur Jésus-Christ.

Premièrement, votre mari a eu une attaque. Le médecin n'en connaît pas encore la gravité. Il est partiellement paralysé. Il est présentement à Chicoutimi sous les soins de la petite Solange Juneau, qui remplace sa sœur Julienne, laquelle, sur l'ordre de sa mère qui l'a surprise au lit avec Alphonse Gendron, est revenue chez elle et demeure sous la surveillance serrée de ses parents, d'excellents catholiques sur qui le malheur est tombé depuis que vous êtes entrée dans leur vie.

Claire, qui fut l'une de vos servantes, a eu un accident grave en dégringolant dans l'escalier de sa maison de la rue Dréan. Elle a perdu puis recouvré la mémoire, a eu son congé de l'hôpital et a été installée chez vous sur les conseils du docteur. Son mari, Paul Chamberland, par esprit patriotique, a décidé de prendre les devants et s'est enrôlé avant que cela ne devienne obligatoire.

Depuis cinq ans, des événements dramatiques ont frappé votre famille et les personnes qui vous ont côtoyée. Comme les malédictions sont des punitions de Dieu pour des fautes graves, il y a environ un an, avec la permission de notre évêque, j'ai entrepris une enquête approfondie sur votre passé. Je ne vous dirai pas dans cette lettre ce qui j'y ai trouvé. Sachez qu'à votre retour vous devrez éviter les scandales. Notre communauté catholique romaine n'a que faire des exemples que donne votre mauvaise conduite. Vous ne vous moquerez plus et ne tiendrez plus tête à notre clergé en brandissant vos principes luthériens comme s'il s'agissait de la vérité. Notre évangile est notre guide, le meilleur qui soit pour arriver au paradis à la fin de nos jours.

Je vous prie de réfléchir sérieusement au contenu de cette lettre.

Bien à vous,

L'abbé Elzéard Gagnon, premier vicaire de notre très honorable évêque, monseigneur Michel-Thomas Labrecque.

L'abbé pria la religieuse d'acheminer sans tarder sa lettre au bureau de poste.

Chapitre 8

28 décembre 1916

Sur la banquette arrière de la voiture-taxi, Graziella ferma les yeux dans l'intention de ne les ouvrir qu'à la gare.

Kate conversait avec le chauffeur; ils échangeaient leurs connaissances historiques. Mais Graziella ne voyait pas la porte Saint-Louis, le parlement ou les bâtiments qui l'avaient émerveillée chaque fois qu'elle était passée devant soit en voiture, soit à pied. Ses appréhensions étaient trop présentes pour qu'elle fût en mesure d'apprécier ce moment unique. La boule qu'elle avait dans la gorge depuis son réveil continuait de l'incommoder. Elle avait rêvé que son fils avait été heurté par une automobile.

Elle pensa que la distance qui s'allongerait de jour en jour entre elle et son enfant pourrait bien être la cause de cauchemars répétitifs.

En passant sa main sur la partie du front que son chapeau laissait découverte, elle chassa ses idées noires. Il lui fallait se faire une raison et ne penser qu'à profiter de ce voyage.

— Mesdames, vous êtes arrivées. Je m'occupe des valises.

À la surprise des deux complices, la place était pratiquement déserte. William s'était-il trompé en les invitant pour ce jeudi 28 décembre? Elles se précipitèrent dans la gare. Kate s'adressa à l'homme qui se tenait derrière le comptoir.

— Monsieur William Price n'est-il pas déjà là?

— Monsieur Price est monté dans le train à Valcartier

avec ses troupes. Ses cinq cents jeunes soldats occupent les voitures de seconde classe et une partie des convois à marchandises. Il a fallu les y entasser, vu leur nombre. Vous, mesdames, on vous a réservé un compartiment de première classe. Par contre, vous devrez le partager avec d'autres civils. Nous avons ajouté ce qu'il faut. Vous serez quand même bien logées au cours des vingt-quatre prochaines heures. Voici les billets que monsieur Price a réservés pour vous.

William, tout sourire, les attendait à la sortie.

—Je vous ai joué un bon tour?

❀

Le train tardait à partir; un mouvement d'impatience balayait l'ambiance appesantie dans les voitures réservées aux soldats. Des odeurs de transpiration se mêlaient à celles du tabac et de la fumée qui flottait jusqu'au plafond.

Paul Chamberland risqua un coup d'œil dans l'interstice laissé par la porte qui fermait mal. Il reconnut les deux femmes qui s'avançaient vers les marches de l'une des voitures réservées aux mieux nantis. La Graziella, elle avait toujours son air de conquérante. Le menton levé vers le ciel, on aurait dit qu'elle avait gagné la guerre à elle seule.

Une sourde animosité monta dans le cœur de Paul. La réalité lui sautait aux yeux: il était du même voyage qu'elle. Comment ne pas la rencontrer? Les mauvais sentiments qu'il entretenait envers la meilleure amie de sa femme l'auraient poussé à sortir l'aborder. Si les paroles du père Théophile Hudon n'étaient pas restées ancrées dans son cerveau, il lui aurait volontiers mis son poing au visage. Elle serait bien assez fantasque pour dévoiler aux occupants du train les sévices qu'il avait fait subir à Claire!

Graziella Davis ne l'avait jamais aimé et c'était réciproque. Il se demandait ce que les hommes en général pouvaient bien trouver à cette fille qui ne savait que les mener par le bout du nez. Il préférait les femmes douces et soumises. C'était cette sorcière qui avait influencé sa femme avec des idées modernes, lesquelles donnaient la parole à la gent créée pour servir. Claire refusait de se donner; elle se crispait. Il exerçait alors son autorité en tant que maître. Il éprouvait du plaisir à la brusquer, à rouer son corps de coups jusqu'à ce qu'elle cède. Un sentiment de plénitude mettait alors un comble à son plaisir, qui dépassait toutes les sortes de satisfactions qu'il avait connues au contact des femmes de mœurs légères. Une indisposition dans son pantalon se réveilla à cette pensée.

Paul Chamberland avait accompli l'exploit le plus impressionnant de sa carrière. Depuis deux jours, il en avait fait, du chemin! Le 26 décembre en soirée, il avait rencontré ses beaux-parents. Le 27 au matin, il avait pris le train pour Québec. Le soir même, il débarquait à Valcartier, où il se présentait à William Price, qui était d'une humeur maussade; il avait passé une journée éreintante au bureau central de ses compagnies. Et voilà qu'en ce matin du 28, Paul était assis par terre, coude à coude avec une cinquantaine de soldats dans un convoi de marchandises éclairé par une faible lumière qui s'infiltrait entre les planches de bois.

Il avait fait des promesses à ses beaux-parents, à l'abbé et à lui-même. Serait-il capable de les tenir envers sa femme après cette guerre, s'il en réchappait? Peut-être valait-il mieux mourir, même si une telle issue était loin d'être dans ses plans. Mais comment s'en sortir autrement? Il avait passé sa plus tendre jeunesse à la dure en courant les chantiers, mais il avait dépensé le plus clair de ses gages pour obtenir les services de prostituées. Depuis quelques années, il travaillait à la Pulperie. Cependant, sa vie n'était guère plus facile, puisqu'il était affecté à un job de gros bras. Et, son enfance, il aimait mieux ne pas y penser!

Paul décolla son œil de la fente, appuya sa tête au mur et se concentra sur la plainte aiguë de la locomotive.

⁂

29 décembre, en après-midi

La route avait été longue et ardue. La température s'était mise de la partie. Tantôt la neige, tantôt la pluie avaient donné du fil à retordre aux cantonniers chargés de l'entretien de la voie ferrée pour qui les ordres étaient formels: si on avait du retard, l'*Adriatic* partirait sans le convoi en provenance de Valcartier.

Malgré la fatigue, Graziella et Kate avaient encore la force de s'exclamer:

— La ville de New York est surprenante!

Elles gardèrent le nez à la fenêtre. Le train s'engagea sur la voie ferrée qui coupait Manhattan en deux sur le sens de la longueur jusque dans le quartier de Midtown, entre la 42e Rue et Park Avenue.

Graziella ne posa pas de nouvelles questions à Kate sur ses habitudes de vie, quand elle vivait dans cette ville. Cependant, sa mère adoptive reconnaissait plusieurs endroits qu'elle avait déjà fréquentés et qu'elle s'engagea à faire visiter à Graziella.

Enfin, l'engin s'arrêta au Grand Central Terminal.

La promesse de Kate en tête, Graziella quitta son siège et salua les deux couples qui avaient fait le voyage dans le même compartiment. Avant de se quitter, ils invitèrent les voyageuses à prendre le thé dans leur appartement de Little Italy. Kate accepta le bristol indiquant leur adresse des mains de Miranda, une gentille petite rousse ayant du sang vert irlandais dans les veines, selon son mari, Bob Child, de descendance britannique. Elle le glissa dans son sac à main avec celui des deux couples rencontrés au Château.

Graziella avait toujours à l'esprit le mot que Rick Magliana lui avait adressé; elle demanda à ces charmantes personnes quelle distance séparait leur résidence des principaux immeubles de Wall Street.

Kate devinait la motivation de Graziella. Rick Magliana n'y avait-il pas son bureau? Il en avait parlé abondamment et n'avait pas manqué de les informer du numéro de téléphone. Celui de Bill Brant était situé tout près de la gare, sur la 43e Rue. C'était le directeur de complexe immobilier qui lui avait montré un intérêt marqué durant leur séjour à Québec; Rick avait démenti la réputation courtoise des Italiens; il était resté plutôt froid avec elle devant les autres.

À la descente du train, Graziella réalisa que, parmi les passagers qui arrivaient de partout, on ne comptait pratiquement que des jeunes en uniforme.

Elle n'aurait jamais cru qu'elle serait aussi impressionnée par l'organisation que demandaient les déplacements d'une telle masse d'hommes, la nourriture, les vêtements, les soins corporels et d'hygiène... Si on lui donnait la chance de se rendre près d'une tranchée comme elle le voulait, à quoi devait-elle s'attendre? Déjà, elle voyait la fatigue et les effets des manques de toutes sortes s'imprimer petit à petit sur les traits des soldats, alors qu'ils en étaient seulement au début de leur itinéraire.

D'une humeur joyeuse, le commandant du 171e bataillon d'infanterie s'adressa à ses deux protégées.

— Comme vous le savez déjà, en attendant notre départ, je vais conduire mes fantassins aux camps temporaires installés dans les environs du port. Prenez un taxi ou le tramway et rendez-vous au *Waldorf Astoria*. C'est mon hôtel préféré quand je viens à New York. Vous devez savoir de quel hôtel je parle, Kate, vous êtes née ici!

— Oui, je sais. Qui ne connaît pas le *Waldorf*?

— Moi, répliqua Graziella. C'est la première fois que j'en entends parler.

— Kate et moi faisons votre éducation, jeune dame. J'y pense! Vous n'avez pas de réservation. Le *Waldorf* pourrait être bondé, ainsi que le reste des hôtels de la ville. Dans ce cas, vous pourriez accepter l'offre des Brant ou des Magliana. Il n'y a pas de gêne; ils ont grandement insisté pour vous offrir l'hospitalité. En temps de guerre, il est tout à fait normal qu'on s'entraide!

— Bien entendu! Si le *Waldorf* affiche complet, nous profiterons de cette invitation. Mais en tout dernier lieu.

— Ce ne sera pas trop embarrassant, vous avez déjà fait amplement connaissance pour vous sentir à l'aise avec eux; d'autant que vous sembliez bien vous entendre. Je téléphonerai ce soir pour savoir ce qu'il en est; nous en profiterons pour planifier les activités qu'il me sera possible de faire en votre compagnie dans les prochains jours. Dernière recommandation : n'oubliez pas d'acheter du papier à lettres si vous passez devant une librairie! Vous vous rappelez que vous êtes mes secrétaires?

— Si cela est votre désir, nous n'y manquerons pas. S'il ne vous sert pas, il nous sera utile à nous. Allons-nous vous revoir seulement à notre départ? s'inquiéta Kate.

— Quand cette meute de jeunes loups sera assez calme pour se tenir, je vous rendrai une courte visite. Ma priorité est d'avoir assez de place pour les loger tous sur l'*Adriatic,* à son prochain départ pour Liverpool.

Les deux femmes dirent au revoir à William. Kate rappela :

— Dépêchons-nous, Graziella, nous prenons le tramway.

La main en l'air, elle cria :

— Garçon, voulez-vous transporter nos valises?

Le trajet sur Park Avenue entre la 42e et la 50e parut trop court à Graziella. Le tramway lui permit de voir le cœur de Manhattan. Kate avait raison de dire qu'il n'y avait pas une ville en Amérique aussi cosmopolite que New York : pour la première fois, elle vit des gens de race noire et des Chinois. Elle avait déjà connu un Italien en la personne de Rick Magliana et une Irlandaise, Miranda, une connaissance de passage dans le train. Depuis la découverte de la baie de New York en 1524, cette ville avait accueilli des immigrants de tous les pays de l'Europe, de l'Asie et de l'Afrique, qui y étaient débarqués en vue d'y trouver du travail.

Pour sa part, Kate s'attarda à l'activité qui régnait à l'extérieur. De se retrouver dans la ville où elle était née n'était pas sans lui rappeler la mort subite de son père, qui avait assombri les souvenirs heureux de son enfance et de son adolescence. Et un homme de passage s'était faufilé entre Timothy et elle le temps de mettre un baume sur sa tristesse. Dans un décor qui ressuscitait ses souvenirs, il lui était difficile d'ignorer ce qui s'était passé entre Andreas Backer et elle. Qu'était-il devenu? Travaillait-il encore au centre-ville ou, comme elle, s'était-il exilé? La curiosité la gagnait.

L'engin s'arrêta devant un immeuble richement décoré ne ressemblant en rien au Château Frontenac. La mimique étonnée de sa fille adoptive fit sourire Kate. Elle avait envie de lui raconter l'histoire de ce grand hôtel, mais elle se retint. Si Graziella posait des questions à ce sujet, elle y répondrait. Elle se concentra surtout sur les valises que le portier plaçait sur un chariot. Avec une légère inquiétude dans la voix, elle dit à l'employé :

— J'espère qu'il y a encore des chambres disponibles.

— Je ne puis répondre à cette question. Je puis seulement dire que la ville bouillonne et que l'hôtel affiche complet la plupart du temps.

Elles arpentèrent l'entrée des dames et se présentèrent au comptoir d'accueil. La réceptionniste ouvrit le cahier des réservations et suivit de l'index la colonne contenant dans l'ordre la liste des numéros de porte.

— La chambre 301 est libre cette nuit seulement. Elle est réservée pour demain. Nous affichons complet pour le long week-end du premier de l'An. Je regrette, il va falloir trouver une chambre dans un autre hôtel. Vous comprenez que le temps des fêtes est la période la plus achalandée de l'année; il faut aussi compter les imprévus qui s'ajoutent. Des soldats et des officiers de l'armée débarquent de partout en escale avant d'avoir une place sur un transatlantique. Que décidez-vous, madame? Je vous inscris pour ce soir?

— Très bien, ma fille et moi acceptons. Merci beaucoup. Cela nous donnera le temps de trouver la meilleure solution.

Le chasseur les suivit dans l'ascenseur. Au troisième étage, il déverrouilla la porte et déposa les valises près de la petite commode qui meublait la chambre équipée d'un lit à deux places. Il tendit la main; Kate lui remit un pourboire.

La décoration était pompeuse; l'habillage du lit et les tentures de soie à motifs cachemire étaient dans les tons de rose et de bourgogne. Les deux femmes ne firent aucun commentaire sur le fait qu'elles devaient occuper la même chambre; c'était néanmoins la seule chose qui les embarrassait. Graziella souleva un sujet bien différent.

— Kate, pourquoi ne me laissez-vous pas délier les cordons de ma bourse aussi souvent que vous le faites? J'aurais bien pu donner le pourboire au garçon. Et puis, je trouve que ces employés n'en méritent pas tant; ils sont déjà payés pour ce service.

— Je connais votre sens de l'économie, mais c'est ainsi dans le milieu de l'hôtellerie. En outre, je vous dois bien cela. C'est grâce à vous et à votre comportement si, ces trois dernières années, j'ai développé mon sens de l'autonomie. Ménagez vos économies. Elles vous ont demandé tant d'efforts!

Elle savait également que Graziella n'avait que des coupures d'argent canadien. Quant à elle, elle en possédait de tous les pays qu'elle avait visités. Voulant offrir ce voyage à sa fille adoptive comme elle l'aurait fait pour Alicia, elle ne l'avait pas encouragée à se procurer les devises ayant cours dans chacun des pays où ils allaient se rendre. Lorsque le besoin se ferait sentir, elle l'emmènerait dans une banque ou dans un bureau de change.

— J'ai quand même accepté la robe de la *Maison Simons* que vous m'avez offerte, à Québec.

— Et vous avez refusé le manteau, le chapeau, les bottes et tout le reste...

— Vous voulez parler du corset, dit Graziella en éclatant de rire.

Elle faisait allusion à la séance de magasinage que les deux femmes s'étaient permise à Québec. Kate continuait à dévoiler ses secrets:

— J'ai un aveu à vous faire : j'ai suivi votre exemple. Vous avez dû vous apercevoir que mes dessous se sont allégés, quand ils sont étendus discrètement sur la corde à linge entre deux serviettes dehors en été ou dans la salle de bain en hiver.

Elle émit à son tour un grand éclat de rire cristallin.

— Ces confidences m'amènent sur le sujet qui me préoccupe, fit Graziella.

— Allez, dites, j'ai peut-être les mêmes appréhensions que vous, avoua Kate d'une voix encore joyeuse.

— Je ne veux pas vous mettre mal à l'aise en couchant dans le même lit que vous. Je puis m'étendre par terre enveloppée dans une couverture. Je sais que vous avez le sommeil fragile.

— Non, ma chérie, à la guerre comme à la guerre! Ces pauvres soldats auraient raison de nous en vouloir de lever le nez sur un lit semblable. Nous coucherons toutes les deux ensemble. Bon, maintenant que ce détail est réglé, il faut prendre une décision à propos des prochains jours.

❋

Benoît et Solange aidèrent les deux malades à se rendre à la salle à manger; ensuite, ils retournèrent à leurs tâches.

À la table, Claire et Timothy occupaient chacun la place qui leur était ordinairement assignée. La jeune femme retrouvait ses anciennes habitudes. Elle fixait la nappe imprimée de roses en se rappelant la visite-surprise de sa mère quelques jours plus tôt.

Ce n'était pas un souvenir particulièrement joyeux. Certes, elle avait été contente de voir sa mère, même si elle ne l'avait quittée que quelques heures auparavant, et la nouvelle qu'elle lui avait annoncée avait grandement soulagé ses craintes. Mais le drame avait éclaté ouvertement dans un lieu étranger, alors que de tels comptes n'auraient dû se régler que dans l'intimité de la famille; on ne leur permettait que rarement de passer le pas de la porte et de courir le nez au vent dans la rue; autrement, les réputations s'effritaient et les âmes étaient marquées au fer rouge. La vie de sa petite sœur Julienne avait-elle aussi, comme la sienne, quitté le sentier qui conduisait au ciel? Solange suivrait-elle leurs traces un jour? Elle pensa que de tenir cette maison était trop lourd sur ses jeunes épaules.

Timothy remarqua sur le visage de Claire le tourment qui la chavirait. Il s'exprimait de mieux en mieux par la parole; il complétait sa pensée au besoin en écrivant sur l'ardoise. Il réussit à articuler:

— Quoi à dire?

— Je suis mal à l'aise, ici, monsieur.

— Pour… quoi?

— Je suis un fardeau. Solange ne connaît pas le travail et j'en rajoute. Je dois retrouver mon courage et me faire conduire chez moi par Benoît.

Elle attendit patiemment que la voix tremblotante de Timothy s'éteigne sur la dernière lettre de sa phrase.

— Trop… pour vous… avec bébé.

— François pourrait rester chez mes parents jusqu'à ce que je sois complètement rétablie. Maintenant que je sais que Paul ne m'embêtera plus, je puis dormir tranquille.

— Trop… chauffer poêle… faire manger. J'ai solution.

— J'ai déjà assez profité de vos bontés.

Bontés calculées! écrivit-il sur l'ardoise.

— Que voulez-vous dire?

— Faut… temps… Solange… pour s'habituer.

Il écrivit: *Vous avez votre chambre.*

— Justement, j'ai toujours l'impression d'entendre coudre Graziella. Ma meilleure amie me manque.

— Aimons Graziella.

En voyant le regard interrogatif de son ex-servante levé vers lui, il précisa son idée.

— Vous, meilleure amie. Moi, fille.

Claire ne se laissait pas convaincre par un pareil discours. Elle avait appris à lire dans le regard de cet homme, autant à l'époque où il idolâtrait sa femme qu'à celle où il avait concentré son attention sur sa dame de compagnie. Elle fixa son interlocuteur.

Voilà ma proposition, écrivit-il. *Vous restez ici avec votre fils et aiderez Solange. Nous ferons venir Hubert de Jonquière quand vous irez mieux.*

Claire n'y croyait pas. Elle s'exclama:

— Madame et Graziella seront enchantées d'apprendre la nouvelle! À deux, nous leur écrirons lorsque vous le pourrez, voulez-vous? Merci, je vous en serai toujours reconnaissante.

Claire ne put retenir des larmes de joie.

Timothy, lui, avait trouvé le moyen de se rapprocher de son petit-fils.

❋

30 décembre 1916

Un vent frisquet frappait durement les carreaux. Les klaxons, les camions de livraison de toutes sortes et le clapotement des tramways sur les rails réveillaient une ville qui n'avait dormi que d'un sommeil léger. New York vivait autant la nuit que le jour.

Graziella sursauta. Kate et elle étaient comme deux pieuvres dont les tentacules auraient été entremêlés. Paralysée, elle n'osa pas bouger de peur de déranger sa bienfaitrice. C'était doux et agréable. Une mère et sa fille s'accordaient-elles parfois une telle promiscuité?

D'habitude, le matin, Graziella tirait Hubert de son lit à barreaux et le couchait dans le sien. C'était le plus beau moment de sa journée. Elle n'aurait pas pu le serrer plus fort sans lui briser les os. Il riait et lui claquait doucement le visage de ses menottes potelées. Elle grondait en frottant son nez dans son cou et lui mordait les joues. Les rires fusaient et on pouvait les entendre dans toutes les pièces. La maison respirait le bonheur. Déjà sept longs jours sans ses câlins. Comment en arriverait-elle à s'en passer pendant presque deux mois?

La chaleur du corps de Kate était bienfaisante, apaisante, même. Pas plus que sans son fils, elle ne pouvait vivre sans cette femme merveilleuse qui semait la joie partout où elle passait. Elle ne changerait jamais d'idée; tous les efforts qu'elle faisait, c'était pour lui ressembler. De travailler à posséder une grandeur d'âme à la hauteur de la sienne, d'acquérir son charme, d'imiter son élégance étaient les plus beaux présents qu'elle pouvait s'offrir.

En sentant un frôlement des lèvres de Graziella sur sa joue, Kate ouvrit les yeux; elle eut un mouvement de recul et se dégagea.

— Qu'est-ce qui nous est arrivé? Je m'excuse.

— À mon tour de m'excuser, dit Graziella en s'éloignant. Je vous ai empêchée de dormir.

— Ne dormais-je pas bien, quand vous vous êtes réveillée? Il y a longtemps que je n'ai pas passé une aussi bonne nuit. Venez, que je vous serre dans mes bras. J'attends un moment pareil depuis si longtemps!

Le cœur de Kate débordait de joie.

❋

Au bout du fil, Rick Magliana admit qu'il était particulièrement enchanté que les deux amies de son couple acceptent l'invitation qu'il leur avait faite. Dans sa grande maison de Greenwich Village, il y avait suffisamment de pièces pour les loger tout en leur procurant le confort auquel elles étaient habituées. Kate ajouta qu'elle ne se présenterait chez lui qu'en fin de journée. Son intention était de passer l'après-midi à marcher dans les rues de New York avec Graziella. Elle voulait revisiter les lieux qui lui étaient familiers et, tout principalement, l'environnement où était situé l'ancien bureau de son père. Rick offrit les services de son chauffeur; il piloterait les deux complices dans la ville, évitant ainsi l'utilisation du métro si l'envie leur prenait d'étendre leur circuit. À la fin de la conversation, il s'invita à les rencontrer à la salle à manger pour le lunch; l'avant-midi même, il avait un rendez-vous d'affaires dans un édifice tout près de l'hôtel. Reconnaissante de l'hospitalité qu'il lui offrait, elle se crut obligée d'accepter.

En raccrochant le combiné, Kate se disait que l'exubérance de l'homme d'affaires dépassait largement celle qu'il avait manifestée en leur compagnie, à sa fille et elle, à Québec. Elle restait cependant convaincue que la décision de décliner l'offre de Bill Brant avait été la bonne.

Elle demanda quand même à la réceptionniste du *Waldorf* de noter son nom sur la liste d'attente et, en lui refilant le numéro qu'elle venait de composer, elle la pria de lui téléphoner aussitôt qu'une chambre se libérerait.

Kate revint à la table dans la salle à manger. Graziella remarqua son air absorbé par ses pensées.

— Et puis, aurons-nous droit à l'hospitalité des Magliana? s'informa-t-elle.

Cette conversation se déroulait pendant le service parfait d'un petit-déjeuner continental. Le garçon, habillé d'un pantalon et d'une veste sans manches noire sur une chemise blanche, avait pris la commande quelques minutes plus tôt. Il déposait à présent minutieusement les assiettes garnies devant ces dames. Kate avala une gorgée de café et répondit:

— Rick a été très collaborateur. Nous avons un toit sur la tête jusqu'à notre départ pour Liverpool.

— Qu'est-ce qui vous tracasse, alors? Je vous connais bien...

— Il s'est invité à prendre le lunch, ici, avec nous. Je n'ai pas osé lui dire que cela nous retarderait. Nous sommes samedi. Demain, les portes de *Macy's* seront fermées.

— *Macy's*?

— Oui, je voulais vous faire la surprise de vous emmener dans le plus grand magasin au monde.

Graziella était excitée. Elle déclara:

— Nous pourrons y aller malgré tout. Nous aurons tout notre après-midi. Le plus grand magasin au monde!

— Je voulais également revisiter les alentours du bureau de mon papa, du building où j'ai grandi et de celui où j'ai habité après mon mariage.

Cette déclaration faisait remonter en elle des sentiments confus. Qu'espérait-elle? Andreas y habitait-il encore? Pourquoi cette envie soudaine de le revoir à tout prix après tant d'années? La gorge serrée, elle fut obligée d'admettre que la pensée qu'il fût si près la rendait impatiente et fébrile. Son cœur se déchaîna dans sa poitrine. Elle n'avait plus qu'une idée en tête...

Graziella lisait la crainte et la déception dans ses traits. Elle se fit violence et la rassura:

— Ne vous en faites pas. Nous visiterons ce grand magasin à notre retour. Concentrons-nous surtout sur ce qui vous tient le plus à cœur.

— Merci de si bien me comprendre.

⁂

Le repas du midi se déroulait agréablement. Rick était volubile. Ses connaissances culturelles étaient aussi étendues que celles des affaires. L'heure avançait. Graziella reluqua discrètement la montre à son poignet. Elle pensait surtout à Kate qui tenait mordicus à se retremper dans ses souvenirs. Elle se décida enfin:

— Monsieur Magliana, excusez-nous, mais, il faudrait que nous quittions cet hôtel. Nos valises ne peuvent pas rester en consignation encore longtemps.

— Et moi, il faut que je retourne au bureau.

— La Bourse est-elle fermée? fit Graziella.

— Elle est exceptionnellement ouverte aujourd'hui et fermera à la même heure. Les activités reprendront le surlendemain du jour de l'An. Y a-t-il un problème?

— Pas vraiment. J'aurais juste aimé visiter Wall Street... Ce sera pour une autre fois.

— Eh bien, jeune dame, si votre mère est d'accord, j'ai une proposition à vous faire.

Graziella jubilait intérieurement. Elle mourait d'envie de voir les banques et les bureaux qui faisaient tourner l'économie mondiale.

Kate répliqua :

— Dites toujours et je verrai.

— Vous pouvez remettre les activités prévues pour aujourd'hui à demain.

— Demain, nous serons chez vous, à Greenwich Village. Je ne veux pas vous accaparer plus que vous ne l'êtes déjà. Et William a l'intention de passer la soirée avec nous avant de nous conduire à Times Square pour minuit. C'est le désir qu'il a manifesté hier soir au téléphone. Nous n'aurons donc pas beaucoup de temps pour les préparatifs, si nous remettons ce que nous pouvons faire aujourd'hui à demain.

Rick trancha :

— Très bien. Nous monterons en voiture ensemble. Tom vous fera descendre à la place que vous lui indiquerez. Il arrêtera en chemin déposer vos valises chez moi et il nous mènera à mon bureau, Graziella et moi. Quand vous aurez visité les endroits qui vous tiennent à cœur, vous arrêterez quelque part pour me téléphoner et mon chauffeur vous prendra où vous serez. Qu'en dites-vous?

— J'accepte, décida Kate.

❋

Le menton aussi haut qu'elle le pouvait, Kate marchait sur la 5e Avenue à pas lents. Allait-elle reconnaître l'édifice où son père avait loué son bureau alors qu'il pratiquait le droit? Qu'était devenue la secrétaire avec qui il avait trompé sa mère? Travaillait-elle encore pour son associé?

Les gens pressés la bousculaient sans le vouloir. Les rues, les restaurants et les hôtels débordaient. En ce temps de guerre, la population s'additionnait de gens de passage; le port de mer de New York était le plus important de la côte atlantique. Avant de gagner le front et de se livrer aux aléas d'un fragile destin, les soldats espéraient se divertir en s'enivrant ou en se dévoyant avec les filles faciles.

Toujours à la recherche d'indices qui évoquaient son enfance, elle constata qu'on avait ajouté des étages à plusieurs édifices. Elle scruta les numéros de porte. Tout naturellement, comme si son intention n'était pas vraiment de s'attarder à retrouver les traces de son père, elle s'engagea dans la 36e Rue. Devant une porte cochère, elle s'arrêta. C'était là, c'était bien là qu'elle avait passé plus de douze ans de sa vie, mariée à Timothy Davis. Les battements de son cœur cognant à ses tempes, elle frappa. Entre les deux battants, elle vit apparaître un homme au crâne poivre et sel, le dos courbé, semblant porter la terre entière sur ses épaules. Il demanda d'une voix rauque:

— Qui est là?

Kate reconnut le concierge qui avait déjà rendu une multitude de services à la jeune maman qu'elle était alors.

— Monsieur Thompson, c'est bien vous?

L'homme plissa les yeux et leva le menton vers son interlocutrice:

— Madame Davis? Vous n'avez pas changé!

— Oui, monsieur Thompson, c'est bien moi. M'invitez-vous à entrer?

— Venez vous asseoir dans la conciergerie. Je veux avoir des nouvelles de mes deux petits bouts de chou préférés.

L'homme avait refermé la porte et, au même pas que la visiteuse, il se dirigeait dans le corridor vers le premier appartement à leur droite en discutant:

— Je vois que vous avez toujours le même caractère! Quand vous aimez quelqu'un, c'est pour la vie, remarqua Kate.

La pièce était sombre et meublée pauvrement. Un arôme de tabac de mauvaise qualité flottait dans l'air. En assignant une chaise de son index à la visiteuse, il répliqua:

— Ma bonne dame, aimer vraiment, c'est se faire tatouer le cœur.

Kate retenait ses larmes. Son cœur était marqué de mille et une lignes droites et courbes plus ou moins profondes. Il y avait la fleur Alicia, l'arbre Henry, un château pour ses parents, le papillon Timothy qui s'étiolait sans pouvoir s'envoler, et les yeux profonds et changeants d'une jeune fille qui souvent la confrontaient à ses peurs. Et la dernière esquisse tatouée était encore floue, sans forme précise. Cependant, elle savait qu'elle tenait à la compléter. Andreas Backer!

L'homme lisait le désarroi dans le regard de l'une des anciennes locataires du troisième étage.

— Je ne peux pas vous faire visiter cet appartement que vous avez habité pendant plus d'une douzaine d'années. Cependant, votre voisin de l'époque habite encore le sien.

— Vous voulez dire : mes voisins du temps. C'était un couple sans enfants.

— La dame est partie depuis belle lurette. Il vit seul. Je pense toujours qu'il va nous quitter un jour ou l'autre, mais, voyez-vous, il tient mordicus à y vivre. Il est vrai qu'il a l'avantage d'être près de son travail. Par contre, dans l'une de nos dernières conversations, il m'a fait entrevoir qu'il traverserait l'océan très bientôt pour mettre ses compétences au service des soldats.

— Vous êtes sérieux? Il a plus de cinquante ans!

— Les dirigeants tiennent compte plus religieusement des compétences que de l'âge pour combler les postes de haut niveau.

— Que fait-il en ce moment?

— Il travaille sur un projet de fou. Pendant la guerre, ce n'est pas surprenant. On dirait que les hommes ont le désir de tout réinventer. De se mesurer à l'impossible.

— Et quel est ce projet?

— Un navire qui ne mouillera jamais l'ancre.

— Je ne comprends pas!

— J'aimerais mieux entendre parler de votre famille que d'essayer de vous expliquer l'inexplicable.

L'homme essuya ses yeux de son mouchoir grisonnant en apprenant le décès de l'enfant blonde comme les blés qui courait dans le corridor, poursuivie par son grand frère. Il ne fut pas étonné d'apprendre que Timothy Davis occupait une place importante dans une compagnie florissante. Cependant, il ne comprenait pas le choix qu'il avait fait de s'exiler aussi loin quand il aurait très bien pu gagner de meilleurs salaires dans les grandes villes américaines. Kate resta évasive sur les raisons qui les avaient amenés dans la région du Saguenay–Lac-Saint-Jean. Avec les années, elle les avait presque oubliées. Elle se concentra à nouveau sur le sujet qui la préoccupait:

— À quelle heure revient monsieur Backer du travail, d'habitude?

— Il n'est pas régulier. C'est un homme qui se dépense sans compter. Un ingénieur comme lui, on n'en trouve pas à tous les coins de rue. Comme nous commençons un long week-end, peut-être qu'il va se pointer plus tôt.

— Excusez-moi, monsieur Thompson. Je dois m'en aller.

L'homme à la peau cuivrée et ridée étirait le temps:

— Vous ne voulez pas monter juste dans le corridor? Vous pourrez vous rendre compte que les promoteurs ne sont pas soucieux de l'apparence de l'édifice. Ils aiment mieux empocher l'argent.

— Si vous me le permettez, je le veux bien!

Effectivement, Kate se rendit compte que les murs des cages d'escalier et des corridors n'avaient pas été repeints; on avait peine en déceler la couleur initiale. Elle s'arrêta devant la porte numéro 32. Elle s'imaginait entendre les rires d'Henry et d'Alicia et le grondement de Timothy qui les incitait à ne pas le déranger dans la lecture de ses dossiers. Et puis, elle revit en particulier la scène de sa toute première rencontre avec Andreas dans le corridor.

Il avait éclaté de rire en la voyant, sans élégance, adossée au mur, en train de fouiller dans son large sac à main à travers les babioles indispensables à une jeune maman. Penaud, il s'était excusé de son impolitesse.

Kate imagina le voir passer la tête dans l'embrasure. Le reconnaîtrait-elle? Elle se souvenait de ses yeux profonds comme la mer qui la fixaient avec bonté. Dès leur premier contact physique, Kate avait su que cet homme l'avait séduite. Elle l'avait nié, mais il y avait si longtemps qu'elle n'avait pas atteint la plénitude totale avec son mari.

— Merci pour votre gentillesse, monsieur Thompson. Cette fois, je dois m'en aller. Je suis attendue. Si vous en avez l'occasion, dites à monsieur Backer que je suis à New York pour encore quelques jours avant de traverser en Europe. À partir de ce soir, je logerai chez le couple Magliana, à Greenwich Village.

Kate l'embrassa sur les deux joues. L'homme resta stupéfait.

⁂

Les valises avaient été déposées par l'employé dans une grande maison de la 14e rue, à Greenwich Village. Assise confortablement sur le siège arrière de la voiture, Graziella fixait la tête coiffée d'un fedora, trônant sur des épaules carrées saillant du dossier de la banquette avant. Rick Magliana avait la tête de l'emploi, selon l'expression populaire. Il conversait aimablement avec Tom, son chauffeur depuis plusieurs années.

La jeune couturière jubilait intérieurement. Depuis qu'elle avait lu la dernière lettre d'Henry, elle se torturait les méninges afin de trouver un moyen d'entrer en contact le plus tôt possible avec Gabrielle Chanel, qui faisait la pluie et le beau temps dans la mode. Si quelqu'un de la trempe de Rick Magliana intervenait, cela pèserait plus lourd dans la balance qu'une simple lettre signée de la main d'une petite campagnarde. En revanche, une question la tracassait; quelle intention cachée avait-il en l'invitant à son bureau par le biais d'une bouteille de champagne? Elle se rassura: ils ne seraient pas seuls. Il avait du personnel.

Enfin, la voiture stoppa devant le National City Bank Building. Elle remarqua que les bâtiments de cette partie de la ville n'avaient pas encore adopté la tendance qu'elle avait constatée au centre de Manhattan où, par manque d'espace, le ciel était pris en otage par des édifices de plus en plus hauts.

Ils pénétrèrent dans l'immense hall. Le garçon d'ascenseur les laissa au quatrième étage. Rick la fit passer par une pièce où des femmes départageaient des lettres et où d'autres tapaient à la machine. À l'extrémité de la salle, il poussa une porte. Une vieille fille rabougrie grogna.

— Monsieur a une pile de dossiers à lire sur son pupitre. Je lui rappelle qu'il n'a pas de temps à gaspiller à faire le guide…

— Ma brave Edna, je vous l'ai déjà dit : c'est une future cliente, que je vous présente. Mademoiselle Davis est de la trempe des Caroline Astor, avança-t-il, un rire dans la voix. Accueillez-la comme il se doit.

En mentionnant Caroline Astor, il faisait référence à la controverse qui avait existé entre cette femme en moyens et son neveu, William. Fatigués de se bouder pendant presque une décennie, ils avaient enfin cessé les querelles familiales insensées et avaient relié les deux édifices qui leur appartenaient par un couloir pour former le *Waldorf Astoria*.

Froissée par le ton qu'elle qualifia d'ironique, Graziella demeura quand même discrète; elle n'eut ni commentaire désobligeant ni mouvement d'impatience. Rick continua à s'adresser à celle qui semblait être son bras droit.

— Vous allez nous apporter une carafe d'eau et deux verres. Vous noterez les appels, que je rendrai plus tard. Et je vous prie de ne pas nous déranger.

— Je sais ce que cela veut dire; j'en ai l'habitude…

Elle considéra son patron d'un œil sévère pendant qu'il conduisait la dame dans son bureau privé.

Enfoncée dans un fauteuil moelleux, un verre d'eau à la main, Graziella exposait ses motivations à son hôte. Rick dressait l'oreille, approuvait de la tête, grattait son front, souriait avec bonté.

À la fin de l'exposé de la visiteuse, il déclara:

—Je n'ai pas les contacts qui pourraient vous permettre de rencontrer mademoiselle Gabrielle Chanel. En revanche, j'ai beaucoup entendu parler d'elle dans les réunions mondaines. Ses idées révolutionnaires sont critiquées. Vous comprendrez que les manufacturiers producteurs de tissus ne voient pas d'un bon œil que les jupes raccourcissent et suivent les mouvements du corps plutôt que ceux de la crinoline. Je ne connais pas la mode plus qu'un homme d'affaires qui ne s'y intéresse que dans la mesure où elle peut rapporter à son compte en banque. Mais j'avoue que je ne détesterais pas vous voir habillée selon les goûts de madame Chanel, si cela permettait à vos formes de se dévoiler plus manifestement.

Voilà! Le magicien avait sorti crûment le lapin de son chapeau. Graziella se dit qu'elle aurait dû s'en douter, au fond, qu'il allait lui faire du plat.

— Puisque vous ne pouvez pas m'aider plus que mon demi-frère Henry, je n'ai plus rien à faire ici. Si vous voulez bien me reconduire, s'il vous plaît…

— Nous allons discuter encore un peu; peut-être qu'à deux nous allons trouver une solution? Il me semble que vous aviez l'intention de visiter les immeubles adjacents.

— Oui, celui de la Bourse.

— Ne peuvent y entrer que les investisseurs prêts à jouer leur chemise de coton pour une de soie. Ils risquent aussi d'en sortir torse nu.

— Vous n'y investissez pas vos économies?

—Je l'ai déjà fait. Plus maintenant. J'aime mieux utiliser mon argent pour payer du champagne à une jolie femme plutôt que de le voir s'envoler en fumée.

—Je vois ce que vous voulez dire. Merci pour le champagne et pour votre charmante invitation à visiter votre bureau.

—J'aurais aimé être invité à le boire avec vous… Si le cœur vous en dit, nous pourrions porter un toast à nos retrouvailles.

— Non, merci, il faut vraiment que je parte. Je suis inquiète de Kate. Elle est seule dans la ville. Et elle désapprouverait ce tête-à-tête avec vous.

— Ne vous inquiétez pas. Tom ira la chercher quand elle téléphonera, tel qu'entendu. À propos, elle n'est que votre belle-mère! À mon avis, vous n'avez pas à lui obéir à la lettre. Beaucoup de jeunes femmes de votre âge quittent la campagne pour venir travailler dans les grandes villes. Je serais volontaire pour vous aider à vous installer ici, à New York. Je pourrais même vous payer un joli appartement pour des services que vous pourriez me rendre.

— Je ne veux pas paraître égoïste, mais je refuse. Mon intention était d'avoir votre aide pour prendre contact avec madame Chanel. J'ai pensé qu'un homme influent comme vous pourrait la convaincre de me recevoir.

— On dit que mademoiselle Chanel n'est pas un ange. Elle est assez libertine. Vous savez que, si elle a réussi à ouvrir des boutiques, c'est aussi grâce à son protecteur, un riche châtelain qui l'a fait vivre pendant un bout de temps. À présent, elle a dans sa vie un amant qui lui prête de l'argent. Vous voyez le genre? Pour réussir, une femme doit se compromettre. Elle doit aussi faire des concessions de toutes sortes. Ces concessions peuvent la mener à sa propre satisfaction autant qu'à celle des hommes qui sont prêts à risquer gros pour elle. Vous savez maintenant quels leviers Gabrielle Chanel utilise pour réussir. Il n'en tient qu'à vous de saisir la chance à votre tour.

— Je n'ai pas l'intention de m'engager dans une voie semblable.

— Je suis convaincu que vous pourriez changer d'idée. Le mirage de l'aisance matérielle et des débouchés dans votre carrière pourrait vous attendrir. J'ai tout cela à vous offrir en échange de votre disponibilité.

— Je me garde pour un jeune homme qui me tient à cœur, dit-elle sans vraiment savoir lequel de ceux qui tournaient autour d'elle l'attirait le plus.

— Une fille de votre calibre ne se garde pas pour un seul homme ou pour son enfant. Elle a la responsabilité de faire profiter plus largement ses amis de ce qu'elle a de mieux à offrir.

— Que voulez-vous dire par là?

Graziella savait pertinemment où cet homme au discours mielleux voulait en venir. Elle faisait quand même confiance aux résolutions qu'elle avait prises après l'aventure navrante qu'elle avait eue avec Jean, le garçon d'ascenseur. Cependant, les compliments qui pleuvaient fragilisaient ses certitudes, aussi bien que le voile que cet homme de classe venait de lever sur les moyens qu'avait utilisés Gabrielle Chanel pour se tailler une place dans le domaine qui la fascinait depuis qu'elle était enfant.

Avec une assurance qui semblait invincible, Rick répondit à sa question :

— Je veux dire que vous êtes faite pour la richesse, l'amour et la gloire, jeune dame. Pas pour être la couturière de clientes qui n'ont pas les moyens de vous payer! Vous devez briller de façon éclatante aux yeux de tous. Pour cela, il vous faut être invitée à des réceptions grandioses, vous faire voir et admirer. Vous avez la classe, la beauté, le charme et l'élégance qui vous induiront à réaliser vos désirs les plus chers. En plus de tout cela, vous avez une tête vissée sur les épaules. Il ne vous reste qu'à peaufiner ces qualités, rares chez la majorité des femmes. Vous êtes unique. Il est impossible de vous ignorer, que ce soit dans la rue, dans le hall d'un hôtel, dans une réception ou ailleurs. Je vous ai fait une proposition alléchante. Je vous laisse le temps d'y réfléchir. Il nous faudra donc nous revoir dans l'intimité, en dehors de chez moi, contre toute oreille indiscrète.

— J'ai déjà ma réponse. Je refuse!

— Je veux qu'elle soit réfléchie. Pesez le pour et le contre pour ne rien regretter plus tard.

— Que dira votre femme de nous voir seuls en tête-à-tête?

— D'ici là, je trouverai une solution... La négociation est terminée.

— Je ne promets rien...

Sans tenir compte de la riposte de Graziella, il ajouta :

— Sur ce, je vous offre un verre avant que Tom vous reconduise à la maison en voiture...

Chapitre 9

31 décembre 1916

Solange trouvait que Claire ne se reposait pas assez. Le médecin avait recommandé le repos complet; cependant, sans tenir compte de son avis, elle avait commencé à effectuer de légers travaux dans l'intention de retrouver la forme le plus tôt possible.

Installées à la table de la cuisine, les deux sœurs assemblaient des branches de sapin. Claire y tenait. Elle voulait se rappeler le dernier jour de l'An qu'elle avait passé avec madame Kate, monsieur Timothy et Graziella dans cette maison. Ils avaient respecté la tradition irlandaise en faisant sortir par la porte arrière les peines qui avaient brisé les petits bonheurs de l'année. Ensuite, ils avaient fait entrer par la porte avant les bonnes choses qu'ils désiraient voir arriver.

La grande sœur venait de confier son vœu à sa cadette; elle voulait que la proposition inattendue que lui avait faite monsieur Davis lui fasse oublier qu'elle avait eu un «accident» sérieux dernièrement.

— À quoi penses-tu, Solange? demanda Claire en la lorgnant du coin de l'œil.

Elle reliait deux branches de sapin qui diffusaient un parfum acide agréable.

— Je pense à ton souhait.

— Ne t'en fais pas pour moi. Je te jure que je vais être plus prudente à l'avenir. L'escalier de ma maison est trop à pic.

— Vas-tu t'ennuyer de Paul?

— Oui, bien sûr! Une femme s'ennuie de son mari quand il s'absente. Je suis chanceuse: contrairement à bien des épouses qui restent seules quand leur mari est dans les chantiers la moitié de l'année, moi, je suis ici et, très bientôt, j'aurai avec moi les petits François et Hubert.

— Mais, les chantiers, ce n'est rien! Paul est parti beaucoup plus loin et pour beaucoup plus longtemps.

— Oui, mais c'est par générosité. Il fait la meilleure des actions en allant défendre son pays.

— S'il meurt, François n'aura plus de papa.

— Hubert n'a plus de papa et il est très heureux quand même. Petite sœur, tu as bien compris l'offre que monsieur nous a faite?

— Oui, monsieur m'engage à temps plein avec toi. Quand tu seras mieux, on va aller chercher Hubert à Jonquière toutes les deux en train, puis on va l'emmener ici avec François.

— Très bien. Tu m'as répété à la lettre l'idée de monsieur Davis.

— Est-ce qu'il va retourner au travail bientôt?

— Non. Même si la paralysie n'est que partielle, il faut qu'il prenne le temps de récupérer. Il lui faudra de la patience, de même que beaucoup d'efforts et de persévérance. Il fait régulièrement les exercices que le docteur lui a prescrits. Il a même commencé à faire de courtes marches à l'extérieur. Cependant, il doit rester prudent.

— Il pense qu'il sera guéri quand les deux dames vont revenir.

— Il ne faut pas rêver en couleurs. Il est sujet à d'autres attaques, s'il vit de trop fortes émotions.

— Quand même, toutes les deux, on est capables de bien prendre soin de lui, d'Hubert et de François. J'suis contente d'avoir le travail de Julienne.

— Tu ne dois pas te réjouir du malheur de ton prochain, même si ça te rapporte.

— Je me réjouis pas de son malheur. Elle a tant de peine de ne plus voir monsieur Alphonse!

— Je ne dirai pas tout haut ce que je pense du jeune Gendron... En terminant cette couronne, disons le chapelet pour que je guérisse au plus vite. J'ai hâte de recommencer à faire le travail que j'ai quitté pour me marier. Je suis tellement heureuse! Je souhaite que François et Hubert deviennent d'aussi grands amis que Graziella et moi! Moi qui pensais que cela n'arriverait jamais!

Sur ces derniers mots, sa voix s'était faite vacillante et ses yeux s'étaient remplis d'eau.

⁂

Ce matin-là, au plus grand bonheur de Graziella, Kate reçut un coup de téléphone de la réceptionniste du *Waldorf*: un client avait été obligé de quitter sa chambre en catastrophe pour cause de mortalité subite dans sa famille.

En début d'après-midi, les deux femmes se réinstallèrent donc à leur aise dans une pièce du deuxième étage. Elles consacrèrent le reste de leur temps à leur toilette en prévision de la soirée qui s'annonçait.

William avait pu se libérer de ses jeunes loups fous de liberté dans une jungle faite pour les lions. À dix-huit heures, accoutré de son uniforme de lieutenant-colonel, il rejoignit ses protégées dans le hall de l'hôtel.

— Le taxi nous attend devant la porte. Venez, mesdames.

Durant le trajet, Kate confia à William qu'elle était soulagée de la tournure des événements. L'hospitalité des Magliana était charmante. Cependant, de s'immiscer par surprise dans la vie d'une famille qu'elle connaissait à peine la mettait mal à l'aise. Les trois enfants étaient polis et bien éduqués par Johan et la gouvernante; par contre, le contexte festif les survoltait. La coutume était de remettre les cadeaux le matin du jour de l'An. Souvent, les trois jeunes manipulaient sans permission les boîtes scintillantes sous l'arbre, ce qui leur valait des réprimandes de la part de leur mère, qui se voyait dans l'obligation de s'excuser chaque fois auprès de ses hôtes. Rick avait quitté la maison avant le petit-déjeuner sous prétexte qu'il avait des rencontres importantes à faire. Johan n'avait pas posé de questions; elle semblait s'accommoder des absences prolongées de son mari.

La voiture-taxi roula sur Avenue of the Americas et emprunta la 14e Rue. Cet environnement était devenu familier à Kate et Graziella; les Magliana demeuraient à l'ouest de la même rue. L'engin s'arrêta devant un drôle d'édifice qui couvrait le centre de l'Union Square.

Avant de se glisser à l'intérieur, les trois amis demeurèrent un instant à admirer l'imposante structure. William expliqua que le *Landship Recruit* était une maquette de bois construite par la marine des États-Unis qui figurait un vaisseau grandeur nature de l'US Navy. Tout juste mis en service, il était monté par un équipage de marins en formation.

Kate et Graziella étaient béates devant une telle virtuosité de la part des ingénieurs. Soudain, Kate se souvint des paroles de monsieur Thompson, le concierge de son ancien immeuble; il avait affirmé qu'Andreas Backer avait travaillé aux plans et à la construction d'un bateau qui ne mouillerait jamais l'ancre. « Un projet de fou! » s'était-il exclamé.

Si Graziella, William et elle étaient là, c'était grâce à Rick. La veille, alors qu'ils prenaient le digestif au salon, il leur avait dit qu'il les invitait à dîner et à passer la soirée dans une nouvelle école de marine inusitée qui servait également de bureau de recrutement. La marine en offrait l'accès au public; elle permettait ainsi aux civils de se familiariser avec la façon dont un navire de guerre était utilisé. De plus, le *Landship Recruit* accueillait une variété d'événements sociaux, y compris des danses pour les mondains de la ville.

Kate se reprocha de ne pas avoir fait de liens, à ce moment-là, entre le discours de Rick et celui du concierge! Son cœur s'emballa aussitôt. Elle pénétra dans le bâtiment avec un étrange pressentiment.

Ils passèrent au vestiaire. Aussitôt qu'ils eurent été admis dans l'une des trois tourelles doubles, Rick vint à leur rencontre. Il les conduisit à sa table. Les trois nouveaux arrivés saluèrent Johan, ainsi que Bill Brant et sa compagne Sherry, qu'ils avaient connus à Québec la semaine précédente. Magliana leur présenta le capitaine Pierce et sa femme Jennifer.

Kate était devant l'impensable, car l'homme à qui elle pensait se tenait là. Comme elle l'avait fait à l'endroit de Bill et de Frank, elle tendit sa main gantée vers les lèvres d'Andreas Backer. Elle baissa les yeux sur la tête penchée sur ses doigts et sentit la chaleur en son sein parvenir à ses joues. Elle espérait de toutes ses forces que les personnes autour de la table ne se formalisent pas du trouble qu'elle ne parvenait pas à maîtriser. Quelle attitude adopter pour ne pas révéler qu'ils se connaissaient déjà? Surtout, elle devait peser ses paroles; il fallait absolument garder sous silence l'aventure d'un soir qui les avait rapprochés. Kate sentait encore la douceur de ses lèvres et de ses bras qui l'avaient rassurée, ce jour-là. Le sentiment teinté de peur et de joie qui l'assaillait à l'instant même ne ressemblait-il pas tout simplement à la reconnaissance qu'aurait eue un enfant en larmes envers un bienfaiteur qui aurait pansé ses blessures? Ou bien était-ce vraiment la continuité des premières lignes de l'esquisse encore floue, sans forme précise?

Kate revint à la réalité. Rick s'adressait à elle.

— Ma chère Kate, nous avons voulu vous faire une surprise. Nous savons que vous connaissez Andreas depuis longtemps. Il a téléphoné après votre départ de Greenwich; il voulait vous parler. Johan lui a conseillé de ne pas appeler à votre hôtel et lui a affirmé qu'elle lui réserverait une place à notre table pour ce soir.

Kate jeta un regard désespéré à Andreas. Il vint à son secours:

— J'ai su par le concierge de l'immeuble, monsieur Thompson, que mon ancienne voisine était de passage à Greenwich Village, chez les Magliana. J'ai donc retrouvé le numéro et j'ai appelé dans le but d'avoir des nouvelles de sa famille. Dans le temps, j'étais très proche de Timothy et des enfants.

Kate n'avait pas l'intention d'étaler sa vie devant ces étrangers. Elle resta vague:

— Je vois que monsieur Thompson n'a pas changé, il en dit toujours plus qu'il ne le faut. Je ne lui en veux pas. C'est un plaisir de vous revoir, Andreas. En cours de soirée, nous aurons certainement l'occasion d'échanger au sujet de nos familles respectives.

L'ancien voisin s'adressa à Graziella :

— Cette demoiselle est Alicia, je suppose?

Kate se rembrunit. Elle répondit de sa voix la plus posée :

— Andreas, je vous présente Graziella, ma fille adoptive. Je ne vous en dis pas plus pour l'instant.

Graziella suivit l'exemple de Kate et tendit une main gantée que baisèrent les gentlemen autour de la table. D'une voix charmante, elle répondit aux salutations. À son tour, William salua, et tous prirent place sur les chaises réservées à leur intention.

❋

Le dîner fut servi par des garçons en chemise blanche et pantalon marine, boucle attachée au col. Les conversations entre hommes s'étendirent démesurément sur l'état de l'Europe en ce début de nouvelle année. Les femmes écoutaient. Après les quatre services, les employés remplacèrent les nappes souillées et offrirent les boissons.

Un groupe de cinq artistes monta sur l'étroite scène. Le maître de cérémonie présenta le compositeur, cornettiste et percussionniste Noble Sissle, le cornettiste Jaçon Frank de Braithe, le percussionniste Buddy Gilmore, le trompettiste Arthur Briggs et le danseur et comédien Bill Robinson. Des applaudissements fournis clôturèrent cette présentation de l'orchestre du *369th Infantry* dirigé par James Reese, qui traverserait bientôt l'Atlantique afin de distraire les soldats loin de leurs proches.

William tenait un aparté avec le capitaine du *Landship Recruit*. Ils discutèrent longuement, l'air de se trouver dans un tout autre univers, où la musique et la danse étaient secondaires.

Andreas invita Kate sur la piste de danse; les autres couples les suivirent. Graziella demeura assise. Elle remarqua à quel point Kate s'harmonisait bien avec Andreas. Elle avait toujours trouvé que Timothy et elle allaient bien ensemble parce qu'elle ne l'avait pas vue danser avec ce gentleman. Était-ce lui, l'homme à qui Timothy avait fait allusion en évoquant une éventuelle trahison de sa femme? Graziella décida de laisser une chance au temps avec l'intention d'en savoir plus long. De se taire et d'écouter était la meilleure façon de découvrir ce qui se cachait derrière la rencontre imprévue des deux anciens voisins de palier.

Sa réflexion fut interrompue par Johan, qui reprenait la chaise qu'elle avait quittée.

La main de Rick s'empara de la sienne.

— Mademoiselle Davis, m'accordez-vous cette danse?

Elle ne pouvait refuser sans semer le doute dans les esprits échauffés. Elle estima qu'elle aurait la chance de lui donner la réponse définitive à l'offre qu'il lui avait faite.

Après mûre réflexion, elle continuerait son voyage comme prévu. Le choix de vie qu'il lui avait fait miroiter était plein de promesses, mais à quel prix? Elle avait toujours pris ses propres décisions et ne voulait pas d'un boulet au pied. Ne rien devoir à personne, c'était sa ligne directrice et elle y tenait malgré ce qu'elle avait appris sur les relations de Gabrielle Chanel. Cette modiste et couturière entretenue n'avait pas d'enfant; c'était là la différence entre elles deux. Graziella se promettait de faire ce qu'il fallait pour la rencontrer par ses propres moyens.

Rick l'entraîna au milieu de la piste en suivant le rythme. La trompette émettait de longues plaintes qui traversaient les entrailles. Ce genre de musique était sensuel au point de donner des frissons dans le dos. C'était une nouveauté pour Graziella, qui n'avait jamais été interpellée par des notes échappées d'un instrument à vent au point de vouloir danser.

Dans un jeu de quatre mains enlacées, Rick descendit sa droite à sa taille et rapprocha impudiquement son bassin du sien. Graziella pouvait lire l'invitation dans ses yeux brillants.

Enfin, la trompette émit un dernier crescendo tout aussi plaintif que les précédents. En sueur, Graziella et Rick coupèrent à travers les danseurs et retournèrent à la table.

Johan savait. Aucune belle fille ne pouvait résister à la vie palpitante que pouvait lui offrir un homme tel que son mari. Cette petite provinciale n'était pas mieux armée que celles qui étaient déjà tombées dans ses filets. Mère de trois enfants, elle tolérait cette situation pour l'amour de Dieu et pour l'attirance que ce coureur lui inspirait encore.

Dans la salle, le ton montait au même rythme que les bouteilles d'alcool se vidaient. Il était vingt-deux heures trente. William revint à la table en s'excusant du long échange qu'il avait eu avec le capitaine. Le lieutenant-colonel proposa de quitter cet endroit exceptionnel, qui dépassait l'imagination. Il rappela qu'il avait l'intention d'amener les dames sous sa responsabilité à Times Square.

Kate félicita Andreas d'avoir travaillé à la conception de cet endroit exceptionnel, ainsi que le capitaine pour l'enseignement qu'il donnerait aux futurs marins qui, courageusement, affronteraient l'océan et les ennemis au péril de leur vie. On s'attendait à recruter au moins vingt-cinq mille hommes. Elle rappela que son fils était enseignant en infanterie à Witley et précisa qu'elle y serait avec sa fille dans une dizaine de jours.

Sur ces paroles, Johan vit se décomposer les traits de son mari. Elle en déduisit qu'elle ne s'était pas trompée; il avait trouvé le moyen de la rencontrer en tête-à-tête et il lui avait monté un bateau aussi gros et factice que celui sur lequel ils se trouvaient pour célébrer le début de la nouvelle année, une année qui, pour elle, commençait exactement de la même manière que toutes les autres depuis que le père de ses enfants avait eu sa première maîtresse, il y avait de cela une dizaine d'années.

Elle n'en voulut pas à Graziella. Si ce n'avait pas été elle, c'eût été une autre. Autant la connaître. Elle admit que, au moins, son Italien au sang chaud avait du goût. Son seul étonnement, c'était qu'il n'ait pas manifesté ostensiblement ses intentions dès leur rencontre à Québec. Il avait joué un jeu sournois. L'intéressait-elle plus que toutes les autres? Elle se rassura; d'une nature instable, il se lassait vite de la femme qu'il entretenait, faisant passer l'amour de la *famiglia* en tout premier lieu. Cette nuit-là, il ne la passerait pas avec sa femme légitime. Cependant, il serait avec sa famille et distribuerait les cadeaux après le premier petit-déjeuner de la nouvelle année. Et, tous ensemble, ils assisteraient à la messe à la cathédrale St. Patrick avant un fabuleux lunch.

Rick dit au groupe:

— J'ai congédié Tom pour le week-end. Je puis vous reconduire moi-même à Times Square en voiture, si vous le désirez. Nous laisserions Johan à la maison: je sais qu'elle n'aime pas vraiment la foule et elle doit préparer le petit-déjeuner avant la distribution des cadeaux, demain. J'assisterai aux activités en votre compagnie, je vous reconduirai à l'hôtel et, si vous n'êtes pas trop fatigués, nous pourrions prendre un dernier verre ensemble.

Affecté par une mauvaise grippe, Bill avait été plutôt discret; il avait gardé une attitude tout à fait contraire à celle qu'il avait manifestée envers Graziella à Québec. Kate en déduisit que Sherry avait dû lui faire la leçon.

— J'accepte, s'empressa Kate. Qu'en dites-vous, William et Graziella?

Rick ajouta:

— Et vous, Andreas?

— C'est un plaisir, j'accepte également.

⁂

Times Square grouillait et bourdonnait. Il restait une demi-heure avant les douze coups de minuit. Déjà, il était difficile de se faire une place parmi la foule de résidents, de visiteurs et de soldats qui voulaient profiter des plaisirs de la ville en attendant le prochain bateau en partance vers Liverpool ou ailleurs en Europe. Kate et Graziella n'avaient pas les yeux assez grands pour tout voir en même temps. Émue par les changements qu'avait subis cette place, connue du temps de sa jeunesse sous le nom de Longacre Square, Kate saisit spontanément la main d'Andreas, comme pour y trouver de l'assurance et de l'apaisement.

Graziella comprit que cette marque de tendresse en public était le signe que leur rapport avait une profondeur certaine. Heureuse que sa chère Kate ait un tel privilège, elle laissa courir son regard d'une annonce commerciale à l'autre. Toutes, elles étaient éblouissantes. Elle se serait crue trente ans en avance sur l'époque à laquelle vivaient les habitants de sa région. Les villages éloignés ne jouissaient ni de l'électricité, ni des véhicules à essence, ni des salles de bain, ni de l'eau courante, alors que là, sous ses yeux, s'étalaient des milliers d'ampoules clignotantes alignées formant des publicités de Chevrolet, Kodak, Wrigley's, et ainsi de suite.

Sa curiosité était stimulée par des panneaux qui annonçaient des spectacles mettant en vedette Houdini, les Ziegfeld Midnight Frolic, ainsi qu'un certain Fred Astaire et sa sœur Adele. Il aurait été impoli qu'elle monopolise l'attention de sa mère et de ses trois compagnons avec la multitude de questions qu'elle avait en tête. Pour se changer les idées, elle calcula mentalement que sept rues séparaient cette place achalandée de *Macy's*, le plus grand magasin au monde. Elle se promit que, à son retour d'Europe, elle y achèterait un cadeau pour son fils et pour Claire.

La foule se resserrait de minute en minute. William, Rick et Andreas discutaient avec chaleur; ils encensaient le maire George Brinton McClellan Jr. d'avoir, en 1904, écouté Adolph Ochs, l'éditeur du *Times*, qui lui avait fait valoir l'intérêt de construire une station de métro à cet endroit et dc renommer la place Times Square; elle était rapidement devenue un centre culturel où se concentraient les théâtres, les salles de spectacle, les music-halls et les hôtels à la mode.

Des soldats s'ajoutaient à la foule. Plusieurs avaient un petit coup dans le nez, selon l'expression consacrée.

Minuit! Graziella tressaillit; son cœur se mit à battre à toute allure; la place s'illuminait. Sous une pluie d'explosions qui ponctuaient le ciel, les gens se faisaient des accolades; ils allaient de l'un à l'autre en se souhaitant la bonne année.

Andreas en profita pour enlacer Kate.

William prit Graziella par la taille et effleura prestement ses lèvres des siennes:

— Bonne année, jeune fille!

Rick resta discret, tendit une main ferme aux hommes et fit une brève accolade aux deux femmes.

Chapitre 10

Timothy était allongé tout habillé sur la parure du lit. Son cerveau fourmillait d'idées noires. Que faisaient les deux femmes de la maison en cette veille du Nouvel An? Étaient-elles déjà en mer ou toujours à New York? Le plus important était qu'elles ne connaissent pas son état.

Comme la tradition du premier de l'An l'exigeait, il faisait le bilan de sa vie personnelle et professionnelle. Malgré de piètres résultats dans chaque sphère, s'il avait eu à recommencer, il aurait certainement refait les mêmes choix en pensant qu'ils étaient les meilleurs. L'être humain se complaît dans le danger. Il a été créé pour relever des défis. Sans l'ivresse de la menace de mort, son existence est sans saveur. Au risque de sa vie, le bûcheron se mesure à l'arbre qui tombe sous sa scie. En se persuadant qu'il va gagner, l'homme d'affaires se lance à corps perdu dans la jungle des affamés de pouvoir. Malgré les tremblements qu'il éprouve dans tout son être, le soldat crie victoire s'il voit l'ennemi ensanglanté tomber à ses pieds. Et Timothy Davis avait abandonné la lutte en faisant un geste lâche, même s'il n'avait pas voulu le résultat qu'il avait obtenu. Depuis, il noyait son désir pour un jeune corps dans le travail acharné, ce qui lui avait valu son état de santé actuel.

C'était l'orgueil du perdant qui le tuait à petit feu. Il n'aurait plus aucun attrait pour Graziella. Il ne lui inspirerait que de la pitié, si toutefois elle daignait lever le regard vers son visage défait. Il y avait dix-neuf mois, elle avait accepté d'épouser Alexis. Elle ne s'était pas formalisée de son pied manquant; cependant, elle trouverait repoussante la bouche tordue du vieil homme qu'il était devenu à force d'entretenir un fantasme qui ne l'avait pas guéri, mais qui, au contraire, n'avait fait que mousser le penchant qu'il avait pour elle.

Solange entra dans la chambre délicatement, sans faire de bruit. Elle s'arrêta au pied du lit; son patron semblait dormir.

D'une voix aussi douce que l'était chacun de ses gestes, elle dit :

— Monsieur Davis, Claire et moi, on vous a préparé une petite surprise.

Timothy sursauta en émettant un cri. L'adolescente se reprocha de l'avoir surpris et elle s'excusa.

— Oh! Pardon! J'aurais dû frapper avant d'entrer.

Elle était réellement désolée; sa reconnaissance envers lui était sans bornes depuis qu'il avait invité sa grande sœur à le servir à nouveau. Elle aida patiemment son patron à sortir du lit et l'escorta au salon. Il s'appuyait sur sa canne pour se déplacer.

L'horloge carillonnait les douze coups qui clôturaient l'année 1916. Sous les branches de sapins enrubannées fixées à l'arche du salon, on se fit la promesse d'une nouvelle année remplie de paix, d'amour et de prospérité.

Toutefois, Timothy avait perdu la foi dans les bons vœux qu'on échangeait.

⁂

À Times Square, la fraîcheur de la nuit n'arrivait pas à distraire les spectateurs. À chaque nouvelle explosion de poudre noire, ils s'exclamaient en se souhaitant une nouvelle année remplie de bonheur, d'amour et de paix. Des feux colorés formaient des bombes, des bouquets, des cascades et des soleils qui illuminaient les visages tournés vers le ciel embrasé.

En plusieurs points de la foule s'élevaient des différends. Les policiers n'arrivaient pas à maîtriser les trouble-fête. De jeunes soldats avaient les lèvres ensanglantées, d'autres étaient étendus sur le sol glacé.

En dressant le plus possible sa taille de géant, William crut reconnaître un groupe de ses fantassins. Consterné, il s'excusa.

— On dirait que la nouvelle année s'annonce mal pour moi. Mes jeunes artilleurs ont déjà commencé à s'exercer en dehors de toute discipline. Salutations à vous quatre! Mesdames, tel qu'entendu, je vous reverrai sur le quai le 2 janvier à six heures. Soyez à l'heure. Andreas, continuez à travailler pour que les usines produisent au maximum. La guerre a besoin de vos compétences. Et prenez soin de mes deux femmes jusqu'à leur départ

— Je n'y manquerai pas, opina Andreas en lui tendant la main. Au revoir, William! Nous nous rencontrerons peut-être plus vite que vous le pensez.

L'industriel salua Rick à son tour et quitta le groupe. Il se dirigea vers une zone de conflits en particulier. Graziella en profita pour demander:

— Et nous, que faisons-nous?

Rick s'en mêla:

— Ne devions-nous pas prendre un dernier verre ensemble à votre hôtel?

Kate riposta:

— Vous aviez ajouté: « Si vous n'êtes pas trop fatigués! » à votre proposition. Il ne nous reste que demain pour relaxer avant de monter sur le navire. Et j'ai l'intention d'assister à la messe à la cathédrale St. Patrick.

— J'y serai avec Johan et les enfants. Je suis catholique. À Québec, j'ai assisté à l'office anglican pour ne pas me séparer du groupe.

— Nous en profiterons pour faire nos adieux, alors.

— Très bien, je respecte votre désir. Et vous, Andreas, je vous laisse à votre appartement?

— Il est tout près d'ici. J'aime bien marcher la nuit. Je vous fais mes adieux immédiatement.

Les deux hommes se serrèrent la main. Les femmes montèrent dans la voiture. Rick les laissa devant le portique du *Waldorf.*

⁂

On frappa doucement à la porte. Graziella sauta du lit et vint ouvrir.

— Madame est demandée au téléphone, l'avertit l'employé.

— Je ne puis descendre, j'ai les cheveux en broussailles et je suis en chemise de nuit.

— Madame n'a qu'à passer son peignoir. Il arrive fréquemment que des dames soient appelées en pleine nuit. Le hall est à présent désert. Personne ne pourra s'en formaliser.

— Quelle heure est-il? Il fait trop noir pour que je lise le cadran de ma montre.

— Il est trois heures, madame.

— Qu'en dites-vous, Kate? Devrais-je descendre?

— Allez, il n'y a pas de danger. On ne sait jamais…

— Je me demande qui m'appelle à cette heure.

— La personne ne s'est pas nommée. La voix semblait venir de loin.

« Hubert, il est arrivé quelque chose à Hubert! » pensa Graziella en passant son peignoir.

Elle n'évoqua pas son anxiété à Kate, évaluant qu'une inquiétude aussi grande que la sienne la mettrait dans tous ses états. L'ascenseur ne descendait pas assez vite. Au rez-de-chaussée, le garçon la dirigea:

— Le téléphone est dans ce petit salon pour plus d'intimité. Je vous laisse. Si vous avez besoin de mes services, sonnez, la clochette est sur la table ronde.

Graziella tourna la poignée nerveusement et entra dans la pièce en coup de vent.

Un verre à la main, Rick quitta le fauteuil où il était assis et vint à sa rencontre. Désorientée, elle ne savait que penser. Tout le long du trajet en voiture, il n'avait manifesté aucune intention autre que celle de rendre service à des amis en les conduisant à leur hôtel. En toute innocence, elle avait même cru qu'il avait renoncé à l'idée de lui donner la chance de sa vie dans une ville aussi importante que New York. Soudain, elle eut le réflexe de retourner sur ses pas. Il la rattrapa. Par-dessous le bras, il la conduisit au canapé deux places et s'assit à ses côtés.

Elle ne résista pas à l'ordre subtil qu'il lui donnait ainsi. Ses grands yeux noyés dévorant les siens, elle dit :

— Vous m'avez joué un vilain tour. Je croyais que mon fils était malade.

— Chérie, prenez cette coupe, offrit-il. Nous avons une conversation à terminer. Tout ne s'est pas passé comme prévu, ce soir.

— Je vais être directe : je n'admets pas votre façon de faire, lui reprocha-t-elle en trempant les lèvres dans le vin.

— Je n'avais pas le choix. Par chance, moyennant un généreux pourboire, le garçon a collaboré.

— Je n'ai rien à vous dire, affirma-t-elle en tenant le verre dans la main droite sur ses genoux.

— Je veux vous entendre refuser une à une toutes les offres que je vous ai faites.

Il caressait sa main gauche, remontait doucement le bras recouvert de soie jusqu'au coude, descendait et remontait. C'était doux et agréable. Rick savait deviner ce qui faisait plaisir à une femme au moment propice; il était facile de s'en rendre compte. Après la peur qu'elle avait eue pour son enfant, elle avait besoin d'apaisement, de tendresse.

— C'est votre dernier mot? demanda-t-il en avançant son visage hardi vers le sien.

Les doigts de l'homme couraient toujours sur son bras de bas en haut; ses caresses étaient aussi tentantes que ses offres pratiquement impossibles à refuser. Sans tenir compte de la faiblesse qui aurait pu la faire flancher, elle demeura sûre d'elle-même et affirma d'une voix convaincue :

— Je les décline en bloc, vos offres!

Rick n'avait pas l'habitude de se mettre à genoux pour obtenir des faveurs. Il ne pouvait nier que Graziella lui plaisait. Dans sa démarche, ses gestes, son port de tête, ses rondeurs, il percevait que ses sens parlaient plus fort que sa raison. Il avait soif de son corps et il saurait comment le faire réagir à ses caresses. L'homme ne lâchait pas prise.

— J'ai maintenant des contacts qui pourraient vous présenter à Gabrielle Chanel. Vous n'auriez même pas besoin de faire ce voyage dangereux. Je vous installerais dès la semaine prochaine dans un bel appartement près de tout ce que vous aimez; vous pourriez commencer à explorer les alentours pour trouver un local qui pourrait convenir au genre de commerce que vous avez en tête.

— C'est décidé, je refuse! Je ferai ce voyage en Europe comme prévu; rien ne pourra m'en empêcher. Oubliez-moi. Je reprends vos propres paroles, que vous m'avez dites dans votre bureau : cette négociation est terminée!

Elle quitta le canapé, lui tourna le dos et sortit le menton en l'air.

❋

Graziella fut heureuse de constater que Kate, tombant de fatigue, ne l'ait pas attendue et se soit rendormie.

La jeune femme s'étendit discrètement sur la couche à ses côtés et, silencieusement, laissa libre cours à son chagrin. La décision qu'elle avait prise était déchirante, alors que l'offre qu'on lui faisait lui aurait assuré la réalisation de ses désirs les plus chers. Et puis, qu'avaient-ils, les mâles, à lui faire miroiter le pouvoir et le succès dans le seul but d'obtenir ses faveurs? Un jour, rencontrerait-elle un homme qui, sans être un modèle impeccable, tempérerait de son affection et de sa bienveillance la folle frénésie qui bouillonnait en elle? Henry avait dit dans sa lettre qu'il n'était pas parfait. En fait, pouvait-il être celui qu'elle cherchait? Sa pensée s'arrêta à l'idée qu'elle se faisait de leur première rencontre. Que trouveraient-ils à se dire? Agirait-il avec elle comme le grand frère qu'il avait été pour Alicia?

Alors que la faible clarté de l'aurore d'une année nouvelle perçait les draperies, elle s'endormit, accablée, en cernant de ses deux bras son oreiller sur sa poitrine. Vers les huit heures, un frémissement sourd la réveilla.

— Kate, vous êtes déjà debout? dit-elle en s'assoyant prestement.

— Je ne voulais pas faire de bruit, vous aviez l'air de si bien dormir! Quelle soirée avons-nous eue! En fin de compte, je n'ai pas su de qui venait l'appel aussi tard la nuit dernière.

Graziella ne pouvait plus garder ce secret. Elle avoua franchement:

— C'était Rick Magliana.

En passant sous silence le cadeau qu'il lui avait fait à Québec, elle lui décrivit le plan que l'homme lui avait proposé.

— Kate, dites-moi, qu'ai-je fait pour le provoquer?

Sa mère adoptive croyait tomber des nues. S'était-elle trompée à ce point sur cet Italien, qu'elle considérait honnête?

— Rien, à ma connaissance. Je redoutais plutôt Bill.

— Ah, Kate, c'est si difficile!

Elle se réfugia dans ses bras. Kate serra sur son cœur son amie, sa confidente, sa fille.

※

Sur une partie du port où la fraîcheur et l'humidité pénétraient jusqu'aux os, William avait rassemblé ses troupes. Il était monté sur une plate-forme assez haute pour être vu par tous ses soldats. Tous les jeunes sans exception pouvaient déceler la déception la plus profonde inscrite sur son visage. Cette formation de futurs fantassins était la plus indisciplinée à laquelle il avait eu affaire. Le départ retardait, compromettant l'ordre prévu de l'embarquement, et la traversée elle-même s'annonçait houleuse. Price n'avait pas assez d'yeux pour tout voir, d'oreilles pour tout entendre et de paroles assez convaincantes pour mettre du plomb dans la tête des recrues.

Sa voix forte, profonde et éraillée réussissait tout de

même à percer parmi les bruits familiers d'une place achalandée. Il interpella deux soldats en particulier:

— Léon Tremblay et Paul Chamberland, dit-il dans un français ponctué d'un fort accent anglais. Il paraît que vous avez déclenché la bagarre hier soir?

D'abord, Paul avait refusé l'alcool que lui avait offert Léon Tremblay, avec qui il avait fait le voyage en train de Chicoutimi à Québec. Son nouveau copain ne s'était pas découragé et l'avait incité à ne boire qu'une gorgée pour se réchauffer. Tenté par le diable, Paul avait saisi la bouteille et l'avait portée à ses lèvres.

William ne s'arrêtait pas:

— Vous êtes arrivés à Valcartier en retard et j'ai accepté de vous ajouter à mes effectifs. À deux, je vois que vous valez vos cinq cents confrères. J'aurais une forte envie de vous remettre sur le train pour qu'il vous ramène chez vous. Comme on manque de soldats dans les tranchées, je vous garde, mais, à votre prochaine bévue, je vous jette à la mer. Vous vous ferez manger par les requins. Vous pouvez me croire, je suis capable de le faire. Ce n'est pas la première fois que je guerroie. La guerre des Boers, vous en avez entendu parler? Répondez!

— Non, pas vraiment, répondit timidement Paul en portant la main à son visage.

— Eh bien, moi, je puis vous dire que, dans cette guerre, je n'ai pas eu affaire à des arbres, mais bien à des enragés de chair humaine. Dans quelques semaines, vous aurez à les combattre. Juste à voir comment vous vous êtes comportés depuis notre départ de Québec, je constate que vous ne savez pas à quoi vous attendre. Vous avez fait fi de mes avertissements, alors que je pensais voir des jeunes ambitieux de monter en grade. Vous auriez pu gagner l'honneur de devenir mes bras droits pour alléger ma tâche et, en même temps, être des enseignants pour vos pairs. Je sais que vos conditions sont difficiles, mais ce n'est que de la petite bière par rapport à ce qui vous attend. Mettez-vous bien cela dans le crâne pour commencer. Là, il est temps pour moi de m'engager dans un long sermon. Nous, les Canadiens, au même titre que les Américains, les Britanniques, les Français ou toute autre nation, avons le devoir de sauver nos vies en défendant notre pays. Nous avons également une réputation à soutenir. Cette guerre n'est pas notre première. La seconde guerre des Boers, c'est là que les Canadiens ont fait leurs preuves pour la première fois sur un autre continent. Le 29 novembre 1899, quand les mille hommes des huit compagnies sont arrivés en Afrique du Sud, ils ne savaient pas comment se placer en rangs ni comment marcher sans perdre le pas. Trois mois plus tard, à force de volonté, ils ont livré une dure bataille aux Boers. Ils se sont tellement surpassés le reste du temps que la quantité de morts canadiens a été mince comparativement à celle des Britanniques. Selon toutes les évaluations, nos soldats se sont très bien comportés sur le champ de bataille. Sur plusieurs plans, ils s'y sont montrés égaux à leurs collègues. Le lieutenant Morrison a dit: «Les soldats du Canada se comparent favorablement aux réguliers. Ce qui leur manque en discipline de caserne est amplement compensé par leur esprit, leur fougue et une certaine facilité à tenir leur bout de façon indépendante. Cependant, rien n'est jamais acquis. Nous savons que la discipline de caserne est un atout majeur. Imaginons quel résultat nous aurons quand nous l'aurons acquise!» Nos compatriotes, parmi lesquels j'étais, sont revenus convaincus de pouvoir assurer la mise au point d'une formation militaire efficace, ce qui a fait croître notre fierté nationale et le sentiment que nous avons une identité militaire qui nous est propre. Moi, William Price, j'ai levé deux compagnies pendant cette guerre et prouvé ma reconnaissance envers la main qui me nourrit. Je ne me laisserai pas intimider par de petits morveux qui ne pensent qu'à s'amuser. Je laisse ma famille et mes entreprises par esprit patriotique. Je ne suis pas ici pour plaisanter, mettez-vous bien ça dans le crâne! Vous restez ou vous partez! Si vous restez, vous vous engagez à soutenir la réputation qu'ont bâtie vos prédécesseurs en Afrique du Sud. Vous devez suivre l'exemple de ceux qui vous ont ouvert la voie. Si vous partez, vous vous ferez mettre la main au collet dans peu de temps, parce que l'enrôlement sera obligatoire. C'est tout ce que j'avais à vous dire.

Le lieutenant-colonel n'avait plus de voix à force d'avoir crié.

Un bourdonnement sourd comme un long soupir s'échappa de toutes les bouches. William venait de gagner le respect de jeunes adolescents qui s'étaient laissé aveugler par l'attrait de la liberté.

Paul Chamberland fit un pas vers son officier, certain qu'il avait beaucoup à apprendre des expériences d'un homme de cette trempe.

❋

Chez les Angers, la fébrilité du matin du premier de l'An était la même que celle de la veille de Noël. Autour de la table, la place d'Alexis était occupée par un petit bout d'homme assis sur des coussins. La famille avait retrouvé en la personne d'Hubert un nouvel entrain. Les filles de la maison se pressaient toutes pour répondre à ses moindres caprices. Marie, la préférée de Graziella, du haut de ses cinq ans, accomplissait avec un sérieux exemplaire les tâches qui lui avaient été assignées; elle recevait les félicitations de sa maman.

Encore au lit, Marguerite et Romuald écoutaient les piaillements de leur marmaille. Aurore, leur aînée, les avait respectueusement sommés de faire la grasse matinée. Elle prenait les cordeaux de la maisonnée en main.

Marguerite avait la tête appuyée contre l'épaule gauche de son mari. De la main droite, il lui caressait le menton et glissait ses doigts sur ses joues. Elle ne pouvait souffrir les chatouillements sur le bout de son nez; chaque fois qu'il s'y risquait, elle pouffait de rire. Il lui bécota le front et répandit sa chevelure sur l'oreiller. Le haut du corps à demi penché au-dessus de sa poitrine, il vola ses lèvres dans un long baiser. Elle se dégagea en disant:

— Attention, mon vieux, allons pas plus loin. Même si la porte est fermée, les p'tits pourraient nous entendre!

— Il me semble qu'on peut faire tout c'qu'on veut, ce matin.

— Toi, t'as une idée en tête, j'le vois bien.

— J'ai bien des idées en tête, ma femme. J'suis pas si vieux, après tout!

— Non, on n'est pas vieux, quand on est juste dans la quarantaine, mais on n'est plus jeunes non plus.

— Bien, moi, j'me sens assez jeune pour voir ceci porté par ma femme.

Il glissa la main sous son oreiller et en sortit précieusement un sac de papier brun.

— T'es fou, toi! Un cadeau pour le jour de l'An?

— Pour le jour de l'An pis pour tous les autres jours de l'année. Ouvre!

Souriante, elle y plongea la main.

— Une ceinture-jarretelles! Mon corset fait encore l'affaire... Y a juste Graziella pis madame Davis qui peuvent se payer d'la dentelle chic comme ça! Nous, on n'a pas les moyens!

— J'ai vidé mon fond d'tiroir pour faire plaisir à ma femme. Tu sais que, depuis que j'ai remonté en grade à l'usine, mon compte se remplit. Puis j'ai eu l'idée d'avoir une femme qui modernise ses dessous.

— Grand fou, va! dit-elle en lui tapant amoureusement le bras. On dit pas des choses de même, les enfants pourraient t'entendre. Puis j'ai plus la taille pour ça.

— J'trouve qu'elle est belle, ta taille. Tu peux la mettre en valeur juste pour moi.

— T'es toujours pas allé au magasin acheter ça par toi-même? Un homme fait pas ça!

— J'ai eu une complice.

— Une complice?

— Aurore!

— T'as pas fait acheter une ceinture-jarretelles par notre fille pour sa mère! C'est pas convenable! À quoi t'as pensé, Romuald Angers!

Il se garda bien de rapporter que, lorsqu'il avait secouru Timothy Davis à sa maison de la rue Price, il l'avait surpris avec un dessous féminin semblable. Il en avait déduit que cet homme s'ennuyait déjà de sa femme quelques heures seulement après son départ. Il avait pensé que Marguerite aimerait changer son corset pour un vêtement plus léger, plus attirant pour un homme encore fringant.

— J'aime assez ma femme pour faire une chose de même, avoua-t-il en remontant sa chemise de nuit sous les couvertures.

— Grand fou! Sois pas si pressé... Attends que je l'attache.

— T'es belle, la complimenta-t-il après avoir attendu et levé le drap pour admirer le résultat.

Pris d'une nouvelle jeunesse, Romuald fit honneur à sa femme.

⁂

Essoufflés, ils roulèrent côte à côte sur le dos.

— On dirait que ce dessous t'a donné une nouvelle vigueur, mon vieux! J'me demande d'où t'est venue l'idée. Tu connaissais ça, toi, les ceintures-jarretelles?

— À l'usine, j'ouvre grand mes oreilles.

— Pis tes yeux aussi, quand tu m'as regardée.

— J'serais tout fin prêt à recommencer.

— Penses-tu qu'Alexis a déjà vu Graziella atriquée de même? Quand il restait chez les Davis, y devait voir le linge étendu sur la corde.

— Ça changerait quoi? Il devait se marier avec elle!

— On dirait que ta conscience s'élargit, mon vieux.

— De toute façon, quand bien même on en parlerait toute la journée, il ne reviendra pas pour nous l'dire.

— J'me demande encore pourquoi l'bon Dieu est venu l'chercher dans le plus beau moment de sa vie. C'est pas juste!

— Tu sais, ma femme. J'repense souvent à cet accident.

— T'es toujours pareil, Romuald Angers, tu changeras jamais. Tu m'dis de plus en parler pour pas que j'aie de la peine, pis, tout de suite après, tu m'dis que tu y penses souvent. T'en es arrivé à quelle conclusion?

— Une attelle a lâché. Pourquoi les deux auraient pas lâché en même temps? Elles avaient le même millage.

— Tu veux dire quoi, par là?

— C'est juste une parole en l'air. Ça m'convient pas, de penser tout haut…

⁂

À la cathédrale St. Patrick, Kate et Graziella occupaient un des bancs de la rangée latérale de droite. Elles se recueillaient parmi la richesse d'un décor d'appliqués de feuilles d'or, de colonnes gigantesques et de statues. Kate, à qui ce lieu du culte était familier, chuchota à Graziella :

— Chaque fois que j'entre dans l'église où j'ai tenu à me marier, je deviens euphorique, comme si j'atteignais une autre dimension. J'entends presque des voix venant du paradis. Écoutez!

Elle levait les yeux.

Graziella tendit l'oreille; effectivement, du ciel bleu marbré de quelques nuages peints au sommet de la voûte semblaient venir des lamentations sur la même note. On aurait cru assister à un concert des anges.

En ce premier de l'An 1917, alors que le temps de la remise en question était d'actualité, la jeune femme réalisait qu'elle en était au prélude du concert de sa vie. En 1914, elle avait pris racine à Chicoutimi et y avait joué ses premières notes. En 1915 et 1916, elle avait mis son enfant au monde et projeté de se marier. À la suite de l'échec de ce projet, elle avait su lire la partition. Et voilà qu'après son escapade au pays de la mode, son concert serait l'ouverture d'une boutique devant la population de Chicoutimi, qui doutait du sérieux de ses propos. Et ce projet, elle le réaliserait sans l'aide de ces personnes calculatrices qui n'en voulaient qu'à son corps sans tenir compte de ses propres désirs et de ses compétences.

L'attention de Kate et Graziella fut attirée par un froissement venant du banc derrière elles. Elles sourirent à Andreas qui s'y était glissé. Kate l'invita d'un signe de la main à s'asseoir avec elles. L'homme ne se laissa pas prier.

La cérémonie était troublante. Kate ne pouvait détacher son esprit de son mariage dans cette église avec Timothy: les préparatifs, les duperies, les engagements obligatoires à signer dans le cas d'une union entre catholiques et protestants. L'épaule d'Andreas contre la sienne la rassurait. La soirée de la veille lui avait confirmé qu'elle ne désirait qu'une chose à présent: ne plus jamais se séparer de lui. Concentrée sur les voix harmonieuses de la chorale venant du jubé, elle pria pour qu'il embarque avec elle sur le navire le lendemain. À l'*ite missa est*, les trois fidèles déguerpirent rapidement. Ils voulaient éviter la famille Magliana qui, avant le début de la messe, avait longé l'allée jusqu'au premier banc à l'avant.

⁂

Ils étaient depuis un moment dans un petit restaurant où on servait des hot-dogs, des frites et du Coca-Cola.

Kate et Andreas étaient assis face à face à une table ronde. Graziella remarqua que le regard de feu de l'homme était posé sur les épaules de sa mère adoptive. Elles bougeaient harmonieusement en suivant le mouvement de ses mains pendant qu'elle parlait. Avec grâce, le verre de boisson pétillante allait de ses lèvres minces, merveilleusement dessinées, à la table. Son visage s'illuminait d'un rire de temps à autre; Andreas découvrait une rangée de dents égales et blanches.

Soudain, leurs regards se croisèrent avec une telle intensité que Graziella ne pouvait que constater l'attirance profonde qu'ils avaient l'un pour l'autre. Elle ne se permettait pas de désapprouver une possible liaison plus intime entre eux. Demain, dès la première heure, elles quitteraient New York. Lors d'une conversation la semaine précédente, Kate avait affirmé, dans un élan de tendresse, qu'elle souhaitait de toutes ses forces qu'elle puisse retrouver l'amour un jour. Et si c'était cet homme qui pouvait la rendre heureuse à nouveau? Sans plus réfléchir, elle s'adressa à eux deux :

— Monsieur Andreas et Kate, si vous voulez refaire connaissance et passer plus de temps ensemble, je crois qu'il vaudrait mieux que je me retire. Et puis, je me sens lasse. La nuit dernière a été courte. De plus, je meurs d'ennui! Je veux des nouvelles de mon fils. J'en profiterai pour envoyer un télégramme, comme William l'a suggéré.

— Vous êtes certaine de ce que vous avancez, ma chérie?

Kate avait adopté un ton qui traduisait la sensation d'état de grâce qui l'habitait.

— J'en suis certaine! Ne vous inquiétez pas pour moi. J'ai de quoi m'occuper. Je dois également réviser l'emplacement de mes vêtements dans mes valises. Si vous me le permettez, je m'occuperai aussi des vôtres. Prenez tout le temps qu'il faut...

⁂

Sous l'œil complice de monsieur Thompson, Kate et Andreas empruntèrent l'escalier. Dans l'appartement, en se départant de ses vêtements d'extérieur, aidée par Andreas, Kate s'attarda à la décoration, de bon goût pour un homme qui vivait seul depuis sa séparation. Sur les instances de l'homme qui lui redonnait le goût de vivre, Kate s'assit confortablement sur le canapé; il occupa le fauteuil en face.

Chacun de son côté, ils relatèrent des souvenirs. Elle lui apprit qu'Alicia était morte trop jeune d'une cruelle façon. Andreas vint la rejoindre sur le canapé et essuya ses larmes. Elle lui confia le chagrin que lui avaient causé le départ d'Henry et l'éloignement de son mari.

Pour se consoler, elle avait souvent rêvé à la seule nuit qu'ils avaient passée ensemble lors du décès subit de son père. Singulièrement, sa perte inoubliable lui faisait entrevoir qu'il était possible d'aimer deux fois, si ce n'était plus.

Andreas lui avoua qu'il avait divorcé; il ne pouvait plus supporter de vivre avec une épouse qu'il n'aimait plus. Lui non plus n'avait pas pu oublier le contact intime qui les avait rapprochés. Ses paroles touchèrent Kate au plus profond d'elle-même. Andreas alla à la cuisine et revint avec un verre de vin dans chaque main. Kate s'essuyait le nez avec son mouchoir. Attendri, il la servit, s'assit par terre à ses pieds et laissa tomber la tête sur ses genoux.

En faisant lentement tourner le liquide rond et apaisant dans sa bouche, de ses doigts, elle traça délicatement des sillons dans son épaisse chevelure.

Lorsqu'il leva son visage vers le sien, elle vit des larmes de joie dans ses yeux. Les siens étaient humectés par le même sentiment.

Le temps passa ainsi dans le silence et la douceur d'un moment unique de retrouvailles.

Lorsqu'il se remit debout, Andreas enleva la coupe de la main de Kate et la déposa délicatement sur la console. De ses longs bras, il la transporta sur le lit. Plus jamais elle ne pourrait oublier un moment pareil. La patience qu'il manifesta à enlever ses vêtements pièce par pièce était empreinte de respect. Ses baisers recouvrirent son corps en entier; le moment ultime de l'accomplissement regroupa la totalité de ces gestes attentifs en un cri venant de l'âme.

❋

Claire n'avait pas voulu aller chez ses parents avec Solange pour le dîner du premier de l'An, quitte à se passer de son fils François. Elle ne voulait pas parader dans la rue avec un visage encore marqué par les mauvais coups qu'elle avait reçus. Elle manquait de concentration, en plus d'être toujours courbaturée en raison des fractures. Une image ainsi diminuée de sa mère n'était pas bonne pour un jeune enfant. Et c'était sans compter les commérages qu'elle pourrait provoquer.

Attablée dans la cuisine devant un bol de soupe, la jeune femme repensait à tout ce qui s'était passé depuis les huit derniers jours; le violent orage qui était passé sur sa vie avait laissé plus de pluie que la somme des larmes qu'elle avait versées depuis son mariage malheureux et celui manqué de Graziella.

Graziella! Que faisait-elle? Où était-elle? À qui pensait-elle en ce moment précis? Paul était parti quelques jours après elle... Se rencontreraient-ils sur le même bateau? Il ne fallait pas qu'elle apprenne ce qu'il lui avait fait; autrement, elle aurait l'audace de le pousser pardessus bord.

Lorsqu'elle entendit approcher le bruit que faisait la canne de Timothy sur le bois du corridor, elle se rendit laborieusement à l'évier, où elle trempa le bol vide dans le bac à vaisselle rempli d'eau mousseuse. Son patron fit son entrée dans la cuisine; il fut surpris d'y voir la servante; il pensait qu'elle se reposait dans sa chambre.

— Monsieur a besoin de quelque chose? demanda Claire.

Elle remarqua une jarretelle qui sortait de la poche de son pantalon.

Il montra le poêle en disant:

— Bû... chch.

— Ne vous inquiétez pas, j'ai chauffé le poêle. Voulez-vous de la soupe?

Il acquiesça du menton et s'assit à la table de la cuisine. Claire ne se rappelait pas avoir déjà vu son patron manger à cette table pendant les années où elle avait servi dans cette maison. Se pouvait-il que les épreuves façonnent autrement les êtres? Se pouvait-il que la richesse et la pauvreté se rencontrent au même niveau lorsque la perte d'un être cher, la maladie ou toute autre infortune frappaient sournoisement? Les coups au cœur n'avaient-ils pas de préférence? Provoquaient-ils la même douleur sous une chemise à carreaux que sous un veston de pure laine vierge?

Quelle bête dévorait l'intérieur de Timothy Davis et le rendait aussi fragile et diminué? Il avait l'allure d'un mendiant, du quêteux que les familles de campagne accueillaient au moins une fois par année à leur table ou à qui elles offraient une place dans la paille de leur grange pour la nuit. Et pourquoi une ceinture-jarretelles dont elle croyait deviner qui en était la propriétaire pendait-elle de la poche de son pantalon?

Claire mit un bol de soupe, une cuillère, un couteau, du beurre et du pain devant cet être étrange.

— Me permettez-vous de m'asseoir en votre compagnie?

L'homme opina du menton.

— Si vous voulez, je vais aller chercher l'ardoise...

Lorsqu'elle revint, il avait taché sa chemise. Il frottait le tissu d'une main tremblante avec la serviette de table.

— Laissez, je vais vous aider.

Claire mouilla une débarbouillette à l'évier, s'agenouilla péniblement à ses pieds en esquissant une grimace de douleur et épongea doucement la souillure. En levant le regard vers le visage dénudé de Timothy, elle vit que ses yeux roulaient dans l'eau. Elle était bien placée pour le comprendre: de se sentir ainsi diminué était accablant. Pour soulager son malaise, elle chercha à détourner sa pensée de son état.

— Monsieur, ne vous en faites pas, madame Kate et Graziella vont revenir saines et sauves et, lorsqu'elles seront là, rien n'y paraîtra plus. Nous serons tous les deux remis sur pied pour les accueillir avec François et Hubert. Soyez sans crainte, je ne dirai rien de votre secret. J'ai le mien aussi, que je veux garder pour moi toute seule. Si c'est ce que vous désirez, je vais accomplir le geste que vous aviez en tête en venant à la cuisine. J'ai vu ce qui dépassait de la poche de votre pantalon.

Timothy lui tendit le sous-vêtement. Elle se rendit à la cuisinière où elle souleva le rond de fonte à l'aide du tisonnier. La flamme s'attaqua à la soie et à la dentelle. Claire venait de faire exactement le même geste que quelques années plus tôt, alors qu'elle avait jeté au feu le chemisier de dentelle écrue de Graziella, lors d'une discussion épicée avec Kate concernant Timothy. N'y avait-il jamais rien de nouveau sous le soleil, comme le disait si bien sa mère? À son tour, son patron avait-il pris la résolution d'arracher l'épée de son cœur, avec la nouvelle année qui commençait, pour repartir sur des bases nouvelles?

Il devait capituler, baisser les armes. Graziella voulait être libre. La plus grande preuve d'amour n'était-elle pas de respecter sa volonté?

⁂

Eulalie Juneau avait la broue dans le toupet, selon l'expression qu'elle utilisait lorsqu'elle sentait qu'il lui aurait fallu des yeux tout le tour de la tête en plus d'une dizaine de mains pour remplir les bouches de ses oiselets, toutes ouvertes en même temps.

Confinée dans la chambre des filles, Julienne était tenue de réfléchir à ses péchés vingt-quatre heures sur vingt-quatre, depuis qu'elle avait été découverte en grande intimité avec le fils Gendron. À peine avait-elle eu la permission d'aider Solange à servir le dîner du jour de l'An à la maisonnée. Les paupières enflées d'avoir trop pleuré, elle en voulait à la terre entière.

Toute pieuse qu'elle était, Eulalie avait néanmoins étonné Alcide en lui demandant d'interdire à leur fille d'assister à la messe du dimanche et aux fêtes spéciales. Aucune permission ne devait lui être accordée; il fallait éviter toutes les occasions qui auraient pu permettre aux amoureux de se voir ou de se rencontrer.

Les trois femmes tournaient en rond comme des girouettes autour de la table. Une assiette de tourtière à l'un, un verre de lait à l'autre, un ustensile par-ci, des cornichons par-là... En jetant un coup d'œil éploré à François qui essayait de se lever en s'accrochant aux barreaux de son lit placé dans un coin de la cuisine, Eulalie trompeta:

— Les filles, pendant que vous laverez la vaisselle, Benoît va me reconduire chez les Davis avec François; Claire est pas d'accord, mais moi j'trouve que c'est normal qu'une mère souhaite la bonne année à son enfant, même s'il est petit et qu'il s'en souviendra pas.

— T'en fais trop, ma femme, lui reprocha Alcide en pigeant avec sa fourchette dans le bocal de betteraves marinées.

— C'est pas trop, mon mari, le petit doit voir sa mère. Tu sais comme il fait des crises, quand vient le temps de le faire boire à la bouteille. J'en dis pas plus.

— On sait c'que ça veut dire, intervint Eugène.

— Toi, mon p'tit snoreau, commence pas ton année en mettant ton grain de sel dans les conversations des grands. J'ai juste dit c'que tout l'monde sait, ici. François a de la misère avec le lait de vache que livre le laitier. Fin de la conversation!

— Puis Julienne, quand est-ce qu'elle va avoir le droit d'être toujours avec nous autres? répliqua le garçon.

— À partir de maintenant juste pour m'aider aux travaux d'la maison. Le reste du temps, elle le passera dans la chambre à réfléchir.

Eulalie fit le tour de la table du regard, l'index pointé vers chacun de ses enfants à tour de rôle. Elle continua:

— J'm'adresse à vous tous! Qu'y en ait pas un qui s'avise de désobéir à ses parents; le même sort l'attend. Votre père est d'accord. C'est bien ça, mon mari?

— C'est bien ça, ma femme, opina Alcide en buvant une gorgée de thé.

— Bon, maintenant que tout est dit, avant le dessert, chacun de vous va lire la liste de ses bonnes résolutions pour la nouvelle année.

Eugène se risqua à nouveau en chantant sur un air de son cru:

— C'est Julienne la premièr... eee.

L'adolescente, qui se trouvait près du poêle, se précipita vers son frère, la main levée. Ses yeux lançaient des flèches.

Chapitre 11

4 janvier 1917

L'*Adriatic* avait quitté le port de New York le 2 janvier, comme l'avait annoncé William Price. Depuis deux jours, il voguait sur une mer houleuse. Kate était terrée dans sa cabine depuis ce temps. Elle ne supportait pas les embardées que provoquaient les vagues. Pourtant, elle n'en était pas à sa première traversée de l'Atlantique. Graziella attribuait ses nausées à plusieurs raisons. Sa séparation d'avec Andreas était la principale : déçue de l'avoir manqué au moment de l'embarquement, elle était montée à bord la mine défaite. Graziella avait cru reconnaître sur ses traits l'air de détresse qui y était apparue à la moindre contrariété durant la première année qu'elle avait passée près d'elle en tant que dame de compagnie. Cela l'inquiétait.

Pour en rajouter, les propos de William concernant les accidents de bateaux et la fébrilité qui la gagnait à mesure qu'elle se rapprochait d'Henry la rendaient nerveuse et émotive. Kate avait éprouvé le même malaise sur le train entre Saint-Joseph et Québec; les histoires de naufrages de l'homme d'affaires lui donnaient froid dans le dos.

Il y avait également l'inconfort de se retrouver à deux dans la même pièce.

Le transatlantique de plus de deux mille passagers et membres d'équipage était rempli à pleine capacité. Les cabines des deux premières classes étaient occupées par les haut gradés militaires. Les autres passagers étaient entassés en deuxième et troisième classe. Malgré la notoriété des deux femmes et leur amitié avec un lieutenant-colonel, l'une des trois suites privées réservées aux généraux leur avait été refusée à regret. Elles avaient quand même eu le privilège de bénéficier d'une cabine luxueuse équipée de deux lits à une place ordinairement dévolue aux civils les mieux nantis.

Nauséeuse, Kate projeta le haut de son corps au-dessus du bassin posé par terre à côté du lit, pensant qu'elle allait vomir. Elle avait peine à garder une même position, tant les secousses étaient rapprochées. Graziella était debout dans l'espace entre les deux couchettes; elle sentait sous ses pieds le frémissement des moteurs et le choc des vagues poussées par un vent violent du nord.

— Kate, que puis-je faire pour vous? Je suis si inquiète!

— Il n'y a rien à faire de plus, Graziella. Je vous remercie de prendre aussi bien soin de moi. Avoir su ce qui m'arriverait, j'aurais attendu votre retour à New York.

— Kate, vous avez été discrète sur l'emploi de votre temps la dernière journée de notre séjour là-bas. Je sais que vous n'avez pas la force de parler en ce moment, mais, plus tard, si vous ressentez le besoin de vous confier, vous savez que je suis là pour vous écouter. Me connaissant mieux que quiconque, vous devez savoir que je ne vous jugerai pas.

— Je sais, petite.

Elle retenait ses pleurs. Son visage était livide, ses yeux, ternes, et sa chevelure, défaite. Une femme comme elle aussi peu soignée, c'était quelque chose d'inimaginable pour Graziella, qui se disait qu'elle devait faire quelque chose, mais elle ne savait quoi. Bien que très occupé par les renseignements à livrer à ses fantassins, William saurait-il trouver une solution? Elle proposa en lui baisant le front :

— Comme l'infirmière l'a suggéré, je vous laisse vous reposer. Je vais aller respirer l'air salin sur le pont. Si vous avez besoin, sonnez le garçon, il viendra m'avertir. Essayez de dormir.

— Ne vous inquiétez pas, je me sens déjà mieux. Vous voyez, mes vomissements ont diminué. Ma chérie, si vous sortez, habillez-vous chaudement. Il ne faudrait pas que vous soyez malade à votre tour. Nous sommes si près d'Henry! Environ cinq jours d'enfer et nous y serons presque.

— Ne vous en faites pas, j'ai le manteau taillé sur mesure pour faire face à la température fraîche.

Dans le corridor du pont A qui reflétait le luxe du navire conçu pour le confort de ses passagers, elle croisa l'un des quatre officiers juniors; le jour de l'embarquement, il lui avait indiqué où se situait le restaurant à la carte où l'attendait William pour le dîner.

Le marin la salua poliment et lui demanda si tout allait selon leurs désirs, à sa mère et à elle.

— Oui, merci. Nous nous débrouillons.

— Ne vous gênez pas si vous avez besoin de quoi que ce soit. Vous êtes notre priorité.

— Entendu, merci, dit-elle.

Elle tourna les talons et emprunta les marches. Si l'envie prenait à un passager d'arpenter les sept cent quarante-huit pieds du navire, il y trouvait de quoi s'essouffler. Secouée par les vagues, les deux mains accrochées à la rambarde du pont, elle défiait le vent et se laissait arroser le visage par une pluie d'embruns glacials.

Elle crut reconnaître, en provenance du pont C, la voix de William qui se perdait à moitié dans la cacophonie des notes assourdissantes de la mer. Elle descendit en trombe les deux volées de marches et atteignit son niveau. Elle ne s'était pas trompée : c'était bien William. Les épaules carrées dans son uniforme, il enseignait la marche militaire à une centaine de ses subalternes. Graziella jugea que c'était un exploit en soi, dans un espace aussi réduit. Ayant l'air de n'y trouver aucun intérêt, les jeunes devaient coordonner leurs pas avec exactitude à ceux du voisin. Elle admirait le sang-froid de William; il s'évertuait avec opiniâtreté à transmettre l'expérience militaire qu'il avait acquise. Il était dommage que ses idées sur la femme fussent aussi rétrogrades.

Il éleva la voix.

— Soldat Paul Chamberland, sortez du rang!

Graziella serra les poings et les dents. Elle était soufflée au point d'avoir du mal à tenir sur ses jambes. Paul Chamberland était sur ce navire, habillé en militaire! Qu'était-il arrivé depuis son départ? Timothy était-il au courant? Avant de monter dans le train, à Jonquière, Kate lui avait demandé de téléphoner à madame Juneau, la mère de Claire, pour avoir des nouvelles et lui recommander de garder un œil sur sa fille. L'avait-il vraiment fait? À Québec, Kate avait cru comprendre qu'il avait transmis le message, mais la communication téléphonique était si mauvaise qu'elle avait bien pu se tromper. Cependant, le télégramme daté du 26 décembre indiquait de ne pas s'inquiéter pour Claire. Le vent jouait dans les poils de son casque de lapin. L'épais tissu du trench-coat aurait dû empêcher Graziella de frissonner, mais il n'en était rien. Paul Chamberland était l'homme le plus méprisable qu'elle eût connu. Elle souhaita que des vagues plus hautes que le navire l'emportent pour ce qu'il avait fait subir à son amie Claire depuis son mariage.

L'homme se planta droit devant son supérieur, joignit les deux pieds en parallèle et porta sa main droite à son front.

— Oui, mon lieutenant, émit-il.

— J'ai un travail à donner à cette jeune dame, dit William en tournant le menton vers Graziella. Étant donné vos efforts des trois derniers jours, vous méritez la chance de prendre ma place. Vous maîtrisez parfaitement l'exercice. Vous pouvez donc l'enseigner à vos pairs.

Paul était désormais démasqué, lui qui aurait bien voulu passer inaperçu aux yeux de cette sorcière. Graziella était certainement au courant de ses agissements à l'endroit de Claire; quels bruits allait-elle faire courir à son sujet?

❋

En attendant William, Graziella, installée à une table,

observait avec circonspection le décor qui l'entourait dans l'espoir d'oublier qu'elle venait de voir Paul Chamberland sur le pont.

Le salon de lecture et d'écriture réservé à la première classe était spacieux. Des moulures formaient des losanges au plafond, de même que sur les panneaux décoratifs placés entre chacun des hublots, lesquels étaient garnis de voilage et de lourdes tentures de velours vert forêt. Pour rédiger des lettres à leur famille ou pour les besoins de leur fonction, les officiers s'assoyaient aux tables rondes entourées de bergères placées sur des tapis persans.

Le jour précédent, Graziella était venue dans ce salon lire quelques poèmes qui l'avaient fait réfléchir une fois de plus sur les échecs de sa vie amoureuse peu conventionnelle. Elle avait conclu à son avantage; étaitelle une plus grande pécheresse que certaines actrices, maîtresses entretenues ou femmes dans le domaine des affaires qui avaient l'audace de se donner les droits réservés à l'homme?

Sa réflexion fut interrompue par l'irruption de l'imposante carrure de William, qui tenait une mallette de cuir noir; il marcha vers elle à pas décidés, puis l'aborda sans préambule.

— Jeune fille, vous avez l'air pensif.

Sa casquette d'officier dissimulait son front découvert; pour plaisanter, il affirmait que sa calvitie était le signe de l'intelligence qui faisait de sa vie un succès. Chose certaine, une force rassurante se dégageait de l'entrepreneur, et Graziella s'y laissait prendre. Le charme n'était pas une affaire d'harmonie des traits ni de beauté physique. C'était une sorte d'émanation magique, un attrait singulier, mystérieux, un charisme qu'un être exceptionnel exerçait sur son entourage. Et William Price, avec son naturel enfantin, presque grossier parfois, son rire communicatif, sa prestance physique, sa façon de deviner les travers des autres sans s'en scandaliser, son calme devant l'impossible, était un charmant compagnon.

William n'attendit pas de réaction à son commentaire.

Il se tenait debout près de la table ronde où elle était assise. De nature fébrile et pressée, il posa sa serviette sur la table. Sans se formaliser des convenances, il colla l'une des chaises à celle de la jeune femme, s'assit et alla droit au but.

— Jeune fille, vous vous souvenez que vous avez accepté d'être l'une de mes secrétaires? C'est aujourd'hui que nous ouvrons le feu.

Son visage était à proximité du sien. Elle sentait la chaleur de son haleine. À Times Square, il avait osé effleurer ses lèvres. Elle riposta:

— Toutes les occasions sont bonnes pour nous rappeler que vous êtes un militaire. Ouvrons donc le feu.

— Ma petite, vous savez faire des liens. Vous êtes trop intelligente pour une femme…

— Ne me provoquez pas, je vous prie! Si je fais comme si vous n'aviez rien dit à propos de l'intelligence des femmes, c'est que je ne veux pas être impolie.

Il aimait bien se confronter à cette tigresse. Il tira de la mallette quelques feuilles de papier non lignées, des enveloppes, un encrier et une plume.

— Il me semble que vous nous aviez demandé d'acheter le papier… Il est dans la cabine.

— En fin de compte, j'ai repensé à mon affaire. Les femmes achètent du papier trop fantaisiste. Je préfère mon papier sans extravagance.

— Quelle belle plume vous avez! dit Graziella en tournant et retournant délicatement le cylindre de métal entre ses doigts.

William observait la peau fine de ses mains et ses ongles taillés proprement. Cette fille avait une grâce particulière.

— Je l'ai fait venir de Birmingham, en Angleterre, où elles sont produites. Elles sont faites d'un acier obtenu à partir d'un minerai de fer importé de Suède. Elles ne sont pas seulement belles, elles sont exceptionnelles.

— Elle doit coûter une fortune?

— Vous ne vous contredisez pas, jeune demoiselle. Vous êtes comme moi : vous pensez toujours à l'argent en premier lieu. Disons que, si vous êtes une excellente secrétaire pendant ce voyage, je vous en ferai cadeau pour payer vos services.

Graziella reconnaissait l'essence des paroles de Rick Magliana; il lui avait offert de l'entretenir en échange de ses faveurs.

— Je ne veux pas être payée pour mes services. Je le fais parce que je le veux bien.

— Tant pis. Vous délierez les cordons de votre bourse si vous en voulez une pareille. Vous serez au bon endroit dans quelques jours. C'est moi qui suis gagnant.

— Comme toujours...

— Quelle mouche vous a piquée, aujourd'hui? Vous êtes aussi grognarde que la mer.

Graziella n'osait pas aborder franchement avec lui le sujet qui la préoccupait et cela la rendait d'humeur sombre. Quelle sérénade lui avait chantée Paul pour qu'il soit sur ce navire. Elle répliqua :

— Écoutez-vous encore parler! Un grognard, n'est-ce pas un vieux soldat?

— Je ne m'en sors pas.

— Si nous rédigions cette lettre?

— Allons-y! Vous l'adresserez à mon fils, John Herbert Price.

— Celui qui travaille avec mon beau-père?

— C'est bien lui. Il a vingt-deux ans. Savez-vous, j'y pense, vous lui feriez une gentille femme si vous n'étiez pas aussi entêtée.

— William, ne recommencez pas!

— Bon! Je vois que vous n'êtes pas d'humeur!

Graziella sauça la pointe dans l'encre. Elle se préparait à entêter la feuille blanche. Elle hésita.

— Savez-vous, je ne sais pas à quel endroit nous sommes, réalisa-t-elle, à part sur une mer houleuse.

— Nous sommes en zone internationale. Ne mettez rien. Écrivez seulement la date. Je dicte :

4 janvier 1917
Monsieur John Herbert Price
Usine Price Brothers de Kénogami

Cher fils,
Ne vous souciez pas de votre père. Il va bien.

Graziella l'arrêta:

— Vous êtes certain qu'une lettre d'affaires est formulée de cette façon-là?

— Je ne m'adresse pas au roi d'Angleterre, bon Dieu! John Herbert est mon fils!

— Ne vous fâchez pas, c'était une simple constatation.

— Je vous pardonne. Continuons, je n'ai pas tout mon temps. Mes fantassins m'attendent.

Graziella plongea à nouveau la plume dans l'encre et continua à écrire sous sa dictée.

Je sais que vous allez faire votre possible pour que l'usine fonctionne à plein rendement en mon absence et en celle de Timothy Davis.

Graziella s'arrêta. Étonnée, elle s'énerva:

— Qu'est-il arrivé à Timothy?

— Vous ne saviez pas qu'il est en convalescence?

— Vous n'avez jamais mentionné ce fait devant Kate et moi lors de nos rencontres.

— J'ai cru qu'un télégramme vous avait été adressé. J'ai pensé que, si vous n'en parliez pas, c'était que vous n'aviez pas pris le fait très au sérieux.

— Le seul télégramme qui nous a été adressé à Québec disait que tout allait bien. Nous n'avions pas de questions à vous poser.

— Je vais vous dire ce qui est arrivé à une condition: vous n'en dites rien à Kate.

— Promis.

Mise au courant de la paralysie partielle de Timothy, Graziella était tout près d'éclater en sanglots. William la réconforta en posant une main sur son épaule.

— Ne vous en faites pas, il sera rétabli à votre retour. Le docteur le soigne bien. Pensez-vous que je laisserais partir mon meilleur homme de confiance? Dans la présente lettre, vous conseillerez à John de donner encore plus de responsabilités à Rodolphe Angers. Il a la capacité de les assumer. Une nouvelle augmentation de salaire ne lui fera pas de mal. Il pourra offrir des petites douceurs à sa famille.

— Merci pour eux, dit Graziella en laissant couler ses larmes.

— Arrêtons cette conversation et continuons notre travail. Je vois bien que l'armure avec laquelle vous vous protégez est percée.

Elle essuyait les traces humides sur ses joues et reniflait dans la manche de son trench-coat. William avait rapproché un peu plus la chaise et encerclait maintenant complètement ses épaules de son bras gauche. Il prit un mouchoir plié dans sa poche de droite et le lui tendit en disant :

— Mouchez-vous! Je vois comme Timothy et Alexis vous tiennent à cœur. Essayez d'oublier ce qui leur est arrivé et concentrez-vous sur un nouvel amour, peut-être?

— Pourquoi parlez-vous de cette façon? rugit-elle en s'éloignant de lui.

— Voyez-vous, je sais lire entre les lignes...

— Je ne comprends rien à ce que vous dites, feignit-elle.

— J'en serais très surpris. Sinon, vous ne seriez pas aussi futée que je le crois... Continuons cette lettre.

William avait sa réponse. Il était maintenant certain qu'il y avait eu une aventure sérieuse entre Timothy et Graziella. Son attitude corroborait celle de son collaborateur avec qui il avait eu une discussion à ce sujet dans son bureau.

Graziella essuya ses yeux en chassant de son esprit les allusions de William. Elle lui offrit de laver son mouchoir avant de le lui rendre. Plus à l'aise, elle se remit à l'œuvre en évitant de réagir à nouveau au contenu de la lettre.

Maintenant au fait des nouvelles, elle plia la feuille en trois et la glissa dans l'enveloppe; elle pensait à la dernière missive qu'elle avait reçue d'Henry. À qui William avait-il fait référence en lui conseillant de se concentrer sur un nouvel amoureux? En y réfléchissant, elle plaça la plume dans son étui, vissa le bouchon de l'encrier et les tendit à son propriétaire. Il les inséra dans sa mallette en disant:

— Merci beaucoup, jeune fille. Vous avez une belle main d'écriture. John aurait eu de la difficulté à déchiffrer mes pattes de mouche. Quelle bonne idée j'ai eue de vous demander ce service!

Il reprit la plume dans la mallette et la lui tendit.

— Gardez-la! Cela me fait plaisir. Disons que je vous paie d'avance pour toutes les lettres que vous écrirez pour moi.

— J'apprécie. Mais j'aimerais mieux que vous me donniez ce que je vous ai déjà demandé.

— Ce que vous m'avez déjà demandé?

— Oui, souvenez-vous...

William souleva son képi et se gratta le front.

— La mémoire me fait défaut.

— Il n'y a pas de meilleure mémoire que la vôtre. Je serais donc surprise que vous ayez oublié. Je vous ai prié de me procurer un pantalon de soldat!

— Il me semble que je vous ai dit ce que j'en pensais... Faut-il vous réexpliquer?

Un officier senior entra dans le salon. D'un pas militaire, il fit chanter ses bottes sur le sol. Il aborda William:

— Excusez mon intrusion, lieutenant-colonel, mais, au nom du commandant, j'ai le plaisir de vous inviter à sa table pour le dîner, avec les deux dames qui sont sous votre aile, transmit-il en détaillant Graziella de la tête aux pieds d'un œil gris. La présence d'une majorité de militaires a fait en sorte que notre navire a perdu sa vocation première. Habitué à voir nos chics clients habituels jouir de nos somptueux appartements ou fréquenter les bains turcs et la piscine intérieure, le personnel s'ennuie de ces dames et messieurs habillés richement. En plus de votre compagnie, notre commandant a pensé réunir toute la gent féminine de ce navire. Vous serez donc deux hommes pour une douzaine de dames à sa table. Il vous attendra à huit heures à la grande salle à manger du pont D, près de la salle de réception.

— Nous y serons, accepta William sans demander l'avis de Graziella.

L'homme s'adressa à elle :

— Comment va votre compagne, madame?

— Aujourd'hui, mieux qu'hier, monsieur. Elle pourra certainement accepter la charmante invitation du commandant.

— Je l'espère bien. Bon dîner!

Il salua et quitta la pièce. À la sortie du salon de lecture et d'écriture, William se dirigea vers l'escalier, pendant que Graziella empruntait le corridor menant à son appartement. Elle discerna clairement les paroles qu'il marmonnait.

— J'ai hâte de voir si Chamberland a eu le dessus sur mon unité...

Elle revint sur ses pas en disant :

Je connais ce garçon. Je voulais justement vous parler de lui.

— Depuis mon sermon du jour de l'An, il est mon meilleur soldat.

Comme il avait l'air pressé, elle se retint de dévoiler ce qu'elle savait de ses méchancetés envers Claire. Elle répliqua simplement :

— Tant mieux pour vous!

Et elle tourna les talons.

— N'oubliez pas, jeune fille, que nous sommes invités par le commandant!

❈

Un ballot enveloppé de papier brun sous le bras, William se permit de se rendre à la cabine de ses deux compagnes en avance. De la main droite, il frappa fortement. Graziella devina que c'était le militaire. Elle vint ouvrir :

Pourquoi n'avait-il pas remarqué autant que maintenant la toilette qu'elle portait la veille du jour de l'An? La robe moulait son buste et sa taille. Le violet mettait en valeur le trait mauve dans ses yeux. Ses cheveux châtains nuancés de roux étaient attachés lâchement d'une épingle sertie de pierreries. Des guiches folles garnissaient çà et là son front ainsi que ses joues, et s'éteignaient sur ses épaules découvertes sans extravagance.

Il convenait que Timothy avait eu raison de jeter un regard avide sur elle. Le lieutenant-colonel réalisait qu'il se rangeait un peu plus chaque jour du côté de son bras droit.

— William, entrez! En temps normal, deux femmes seules ne vous auraient pas invité dans leur cabine, mais la guerre donne des permissions condamnables par la morale et les bonnes manières.

— Jeune dame, sir William Price en a vu bien d'autres et il ne se scandalise pas facilement; vous le connaissez assez pour le savoir. Il ne se formalise pas des principes des curés. Il est capable de faire la part des choses et de tenir sa langue.

Il lorgna du côté de Kate.

— Ma chère, je vous trouve encore pâlotte. Êtes-vous sûre que vous pouvez vous présenter à la salle à manger? Ne vaudrait-il pas mieux pour vous prendre votre dîner tranquille, ici, dans votre cabine, comme vous le faites depuis l'embarquement?

Kate ne s'était jamais demandé ce que pensait William à propos de la relation qu'elle avait entretenue avec Andreas lors de son séjour à New York. Comme il n'était pas naïf, et à les voir se tenir par la taille quand ils se trouvaient à Times Square, il avait sans aucun doute deviné l'importance des liens qui les unissaient.

— Je suis certaine que non. Le repos de cet après-midi m'a remise sur pied. De voir des gens me remontera le moral.

— Jeunotte, si vous me libériez de ce paquet et que vous m'offriez un fauteuil!

Il démontrait un laisser-aller certain dans ses manières,

ce qui n'était pas du tout du goût de Graziella. C'était sans doute de côtoyer les guerriers qui l'induisait à s'encanailler ainsi.

— William, je vais être directe avec vous comme vous l'êtes avec moi. Je n'aime pas votre manie de m'affubler de noms ridicules quand vous vous adressez à moi. Jeune fille, jeune dame, jeunotte, qu'allez-vous inventer de plus? Mon nom est Graziella Davis. J'ai dix-neuf ans depuis le mois de septembre dernier et je suis maman d'un fils qui aura bientôt vingt mois. Je ne suis donc plus une adolescente qu'on traite en petite fille.

William éclata de son rire enjoué. Il répliqua en s'assoyant sur la chaise à proximité:

— J'aime vous voir dans cet état. Vous feriez un bon soldat, car vous avez du nerf. C'est pour cette raison que je vous offre ce paquet qui me fatigue tant.

Fébrilement, justement comme une petite fille, elle déchira le papier. William se pliait à sa réquisition; il lui offrait un pantalon militaire. Ravie de cette attention, elle se rua spontanément sur lui. En lui embrassant les deux joues, elle s'écria:

— Merci, merci de tout cœur!

⁂

Le commandant White accueillit cérémonieusement ses invitées en leur tendant une main gantée de blanc. Il les conduisit l'une après l'autre à la place qui leur était assignée autour de la longue table rectangulaire principale, dominée par un immense lustre de cristal qui pendait du plafond au bout d'une longue chaîne fixée à une rosace. La pièce était haute de deux étages coupés par la mezzanine du pont C, où une rampe circulaire dominait les convives. La richesse et les motifs des cimaises dorées étaient dignes de grands artistes. Une dizaine de tables, rondes, celles-là, longeaient les murs tout autour.

Le commandant occupa la chaise qui portait le même nom que lui au bout du panneau nappé de soie brodée.

William fut placé à l'opposé. Les douze femmes, réparties en deux groupes de six, étaient assises face à face. Les garçons de table étaient habillés du costume bleu marine et de la chemise blanche; un liteau était plié sur leur avant-bras. Cette partie du navire faisait oublier que la guerre tuait des gens de tous âges chaque jour. Kate n'osait pas y penser, sinon la nausée l'aurait aussitôt à nouveau clouée au lit.

Les dix autres dames qui participaient à ce grand dîner étaient en majorité des épouses de commandants et de colonels de l'armée américaine. Comme Kate, elles étaient marraines de guerre. Elles s'étaient regroupées dans l'intention d'aller rencontrer les jeunes soldats qu'elles avaient encouragés. Elles leur avaient tricoté des bas, des tuques, des foulards et des chandails de laine. De plus, elles avaient cuisiné des sucreries emballées pour résister à une traversée de l'Atlantique dans des conditions qui pouvaient se révéler insalubres. Comme elles avaient les mêmes intérêts que Kate et Graziella, il fut facile pour elles de se lier d'amitié. Leur espoir à toutes était d'avoir l'opportunité de rencontrer leurs filleuls pendant une permission.

À cause de la distance qui les séparait, les deux gradés placés à chaque bout de la table n'avaient pas encore eu le loisir d'engager la conversation.

Soudain, Hope Fisher, la femme d'un général de l'armée déjà au front, souleva le fait que les Allemands, en ce mois de janvier 1917, avaient déclaré, pour la seconde fois depuis 1914, la guerre sous-marine totale dans l'Atlantique. Dorénavant, leur flotte de *375 U-Boot* coulerait sans avertissement les bâtiments de la marine marchande qui se retrouveraient sur sa trajectoire. Cela contrevenait au droit coutumier de la mer, selon lequel le sous-marin devait faire surface pour que le navire ciblé soit fouillé et qu'on s'assure de mettre son équipage en lieu sûr avant de procéder à l'attaque. Seuls des signes de refus persistants ou une résistance active à la fouille pouvaient autoriser l'attaquant à déroger de ces règles. Hope Fisher ajouta que leur navire n'était pas plus en sécurité que tous ceux qui avaient déjà été coulés; un vent de panique souffla chez quelques dames.

Hope Fisher venait de révéler ce que le commandant, soucieux de ne pas apeurer les passagers, ne voulait pas encore diffuser.

William en profita pour parler du naufrage du *Lusitania*, qui effectuait le même parcours que l'*Adriatic*. Il avait essuyé l'attaque d'un sous-marin allemand au sud de l'Irlande en mai 1915. Un jeune soldat qui revenait au pays blessé et lui-même l'avaient échappé belle. S'il avait fallu qu'ils aient pu obtenir leur place sur ce transatlantique, ils auraient péri en mer. Le dieu des protestants s'était uni à celui des catholiques et les avait sauvés. Sans aucun filtre devant ces dames, William jura contre les Boches qui n'avaient plus de respect pour les ententes internationales. Il leur souhaita de se faire écraser par ses fantassins qui, à eux seuls, avec les progrès qu'ils faisaient chaque jour, pourraient les mettre en pièces.

S'étant ressaisi, il admit bien humblement qu'il avait exagéré un brin.

Kate était secouée. Voilà que le spectre d'un malheur refaisait surface. Elle sentait ses forces l'abandonner. En inspirant profondément, elle vit derrière ses paupières Henry qui l'accueillait à bras ouverts.

Avec un sourire forcé en coin, elle dit à William :

— Très cher, compte tenu de votre ferveur, j'aime mieux vous voir de notre côté que de celui des Allemands.

Quelques rires amortis firent le tour de la table. Pour détendre l'atmosphère, le commandant White leva son verre au succès de la traversée. Ses cinq cent cinquante-sept membres d'équipage avaient jusqu'à maintenant, aussi bien que les fantassins à l'entraînement théorique de monsieur Price, fait un travail exemplaire.

Entre chacun des services, il leva son verre à l'une ou à l'autre des dames, qui manifestaient un dévouement édifiant envers les défenseurs de la patrie. Le dessert fut servi vers les neuf heures trente.

Vu son faible appétit, Kate avait pignoché distraitement dans chacun des plats. Elle avait refusé toute boisson alcoolisée, contrairement à William qui avait profité de la générosité du capitaine et qui était passablement gris. Il adressait sans gêne des regards langoureux à Graziella, placée en biais avec lui. Il se demandait de quoi aurait l'air le joli corps de cette femme aux idées d'homme dans le pantalon qu'il venait de lui offrir.

Au café, il eut l'audace d'usurper le rôle du capitaine en ordonnant qu'on fît silence autour de la table.

— Grâce à moi, dit-il en articulant laborieusement, il se pourrait que vous croisiez incessamment mademoiselle Davis accoutrée d'un pantalon. Je déclare, ici, maintenant, que je l'engage comme caporal.

Cette répartie hors de propos créa un malaise chez les convives. Des regards contrariés se rencontrèrent et, enfin, se posèrent sur la personne ciblée. Se pouvait-il que le climat de la guerre et l'isolement créé par l'éloignement de ses proches changent un homme à ce point? Elles qui étaient seules depuis un à trois ans, les dames se prenaient à espérer qu'il en fût autrement pour leur mari.

Outrée par un laisser-aller aussi décevant, Graziella déposa calmement la serviette à côté de la soucoupe et se leva lentement de table en déclarant:

— Excusez-moi de vous quitter maintenant; c'est à mon tour de monter la garde, puisque je suis maintenant engagée comme caporal.

William reçut le commentaire comme une gifle à son amour-propre.

❋

5 janvier 1917

Kate et Graziella étaient installées dans des chaises longues placées au bord d'une fosse qui avait jadis servi de piscine, remplie pour lors de boîtes de munitions. L'une tricotait, l'autre retouchait un pantalon gris-vert à l'aide d'une aiguille. L'une et l'autre étaient concentrées sur leur ouvrage.

Jusque-là, elles avaient plutôt parlé de Kate, qui se remettait petit à petit, et de la mer qui, après avoir été agitée pendant trois jours, était à présent comme une nappe d'huile. Elles espéraient qu'il en fût ainsi le reste de la traversée. Elles n'avaient pas relevé le fait que William avait levé un peu trop haut le coude la veille. Graziella calculait que sa répartie à l'affront qu'il lui avait fait la compensait adéquatement. Elle ne regrettait en rien de l'avoir remis à sa place. Elle n'aurait pas de honte à le regarder dans les yeux à leur prochaine rencontre. Mais, lui, dans quel état une pareille réplique l'avait-elle mis?

Elle suspendit le mouvement de l'aiguille un moment et lorgna Kate. Son visage s'était assombri depuis qu'elle avait quitté New York. La langue de la jeune femme ne put plus se retenir.

— Excusez mon impertinence, mais qu'allez-vous faire en revenant au pays?

Sa mère adoptive laissa tomber le bas de laine presque achevé sur ses genoux recouverts d'une couverture et leva vers elle des yeux mats, remplis de grisaille. D'une voix rauque, elle avoua:

— Je ne le sais pas et c'est ce qui me torture. De ne pas voir la lumière au bout du tunnel me déconcerte. L'indécision tue une personne à petit feu. Que pensez-vous de ma conduite, ma chérie? Je n'aurais pas voulu vous donner l'exemple d'une femme qui cède facilement à ses instincts. Excusez-moi de parler aussi crûment, mais vous vous doutez bien qu'il s'est passé quelque chose d'important entre Andreas et moi.

Ses paroles la ramenaient à la scène qui s'était déroulée dans l'appartement de l'homme après que Graziella eut quitté le petit restaurant qui offrait des hot-dogs et du Coca-Cola. Elle n'oublierait jamais.

Graziella la réconfortait:

— N'ayez pas de scrupules. Vous n'avez pas simplement cédé à vos instincts. Vous connaissant, vous saviez exactement ce que vous éprouviez pour Andreas avant de le lui prouver. Je trouve cela magnifique. Je vous regardais danser tous les deux et il n'y avait pas de plus beau tableau. Kate, vous êtes faits pour aller ensemble. Ce n'est pas moi qui vais vous condamner. De quel droit le ferais-je? Je ne suis pas un exemple. Excusez mon langage direct, mais je voudrais bien trouver l'homme qui ferait vibrer mon âme plus que mon corps, comme cela semble le cas pour vous deux.

Kate n'essuya pas ses larmes. Graziella se tut et laissa passer les minutes. Seul le temps pourrait réparer les blessures. Elle-même avait connu à maintes occasions la guerre des émotions et, chaque fois, elle avait retrouvé la paix par ses propres moyens. Kate n'avait pas répondu aux avances d'Andreas par esprit de vengeance contre le désintéressement de son mari. Elle était trop droite, trop bonne pour faire un tel geste. C'était par amour.

Les pleurs s'apaisèrent doucement. Calmée, elle articula:

— Si Timothy avait continué à nourrir mon cœur de ses attentions, je ne sais pas si Andreas m'aurait attirée autant. Je croyais m'être formé une carapace pour me protéger et m'accommoder de ma relation matrimoniale ternie. À Québec, lors d'une conversation à ce sujet, je vous ai dit que, quand je regardais autour de moi, je ne voyais pas de femme plus satisfaite que moi. Mais cet homme bon et vigilant m'a fait voir que ce n'était pas tout à fait juste. En sa compagnie, je me sens vivante, admirée, sûre de moi. Il a été un rayon de soleil; il a percé les nuages qui assombrissaient mon quotidien, comme notre petit ange et vous l'avez été pendant mes années de jeûne. Je voudrais me présenter devant Henry avec des sentiments aussi purs pour son père qu'ils l'étaient lors de son départ pour Londres. Mais il est trop tard!

— Ce bel épisode de votre vie, vous le méritez amplement. N'ayez aucun regret. Les regrets n'arrangent pas les choses, ils ne font que les empirer. Comment voyez-vous votre avenir, à présent?

—Je vais vous faire un aveu: Andreas traversera l'Atlantique sous peu. Il attend une réponse positive dans les jours qui suivent...

— Que je suis contente pour vous! se réjouit Graziella.

— Et vous, mon enfant, avez-vous des regrets?

— Croyez-vous qu'il soit possible de recommencer à neuf?

— Repartir à neuf, c'est tourner le dos au passé, vouloir oublier, n'est-ce pas? Que voulez-vous oublier, au juste?

— Je voudrais ne plus me souvenir que j'ai des parents qui m'ont reniée, que j'ai eu un enfant illégitime, que je ne saurai jamais vraiment si j'ai accepté d'épouser Alexis par véritable amour, que mon amie Claire a été violentée, que Paul Chamberland est sur ce navire et, surtout, que j'ai causé du chagrin à la personne qui m'a adoptée généreusement pour sauvegarder ma situation aux yeux de la population de Chicoutimi.

— Qu'ai-je entendu? Paul Chamberland est sur ce navire?

— Oui, je l'ai vu à l'entraînement, hier, sur la passerelle du pont C. William lui a même fait assez confiance pour lui laisser la responsabilité de diriger les soldats.

— Lui avez-vous parlé?

— Non! Nous nous sommes seulement regardés sans aménité.

Kate émit un petit rire:

— Ce n'était pas la première fois que vous vous décochiez des regards assassins, tous les deux.

— Je vais être méchante, mais je souhaite qu'il tombe dans la mer et qu'il se fasse déchiqueter par un requin.

— Vous y allez un peu fort. Mais, vous connaissant, je ne serais pas surprise que vous le poussiez vous-même... Quelle vilaine conversation avons-nous? Il ne faudrait pas qu'on nous entende.

— J'ai bien des défauts, mais je ne suis pas une meurtrière.

Kate posa le regard sur le pantalon que Graziella retouchait minutieusement. Comme si elle venait juste de réaliser l'action surprenante de William, elle déclara:

— Je suis étonnée que William se soit rendu à votre

requête après avoir essayé de vous décourager. Quelle idée a-t-il derrière la tête? Quand êtes-vous revenue à la charge?

— Hier, alors qu'il m'a demandé d'écrire une lettre. Graziella en avait trop dit une fois de plus.

— Une lettre en français? À qui?

— À... John.

— Pourquoi pas à Timothy? C'est lui qui a la plus lourde charge. Il va le prendre comme un affront après les heures qu'il a mises à assurer le bon fonctionnement de l'entreprise en l'absence de son président.

— Kate, je ne voulais pas vous alarmer, mais ma grande langue et mon inconscience ne me servent pas. Je dois vous avouer un fait que je ne connaissais pas avant d'écrire cette lettre. Timothy a été victime d'une légère paralysie le jour de notre départ. Il est donc au repos jusqu'à ce qu'il puisse reprendre ses fonctions à l'usine.

Le visage de Kate blêmit, et ses doigts se mirent à trembler sur les aiguilles à tricoter. Les yeux noyés de larmes, elle dit d'une voix chevrotante :

— Graziella, ma décision est maintenant prise. Je retournerai vers mon mari. Essayons de recommencer à neuf. Toutes les deux ensemble, nous y parviendrons.

Avec toute la tendresse qu'elle avait pour Kate, Graziella se rapprocha et laissa tomber sa tête sur sa poitrine. Cette femme acceptait de sacrifier son nouveau bonheur pour prendre soin de celui qu'elle avait choisi comme époux. Sa fragilité survivrait-elle à un pareil renoncement?

Chapitre 12

7 janvier 1917

La pleine lune éclatait en milliers d'étoiles sur une eau légèrement moutonnée. Le canot de sauvetage de l'*Adriatic* avait joint le *Teutonic*, un croiseur muni de canons de six pouces qui agissait comme navire d'escorte ou qui servait au transport de troupes. Il était en route vers le port de New York, où il devait cueillir un nombre important de nouvelles recrues.

À l'aide de signaux lumineux, les officiers avaient signalé un certain danger qui était ignoré de l'*Adriatic*. Cette stratégie était devenue courante; une conversation radiophonique entre navires alliés aurait pu être interceptée par des sous-marins allemands qui auraient scruté les eaux

Alerté, le commandant White avait donné mandat à ses éclaireurs d'aller en canot récolter des informations plus précises.

À leur retour, ses hommes lui avaient appris que, deux jours plus tôt, le sonar du *Teutonic* avait détecté ce qui aurait pu être un *U-Boot* en zone protégée. Selon l'évaluation du personnel du *Teutonic*, l'*Adriatic* pouvait s'attendre à une attaque; les navires en route vers l'Europe qui transportaient des soldats, des armes et des munitions étaient particulièrement visés. Si on se fiait à la distance parcourue par les deux navires, le sous-marin pouvait donc être dans les alentours. Sur le navire menacé, on recommanda que les quartiers-maîtres surveillent d'une façon particulière le comportement du sonar, un instrument en phase d'expérimentation récemment inventé par les chercheurs canadiens Paul Langevin et Constantin Chilowski.

Ayant évalué qu'il fallait prendre toutes les précautions, White ordonna que ses équipes soient aux aguets. Même si ses connaissances étaient à jour quant à la façon d'opérer et à l'ampleur des dommages que pouvait causer un sous-marin, il n'avait pas d'expérience concrète en la matière. Il ne voulait surtout pas être accusé d'avoir manqué de vigilance, comme l'avait été Edward Smith après le naufrage du *Titanic*, pourtant réputé insubmersible. Il voulait en faire plus que pas assez afin de protéger ses passagers. Des navires s'étaient tirés d'une attaque faisant intervenir des torpilles, alors que d'autres avaient coulé. Il voulait faire partie des premiers.

Le commandant en second et les six officiers seniors et juniors, même ceux qui étaient sur leur quart de repos, étaient donc à leur poste. Ils avaient vérifié les canots de sauvetage en premier lieu.

Les lampistes avaient éteint toutes les lumières des passerelles de chaque pont.

Depuis le nid-de-pie en haut du mât avant, sous le seul éclairage de l'astre céleste, deux veilleurs équipés de jumelles surveillaient, cherchant à découvrir les possibles dangers, entre autres les éventuels objets suspects émergeant des eaux qui pourraient s'avérer des périscopes.

Trois des sept quartiers-maîtres, chargés de tenir la barre du navire, occupaient leur fonction dans la timonerie. Tous les autres membres du personnel de pont, même le médecin et les deux infirmières, étaient prêts à toute éventualité.

Dans les deux salles des machines, la moitié des hommes de relais, qu'ils fussent électriciens, mécaniciens, graisseurs, chauffeurs ou soutiers chargés de l'alimentation des chaudières en charbon, étaient attentifs à tout ordre de changement. En effet, à tout moment, ils pouvaient être dans l'obligation d'augmenter ou de réduire la vitesse du navire.

Chaque responsable de compagnie, qu'il fût d'infanterie ou de cavalerie, avait regroupé une partie de ses troupes. Les hommes étaient couchés, le fusil à la main, le long du garde-corps de la passerelle de chaque pont; ils devaient tirer advenant qu'un sous-marin ennemi fasse surface dans l'intention de recharger ses batteries à l'aide d'une génératrice qui ne fonctionnait qu'en dehors de l'eau.

D'autres soldats étaient tapis le long des murs afin de prendre la relève si le besoin s'en manifestait. Certains montaient la garde dans les corridors ainsi que dans les principales pièces de restauration, de repos et, surtout, devant les dépôts de munitions. On avait recommandé aux civils de ne pas quitter leur cabine, à moins qu'on ne sonne l'alarme.

Kate était couchée la tête sous les couvertures. Elle vivait en partie les peurs qu'Henry avait dû éprouver pendant son court séjour dans les tranchées. Elle estima que c'était suffisant pour qu'il en soit marqué le reste de sa vie. Une mère couvait l'œuf, elle lui fournissait ce qui était nécessaire à son développement et éprouvait de l'impatience jusqu'à la fin des neuf longs mois qui lui permettraient de tenir son petit avec amour dans ses bras. Pourtant, mettre un enfant au monde, c'était se le faire voler par la vie et le vouer irrémédiablement à la mort. Ainsi en était-il d'Hubert; il grandirait et s'éloignerait de la maison pour fonder une famille, ce qui était plus gratifiant que d'être honorablement victime de la guerre.

Des sueurs froides coulaient dans le dos de Kate, concentrée sur son souffle accéléré. Elle oubliait la femme qu'elle était devenue, pour n'être qu'une bouffée de chaleur qui voulait se fondre dans le matelas. Elle croisa les doigts et, épuisée, s'endormit en priant, comme quand elle était une petite fille.

Plus que de la peur, Graziella éprouvait de l'amertume et de la colère. Elle avait été élevée à proximité de la forêt; elle avait entendu les loups hurler le soir et vu des ours de près; elle avait gambadé dans les champs de blé et les boisés, elle était montée à cheval dès son plus jeune âge; cette séance de camouflage devant l'éventualité d'une attaque ne l'effrayait pas; au contraire, elle ne faisait que lui insuffler le courage de ne pas se laisser abattre. Ainsi forcée de rester confinée dans la cabine confortable, mais étroite, elle était curieuse et impatiente de voir ce qui se passait à l'extérieur. Elle avait le sentiment d'être punie comme une élève désobéissante qu'on aurait obligée à rester à genoux dans le coin de la classe, et cela était loin de lui plaire. Sa curiosité naturelle en était frustrée et elle se répétait qu'il n'y avait pas de différence entre mourir dans une cabine et mourir sur le pont.

Comment se mêler aux soldats sans être remarquée? Le pantalon! Impatiente, sur ses dessous, elle enfila le vêtement masculin en se concentrant sur l'effet que cela lui faisait. Quelle drôle de sensation! De sentir ses deux jambes enveloppées de laine tissée solidement et de ne plus être embarrassée par la jupe pour des activités qui exigeaient du mouvement lui donnaient une extraordinaire impression de liberté. Elle plia le genou, puis allongea la jambe en profitant de l'aisance que lui procurait sa tenue. Ce vêtement n'était pas qu'un accessoire sans intérêt, il était l'image du rôle qu'on jouait dans la société. Était-ce l'une des raisons pour lesquelles les hommes jouissaient de plus de privilèges que les femmes, qui, elles, devaient dissimuler leurs formes sous des jupes à crinoline comme elles devaient cacher à leurs enfants la façon dont ils avaient été conçus? On aurait dit qu'elles seules portaient le fardeau du péché originel et étaient soumises au devoir de ne pas provoquer.

À la faible lueur naturelle qui perçait le hublot, tout entière à ses réflexions, Graziella lissa ses cheveux devant le miroir et s'en fit un chignon sur le sommet du crâne, qu'elle couronna de son casque de lapin. Puis elle endossa le trench-coat.

Sans savoir ce qui l'attendait, à pas silencieux, elle sortit dans le couloir. À tâtons, elle longea la coursive avec précaution. À chaque froissement, elle s'arrêtait et cessait de respirer. Il lui fallut une éternité pour parcourir les quelques mètres qui la séparaient de l'escalier de la passerelle A. Elle se considéra comme bénie des dieux de ne pas avoir à faire face à un gardien attitré à la surveillance des sections attribuées aux civils. En haut des marches, elle grelotta dans la nuit froide et humide. Tout allait selon ses plans.

Soudain, elle accrocha une forme immobile dans le noir. Un homme lui dit à voix basse :

— Hé, toi! As-tu reçu l'ordre de changer d'poste?

Elle n'avait pas prévu qu'elle aurait à discuter avec l'un ou l'autre soldat.

— Je crois que je te connais, réalisa-t-elle.

— J'pense pas. Qui es-tu? Ta voix est celle d'une femme.

— Oui, je te connais très bien, répéta-t-elle sans tenir compte de l'intervention de son interlocuteur.

L'adrénaline se répandit dans ses veines. Elle bouillait d'envie de clouer sur place cet énergumène et de le tenir en joue avec sa propre carabine. Les ongles plantés dans ses paumes, elle se retint, curieuse de connaître la raison qui avait poussé Paul à s'enrôler aussi rapidement.

L'homme l'examina de près, le visage à proximité du sien.

— Graziella! T'es Graziella?

— Oui, je suis Graziella. Qu'as-tu fait à Claire, pour être ici?

— J'ai pas de comptes à t'rendre!

— Je vais te dénoncer à monsieur Price, le menaça-t-elle.

Et, sans plus attendre, elle se rua sur lui à coups de poing.

— Arrête! ordonna-t-il.

D'une main ferme, il lui enserra les deux bras.

— Lâche-moi, batteur de femme.

— Que se passe-t-il ici? intervint William, qui se trouvait tout près. Tous les deux, vous allez devoir m'expliquer! La bonne entente doit régner entre mes hommes et les civils. Et puis, bon Dieu! je n'ai pas que cela à faire, de régler des conflits personnels! Mademoiselle, regagnez votre chambre, je vous prie! Soldat, à votre poste! Je vous rencontrerai tous les deux plus tard, et vous ne perdez rien pour attendre!

❋

10 janvier 1917

Il restait tout au plus deux jours de navigation, même compte tenu de la vitesse réduite. William espérait arriver à bon port le 12 janvier comme prévu.

Le commandant maintenait toujours l'état d'alerte. Il avait fait passer la vitesse de dix-sept à quinze nœuds. Le sonar n'avait encore détecté aucun objet dangereux. Par contre, plus le navire avançait, plus il se rapprochait des zones ciblées, les plus dangereuses.

Sous la surveillance des sentinelles, Kate et Graziella occupaient une chaise longue au bord de la piscine intérieure remplie de boîtes de munitions. Graziella laissa tomber son livre sur ses genoux et leva le visage vers Kate, concentrée sur son tricot.

— Ces pulls, bas, tuques et mitaines que vous avez tricotés depuis votre dernier envoi du mois de septembre, demanda-t-elle, êtes-vous vraiment certaine que vous pourrez les remettre de main à main à Mathieu Girard?

— C'est vous qui doutez, maintenant?

— Comment allons-nous faire pour le retrouver?

— Je joins toujours une courte lettre de deux ou trois phrases dans la boîte.

— Sait-il lire?

— Je l'ignore. Cependant, il peut toujours se faire aider.

— Est-il indiscret de vous demander quelles nouvelles vous lui donnez, en deux ou trois phrases?

— Rien d'important. Qu'il est dans mes prières.

— Sait-il ce qui est arrivé à Alexis?

— Non, j'évite ce qui pourrait lui faire de la peine. Il ignore ce qui touche ma famille. Il sait qu'Henry est mon fils, rien d'autre.

— Cela ne me dit pas comment nous allons le retrouver!

— En septembre, nous avons eu vent de l'engagement de William; il nous a offert de l'accompagner. Et vous connaissez le reste. J'en ai soufflé un mot à Mathieu. Un jour, à la suite d'une permission, il m'a écrit le nom de l'hôtel où il a toujours l'habitude de loger, à Calais, en France. Il s'éloigne le plus possible d'Ypres. Nous pourrions nous y rendre en premier lieu.

— Il se doute que nous pourrions être là à la mi-janvier?

— C'est possible. Faisons confiance à notre chance. Y a-t-il autre chose?

— Kate, que pensez-vous de la conduite de William pendant ce voyage? Elle est différente de celle de l'homme que nous avons connu, non?

Sa compagne la regarda avec des yeux teintés d'étonnement et de certitude tout à la fois.

— William est à la guerre le lion qu'il est en affaires. En public, dans le monde, il fait plutôt patte de velours, au contraire. Pourquoi soulevez-vous un tel sujet?

— Je suis déçue. Je croyais qu'il était à part, exceptionnel, qu'il avait une morale exemplaire.

— William est un homme comme les autres. Il aime provoquer, être admiré, obtenir ce qu'il convoite à tout prix. C'est un gourmand qui n'a jamais assez d'argent. Par contre, je ne me serais pas douté qu'il en était ainsi dans toutes les sphères de son existence, en particulier dans sa vie matrimoniale.

— Vous croyez qu'il a déjà trompé madame Amelia?

— Graziella, dites-moi la vérité? Vous a-t-il fait des propositions? Si oui, j'en suis extrêmement déçue.

— Sans qu'il me fasse d'avances directes, je le trouve parfois trop doux et gentil, parfois trop provocateur. Je ne m'attendais pas à ce qu'il me procure un pantalon ni qu'il me pardonne aussi facilement l'affront que je lui ai fait à la table du commandant. Il agit avec moi comme si rien ne s'était passé. Il n'est jamais revenu sur le sujet. Il est vrai que, la seule occasion que nous aurions eue d'être à peu près seuls, c'est lorsqu'il nous a rencontrés, Paul et moi, pour que nous nous expliquions à propos de nos différends. Comme vous, j'ai écrit quelques autres lettres pour lui, mais il y avait toujours des passagers dans le salon de lecture et d'écriture. Pensez-vous qu'il attend le bon moment de me remettre la monnaie de ma pièce? J'ai l'impression qu'il joue avec moi comme un chat avec une souris.

— Ne vous laissez pas attraper.

— Puisque vous êtes de mon avis, je vais me méfier.

— Tant mieux, je vous fais confiance.

— Kate, étiez-vous sérieuse quand vous avez décidé de vous séparer définitivement d'Andreas?

— J'ai conscience que, s'il traverse en Europe comme prévu et que nous avons l'occasion de nous rencontrer, ce sera difficile de résister à la tentation qu'il incarne. D'un autre côté, le fait d'être avec mon fils me donnera le courage de le faire.

— Je vous trouve forte de renoncer à une vie palpitante pour choisir de vous retirer dans une région perdue à soigner un malade.

— Cette région est devenue la mienne. Mes racines sont maintenant là, tout près d'Alicia. En outre, je ne pourrais pas vivre loin d'Hubert. J'ai tellement hâte de le revoir! Si nous télégraphiions pour avoir des nouvelles?

— Vous savez que toutes les communications sont interrompues à cause des dangers qui nous guettent… Je vous avoue que, plus le temps passe, plus j'apprends à agir comme si la menace n'existait pas. Peut-on dire qu'on s'habitue à vivre quasi normalement malgré l'incertitude du lendemain?

— Dans ce cas, il faut attraper tous les petits bonheurs au vol et ne plus s'en faire avec ce qui nous tracasse.

— Voulez-vous dire que je devrais pardonner à Paul Chamberland ce qu'il a fait à Claire? C'est impossible! Il a failli la tuer!

Deux jours plus tôt, William avait enfin appris la raison de l'animosité qui opposait Graziella au mari de sa meilleure amie. En cours de conversation, sans le vouloir vraiment, Paul s'était trahi; il avait avoué ses violents mouvements de colère envers sa femme. Pour s'éloigner de la maison sans provoquer le scandale, sur les conseils d'un prêtre, il avait décidé de s'enrôler. Graziella s'était écroulée en larmes en imaginant la détresse de Claire, aux prises avec ce démon et abandonnée de sa meilleure amie.

Pour se libérer de son inquiétude, elle lui avait écrit une courte lettre en même temps que celles qu'elle adressait aux Angers et qu'elle laisserait au bureau de poste sur le bateau avant le débarquement.

— Je crois que, en effet, le pardon est le seul moyen de se libérer, affirma Kate. Vous vous faites du mal plus qu'à lui.

— William m'a dit à peu près la même chose.

— Il est plein de gros bon sens, cet homme, en fin de compte, dit Kate d'une voix enjouée.

— Tout est gros, chez lui; son porte-monnaie, son rire, sa voix puissante, ses épaules robustes, ses entreprises, son influence, sa facilité à convaincre, et j'en passe.

— Je vois que vous l'avez bien observé.

— Il est difficile de l'ignorer. On ne voit que lui dans une pièce pleine de monde.

— Si nous revenions à nos activités, maintenant?

Elles refirent silence; Hope et quelques femmes d'officiers s'amenaient justement; elles venaient tricoter en compagnie de leurs nouvelles amies, comme elles en avaient pris l'habitude depuis le dîner du commandant.

*

11 janvier 1917

— Terre, terre! s'écria Graziella, répétant les paroles que Jacques Cartier avait prononcées en apercevant les côtes de l'Amérique.

— Il s'agit de l'Irlande du Sud, ce qui veut dire que nous mettrons bientôt pied à terre, précisa Kate.

Elles étaient sur la passerelle du pont A, heureuses de voir autre chose qu'une masse d'eau de tous les côtés. Une brise rafraîchissante caressait leur visage.

William se tenait debout à distance derrière elles et écoutait d'une oreille distraite les propos du commandant White, qui lui affirmait que tout danger n'était pas écarté. Cette zone avait déjà été infestée par les sous-marins allemands, qui y avaient coulé le *Lusitania.* Il autorisait quand même quelques courtes sorties aux civils, qui avaient fait une grande partie de la traversée à l'intérieur.

William ne digérait pas la façon que Graziella avait eue de le remettre à sa place à la table du commandant; par contre, après réflexion, il dut admettre qu'il avait été maladroit. Il ne leur restait qu'une dernière nuit à passer sur ce navire; au petit matin, ils prendraient le train à la gare de Liverpool pour se rendre à Witley. Pour souligner cette nouvelle étape du voyage, il avait invité Kate et Graziella au restaurant.

❋

Assise devant la glace de la coiffeuse, Graziella brossait ses longs cheveux. Elle réfléchissait aux comportements plus élastiques qu'elle avait observés sur le navire. Les civils avaient créé des liens avec les soldats qui montaient la garde à l'intérieur et à l'extérieur; souvent, ils se taquinaient. Les rapports stricts entre les classes s'étaient assouplis. Graziella comprenait que l'instinct de survie fût plus fort que les convenances. Un riche en train de mourir acceptait volontiers la main tendue du mendiant, même tachée de boue. L'intérêt prenait le dessus sur toute règle sociale. Pour guérir, un Allemand accepterait les soins d'un médecin ennemi. La guerre bouleversait les idées préconçues, imposait des comportements contraires aux règles établies, élargissait la conscience et l'esprit. Lorsque Graziella serait de retour à Chicoutimi, quels changements seraient perceptibles chez elle?

La tête débordante de ces constats et questionnements, Graziella décida de laisser sa crinière libre sur ses épaules, comme du temps où elle montait son cheval à cru pour galoper dans les prés. Ce soir, elle aurait à nouveau quinze ans. Elle serait redevenue une jeune fille toute blanche, pure et… déjà entêtée. Devant le danger, on avait le choix entre deux attitudes. On pouvait réciter des actes de contrition et dire des chapelets à répétition en attendant le pire ou, au contraire, mordre sans remords dans la vie et tous ses plaisirs. Aucune âme disparue n'était revenue sur terre certifier que l'enfer existait vraiment. Jésus ne menaçait pas du feu de la géhenne, il ne savait que pardonner. De son côté, Graziella devait-elle se faire violence et pardonner à Paul?

Tout en profitant du fauteuil le plus confortable de la cabine, Kate avait observé les mouvements qu'avait effectués Graziella pour peigner sa chevelure. Elle revoyait Alicia. Ce voyage, elle l'aurait fait avec sa propre fille, si la mort ne la lui avait pas ravie.

— Il ne me reste qu'à passer mon deux-pièces et je suis prête, dit Graziella en quittant le tabouret de la coiffeuse.

Elle prit son vêtement coquille d'œuf étendu sur le lit et disparut derrière le paravent. Kate avait reconnu l'ensemble qu'elle avait acheté à Québec avec Alexis.

Elle se prit à imaginer les rondeurs de la jeune femme, sa poitrine, les courbes de sa taille qui rejoignaient son bassin dans une prolongation harmonieuse, ses cuisses, ses genoux et ses jambes proportionnés, supportés par des pieds délicats. Un éclair de jalousie monta dans sa poitrine. Sa fille adoptive était jeune et belle; l'avenir l'attendait à bras ouverts, alors que son propre passé s'était alourdi au fil des ans.

Elle avait voué sa vie à un homme qu'elle avait perdu et qui ne rêvait plus que de l'éternelle jeunesse, d'aventures palpitantes chaque nuit. Andreas Backer était-il fait du même bois? Il avait eu lui aussi des aventures, depuis son divorce. Cependant, il l'avait choisie, il attendait celle qui, en une seule fois, l'avait pris dans ses filets pour toujours. Si leur rencontre avait eu lieu alors qu'elle avait dix-huit ans, leur relation aurait-elle fini par être aussi boiteuse que celle qu'elle avait à présent avec Timothy?

La jeunesse s'effeuillait comme la marguerite et semait ses pétales au vent des années. L'innocence et la spontanéité se dispersaient de même manière au fil des jours. Toutes les fleurs étaient éphémères; il fallait profiter de leur plein épanouissement, du moment fugace où elles s'ouvraient au soleil.

❈

En dépit de l'impatience innée qu'il avait reçue en héritage, William frappa et attendit patiemment qu'on ouvrît. Kate éclata de rire en l'apercevant. Son uniforme de lieutenant-colonel mettait son élégance naturelle en valeur. Son visage plein et ovale était assombri par la visière du couvre-chef. Sa solennelle moustache était égayée par un sourire gamin. Il remit cérémonieusement à Kate un bouquet de roses artificielles qu'il tenait dans ses mains gantées. Il spécifia qu'il les offrait à ses deux femmes, pour ne pas faire de jalouses.

— Merci, très cher, nous en prendrons bien soin jusqu'à notre arrivée au port. Mais nous ne vous promettons pas de les garder en souvenir.

Kate revoyait le comportement de Timothy dans celui de William. Cet homme vigoureux était-il tombé sur la tête? Elle se dit qu'un obstiné comme lui n'oubliait jamais un échec. Quel mauvais tour se préparait-il à jouer? Elle décida qu'il lui fallait résolument cesser de se questionner. Cette dernière soirée devait être parfaite.

Bras dessus, bras dessous, entre les deux dames les plus admirées du navire, William saluait en souriant les soldats canadiens et américains qui effectuaient leur quart de garde; il envoyait sans cérémonie un baiser de la main à un gradé de son rang ou blaguait aimablement avec un officier du navire.

Au restaurant, la table ronde réservée pour trois personnes était parfaitement dressée. La nappe empesée tombait égale, en cercle tout autour. Les coupes à eau et à vin étaient étincelantes; l'argenterie et les couverts de porcelaine rayée de dorure, égayés des armoiries de l'Angleterre, brillaient tout autant. En observant un bouquet de roses artificielles qui en décorait le centre, Kate dit dans un rire :

— William, vous ne nous avez pas offert toutes les fleurs qui se trouvent sur ce navire; vous avez laissé au moins celles qui sont sur les tables.

— Je me reprendrai à Witley. Je vous en offrirai des naturelles, que j'irai cueillir dans les champs pour être plus romantique, dit-il en couvant Graziella d'un regard attisé.

— Ou pour économiser votre argent, répliqua-t-elle. Excusez-moi, je suis à nouveau trop directe et impolie.

— Je ne vous fais pas de reproche. Avec vous, d'habitude, on sait à quoi s'en tenir. J'aime bien me chamailler avec vous.

Sans tarder, il commanda au garçon debout à la table, qui présentait la carte des vins :

— Garçon, cette soirée est spéciale! Nous fêtons la fin de cette traversée sans incident. Amenez-nous votre meilleur champagne.

— Bien, monsieur! Monsieur ne veut-il pas choisir des amuse-gueules comme accompagnement?

— En temps et lieu! Nous allons prendre notre temps. Nous voulons profiter de chaque instant de cette soirée aussi intensément que si elle était la dernière de notre vie.

Kate essayait de se convaincre que William ne faisait que badiner. Il venait de rappeler que le navire n'avait pas encore accosté.

Le garçon remplit les coupes qu'il avait déposées sur la nappe. William en leva une et s'exclama :

— Santé!

Kate inspira longuement pour chasser le vertige qui la gagnait et répéta :

— Santé!

— Et vous, jeune fille, dit William en appuyant sur le mot, quels sont vos projets que je ne connais pas encore?

— Vous en connaissez déjà plusieurs, à part celui de rencontrer madame Gabrielle Chanel.

— Vous visez haut, dites donc! Amelia m'a déjà parlé de cette Française douée. Je ne vois pas ce qu'une rencontre avec elle pourrait vous apporter de plus. Vous avez assez de talent pour briller dans le monde de la mode par vos propres moyens.

— On dirait que vos idées ont changé au sujet de la femme qui fait carrière, observa Kate.

— J'admets que je dois me rendre à l'évidence. Il y a des têtes fortes qui réussissent à percer par tous les moyens. Un en particulier.

— Graziella et moi sommes assez adroites pour lire entre les lignes.

— Une multitude d'hommes nantis sont prêts à payer le gros prix un objet de valeur.

Ils furent distraits par trois musiciens qui montaient sur la petite scène au fond de la pièce. Depuis qu'on avait imposé la discrétion et le silence, ils ne s'étaient pas exécutés. Ils avaient eu la permission exceptionnelle de s'éclater sur la scène pour distraire les clients de la première classe à l'occasion de cette dernière soirée.

Le serveur revint de la cuisine et attendit, prêt à noter le choix des trois convives. Graziella et Kate choisirent la table d'hôte cinq services qui offrait le saumon à la sauce hollandaise comme plat principal. William avait un gros appétit : il commanda le filet de bœuf Wellington avec frites. Le garçon remplit à nouveau les coupes. William commanda une seconde bouteille de champagne.

— Nous faisons la fête! fit-il en levant son verre.

— C'est la dernière; l'alcool ne me va pas du tout, affirma Kate. Je n'ai plus la forme que j'avais à mon départ de New York.

— Et vous, jeune fille?

— Il ne me va pas non plus.

William se tourna vers Kate, lui baisa la main et l'invita à se lever.

— Si nous dansions, madame? Cela vous redonnerait de la vigueur.

Sans attendre sa permission, il l'entraîna sur la piste au milieu des tablées de convives heureux de l'ambiance festive. Les hommes seuls avaient l'air d'envier la chance du richissime William, lui qui avait à sa table deux dames sur une douzaine à peine.

La dernière note du violon s'éteignit. Kate était moite. Essoufflée, en rejoignant son siège, elle s'exclama :

— William, vous êtes un excellent valseur. Vous êtes plus en forme que jamais. Ne m'invitez plus, je n'ai pas l'énergie de vous suivre. Je ne veux surtout pas que les nausées me reprennent.

L'accordéoniste annonça :

— La prochaine pièce est intitulée : *Caminito.* C'est une composition de Carlos Gardel, le grand *El Zorzal*, qui a fait monter cette danse, appelée tango, des pieds aux lèvres.

Avant de s'asseoir, William fit une tentative.

— Et vous, mademoiselle Davis? Contrairement à Kate, seriez-vous en mesure de me suivre?

Où voulait-il en venir avec ces appellations tantôt enfantines, tantôt respectueuses de son statut? Graziella le fusilla d'un regard sombre et dit :

— Je ne sais pas danser le tango.

— Il n'y a pas tellement de différence entre ce rythme et celui que vous avez adopté avec Rick au *Landship Recruit;* vous vous êtes très bien débrouillée sous sa conduite. Pourquoi pas sous la mienne? Vous n'avez qu'à vous laisser guider. C'est une danse qui ne demande pas d'effort de la part de la partenaire. Les pas sont improvisés. Sous ma direction, vous n'aurez qu'à laisser entrer la musique dans votre corps et à suivre mon pas en laissant glisser vos pieds sur le sol.

Curieuse, Graziella accepta la main qui la conduisit sur la piste.

Elle ne tarda pas à être charmée par le rythme sensuel, et ses pas, d'abord gauches, se firent passables. Enfin, Graziella s'abandonna.

William l'éloignait de lui, la rapprochait et encerclait sa taille. C'était comme une lutte entre deux partenaires qui, inlassablement, se désiraient ou se détestaient. La chevelure de Graziella se répandait sur ses épaules ou voletait dans l'espace en suivant les mouvements de son corps qui se cambrait selon les directives masculines. Les touchers étaient grisants, agréables. Sa peau de soie se frottait à la rudesse de celle du bâtisseur. À son tour, elle devint autoritaire. Elle répondait par certains gestes combatifs aux désirs ou refusait les avances. Au rythme du violon gémissant et de la trompette plaintive, son cœur battait la chamade et une chaleur agréable ravissait son épiderme. Le tissu léger de sa jupe découpait ses atouts féminins qui suivaient les arabesques que ses pieds agiles traçaient sur le sol.

Au dernier pas, William inclina sa taille souple sur son bras solide; son bassin se dessina dans le crêpe léger du vêtement. Les spectateurs applaudirent. Satisfait de sa performance et heureux d'avoir eu toute l'attention, William salua de la tête et osa ramener Graziella à sa table par la taille.

— Vous m'épatez, William! s'exclama Kate. Je ne savais pas que vous connaissiez des danses aussi exotiques. C'est la première fois que je vois danser le tango. Quand avez-vous appris ce rythme, vous qui êtes si occupé, d'habitude!

— Il n'y a rien à apprendre, il n'y a qu'à se concentrer sur la musique. L'Argentine est près du Chili. J'ai du sang chaud dans les veines.

— Vous voulez dire que cette danse vient de l'Argentine?

— En effet, ma chère Kate. Mais je n'ai pas tout le mérite; ma partenaire a été une élève docile.

— Je comprends que cette danse se fonde sur la soumission de la femme…

— Les Argentins ne l'interprètent pas ainsi. Ils y voient plutôt la passion entre deux êtres attirés l'un par l'autre. C'est aussi l'image de la société multiculturelle qui prévaut en Amérique du Sud, le symbole d'une époque insolente qui provoque dans le but de se libérer des préjugés.

Kate trouvait que les propos de William étaient trop audacieux, en plus d'être contraires à ses idées. Par contre, ils étaient sensés pour un esprit tourné vers le changement, la logique, la connaissance offerte à toutes les classes. Un rire dans la voix, elle dit :

— Je ne veux pas être déplacée, mais je pense à l'expression qu'aurait eue l'abbé Gagnon. Il aurait ordonné l'arrêt d'un spectacle aussi scandaleux. Il accepte à peine les sets carrés.

— Dans une soirée mondaine à Chicoutimi, je ne me serais pas affiché comme on peut le faire en France ou en Angleterre, fit William d'une voix aussi mutine que celle de Kate. Quand le chat n'est pas là, les souris ont raison de danser. Profitons donc des permissions que nous pouvons nous accorder sans craindre les sermons de l'abbé Gagnon ou l'interdiction du pape Pie X, qui a mis le tango à l'index pour indécence. Mais, bonne nouvelle, les journaux ont dit que le pape Benoît XV l'a réhabilité. Les péchés du tango sont pardonnés. Réjouissons-nous!

Il leva son verre, alors que le garçon avait déposé une assiette de saumon fumé orné de câpres devant chaque convive.

— Si nous attaquions cette entrée!

Graziella était songeuse et préoccupée. Cette conversation libre, la longue plainte mélancolique au rythme langoureux, la tiédeur de la poitrine et la sécurité des bras solides de William avaient éveillé en elle l'une des sensations qu'elle voulait faire taire.

Elle se répéta : « Ce soir, j'ai quinze ans. Je suis une jeune fille toute blanche, pure et déjà entêtée. Je recommence à neuf! »

Elle se souvint que, à cet âge, elle avait été agressée par Louis Paquenaude, un ami d'enfance, ce qui lui avait valu de se retrouver chez les Grenier en tant que servante. Un an plus tard, elle était tombée dans les filets de l'aîné de la famille, un homme marié, père de trois enfants.

Chapitre 13

On en était au dessert. Le son d'un troisième bouchon expulsé d'une bouteille de champagne venait de charmer les oreilles des trois convives. Les largesses d'habitude raisonnables de l'industriel étaient surprenantes. William ne ménageait rien pour épater la jeunotte qui avait ressuscité en lui la magie éteinte. Il admettait que son aplomb moussait en lui l'instinct du chasseur à qui le gibier récalcitrant faisait la nique. Plus il était combatif, plus le plaisir de le capturer était grand.

L'accordéoniste-chanteur annonça que la prochaine pièce serait à nouveau un tango, *Amargura*, une autre composition de Carlos Gardel, qu'il venait tout juste d'enregistrer pour la compagnie Victor Records.

Un sanglot s'échappa du violon. La piste de danse se garnit en un rien de temps; les femmes présentes avaient été invitées galamment par des partenaires qu'elles connaissaient à peine; les hommes qui ne pouvaient avoir une compagne s'étaient rassemblés et imitaient ceux de Buenos Aires qui avaient pris l'habitude de danser entre eux dans la ruelle pour s'exercer avant d'aller au bal.

Kate s'était laissé convaincre; elle était tenue par la taille par un colonel du 22e régiment.

Des yeux, les danseurs suivaient William et Graziella, de qui ils avaient admiré la prestation plus tôt. Une fois plus sûrs d'eux, ils se désintéressèrent de leurs modèles et y allèrent de leur propre créativité, inspirée par la cadence.

William profita de la situation; les instants d'étreinte furent plus intimes, les regards provocateurs se succédèrent, les flexions de sa taille mirent davantage en évidence les jeunes formes de Graziella sous le tissu souple. La fièvre de la danse stimulait entre les deux partenaires le désir de rapprochement intime.

À la dernière envolée gémissante des trois instruments, les danseurs, ravis, ne semblèrent pas vouloir quitter la piste; même les hommes qui avaient eu l'audace de danser ensemble en rigolant demeurèrent sur place.

William et Graziella sentaient l'intimité se resserrer entre eux. Kate fut la première à retourner à la table. La fatigue et le champagne que William lui avait offert en dépit de ses refus successifs faisaient leur effet. Sa santé demeurait fragile et il n'y avait rien de plus sournois que cette boisson pétillante, qui mettait une soif inaltérable dans la bouche.

Elle dit d'une voix lasse:

— William, très cher, vous m'avez entraînée à rejeter du revers de la main toutes mes bonnes résolutions. Excusez-moi, mais je vais me reposer. J'ai une légère nausée. Demain, je ne veux pas mettre le pied sur le quai en plus mauvais état que je ne le suis déjà. Je veux profiter au maximum du temps que je passerai avec Henry. Vous nous avez dit que, si les hôtels débordaient, il y avait pour nous la possibilité de loger à Witley Court. Je ne veux pas être un boulet pour les hôtes.

— Nous ne courrons pas le risque. Je suis certain qu'Henry n'aura pas pu trouver à vous héberger. En débarquant, je téléphonerai à la comtesse.

— Graziella, ne tardez pas trop, je vous en prie, la journée de demain sera forte en émotions.

— Comptez sur moi. Je ne serai pas longue, juste le temps de terminer cet excellent gâteau à la vanille et ce café, promit-elle en essayant de combattre ses pensées indociles.

William se leva et embrassa Kate sur les deux joues en lui souhaitant une bonne nuit.

— Je vous confie Graziella. Je sais que vous êtes un excellent soldat et je lui fais confiance.

— Vous ne voulez pas que je vous reconduise à votre cabine? offrit-il pour la forme.

— Ne vous donnez pas cette peine, je connais le chemin. À chaque pas, qui plus est, nous nous accrochons les pieds dans les brodequins d'une sentinelle.

— Il vaut mieux se sentir protégé jusqu'à l'abordage.

Il lui baisa la main, puis elle leur tourna le dos.

Les regards de Graziella et de William s'effleurèrent et se rabattirent sur la nappe. Ils étaient maintenant en tête-à-tête. William fit tourner la coupe entre ses doigts avant de la porter à ses lèvres; en conservant le liquide frais dans sa bouche, il jouit de la saveur âcre qui agaçait ses papilles.

Graziella attendait un geste, un mot qui mettrait fin à ce petit jeu ou qui l'encouragerait. En soutenant son regard au-dessus de la tasse délicate, elle sirota une gorgée de café. Pendant quelques minutes, ils prolongèrent la confrontation silencieuse. S'ils s'efforçaient de lécher les murs richement décorés de dorures, leurs yeux revenaient se rencontrer au-dessus de la tasse et de la coupe.

Avec l'indépendance et la désinvolture qu'il mettait à marchander le prix de vente d'une nouvelle scierie, William évalua que cette attente faisait augmenter la valeur du moment où leurs corps s'abandonneraient dans une union complète. Allait-il s'attarder aux conséquences de sa capitulation? « Il existe des moyens de relever les ruines après les bombardements », se convainquit-il.

Sous l'effet de sa naturelle impatience, il déposa sa coupe sur la nappe et fixa Graziella en plein dans les yeux, comme s'il voulait plonger dans les profondeurs de son âme. De sa voix la plus tranchante, il déclara :

— Graziella, assez, les supercheries! Tous les deux, nous n'avons jamais pris de détours et nous avons brisé entre nous les barrières du langage civilisé de salon. Vous et moi savons que, depuis le début de la traversée, un fort sentiment a grandi entre nous. J'ai découvert que, depuis des années, vous me troublez. J'ai nié ce fait. J'étais plutôt charmé de voir comment vous vous en tiriez. Le côté frondeur de votre personnalité diminuait à mes yeux d'homme d'affaires le charme qui m'éblouit à présent. Cette nuit est la dernière. Je ne vous fais pas de promesses que je ne pourrais tenir. Je veux juste vous offrir la partie de l'être que je suis vraiment, sans passé, sans futur, juste là, avec la simplicité sans artifices que j'avais enfant. Faisons comme si nous venions juste de nous rencontrer à dix-huit ans. Graziella, nous avons dix-huit ans.

Était-il un sorcier? Leurs pensées prenaient la même direction. Son discours était celui qu'elle s'était tenu en faisant sa toilette en fin d'après-midi. Elle avait quinze ans, il en avait dix-huit et ils se trouvaient tout près d'un continent où les mentalités étaient en avance sur celles de l'endroit d'où ils venaient.

L'orchestre entamait un troisième tango, proche de la habanera d'origine cubaine ou afro-cubaine, qui se mariait bien à la nature fugueuse de deux âmes puissantes qui refusaient de sacrifier le moindre fragment rare et précieux de leur personnalité.

Autant leurs idées se ressemblaient, autant elles étaient à l'opposé. En ce moment précis, elles se rejoignaient dans la plus parfaite harmonie. L'écho de leur cœur avait le même tempo, leurs lèvres annonçaient un même message, leurs yeux brillaient avec une intensité unique, leurs joues rosissaient pareillement. Leurs mains se rejoignirent enfin sur la table.

Il fallait quitter ce restaurant sans plus tarder.

❋

L'air frais les saisit. Graziella se mit à grelotter. William enleva son veston, le mit sur ses épaules et la réchauffa de son bras en la serrant contre lui. L'indécision semblait les gagner. Ils s'attardèrent à fixer à travers un léger brouillard les faibles lumières le long de la côte, au loin. Ses cheveux se firent dociles devant les caprices du vent du large. Charmé par les mèches qui caressaient le visage de Graziella, William l'étreignit plus fortement que doucement. À travers les attentions qu'un homme pouvait se permettre en public, il sentait ses chairs réagir. N'y tenant plus, il lui susurra à l'oreille :

— J'ai ce qu'il faut pour vous réchauffer dans ma cabine.

Un colonel ami de William les aborda.

— Je vous ai vus danser, tous les deux. C'était fabuleux. Félicitations!

— Merci, dit William.

— C'est une belle soirée! Petit à petit, les lumières de la côte ont l'air de se rapprocher. Nous devrions toucher le *Pier Head* vers dix heures demain, selon le capitaine.

L'homme semblait vouloir prolonger la conversation. William aurait eu envie de le laisser là sans façon. Cependant, il ne voulait pas soulever le doute sur ses intentions. Profitant du fait que Graziella était frigorifiée, il grogna :

— La soirée est fraîche, j'allais reconduire madame.

— Avant, je vous invite à prendre un verre; ma cabine est à deux pas, voisine de la vôtre, l'rice.

— Je vous remercie. Je vais me coucher, dit Graziella. Demain, la journée sera fatigante.

Elle loua silencieusement la force supérieure qui avait déjoué ses desseins. La nuit apaiserait son âme et lui porterait conseil.

— Je vous accompagne, offrit William.

— Non, laissez, je connais le chemin. Bonsoir à vous deux... Je vous rends votre veste.

Les deux hommes la regardèrent aller. William se contint; il était en colère. En dépit des précautions à prendre sur un navire où on ne pouvait pas faire un pas sans accrocher un soldat ou un employé, il aurait dû risquer de la conduire sans tarder dans sa cabine. Il avait incontestablement agi comme un adolescent de dix-huit ans. N'était-ce pas l'intention qu'il avait au début de la soirée?

⁂

12 janvier 1917

Tous les jours, Solange se rendait au bureau de poste en espérant y cueillir des nouvelles en provenance d'Europe. Elle revenait chaque fois les mains vides. La maisonnée était inquiète; toutefois, les journaux n'annonçaient pas de naufrage récent, en dépit des Allemands qui ne se souciaient plus des ententes internationales.

Ce jour-là, en donnant le bain à François avec l'aide de sa sœur, Claire lui demanda:

— Veux-tu aller dire à monsieur Davis que je me sens prête à écrire la lettre que nous nous étions proposés d'adresser à madame et à Graziella lorsque nous aurions retrouvé une certaine autonomie? Sors le nécessaire qui se trouve dans le premier tiroir du secrétaire et place-le sur la table dans la salle à manger. Je vais terminer seule la toilette de François et j'irai vous rejoindre vers les neuf heures trente. En attendant, tu en profiteras pour faire l'époussetage.

— Très bien, j'y vais.

Claire se dit qu'il ne fallait pas remettre au lendemain ce qui pouvait se faire aujourd'hui. Graziella ne lui avait-elle pas affirmé à peu près la même chose lorsqu'elle lui avait proposé d'écrire à Henry et de lui déclarer franchement ses sentiments pour lui? Son amie avait argué qu'elle pourrait enfin savoir ce qu'il éprouvait pour elle.

Claire immobilisa la débarbouillette savonneuse sur les épaules de son fils dans l'évier de la cuisine en réfléchissant à propos du penchant qu'elle avait pensé éprouver pour le fils Davis. Certes, il lui aurait fait un excellent mari; non seulement était-il à l'aise, ses manières étaient courtoises et son rang dans la société était enviable. Il lui fallait être réaliste: elle ne lui arrivait pas à la cheville. À ses côtés, elle n'aurait pas été à la hauteur, ne sachant ni lire ni écrire avant que Graziella ne s'impose comme enseignante. Leur éducation autant que leur culture les aurait séparés.

Pour ce qui était des sentiments, c'était encore plus compliqué. Son passé la poursuivait. Ses premières expériences amoureuses l'avaient perturbée. Paule Gendron lui avait ouvert les yeux sur une facette de l'amour physique dont personne ne parlait. Le mot «coupable» était à jamais buriné dans son esprit. Elle était coupable de s'être laissée agresser pendant deux ans, coupable de ne s'être confiée ni à sa mère ni à un prêtre en confession. Résultat, son corps était maintenant comme un iceberg.

Elle se répéta que le mariage ne l'avait pas fait fondre. Elle avait cru qu'elle parviendrait à oublier en recherchant le bonheur simple de ses parents avec un homme de son milieu. Elle avait donc fait le sacrifice d'Henry pour épouser Paul, sans résultat. Son union avait été un échec dès le début. Claire avait aussitôt compris que son âme ne trouverait pas l'apaisement en se mettant comme sa mère au service d'une famille, que ce fût avec Paul, Henry ou quelqu'un d'autre. Tout espoir d'être heureuse avec un homme lui était refusé.

Le problème, c'était que le mari avait le droit de toucher sa femme. Bien sûr, Paul n'avait pas eu la manière, mais il y avait surtout en elle une volonté opiniâtre qui refusait le contact, qui ne voulait pas collaborer. Ses chairs se crispaient et s'opposaient aux caresses.

Peut-être eût-elle retrouvé la sérénité dans la vocation religieuse... De se consacrer entièrement à Dieu l'aurait sans doute aidée à purifier son âme. Pourquoi n'y avait-elle pas pensé avant? Mais une jeune fille qui devait aider sa famille financièrement n'entrait pas en communauté. Et, le bonheur à deux, qu'était-ce? Elle avait vu la flamme du couple Davis s'éteindre petit à petit. Graziella n'avait été que le souffle sur le tison qui couvait sous la cendre. Une autre jeune fille qu'elle aurait provoqué le même résultat.

À présent, Claire espérait refaire sa vie en dehors des liens du mariage. Son travail de servante chez des employeurs tels que les Davis la satisfaisait pleinement. La seule chose positive dans son alliance avec Paul, elle était là, devant elle; c'était ce petit corps potelé plongé dans l'évier de la cuisine. Émue jusqu'aux larmes devant son fils François qui tapotait dans l'eau en riant, elle lui appliqua tout doucement un baiser sur le front en fermant des yeux humides.

Elle épongea son bébé, l'habilla d'un ensemble de laine qu'elle avait elle-même tricoté et alla le coucher dans son lit. C'était l'heure de sa sieste.

En la voyant apparaître dans l'arche de la salle à manger à l'heure exacte, Solange lui demanda:

— Qu'est-ce qu'il fait, monsieur Davis? Il ne vient pas nous aider à écrire la lettre?

— Il est juste un peu en retard, répondit Claire.

Au moment où elles échangeaient ces mots, elles entendirent le bruit particulier de la canne sur le bois du corridor. Leurs yeux fixèrent la porte. Leur maître avait repris des forces; il était de plus en plus autonome dans ses déplacements, et son élocution était meilleure.

— Excusez-moi.

Il prit place au bout de la table. Claire poussa devant lui le papier à lettres, la plume et l'encrier.

— C'est vous, répliqua-t-il.

— Vous voulez que j'écrive la lettre? Ma calligraphie n'est pas très belle.

— Vous êtes capable.

— Très bien, je vais faire un brouillon au crayon de plomb et j'essaierai de le transcrire à l'encre. Si je ne suis pas satisfaite, Solange prendra la relève. Est-ce que ça va?

— Bien.

Claire ajouta:

— Avant de commencer, il faudrait s'entendre sur les nouvelles que nous voulons annoncer à madame Kate et à Graziella. Les seules informations qu'elles ont, ce sont celles que leur a transmises le docteur Riverin par télégramme le 26 décembre. Il ne faut pas les choquer en leur apprenant brutalement la vérité. Et croyez-vous qu'elles auront le temps de recevoir cette lettre là-bas? Dans un mois, elles seront probablement sur le chemin du retour? Je réalise que nous sommes le 12 janvier, le jour prévu de leur arrivée à Witley.

— Faut risquer…

— Très bien.

Claire se mit à l'œuvre en répétant tout haut ce qu'elle mettait sur papier. De temps en temps, Timothy la corrigeait. À la fin, elle relut le contenu de la missive.

Son patron était satisfait. Elle avait bien rendu l'idée principale. Si le télégramme du 26 décembre ne leur avait pas donné l'heure juste, c'était pour ne pas les inquiéter. Timothy avait été victime d'une légère paralysie sans gravité, alors que Claire avait été hospitalisée pendant deux jours. À présent, tout était rentré dans l'ordre et les deux se portaient bien. Paul avait choisi de s'enrôler et, la bonne nouvelle, c'était qu'elle avait repris son travail chez les Davis. Hubert pourrait revenir au bercail très bientôt et passer du bon temps avec François. Enfin, on leur souhaitait une excellente fin de voyage.

Claire était fière d'elle. C'était la première longue lettre qu'elle écrivait depuis qu'elle avait adressé quelques mots à ses patrons au jour de l'An deux ans auparavant. Des larmes coulaient sur ses joues.

Timothy la fixa, lui aussi, les yeux pleins d'eau. Il articula :

— J'apprécie... vos grandes... qualités. Henry... n'aurait pas pu... avoir... une meilleure épouse... que vous.

Il lui emprisonna résolument les deux mains sur la table.

❋

Comme elles en avaient pris l'habitude pendant la traversée, Graziella et Kate prirent un petit-déjeuner continental au café *Véranda*. En en sortant, elles se séparèrent. Kate n'avait pas encore bouclé ses valises, contrairement à Graziella. Ne voulant pas inquiéter sa compagne, elle ne lui parlait pas des étourdissements qu'elle avait de temps en temps. Avant l'abordage, elle en profiterait pour s'étendre et tenter de se reposer.

William devait rassembler une dernière fois ses troupes sur la passerelle du pont C. Graziella avait deux volées de marches à descendre pour s'y retrouver; le café *Véranda* était au niveau de la passerelle d'embarquement. Dans son sac à main, elle avait le mouchoir qu'il lui avait prêté; elle comptait le lui remettre. Elle passa d'abord par le bureau de poste pour y déposer de courtes missives qu'elle avait adressées aux Angers, à Claire et à Hubert.

Les cinq postiers triaient les lettres qui s'accumulaient dans des dizaines de sacs de courrier. L'un des employés lui dit que, dès que les siennes seraient arrivées à Liverpool, on les acheminerait au Canada. Elle lui fit part de ses espoirs qu'elles y arrivent avant son retour. Un autre préposé ajouta que, dans la cale, au départ de New York, on avait chargé des poches de courrier pour l'Angleterre en provenance des États-Unis et du Canada.

— Pensez-vous qu'il pourrait s'en trouver une pour moi?

— Cela se peut, madame.

— Entre mon départ en train de Chicoutimi et l'embarquement à New York, il s'est passé dix jours.

— Je vois, mais n'espérez pas trop! Il nous faudra trier ces lettres avant de les livrer. C'est l'affaire d'une semaine.

— Merci pour les informations. Au revoir!

Graziella quitta la pièce le cœur plein d'espoir. Une lettre des Angers, de Timothy ou de Claire pourrait arriver quelques jours après elle à Witley, si elle était datée d'avant le 28 décembre. Autrement, elle risquait de ne pas les recevoir, puisqu'elle changerait d'adresse entre le point d'arrivée, Witley, Londres et Paris.

De retour à l'extérieur, en s'engageant dans les marches, elle croisa Paul Chamberland qui venait en sens contraire. Leurs relations n'étaient pas encore assez aimables pour qu'elle excuse les gestes qu'il avait commis envers sa meilleure amie. Elle lui décocha un regard assassin; il fut le premier à prendre la parole.

— Bonjour, Graziella! C'est possiblement la dernière fois qu'on s'rencontre. À terre, j'imagine qu'on va prendre chacun notre bord. J'veux juste te dire encore une fois que j'regrette tout le mal que j'ai fait à Claire.

Elle répondit sur un ton mordant:

— Je trouve que tu as changé trop rapidement. Ce n'est pas très sérieux. J'ai peine à croire en une conversion aussi radicale. On dirait un ange, ma foi!

— Monsieur Price y est pour beaucoup. Sa discipline me fait du bien. Advenant que ça tourne mal pour moi et pour Claire, j'sais que tu vas prendre bien soin de ton filleul, mon petit François, émit-il d'une voix étranglée.

— Ne parle pas de Claire de cette façon. Elle guérira et redeviendra la jeune femme qu'elle était avant de t'épouser. Quant à toi, que tu reviennes ou pas au pays, la Terre va continuer à tourner autour du Soleil.

— Graziella, j'croyais que, à voir les progrès que j'ai faits et ma bonne volonté, t'avais de l'estime pour moi, astheure.

— Ne t'enorgueillis pas trop vite. Si je t'ai salué ou souri quelquefois sur ce navire, ce n'est pas parce que j'ai oublié tes cruautés.

— Tu connais rien de ma vie. Tu peux pas être un ange quand le diable en toi est plus fort que le bon Dieu.

— Parle pour toi, pas pour moi. Ne t'exprime pas en tu, mais en je.

Elle se sentait visée, elle qui n'était pas sans considérer que le diable en elle était souvent plus fort que le bon Dieu. Sa voix se radoucit.

— Si nous allions sur la passerelle C, près de l'entrée de la bibliothèque, pour discuter? Nous ne sommes pas tranquilles, ici. Les gens montent et descendent. Non seulement ils nous bousculent, ils entendent ce que nous disons.

— Je te suis...

À l'endroit choisi, Graziella se fit petite. Elle ne voulait pas être aperçue par William qui donnait ses dernières instructions aux fantassins de sa compagnie. Elle se retrancha derrière un muret qui procurait une certaine intimité. Paul la rejoignit; il avait perdu du poids et semblait flotter dans son uniforme. Graziella avait remarqué que les soldats ne jouissaient pas toujours de vêtements parfaitement adaptés à leur taille. Maintenant incertaine, elle se demanda pourquoi elle perdait son temps avec Paul Chamberland, quand elle aurait pu s'accouder au garde-corps et observer les rives de la Grande-Bretagne, ou encore William qui donnait ses dernières consignes. Elle tonna:

— OK, tu as réussi à obtenir un brin de ma sympathie. Je crois que nous devrions arrêter là cette conversation. Je n'ai aucune envie de connaître les bas-fonds de ta vie ni non plus de ressasser mes mauvais souvenirs. Je te souhaite bonne chance.

— Non, attends, ne t'en va pas, la supplia-t-il en la voyant faire le geste de partir, j'ai une faveur à te demander. Ce n'est pas pour moi, c'est pour Claire et François.

— Si c'est pour Claire et François, j'accepte. Dépêche-toi. Tu ne dois pas rejoindre tes compagnons? Monsieur Price va s'apercevoir que tu n'es pas avec eux.

En empruntant un air réfléchi et solennel, Paul dit:

— Pour mon travail dans l'armée, j'suis payé une piastre par jour.

— Tu es payé une piastre par jour? C'est la première fois que j'entends parler de cela! s'écria-t-elle, étonnée.

— Alexis t'a jamais dit ça?

— Alexis est arrivé d'Angleterre les poches vides. C'est monsieur Price qui a réussi à lui obtenir une prime.

— Son argent doit être quelque part, ou bien il l'a dépensé avant de revenir au pays.

— Comment l'aurait-il dépensé? Alexis ne buvait pas et il savait économiser l'argent qu'il lui restait après avoir payé une pension à ses parents.

Graziella compta mentalement. Songeuse, elle conclut:

— Son séjour en Europe aurait dû lui rapporter plus de cent dollars. Pourquoi Alexis ne m'a-t-il jamais avoué qu'il gagnait ce salaire?

— Pourtant, tu devrais connaître des détails aussi importants pour toi...

— Je connais les aspects qu'Henry décrit dans ses lettres, mais c'est tout; il n'a jamais parlé de rémunération. Et, comme tu le sais, Alexis a participé à la kermesse pour pouvoir acheter mes alliances.

— T'es certaine que, la prime que monsieur Price a obtenue, c'était pas son salaire qu'il a appelé comme ça? Demande-lui, c'est pas gênant, vous avez l'air à bien vous entendre.

Sur ses gardes, Graziella prit un air offensé et gronda:

— Que veux-tu insinuer là?

— Rien, juste que, si tu débarques aujourd'hui en Angleterre, c'est grâce à lui et à ta mère adoptive.

— Bon, je n'ai pas tout mon temps. Dis-moi le reste de ta pensée.

— Si je meurs, j'te demande d'aider Claire à obtenir ma prime pour elle et François. J'ai déjà dit à ses parents qu'elle peut vendre la maison et garder l'argent pour ses besoins. Si elle est la première à m'écrire, j'lui répondrai. Sinon, j'resterai muet.

— Tu sais écrire, toi?

— J'ai une quatrième année. C'est pas fort, j'le sais, mais, au moins, j'suis capable de signer mon nom et d'écrire des lettres bourrées de fautes. En passant, merci encore pour Claire, de lui avoir montré à lire et à écrire. Est bien reconnaissante envers toi. Pour ce que j'disais tantôt au sujet de ma vie passée, tu sais, chaque famille a son histoire, qui n'est pas toujours rose. À l'âge de douze ans, mon père a aidé le sien à enterrer, dans un trou creusé au bout de son lot, sa mère morte à trente-cinq ans de l'accouchement de jumeaux morts en même temps qu'elle. Puis mon grand-père a dansé sur le tas d'terre qui la recouvrait, on n'sait pas trop pourquoi. Elle l'avait laissé avec huit enfants sur les bras. La raison pour laquelle ma grand-mère a pas été enterrée dans l'cimetière derrière l'église, c'est qu'elle avait été excommuniée; il paraît qu'elle encourageait les soirées d'danse, pis qu'elle poussait les filles à aller avec les hommes.

— Elle tenait une maison close, ta grand-mère?

— C'est à peu près ça. Mon père cherchait à oublier que sa famille avait été obligée à cause de ça de s'exiler dans un coin éloigné d'la paroisse. Quand il prenait une brosse, il racontait cette histoire-là en répétant : « On vivait dans l'bois pis mon père a dansé sur la tombe de ma mère, y a dansé sur la tombe de ma mère! » Souvent, il nous battait. Si j'te raconte ça, c'est pas pour avoir ta pitié, c'est pour que tu dises à Claire que mes racines sont pas droites.

Les pensées et les sentiments de Graziella étaient ambigus. Autant elle avait rejeté Paul, autant elle avait envie qu'il oublie cette histoire de famille et ce qu'il avait fait à Claire. Cet homme s'exposait à l'ennemi pour effacer la marque qu'avait laissée en lui la vie de misère de ses parents et de ses grands-parents.

D'une voix coupée par l'émotion, elle dit :

— Paul, je ferai ce que tu me demandes. Je m'occuperai de mon mieux de Claire et de François. Ne t'inquiète pas. Pars en paix.

Elle n'avait pas pu lui dire spontanément qu'elle lui pardonnait, au même titre qu'elle ne le pouvait pas encore pour sa mère et son père. Le pardon était libérateur, mais si difficile à accorder quand les souvenirs ne voulaient pas sortir de la tête! Elle songea à l'indulgence que Kate avait démontrée envers elle. Son attitude s'assouplit. Paul lui avait tourné le dos. Elle le rattrapa sur le pont extérieur et l'accosta :

— Paul, attends! Je veux te dire que je vais faire tout mon possible pour arriver à te pardonner ce que tu as fait à Claire.

Il avait les yeux humides. Graziella aurait voulu l'accueillir dans ses bras; mais elle se contenta de lui serrer la main en lui souhaitant bonne chance. William avait vu ce qui s'était passé. Il grommela :

— Soldat Chamberland, où étiez-vous? Nous accosterons bientôt et vous n'êtes pas encore à votre poste! Savez-vous que vous méritez une corvée pour votre retard?

Graziella ne savait pas si elle offusquerait William en se portant à la défense de Paul. Elle devait intervenir avec tact devant les jeunes qui les épiaient.

— Lieutenant-colonel, c'est moi qui l'ai retenu. J'avais quelque chose d'important à lui dire.

— Soldat, rejoignez les rangs! ordonna William.

Paul porta la main à son casque en signe d'accord et, au pas militaire, se rangea piteusement. Les jeunes étaient disposés en lignes droites impeccables, sans grand espace entre elles. Semblant vouloir jouer avec les nerfs de Paul, William s'acharna:

— Soldat Paul, sortez maintenant du rang et présentez-vous devant moi!

Aussi difficilement qu'il y était entré, le jeune homme quitta le rang en se frayant un chemin à coups de coude et salua de la main au casque en frappant ses bottes ensemble devant son supérieur.

— Mon lieutenant-colonel!

— Voici la corvée que je vous impose: vous surveillerez vos compagnons comme l'excellent caporal que vous pourriez devenir si vous preniez votre travail au sérieux ainsi que vous l'avez déjà fait. Il me reste quelques petites choses à mettre au point avant l'abordage. Vous voyez les bâtiments qui se découpent de plus en plus nettement sur la côte? C'est le port de Liverpool, appelé le *Pier Head.* Si vous prenez la peine d'observer attentivement, vous apercevrez *The Three Graces.* Quand nous pouvons distinguer ces trois bâtiments prestigieux, c'est que l'accostage se fera dans moins d'une heure. Le commandant avait prévu notre arrivée pour dix heures et il ne s'est pas trompé. Je répète ce que vous savez déjà. Aussitôt débarqués, vous vous regroupez sur le quai. Vous vous connaissez maintenant assez pour vous apercevoir qu'il pourrait y avoir eu parmi vous des déserteurs de dernière minute. Si tel est le cas, vous avez le devoir de me le signaler. Vous marcherez vers la gare en rang au pas militaire, comme les soldats disciplinés que vous êtes devenus. N'oubliez pas votre havresac. Si vous le perdez, il ne sera pas remplacé.

William avait complètement ignoré Graziella, vêtue de son manteau bleu voyant, le dos à présent appuyé au parapet. Il avait donné ses ordres sans se soucier des regards chaleureux ou intrigués dont elle l'avait couvé. Elle regarda les immeubles que William avait appelés

The Three Graces et qui se profilaient de plus en plus clairement devant elle; elle passait une fois de plus en revue les qualités de cet homme simple et compliqué à la fois, dont la forte personnalité en imposait. Elle se reconnaissait les mêmes traits de caractère opposés, tantôt altruistes, tantôt égocentriques. Souvent, il la félicitait d'être comme lui.

Bouleversée, elle pensa à ce qui s'était passé entre eux la veille...

William l'aborda avec respect, sans trop élever la voix; il se méfiait des oreilles indiscrètes et des langues trop lestes.

— Mademoiselle Davis, je dois vous voir.

Curieuse et rongée par le goût du risque, elle adapta son pas au sien et le suivit de la passerelle à la bibliothèque du pont C. Lorsqu'ils y furent, elle enleva son manteau qu'elle déposa avec son sac à main sur une table carrée. Elle fit quelques pas vers l'armoire et, à travers la vitre, admira le dos de cuir marqué du titre de chacun des livres placés là, comme les soldats au garde-à-vous qu'elle venait de voir sous le commandement de William.

Cette indépendance, sa façon de lui montrer que sa personne n'était pas sa première préoccupation agaçait William. Il la saisit par le bras et la fit pivoter de manière à ce qu'elle se retrouve en face de lui. Il la dépassait d'une tête. Elle leva les yeux et crut voir transpirer en même temps dans son expression le désir et la déception. Il pencha son visage vers le sien et vola ses lèvres d'un mouvement sec et rapide.

— William! rouspéta-t-elle en reculant.

— Je fais votre éducation, *sweety*.

— Vous devez savoir que je ne suis pas une oie blanche. J'ai connu ce que je croyais être l'amour et, par la suite, la déception qui venait avec. Il est vrai que le souper et les danses lascives nous ont rapprochés, hier soir. Vous m'avez proposé d'agir comme si nous avions dix-huit ans; moi-même, j'avais décidé d'en avoir quinze.

William prit cet exposé comme un accord à sa proposition. Il lui saisit les deux mains, huma ses cheveux et embrassa son front délicatement, comme un jeune puceau timide à sa première fois.

Elle leva le menton, s'éloigna légèrement et fixa de ses yeux rêveurs les lèvres charnues de l'homme. Il vola à nouveau doucement sa bouche.

— Non! Advienne que pourra!

Elle attrapa son manteau et son sac, puis partit en courant.

Même s'il était blessé dans son amour-propre, William dut admettre qu'elle avait le courage de refuser au même titre qu'elle avait l'audace de prendre. Et lui savait prendre...

En sortant de la pièce, il ramassa à contrecœur son mouchoir, qu'elle avait laissé tomber par terre.

Chapitre 14

Enfin, le navire toucha le quai de Liverpool! Les voyageurs qui se tenaient sur les différentes passerelles applaudirent généreusement le commandant White et les membres de son équipage, sans oublier les centaines de soldats qui avaient veillé à la sécurité de la traversée.

Dans l'aire de débarquement, le capitaine et ses officiers gradés portant cravate, chemise à col empesé sous blazer de flanelle à boutons dorés et pantalon marine, saluèrent d'une poignée de main les occupants de la première classe. En professionnels conscients de la valeur de chaque passager, ils souhaitèrent bonne chance aux jeunes soldats, sans cependant leur serrer la main à tous, ce qui aurait été par trop exigeant.

Au bas de la passerelle, le *Pier Head*, qui profitait du *The Three Graces* et de la cathédrale comme arrière-plan, ressemblait à lui seul à une ville populeuse où les piétons devaient se tailler une place.

Kate et Graziella se sentaient toutes petites. Elles avaient vécu l'achalandage du port de New York, mais elles ne pouvaient nier que celui-ci le surpassait en bruits de toutes sortes, en nombre de caisses de marchandises diversifiées et en poches de courrier; quant à la population qui y était de passage, elle était extrêmement cosmopolite.

Graziella repensa à la conversation qu'elle avait eue avec les postiers le matin même. Elle réalisait la distance qui la séparait des personnes qu'elle aimait le plus au monde, et des sanglots lui venaient, qu'elle retenait dans sa gorge. Elle était si loin d'Hubert et de Claire!

Elle se reprit. Kate était fragile; elle n'était pas tout à fait remise de ses malaises. Graziella devait rester solide pour la soutenir.

D'où il était, William ne pouvait pas apercevoir les deux femmes, qu'il avait perdues de vue en débarquant avec ses fantassins. Il était entendu qu'elles monteraient dans le même train que lui pour se rendre à Witley.

Le militaire était quand même satisfait; il arriverait à destination à la date prévue en dépit des embûches qui s'étaient accumulées sur sa route. En fait, l'alerte au sous-marin allemand avait été un bon entraînement pour ses protégés. Cette expérience lui permettait d'espérer que leur séjour au camp militaire ne s'éterniserait pas. Ces soucis atténuaient la déception qu'il avait essuyée la veille et au début de la matinée. Même en se raisonnant, il n'arrivait pas à tirer un trait sur ce qui s'était passé entre Graziella et lui. La petite avait eu du cran, il fallait l'admettre, de mettre à la dernière minute un frein à un homme qui savait négocier et à qui on n'imposait pas ses directives. N'était-il pas à la tête de trois compagnies importantes dans la province, avec comme actif dix-sept millions de dollars, en plus des six millions d'obligations de première hypothèque qui avaient été émises sur le marché financier?

En lançant un regard à Paul Chamberland, il pensa à tous ces jeunes Canadiens, en majorité du Québec, qui avaient été amenés au front sous sa responsabilité, du 25 août 1914 jusqu'à présent. Et une fille comme Graziella avait tenu tête à un curriculum aussi imposant que le sien après avoir cédé à Timothy Davis!

La veille et le matin même, qu'est-ce qui lui avait pris de prolonger l'attente aussi maladroitement qu'un jeune homme de dix-huit ans? Maintenant les deux pieds en sol britannique, il remettait son képi. Il avait retrouvé ses cinquante ans et il était responsable du 171e bataillon d'infanterie. À la prochaine occasion, il imposerait ses volontés.

Le lieutenant-colonel fut tiré de son rêve éveillé par la voix nerveuse de Kate.

— William, enfin, vous voilà! Nous vous avons cherché parmi tout ce monde. Nos valises sont finalement regroupées près de ce haut lampadaire, là.

— Très bien! Nous avons un train à prendre. Je hèle un taxi pour vous. Quant à moi, je marche jusqu'à la gare en compagnie de mes soldats.

❋

Sous une violente ondée de gouttelettes plus proches du flocon de neige que du brin de pluie, les passagers descendirent à la gare de Milford. Des camions de l'armée étaient stationnés en bordure du trottoir. Certains soldats eurent l'ordre de s'entasser comme des sardines dans les bennes recouvertes d'une toile solide, alors que d'autres montèrent dans des remorques tirées par des chevaux. William ne se fit pas prier pour s'installer dans une cabine motorisée après s'être assuré que Kate et Graziella jouissaient du même confort que lui. Le pavé était en mauvais état; les courbes étaient raides. Kate tenait fermement son sac à main sur ses genoux qui suivaient les cahots de la chaussée.

La pensée de Graziella se tendait vers Henry. Elle le verrait pour la première fois autrement que sur une photo vieille d'environ cinq ans. Qu'est-ce qui lui prenait? Elle sentait son cœur battre entre ses oreilles et le sang lui monter aux joues. Pourtant, elle s'était préparée depuis longtemps à cette rencontre!

Kate lui agrippa soudain la main en disant:

— Graziella, je ne sais pas ce qui me prend. Je me sens si anxieuse! La proximité de notre destination me cause autant de douleur que de joie.

— Je suis dans le même état que vous, j'aurais envie de rebrousser chemin.

— De quoi avons-nous peur, en fin de compte, après avoir affronté la menace d'une attaque allemande pendant la traversée?

— Ne croyez-vous pas que, ce qui fait peur, ce n'est

pas nécessairement le danger, mais plutôt l'idée qu'on se fait d'une situation ou d'une personne?

— Ma chérie, sommes-nous en train de considérer Henry comme une menace?

Le camion stoppa devant une agglomération de bâtiments éclairés faiblement. L'officier apprit à ses deux passagères que l'arrivée des troupes mobilisait le personnel de tous les corps d'emploi, de sorte que Kate et Graziella ne pourraient pas voir Henry le soir même. Le devoir passait avant les rapports fraternels. William ouvrit la portière et les pria d'attendre; il allait téléphoner à Witley Court.

Les yeux tristes, elles imaginèrent Henry entre ces murs en train de courir ici et là dans le but de donner le meilleur à des jeunes qui souffriraient sans doute très bientôt de la faim et du manque de confort.

« En quoi Henry peut-il être une menace? » se demanda Graziella.

⁂

Une fois de plus, grâce à William, les faveurs ne cessaient de paver de petits bonheurs le pèlerinage des deux femmes. Graziella et Kate étaient invitées à Witley Court, un riche domaine appartenant au comte de Dudley, deuxième du nom, de qui l'homme d'affaires avait antérieurement essayé d'obtenir du capital pour ses entreprises. Les deux hommes avaient fait connaissance pendant la guerre des Boers.

Les deux complices furent reçues par la gouvernante, qui les dirigea dans une suite comprenant un boudoir, deux chambres et une salle de bain; elle était située dans l'une des ailes avant; la vue donnait sur l'immense fontaine *Persée et Andromède.* Une servante leur servit des mokas et du thé en les priant de se présenter à la salle à manger pour le petit-déjeuner à neuf heures tapantes. Cela leur donnerait assez de temps pour récupérer après un aussi long voyage.

Cet accueil cordial ne suffit pas à rassurer les deux

femmes, dont l'émotivité était à son paroxysme; elles étaient profondément peinées de ne pas avoir vu Henry à leur arrivée.

La bonne ayant quitté les lieux en leur souhaitant une bonne nuit, elles étaient plus à l'aise. Leurs valises étaient restées dans le boudoir; elles y prirent leurs vêtements de nuit et s'évadèrent chacune dans sa chambre.

❋

13 janvier 1917

Lorsque Graziella ouvrit les yeux, la montre Omega ornant son poignet marquait sept heures trente. Elle sauta du lit; à pas légers, elle s'enferma dans la salle de bain. Sa toilette terminée, elle laissa la place à Kate, que le bruit de l'eau coulant dans la baignoire avait réveillée.

La journée s'annonçait riche en surprises de toutes sortes, si elles se fiaient à ce que leur arrivée la veille leur avait laissé présager. Elles voulaient faire bonne impression auprès de leur hôtesse et, surtout, être parfaites pour rencontrer Henry. Kate fixa son choix sur un deux-pièces formé d'une jupe tan et d'une veste beige festonnée de fine dentelle au col et au bas des manches. Une épingle sertie de perles tiendrait ses cheveux relevés en chignon. Elle évalua que cette tenue simple et chic à la fois conviendrait aux activités de la journée.

Graziella n'écoutait que d'une oreille distraite le flot de paroles que Kate semait à tout vent en tournant en rond dans la pièce. C'était Henry par-ci, Henry par-là, c'étaient les nouvelles qu'elle lui donnerait de ses amis d'enfance et de collège, c'étaient encore les jeunes Grenon et Rainville qui étaient déjà mariés et qui avaient des enfants. Elle hésita. Henry prendrait-il cette déclaration comme un reproche en rapport avec son statut de célibataire, lui qui n'avait pas encore donné à Kate le bonheur d'être grand-maman? Le culpabiliserait-elle de les avoir poussés à chérir trop précieusement Hubert, un petit-fils par adoption? En conclusion, elle attendrait le moment avant de soulever de pareils sujets de conversation devant lui.

— Vous êtes sage, la félicita Graziella.

De son côté, elle se disait qu'elle était prise au piège par son sens maladif de l'économie, une fois de plus. Sa garde-robe était bien trop maigre pour une pareille vie de château. Kate lui proposa de porter la robe violette de la *Maison Simons* qu'elle lui avait offerte en cadeau de Noël. Graziella avait plutôt en tête de la réserver pour les soirées et les sorties spéciales si cela s'avérait possible. Kate constata:

— Graziella, ma chérie, je ne crois pas que cette vieille jupe et ce chemisier soient de mise.

— Ce vêtement me rappelle notre première rencontre.

— Nous ne devons pas tenir compte des nostalgies, dans ce cas-là.

— Vous ne trouvez pas surprenant que j'aie choisi instinctivement le même accoutrement pour ma première rencontre avec Henry que pour la nôtre?

— Vous essayez d'interpréter les signes, ma parole! Seriez-vous aussi anxieuse que moi?

— Peut-être bien.

— A-t-il changé au point de ne plus être tout à fait le fils que j'ai élevé? L'armée change les personnes, nous l'avons constaté chez William.

En ayant ces idées en tête, elles se retirèrent dans leur chambre pour se vêtir.

❈

Kate et Graziella étaient assises devant un jus d'orange quand la comtesse de Dudley pénétra dans la pièce. Elles se levèrent et, l'une après l'autre, elles tendirent la main en se présentant; elles attendirent que la maîtresse de maison prenne place et les invite à se rasseoir.

En étendant la serviette de table sur ses genoux, Graziella observa leur hôtesse, qui avait un charisme singulier. Ses traits étaient imparfaits dans un visage plus long qu'ovale. Son regard foncé était profond, comme si on pouvait s'y noyer. Une frange séparée au milieu accentuait la longueur de son nez et couvrait chaque côté du front de cheveux noirs largement bouclés qui tombaient au-dessus du lobe de l'oreille. Des épaules carrées surplombaient un corps solide. Il suffisait de voir cette femme une seule fois pour que son souvenir reste gravé dans la mémoire. Graziella sentait encore dans sa paume l'empreinte de sa poignée de main ferme. D'une voix apaisante et aussi profonde que son regard, lady Rachel dit:

— Soyez les bienvenues, mesdames. Ce cher William n'a pas été long à me convaincre de vous héberger. Maintenant que vous êtes installées, je vous prie de demeurer ici, dans cette trop grande maison, le temps que vous séjournerez à Witley. Je mettrai le personnel nécessaire à votre service.

Au téléphone, lady Rachel avait répondu positivement aux arguments de William. Il lui avait notamment fait valoir que les Alliés devaient se serrer les coudes et s'entraider. Dans son immense château, il y avait amplement de pièces pour loger la mère et la sœur d'un vaillant lieutenant-caporal qui se dévouait à ses tâches depuis le début du conflit mondial.

— Vous êtres trop bonne, lady Dudley. Ma fille et moi ne voulons pas être envahissantes. Aujourd'hui, avec mon fils Henry, nous essaierons de trouver une chambre dans un hôtel.

— J'insiste. Les hôtels sont presque toujours bondés. Depuis le début de la guerre, Witley a plus que quintuplé sa population de deux mille habitants.

— Si nous acceptons votre invitation, il serait inconvenant de jouir de votre hospitalité gratuitement.

— Vous m'offenseriez autrement, madame! Mon invitation est gracieuse et désintéressée, comme le veulent les habitudes de la famille.

— Lady, j'avoue bien humblement que je ne connais pas assez les coutumes des familles de votre rang.

— Pour commencer, dorénavant, vous m'appellerez Rachel, et moi, Kate. Vous également, Graziella. Vous devez être à peu près du même âge que la seconde de mes filles, Morvyth, qui a vingt ans. Je vous la présenterai plus tard. Elle est infirmière. Je crois que vous allez bien vous entendre.

— J'ai dix-neuf ans depuis septembre, madame.

— Rachel, appelez-moi Rachel.

— Je n'oserais pas.

— Osez, puisque je vous le demande. Vous savez, mon titre de comtesse, je ne m'en enorgueillis guère. Dans les prochains jours, nous ferons plus ample connaissance. Lorsque vous connaîtrez mes valeurs réelles, vous verrez que, l'essentiel, pour moi, ce ne sont pas les convenances et l'éthique de l'aristocratie, mais le côté humain des personnes qui m'entourent, qu'elles soient de n'importe quelle classe. Mangeons, à présent, cela va refroidir. Ensuite, si votre fils veut vous rencontrer ici même, j'en serai enchanté, ma chère Kate. Peut-être connaît-il mon fils Eric, qui est âgé de vingt-trois ans. Il enseigne à l'école militaire, suivant en cela les traces de son père.

— Henry enseigne aux fantassins. Il a vingt-cinq ans.

— Je vois dans vos yeux que vous mourez d'envie de le prendre dans vos bras. Je vous comprends très bien. Cette guerre est intransigeante. Elle peut nous voler ce que nous avons de plus précieux. J'ai quatre garçons, entre vingt-trois et dix ans. Même si le malheur n'a pas encore touché ma famille, je comprends très bien la douleur de perdre un être cher. J'ai œuvré auprès de malheureuses qui ont subi ce mauvais sort en Australie et en France.

Affaiblie par les aléas de la traversée, Kate ne s'attarda pas sur le fait que la comtesse semblait avoir un passé riche d'expériences surprenantes et diversifiées. Elle éclata en sanglots. Rachel quitta sa chaise capitaine au bout de la table et s'empressa d'aller consoler la maman dont le cœur explosait à la seule idée qu'elle aurait pu ne jamais retrouver son enfant.

❀

Les yeux mi-clos, Henry subissait les soubresauts de la route. Le camion conduit par un soldat roulait dans la boue due aux pluies torrentielles de la veille, fréquentes en janvier dans le paysage britannique. Ses doigts croisés sur ses cuisses tremblaient. Des gouttes perlaient sur son front recouvert à demi de son képi galonné. Sous sa redingote, une marée de sueur longeait sa colonne. Il devait revoir sa mère et rencontrer sa demi-sœur pour la première fois. Quelle réaction auraient-elles en apprenant la nouvelle qu'il avait à leur annoncer?

Henry avait obtenu une permission de dix jours; ses supérieurs avaient jugé que son travail opiniâtre méritait d'être récompensé, d'autant plus que, dorénavant, les officiers devraient transmettre leurs connaissances sur le terrain même. Henry tenait une forme d'athlète, et ses connaissances des stratégies étaient vastes; il s'avérait le candidat idéal pour assister un colonel. Aussi, comme lieutenant-colonel, il aurait le commandement d'un régiment blindé d'artillerie ou d'un bataillon d'infanterie selon les besoins immédiats.

Cette montée en grade l'avait attristé plus que réjoui. Elle arrivait au mauvais moment. Il s'efforça d'en ignorer les inconvénients et se concentra sur sa rencontre imminente avec sa mère et sa demi-sœur.

L'engin stoppa trop vite à son goût. Saurait-il garder son calme? En s'ouvrant, la porte émit un bruit qui fit sursauter le conducteur. Henry sauta du marchepied et suivit à grands pas l'allée qui conduisait à la porte.

Lady Rachel et Graziella s'étaient retirées dans l'un des salons près de l'entrée principale. Elles voulaient laisser toute la place aux retrouvailles entre la maman et son fils. Kate était debout au milieu du hall et frottait ses mains l'une contre l'autre. Elle devait être forte. Elle avait tant rêvé de ce moment!

Un valet vint ouvrir au troisième timbre du gong.

Henry se planta dans l'embrasure. Il tenait avec distinction son couvre-chef sur sa poitrine. Sa toison foncée avait été rasée proprement autour de ses oreilles, mais s'allongeait autour du crâne. Il fixa sa mère d'un regard fervent; elle était comme il se l'était imaginée, frêle et toujours aussi belle. Il fit un pas vers celle qui lui avait donné la vie; son cœur s'emballait.

Kate resta clouée sur place. Une pluie de larmes maquillait ses joues. Henry, son fils, était là, différent... En même temps, elle reconnaissait ses yeux, son nez, sa bouche. C'était bien Henry, le fruit de ses entrailles qu'elle chérissait.

Son sang se retirait de son visage. Comme une poupée de chiffon, elle s'affaissa. Sa tête tomba sur la large et robuste poitrine d'Henry, qui la souleva de terre. Il sanglotait comme un enfant.

❋

À présent dans son lit, Kate était si pâle qu'elle semblait sans vie; sa respiration était quasi imperceptible. Henry avait perdu ses moyens. Il ne savait que tourner et retourner sa coiffe entre ses doigts; il avait été formé pour faire face à sa propre mort, mais comment pouvait-il rester insensible devant la vulnérabilité de la femme qui l'avait mis au monde?

La compassion qui se lisait sur les traits de son visage et dans ses gestes malhabiles émouvait Graziella. Habituée de longue date aux faiblesses de Kate, elle s'agenouilla et lui entoura les deux mains des siennes. Lady Rachel fouillait dans sa trousse, posée sur un guéridon.

— Graziella, voulez-vous me laisser la place, s'il vous plaît? la pria-t-elle.

Elle ausculta le corps inerte et agita un flacon des sels sous son nez. Kate bougea les doigts sur son plexus et ouvrit les yeux, mais les referma aussitôt.

Les regards pleins de larmes de Graziella et d'Henry se croisèrent. Troublés, ils n'osèrent pas se regarder franchement dans les yeux.

La châtelaine demanda à Graziella d'appliquer une compresse froide sur le front de Kate, qui avait eu un malaise vagal. Elle réagit sans délai et se dirigea vers la salle de bain. La comtesse rattrapa sa trousse en disant qu'elle reviendrait plus tard. En partant, elle referma doucement la porte sur ses invités, jugeant qu'ils avaient besoin d'intimité.

Assis dans un fauteuil à côté du lit, Henry détaillait sa demi-sœur. Elle mit la compresse sur le front, puis elle vint occuper le siège en face de lui.

Ils demeuraient silencieux. De temps en temps, leurs regards se rencontraient, mais s'enfuyaient aussitôt vers l'abondance des riches bibelots décorant soit une table de chevet, soit une commode.

Graziella se remémorait son attitude lors du retour surprise d'Alexis, le jour du baptême d'Hubert. Il lui avait fallu du temps avant de pouvoir lui exprimer ce qu'elle ressentait.

En se donnant l'air de fixer un tableau au mur, par des regards furtifs en coin, elle détailla son demi-frère. Visiblement, l'entraînement lui avait donné une maturité qui détrônait l'expression encore adolescente qui émanait de son visage sur la seule photo qu'elle avait vue de lui. Toute sa personne dégageait une assurance et une force sécurisantes. Elle comprenait pourquoi Claire s'était entichée de lui. Mais Claire disait que l'attirance qu'il exerçait sur elle était illusoire, que c'était son inaccessibilité qui lui plaisait.

Le silence était accablant; se pouvait-il que des êtres ayant tant à se dire ne puissent trouver comment le faire? Le langage du cœur était fragile. Il exigeait des mots prononcés sur un ton juste qui confirmait l'espoir ou qui appliquait un baume sur la déception.

En concentrant son attention sur la jeune fille que ses parents avaient adoptée, Henry se convainquait que le modèle vivant surpassait en charme la femme qu'il avait vue sur le bout de papier glacé qu'on lui avait envoyé par la poste. Sans conteste, sa demi-sœur était une femme fort désirable; devant un tel tableau, il comprit pourquoi les mots l'étranglaient.

Il aurait bien souhaité dire à Graziella ce que sa rencontre lui inspirait, mais il fallait briser la glace, et cela exigeait un effort. Dans leurs échanges épistolaires, ils avaient bien amorcé une conversation où l'intimité avait pris peu à peu une place appréciable, mais ce n'était pas tout de s'écrire. L'expression orale devait à son tour être apprivoisée. En outre, Henry se demandait quelle impression première il faisait à la jeune femme.

Kate reprenait de la vigueur. Elle ouvrit les yeux pour de bon. D'une voix amortie, elle s'excusa.

— Cher Henry, approchez! Ce n'est pas ce que j'ai voulu pour nos retrouvailles.

Le soldat s'assit sur le bord du matelas et sa mère posa sa tête au creux de son épaule. Son contact la réconfortait. Graziella était la spectatrice de l'un des plus beaux moments de l'existence. Henry pressait fortement sa mère contre lui. Leurs visages étaient soudés et leurs larmes se mêlaient. Kate se dégagea et passa ses bras autour de son cou; les yeux clos, elle colla longuement ses lèvres sur la peau fraîchement rasée de sa joue.

Graziella fut soudain submergée par la tristesse; à cet instant précis, juste comme elle se sentait envahie par l'admiration devant le jeune homme qu'il lui avait tant tardé de rencontrer, son aventure avec Timothy refit surface. Quelle étourdie elle avait été! Un obstacle insurmontable les séparerait, s'il advenait que fût réciproque l'attendrissement qui se réveillait en elle à l'égard d'Henry.

Prenant tout à coup conscience qu'elle n'avait pas fait les présentations d'usage, Kate prit la parole:

— Trop prise par moi-même, j'ai manqué à mes devoirs. Pardonnez-moi, tous les deux. Henry, voici votre demi-sœur.

Le jeune homme quitta le rebord du lit. Avec distinction, il s'empara de la main de Graziella et la baisa.

— Graziella, c'est pour moi une très grande joie de vous rencontrer.

Ce premier contact physique ne fit que renforcer la certitude qu'il était fortement attiré par elle.

Kate remarqua l'intensité du regard dont il la couva.

⁂

Avant le dîner, la châtelaine présenta ses deux filles aînées, Gladys et Morvyth, aux visiteurs. Elle pria ensuite les cinq convives de prendre la place que le majordome leur indiquait à la table de la salle à manger. Kate présentait son visage des mauvais jours, que sa dame de compagnie avait remarqué plus d'une fois.

Depuis la matinée, une foule de questions sur les rapports d'Henry avec la famille Dudley bouillonnaient dans le cerveau agité de Graziella. Assise en face de ses deux filles, elle se demandait si elles avaient un prétendant. Comment Henry les trouvait-il? Quels étaient ses projets?

On servit un potage Crécy comme entrée. L'hôtesse remercia gentiment la fille d'office et le valet de pied. Elle s'adressait aux nombreux domestiques avec le même respect qu'elle accordait à ses enfants.

Le décorum était si élaboré et grandiose, même pour un simple repas ordinaire, que les invités en éprouvaient un certain malaise. Graziella ne savait pas quels ustensiles utiliser; les leçons qu'elle avait eues en art ménager n'avaient vraisemblablement pas suffi.

L'hôtesse sembla remarquer le trouble de ses hôtes. Sans s'excuser de faire partie de l'élite, elle déclara prudemment :

— Même en temps de guerre, j'ai voulu garder tout le personnel sans exception, aussi extravagant que cela puisse paraître. Les domestiques ont besoin de leur salaire pour vivre convenablement. J'ai tenu à ce qu'ils continuent d'accomplir les tâches habituellement requises par la tenue d'une maison de cette envergure. C'est l'un des services que je puis leur rendre.

Seule maîtresse de l'une des plus grandes maisons de la région des Midlands, elle avait la lourde responsabilité de coordonner les tâches touchant au service à la personne et à l'entretien des lieux.

Le personnel comptait une quarantaine de serviteurs allant du majordome au valet de pied et aux femmes de chambre. La bouche seule, dirigée par le chef, occupait la majorité des employés; des cuisiniers, pâtissiers, rôtisseurs, sauciers, marmitons et filles de cuisine y œuvraient de concert. Il y avait également les secrétaires, les lingères, le cocher, le palefrenier, le chauffeur et les jardiniers.

— J'admire votre grandeur d'âme, chère Rachel. Il suffit de vous entendre pour constater votre humanité. Votre accueil et la bonté que vous nous manifestez en sont la preuve. Je vous remercie une fois de plus de nous prêter des appartements et, surtout, je tiens à m'excuser pour le malaise qui m'a foudroyée lorsque j'ai vu mon fils.

Tous les regards se tournèrent vers le jeune homme, qui baissa les yeux sur l'assiette à pain à sa gauche. Gladys et Morvyth avaient remarqué l'expression d'innocence qui marquait ses traits dans différentes situations. Ce jeune homme d'une classe certaine était plaisant à regarder et il savait se tenir en société. Toutefois, l'étiquette imposée par leur mère ne leur permettait pas de prendre les devants. Comme si lady Rachel avait lu dans leurs pensées, elle s'adressa au jeune soldat nouvellement gradé.

— Henry, je suis heureuse d'avoir été témoin de vos retrouvailles avec votre mère. De vous compter parmi nos invités est également un plaisir et je suis certaine que mes deux filles nourrissent le même sentiment. N'est-ce pas, Gladys et Morvyth?

Âgées de vingt-quatre et vingt ans, les jeunes femmes n'étaient pas encore mariées. Elles n'avaient jamais été assez intéressées par d'éventuels prétendants pour faire un choix. La guerre les avait entraînées dans une autre direction. Gladys répondit à la question de sa mère d'une voix posée.

— Chère mère, vous avez entièrement raison. Les surprises que nous apporte cette guerre sont parfois à notre avantage.

Elle gratifia les invités d'un regard sincère, qui s'arrêta une seconde de plus sur le visage d'Henry.

— Votre compagnie me rend très heureuse, ajouta-t-elle.

Graziella crut saisir que l'aînée de la famille Dudley avait un léger penchant pour son demi-frère. Sans se soucier de savoir s'il était de mise de s'imposer, elle dit à lady Rachel :

— À mon tour d'exprimer ma reconnaissance pour votre gentillesse, madame. Je vais paraître curieuse, mais j'aimerais en savoir plus sur vos charmantes filles.

Morvyth fut la première à répondre à la question en fixant Graziella d'un regard conciliant.

— Ma sœur et moi suivons les traces de notre mère. Nous sommes attachées au dispensaire de Witley. Comme infirmières, nous prenons en charge les fantassins qui ont subi des blessures importantes. Ils y viennent en convalescence après avoir été soignés dans des hôpitaux de fortune tout près des tranchées.

Ces jeunes filles étaient jour après jour en contact direct avec les blessés de guerre. Graziella y voyait une occasion d'atteindre l'un des buts de son voyage en Europe. En pensant à Alexis, elle posa la question qui lui chatouillait la langue :

— Quelles améliorations tangibles ont été apportées aux soins dispensés depuis le début de la guerre?

Gladys prit la parole à son tour.

— À l'automne 1914, ma sœur et moi n'étions pas encore infirmières; nous ne pratiquons que depuis dix-huit mois. Cependant, nous savons que les soins étaient sommaires. Encore aujourd'hui, il est difficile de donner aux blessés tout ce dont ils ont besoin. Nous faisons avec ce que nous avons.

Henry n'avait pas été bavard jusque-là. Il avait conscience que les deux filles de la châtelaine dirigeaient des regards intéressés vers lui. Elles étaient jolies et avaient des buts élevés dans la vie, mais leur charisme ne dépassait pas celui de sa demi-sœur. Ce fut surtout à l'intention de cette dernière qu'il intervint pour ajouter certaines informations.

— Vous avez raison, mademoiselle Gladys. Pour être allé dans les tranchées, même en des temps plus calmes, j'ai vu des vagues de blessés se succéder quotidiennement sans qu'aucun diagnostic individuel ne soit posé. Les soldats souffrant de traumatismes sévères étaient portés à l'écart des lignes de combat dans des conditions sanitaires très précaires. Les premiers postes de secours protégeaient tout au plus les malades des intempéries; ils devenaient très vite engorgés avant qu'on puisse déménager les blessés vers l'*Arrière*; c'est ainsi qu'on désigne les centres de soins éloignés de la tranchée. Il était facile de perdre leurs traces dans de telles conditions. C'est ce qui est arrivé à Alexis, l'ex-fiancé de ma demi-sœur. William et moi, après maintes recherches dans des dossiers souvent remplis à la va-comme-je-te-pousse, avons eu la chance de le retrouver vivant. Il a été privilégié de s'en tirer sans infection grave.

Cette description suscita les commentaires de la comtesse; elle avait jadis mis en place des hôpitaux volontaires australiens et elle fit allusion à ses propres expériences. Graziella fut questionnée à propos de son fiancé blessé.

Gladys et Morvyth s'excusèrent et quittèrent avant le dessert. Leurs occupations les attendaient.

Devant une pièce de plum-pudding présentée dans une assiette de porcelaine, Kate revint sur le fait que la comtesse avait commencé à œuvrer en Australie alors qu'elle y était installée avec son mari.

— Ce fut un travail de tous les instants, précisa Rachel. Même si j'étais la femme du gouverneur général, je n'ai pas voulu rester muette et impassible comme une statue de marbre. Je me suis intéressée au sort des colons, des femmes en difficulté et de leurs enfants, incapables d'obtenir des conseils. Il fallait que je fasse quelque chose. J'ai donc frappé à toutes les portes pour avoir du financement en contribuant largement moi-même. J'ai essuyé tous les genres de refus ou de commentaires de la part des hautes instances. Dans ce domaine, c'est un lourd handicap d'être une femme. À force de persévérance, j'ai enfin pu installer un premier dispensaire et former des infirmières.

— Et votre mari, qu'en dit-il? demanda Kate.

— Je n'ai pas de honte à avouer publiquement que

nous avons divorcé à notre retour d'Australie. C'est pour cette raison qu'il n'est pas ici avec nos sept enfants et moi.

— Vous avez sept enfants? dit Kate.

— En effet. Mon aînée, Gladys, est suivie de William Eric, qui est militaire comme son père à la base de Witley. Je vous en ai déjà soufflé un mot. Vous devez le connaître, Henry?

— Oui, madame, je le vois de temps en temps.

— Viennent ensuite Morvyth, Roderic John, quinze ans, Patricia, treize ans, et les jumeaux, Edward et Georges, dix ans. Roderic John est chez un ami malade, alors que les trois derniers sont avec la gouvernante. Malgré l'amour que nous avons pour nos enfants, à la croisée des chemins, d'un commun accord, mon mari et moi avons décidé de prendre des directions différentes; il valait mieux admettre que nos buts n'étaient plus les mêmes que de l'ignorer. Nous avons gardé une très bonne relation.

Elle se tut et pensa à William Humble Ward, l'homme qu'elle avait épousé.

Deuxième comte de Dudley, il faisait partie du cercle social du prince de Galles, le futur roi Édouard VII. Elle s'était lassée de son amour prononcé pour les plaisirs que lui procurait l'immense fortune léguée par son père.

Elle porta son attention sur Kate, qui s'excusait:

— Merci, Rachel, pour l'excellent repas et votre conversation très enrichissante. Le temps de la permission que vous m'avez accordée est terminé. Je sens le besoin d'aller m'étendre. Je vous en prie, pardonnez mon indélicatesse.

— Allez, Kate, je comprends très bien. Essayez de dormir un peu. J'irai vous ausculter de nouveau et prendre votre température. Vous êtes épuisée. Vous avez à vaincre la fatigue causée par le mal de mer et une pénible traversée. Pour couronner le tout, vous avez subi le choc de revoir votre fils.

Elle s'adressa à Henry.

— Si vous voulez faire visiter la ville à votre sœur, je mettrai mon chauffeur à votre disposition.

Chapitre 15

— Où voulez-vous que je vous conduise? demanda le chauffeur des Dudley.

— Nous voulons descendre devant la maison de Mary Ann Evans, fit Henry. Il y a longtemps que j'ai promis par lettre de faire visiter cet endroit à ma demi-sœur.

— Très bien. Nous y serons dans environ une quinzaine de minutes.

Henry tendit la main à Graziella et l'aida galamment à s'installer sur le siège arrière de la luxueuse automobile. Il prit place à ses côtés. Son parfum et l'empreinte de sa main dans la sienne le troublaient. Il aurait voulu que la Terre s'arrête de tourner en cet instant où son épaule frôlait la sienne. Le manteau de lainage de Graziella semblait bien miséreux comparativement à ceux de vison que portaient les filles du château. Cependant, le bleu prononcé accentuait la couleur rare de ses yeux et la finesse de sa peau légèrement hâlée, sur laquelle on pouvait lire qu'elle était une enfant de la forêt, que son instinct animal chassait la peur et lui donnait une assurance solide. Henry comprenait pourquoi sa mère s'était entichée aussi vite d'une fille comme elle, alors qu'elle était vulnérable. Elle avait indiscutablement fait le bon choix.

Le trajet se fit en silence. On ne percevait que faiblement les respirations et quelques quintes de toux enterrées par le bruit sourd du moteur. De temps en temps, les regards en coin de Graziella et d'Henry se rencontraient et se distançaient aussitôt. Henry voyait le temps courir. Dans une semaine tout au plus, ils partiraient tous les trois pour Ypres; de là, sa mère et Graziella reviendraient sans lui. L'effondrement de sa mère avait accaparé toute l'attention. Les confidences et les échanges étaient passés au second plan. Il voulait se rattraper.

Considérant que la guerre ne laissait pas de place aux préliminaires, il fallait aller droit au but. Qu'arriverait-il si le mauvais sort l'entraînait dans la mort? Jamais Graziella ne saurait les sentiments qu'il éprouvait pour elle. Il n'aurait jamais la chance de sentir sa tête tomber sur son épaule. Jamais il n'aurait satisfait son désir de joindre tendrement ses lèvres aux siennes comme il en avait déjà tant rêvé. Jamais il ne pourrait, étendu à ses côtés, l'admirer en train de dormir en se demandant si le sourire sur ses lèvres était le fruit de leur récent échange amoureux. Combien de fois avait-il rêvé les yeux ouverts d'un instant pareil? Il ne pouvait pas les compter sur les doigts de ses deux mains.

— Nous sommes arrivés. Voulez-vous que je vous attende, ou que je revienne vous chercher à l'heure que vous m'aurez indiquée? s'informa le chauffeur d'une voix sourde.

— Qu'en dites-vous, Graziella? demanda Henry en la fixant d'un regard suppliant.

— Visiterons-nous d'autres endroits, après la maison?

— Ce sera à vous de décider. Nous pourrions en profiter pour marcher dans le parc; la température le permet. Si nous en avons le temps, je vous ferai visiter certains endroits de la base militaire accessibles au public.

— Ce qui veut dire que nous en aurions pour deux ou trois heures?

— Attendez que je vous téléphone, s'il vous plaît, signifia Henry.

— Bien, monsieur!

La petite maison était de style victorien. Quarante et un ans plus tôt, la grande écrivaine s'assoyait le matin à sa table de travail et faisait vivre sur du papier les aventures que son imagination lui dictait. Henry connaissait tout de sa situation matrimoniale avec un homme déjà marié et père de trois enfants naturels. Envers et contre tous, le nouveau couple Evans-Lewes avait déclaré son amour publiquement au risque de subir l'humiliation du scandale.

Sous un soleil brumeux de janvier, Graziella et Henry, debout sur le trottoir devant un monument riche en histoire, se sentaient plus près l'un de l'autre. Leur amour de la lecture leur assurait le même ancrage.

Graziella réagit à l'exposé qu'Henry venait de lui faire sur la facette personnelle de son écrivaine préférée.

— Je croyais que le divorce n'était pas mal jugé, en Angleterre.

— Il y a toujours une façon d'aborder les choses. Mary Ann Evans et George Henry Lewes n'ont pas attendu le divorce avant de s'afficher publiquement. Voilà la nuance.

— Et vous, dans quel camp auriez-vous été? Celui des détracteurs ou celui des indulgents?

— Celui des indulgents. Graziella, la guerre libère l'esprit. Je vois plutôt l'urgence de vivre selon les désirs du cœur. Vous êtes bien placée pour savoir que la mort est plus présente qu'on pourrait le penser. Pourquoi ne pas cueillir les beautés du monde tout de suite, là, maintenant? Pourquoi attendre et en éprouver des regrets?

— Je n'aurais jamais pensé dire cela un jour, mais il y a la conscience qui freine parfois les élans de l'esprit et du corps.

— Votre conscience vous met des obstacles?

— Oui, maintenant. Nous ne devrions pas avoir une telle conversation. Si quelqu'un nous entendait…

— Personne ne nous entend et c'est tant mieux. Je vais vous dire directement ce que je pense. Graziella, nous avons du temps à rattraper et peu de temps pour le faire. J'ai gardé le secret, vu l'état de mère. À vous, je puis le dire maintenant. Le mardi 23 janvier, je serai au front, là où m'envoie mon nouveau grade.

La jeune femme fut consternée. Le froid venant du sol humide la submergea des pieds à la tête. Pour un peu, elle aurait tremblé de tous ses membres.

— Henry, vous ne pouvez pas faire cela à votre mère. Elle en mourra.

— Vous êtes transie. Si nous avions l'audace de demander au propriétaire de nous faire visiter, le temps de nous remettre les idées en place?

Sans attendre de réponse, Henry frappa à la porte d'entrée de son poing ganté de cuir. Un homme au dos courbé passa une tête aux cheveux bouclés dans la fente de la porte entrouverte. Il affronta les intrus d'un regard ombrageux et dit d'une voix méfiante :

— Je n'attends pas de visite. Je ne vous connais pas, allez-vous-en!

Sans se laisser décourager, le nouveau lieutenant-colonel argumenta :

— Je comprends que notre présence inopinée, à ma sœur et à moi, vous semble impolie, mais nous avons une admiration sans bornes pour George Eliot, l'écrivaine qui a habité cette maison.

L'homme caressa sa moustache imposante et se radoucit.

— Le pays est en guerre. Je n'ai pas l'argent nécessaire pour entretenir une maison comme celle-là. Il faudrait que l'État s'en charge. Il pourrait l'acheter et en faire un musée. De cette façon, je ne serais pas dérangé à toute heure du jour par les maniaques des romans de cette dévergondée laide à faire peur.

— Je ne vois pas pourquoi vous dites des choses comme celles-là de Mary Ann Evans.

— Je ne répéterai pas ici ce que tout le monde dit à propos de sa relation scandaleuse avec George Lewes. D'ailleurs, son nom masculin, ne l'a-t-elle pas choisi en fonction de cet homme? George Lewes, George Eliot... dit-il en traînant la voix.

— Cela n'a pas d'importance pour nous, argumenta Henry. Ma sœur est de passage à Witley. Elle vient du Canada. Elle aimerait visiter cette maison.

L'homme les détailla des pieds à la tête. Il remarqua l'état dans lequel se trouvait Graziella; elle tremblait maintenant de tous ses membres.

— Pour venir du Canada, je trouve que la petite est bien fragile.

— Allons-nous-en, Henry, voulez-vous? demanda Graziella.

— Je fais une exception pour vous. Ma femme va vous servir le thé pour vous réchauffer.

— Nous vous paierons pour le dérangement, offrit Henry.

L'intérieur, de style victorien, était meublé simplement. On aurait dit que les canapés et les fauteuils étaient là depuis la construction de la maison. Le couple Evans-Lewes avait relaxé ou discuté dans ce salon après une journée à travailler sur la prochaine publication de l'une de leurs œuvres. Mary avait-elle écrit sur la petite table carrée devant la fenêtre? Henry sentait son cœur vibrer encore plus vigoureusement devant les objets dont s'était servie celle qui avait si bien su décrire les sentiments et les désirs que suscitait le mystère de l'amour entre les hommes et les femmes. Il éprouvait une sorte d'extase devant l'inexplicable; l'écrivaine savait si bien lire dans l'âme humaine! Troublé par cette pensée, il empoigna sans retenue la main gantée de Graziella.

Ils sentaient leur cœur s'accélérer à l'unisson dans le creux de leur paume. Elle leva des yeux bleus moirés de mauve sur lui. Qu'était-il en train de lui arriver?

Elle se concentra sur la porte de la chambre qui leur faisait face. Deux amoureux maudits y avaient sans remords donné libre cours à la passion autant physique qu'intellectuelle qui les consumait. Ensemble, ils réalisaient leurs projets respectifs. Ils avaient fait de l'impossible le plus grand défi de leur vie.

Le maître de la maison ramena les visiteurs à la réalité.

— Enlevez vos manteaux et venez vous réchauffer près du poêle. Ma femme prépare le thé.

Ils obéirent et s'assirent face à face à la table de bois en s'épiant d'un regard interrogateur. Une femme filiforme aux cheveux poivre et sel attachés en chignon bas lissa son tablier blanc impeccable et disposa la théière, les soucoupes et les tasses dans le large plateau. Elle servit minutieusement chaque invité. Elle attendit que son mari s'asseye dans la chaise du maître et occupa la place libre à ses côtés. Jusque-là, elle n'avait salué que de la tête les visiteurs impromptus.

— Ma femme est devenue muette à la suite de la mort de notre aîné qui est tombé dans la fosse à purin. Avant d'acheter cette maison, nous possédions une ferme.

— Monsieur, excusez mon manque de tact, dit Henry. Je n'aurais pas dû insister autant.

— Maintenant que vous êtes là, prenez votre thé. Je vous ferai visiter entièrement la maison.

❋

Le brouillard s'était dissipé. Le plein soleil de mi-janvier avait réchauffé le fond de l'air et dansait sur une chaussée qui s'était asséchée. La température à la hausse était confortable.

Graziella et Henry marchaient lentement côte à côte; ils ne semblaient pas avoir de but précis. Ils avaient la sensation de ne pas savoir comment exprimer les émotions et les idées qu'ils avaient eues pendant la visite de la maison datant d'une autre époque. Graziella comprenait à présent l'expression Vieux Pays utilisée par ses concitoyens lorsqu'ils parlaient de l'Europe.

La jeune femme ne voulait pas laisser voir l'engouement subit qu'elle avait eu pour Henry quand il lui avait saisi la main. À quoi avait-il pensé à ce moment précis? Leur cœur vibrait au même diapason. Elle ne pouvait pas aborder un tel sujet.

Elle recentra donc sa pensée sur les buts qui l'avaient motivée à faire ce voyage. Elle toussota et s'adressa à son compagnon :

— Henry, dites-moi franchement. Pensez-vous que j'aurais été heureuse en tant qu'épouse d'Alexis? Quelle réponse auriez-vous donnée à Alicia?

— Vous me demandez d'être franc? Eh bien, non! Vous n'étiez pas rendus au même endroit.

— Il était tellement bon et attachant! La guerre l'avait instruit. Il avait la volonté d'avancer. William parlait de l'engager dans un de ses bureaux.

— Vous m'avez demandé mon avis, je vous l'ai donné. J'ai parlé d'Alexis dans mes lettres. Je l'aimais beaucoup. Je le trouvais drôle et charmant. Cependant, l'amitié est une chose, l'amour en est une autre. Le début de votre relation était basé sur l'amitié. Son éloignement vous a aveuglée, ainsi que son courage.

— Vous ne me connaissez que par lettres.

— C'est suffisant. Je sais interpréter les nuances.

— Et quelles sont ces nuances?

— Je ne sais pas si vous serez offusquée...

— Dites-moi votre pensée.

— Alexis n'était-il pas l'image du père idéal pour votre enfant avant d'être le gage d'une vie heureuse?

— Il aurait été un excellent père et il aimait Hubert comme son fils, mais je ne l'aurais pas épousé pour cette seule raison. Les sentiments comptaient plus que tout. Vous m'avez dit que nous n'étions pas au même endroit. Je ne puis vous donner ni tort ni raison. Je suis peut-être dans l'erreur, mais j'ai la ferme conviction que, pour tourner la page sur la fatalité insensée dont Alexis a été victime, il faut que je réalise quel sombre avenir il a évité. Avez-vous déjà été imprégné d'une conviction si forte que rien ne peut vous arrêter?

Henry prenait conscience que tout n'était pas gagné. Une partie du cœur de la belle appartenait encore au jeune homme qu'elle avait failli épouser. Les traces que laissaient les sentiments étaient ineffaçables. Il devait se faire une raison. Le jeune homme resta silencieux.

Graziella continua à exprimer sa pensée:

— Henry, je ne sais pas comment vous le rappeler, mais êtes-vous revenu à la charge afin de nous procurer un laissez-passer, à votre mère et à moi? Malgré ce que vous en dites, je veux rencontrer les hommes qui ont connu Alexis et qui ont combattu avec lui. Je veux voir l'hôpital où on l'a soigné. Je ne veux plus simplement m'imaginer ce qu'il a enduré par ma faute.

— Je croyais que vous n'éprouviez plus de culpabilité vis-à-vis de lui! En lisant vos lettres, je vous percevais comme une personne qui regarde plutôt vers l'avant.

— Si je veux suivre ses traces, c'est justement pour me rassurer, pour me confirmer qu'il est temps pour moi de laisser le passé derrière. La traversée de l'Atlantique sous la menace de sous-marins allemands a été plus longue et pénible que prévu, notre rencontre ne s'est pas passée comme je l'avais imaginée et, là, nous marchons dans cette rue sans but précis. Si j'ai parlé de mon ex-fiancé, c'est que nous ne savons pas comment et quoi nous dire en ce qui nous concerne l'un et l'autre.

— Graziella, je pense au fait que j'ai peu de temps. Tout se bouscule en moi et je ne trouve pas comment l'exprimer.

Que voulait dire Henry, au juste? Qu'avait-il dans la tête? Elle tint à en avoir le cœur net.

— Comment trouvez-vous les filles Dudley? Elles vous regardaient avec attention.

— J'ai cru m'en apercevoir. Elles ne m'intéressent pas.

— Et l'infirmière que vous avez connue. Vous pensez encore à elle?

— J'ai connu bien des demoiselles intéressantes sans m'attacher ni à l'une ni à l'autre en particulier.

Ils étaient à présent dans un petit parc. Une fontaine avait l'air de s'amuser de façon insouciante à faire virevolter l'eau, comme si la paix était une chose durable dont aucune mésentente ne pouvait gêner les desseins. Henry proposa :

— Voulez-vous que nous nous asseyions sur ce banc?

— D'accord!

De son mouchoir blanc, il essuya sur le siège la moiteur créée par l'humidité. Graziella observa chacun de ses gestes; ils étaient précis et élégants.

Galamment, il lui tint la main le temps qu'elle s'assoie. Le soleil avait atteint son zénith depuis deux heures et glissait à présent lentement vers l'ouest. Épaule à épaule, dans le même angle, ils fixèrent les volutes joyeuses de l'eau.

Dans la petite maison de l'écrivaine, il avait osé lui tenir la main et elle ne l'avait pas retirée. Était-ce un signe probant? Ou devait-il cesser d'espérer? Henry ne voulait pas se faire d'illusions. S'il devait s'avérer que les sentiments de Graziella n'étaient pas les mêmes que les siens, il ne pourrait s'en remettre. Durant des années, il avait scruté le paysage et s'était attaché en pensant que c'était la bonne; il avait fui ou on l'avait fui. La roue avait tourné ainsi jusqu'à ce que la photo de l'amoureuse qu'il cherchait lui arrive dans une enveloppe.

Un promeneur âgé muni d'une canne remonta lentement l'allée. Parvenu à leur hauteur, il s'arrêta et les gratifia d'un sourire. D'une voix qui chevrotait, il constata:

— Vous formez un beau couple. J'espère que la guerre ne vous séparera pas. Profitez des instants où vous êtes ensemble. Ils ne se présenteront plus. La vie est trop courte pour qu'on en perde un seul instant. Fiez-vous à mon expérience. Si ma femme était encore là, nous ne manquerions aucune occasion d'avoir du plaisir ensemble. Bonne chance!

C'était le signe qu'attendait Henry. Il proposa:

— Graziella, si nous allions boire une chope de bière au *White Hart*...

— Au *White Hart*?

— Oui, c'est un pub non loin d'ici, à côté de l'église dont nous pouvons apercevoir le clocher, là. Je compte demander si une chambre s'y est libérée. Je n'ai pas envie de passer mes vacances au camp militaire. Ce pub est mon préféré. Vous aimerez, j'en suis certain. C'est une bâtisse élisabéthaine datant du XVIe siècle. Vous vous intéressez à l'architecture?

— Ce sont vos lettres qui m'en ont donné le goût.

— Eh bien, qu'attendons-nous? Allons-y pendant que la température est encore assez confortable pour marcher.

⁂

L'endroit était sombre. Pour la première fois, Graziella entrait dans l'univers secret des hommes. Pendant que leur femme prenait soin de la maison, ils réinventaient le monde devant un verre d'ale. Henry affirma que beaucoup de grandes décisions politiques avaient été prises dans des endroits semblables.

En s'assoyant à une table retirée dans un coin, Graziella dit en riant :

— Je me sens privilégiée d'être la seule femme parmi tous ces messieurs en civil ou en uniforme.

— On ne cesse de vous regarder… avec raison!

Enfin, Henry avait ouvert la porte aux propos galants. Fallait-il en faire, des détours, pour en arriver à exprimer ses intentions les plus profondes! Les hommes savaient s'exprimer dans toutes les sphères à l'exception de celle de l'amour. Pourtant, comme l'avait déclaré le vieillard dans le parc, il ne fallait pas laisser passer les occasions.

Le garçon prit la commande et se rendit au comptoir; on pouvait y apercevoir les tonneaux surmontés d'une pompe qui effectuait le soutirage. Des clients fumaient la pipe, le cigare ou, une nouveauté, la cigarette; Paul Chamberland avait justement pris cette habitude, fort peu courante chez les hommes de son coin de pays.

Juste comme Graziella se faisait cette constatation, Henry sortit de la poche de sa veste de flanelle un étui en or. Lorsqu'il l'ouvrit, elle y vit une huitaine de rouleaux de papier bourrés de tabac empilés les uns sur les autres.

— Vous me surprenez, lui fit-elle la remarque. Je ne vous ai pas vu fumer depuis ce matin.

— Je n'ose pas dans les maisons où je ne suis pas invité au fumoir. En présence du comte de Dudley, tout aurait été différent.

— Puis-je vous en demander une?

— C'est à votre tour de me surprendre, très chère.

— Souvent, votre père utilise cette expression lorsqu'il s'adresse à votre mère, dit-elle en acceptant la cigarette.

— Mon père… Nous n'avons pas encore eu le temps de parler de lui.

Graziella voulait rester discrète à propos de la paralysie partielle qui avait foudroyé Timothy le lendemain de leur départ. Elle était convaincue que c'était à Kate que revenait la charge de lui annoncer la nouvelle. Elle détourna la conversation.

— Comme vous le savez déjà, votre mère et moi voulons aller à Londres. J'aurai donc l'occasion de mieux le connaître par son environnement et sa parenté.

— Je suis candidat pour vous accompagner toutes les deux. J'ai déjà rencontré tout ce beau monde.

— Je vous avoue que je suis craintive. Savent-ils que vos parents m'ont adoptée?

— Je ne puis répondre à cette question, je ne les ai pas vus depuis plus de trois ans. Père a probablement relevé le fait dans l'une de ses lettres…

— Peut-être ne correspondent-ils pas? Je ne l'ai jamais entendu en parler. Il me semble que, si leurs contacts avaient été réguliers, votre père aurait donné de leurs nouvelles à votre mère et elle m'en aurait tout probablement informée.

— Ne vous en faites pas. Je suis convaincu qu'ils comprendront et qu'ils vous aimeront.

Elle tournait et retournait la cigarette entre ses doigts.

— Pour me changer les idées, si vous allumiez ma cigarette!

Il s'empressa de frotter l'allumette à la boîte. En la tendant vers Graziella, il admira les doigts fins qui tenaient le tube farci de tabac entre les lèvres qui se contractaient en aspirant la fumée. Des quintes de toux subites mirent fin à cet instant magique.

— Graziella, avez-vous besoin d'aide? offrit-il.

Il lui enleva la cigarette et la déposa dans le cendrier. Vivement, il s'agenouilla à ses pieds et serra ses deux mains dans les siennes. Les yeux inondés de larmes, Graziella toussait de plus en plus. Sa tête tomba sur son épaule. Il promena sa main sur son dos; cet autre contact intime lui certifiait qu'il voulait passer le reste de sa vie à ses côtés.

Le serveur déposa les deux verres de bière sur la table et claironna d'une voix outrée :

— De boire une gorgée aiderait peut-être madame, de sorte que monsieur pourrait se relever et reprendre sa place…

Des clients éclatèrent de rire. L'un ajouta :

— La place d'une femme est derrière ses chaudrons. Parce qu'on est en guerre, elle s'alloue des passe-droits. Qu'est-ce qu'elle va revendiquer d'autre, après l'accès dans les pubs et le droit de vote?

En se mettant debout, Henry protesta :

— N'insultez pas ma sœur, monsieur! Ne perturbez pas les courts moments qui nous restent avant que j'aille au front.

— Excusez-moi, lieutenant-colonel! se reprit l'homme, habillé en civil.

Les deux jeunes gens vidèrent leur verre d'un trait. Henry se rendit au comptoir et paya les consommations. En s'adressant à l'employé, il déposa quelques livres de plus dans ses mains. Graziella observa le manège; elle pensa qu'il avait réussi à louer une chambre pour la durée de sa permission.

Elle redressa la tête. En regardant droit devant elle, sans même accorder un regard à ceux qui avaient eu des remarques déplaisantes à son égard, elle louvoya autour des tables et sortit en claquant la porte. Depuis le trottoir, elle observa la bâtisse qui s'allongeait vers la gauche. Un homme, valise à la main, sortit par l'une des quatre portes percées à égale distance l'une de l'autre. Sans qu'elle ait le temps de s'attarder à ce détail, Henry la rattrapa.

— Graziella, comme je l'espérais, une chambre s'est libérée. Vous avez dû voir le locataire en sortir avec sa valise, qu'on lui avait permis de laisser là en attendant. Le ménage est déjà fait. Je profiterai de la visite du camp pour y prendre mes effets personnels; si vous êtes d'accord pour m'accompagner, je les déposerai ici avant de revenir chez la comtesse de Dudley pour l'heure du thé. Vous pourriez m'aider à m'installer!

— Je ne sais pas si d'entrer dans votre chambre, c'est convenable…

C'était pour la forme qu'elle formulait cette objection, elle en avait pleinement conscience. En réalité, la perspective de découvrir dans quelles conditions Henry allait vivre au cours des prochains jours ne lui déplaisait pas, au contraire. Avait-il des intentions bien arrêtées? C'était possible. Mais elle-même ressentait avec de plus en plus d'acuité le climat d'urgence que la guerre imposait, alors que la mort rôdait.

— Visitons le camp et nous verrons, décida-t-elle.

❋

Henry était allé prendre ses affaires dans sa cellule. Debout devant une fenêtre de la salle d'amusements, Graziella ruminait sa contrariété. L'accès aux dortoirs et à la cantine lui avait été refusé. Elle n'avait pu visiter que quelques pièces de la résidence principale de la base, dont plusieurs bâtiments semblables couvraient une partie d'un terrain qui s'étendait sur près d'un demi-mille carré.

À travers la vitre, elle apercevait dans un espace réservé à l'entraînement les instructeurs qui donnaient des consignes à un groupe de fantassins. En détaillant chacun d'eux dans l'espoir de reconnaître Paul Chamberland, elle réalisa qu'elle n'était à Witley que depuis une vingtaine d'heures et qu'elle avait déjà le crâne bourré d'informations diverses et de nouvelles connaissances, qu'elles fussent historiques ou personnelles.

Elle sentit une présence dans son dos. En tournant la tête, elle eut droit aux salutations polies de William Price.

Son regard s'illumina et elle répondit sur un ton empreint de sincérité :

— Je suis contente de vous voir! Merci pour votre générosité. La comtesse Rachel est charmante. On a avantage à la connaître.

— Elle a déjà eu le temps de vous raconter sa vie?

— Pas de long en large. En revanche, je sais que son mari ne vit plus avec elle…

— Elle a un parcours qui ressemble au vôtre.

— Vrai! s'exclama Graziella, intéressée d'en savoir plus long.

William observait les yeux limpides et vifs qui exprimaient les émotions qui soit la bouleversaient, soit la rendaient heureuse. Il expliqua:

— Elle n'a aucune honte à dire qu'elle n'a pas toujours vécu dans la richesse. Elle est née dans une famille de banquiers qui a subi des revers de fortune. Sa mère a alors ouvert une boutique de modiste, à Londres, pour subvenir à leurs besoins. Comme sa sœur et elle étaient en âge de travailler, elles ont été engagées comme assistantes des ventes par une compétitrice de leur mère, madame Élise. Cela peut paraître insensé que la mère gère un commerce et qu'elle permette à ses filles de travailler pour une concurrente, mais c'est là qu'elle a rencontré Adeline, duchesse de Bedford, qui s'est entichée d'elle et qui l'a adoptée, même si ses parents étaient encore vivants. Cela lui a permis de rencontrer son mari, le comte. De couturière, elle est devenue comtesse.

— Il est vrai qu'il y a des similitudes entre son histoire et la mienne. La différence, c'est que je n'ai pas encore rencontré l'aristocrate qui me permettra de me réaliser dans une carrière.

Depuis le débarquement, William ruminait. Il avait rabâché dans son cerveau le nombre d'affronts qu'elle lui avait faits en dépit de la faveur exceptionnelle qu'il lui avait accordée. La façon dont elle l'avait remis à sa place à la table du commandant en était un. Et le second n'était pas le moindre. Il ne digérait pas la façon irrévérencieuse et indifférente qu'elle avait adoptée pour lui remettre son mouchoir en le laissant tomber par terre; il avait été obligé de se courber pour le ramasser. William sentait à nouveau monter l'animosité dans sa poitrine. Devrait-il se faire une raison et cesser ce jeu enfantin? Que lui avait-il pris de se laisser aller à ce point?

Graziella ne semblait pas se rendre compte de ce qui se passait dans l'esprit du lieutenant-colonel. Elle continuait sur sa lancée :

— Lady Rachel a eu la bonté de nous inviter à demeurer chez elle tout le temps de notre séjour ici.

— Ce qui veut dire…

— Jusqu'à ce que Kate se remette de ses émotions. Un peu plus, si cela est nécessaire.

— De revoir Henry l'a choquée plus qu'elle ne s'y attendait, je suppose?

— Oui, elle s'est évanouie. Madame Rachel, qui est infirmière, comme vous devez le savoir, lui a recommandé de se reposer aujourd'hui. C'est pour cette raison que je suis seule ici avec Henry.

William la déshabillait d'un œil peu subtil. Il se permit une remarque qui contraria Graziella.

— Dès votre arrivée, j'ai vu quel couple vous formez, Henry et vous. Il n'y a pas de doute, vous allez parfaitement ensemble. Maintenant que votre curiosité est satisfaite, Alexis ne vous troublera plus. Vous avez de la place dans votre cœur pour le chevalier qui aura l'envergure de celui de lady Rachel!

— Vous vous trompez, William, l'accusa-t-elle d'une voix qui laissait voir son trouble. Ma curiosité n'est pas satisfaite. Je vais me rendre à Ypres.

— Vous allez en même temps suivre les traces d'Henry, dans ce cas-là. Pensez-y bien avant de vous engager avec ce prince charmant; il y a trop d'éléments qui vous séparent. Il a un père qui s'appelle Timothy, n'oubliez jamais cela.

Sur ces paroles, en portant la main droite à son front, William tourna les talons, les deux bottes collées ensemble. En se dirigeant d'un pas étudié vers la sortie, il croisa Henry. Il laissa tomber :

— Bonnes vacances, Henry. Profitez du temps qui reste à votre jeunesse. Si vous vivez assez longtemps, vous perdrez aussi vos cheveux, comme votre père et moi.

— Merci, William, répliqua Henry en lui tendant la main.

Graziella avait perdu de son assurance. William venait de déployer un sombre nuage sur son enthousiasme. L'enchantement qu'elle éprouvait à l'idée de rester seule un moment avec Henry en avait perdu sa saveur. Timothy se faisait une place entre eux.

— Venez, Graziella, le temps presse, dit le jeune homme.

— Henry, excusez-moi, mais j'ai l'intention de rentrer à Witley Court immédiatement. Je suis inquiète au sujet de Kate. Vos bagages sont légers; vous n'aurez aucune difficulté à les porter.

⁂

Le chauffeur était loquace. Il racontait avec force détails que, après avoir laissé descendre monsieur et madame devant l'ancienne maison de George Eliot, en empruntant le premier détour, il avait été témoin d'un accident entre une Renault comme celle des Dudley et un camion de l'armée anglaise. Il s'était même offert à transporter un des blessés au dispensaire où travaillaient mesdemoiselles Gladys et Morvyth.

Il ajouta qu'elles rentreraient tard. Sans doute n'assisteraient-elles pas au dîner. Par contre, William Eric, l'aîné des garçons, serait présent. Il mourait d'envie de rencontrer les citoyens canadiens que sa mère avait accueillis chaleureusement. Il avait une affection particulière pour les jeunes fantassins recommandés par sir William Price.

Henry gardait l'air taciturne qu'il avait emprunté au sortir du camp militaire, là où le chauffeur les avait fait monter.

Graziella fut heureuse que la course d'une quinzaine de minutes se termine là; elle lui en avait paru le double. Toujours aussi galant, Henry s'extirpa du siège le premier, contourna l'arrière, ouvrit la portière et lui tendit la main. Ils longèrent l'allée d'un pas accordé. Après avoir fait tinter le gong, ils pénétrèrent dans le hall, précédés par le valet qui leur avait ouvert. Depuis le corridor, ils aperçurent une servante en train de frotter l'argenterie sur un bout de la table de la salle à manger. La scène ne laissa pas Graziella insensible. Elle se rappela le temps où elle travaillait comme servante chez les Grenier. L'intraitable Alida la forçait à faire parfaitement briller l'argenterie.

Le valet de pied conduisit les visiteurs auprès des deux dames déjà installées dans le salon de thé. Kate semblait avoir repris des forces. En apercevant son fils, souriante, elle quitta son siège et vint à sa rencontre. Il appliqua un baiser sur chacune de ses joues. Elle lui entoura fermement la taille de ses deux bras et posa la tête sur son thorax. La scène était touchante. Rachel avait les yeux noyés; elle se voyait dans la même situation.

— Excusez-nous, comtesse, se défendit Kate. Nous voulons reprendre le temps perdu.

— Ne soyez pas gênée, chère amie, répliqua-t-elle, je comprends très bien.

Rachel ne pouvait s'empêcher d'exprimer la familiarité qu'elle sentait grandir entre elle et la femme blonde à l'air fragile qui semait la douceur et la bonté autour d'elle. Elle constata que le charisme d'Henry produisait le même effet et elle revit l'attitude de ses filles à la table pendant le repas. Elle invita les deux jeunes gens à prendre place dans les fauteuils à proximité.

Quant à Kate, réinstallée dans le Récamier de brocard qui lui avait été réservé, elle convint:

— Il est vrai que votre accueil charmant et généreux a le don de me mettre à l'aise. À présent, je me pardonne la faiblesse que j'ai eue en retrouvant Henry après trois ans à espérer le revoir un jour.

— J'aurais fait de même malgré l'habitude de réprimer mes émotions que j'ai développée au service des femmes et enfants maltraités. Je vous ai dit que j'ai fondé un hôpital volontaire australien. Par la suite, le nom a été donné à des dispensaires du même genre, en Angleterre, à Boulogne-sur-Mer et à Saint-Nazaire, en France, en 1914. C'est encore très rudimentaire. Le personnel infirmier reçoit les blessés et les malades dans une quinzaine de tentes. À l'aide de dons, nous avons réussi à acheter quatre voitures-ambulance. Je dois retourner sur le continent dans les semaines à venir.

— Vous avez superficiellement abordé le sujet à table sans donner ces détails, dit Kate.

Graziella ne pouvait plus tenir sa langue. Elle intervint pour exprimer ses préoccupations personnelles.

— Comtesse, notre voyage poursuit quatre buts. Le premier est déjà atteint, puisque nous sommes avec Henry. Le second consiste à nous rendre à Londres quelques jours, le temps de contacter les parents de mon beau-père et quelques amis de madame Dubuc, l'épouse d'un industriel important de notre région. Ensuite, il y a Ypres, en Belgique, là où mon fiancé a été blessé gravement, comme vous le savez déjà. Kate a des cadeaux à remettre à son filleul de guerre, Mathieu Girard, un grand ami d'Alexis. Nous prévoyons enfin aller à Paris. Cela peut paraître prétentieux, mais je veux absolument rencontrer madame Gabrielle Chanel. Si nous pouvions partir pour la France en même temps que vous, nous en serions enchantées, n'est-ce pas, Kate?

Elle avait terminé son exposé en adressant un regard intense à sa belle-mère.

— Boulogne-sur-Mer est sur la Manche, et Saint-Nazaire est à six cent vingt-deux kilomètres en descendant vers l'ouest de la France, sur l'océan Atlantique. Entre les deux, c'est avec plaisir que je m'attarderai quelques jours à Paris en votre compagnie.

La conversation fut interrompue par William Eric, l'aîné des fils de la maison, qui faisait son entrée dans le salon de thé.

Sa mère le présenta à ses hôtes. En serrant la main d'Henry, il le félicita; son récent titre de lieutenant-colonel ne serait pas sans rendre sa tâche plus lourde. Il lui souhaita bonne chance dans ses nouvelles fonctions au front.

Kate ne pouvait croire en un tel revirement de situation. Tous ses rêves s'écroulaient. Elle manquait d'air et faillit s'évanouir à nouveau. La comtesse la réconforta en lui rappelant que son mari le comte et William s'étaient déjà trouvés dans la même situation et qu'ils s'en étaient sortis sans aucune blessure. Cela ne calma pas Kate qui dut se retirer dans sa chambre, étranglée par le chagrin, le nez dans son mouchoir.

La comtesse jugea que son amie devait prendre le temps de digérer cette nouvelle; elle devait réveiller les forces en elle qu'elle ne soupçonnait pas posséder.

Lady s'excusa auprès des trois jeunes gens. Elle devait donner ses ordres au majordome avant le dîner. Juste avant de sortir de la pièce, sur un ton léger, en ayant l'air de badiner, elle leur recommanda de chausser des souliers confortables; en cours de conflits mondiaux, la danse était un excellent moyen de se changer les idées le temps d'une soirée. Elle ajouta:

— Vous serez deux jeunes hommes pour faire valser trois jeunes filles... N'êtes-vous pas privilégiés?

Chapitre 16

14 janvier 1917

Il pleuvait des cordes. Les carreaux de la fenêtre se plaignaient. La température n'était pas favorable; les sorties prévues pour la journée seraient elles remises au lendemain? Kate se promit d'en faire la suggestion au petit-déjeuner.

La mère d'Henry se sentait mélancolique; malgré les encouragements qu'elle avait reçus de part et d'autre et les efforts qu'elle avait mis à se faire une raison, elle était encore amortie par l'effet qu'avait eu sur son moral la mauvaise nouvelle au sujet de l'avenir militaire d'Henry.

Elle s'était assise devant un café que le valet lui avait servi sur la table ronde du boudoir. Pour chasser ses préoccupations premières, elle songeait: « Eric encerclait trop fermement la taille de Graziella. Henry avait l'air de bouder en valsant tour à tour avec Gladys et Morvyth. » Elle était certaine que la comtesse avait elle aussi remarqué la façon dont s'étaient amusés Henry et Graziella pendant la seule danse qu'ils avaient eu l'opportunité d'exécuter ensemble.

Kate demeurait pensive. N'y avait-il pas entre son fils et sa fille adoptive quelque chose qu'elle ignorait? Le jour précédent, s'étaient-ils retrouvés seuls dans la chambre qu'Henry avait louée pour quelques jours? Leur escapade dans la ville n'avait-elle été consacrée qu'à la visite de la maison de George Eliot et du camp militaire, ainsi qu'à un arrêt pour boire de la bière et fumer une cigarette? Kate connaissait bien chaque expression du visage de son fils. La guerre l'avait changé, mais une mère savait retrouver les traces de l'enfance et de l'adolescence sur les traits de ses enfants devenus adultes. En conclusion, Henry lui dissimulait la vérité. Elle ressassa la pensée qu'elle avait eue en discutant avec Graziella, à Québec. Elle avait eu tort de prendre à la légère une possible relation entre ses deux enfants.

Dans sa chambre, cachée jusqu'au nez sous les couvertures, Graziella hésitait à sauter du lit. Son cerveau ne pouvait se détacher de la soirée de la veille. Henry avait eu une seule chance de la tirer de l'emprise du fils de la maison. Ce moment avait été troublant. Sur les notes du *Beau Danube bleu*, leurs pas accordés avaient parcouru entièrement l'espace libre du parquet du salon. Henry l'enlaçait de son bras droit dans le dos et de son bassin pour la guider. Ce moment avait été inoubliable.

Henry arrivait à atteindre la partie cachée de son être. Elle avait souvent offert sa chair, mais, son cœur, l'avait-elle déjà vraiment donné à quelqu'un par amour et non par passion? Voilà qu'en plus de douter de ses sentiments pour Alexis il y avait ceux qu'elle éprouvait pour Henry. L'incertitude n'était-elle pas l'une des situations les plus inconfortables, le caillou sur la route, l'épine du framboisier, le nuage devant le soleil? Elle s'enroulait sournoisement autour de l'esprit, le déstabilisait et conduisait à l'abandon de ses désirs les plus profonds.

La veille, William Price lui avait rappelé peu subtilement son aventure avec Timothy. Le père était-il réellement une entrave à une relation intime entre elle et le fils? Le temps de la visite d'une maison historique, d'une promenade dans le parc, d'une chope dans un pub, d'une cigarette à peine allumée et d'une valse, Henry avait su faire revivre en elle autant l'appétit tranquille qu'elle avait connu avec Alexis que la fougue qui l'avait liée à Hubert Grenier. Ils avaient si peu de temps à passer ensemble. Il fallait agir! Graziella poussa les couvertures et empoigna ses deux tempes.

— Assez! Henry me plaît! Advienne que pourra! dit-elle à voix basse en sautant du lit.

Elle attrapa son peignoir et sortit. Dans le boudoir, Kate recula devant la tornade qui se dirigeait vers la salle de bain.

⁂

Au petit-déjeuner, les activités prévues furent annulées comme Kate l'avait pressenti. Graziella en était heureuse. Dans l'état où sa mère adoptive se trouvait, elle ne voulait pas qu'elle s'épuise plus qu'elle ne l'était.

Dans le plan de la journée, il était prévu que le repas du midi serait pris dans la salle à manger en compagnie de l'hôtesse, de Roderick John, de Patricia et des jumeaux Edward et George. Les quatre derniers de la famille n'avaient pas encore été présentés aux visiteuses.

Entre les deux repas, il restait suffisamment de temps à Graziella et à Kate pour mettre à jour leur correspondance et sélectionner les vêtements qu'une seule valise pourrait contenir en vue du voyage de deux jours à Londres.

Ni l'une ni l'autre n'avait envie d'exprimer les impressions qu'elles avaient eues la veille lors de l'annonce des nouvelles fonctions d'Henry, pas plus que la séance de danse animée par des airs anciens et à la mode.

Dans le boudoir, le silence n'était troublé que par les allées et venues, les portes de placard qui se lamentaient, les couvercles de valise qui s'ouvraient et se fermaient, les pas pressés sur le bois verni.

— Kate, si vous me le permettez, je vais me retirer dans ma chambre pour écrire mes lettres, dit Graziella. Il y a une petite table devant la fenêtre qui fera mon affaire.

— Le grésil qui frappe les carreaux ne vous incommodera pas trop?

— Non, j'aime l'atmosphère de tempête. Il me semble que nos différends se sont toujours réglés quand une température semblable régnait au-dehors.

— Vous voulez dire que nous avons un différend à régler aujourd'hui?

— Je parle du passé. Quelle controverse existe entre nous?

Kate saisit l'occasion:

— Graziella, ne pensez pas que je suis une autruche, la tête dans le sable. Je ne reviens pas sur le passé. Je m'attaque au présent. Et, le présent, c'est... Henry et vous. Je crois que vous me cachez quelque chose.

— Ce que j'aurais pu vous cacher, c'est que, hier, je suis entrée dans un pub pour la première fois, que j'y ai bu une chope de bière et que je me suis étouffée en allumant une cigarette. Henry et moi avons déclaré ces excentricités à l'heure du thé.

— Graziella, j'ai remarqué sa façon de vous regarder et surtout de vous tenir serrée quand vous avez dansé ensemble.

— C'est ma faute. Je suis un peu balourde. Je n'ai pas eu l'occasion de danser très souvent la valse, vous le savez. Henry a seulement pris les moyens pour me faire comprendre la chorégraphie.

— Votre excuse n'a pas de valeur. Je comprends tout! Allez, je vous donne votre liberté.

— Très bien, si je veux écrire les trois lettres à mon programme d'aujourd'hui, il faut que je m'y mette.

Qu'avait voulu insinuer Kate en parlant de liberté? Troublée par ce message implicite, Graziella s'esquiva vivement. Avant de s'installer à la table devant le papier à lettres et l'encrier, elle resta debout à la fenêtre. La majestueuse fontaine surmontée de la statue de *Persée et Andromède* était comme un fantôme dans le brouillard. Ce couple mythique était-il l'icône de la relation qui était en train de naître entre elle et Henry? La princesse du bon Maurice livrée à la monstrueuse indifférence de sa mère serait-elle sauvée par un aventurier portant l'arme magique de l'amour éternel? Et si c'était lui, le chevalier noir de son rêve récurrent? Pourquoi la laisserait-il là à pleurer après l'avoir prise?

Imprégnée de ce tableau, elle s'assit à la petite table et saisit la plume dont lui avait fait cadeau William Price. En tournant et retournant le cylindre entre ses doigts, elle se fit le reproche de ne pas le lui avoir rendu en même temps que son mouchoir. Elle ne voulait plus rien de lui. Elle se félicita de s'être reprise à temps avant qu'une aventure ne la fasse tomber à nouveau. William et elle frayaient dans les mêmes endroits, et leurs amis formaient une petite communauté dont les membres se fréquentaient à l'heure du thé. Son incartade avec Timothy avait fait d'elle l'aiguillon qui avait mis son couple en péril. Elle ne voulait pas cela pour William et Amelia. Elle n'avait vécu avec lui qu'un moment de panique face au danger. Sans conséquence, Dieu merci! Elle lui remettrait sa plume à la prochaine occasion.

En attendant, elle trempa la pointe dans l'encre et attaqua la lettre.

Witley, 14 janvier 1917
Madame Gabrielle Chanel

Graziella laissa un espace de trois lignes dans l'intention d'y ajouter l'adresse que rapporterait Henry du camp militaire à l'heure du repas. Elle continua :

Madame,

J'ai pour vous un immense respect et la plus grande des admirations. J'imagine que ce n'est pas la première fois que vous entendez ces mots de femmes que vous rendez heureuses en les faisant plus belles.

Je me présente : mon nom est Graziella Davis. Je suis née en campagne, au Canada, dans une magnifique région, celle des plus gros bleuets au monde et de Maria Chapdelaine. Je fais ici référence à un roman très populaire qui a été écrit par l'un de vos concitoyens, monsieur Louis Hémon. Lorsqu'il sera publié en France et que vous l'aurez lu, vous serez en mesure d'imaginer l'environnement dont je parle. Les hivers y sont rigoureux et les étés souvent trop secs ou pluvieux. Les habitants y travaillent dans des conditions parfois inhumaines, bien que plus favorables que celles qui prévalent en Europe en ce moment.

Ayant souvent observé ma grand-mère qui cousait

sans relâche, j'ai suivi son exemple. Dès l'âge de dix ans, je savais confectionner des vêtements modestes. Au fil des ans, à force de persévérance, j'ai développé mon talent. Depuis trois ans, des dames de la haute classe s'intéressent à mes créations. Mon invention d'une jupe à boutons-pression pour les femmes enceintes a eu beaucoup de succès.

Un projet extraordinaire bouillonne dans ma tête. Ce projet est le même que le vôtre. Je veux ouvrir ma propre boutique de confection de vêtements au mois de juin prochain, ce qui m'aidera financièrement à donner à mon fils, qui n'a plus de père, l'instruction dont je rêve pour lui.

Comme je suis une femme, je suis critiquée pour cette idée. Je sais pertinemment que ce ne sera pas facile d'atteindre mon objectif. C'est pour cette raison que je vous demande le privilège de m'accorder un peu de votre temps et de me faire part de vos succès, de vos déboires et des moyens qu'il convient de mettre en œuvre pour réaliser mon rêve dans les délais que je me suis fixés. Une dame de Chicoutimi, madame Anne-Marie Palardy, a déjà acheté un chapeau à votre boutique de la rue Cambon. Je sais que, depuis 1915, vos commerces ne se limitent pas à la confection de chapeaux. Vous avez maintenant une vraie maison de couture. Ces informations me viennent de personnes qui ont fréquenté vos boutiques.

Je suis à Witley, en Angleterre, dans le but de passer du temps avec mon demi-frère qui s'est enrôlé dès le début de la guerre. Sa mère m'accompagne. Avec la comtesse Rachel de Dudley, nous devons nous rendre à Paris très bientôt.

Je vous en prie, faites-moi la faveur de me recevoir! Je vous considère comme mon modèle et j'habite trop loin pour être une féroce compétitrice.

Votre toute reconnaissante,
Graziella Davis

Après avoir relu la lettre en corrigeant quelques fautes qui s'y étaient glissées sous les accès d'émotion, elle plia la feuille en trois et la glissa dans une enveloppe non adressée ni cachetée.

Par la fenêtre, elle fixa à nouveau la fontaine qui émergeait tranquillement du brouillard. Les formes étaient plus définies.

La montre à son poignet marquait dix heures. Elle avait le temps d'écrire à Claire et à Hubert en leur donnant plus de renseignements que dans les lettres qu'elle leur avait postées sur le bateau, deux jours plus tôt. Lorsque son fils saurait lire, il aurait la preuve que sa maman pensait à lui pendant ses voyages.

Witley, 14 janvier 1917
Madame Claire Juneau
406, rue Dréan,
Chicoutimi

Chère grande amie,

Il ne se passe pas une seule journée sans que je pense à toi et à mon filleul François. Je m'ennuie de vous deux. Comme tu peux le voir par l'en-tête de ma lettre, nous sommes maintenant rendues à Witley, en Angleterre. Les prédictions de monsieur Price se sont avérées. Malgré les inconvénients du voyage, nous sommes tous arrivés sains et saufs le 12 janvier.

Dans ma précédente lettre, je ne t'ai pas dit que j'ai rencontré Paul sur le navire. Il t'a fait endurer le pire, je le sais, il me l'a avoué. Les sévices qu'il t'a fait subir sont épouvantables. J'essaie d'imaginer tes douleurs et ton chagrin en me reprochant de ne pas être là pour te consoler ni t'aider à remonter la pente. J'espère que tu as retrouvé tes forces et que tu es en mesure de prendre soin de François, que j'adore.

Cette rencontre avec ton mari a été assez mouvementée, comme tu me connais. Si je t'en parle, c'est dans le but de te donner l'heure juste.

Je ne veux pas minimiser ce que Paul t'a fait. Cependant, je suis en mesure de t'affirmer qu'il suit rigoureusement la discipline de l'armée. Il a changé. Après nous être pris aux cheveux, nous avons pratiquement fait la paix. J'ai bien dit, pratiquement. Par contre, quand je pense à sa cruauté envers toi, j'ai tendance à vouloir revenir sur ma décision.

Je n'ai rencontré Henry qu'hier matin, le lendemain de mon arrivée. Tu avais raison : il est charmant. Je t'avoue que, plus je passe de temps avec lui, plus je me sens attirée par sa gentillesse et sa culture, enfin, par ce qu'il est. Je me dis que de t'écrire franchement ce que je ressens peut m'aider à démêler mes sentiments et m'empêcher de faire des bêtises.

J'aimerais bien que tu sois avec moi, comme nous en avons tant rêvé. Dans ce château des Dudley que nous habitons grâce à l'intercession de William Price, nous aurions eu tout le loisir de nous confier nos impressions. Je m'ennuie de tes sermons, de nos fous rires et de ta tape sur ma cuisse… Ou bien est-ce moi qui t'en donnais une? Les deux l'une après l'autre.

Ma chère Claire, profite de cette accalmie pour refaire tes forces. Cela ne serait pas catholique, mais peut-être bien protestant de dire que, tout au fond de moi, je souhaite que Paul décide de ne pas revenir au pays s'il s'en sort vivant. Tu pourrais refaire ta vie sans t'en faire un cas de conscience. Je connais ton degré de piété. Je te vois faire la moue en lisant ce passage inconvenant. Cela restera entre nous deux.

En terminant, si tes forces te le permettent, je te demande d'aller rendre visite à Hubert. Il serait content de te voir. L'éloignement me fait réaliser à quel point il m'est précieux. Si tu allais à Jonquière, tu pourrais habiter la maison de la rue Price.

J'ai su par William que mon beau-père est malade. Par ailleurs, Kate est très fatiguée, au point que je ne sais pas si elle va pouvoir faire le voyage à Londres.

Je t'aime, amie, confidente et… âme sœur. Je t'embrasse,

Graziella

P.–S. J'ajoute des baisers pour mon petit filleul.

Elle plia la feuille en trois, y appuya ses lèvres et la glissa dans une enveloppe qu'elle cacheta. Elle inscrivit l'adresse et entama une nouvelle missive.

Witley, 14 janvier 1917
Monsieur Hubert Cormier
126, rue Saint-Dominique
Jonquière

Cher fils adoré,

Ta maman t'écrit de très loin pour te dire qu'elle t'aime plus que tout. Tu es ce que j'ai de plus précieux au monde. Je m'ennuie de tes câlins.

À bientôt, mon trésor,
Je t'aime,
Maman Graziella

Elle attendit pour plier la feuille en même temps que celle adressée à la famille Angers, à qui elle donna de ses nouvelles en racontant les dangers courus pendant la traversée. Elle décrivit sa visite au camp militaire où avait été entraîné Alexis et promit de se rendre très bientôt à Ypres. À la fin, elle salua tous les membres de la famille sans exception en les nommant par leur prénom. Et elle ajouta en gros caractères qu'elle s'ennuyait de son fils.

Elle souhaita de tout son cœur que les lettres adressées respectivement à Claire et aux Angers ne soient pas livrées seulement après son retour à Chicoutimi.

❋

Henry était arrivé à temps pour le repas du midi, qu'il prit en compagnie des deux membres de sa famille, de la comtesse et de ses quatre plus jeunes enfants.

Ce fut une occasion de plus pour Kate d'observer l'adoration que son fils vouait à sa demi-sœur. Lorsqu'elle raconta aux enfants turbulents l'histoire d'un cheval parlant pour les calmer, il resta suspendu à ses lèvres.

Maintenant dans le boudoir, Kate n'arrivait pas à se réchauffer. En plus de perpétuer les malaises qu'elle éprouvait depuis le début du voyage, l'humidité de ce jour pluvieux qui s'infiltrait par les grandes fenêtres la rendait fiévreuse. Assise à une table carrée en face de son fils, elle le dévisageait d'un regard suppliant.

— Mère, si vous êtes d'accord, je vais sonner pour qu'on vous apporte un verre d'alcool afin de vous réchauffer. Si vous continuez ainsi, vous allez attraper un rhume et vous ne serez pas en état de partir pour Londres demain matin. Il faut absolument que vous rencontriez les parents de père.

Kate était bien plus préoccupée par les soupçons qu'elle avait en tête que par son état de santé. Elle répondit à peine à l'offre de son fils et elle aborda sans préambule le sujet crucial:

— Pas maintenant, plus tard, lorsque le besoin se fera sentir. Graziella, comment trouvez-vous William Eric? C'est un garçon bien éduqué: vous avez l'air de l'intéresser.

Elle avait tourné un visage contrit vers sa fille adoptive, qui se demanda si c'était là une façon de provoquer les confidences.

— Je ne le crois pas. J'étais la seule étrangère qu'il pouvait faire valser. J'imagine que de danser avec ses sœurs n'est pas très intéressant.

— Et toi, Henry, les demoiselles t'ont montré un intérêt marqué. Laquelle choisirais-tu, si tu avais à le faire?

— Ni l'une ni l'autre, mère.

Il effleura la table de son regard, le leva vers Kate et se pressa de changer de sujet.

— En fin de compte, coincés par les obligations sociales et les indispositions, nous n'avons pas vraiment eu de temps pour nous deux, mère. Vous n'avez pas encore eu l'occasion de me donner les dernières nouvelles de père. Comment va-t-il? Comme d'habitude, c'est lui qui tient les rênes de la compagnie en l'absence de son patron?

Allait-elle raconter qu'il avait été terrassé par une attaque de paralysie partielle et que leur relation de couple s'était effritée? Devait-elle ajouter des inquiétudes sur les épaules de son fils qui, dans moins d'une semaine, serait exposé aux plus grands dangers? Kate tourna ses grands yeux bleus pleins de tristesse vers Graziella, comme si elle lui envoyait un appel au secours. Sa fille adoptive cligna les paupières. Kate comprit qu'elles devaient en rester là.

— Comme vous venez de le dire, votre père tient les rênes de la Price Brothers. Vous n'avez pas eu l'occasion de parler de cela avec William? Vous vous êtes quand même rencontrés, à la base militaire!

— Nous ne nous sommes croisés qu'hier entre deux portes. Il m'a donné la main et m'a souhaité bonne chance. N'est-ce pas, Graziella? Vous en avez été témoin.

— Oui, j'ai eu le temps de lui parler plus longtemps que vous. J'étais devant la fenêtre à observer les fantassins à l'entraînement, et William m'a surprise. Je lui ai dit que, grâce à lui, nous étions logées comme des reines.

Cette conversation lui rappelait que les paroles de l'industriel avaient éteint le désir qu'elle avait eu de se trouver seule avec Henry. Elle ne pouvait cependant pas nier qu'il lui avait rendu service.

Henry se permit de sortir son étui à cigarettes de la poche de sa redingote. Il l'ouvrit délicatement et en pigea une. Heureuse du privilège qu'il s'accordait hors du fumoir de lord Dudley, Graziella changea le cours de la conversation :

— Ma mauvaise expérience d'hier m'a laissée sur une humiliation. J'aimerais réessayer. Puis-je, Kate?

— Je vous donne la même réponse que ce matin. Vous êtes libre.

Henry lui tendit la cigarette qu'il avait dans la main et en pigea une autre.

— Cela n'est pas encore très populaire dans la région du Saguenay, dit Kate d'une voix plutôt éteinte.

Henry s'inquiéta.

— Êtes-vous plus mal, mère? Il me semble que vous seriez plus confortable dans votre lit.

— Ne vous inquiétez pas! Allumez donc cette cigarette à Graziella.

Soudain, le majordome frappa faiblement. Henry vint ouvrir.

— Deux messieurs demandent à vous voir, mon lieutenant-colonel.

Le jeune homme le suivit. Dans le hall, il fut étonné de se retrouver face à face avec William, qui était accompagné par un homme imposant.

— Henry, vous vous souvenez certainement de monsieur Andreas Backer? le présenta William.

— Vaguement, répondit le jeune homme. Il y a si longtemps. C'est un plaisir de vous revoir, monsieur!

Les deux hommes échangèrent une poignée de main vigoureuse.

— Qu'est-ce qui vous amène à Witley? interrogea Henry.

— Un esprit patriotique semblable à celui de mon nouvel ami, William, assura l'étranger.

— Je vous en félicite! J'imagine que vous voulez dire bonjour à mère?

— C'est l'un des buts de ma visite. Nous avons des souvenirs en commun.

— Bien, suivez-moi. Je suis certain qu'elle sera heureuse de vous voir, monsieur Backer.

Les trois hommes s'infiltrèrent dans la pièce.

En voyant la stature du Néerlandais bien planté dans l'embrasure, Kate s'écria:

— Andreas! Je n'espérais plus vous revoir!

Henry et Graziella se portèrent à son secours; elle était pâle et frissonnante; on aurait dit que tout son sang s'était retiré de son visage.

❋

William et Andreas firent la promesse à la comtesse de revenir pour le dîner. Ils espéraient que Kate aurait retrouvé ses forces.

Après le départ des deux hommes, Graziella se retira dans sa chambre. Elle voulait demeurer discrète et donner la chance à Henry d'être seul au chevet de sa mère.

Dans l'intimité, Kate voulut fournir des explications à son fils, mais il lui recommanda plutôt d'essayer de se reposer. Effectivement, elle ne tarda pas à s'endormir.

Des sentiments contradictoires s'entrechoquaient

dans sa poitrine. L'arrivée impromptue de leur ancien voisin de palier avait troublé sa mère plus que de raison et l'homme avait semblé très affecté par sa réaction. Il avait une façon de la regarder qui en disait long. Henry se douta qu'un lien très fort les unissait. Si cela était, qu'est-ce qui avait poussé sa mère à s'intéresser à un autre homme que son mari? Kate et Timothy Davis formaient un couple exceptionnel; c'était du moins le souvenir qu'il avait de leur relation. La mort d'Alicia et son départ pour l'Europe étaient-ils la cause d'une mésentente majeure survenue entre eux? Elle avait souffert de dépression, et ses malaises subits étaient un signe qu'elle n'était pas tout à fait remise...

Ému, il jeta un regard attendri sur le visage livide de sa mère.

Comme elle était belle et tendre! Il réalisait à quel point elle lui avait manqué pendant ces années de séparation. Son air fragile lui donnait le goût de la bercer. Elle avait besoin d'être réconfortée. Son père s'était-il lassé de l'état de fatigue extrême qu'elle essayait de surmonter avec courage depuis plus de trois ans? Si ses doutes étaient fondés, pouvait-il lui en vouloir de s'être intéressée à un autre homme?

Henry donnait libre cours à ses émotions. En retenant ses pleurs, il se pencha vers le corps inerte de sa mère et mit sa main dans la sienne. Sa peau était douce. On pouvait distinguer le tracé de ses veines. L'approche de la mi-quarantaine laissait des traces. Sa mère pouvait-elle refuser la tendresse et l'affection? Elle avait droit au bonheur et le bonheur ne devait-il venir que de celui qu'elle avait épousé?

Henry dégagea délicatement sa main, tira son mouchoir de sa poche d'uniforme et essuya son visage. Les yeux ancrés sur la forme immobile, il laissa aller ses pensées.

Il avait déjà imaginé la réaction émotive qu'il aurait advenant le divorce de ses parents, mais la maturité qu'il avait acquise lui permettait de s'en faire une représentation différente. Il ne pensait plus en termes de scandale, d'abandon, de légèreté. Sa vision était plutôt centrée sur l'évolution des sentiments, sur le cheminement des êtres, sur les carrefours que pouvaient croiser deux destins unis par une promesse. Le couple Dudley s'était perdu à la croisée des chemins, et ses parents avaient bien pu choisir des voies différentes, eux aussi. Certes, rien n'était confirmé dans ce sens, mais, si tel était le cas, Henry comprendrait, et rien ne pourrait altérer l'amour inconditionnel qu'il portait à chacun de ses deux parents. Il les admirerait d'avoir le courage d'adapter leur conduite aux changements qui s'étaient opérés en eux au cours des années.

À présent, il pensait connaître le secret de sa mère. Par contre, au sujet de son père, une interrogation s'imposa à son esprit; avait-il une maîtresse? Et lui, Henry, son fils, aurait-il l'audace de lui poser une telle question?

Kate bougea le bras.

— Mère, comment allez-vous? s'enquit-il en se penchant vers elle.

Elle ne répondit pas. Sa respiration était à peine perceptible. Il savait néanmoins qu'elle reprendrait le dessus comme la veille. Il fallait laisser courir le temps. Mais le temps pour lui était compté. Cette seconde faiblesse en autant de jours serait-elle un obstacle à leur séjour à Londres? Que signifiait pour Kate la rencontre de la parenté de son père, puisqu'il ne semblait plus y avoir d'attaches assez importantes entre eux? Il serait préférable qu'elle se repose et qu'elle retrouve la forme pour l'accompagner à Calais et à Ypres; ils passeraient tout leur temps ensemble au même hôtel. Ils se mettraient à la recherche de Mathieu Girard, son filleul de guerre. Si la chance leur souriait, elle pourrait lui remettre en mains propres les vêtements qu'elle lui avait tricotés.

Mais Graziella tenait tant à ce séjour à Londres! Et il y tenait autant qu'elle. Comment mettre sa mère au courant des projets d'avenir avec sa demi-sœur qu'il avait élaborés la nuit dernière dans sa petite chambre louée en ville? Serait-elle en mesure de comprendre?

À présent, il n'avait plus qu'un but: passer les deux jours à Londres avec Graziella.

Henry se ressaisit: n'était-il pas égoïste de penser ainsi au détriment de sa mère? Au repas du midi, en admirant son adresse à table avec les enfants turbulents, n'avait-il pas fait confiance au temps? Et voilà que la réponse s'était imposée.

En attendant, tout n'était pas dit et il voulait entendre la vérité de la bouche de sa mère.

❋

En présence d'Andreas, avec Graziella comme témoin, d'une voix entrecoupée de sanglots, Kate raconta à Henry sa rencontre fortuite avec son ancien voisin de palier, à New York, sans aller dans tous les détails. Mais il devinait les non-dits. Il était surtout ému par la patience dont l'homme avait fait preuve après son divorce en attendant aussi longtemps que le hasard remette sur son chemin la femme qu'il aimait. Un tel comportement méritait admiration et respect.

Kate termina ainsi:

— En apprenant la nouvelle de la paralysie partielle de votre père, j'ai fait mon deuil de cet amour. J'ai pris la décision de retourner auprès de l'homme que j'ai épousé.

— Et maintenant? demanda Henry.

— Maintenant, je ne sais plus. Je ne sais plus, Henry! Je suis honteuse d'avoir un tel comportement devant vous.

Elle éclata en sanglots. Henry la souleva des oreillers et la berça sur son cœur.

Quelques heures plus tard, lorsqu'il proposa de garder le séjour à Londres à l'horaire, mais d'y aller seul avec Graziella, elle ne s'y opposa pas; les frères de son père seraient heureux de les voir et les boutiques étaient magnifiques. Il comprit que c'était sa manière de lui donner sa bénédiction. Une mère savait lire dans le cœur de ses enfants.

Chapitre 17

15 janvier 1917

Toutes les voitures étaient remplies de femmes, d'enfants, d'hommes en civil et de militaires.

L'engin avait couvert une distance de trente-sept milles entre Witley et Londres.

Le chef de train s'adressa aux passagers:

— Dans quelques minutes, nous entrerons à la gare de Waterloo. S'il vous plaît, ayez vos effets personnels à la main pour que le débarquement se fasse rapidement.

Enfin, la locomotive s'immobilisa. En se cognant les coudes ou les hanches, les passagers descendirent à la gare de Waterloo. En quelques secondes, Henry perdit Graziella de vue parmi une foule qui fourmillait. Sur le bout des pieds, en étirant le cou, il l'aperçut enfin; elle ne savait plus où donner de la tête. En la rejoignant, il s'attarda à son air désemparé; elle lui montrait une facette d'elle-même qu'il n'avait pas encore eu le loisir d'admirer. Son cœur palpitait-il aussi fort que le sien, qu'il sentait bondir sous son imperméable kaki?

— Graziella, j'ai eu peur, admit-il en lui attrapant le bras.

— J'ai eu peur de vous perdre aussi, Henry! acquiesça-t-elle, la voix frémissante. Où allons-nous?

— À l'hôtel *Landmark*, tout près d'ici. Est-ce que cela vous plaît?

— Je ne puis donner mon avis, je ne connais rien de Londres. Cependant, j'avoue que, autant j'ai été emballée par l'idée de passer deux jours ici, autant, maintenant, je n'y trouve aucun point de repère. Je vous connais à peine et cette ville m'effraie. J'ai peur de sortir de cette gare et de découvrir ce que les bombardements ont pu en faire.

— Il est vrai que, depuis le début des hostilités, Londres n'a pas été épargnée. Graziella, si vous caressez toujours le projet de vous rendre à Calais et à Ypres, ce court séjour sera une très bonne leçon. Il n'y a pas là que de mauvais côtés. *Qui ne risque rien n'a rien,* dit le proverbe.

Il l'entraîna par la main vers la sortie. Ils se frayèrent un chemin parmi une population cosmopolite bigarrée qui offrait un visage tantôt triste, tantôt joyeux. Graziella réalisait que l'instinct de survie était si fort qu'il faisait oublier que la mort planait sans cesse au-dessus des têtes. Il fallait foncer. Était-ce ce qu'on appelait l'espoir? Quel espoir avait-elle en entreprenant ce court voyage? Ce jour n'aurait peut-être pas de suite. Il pourrait se terminer en sortant de la gare de Waterloo, nommée ainsi pour rappeler que Napoléon, après une série de succès, avait perdu une bataille cruciale contre les Britanniques.

Le vent glacial la saisit. Comme elle avait un sac de cuir dans la main gauche, elle dut libérer sa droite de celle d'Henry pour retenir son chapeau qui voulait s'envoler. Dans le train, on les avait avertis que, à tout moment, des sirènes pouvaient annoncer une possible attaque. Comment pouvait-on distinguer les endroits souterrains où se cacher? Elle statua qu'il lui fallait faire confiance à Henry. Elle plaignait les pauvres enfants, leurs parents, les vieillards et tous les autres qui vivaient sur le qui-vive jour et nuit.

Henry la conduisit par la main vers un escalier qui semblait s'enfoncer sous terre. C'était peut-être l'un de ces endroits qui servaient à protéger les Londoniens des bombardements allemands?

En bas, il la poussa à travers des groupes de gens immobiles. Une drôle de locomotive à vapeur stoppa.

— Entrez, c'est le métro. Nous débarquerons devant notre hôtel.

— Henry, expliquez-moi!
— Pas maintenant. Dépêchons-nous!

❋

Le réceptionniste avait été clair en donnant les consignes. Il avait rappelé les attaques majeures de mai 1915 et celles de 1916 qui avaient tué plusieurs centaines de civils et causé d'importants dégâts. Il avait ajouté que les Allemands, dans leur acharnement à gagner à tout prix, n'avaient plus de conscience. Son devoir était de mettre les clients au courant afin de les aider à survivre. Il fallait être prudent, sans toutefois se laisser gagner par la panique. Graziella savait maintenant qu'en cas de raid il fallait descendre au sous-sol de l'hôtel par les escaliers en faisant vite, mais sans se bousculer.

Comme Henry avait répondu à l'employé qu'ils étaient frère et sœur, on leur avait décerné une chambre sur un étage distinct réservé à chacun des sexes. Ils s'étaient donné rendez-vous à la salle à manger pour le thé de cinq heures.

En attendant, dans l'eau savonneuse du bain, Graziella se répétait que, à simplement regarder autour d'elle, elle n'aurait pas deviné que les horreurs qu'on lui avait décrites passaient un peu plus chaque jour à l'histoire.

Elle sortit de la baignoire, s'épongea et s'examina devant la glace. Avait-elle pris du poids depuis plus de trois semaines? La ceinture de ses jupes était serrée. Elle inspecta ses joues et palpa ses bras et ses cuisses. Il n'y avait pas de doute, son corps s'était épaissi. Depuis le début du voyage, elle ne s'était pas privée de repas copieux. L'inactivité avait aussi joué. Et si... Pouvait-elle être enceinte? Elle s'attarda, les mains posées sur son ventre avec attention. Si cela était, lorsqu'elle reviendrait de ce voyage de presque deux mois, il n'en resterait que sept avant qu'elle accouche d'un deuxième enfant. Quelle excuse pourrait-elle servir à la population de Chicoutimi? Pourrait-elle lui faire croire à un mariage avec un noble ou un soldat qui serait mort dans un accident de voiture ou dans un corps à corps avec l'ennemi? Assurément, elle finirait par traîner la réputation de faire mourir ses maris aussitôt qu'elle était engrossée.

Elle prit la résolution de s'attaquer aux livres en trop en réduisant les portions dans son assiette. Elle verrait bien si elle était enceinte. Sans s'attarder plus longuement à la question, elle passa sa garde-robe en revue.

Pour le thé dans un hôtel londonien, les dames se vêtaient-elles selon les références qu'elle avait? Elle jeta son dévolu sur la robe bleue qu'elle avait cousue pour le baptême d'Hubert, un vêtement qui lui rappelait le retour inattendu d'Alexis, le jeune homme dont le souvenir était encore présent dans son esprit en raison de plusieurs objets qu'elle utilisait tous les jours, comme Kate lui en avait déjà fait la remarque.

Elle fit deux tours complets sur elle-même devant le miroir, s'arrêta et enroula ses cheveux en un chignon lâche. Elle attrapa son sac de soirée et referma la porte sur elle. Le corridor était désert. Lorsque la porte de l'ascenseur s'ouvrit, elle aperçut Henry. Il lui sourit, les yeux remplis d'émerveillement.

— Je vois que nous sommes à l'heure, dit-elle pour se détendre.

Elle n'était pas fière de la seule phrase qui lui était venue spontanément à l'esprit. Tant pis! Quant à lui, il n'avait rien trouvé à dire pour justifier son air ravi. Ce jeune homme lui plaisait de plus en plus, elle ne pouvait le nier. Saurait-elle se tenir?

— Rez-de-chaussée, annonça le liftier.

Henry laissa Graziella le précéder. Ils furent accueillis à la salle à manger par le réceptionniste qui les conduisit à la table qu'Henry avait réservée et tira la chaise à chacun d'eux. Une fois ses clients confortablement installés, il leur proposa les petits-fours à la vanille et au chocolat, les spécialités de la maison, pour accompagner l'earl grey.

Graziella se sentait nerveuse; l'idée de maintenir ce séjour à Londres malgré l'état de Kate lui semblait tout à fait saugrenue.

Elle fixa son attention sur les personnes qui se présentaient pour le thé. La menace des zeppelins n'avait pas l'air de les apeurer. Les messieurs en habit foncé baisaient les mains gantées de soie des dames en robe de mousseline. On riait de blagues légères, on se faisait les yeux doux et les genoux se rencontraient sous les tables. Donnait-on un tel spectacle en pensant qu'il pouvait être le dernier? Elle se rappela une fois de plus que le sentiment d'urgence occasionné par la guerre aurait pu l'induire à faire un faux pas avec William.

Elle fut soudain tirée de ses réflexions par la lamentation aiguë des sirènes. Les chaises volèrent. Une marée humaine se précipita vers le corridor qui conduisait à l'escalier. Henry écrasait sa main à lui rompre les phalanges. Au sous-sol, un employé de l'hôtel dirigea les clients vers une porte souterraine.

L'endroit était éclairé faiblement. Des bancs longeaient les murs. Chacun y trouva une place. Des femmes tremblaient et pleuraient. D'autres récitaient le chapelet. De quelque classe qu'ils fussent, Graziella se dit que, devant la peur de la mort, ces gens étaient au même niveau sur tous les plans.

La pièce fut subitement plongée dans le noir. Henry encercla Graziella avec tendresse et l'étreignit sur sa poitrine. Une drôle de sensation s'empara d'elle. Un sentiment à la fois de faiblesse et de force la submergeait tout à coup. Les bras d'Henry la réconfortaient; elle s'y sentait toute petite et elle avait besoin d'être protégée des dangers qui rôdaient. D'un autre côté, ses bras lui donnaient le courage de rester debout, de s'accrocher même au côté sombre de la vie qui paraissait sans espoir. Dans ses veines coulait le sang d'une guerrière capable de se battre pour la seule bouffée d'air qui pourrait rester dans le bunker, afin de jouir un peu plus de l'état indéfinissable dans lequel elle se trouvait. Elle était prisonnière et libre; prisonnière du lien qui se tissait pour la retenir à lui, libre de chanter, de rire, de sauter de joie sans être jugée. Libre d'être elle-même. Que lui arrivait-il?

Henry la pressa plus fort contre lui. Elle logea sa tête dans le creux de son épaule et il caressa sa chevelure. Elle savoura cet instant d'enchantement. Il mit fin au parcours de ses doigts et appuya ses lèvres sur les mèches. Elle leva le menton, il chercha sa bouche et il s'ensuivit une longue étreinte…

⁂

16 janvier 1917

Les clients de l'hôtel ne purent regagner leur chambre qu'à l'aurore, au signal d'un policier qui en avisa les responsables du *Landmark.*

Henry et Graziella se réfugièrent dans la salle à manger, ils ne trouvaient pas le courage de se séparer et de monter se reposer dans leurs chambres respectives. Devant les fameux cakes, spécialité de la maison, et le thé bouillant, la vie continuait. Cependant, ni l'un ni l'autre n'osait soulever le fait que les caresses et un long baiser les avaient rapprochés.

La radio à proximité annonça qu'un zeppelin allemand avait fait exploser l'usine de Silvertown à six heures cinquante-deux, soit quelques minutes avant le couvre-feu. D'une voix grave, le journaliste donnait tous les détails de l'attaque.

> *Un incendie a éclaté et les efforts pour l'éteindre étaient en cours quand environ cinquante tonnes de TNT ont détruit l'usine instantanément, de même que de nombreux bâtiments à proximité, y compris les maisons avoisinantes et la caserne des pompiers. Une grande partie des explosifs était en attente d'être transportée par chemin de fer. Les débris ont été éparpillés à des milles à la ronde. Des tisons ont provoqué des incendies. Un gazomètre a été endommagé sur la péninsule de Greenwich, créant une boule de feu de deux cent mille mètres cubes de gaz. Soixante-trois personnes ont été tuées et quatre cents autres ont été blessées, dont des pompiers et des bénévoles qui ont combattu le feu.*

Selon les témoignages, l'explosion a soufflé du verre contre les fenêtres de l'hôtel Savoy et a presque renversé un taxi dans Pall Mall. Les incendies pouvaient être vus de Maidstone et Guildford, et l'explosion a été entendue jusqu'à cent milles de distance, y compris à Sandringham, dans le Norfolk, et le long de la promenade Sussex. Cependant, l'explosion n'a pas été entendue de manière uniforme dans les alentours en raison de la réfraction des ondes sonores selon les zones de l'atmosphère.

Les services d'urgence se sont immédiatement mobilisés pour s'attaquer aux incendies et au soin des blessés. Des postes de secours ont été mis en place dans les rues pour traiter les blessés mineurs. L'équipe de secours de l'Armée du salut a été envoyée dans la zone sous la direction de la dévouée Catherine Bramwell-Booth et l'YMCA a également fourni une aide sous forme de nourriture et de boissons chaudes.

Des milliers de personnes sont sans abri. On les héberge provisoirement dans les écoles, les églises, les châteaux et d'autres lieux similaires. À mesure que des informations supplémentaires sur l'urgence et le sérieux de la situation me parviendront, je vous en ferai part. Que nos pensées les plus empathiques s'envolent vers ces pauvres innocents qui souffrent de l'inconscience humaine.

— Henry, ai-je bien entendu? On parle de loger des blessés dans les châteaux!

Les autorités n'ont pas le choix. C'est l'état d'urgence. Les châteaux peuvent enfin servir à une cause humanitaire.

— Il est difficile d'oublier que, tout près, des centaines de ses semblables sont morts, blessés ou privés de domicile, émit-elle, des larmes dans la voix. Hier, je me suis fait le reproche d'avoir trop facilement accepté de venir à Londres malgré l'état de Kate. Vous aviez raison de me dire que ce n'était pas vain. Maintenant, je comprends qu'il fallait que je vive ça pour me préparer à une autre épreuve, sans doute plus pénible.

— Si je ne tenais pas à vous avoir avec moi le plus longtemps possible, considérant que nous logerons à Calais avant que je rejoigne les tranchées d'Ypres, je tenterais de vous décourager.

Il observait ses grands yeux humides et fatigués qui avaient l'air de l'implorer. Ses cheveux se répandaient sur les épaulettes de sa robe bleue froissée. Elle donnait l'image d'une combattante faisant face à l'ennemi avec des armes qu'elle n'avait pas appris à manier. Cette attitude qu'il ne lui connaissait pas encore lui donnait envie de l'envelopper de tendresse, de l'aider à combattre ses démons, de lui faire connaître la paix par son amour. Comme elle avait répondu à son baiser de la nuit précédente dans la noirceur du bunker, l'idée qu'il avait en tête en faisant ce voyage seul avec elle lui paraissait de plus en plus congrue.

Juste comme elle allait engouffrer un petit-four, elle dit soudain :

— Voyons, qu'est-ce que je fais! Je me suis promis de ne plus m'empiffrer. J'ai l'impression de passer mon temps à table, depuis le 23 décembre.

— Vous dépenserez tout cela lorsque vous serez près du front. Que vous reprochez-vous, en fait? Je vous trouve parfaite.

— Le fait de n'avoir qu'à penser à manger m'a ouvert l'appétit. Moi qui suis habituée à coudre pratiquement jour et nuit en sautant parfois des repas...

L'idée qu'elle était enceinte lui effleura à nouveau l'esprit. Elle avait eu le même genre de symptômes lorsqu'elle avait porté son fils. Elle se rassura : aucune trace de nausée. Par contre, elle n'avait pas encore eu à utiliser les linges hygiéniques, quand, d'habitude, elle était réglée comme une horloge. Mais le voyage avait été difficile; elle se convainquit que cela justifiait son retard.

— Il est normal que vous ayez faim, ce matin : vous n'avez pratiquement pas mangé depuis hier midi. Je vous avoue que, moi aussi, je mangerais autant qu'un ogre.

— Très bien, nous passons à travers cette assiette de petits-fours. Et après?

— Après? Si tout danger est écarté, nous montons changer de vêtements et je vous piloterai dans Londres.

*

Ils descendirent à la station de métro d'Oxford Street et empruntèrent New Burlington Street. Quelques minutes plus tard, ils étaient en face du numéro 4. Devant une vitrine éclatante, Graziella admirait des bijoux d'une beauté digne de la monarchie. Une pensée lui vint à l'esprit, qu'elle formula à haute voix:

— Ce bijoutier est très hardi de laisser des pièces semblables dans une vitrine en temps de guerre.

— Il faut compter avec l'appât du gain. La guerre apporte aussi de l'eau au moulin.

— Vous parlez comme Herman Grenier.

— Je ne connais pas cet homme, mais il me semble avoir du plomb dans la tête.

— Moins que messieurs Price et Dubuc. Sa réussite n'est pas comparable.

— Entrons, voulez-vous?

L'employé leur souhaita la bienvenue depuis son comptoir. Il formula quelques brefs commentaires sur le raid de la veille et s'enquit de la raison qui amenait un couple aussi bien assorti dans sa boutique.

— Voulez-vous me montrer votre choix de montres-bracelets? le pria Henry.

— Monsieur ne sera pas déçu. Nous avons le modèle Tank, qui vient tout juste de faire son apparition sur le marché. Pour homme ou pour dame, monsieur?

— Pour dame.

— Que faites-vous là, Henry? Je n'ai pas les moyens de me payer un bijou pareil!

— Je vous l'offre. À un joli poignet comme le vôtre, elle sera plus élégante que l'Omega que vous portez.

Le vendeur acquiesça.

— Sans décrier l'Omega, qui est aussi une marque de luxe, je suis d'avis qu'une montre pour femme serait plus jolie à votre poignet.

— C'est un souvenir.

— Je comprends, mais je sais pertinemment qu'il faut passer à autre chose, argua l'homme d'une voix convaincante. Elle a appartenu à votre frère qui est mort à la guerre, je suppose? Parce que ce genre de montre a été conçu spécialement pour les soldats.

— J'ai toujours pensé que l'armée est généreuse, de donner un tel cadeau, affirma Graziella.

— Le soldat la paie, lui apprit le commerçant.

Un lien se fit aussitôt dans l'esprit de Graziella. Elle comprenait où était passé le salaire d'Alexis pendant ses mois d'enrôlement. Cette montre revenait à son père.

— Vous avez raison, ce bijou ne m'appartient pas. Je le remettrai à qui de droit.

— Je crois que celle-ci vous conviendrait très bien. C'est un modèle en acier passe-partout, ni trop voyant ni trop simple. Je suis certain que vous ferez des jalouses quand vous direz que vous portez le dernier modèle de Cartier.

Graziella n'avait jamais entendu parler d'une telle boutique ni par Amelia ni par Anne-Marie, qui magasinaient à Londres. Mais pourquoi Henry lui faisait-il un tel présent? Était-ce par intérêt? Chaque fois qu'elle regarderait l'heure, à l'avenir, penserait-elle à lui plutôt qu'à Alexis? Dans le bunker de l'hôtel, les bombardements les avaient rapprochés. Les liens du cœur s'étaient renforcés entre eux. Depuis qu'ils se côtoyaient, ne bâtissaient-ils pas une relation qui avançait pas à pas vers la lumière? Cette montre de grand luxe lui plaisait et elle l'accepterait en même temps que la profonde affection qu'il lui portait, dont elle reconnaissait les signes.

Le vendeur voulut la lui passer au poignet. Elle refusa.

— Je préfère le faire moi-même.

Pendant qu'elle était occupée à trouver le moyen de

l'attacher, Henry discutait à voix basse avec l'employé en désignant un bijou en particulier. L'homme lui remit un boîtier qu'il glissa dans sa poche.

Graziella en eut enfin terminé avec l'attache sécuritaire du bracelet. La manche de son manteau bleu électrique levée jusqu'au coude, elle paradait son bras gauche devant le miroir rond sur le comptoir. Elle réclama une boîte. En plus de la montre de l'armée, elle y inséra la bague qu'Alexis lui avait offerte avant sa mort.

Elle eut soudain l'impression bizarre que l'enveloppe qui lui enserrait les épaules se déchirait. Depuis le départ accidentel de son fiancé, elle avait entretenu son souvenir, et les obstacles sur sa route s'étaient multipliés.

Ce voyage lui serait bénéfique, elle en était à présent certaine.

❋

Ils descendirent du métro à la sortie Westminster. Jusque-là, Graziella n'avait pas vu les parties de la ville les plus frappées par les bombardements. En tournant un coin de rue, une main sur la bouche, elle laissa échapper un cri. Devant son regard ébahi se dessinait l'imposante Big Ben. Que de fois Timothy avait-il décrit cette horloge et lui avait-il promis de l'emmener l'admirer! Elle était là, majestueuse sur son socle dentelé, indiquant à qui pouvait l'apercevoir qu'il était dix heures trente. Graziella vérifia si sa nouvelle montre marquait l'heure juste. Mentalement, elle recula de cinq heures; au Québec, chez les Angers, la maison se réveillait. Hubert devait demander le petit pot et Marie devait lui promettre de l'emmener jouer dans la neige. Un cumulonimbus de regrets assombrit ce moment d'extase.

Son fils n'était élevé que par des femmes. Quel modèle masculin aurait-il pour définir son avenir? Elle leva les yeux vers le visage d'Henry. Le regard amarré à la Tamise qui s'étendait paresseusement dans son lit, il avait l'air pensif. Elle se dit que son fils ne pourrait pas avoir un père plus parfait. Mais c'était impossible. Devant l'horloge fétiche de Timothy, le père s'interposait à nouveau entre le fils et l'amante d'une seule fois. « Une seule fois », lui avait-il promis pour la convaincre. Une seule fois avait suffi pour elle. En revanche, il semblait que son désir à lui ne s'était pas éteint.

— Henry, dit-elle en lui empoignant subitement la main, vous ne savez pas à quel point je suis triste, tout à coup.

Comme s'il sortait d'un rêve, il l'enveloppa du regard.

— Pourquoi donc?

— En quittant la bijouterie avec ma nouvelle montre, je flottais sur un nuage, et là, tout à coup, devant cette majestueuse horloge que je caresse le désir de voir depuis si longtemps, j'ai comme une soudaine attaque de mélancolie. Je comprends l'état de votre mère lorsqu'elle fait face à une situation qui semble la dépasser.

— Graziella, nous avons beaucoup à nous dire, sans détour. Jusqu'ici, nous avons été plutôt réservés. Je crois que le temps de nous arrêter et de discuter franchement est venu.

— Je le crois également, Henry, opina-t-elle.

Il vit que son regard était effrayé.

❋

Sur la Tamise, accosté à l'appontement, un vieux bateau-mouche rafistolé et transformé en restaurant était coquet et accueillant. Ils choisirent une table à la fenêtre qui offrait une vue unique sur le pont de Westminster et sur la rive d'en face. Le soleil perçait la couche de nuages et étalait ses rayons sur l'eau bleutée. Henry aida Graziella à se départir de son manteau et enleva son trench-coat. Le garçon plaça devant chacun d'eux le café commandé au comptoir en entrant.

— Monsieur et madame veulent autre chose?

— Pas pour moi, merci, dit Henry.

— Que servez-vous? demanda Graziella.

— Le menu est sur l'ardoise au mur, madame.

Le garçon attendit en examinant sa cliente. Elle se décida enfin.

— Le numéro 1.

— Madame a choisi le petit-déjeuner le plus copieux.

— Je change d'idée, dans ce cas. Je me suis promis d'être frugale, à l'avenir. Je vais prendre un morceau de pain et du fromage.

— Bien, madame.

À cette heure de la journée, l'endroit était peu fréquenté. Henry appréciait cette tranquillité. Si Graziella refusait l'offre qu'il avait à lui faire, l'intimité de ce restaurant lui permettrait de faire valoir ses arguments loin des oreilles indiscrètes.

— Voilà, nous sommes ici pour mettre cartes sur table, attaqua-t-il. Depuis quatre jours, bien des imprévus nous ont pris par surprise. Vous et mère ne m'avez pas tout dit, dans vos lettres, je le vois bien. Je ne vous en veux pas. Votre intention était sûrement de me protéger; vous vous disiez que j'en avais assez de la situation qui prévaut partout en Europe. Par contre, j'y vois un manque de confiance en mon jugement et surtout en mon ouverture d'esprit. Nous allons d'abord élucider le cas de mes parents. En second lieu, nous discuterons de nos projets respectifs. Je ne parle pas seulement de carrière, mais bien d'avenir sentimental.

Graziella tourna la tête vers la fenêtre. La rive d'en face semblait danser sous ses yeux. Au loin, elle pouvait apercevoir un nuage de fumée qui embrouillait le paysage. Elle présuma que c'étaient les vestiges du bombardement de la veille. Sa tristesse se fit plus lourde; où Henry voulait-il en venir? Ne l'avait-elle pas perçu un moment comme une menace avant de le rencontrer en personne? Allait-il vouloir franchir la barrière de son jardin secret?

— Quand j'ai demandé des nouvelles de père, mère et vous avez habilement détourné le sujet. J'ai joué à l'innocent pour ne pas déplaire. Que me cachez-vous? Graziella, vous n'avez pas le choix, dites-moi la vérité.

— Ce que je sais, je l'ai appris par une lettre que

William m'a demandé de rédiger sur le navire à l'attention de John Herbert, son fils que vous connaissez sans aucun doute.

— Et que disait cette lettre?

— Que... le lendemain de notre départ... votre père a été victime d'une attaque.

— Quoi?

Henry était en état de choc. Son teint était blafard et sa lèvre inférieure tremblait. Pour reprendre ses esprits, il lapa lentement un peu de café. Graziella s'empressa d'ajouter:

— Votre réaction me fait croire que je n'aurais pas dû parler. Votre père a été atteint d'une paralysie partielle du côté gauche. Selon William, à notre retour, il sera guéri. J'ai confiance en l'expertise du docteur Riverin. Je ne doute pas de ses compétences.

Henry se faisait une raison. Les responsabilités et le travail de colosse qui avaient accaparé son père ces dernières années avaient miné ses forces. Il ne s'était jamais ménagé et il avait maintenant les deux pieds bien ancrés dans la quarantaine. Une défaillance était prévisible.

— Je connais le docteur Riverin et je suis de votre avis. S'il est convaincu que père s'en remettra, je le crois. Pardonnez ma réaction. La nouvelle m'a secoué. Nos parents restent nos parents. Nous ne souhaitons que le meilleur pour eux. Lorsque j'étais enfant, ils m'apparaissaient invincibles, si bien que je les croyais éternels. Je crois que j'ai gardé cette vision de petit garçon.

— Ne vous excusez pas! Un garçon sensible au sort de ses parents le restera envers celui de la famille qu'il fondera.

Le serveur déposa une assiette devant elle.

— Autre chose? Monsieur, vous ne changez pas d'idée?

— Non, merci, je ne change pas d'idée.

— Vous êtes un militaire qui sait ce qu'il veut.

Devinant que l'intention de l'employé était de l'entraîner sur un sujet qu'il voulait oublier pour l'instant, Henry le congédia.

— Si je désire manger un encas, je vous ferai signe. Merci de votre excellent service.

La conscription était déjà décrétée en Angleterre et aux États-Unis, alors qu'on parlait de faire de même au Canada dès que Borden serait de retour d'Europe. Graziella s'étonna.

— Cet homme ne devrait-il pas être au combat?

— Il a peut-être été blessé? Je ne le lui demanderai pas, il va s'incruster.

Elle se sentit plus légère, tout à coup, et elle éclata de rire. Henry admira l'éclat de son visage sous les rayons du soleil qui atteindrait son point culminant dans une heure. Elle étendit une pièce de fromage sur une tranche de pain, la porta à sa bouche et la mastiqua avec appétit. Il aimait son côté spontané. C'était l'image parfaite du lâcher-prise, de la renonciation à masquer ses origines.

— J'écrirai à père lorsque je serai installé en Belgique. Je n'aurai pas le temps avant.

— Vous ne croyez pas que votre nouveau grade de lieutenant-colonel et votre mutation à Ypres vont le choquer?

— Je lui dirai tout sans lui faire aucune cachette. Le temps est à la vérité. Elle fait moins mal que le mensonge. C'est pourquoi nous sommes ici…

Depuis qu'il savait que Graziella venait en Angleterre, il n'avait pensé qu'au moment où il risquerait de lui déclarer ce qu'il ressentait pour elle en toute franchise. Le baiser qu'elle lui avait rendu la nuit dernière lui confirmait qu'elle était en état de l'entendre.

Il saisit sa main sur la table et la garda dans la sienne. Graziella sentit une fois de plus leurs deux cœurs qui battaient à l'unisson dans sa paume. Les rayons de soleil qui s'étendaient sur elle n'étaient pas assez ardents pour calmer les frémissements de son épiderme. En posant des yeux inquiets sur le visage paisible d'Henry, elle attendit un mot qui pourrait l'apaiser.

— Graziella, notre intention, en venant ici, était de tout nous dire. Vous n'êtes pas sans savoir que je vous aime.

Il pressa plus fort sa main. Elle sentait son sang se retirer dans ses jambes.

— Je… je m'en doutais, mais ce n'était pas clair dans mon esprit.

— Eh bien, soyez-en certaine. Je veux passer le reste de ma vie avec vous. Et vous?

— Vous me prenez au dépourvu, Henry. Je ne m'attendais pas à une question comme celle-là.

— Il me semble que la nuit dernière…

— Il est certain que j'éprouve un sentiment très fort pour vous. Vous m'attirez énormément. Cependant, je doute. Je me suis doré la pilule en pensant aimer pour la vie et je me suis trompée. Je ne veux pas vous décevoir, je ne veux pas jouer avec vos sentiments et les miens. Vous voulez passer le reste de votre vie avec moi. Tous les amoureux disent cela, et puis, un jour, les belles promesses s'envolent comme un nuage poussé par un vent violent…

Son regard était noyé, soudain. Les mots restaient dans sa gorge. Il prit la parole.

— J'ai conscience des obstacles qui peuvent entraver la vie d'un couple. Je ne reviendrai pas sur la situation de mes parents, mais pourquoi ne pas se faire confiance, se donner la chance de faire autrement? Et puis, même juste quelques jours de bonheur ne valent-ils pas mieux que rien du tout? Vous venez d'avouer que vous avez des sentiments pour moi. C'est déjà un bon début. Si nous partions sur cette base?

— Y a-t-il moyen de repartir à neuf?

— Si nous voulons, nous le pouvons.

Il libéra sa main et fouilla dans la poche de sa jaquette. Il en sortit un écrin.

— Qu'est-ce que c'est?

Il l'ouvrit et en sortit une magnifique bague.

— C'est pour moi?

— Oui, c'est pour vous, je l'ai achetée chez Cartier pendant que vous passiez la montre à votre poignet. Graziella, nous repartons à zéro. Nos cœurs sont purs. Voulez-vous m'épouser?

❋

Ils étaient dans la chapelle du roi Henry VIII à l'abbaye de Westminster. Par ses fenêtres supérieures translucides, le plafond en voûte jetait des lueurs lactescentes sur l'autel.

— Je ne puis vous marier, madame et monsieur, dit le prêtre anglican en habit de chœur.

Henry essayait de trouver des arguments convaincants.

— Ma mère était catholique et elle a épousé un protestant à l'église catholique St. Patrick, à New York.

— Elle a dû avoir une dispense moyennant la promesse écrite de ne pas se laisser convaincre d'adhérer à la religion de son mari et de veiller à ce que ses enfants soient élevés selon les principes de la religion catholique. Si elle n'a pas respecté ses engagements, le sacrement n'est pas valide.

Henry tombait des nues. Comment son père et sa mère avaient-ils pu déjouer aussi subtilement les lois de leur propre religion quand on connaissait le pouvoir que l'une et l'autre exerçaient pour garder leurs adeptes sous leur joug? Il lui vint à l'esprit que son grand-père maternel était avocat. Gregory Hill vouait une dévotion sans bornes à sa fille, qui avait abjuré la religion catholique pour adhérer à celle de son futur époux protestant. Pour répondre au désir de son enfant unique, son père n'aurait-il pas fait preuve de générosité en souscrivant un don important destiné à l'entretien du jeune et fastueux lieu de culte? Pour couronner son geste, n'aurait-il pas aussi falsifié les papiers de ses petits-enfants, Henry et Alicia, lorsqu'ils avaient demandé le baptême protestant?

Il se souvint également que, lors d'une visite de la famille à ses oncles Paul et Albert, à Londres, on avait presque fait le reproche à Timothy d'être le fils du plus délinquant des Davis, une famille intègre autant dans le domaine religieux que dans celui des affaires. Ils devaient savoir que l'union de leur frère était illégale.

Henry n'avait jamais compris pourquoi ses parents s'étaient exilés dans une région aussi éloignée des grands centres. Il était vrai que William avait été convaincant. Par contre, son père aurait pu gagner davantage s'il avait mis ses compétences au service de compagnies anglaises ou américaines.

Il conclut que sa sœur Alicia et lui étaient des enfants illégitimes et que ses parents s'étaient construit une nouvelle vie loin des critiques. Ainsi, ses vingt-cinq ans de vie dans le droit chemin n'étaient que mensonge. Par contre, il ne pouvait quand même pas en vouloir à deux cœurs embrasés. Le sien l'était tout autant.

— Très bien! Que nous suggérez-vous, mon père? N'oublions pas que nous sommes en temps de guerre. Des mariages précipités sont célébrés pour éviter l'enrôlement. Pourquoi le nôtre ne serait-il pas précipité également? Je m'en vais au front. J'y laisserai peut-être ma vie. Avant, je veux épouser la femme que j'aime au moins devant Dieu, si je n'ai pas la chance de le faire également devant les hommes.

— Êtes-vous tous les deux majeurs?

— Oui, mentit Henry.

— Montrez-moi vos papiers.

Graziella était mise au pied du mur.

— Je ne le suis pas, avoua-t-elle. Je n'ai que dix-neuf ans.

— Je ne puis déroger aux règles, même si vous m'êtes très sympathiques et que vous semblez assez amoureux pour satisfaire les critères du mariage. À vous et à votre conscience de prendre la décision.

Il cligna des paupières, un sourire en coin aux lèvres et cacha ses mains dans les larges manches de son surplis blanc. En pivotant sur ses talons, il ajouta:

— Prenez la bonne décision. Bonne chance!

Henry l'interpella à nouveau.

— Le corps d'Henry VIII est-il à l'intérieur de cet autel ou dans l'une des chapelles de l'abbaye?

Le prêtre s'arrêta. En tournant le haut du corps seulement, il répondit:

— Il n'y a que cet autel, ici même, qui porte son nom. On dit que son corps est dans la crypte de la chapelle Saint-Georges. Sa fille, Elizabeth Ire, est ici. Le mariage de son père avec Ann Boleyn après l'annulation de son premier mariage avec Catherine d'Aragon a été l'une des principales causes du schisme de l'Église d'Angleterre avec Rome. Quant à Elizabeth, elle était tolérante sur le plan religieux. Avant son règne, on l'a même emprisonnée pour avoir accordé son soutien à des rebelles. Dirigez-vous vers la gauche.

Devant le tombeau d'Elizabeth Ire, héritière de la controverse, Henry Davis passa la bague au doigt de Graziella Cormier, dite Davis.

— Je te marie pour le meilleur et pour le pire.

Ils scellèrent cette promesse par un long baiser.

❋

Les couvertures étaient emmêlées; les oreillers se trouvaient par terre. À plat ventre dans le lit, le nez audessus d'une large assiette, Graziella et Henry grignotaient des amuse-gueules. Lorsqu'ils se regardaient, ils pouffaient de rire pour, l'instant d'après, redevenir sérieux.

Henry se cambra, s'assit et, de ses doigts, il suivit la courbe de l'abdomen jusqu'aux épaules en passant par les seins. Le nouveau marié ne se lassait pas. Ces moments de passion et de tendresse ne devaient se traduire qu'en langage d'éternité. Ce fut le prélude à un échange de caresses plus intimes.

Essoufflés et les yeux fermés, ils cessèrent de s'activer et restèrent concentrés sur la chaleur moite qui se dégageait de leurs corps nus, cimentés face à face. Leur respiration reprit petit à petit un rythme normal. Les mots étaient inutiles quand un concert venant du ciel élevait les âmes au même niveau.

Henry enlaça sa femme et ils s'endormirent.

❋

L'abbé Gagnon se sentait d'une humeur aigre. Après la messe à l'orphelinat, la maison du protestant Timothy Davis étant tout près, il décida de lui rendre une brève visite. Solange vint lui ouvrir. En multipliant les révérences, elle pria monsieur le curé d'entrer, l'aida à se dévêtir et l'invita à s'asseoir dans le fauteuil de madame Kate, au salon. Elle prévenait sans tarder monsieur Davis, son patron, et Claire en les priant de venir le retrouver ainsi qu'il le souhaitait.

— Solange, il n'est pas nécessaire de dire que monsieur Davis est ton patron chaque fois que tu le nommes.

— Monsieur le curé, je suis si contente de travailler ici!

— Si j'étais tes parents, j'essaierais de te placer ailleurs, chez les Gendron, par exemple. Étant donné le train de vie qu'elle mène, Paule a peut-être besoin d'une seconde servante?

— Je suis très bien traitée, ici, monsieur le curé, et je suis avec ma grande sœur. Excusez-moi, je vais l'avertir que vous êtes là.

L'abbé observa la jeune fille de dos; une belle proie pour les hommes encore fringants. Ce n'était plus le cas du maître de la maison, ce qui, dans un sens, était heureux. En balayant des yeux les alentours, il se souvint d'une scène en particulier, où Kate Davis lui avait fait la leçon pour cacher les tendances mauvaises de sa dame de compagnie. Il ne regrettait aucunement la lettre qu'il lui avait adressée le 27 décembre. Elle devait l'avoir reçue, à présent, sinon cela ne tarderait pas.

Satisfait, il sortit sa montre de sa poche en la tirant par la chaîne. Il plissa les yeux: huit heures. La canne de Timothy l'avertit de son arrivée. L'abbé resta assis. En se laissant tomber dans son fauteuil, l'hôte lui demanda quel était le but de sa visite.

— Je viens prendre de vos nouvelles.

— À l'heure du déjeuner? lui reprocha Timothy.

Claire se glissa discrètement dans la pièce et prit place sur le sofa en saluant le prêtre d'un léger mouvement de la tête.

— Tu aurais pu me dire bonjour, Claire!

— Excusez-moi, monsieur le curé. Je ne voulais pas déranger la conversation que vous aviez avec mon patron.

— Si je me fie à ce que tu me dis, les rumeurs sont vraies : tu es revenue à tes anciennes amours?

— Monsieur Davis comprend ma situation et il est bon pour moi. La maison est calme, François, mon fils, est avec moi, je reprends des forces rapidement et… je n'ai plus peur.

— Tu veux dire que ton mari a été violent avec toi? C'était donc vrai?

— Oui, à présent qu'il n'est plus là, je puis le dire.

— Quand un mari est violent envers sa femme, c'est qu'elle ne fait pas son devoir parfaitement.

Claire eut aussitôt les yeux noyés, et de grosses larmes se mirent à rouler sur ses joues. Timothy en eut assez de ce curé qui se permettait d'arriver sans s'annoncer et de faire la leçon à des gens qui ne le méritaient pas. Il serra la canne de ses deux mains et, pris d'une vivacité retrouvée, il s'extirpa du siège et se mit debout. Il montra le corridor de son index et glapit :

— Dehors! Et re… met… tez plus les pieds ici, lan… gue de vi… père!

En un rien de temps, l'abbé fut à la patère. En passant ses vêtements, il marmotta :

— Votre femme et vous ne perdez rien pour attendre. Vous en aurez des nouvelles très bientôt.

— Dehors, j'ai dit, répéta Timothy.

Il avait retrouvé une voix ferme.

❋

17 janvier 1917

Quand Henry ouvrit les yeux, Graziella était dans la baignoire. Il alla la rejoindre. De ses deux mains, elle se défendit en lui lançant de l'eau au visage. Ce fut à son tour de la cerner de vagues. Elle se leva vivement et l'éclaboussa du bout de son pied droit. Il en profita pour loger ses lèvres au niveau du puits de son intimité.

Ils se relevèrent du tapis et s'enroulèrent dans une serviette en rigolant. Elle avait un rire si énergique, si communicatif! De toute sa vie, il n'avait jamais été aussi joyeux, aussi pleinement heureux. Il lui avait répété des centaines de fois qu'il l'aimait depuis qu'il avait passé la bague à son doigt.

Graziella revint à la réalité.

— Henry, il va falloir que vous sortiez de cette chambre. Que vont dire les employés, s'ils nous surprennent ensemble?

— Nous leur expliquerons que nous sommes en voyage de noces.

— Avant-hier, nous étions frère et sœur, vous ne vous souvenez pas?

— Nous allons changer d'hôtel. Ramassez vos affaires; je vais à ma chambre. Je veux me promener avec vous main dans la main, comme un nouveau marié amoureux fou de sa femme.

— Vous êtes sérieux?

— On ne peut pas être plus sérieux, certifia-t-il en sautant dans ses vêtements.

Graziella le regarda sortir. Elle était bouleversée. Elle ne pouvait pas croire à ce qui lui arrivait.

❋

Après une journée à fureter dans les boutiques, Henry se félicitait de conduire à la table une femme aussi ravissante. Le serveur de la salle à manger du *Connaught* aida ses clients à s'asseoir et remit la carte à Henry en disant :

— La maison sert les meilleurs vins de France. Notre chef, qui est français, les sélectionne selon les plats.

— Voulez-vous nous laisser le temps de choisir? Ou bien avez-vous des suggestions à faire à de nouveaux mariés?

— Monsieur et madame sont nouvellement mariés? L'avez-vous mentionné au réceptionniste lors de votre inscription?

— Cela fait-il une différence?

— Bien sûr! Le chef vous aurait préparé un menu spécial.

— Il n'y a pas de faute. Nous allons choisir nous-mêmes. Comme apéritif, apportez-nous du champagne, l'élixir des grandes occasions.

Graziella ne se permit pas de penser aux désagréments que lui avait apportés cette boisson pendant le voyage. À l'avenir, serait-elle une promesse de bonheur durable?

— Bien, monsieur.

Henry saisit la main de Graziella appuyée sur la table. En posant sur elle un regard sincère, il avoua:

— Je n'aurais jamais cru vivre un moment pareil, un jour. Merci d'avoir accepté cette bague, gage de mon amour.

— Henry, pensez-vous que nous pourrions être punis pour notre faux mariage? Vous m'avez parlé de vérité, hier matin. Nous sommes sur la mauvaise voie.

— Je suis sur la mauvaise voie depuis ma naissance, vous le savez comme moi, à présent.

— Vous en voulez à vos parents? Ils ont agi au nom de l'amour. N'est-ce pas ce que nous avons fait, devant le tombeau de la reine Elizabeth? Nous avons eu un mariage très original, ne croyez-vous pas?

— Je pense surtout à ma mère. Pour rétablir sa situation avec mon père, il faudrait que tous deux avouent leur faute et qu'ils se remarient devant un ministre protestant. Je crois qu'il est trop tard. Elle aime Andreas, il n'y a pas à en douter.

— Henry, je vous répète ce qu'elle vous a déjà dit: c'est le hasard qui les a réunis à New York.

— Je vous crois. Mais une chose me turlupine encore à propos de mon père.

— Il me semble que je vous ai tout dit au sujet de sa paralysie partielle.

— Ce n'est pas cela. Je me dis que sa seule charge de travail ne suffit pas à expliquer son éloignement de ma mère qu'il adorait. Il y a quelque chose de plus…

Il lui enserra plus étroitement les doigts sur la nappe.

— Que voulez-vous dire, Henry? demanda-t-elle en se dégageant de sa poigne.

— Savez-vous si une autre femme est en cause? Dites-moi la vérité, Graziella. Je suis prêt à tout entendre sans juger. Vous a-t-il déjà fait des avances?

Le cœur en folie, Graziella s'efforçait de garder son calme. Timothy s'infiltrerait-il toujours entre eux? Il lui fallait trouver une réponse qui détournerait son attention sur quelqu'une d'autre.

— L'avez-vous déjà vu faire des avances à Claire avant votre départ pour l'Europe?

— Absolument pas, non!

— S'il n'a jamais fait les yeux doux à une aussi jolie fille que Claire, pourquoi m'en aurait-il fait?

— Vous me le jurez?

— Pourquoi me demandez-vous cela? Hier, quand vous m'avez proposé le mariage dans le restaurant bateau-mouche, vous avez dit que nous recommencions à neuf, que nos cœurs étaient purs. J'ai accepté à cette condition. Pourquoi revenez-vous sur un sujet qui ne me concerne pas, un sujet qui est censé être épuisé?

— Pardonnez-moi. À l'abbaye de Westminster, nous avons recommencé à neuf. Je reste sur ma position.

— Cependant, il y aura toujours Hubert pour rappeler que ce n'est pas tout à fait le cas.

— Graziella, je veux un enfant de vous!

La possibilité d'une éventuelle grossesse lui revint à l'esprit. Sur l'insistance d'Henry, elle avait accepté sa proposition sans tenir compte de son incertitude à cet égard. Recommencer à neuf! Il fallait ne penser qu'à cela.

— Vous croyez que c'est réaliste?

— Pourquoi pas?

— Parce que je veux un père présent pour mes enfants.

— Je reviendrai de la guerre, je vous le jure! Si notre situation ne plaît pas aux Chicoutimiens, nous déménagerons à New York.

— Qu'adviendra-t-il du commerce que je prévois ouvrir en juin?

— Vous le fermerez et en ouvrirez un à New York. Votre expérience vous servira.

— À mon tour de vous faire part de mon intention. Comme l'a dit le vieil homme dans le parc de Witley, profitons des moments que nous passons ensemble sans nous priver. Nous assumerons les conséquences à mesure qu'elles se présenteront. Qu'en dites-vous?

— À ce compte-là, faisons livrer notre repas dans notre chambre.

Chapitre 18

18 janvier 1917

— Mes chéris, que je suis contente de vous revoir! s'exclama Kate d'une voix enrouée. J'étais si inquiète! J'ai essayé de vous joindre par téléphone au *Landmark*, mais les lignes étaient défectueuses. Nous avons ressenti les effets du bombardement de l'usine de Silvertown jusqu'ici. J'aurais dû vous décourager. Londres est l'une des principales cibles des Allemands.

En plus de tous les événements qui l'avaient terrassée, elle avait attrapé un rhume.

Ils étaient dans le boudoir. Graziella et Henry occupaient chacun une bergère de velours or en face l'une de l'autre, alors qu'Andreas était assis sur la chaise, le dos au secrétaire. Kate avait pris place sur le Récamier du même modèle que celui qui se trouvait dans le salon de thé. L'ourlet du long peignoir rose qu'elle avait passé par-dessus sa robe de nuit touchait le parquet. On aurait dit le portrait de Juliette Récamier peint par Jacques-Louis David.

Graziella et Henry étaient arrivés par le train après le repas du midi. En chemin, ils avaient élaboré un scénario qui ne froisserait pas l'humeur déjà morose de leur mère au moment de leur départ pour Londres. Henry la rassura.

— Le *Landmark* offre une sécurité exemplaire à ses clients. Nous avons passé la nuit dans un bunker aménagé contre les raids.

— Oh! avez-vous eu peur, Graziella? J'ai vraiment réalisé la peine que j'aurais de vous perdre tous les deux.

— J'admets avoir été impressionnée par la sirène et

la marée de gens qui couraient dans le même sens vers les escaliers. Cependant, tout s'est déroulé dans l'ordre. À notre arrivée, les employés de l'hôtel nous avaient montré les endroits sûrs où nous réfugier.

— J'ai imaginé le pire.

— Maintenant que nous sommes revenus sains et saufs, la rassura Henry, reposez-vous et refaites vos forces si votre intention est toujours de nous accompagner à Calais et à Ypres, Graziella et moi. Nous partirons le plus tôt possible.

— Je ne sais pas si je le pourrai. Lady Rachel préférerait que je me repose plus longuement, si je veux faire le voyage à Paris. Par contre, Graziella ne peut pas revenir de Belgique seule, si je reste ici.

— Nous pouvons annuler Paris, si votre santé ne permet pas le voyage, proposa Graziella avec une nuance de regret dans la voix.

— Même si mon plus cher désir est d'être le plus longtemps possible avec vous, cher Henry, il faut que je fasse le meilleur choix pour moi; c'est ce que m'a fait comprendre mon infirmière privée. Cette décision me fend le cœur.

Des larmes brillaient dans ses yeux. Henry s'agenouilla près d'elle et la serra dans ses bras le temps qu'elle calme les sanglots qui l'étranglaient. Graziella et Andreas s'épiaient avec un regard compatissant. « Que s'est-il passé entre eux pendant leur séjour à Londres? » se demanda-t-elle.

Graziella proposa :

— L'idéal serait qu'Henry demande une prolongation de sa permission. Nous pourrions ainsi retarder notre départ et cela vous donnerait quelques jours de plus pour vous remettre.

— C'est impossible. Je dois partir avant la nouvelle troupe de fantassins formée par William et ses instructeurs. L'horaire est très strict, comme tout ce qui touche l'armée. Déjà, cette permission a été un réel cadeau, mais je devrai être à Calais à l'arrivée des recrues.

Graziella intervint pour la seconde fois.

— Je propose que nous profitions de chaque minute de cette journée. Ce soir, nous prendrons une décision qui dépendra des progrès de votre état de santé, voulez-vous?

Andreas désirait être le plus décent possible. Il appréciait la discrétion d'Henry depuis leur rencontre. Il se souvenait du petit garçon qui courait dans les corridors de l'immeuble alors qu'il était voisin des Davis, à New York. Ils avaient toujours eu une relation cordiale, mais les temps avaient changé, les circonstances aussi. Maintenant qu'il était adulte, que pensait-il de son amour pour sa mère? Il aiguisa sa voix et proposa à son tour:

— Je suis du même avis que madame. Mon intention est de vous laisser passer ces heures en famille. J'ai des obligations au camp militaire. D'améliorer la vie des soldats dans les tranchées est une noble tâche, non sans casse-tête. Je répondrai à l'invitation à dîner de lady Rachel, à huit heures, comme entendu.

Ils échangèrent une poignée de main. Henry ne savait pas où placer cet homme dans sa nouvelle hiérarchie. Il avait été élevé par son père, ce qui ne l'empêchait pas d'être illégitime, le mariage de ses parents n'étant pas légal. Le prêtre l'avait affirmé clairement: sa mère n'avait pas respecté ses engagements; il y avait donc eu perversion du conjoint catholique et des enfants.

Quant à Andreas, il pourrait devenir son beau-père comme l'était Timothy pour Graziella. Quelle importance, de toute façon! Graziella était aujourd'hui sa femme et c'était là tout ce qui comptait. Mais comment aborder le sujet avec sa mère, qui venait à ses yeux de tomber de son piédestal?

Andreas salua Graziella et, sans faux-semblant, alla baiser le front de Kate.

— À ce soir! dit-il.

Il referma doucement la porte derrière lui. Kate se frottait les mains. Graziella reconnaissait ce geste qui était chez elle caractéristique d'une grande nervosité. Cette pauvre femme en avait trop sur ses maigres épaules. Fallait-il en ajouter?

D'une voix craintive, Kate dit:

— Mes chéris, pardonnez-moi. Je vous répète que je n'ai pas voulu ce qui m'arrive. Henry, vous devez me mépriser; je ne vous en fais pas le reproche. Vous savez à présent que vos parents ne sont pas parfaits. Ne m'en veuillez pas de dire que leurs sentiments peuvent changer, se transformer au fil des années. J'en suis à un tournant de ma vie et j'ai besoin de votre aide.

Demeuré debout après le départ d'Andreas, Henry prit la chaise devant le secrétaire et l'avança tout près de sa mère. En s'assoyant, il dit:

— Mère, le temps n'est pas aux reproches, ni à soi-même ni aux autres. À l'âge que j'ai, je peux comprendre et accepter bien des aléas qui peuvent survenir sur la route de l'existence. Comme chacun de nous, j'ai aussi mes secrets et j'ai l'intention de les garder pour moi. Cela ne servirait à rien de gaspiller les instants que nous vivrons ensemble. Je veux juste vous dire que, si vous aimez monsieur Backer autant que je le pense, soyez fidèle à votre inclination.

Il adressa un coup d'œil en coin à Graziella. Elle comprit qu'il allait lui annoncer qu'ils étaient mariés. Elle plissa les yeux. Sans trop saisir le sens de cette réaction, il continua sur sa lancée:

— Mère, à mon tour de lever le voile sur ce dont vous vous doutez, surtout depuis ces deux dernières années. En me parlant aussi abondamment de Graziella dans vos lettres, j'ai senti que vous aviez une idée derrière la tête. Est-ce que je me trompe?

— Mon chéri, vous me prenez au dépourvu. J'étais tellement contente d'avoir retrouvé une partie de ma santé, que je répétais à qui voulait l'entendre que c'était grâce à elle et au petit Hubert. Certes, il m'est déjà venu à l'esprit que vous pouviez avoir développé des sentiments pour elle.

— Vous ne vous êtes pas trompée: j'aime Graziella, avoua-t-il d'une voix tremblante.

Kate ne savait que dire; elle ne s'attendait pas à une déclaration aussi nette. Elle avait envie de les embrasser tous les deux, mais elle se retint. Une montagne d'obstacles à surmonter se campait devant ses yeux. Elle l'avait pressenti presque au début de ce périple. Elle s'était alors promis de régler les problèmes un à la fois. Elle se faisait confiance.

❋

Plus aucune ombre ne vint ternir cette journée qui avançait trop vite. De tout l'après-midi, Graziella et Henry ne quittèrent pas Kate une seule minute. Ils racontèrent leur virée chez Burberry, ainsi que leur visite du château de Buckingham, de Big Ben et du pont de la Tour. Elle avait acheté un cardigan vert écossais à Claire; cette couleur donnerait de l'éclat à ses jolis yeux. Elle n'avait pas non plus oublié Hubert. Cependant, pour l'instant, elle gardait le secret. Kate verrait le cadeau en même temps que son petit-fils. Elle lui assura que sa grand-maman jubilerait autant que lui. Les amoureux ne mentionnèrent pas la montre et la bague Cartier que Graziella avait laissées dans leur écrin; elle ne voulait pas se voir obligée de donner à Kate tous les détails de leur mariage fictif à l'abbaye.

Le bombardement et les visites de sites historiques les avaient empêchés de rencontrer la famille de Timothy et les amis d'Anne-Marie. Ils avaient eu trop peu de temps.

Ils jouèrent aux cartes, fredonnèrent des chansons anciennes, se rappelèrent des souvenirs d'enfance; les deux femmes parlèrent abondamment du petit homme de leur vie, le roi Hubert. Henry éprouva un peu de jalousie à voir l'affection qui débordait de leur regard béat lorsqu'elles abordaient ce sujet.

Lady Rachel les exempta de prendre le thé en sa compagnie et le leur fit servir dans l'intimité de leur boudoir. Elle comprenait le besoin de ses invités de se retrouver entre eux durant le temps si court qu'il leur restait. Elle leur rappela qu'ils étaient invités à la salle à manger pour le repas du soir en compagnie d'un couple de ses amis.

À cinq heures, le valet frappa et s'introduisit dans la pièce. Sur le plateau de service du thé et des friandises, il y avait une lettre adressée à madame Kate Davis, qu'un facteur du camp militaire était venu livrer. L'oblitération indiquait la date du 27 décembre.

— Ça fait près de quatre semaines que cette lettre voyage. De qui peut-elle venir?

— Mère, voulez-vous rester seule? s'inquiéta Henry.

— Je préférerais. Je vous ferai part de son contenu lorsque je serai remise de mes émotions.

La porte une fois refermée sur le serviteur et ses deux enfants, Kate décacheta l'enveloppe. Au son d'un air de piano qui venait du salon accompagné de rires, elle lut la prose de l'abbé Gagnon, teintée d'un esprit de vengeance pour le moins surprenant de la part d'un homme qui avait choisi comme mission de transmettre le message d'amour de Jésus-Christ.

Il sous-entendait qu'il dénoncerait sa situation matrimoniale dès qu'il jugerait le moment venu. Elle était devant le fait; elle aurait à assumer les conséquences de ses choix, alors qu'elle avait comme complice un père aussi laxiste que Gregory Hill.

Kate ne s'effondra pas en larmes; elle resta stoïque. Son combat, elle le mènerait à sa manière. Sans réfléchir plus longtemps, elle replia la feuille, la remit dans l'enveloppe et la garda sur ses genoux. Elle moucha son nez, fit tinter la clochette dorée sur le guéridon et attendit. Elle tendit les bras à Graziella et à Henry dès leur entrée.

Ils coururent se lover sur sa poitrine.

— Mes enfants!

⁂

Demeurée d'un calme exemplaire, Kate tenait la tasse sur ses cuisses. Elle n'avait pas quitté le Récamier, et son peignoir rose semblait avoir subi un violent orage d'été sur la corde à linge. Assise en face d'elle dans le fauteuil or, Graziella pensa que les mauvais plis du vêtement représentaient l'ensemble des infortunes de la journée. D'une voix enrouée, Kate dit lentement:

— Mes enfants, j'ai pris une décision. Votre père est gravement malade, j'en ai plus que jamais la certitude. Nous avons été parfaitement heureux pendant vingt et un ans, peut-être plus, je ne suis pas très forte en calcul. Je ne puis tirer un trait sur une partie de ma vie pour un caprice. Timothy a besoin de moi et, sans vraiment m'en rendre compte, j'ai besoin de lui. Je sais qu'Andreas sera intensément déçu, étant donné que je lui ai laissé entrevoir qu'une relation à long terme pouvait être possible entre nous. Il m'a attendue pendant tant d'années! Peut-on recevoir une plus grande preuve d'amour?

Comme des larmes perlaient à la commissure de ses paupières, Kate s'arrêta. Elle essuya son nez de son mouchoir de soie et prit une profonde inspiration. En expirant, elle retrouva son calme et put continuer:

— Notre vie à tous est incertaine. Elle ne tient qu'à un fil. Qu'on soit en paix ou en guerre, chaque matin est un commencement. Chaque soir est un moment de prière où on cherche à puiser le courage de changer les choses dont nous ne sommes pas fiers. Mais que doit-on se reprocher, au juste? Faut-il se faire un cas de conscience de comportements qui nous sont dictés par notre cœur mais contraires à ce qu'on nous a inculqué de force? Devons-nous alimenter nos remords des actes généreux que nous posons ou des décisions qui nous rendent heureux en même temps qu'elles apportent le bonheur aux autres?

Kate était d'une loquacité inhabituelle. Son exposé ressemblait à un sermon. Elle s'exprimait sans faux-fuyants, inspirée par ses observations et expériences qui chassaient les préjugés et les sarcasmes de commères.

— Je ne retournerai pas auprès de mon mari par pitié. Je veux que nous repartions à neuf. Je vais donc demander Timothy en mariage. Même si nous devons provoquer au Saguenay le plus grand scandale jamais imaginé, nous célébrerons notre union dans une église protestante. Nous serons donc en règle selon la loi, et l'abbé Gagnon n'aura plus rien à redire; il ne pourra plus me faire chanter.

Graziella et Henry comprenaient son message. Ils devinaient également de qui venait la lettre. Ils ne voulurent toutefois exprimer aucune réaction, se contentant d'écouter et d'attendre patiemment la suite des réflexions de Kate.

— Henry, votre père et moi n'avons pas été honnêtes avec vous. Il est temps que je vous dise que mon père m'a aidée à réaliser mon désir, qui était de me marier à l'église St. Patrick, la plus belle église de New York, même si j'avais choisi la religion protestante. Quand j'y pense aujourd'hui, je trouve que j'ai été bien légère! Cette union bénie par un prêtre catholique n'est plus valide, puisque je n'ai pas respecté les engagements que j'ai signés. Alicia et toi êtes illégitimes, d'une certaine façon. Aux yeux de l'Église catholique, je vis en concubinage, mais, au fil du temps, je l'avais presque oublié. Ma vie, que les esprits cocardiers auraient trouvée anormale, était devenue normale pour moi... Mais, Henry, cet aveu n'a pas l'air de vous surprendre! Je ne comprends pas!

— C'est que je m'en doutais. L'enseignement religieux m'a ouvert les yeux et j'avais fait certaines déductions.

Graziella était soulagée: Henry s'en tirait bien, il n'avait pas fait allusion à la conversation qu'ils avaient eue avec le prêtre à l'abbaye. Dans le train, ils avaient décidé de ne rien dire à leur mère à propos de leur engagement. Pour la ménager, ils préféraient l'instruire à petite dose.

— Pourquoi ne m'avez-vous jamais posé la question?

— Ce n'est pas le genre de questions qu'un enfant ose poser à ses parents. Je me suis tu par retenue, par discrétion, par gêne d'entrer dans le champ bien gardé du monde adulte.

— Maintenant, parlons de vous deux. Quelles sont vos intentions?

— Mère, je veux passer le reste de ma vie avec Graziella.

— Et vous, ma chérie?

— J'éprouve les mêmes sentiments pour Henry; je veux passer le reste de ma vie avec lui.

— Vous désirez vous marier? C'est ce que je comprends?

— Oui, répondirent-ils en même temps.

— Qui va adhérer à la religion de l'autre? Pour moi, cela n'a pas d'importance, que vous gardiez chacun vos croyances, mais cela a une portée sociale autant que religieuse, qui peut détruire la vie de quelqu'un, surtout dans des contrées où on pourrait croire que l'information ne se rendra jamais. Pour compliquer le tout, la parenté légale née de l'adoption rend votre union illicite. La connivence entre la religion et la société sur ce sujet est intraitable, à moins que vous n'obteniez une dispense, ce qui demande du temps, beaucoup de temps.

Le silence tomba aussi lourdement qu'une bombe. Henry ne voulait pas voir son couple voler en poussière dans un avenir plus ou moins prévisible. Il s'indigna:

— C'est injuste! Si nous n'obtenons pas de dispense, que peut-il nous arriver? La prison?

— Je n'ai pas les connaissances de mon père. Je ne puis donc pas répondre à cette question.

Les deux jeunes gens se rendaient compte, tout à coup, que l'ignorance des lois et la force de leurs sentiments les avaient rendus téméraires. Devant la réalité, Graziella surtout perdait une partie de son assurance, maintenant qu'elle était instruite des conséquences qu'entraînerait une union avec son demi-frère. Elle se remémora une histoire qu'elle avait entendue.

— Vous me faites penser à quelque chose. Vous vous souvenez? Sur l'*Adriatic*, j'ai eu une altercation avec Paul Chamberland, le mari de Claire?

— Oui, je m'en souviens. Henry, vous êtes au courant que le mari de Claire est à Witley?

— Je l'ai vu à l'entraînement. Il fera un très bon soldat.

— Tant mieux. Je n'en dirai pas plus. Ce n'est pas encore le temps. Continuez, ma chérie.

— Nous nous sommes rencontrés peu avant le débarquement. Il m'a demandé de prendre soin de sa femme et de son fils, s'il ne revenait pas vivant. Je lui ai promis de le faire après avoir compris pourquoi il ressent de la colère, qui le pousse à la violence. Sa grand-mère encourageait de jeunes filles à venir recevoir des garçons chez elle. Le curé a découvert ce genre de trafic et a obligé la famille à se retirer dans les bois. À la mort de sa femme, le grand-père a dansé sur l'amas de terre qui recouvrait son cercueil. Personne ne sait pourquoi il a fait cela, mais le père de Paul, chaque fois qu'il s'enivrait, racontait cette histoire et répétait: « On vivait tout seuls dans le bois et mon père a dansé sur la tombe de ma mère! » C'est une triste histoire qui montre jusqu'où la religion et les préjugés peuvent conduire les êtres. Je choisirais volontiers la religion protestante, mais je perdrais alors tout espoir de faire carrière, vu que j'ai promis de ne pas devenir protestante. De plus, il ne faut pas oublier l'engagement que vous avez signé de ne pas nous influencer, ni moi ni Hubert, lors de son baptême.

— Vous avez raison, Graziella, l'histoire de Paul est une triste histoire qui nous fait réfléchir.

— Je deviendrai catholique, proposa Henry.

— Ce n'est pas suffisant. Graziella est votre sœur. Même en l'absence de liens consanguins, elle l'est devant la loi. Cependant, advenant que vous fassiez la promesse à l'évêque de devenir catholique et d'élever vos enfants dans cette religion, il pourrait, moyennant une contribution monétaire, vous obtenir une dispense dans un délai assez bref; l'abbé Gagnon aurait alors la bouche cousue sur ce qui est qualifié de louche dans notre couple à nous. Cependant, un mariage valide ne peut pratiquement pas avoir lieu avant votre retour au Canada… Je suis honteuse de parler de cette façon devant vous; ce n'est pas l'exemple qu'une bonne mère doit donner à ses enfants, mais, à l'âge que vous avez, vous êtes en mesure de comprendre que, devant des subtilités qui peuvent être interprétées de différentes façons, il faut trancher avec ses propres arguments, qu'ils paraissent fautifs ou non aux yeux du monde. Le fait de payer pour obtenir une dispense n'est pas plus honnête que de cacher la vérité. En fait, c'est la même chose déguisée et c'est en réalité ce que mon père a fait dans mon cas. Il a acheté la paix. Si vous le voulez, laissons l'idée de côté et concentrons-nous sur le moment présent. Dans votre situation, je saisirais toutes les occasions. Si vous êtes d'accord pour vivre au grand jour l'amour que vous éprouvez l'un pour l'autre, je vous donne carte blanche. Aussi, même si mon état me le permettait, je ne vous accompagnerais pas à Calais et à Ypres. Nous ferons nos adieux et je vous laisserai partir…

Le cœur en miettes, Kate les gratifia néanmoins d'un sourire complice; c'était sa bénédiction. Elle n'avait pas le cœur de priver Henry d'un bonheur que le conflit armé dispensait au compte-gouttes.

❋

Les Bradford étaient charmants. On pouvait deviner la taille fine d'Elizabeth dissimulée sous des volants ocre qui tombaient en ligne droite du dessous de son plastron jusqu'à ses chevilles. Des manches longues couvraient ses bras. Gary, son mari, avait emprunté la tenue de capitaine. Graziella constatait que, dans cette petite ville, la vie se moulait sur celle du camp militaire. À part les vieillards et les enfants, elle n'avait rencontré que des gradés, du caporal au colonel. Elle avait appris que le titre de capitaine était donné aux officiers subalternes du rang le plus élevé.

L'apéritif fut servi dans l'immense salon agrémenté d'une piste de danse, où lady Rachel fit la conversation à chacun en allant d'un groupe à l'autre.

Sous sa directive, le majordome invita ensuite ces messieurs dames à se rendre à la salle à manger et à gagner la place identifiée à leur nom par un signet qu'on avait inséré dans un trombone. L'imposant lustre de cristal tombant du plafond à quatre pieds au-dessus du centre de la table faisait étinceler les coupes et les couverts lignés de dorure. Debout à sa place habituelle à l'extrémité de la table, la comtesse se tint droite et souriante. Son ensemble d'un vert lime accentuait les nuances de sa chevelure. Elle invita les convives à s'asseoir. D'une voix posée, elle adressa un mot adapté à chacun de ses invités et à ses enfants présents.

— Permettez-moi de vous nommer individuellement, selon l'ordre que vous occupez autour de la table, en commençant à ma droite. Ce repas est le dernier que notre chère Kate prend en compagnie de son fils avant la fin de cette guerre. Donc, Kate, je vous souhaite de tout cœur la paix pour très bientôt. Vous êtes une femme courageuse et je suis fière de vous compter à présent parmi mes amies. Henry, brave nouveau lieutenant-colonel, profitez au maximum de ce repas, l'épaule contre celle de votre mère. Je vous souhaite la chance que vous méritez. Lorsque les hostilités feront partie du passé, vous pourrez fonder une famille.

Sur ces mots, elle posa son regard sur son aînée, d'un an de moins qu'Henry, qu'elle avait placée à la droite du jeune homme.

— Gladys, je suis fière de vous. Je vous le dis souvent en privé, mais il est important pour moi que je le fasse publiquement. Vous êtes une infirmière dévouée, aimée de vos patients. Je vous souhaite de rencontrer l'âme sœur qui vous comblera.

Elle continua d'une voix de plus en plus animée :

— William, homme invincible autant dans le monde des affaires que dans celui de la guerre, je me suis ennuyée de votre rire communicatif et de vos farces pas toujours… très subtiles. Comment ne pas vous pardonner!

Cette allusion aux manières parfois discourtoises de William dérida l'assemblée. La comtesse posa les yeux sur sa seconde fille.

— Morvyth, ce que je viens de dire à votre sœur Gladys vaut également pour vous. Je sais que vous voulez continuer à pratiquer comme infirmière après la guerre et je vous encourage à tenir bon. Vous pourrez toujours compter sur mon soutien.

Des applaudissements s'élevèrent. Lorsqu'ils se furent tus, lady Rachel leva son verre et s'adressa aux convives à sa gauche.

— Je porte un toast à monsieur Backer, qui a tout laissé derrière lui pour mettre ses compétences d'ingénieur au service de nos soldats. Je souhaite une fois de plus que cette guerre se termine le plus tôt possible. Il faudra alors penser à reconstruire et vous serez de l'équipe qui s'en chargera.

La comtesse leva son verre à nouveau.

— À ma chère Elizabeth, qui porte si bien le prénom d'une reine qui a fait sa marque dans l'avancement des idées en Angleterre. Je vous félicite pour les encouragements que vous prodiguez aux soldats que vous parrainez. Je ne saurais oublier non plus les hautes études que vous avez faites envers et contre tous.

Elle reluqua furtivement William en coin, ce qui n'échappa pas à Graziella.

— Cher grand ami Gary, vous avez traversé toutes les tempêtes, et je vous admire pour cela. À présent que vous êtes retraité comme capitaine de bateau, vous en êtes à donner de votre temps comme capitaine d'officiers subalternes pour la paix de notre pays.

Lady Rachel posa un regard rempli de tendresse sur le visage de celle qui semblait intéresser son fils aîné :

— Graziella, chaque jour que je passe en votre compagnie m'en apprend un peu plus sur vous. Conservez l'amour de la vie que vous dégagez sans avoir à le dire. Vos désirs se réaliseront; vous avez la hardiesse de surmonter toutes les embûches.

Le genou d'Eric frôla celui de Graziella. Elle aurait eu envie de lui taper la main.

— Je lève à présent mon verre à William Eric, mon fils aîné, qui a un fort côté rebelle... quand même discipliné. Il est naturel qu'il ait quelques traits hérités de son père, ajouta-t-elle d'une voix espiègle. Je dis cela sans animosité. Vous savez à quel point je vous aime, chéri. Vous me faites honneur en remplissant vos devoirs de lieutenant-colonel, comme votre père, avec le sérieux que la fonction commande. Pour terminer, je souligne que, pour ce dîner, j'ai fait une faveur spéciale à mon grand fils de quinze ans, Roderick John. Il est temps qu'il fasse son entrée dans le monde. Je porte un toast à nous tous, qui prendrons ce repas en appréciant la chance que nous avons. Bon appétit! Andrew et John, vous pouvez commencer le service.

Avec le sérieux et l'étiquette qu'exigeait la tâche dont ils étaient responsables, les deux serviteurs distribuèrent le potage de légumes variés.

La comtesse aborda un sujet qui avait fait légèrement monter le ton un peu plus tôt. Elle s'adressa à l'initiateur de la controverse, mettant ainsi en vedette le nouveau rôle de la femme depuis la fin du XIXe siècle.

— Cher William, rien qu'à vous observer, je vois que vous n'êtes pas satisfait de la conclusion qui a été tirée sur le sort de la femme moderne. Est-ce que je me trompe?

— Rachel, je ne veux pas être impoli à votre table; vous connaissez mon franc-parler. Même si la femme donne un fier coup de main en temps de guerre, elle n'est pas faite pour travailler dans un laboratoire, donner des conférences ou encore mettre son nez dans les affaires sérieuses, grogna-t-il en clouant du regard Graziella, assise en face de lui.

Elizabeth avait eu la chance de faire des études à la faculté des sciences de Paris. Elle se sentit concernée par cette remarque désobligeante. Sans laisser le temps à la comtesse de réagir, de sa voix modulée, elle s'imposa.

— Monsieur Price, connaissez-vous Marie Curie?

— Pas personnellement!

— Vous savez certainement qu'elle est la première femme à avoir reçu un prix Nobel?

— Je ne suis pas réellement impressionné par ces titres et ces prix qui ne disent rien. Très bien, j'avoue que je suis provocateur. Excusez mon intervention mal à propos, Elizabeth. Que vouliez-vous dire au sujet de Marie Curie? J'aime quand même mieux entendre parler de son mari, Pierre...

La voix enjouée, Elizabeth riposta:

— Pierre avait l'esprit assez ouvert pour travailler en étroite collaboration avec sa femme; il acceptait que, souvent, elle soit en avance sur lui dans ses recherches.

Voyant que son épouse patinait trop modestement sans se donner du crédit, Gary intervint:

— Elizabeth a connu personnellement Marie. Elle est trop réservée pour s'en glorifier.

— Je ne m'en vante pas, mais mon mari a raison, j'ai étudié avec elle à la faculté des sciences de Paris. Nos routes ont pris une direction opposée. Sur les mille huit cent vingt-cinq étudiants, nous étions vingt-trois femmes et nous avons presque toutes abandonné la carrière à notre mariage. Marie était la plus déterminée. Elle est passée à travers de pénibles épreuves pour faire sa marque par esprit d'humanité. Si elle avait abandonné, qui aurait découvert le polonium et, plus tard, le radium, qui a fait avancer la science médicale à pas de géant?

La comtesse donna la parole à l'aînée de ses filles.

— Gladys, vous qui suivez de très près la vie et les activités de Marie Curie, qu'avez-vous à ajouter?

Heureuse de s'exprimer sur un sujet où elle excellait, la jeune fille saisit l'occasion qu'on lui offrait d'impressionner davantage Henry que par son rôle d'infirmière. Elle aiguisa sa voix.

— Je veux juste citer de mémoire le texte qu'un journaliste a écrit dans *Le Journal de Paris*: *Une grande victoire féministe a été célébrée par le fait qu'une femme a été admise à donner l'enseignement supérieur aux étudiants des deux sexes dans une université. Où sera désormais la prétendue supériorité de l'homme mâle?* Il a terminé son article ainsi: *En vérité, je vous le dis: le temps est proche où les femmes deviendront des êtres humains.*

Graziella était crispée. Elle serrait les poings et les

dents. Cela lui rappelait les propos de Paule Gendron, lorsqu'elle avait affirmé tout à fait naturellement que Claire n'était qu'une servante, ce qui, à ses yeux, excusait les gestes inappropriés qu'elle s'était permis sur elle. Même Anne-Marie Palardy, alors malade, avait été exceptionnellement considérée par les médecins comme une personne, pour faire taire les mauvaises langues qui critiquaient ses voyages avec son mari.

Lady Rachel pria Andrew et John de desservir. En attendant le dessert, elle proposa que les convives se déplacent au salon; ses deux filles étaient d'excellentes pianistes. En terminant leur verre de vin, ils pourraient en être témoins.

Les fauteuils furent approchés du piano par les hommes. Graziella fut placée entre Eric et Henry. Elle tenait ses bras collés à son corps afin de ne toucher ni à l'un ni à l'autre.

Gladys et Morvyth interprétèrent *La Berceuse* de Chopin en duo et saluèrent sous les applaudissements. Rachel invita les personnes qui maîtrisaient l'art du piano à se produire. Pour se défiler, Kate fit valoir qu'elle n'avait pas touché le clavier depuis trop longtemps. Elle ajouta que, cependant, Graziella se débrouillait très bien. Les yeux se tournèrent vers la statue violette, droite sur sa chaise, qui semblait retenir son souffle. Rachel l'invita.

— Allez, Graziella, ne soyez pas timide. Nous mourons d'envie de vous entendre.

Sans enthousiasme, elle occupa le banc que venaient de lui céder Gladys et Morvyth. Comment performer après une interprétation aussi sentie de l'œuvre d'un musicien de la renommée de Frédéric Chopin? Toutes ses chairs tremblaient; elle ne savait plus si cela était dû au trac ou à la peur de décevoir Henry, à qui Gladys faisait du charme. Morvyth ne semblait pas indifférente non plus.

Par expérience, elle savait que les sentiments pouvaient changer au gré du vent, et leur amour paraissait impossible; c'était une chrysalide qui avait peu de chances d'éclore en un papillon multicolore. Elle ne devait surtout pas tenir pour acquis ce qu'elle vivait avec Henry.

Ellc devait penser vite; les oreilles étaient tendues, en attente de sa prestation. Ses doigts tombèrent sur les premières notes de *Plaisir d'amour.* Elle se fit le reproche de s'être instinctivement laissé prendre par cette pièce fétiche; pourtant, elle maîtrisait des morceaux populaires de certains grands musiciens. Était-ce un bon ou un mauvais présage? À sa grande surprise, les auditeurs se mirent à chanter les paroles en français, qu'ils fredonnèrent jusqu'à la fin.

Plaisir d'amour ne dure qu'un moment,
Chagrin d'amour dure toute la vie.

Les invités applaudirent tout en continuant de fredonner lorsqu'elle salua en posant un regard confiant sur les filles de la maison.

Chapitre 19

Chacun reprit sa place à table. Le majordome annonça le service du dessert, une pièce de gâteau aux fruits et gingembre nappé de crème anglaise. Un verre de xérès accompagnerait le plat avant le service des fromages qui serait rehaussé de bière, la spécialité des Britanniques, fervents buveurs d'ale.

Juste à la fin de la présentation du menu dessert par le serviteur, les regards se tournèrent vers une forme qui faisait son apparition.

Sans avoir fait retentir le carillon de l'entrée, sans préavis, sans que lady Rachel s'y attende, son mari, William Humble Ward, deuxième comte de Dudley, s'approcha de la table de la salle à manger et se tint debout un instant en face de sa femme qui présidait le dîner. Il s'assit sans saluer personne en promenant un regard circulaire sur les convives.

Lady Rachel devait fondre de honte devant l'absence de manières du personnage. Roderick John, son fils, demanda la permission de se retirer; il semblait désolé. Sa mère lui recommanda de rester pour entendre ce que son père avait à dire. Elle ajouta qu'il ne manquerait pas de livrer son message, une fois qu'il aurait honoré ses invités.

Cette femme n'avait pas froid aux yeux. Bien que d'une grande bonté, elle savait faire respecter la discipline de la maison. Ceux qui n'avaient pas fréquenté le couple auparavant comprenaient pourquoi la comtesse avait pris ses distances par rapport à son mari.

Le valet déposa le dessert et un verre de xérès devant son maître.

— Monsieur est servi.

— Merci, John.

Lady Rachel se demandait pourquoi son mari arrivait sans s'annoncer. Il devina sa pensée.

— Très chère, vous avez entendu parler du bombardement de l'usine de Silvertown? Des blessés graves meurent tous les jours. Les organisations sanitaires en place ne peuvent plus suffire. L'État a répertorié les grandes maisons à proximité de Londres qui pourraient accueillir convenablement les malades. Witley Court est parmi celles-là. On est même scandalisé par la quarantaine de serviteurs attitrés à si peu de personnes. Si les domestiques masculins ne veulent pas être enrôlés, ils doivent démontrer qu'ils sont utiles dans des domaines connexes à la guerre. Vous et nos deux filles êtes infirmières. Vous pourriez en peu de temps former les domestiques qui ont des aptitudes pour les soins directs aux blessés, tandis que les autres verraient à la cuisine et à l'entretien. Si du personnel supplémentaire est nécessaire, vous aviserez.

Elizabeth Bradford était enchanté. Elle s'exclama:

— Mettez-moi immédiatement sur la liste. Je me porte volontaire! Je contacterai la Croix-Rouge dès demain.

— Notre maison deviendra un hôpital! Mon rêve qui se réalise enfin! s'écria lady Rachel. Merci, très cher, d'avoir pris la peine de venir de Londres pour m'annoncer cette excellente nouvelle!

❋

Le richissime homme d'affaires et politicien était difficile à cerner. Tantôt il était taciturne, comme si son immense richesse était trop lourde à porter, tantôt il démontrait un sens de l'humour qui faisait ressortir son côté bon vivant. Il avait été gâté par la vie. Son père était né avant lui, comme le disait si bien Maurice quand il parlait d'un homme qui avait hérité d'une terre défrichée et productive à la mort de ses parents.

À table, lord Dudley dévora à lui seul une assiette de service complète de fromages variés qu'il arrosa de trois chopes de bière. Il leva son verre aux deux jolies dames qui lui étaient présentées et les invita à son palais dans les jardins de Carlton, à Londres. Il ajouta que cette grande maison était également ciblée pour être transformée en centre médical, mais que Witley Court était mieux aménagé.

Ce fut en déboutonnant son veston et en laissant voir sa veste rayée sans manches qu'il proposa à tout le monde de se déplacer au salon. Il avait acheté une dernière nouveauté française qui ne plaisait pas aux chefs d'État; c'était *La Chanson de Craonne*, une chansonnette qui contenait un message antimilitariste pouvant être compris par tous ceux qui connaissaient la langue de Molière.

Gladys fut chargée de placer le disque sur le phonographe. Après s'être acquittée de cette tâche, elle reprit la place voisine d'Henry, alors que lui surveillait Graziella, qui occupait un siège près d'Éric. Sur une musique dans le style guinguette, la voix de Charles Sablon décrivait la situation dramatique et la souffrance des soldats victimes de carnages inhumains dans les tranchées.

Chacun écouta religieusement jusqu'au dernier couplet, particulièrement explicite.

Ceux qu'ont l'pognon, ceux-là r'viendront
Car c'est pour eux qu'on crève
Mais c'est fini, car les troufions
Vont tous se mettre en grève
Ce s'ra votre tour, messieurs les gros
De monter sur le plateau
Car si vous voulez faire la guerre
Payez-la de votre peau.

Soutenues par l'accordéon, les paroles semblaient une longue plainte de désespoir. Les soldats présents, qui avaient déjà trempé dans le quotidien des fantassins, reconnaissaient leur vie de renoncement et de dangers; la chanson détaillait chaque petit geste, chaque blessure de l'âme ou du corps. Henry entendait encore le chant du cor, le son étouffé des pas dans la boue; il revoyait les barbelés, les éclats d'obus enflammés, les corps qui tombaient criblés de balles, tout cela pour des dirigeants qui avaient perdu le sens du respect de la vie et qui désiraient seulement combler leur goût du pouvoir. Pourrait-il imposer à Graziella un corps mutilé, s'il sortait vivant d'une embuscade? Il avait doré la pilule à ses étudiants en leur donnant une formation sommaire qui, en fait, ne les protégeait pas des mines ou des gaz asphyxiants.

Graziella laissait couler ses larmes, émue par ces paroles pleines de vérité qui évoquaient avec justesse le sort des soldats éloignés de leur famille et privés de l'espoir de la revoir. Cette guerre était cruelle et injuste. Qu'adviendrait-il d'Henry? Plus déterminée que jamais, elle l'accompagnerait à Ypres; elle profiterait du moindre moment avec lui.

❀

19 janvier 1917

Au matin, à sa sortie de table, revigoré par un petit-déjeuner copieux, lord Dudley inspecta la maison. Avec lady Rachel, il identifia les pièces les mieux adaptées à tel ou tel soin. Les blessés graves seraient dirigés vers les appartements plus étroits, tandis que les blessés plus légers seraient regroupés dans l'immense salon. Ceux qui jouissaient d'une certaine autonomie pourraient se distraire en jouant du piano ou en faisant tourner des disques sur le gramophone. Il y avait aussi un téléphone, utile en tout temps.

Les plans terminés, il attendit dans le hall. La chapka couvrait ses oreilles jusqu'au cou, et le col de son trench-coat était relevé. Cet ancien lieutenant-colonel à la retraite guerroyait encore sans en avoir l'air. À le voir aussi engagé dans l'action, ses détracteurs autant anglais qu'australiens ne l'auraient pas reconnu; c'était précisément le discours que la comtesse lui tenait, debout dans le hall en face de lui.

Kate et Graziella apparurent au bout du couloir. La

femme de chambre qui les accompagnait portait une grande sacoche de cuir munie d'une courroie.

— Est-ce bien vous, Graziella? s'étonna lady Rachel.

— C'est bien moi, comtesse.

— Que va dire votre frère en vous voyant ainsi fagotée? renchérit le comte.

— Ma fille n'en fait qu'à sa tête, mais, que voulez-vous, je ne puis que très rarement lui dire non, intervint Kate d'une voix qui s'était éclaircie et qui semblait moins enrhumée.

Graziella portait le pardessus et le pantalon kaki. Lord Humble n'avait pu que la remarquer la veille dans sa robe seyante. Cependant, la simplicité dépouillée de l'uniforme de soldat mettait son visage en valeur. Ses cheveux tirés en un chignon haut dégageaient son visage ovale sans artifices. Ses yeux brillants changeaient de luminosité comme des pierres précieuses, et son nez, légèrement en trompette au-dessus de lèvres vermeilles bien dessinées, coupait des joues pleines, mettant de l'harmonie dans l'ensemble.

— Votre frère devra vous surveiller étroitement. Même si votre désir est de passer inaperçue, il est impossible de ne pas vous remarquer, souligna-t-il en arrêtant son regard sur la poitrine de la jeune femme. Personnellement, je vous défendrais de vous mêler à de jeunes hommes qui ne voient que très rarement des femmes, à part les infirmières et les jeunes filles qui ont décidé de ne pas s'en laisser imposer par les convenances et la religion. Vous voyez ce que je veux dire?

— S'il vous plaît, Humble, ne parlez pas ainsi devant nous. Graziella n'a pas à savoir tout cela. Elle part pour Calais et Ypres en toute sécurité sous la surveillance de son frère Henry. Elle restera à l'hôtel ou dans une famille; lorsqu'on lui en donnera la permission, elle rencontrera le jeune homme, ami de son ex-fiancé, et lui remettra les tricots. Ils sont dans ce grand sac, j'imagine?

— Oui, madame.

— Je vous ai demandé de m'appeler Rachel. À mon avis, vous ne pourrez pas aller dans l'une ou l'autre des tranchées. Dans un hôpital de fortune, oui, munie d'un laissez-passer, et dans les endroits publics où se rassemblent les soldats en permission. N'est-ce pas, Humble?

— En avez-vous un, un laissez-passer?

— Henry devait revenir à la charge.

— Si sa demande est infructueuse, je vous en signerai un à la gare de Londres. Le titre de baron me donne des privilèges.

— Où votre frère nous attend-il?

— Au camp militaire. Il devait y prendre ses affaires.

— Venez, jeune homme, taquina-t-il Graziella, mon chauffeur patiente. Nous allons être tolérants, puisque les circonstances l'obligent. Je ne veux pas être en retard à mon rendez-vous avec Catherine Bramwell-Booth, officier de l'Armée du salut, qui dirige l'opération de la relocation des blessés du dernier raid. Nous ne courrons pas le risque.

⁂

Henry était un excellent compagnon de voyage. Avec lui, malgré la guerre, la vie avait une saveur de vacances, de voyage de noces dans leur cas. Graziella flottait sur un nuage. Les quatre heures de train n'en avaient paru qu'une seule.

De traverser la Manche en bateau était plus difficile. Le vent soulevait les vagues qui claquaient sur la coque. Debout près du garde-corps, en la serrant amoureusement contre lui, Henry fixait l'eau agitée; il était concentré sur la résolution d'un problème. À Calais, là où ils débarqueraient, la surveillance avait été resserrée. La proximité des lignes ennemies et la marée d'espions qui essayaient de franchir les frontières entre les pays exigeaient une grande vigilance. Tous deux portaient le nom de Davis. Il leur faudrait montrer leurs papiers. À l'hôtel, le frère et la sœur ne pourraient pas coucher dans la même chambre… Il n'avait pas prévu tous les détails.

— Graziella, il faut trouver une solution, dit-il soudain en la rapprochant plus près de lui.

— Si je me faisais passer pour votre frère?

— Même habillée comme vous l'êtes, ce n'est pas crédible.

— Nous dirons que nous sommes mari et femme, alors. Une Davis ne peut-elle pas être mariée à un Davis?

— Impossible, nous avons les mêmes parents. Faisons-nous confiance. La meilleure solution serait de ne pas montrer vos papiers, si c'est possible…

Enfin, les passerelles permirent aux passagers de toucher le sol français. Comme tous les autres ports, celui-là grouillait de gens et des clameurs assommantes sur toutes les notes jaillissaient de partout à la fois. Graziella sentait que, plus elle avançait, plus elle se rapprochait du danger. À travers les hommes armés jusqu'aux dents, elle se sentait perdue.

Elle promena autour d'elle un regard circulaire. Une patrouille militaire se tenait en retrait; elle semblait surveiller toute approche suspecte. Henry l'informa que ces hommes étaient chargés de bombarder les positions côtières le long du barrage, où un champ de mines flottantes était destiné à empêcher les vaisseaux allemands de pénétrer dans la Manche.

À entendre ces détails concernant la surveillance du « port de l'angoisse », comme l'avait appelé Henry, Graziella s'attristait. Comment ferait-elle pour aller plus loin si les obstacles ne cessaient de s'enchaîner? Même si Londres avait été bombardé plus d'une fois, les principaux édifices historiques n'avaient pas subi d'aussi lourds dommages que ceux qu'elle voyait là.

Au tout début de la guerre, Alexis avait-il vu des dégâts aussi importants, quoique moins étendus? Plus la distance s'amenuiserait, plus elle serait immergée dans une partie de sa vie qu'elle ne connaissait pas. Avait-il eu l'air aussi triste et déconcerté que le jeune soldat qu'elle apercevait, un bras en attelle? Elle pensa à lady Rachel et à ses cliniques australiennes, à Marie Curie et à son véhicule de tourisme ambulant déplaçant d'un endroit à un autre un appareil étrange qui photographiait l'intérieur du corps. Peut-être avait-elle vu la blessure interne de ce jeune homme?

— Chérie, dépêchons-nous, voulez-vous? Nous devons prendre le tramway.

Quand Henry l'appelait chérie, elle se sentait légère comme un oiseau content de déployer ses ailes, même au-dessus d'un monticule de débris. Pouvait-on être heureux dans un environnement semblable? *La Chanson de Craonne* disait que c'était pour ceux qui avaient l'argent que les soldats crevaient dans des conditions misérables.

N'était-ce pas parce que le comte avait du prestige et avait hérité de trente mille hectares, de deux maisons de campagne, d'un palais à Londres, de deux cents mines de charbon et de fer, qu'ils avaient eu le privilège d'avoir une place dans le train et un laissez-passer?

— Henry, je comprends maintenant mieux le message contenu dans la chanson.

— Chérie, n'analysez pas tout en profondeur, vous n'en finirez plus. Pensons juste à nous deux.

— Vous avez raison.

Sans savoir pourquoi, elle hésitait encore à l'appeler chéri.

❋

Avant qu'ils ne s'introduisent dans l'hôtel Victoria, un bâtiment aussi désuet que ceux autour, Henry demanda à Graziella de le laisser répondre aux questions et de ne pas montrer ses papiers si on les lui demandait, tel qu'entendu sur le traversier.

Au comptoir, la réceptionniste les salua:

— Bonjour, monsieur et madame! Que puis-je faire pour vous?

— Nous voulons louer une chambre, répondit Henry.

La femme scruta leurs visages.

— Puis-je voir vos papiers?

— Je suis étonné. Dans les hôtels de Londres, on ne nous les a pas demandés.

— Près de la frontière ennemie, nous devons être plus vigilants. Dcs Mata Hari pourraient s'infiltrer facilement. Il faut prévoir.

Henry essaya de la distraire.

— Il me reste trois jours de permission. Je me dirigerai ensuite vers le Nord, et ma femme retournera en Angleterre.

— Je sais où vous allez... Parfois, on n'en revient pas. J'y ai perdu mon frère. Bon, je suis en train de vous faire peur? Il me faut vos papiers.

Elle détailla Henry, coiffé de sa casquette de lieutenant-colonel. L'accoutrement de Graziella était douteux, mais il ne la surprenait pas.

Les deux nouveaux clients se méfiaient de son air soupçonneux. Allait-elle refuser de leur louer une chambre?

Henry demanda en glissant discrètement un billet sous le registre:

— Pouvons-nous avoir les clés de notre chambre, ma femme et moi? Comme votre frère, je ne reviendrai peut-être pas. Êtes-vous absolument obligée de les voir, ces papiers?

Dans un hôtel comme celui-là, la femme en avait vu bien d'autres. Elle se dit qu'elle avait possiblement affaire à des amoureux déjà engagés qui voulaient passer incognito le temps de quelques nuits. Elle jeta un coup d'œil au cahier en pensant au pourboire que l'homme avait poussé dessous. Elle répondit:

— Je suis obligée de vous poser ces questions parce que vous êtes de nouveaux clients. Cependant, je ne suis pas obligée de ne pas croire vos réponses. J'inscris quels noms sur la fiche?

— Monsieur et madame Henry Davis.

Graziella avait déposé son bras gauche sur le comptoir en mettant sa montre et sa bague en évidence.

— Montrez-moi vos papiers, monsieur. Je n'inscrirai pas que je n'ai pas vu ceux de votre femme... Ah, j'oubliais, l'hôtel jouit d'un bar, au sous-sol, qui reste ouvert après le couvre-feu. Les soldats en permission y viennent boire de l'alcool et rencontrer des filles. Justement, le train venant d'Ypres nous en a emmené une cinquantaine pour quatre jours.

Graziella pensa à Mathieu Girard. Elle avait des tricots de la part de Kate pour lui. Comment le retrouver? Dans une courte lettre datée de septembre, Kate avait mentionné à son filleul qu'elle aurait peut-être une occasion de le rencontrer à la mi-janvier. Il lui avait donné le nom de cet hôtel: Victoria.

— Madame, pouvez-vous me dire si, parmi eux, il y a un dénommé Mathieu Girard?

— La confidentialité, vous savez ce que cela veut dire? Si vous êtes intéressés par le bar au sous-sol, vous n'aurez qu'à vous y faufiler sans attirer l'attention après le couvre-feu.

Graziella empoigna le sac de toile rempli de lainages et suivit Henry.

❋

La maison bourdonnait des activités quotidiennes. Claire baignait François dans l'évier de la cuisine, et Solange préparait le repas.

— Es-tu nerveuse? demanda la cadette à sa grande sœur.

— Bien sûr que je le suis. Vendre sa maison, c'est une rupture.

— T'as pas juste des bons souvenirs!

— Non, mais, le plus beau, c'est celui de la naissance de mon petit.

— C'est vrai que, de mettre un enfant au monde, y a rien de plus beau. J'pense à Julienne…

— Qu'a-t-elle, Julienne, que je ne sais pas?

— Bien…

— Bien…

— Avec monsieur Alphonse…

— Qui t'a mise au courant de ces affaires-là, toi!

— Bien, j'ouvre mes oreilles. À l'école, y avait des filles qui en parlaient.

— Il est temps que maman t'instruise, toi.

Pendant cette conversation, Claire avait habillé François et elle se préparait à se retirer dans la chambre pour lui donner le sein.

— Solange, même si je suis occupée, ne fais pas attendre notre patron. Je lui suis tellement reconnaissante! Il a trouvé un acheteur pour ma maison. Viens m'avertir aussitôt que monsieur Simard sera ici.

— Si tu es contente, je le suis. Je ferai boire François à la bouteille pendant que tu signeras les papiers.

❋

À l'hôtel Victoria, la chambre était meublée de deux lits à une place et d'une commode. La penderie, dépourvue de porte, laissait voir les vêtements, dont le manteau kaki que Graziella y avait suspendu. La salle de bain était commune à une partie de l'étage. Pour compenser, on avait placé sur une table un ensemble de toilette victorien formé d'un pot à eau et d'un bassin. La décrépitude de la pièce était une autre plaie apparente sur le visage de la guerre, mais Henry savait que ce n'était pas la plus monstrueuse.

Graziella tira de son sac l'ensemble vert bouteille qu'elle avait cousu alors qu'elle était enceinte d'Hubert. Juste à toucher le tissu, les larmes montaient dans sa gorge. Que faisait-il, en ce moment, à une pareille distance d'elle? Triste, elle s'assit sur la chaise de bois près de la penderie en laissant reposer sa robe sur ses genoux enveloppés dans les jambes du pantalon.

Henry l'observait, toujours aussi émerveillé. Il ne se lassait pas de l'admirer, de la désirer, de rêver de la serrer contre lui et de sentir ses mamelons réagir entre ses lèvres, de l'entendre gémir sous ses caresses. Il était prisonnier de son magnétisme.

Il quitta le bord du lit simple où il était assis et vint s'agenouiller devant elle et son chagrin. Elle se laissa glisser entre ses bras. Il l'aida à se départir de chaque pièce de ses vêtements.

Soudés l'un à l'autre, ils éprouvaient un bonheur simple et paisible.

Chapitre 20

20 janvier 1917

Graziella fit le tour de la salle à manger du regard. Attablés en groupes allant de quatre jusqu'à une douzaine, des soldats en permission mangeaient et discutaient. Elle remarqua que plusieurs d'entre eux avaient un air plutôt triste et désabusé. Peut-être regrettaient-ils déjà les quelques heures pendant lesquelles ils avaient sombré dans l'aventure folle et trépidante des filles et de l'alcool?

Le serveur désigna aux nouveaux arrivants une table sans nappe au centre de la pièce. Graziella prit place, sans cesser d'inspecter les alentours. Henry le remarqua.

— Chérie, ne vous inquiétez pas, nous allons retrouver Mathieu.

— Vous l'avez connu à Witley en même temps qu'Alexis. De quoi a-t-il l'air? Est-il dans cette salle?

— Au cours des deux dernières années, il a dû changer.

À son tour, il laissa ses yeux vagabonder dans la salle pendant que Graziella retenait son souffle.

— Je ne le vois pas. Il a peut-être pris son petit-déjeuner avant nous, si vraiment il est ici.

— Nous aurions dû insister auprès de la réceptionniste.

— Ne vous inquiétez pas. Si le hasard est contre nous, au bureau de l'armée, on pourra nous donner des indices. Et, si nos recherches s'avèrent infructueuses, nous confierons les tricots à un responsable qui les fera suivre.

En soupirant, Graziella ajouta:

— J'aimerais tant le rencontrer! Mais, si c'est impossible, nous ne forcerons pas le sort. Je me fie à vous.

Le garçon de table servit à chacun une assiette préparée à l'avance. Il expliqua que le menu était le même pour tous. Alors même que les aliments étaient rares, l'affluence des soldats, soit en permission, soit en attente d'être transportés à la frontière, ne permettait pas le gaspillage. Il n'était plus possible de cultiver les terres des alentours, et la nourriture, pauvre et insuffisante, arrivait par train ou par bateau.

Tout à coup, une montée subite de chaleur colora les joues de Graziella. La réceptionniste qui avait rempli la fiche à leur arrivée la veille entrait dans la pièce enfumée. Elle les salua. Graziella l'aborda.

— Madame, je vous fais la même requête qu'à notre arrivée hier. Dans le registre, avez-vous inscrit Mathieu Girard comme client?

La dame hésita un instant et bafouilla:

— Ce nom me dit quelque chose, mais, si cet homme est ici, je n'ai pas eu le plaisir de le servir, cette fois-ci.

— Cela veut dire qu'il est déjà venu plusieurs fois, si son nom vous est familier.

— Les jeunes soldats ont leurs habitudes. En permission, la majorité reviennent au même endroit. Ils forment comme une grande famille.

Henry intervint.

— J'ai promis à ma femme d'aller au poste de l'armée vérifier où il se trouve. Par contre, si vous pouviez nous renseigner, nous économiserions du temps.

Il plongea la main dans sa poche. L'employée comprit qu'il était prêt à payer généreusement le renseignement demandé.

— Attendez, je reviens.

Ils eurent le temps de vider leur assiette avant que la dame ne se pointe à nouveau.

— Ce jeune soldat n'est pas à l'hôtel. Il ne doit pas être en permission. Vous devrez vous présenter au bureau de l'armée ou à l'hôtel Calais, tout près d'ici. Il a peut-être décidé de changer ses habitudes?

Henry n'était pas tenté par l'idée de se rendre dans un immeuble qu'il connaissait et où il ne voulait plus remettre les pieds. Il décida:

— Avant tout, nous allons nous en assurer auprès de l'armée. Qu'en dites-vous, Graziella?

— Je suis d'accord!

❋

À l'accueil du bureau de recrutement et de surveillance, le soldat avait un air grognon. Tout de même, Henry ne se laissa pas intimider. Il s'adressa à lui poliment, d'une voix calme:

— Mon caporal, ma femme et moi sommes à la recherche d'un dénommé Mathieu Girard. Pouvez-vous nous dire s'il s'est rapporté? D'après les dernières nouvelles, il devrait être en permission. Il attendait sa marraine de guerre, madame Davis, vers la mi-janvier.

Sans un mot, l'homme ouvrit le cahier et détailla la page noircie de noms inscrits en trois colonnes. Il leva des yeux fatigués sur les deux personnes et, d'une voix lente, il affirma:

— Mathieu Girard est en ville.

— Il n'est pas à l'hôtel Victoria, où il loge d'habitude. Nous en avons la preuve.

— Vous le rencontrerez certainement par hasard! Calais, ce n'est pas Londres ou Paris.

Graziella avait la mine basse. Ses espoirs s'envolaient-ils en fumée? Elle leva un visage contrit vers celui de son mari:

— Faut-il suivre le conseil de la réceptionniste et faire enquête à l'hôtel Calais ou se faire une raison?

Henry perdait son assurance. Il prenait un risque en se rendant dans ce lieu où il avait déjà logé lors d'une permission. Quand il parlait de ses imperfections à Graziella dans ses lettres, et, encore dernièrement à sa mère, il faisait allusion à une aventure qu'il avait eue, là même, avec l'une des filles qui offraient son corps pour quelques francs. Elle avait adopté le surnom Billie. Et si cette prostituée y avait encore ses quartiers? Enfin, Henry se laissa attendrir par la déception imprimée dans les traits de celle qu'il aimait impérativement. Il concéda:

— Très bien, ne baissons pas les bras aussi rapidement… Commençons par faire enquête à la réception de l'hôtel Calais.

❈

Bras dessus bras dessous, Graziella et celui qu'elle considérait comme son mari marchaient dans une rue fangeuse. Tout autour d'eux, ce n'était que désolation. Henry lui expliqua que Calais avait une histoire lourde, qui s'inscrivait dans le paysage. Elle avait été la première ville française à subir une attaque de dirigeables allemands, en février 1915. Il y en avait eu d'autres et on prévoyait encore des bombardements contre les activités portuaires et ferroviaires de la ville. Il imagina le haut niveau de dégradation dont elle serait l'objet d'ici la fin des hostilités.

Leurs pas les conduisirent devant un bâtiment qui avait lui aussi été défiguré par les raids; il tenait debout malgré tout. Quelques vitres des fenêtres supérieures avaient été fracassées. Le malaise d'Henry s'accentuait. Il pria pour que la chance lui sourie. Dans le hall, Graziella resta en retrait. Les soldats qui y circulaient soit pour revenir à leur chambre, soit pour sortir dans la ville lui jetaient un œil tantôt cupide tantôt interrogatif. Cependant, personne ne se risqua à l'aborder.

Ses yeux étaient amarrés sur les épaules athlétiques d'Henry, qui discutait. Il se mit à écrire sur une feuille blanche que la réceptionniste lui avait remise. Les connaissances de la guerre que Graziella avait acquises depuis le début de son séjour en Europe confirmaient les propos qu'elle avait déjà entendus. Les femmes étaient présentes partout. Elle vit Henry qui venait vers elle.

— Chérie, j'ai pu obtenir la confirmation que Mathieu loge ici. J'ai demandé à l'employée de lui remettre une invitation de notre part pour le lunch à notre hôtel.

Soudain, il pivota sur lui-même, le visage tourné vers le mur. Il venait de reconnaître la jeune prostituée, Billie, qui lui avait déjà offert ses services. Accoutrée de ses fringues de travail, elle était pendue au bras d'un fantassin. Des sueurs froides ruisselaient dans le dos d'Henry.

⁂

Mathieu Girard avançait en boitant légèrement vers la table que lui avait indiquée la réceptionniste. Avait-il été blessé en même temps qu'Alexis, cependant moins gravement? se demanda Graziella.

Henry se leva et alla au-devant de lui; les deux hommes se serrèrent énergiquement la main. Il s'exclama:

— Mathieu, c'est un plaisir de vous rencontrer. Vous vous souvenez de moi? Je n'en étais pas certain quand j'ai écrit mes coordonnées qui vous ont été remises par la réceptionniste de votre hôtel.

— Oui, j'me souviens de vous. Au camp militaire, j'vous ai pas eu comme instructeur, mais j'me rappelle que c'est vous qui avez acheté un beau manteau solide à Alexis, mon meilleur ami. Vous êtes le fils de ma marraine de guerre. Dans sa dernière lettre, elle m'a écrit qu'elle serait ici à la mi-janvier, mais c'était pas certain. J'ai pris le risque de demander ma permission à c'temps-ci.

— Nous espérions vous voir ici, à cet hôtel…

Mathieu n'osa pas avouer que, en raison de la démence des Allemands sur la mer, il était désillusionné; comme il ne lui restait qu'un mince espoir de faire la connaissance en personne de Kate, il avait changé ses habitudes malgré le fait qu'il lui eût donné le nom de l'hôtel qui lui était familier; les jeunes prostituées avaient la réputation d'être plus jolies et avenantes à cet endroit, et le coût des chambres était plus abordable. Il enroba la vérité:

— J'ai voulu loger avec un de mes amis. Puisque les deux hôtels sont à proximité, il était facile pour moi de passer tous les jours pour vérifier si ma marraine avait pris le risque de faire la traversée.

Henry le dirigea vers la table. Avant de le prier de s'asseoir, il lui dit :

— Je vous présente mon épouse, Graziella.

Il y avait longtemps que le jeune soldat n'avait pas vu une fille de cette classe. Celles qui se donnaient au plus offrant au bar des établissements hôteliers affichaient leur vécu dans la façon qu'elles avaient de se tenir, de rire, de toucher et de frisotter leurs cheveux.

Le lieutenant avait-il bien dit Graziella?

Était-il par hasard en présence de la femme que son meilleur ami Alexis idolâtrait? Décontenancé, il admit :

— Excusez-moi, mais j'ai d'la difficulté à comprendre? Il me semble, mon lieutenant, que vous étiez célibataire.

Graziella et Henry avaient là un léger aperçu des conséquences de leur mariage factice. Ils devaient s'en sortir.

— C'est tout récent, dit Henry. Nous sommes mariés depuis quelques jours seulement.

— J'attendais madame Kate. Expliquez-moi!

— Kate tenait à vous voir, Mathieu, précisa Graziella. Cependant, sa santé ne lui a pas permis de venir ici. Elle a dû rester à Witley. Je suis donc mandatée pour la remplacer. Que savez-vous au juste à son sujet?

— Pas grand-chose, en fait!

— J'étais sa dame de compagnie.

— J'pense que j'vous connais sans vous avoir jamais vue.

— J'ai connu Alexis, déclara-t-elle. Si Kate vous a posté de si jolis et confortables tricots, c'est grâce aux moutons de ses parents. Au jour de l'An, il y a deux ans, je lui ai fait cadeau de ballots de laine et d'aiguilles à tricoter. Elle voulait un présent inusité auquel elle n'aurait jamais pensé.

Henry l'écoutait en la caressant d'un regard éperdument amoureux. Mathieu le remarqua. Il comprenait maintenant pourquoi il avait vu la même passion dans les yeux d'Alexis. Une femme aussi exceptionnelle ne pouvait laisser personne indifférent.

— Si j'comprends bien, astheure, la dame de compagnie est mariée avec le fils de ses employeurs? Que fait Alexis?

Graziella hésita. Comment annoncer la mort de son meilleur ami à Mathieu, lui qui, sans doute, avait vu disparaître plusieurs de ses compagnons? En même temps, aucune tergiversation n'était possible, aucun pieux mensonge. Elle avoua donc franchement:

— Mathieu, excusez-moi d'être aussi crue, mais j'aime mieux vous dire la vérité. Alexis est mort au mois de septembre qui a suivi son retour chez nous.

Le jeune soldat fut médusé. Soucieux de ne pas se rendre ridicule en donnant à des inconnus le spectacle de sa peine, il essuya discrètement une larme au coin de son œil droit. Henry comprenait sa réaction. Il mit une main sur son épaule dans un geste de réconfort.

Mathieu se racla la gorge et demanda:

— Comment? Comment est-il mort?

— Un accident inusité. Il est tombé entre les pattes de mon cheval. Nous étions fiancés; nous devions nous marier la semaine suivante.

— J'ai été témoin de l'amour qu'il avait pour vous.

— Pouvez-vous raconter? demanda Graziella.

— Avant chaque ronde, nos supérieurs nous obligent à vider complètement nos poches de tout objet. C'est la règle. Mais Alexis avait tendance à désobéir et il gardait les deux lettres dans sa poche.

— Deux lettres? Je ne comprends pas…

— La vôtre, qui lui demandait d'être le parrain de votre bébé, et celle qu'il avait commencé à vous écrire avec mon aide. Moi, j'disais que, nos deux cinquièmes années mises ensemble, ça faisait une dixième. C'était en masse pour vous écrire une belle lettre.

— Que disait cette lettre?

— Elle a jamais été terminée. La mine a sauté juste

devant lui. J'étais derrière. L'explosion lui a arraché un pied, comme vous le savez. Moi, j'ai eu le tibia fêlé. Malgré tout, croyant que mon meilleur ami était mort, je l'ai traîné à travers les barbelés au risque de faire exploser une autre mine. On a été chanceux. J'suis arrivé à le ramener dans la tranchée. C'est là que j'ai pris les lettres dans sa poche. Après, un infirmier s'est aperçu qu'il était encore vivant. On l'a amené dans une aire de soins à l'Arrière. Quant à moi, je suis resté à l'Avant, vu que j'étais moins sérieusement atteint. C'est comme ça qu'on nomme les aires de soins. Les plus légers, à l'Avant, et les plus lourds, à l'Arrière. Vous savez ça, mon lieutenant-colonel?

— Oui, bien sûr. Continuez, je suis curieux.

— On m'a éclissé la jambe et on a pansé les blessures que j'avais au visage. Voilà, c'est tout. Lors d'une permission, j'ai pu voir Alexis à Boulogne-sur-Mer; sa jambe était pratiquement guérie. Vous connaissez le reste de l'histoire. Il m'a jamais demandé les lettres et j'lui ai jamais dit que je les avais. Elles m'ont aidé à survivre avec l'espoir de connaître un amour aussi grand que le sien. Excusez-moi de dire des choses pareilles devant vous, mon lieutenant-colonel.

— Ne vous privez pas, je comprends, dit Henry.

Graziella s'enquit d'une voix émue:

— Ces lettres, où sont-elles?

— J'les ai toujours avec moi, excepté quand j'vais sur la ligne de front.

En tremblant, Mathieu les tira de sa poche. Elles étaient grisonnantes. Aussi émue que le jeune soldat, Graziella déplia les deux feuilles. Allaient-elles tomber en morceaux? La couleur de l'encre était pâle. Certains mots, presque effacés, étaient pratiquement illisibles.

— Je sais que c'est difficile à lire. Je peux vous les traduire, si vous voulez?

— Je me souviens très bien de celle que je lui ai envoyée. Quant à celle que vous aviez commencé à composer tous les deux, j'aimerais la déchiffrer par moi-même.

Sans plus attendre, elle posa les yeux sur une écriture malhabile, où on pouvait néanmoins déceler l'application dont avait fait preuve Alexis.

Graziella,

Tu ne peux pas savoir combien ta lettre m'a rendu heureux. Je sais que je ne dois pas me réjouir de la mort de ton mari, ça ne serait pas chrétien. N'empêche que Dieu avait besoin d'un ange et Il sait que je suis le remplaçant idéal pour te protéger et élever ton enfant. Il deviendra le mien parce que je ne veux pas être seulement son parrain; je veux l'aimer en tant que son papa. Je ne sais pas quand cette guerre va finir, mais je prie pour que la paix arrive le plus tôt possible. Je te prépare une grande surprise qui va te rendre fière de moi. Je vais faire tout ce que je peux pour que tu m'aimes autant que je t'aime. Je rêve de notre mariage. Tu es en blanc et tu ressembles à une princesse. Je...

Graziella fondit en larmes.

❋

Le calme était revenu. Le serveur avait apporté aux trois convives l'assiette déjà préparée. En mastiquant une volumineuse bouchée, l'ami d'Alexis avança:

— J'me permets de vous demander quels sont vos projets pour l'après-midi.

Graziella se chargea de la réponse:

— L'un des buts que je me suis fixés, en venant ici, c'est de marcher sur les traces d'Alexis, même si bien des gens ont essayé de me décourager de le faire. Au fond de moi, je me suis toujours sentie responsable du choix qu'il a fait de s'enrôler alors que ce n'était pas obligatoire. Il est parti sur un coup de tête.

— En quoi ce pèlerinage peut-il arriver à vous déculpabiliser? Je comprends vraiment pas. Au contraire, selon moi, la vie dans les tranchées va juste vous dégoûter. De toute façon, avez-vous un laissez-passer?

Henry prit la parole :

— On lui a conseillé plusieurs fois de mettre cette idée de côté, mais elle y tient et elle ne sera satisfaite qu'une fois son objectif atteint. Autrement, elle se reprochera indéfiniment son échec. Elle n'a pas de laissez-passer pour les tranchées, seulement pour la visite des hôpitaux. Cependant, nous pourrions recourir à un subterfuge.

— Excusez-moi, je ne devrais pas parler de cette façon à un supérieur, mais vous n'êtes pas jaloux? Il me semble que, si mon amoureuse voulait à tout prix se complaire dans les souvenirs du gars qui m'a précédé, j'aimerais pas tellement ça!

Henry venait d'allumer une seconde cigarette; il fit tomber la cendre dans le cendrier en réfléchissant. Enfin, il dit :

— Je connais la pensée réelle de Graziella à ce sujet et je l'approuve. Dans ce cas, j'essaie d'éviter l'arsenic qu'est la jalousie. Pourquoi gâcher sa vie avec un poison qui tue celui qui l'entretient?

— Vous parlez bien, il n'y a pas à dire. Vu comme ça, je suis d'avis que vous ne devez vous concentrer que sur aujourd'hui.

— Comme vous le savez déjà, nous sommes nouvellement mariés, ajouta Graziella. Nous sommes en voyage de noces.

— Un drôle de voyage de noces, selon moi. Mais j'ai rien à redire là-dessus. On fait le voyage de noces qu'on peut. Comme votre plan était de me retrouver et que c'est déjà fait, j'vous offre mes services jusqu'à la fin de ma permission, mardi prochain.

— Trois jours, c'est ce qu'il me reste de liberté, indiqua Henry. Mardi, je devrai attendre l'arrivée du régiment de William au port de Calais.

— Vous savez que ce port à une histoire dramatique, dit Mathieu.

— Je sais, depuis Napoléon, surtout. Revenons à la planification de cette journée. Que suggérez-vous?

— Madame est trop chic pour notre mission.

— J'ai bien l'intention de changer de vêtements.

⁂

Dans le hall où ils s'étaient donné rendez-vous, Mathieu Girard reconnut le trench-coat d'Alexis. Il dit d'une voix enrouée par la cigarette :

— C'est la tenue idéale.

— Vous n'êtes pas étonné?

— Il n'y a plus rien d'assez gros pour me surprendre.

— Si j'ai bonne mémoire, le train prend au moins deux heures pour se rendre à destination. Allons-y! proposa Henry

⁂

Le décor était irréel. Ypres était un champ de ruines. Les églises n'étaient plus que des colonnes fumantes. Les arbres carbonisés étaient comme des fantômes rappelant que la beauté n'était qu'illusion. Le spectacle dépassait l'entendement. Pourtant, Graziella n'avait encore rien vu; elle était seulement assise dans un train arrêté à une gare qui ne ressemblait en rien à toutes les autres. Elle mit ses deux mains sur ses paupières fermées. Henry lui rappela doucement :

— Chérie, vous devez être forte. C'est bien ce que vous vouliez?

Elle croisa ses doigts sur sa poitrine comme si elle récitait une prière pour les centaines de milliers de soldats morts loin de leur patrie.

Mathieu cadrait bien parmi ses semblables, tous plus ou moins éclopés, qui regagnaient leur poste à la fin d'une rare permission.

Ils descendirent du train. Les bottes dégoulinantes de boue, ils marchèrent jusqu'à une tente rudimentaire de toile épaisse. Des camions de l'armée étaient stationnés devant. Ils étaient chargés de conduire les militaires à leur poste à la frontière entre la Belgique et l'Allemagne. À proximité se dressait un hôpital de fortune, semblable à ceux décrits par lady Rachel; il avait été préservé des attaques ennemies.

Mathieu dit:

— C'est ici qu'Alexis a reçu des soins.

Graziella était angoissée. De plonger dans la vie secrète de son ex-fiancé s'avérait plus difficile qu'elle se l'était imaginé, en dépit des descriptions qu'on lui en avait faites.

Ils pénétrèrent dans une longue bicoque et survolèrent l'endroit du regard. Deux rangées de lits face à face occupés par des hommes meurtris meublaient l'espace. Des infirmières anglaises vêtues de blanc et des Canadiennes en costume bleu changeaient le pansement de l'un ou offraient un verre d'eau à l'autre. Des plaintes montaient comme les notes désaccordées d'un cantique ignoré par un Dieu qu'on disait miséricordieux. Les fortes odeurs de désinfectant agressaient l'odorat et semblaient vouloir rester collées aux parois des narines et de la gorge à tout jamais. Graziella et Henry toussotèrent en même temps. En entourant sa taille, il l'attira à lui.

Il y avait des règles à suivre; on ne pouvait arriver en intrus dans un tel dispensaire. Une infirmière affectée au tri les rejoignit.

— Que puis-je faire pour vous, messieurs? demanda-t-elle d'une voix compatissante. Faites-moi voir votre laissez-passer, s'il vous plaît.

La femme était la douceur en personne. Son contact journalier avec la souffrance lui donnait une force exceptionnelle visible sur ses traits ainsi que dans sa façon de tenir les épaules droites.

Mathieu expliqua:

— Mon ami Alexis Angers a reçu des soins ici, au début de 1915. Il avait perdu un pied dans la deuxième grande bataille d'Ypres.

— Je n'ai pas connu ce jeune homme. Je ne suis ici que depuis un an. Mais le docteur John McCrae l'a certainement soigné. Il était l'un des médecins de la grande bataille dont vous parlez. Il nous en a raconté les horreurs plus d'une fois.

Cette évocation fit remonter des souvenirs horribles à la mémoire de Mathieu. La bataille avait duré dix-sept jours sans relâche. En dépit des effets débilitants du chlore mortel que les Allemands avaient utilisé en début d'attaque contre les troupes, malgré le désespoir qui menaçait de s'ajouter à la fureur des assauts, les soldats canadiens avaient combattu héroïquement jusqu'à la fin. Mathieu ne pouvait oublier la soirée d'une noirceur d'encre, éclairée par des boules de feu surgissant de partout, qui lui avait ravi son meilleur ami.

Le fantassin implora l'infirmière.

— Pouvons-nous voir l'docteur McCrae?

— Il n'est plus ici. Il est à Boulogne-sur-Mer, à l'hôpital qu'on a réaménagé dans les ruines du collège des jésuites.

Graziella avait gardé le silence. Impressionnée par ce qu'elle entendait, elle ne put se retenir plus longtemps.

— Nous irons à Boulogne-sur-Mer. Est-ce loin d'ici?

L'infirmière répondit:

— Quatre heures, en changeant de train à Calais.

— Qu'en dites-vous, Henry? Nous pourrions y aller demain?

— Je vous accompagnerai, offrit Mathieu.

En attendant le prochain départ pour Calais, l'infirmière leur permit de procurer du réconfort à ses patients. Ils passèrent dans les rangées en tendant la main à l'un ou en adressant un mot d'encouragement à un autre. Ils aidèrent même les soignantes dans différentes tâches légères.

⁂

Ils descendirent à la gare de Calais sous une pluie battante. Dans le hall de l'hôtel, Mathieu manifesta le désir de prendre le dîner avec ses deux nouveaux amis. Comme leur escapade dans les ruines d'Ypres avait été éprouvante, Graziella prétexta la fatigue et indiqua qu'ils avaient l'intention de commander leur repas à l'étage.

En fait, elle avait en tête de mettre du piquant dans cette soirée; elle réservait à son amoureux une surprise à laquelle il ne croirait pas.

Mathieu sembla irrité par le refus de ses amis de passer la soirée en sa compagnie.

— Je comprends que deux beaux jeunes mariés en voyage de noces veulent pas s'embarrasser d'un boiteux balafré.

Graziella pensa à Paul Chamberland, souvent surnommé le Balafré. Aurait-il la même chance que Mathieu de s'en tirer vivant? Et s'il allait revenir au pays handicapé au point de ne plus pouvoir marcher? Elle en avait entrevu, à l'hôpital, des éclopés qui auraient préféré mourir d'une balle dans le cœur plutôt que de passer le reste de leur vie assis sur une chaise à se faire servir. Pauvre Claire! Et Henry! Le même sort l'attendait peut-être. Reprenant ses esprits, elle devança son amoureux.

— Mathieu, je ne vois pas pourquoi vous parlez de cette façon. Je veux simplement me reposer pour être en forme le temps que nous passerons ensemble.

Henry connaissait ce genre de méfiance agressive, notoire chez les soldats. La solitude les rendait exigeants et réactifs; on leur avait enseigné à rester sur leurs gardes et même à voir un ennemi dans un ami; un espion ne jouait-il pas sur les deux tableaux? Mais la bonne nature de Mathieu prit aussitôt le dessus.

— Je comprends. Excusez-moi. Je suis égoïste. J'aime tellement être avec vous deux! Vous me remontez le moral.

— Mathieu, n'oubliez pas que nous allons guerroyer ensemble à partir de mardi prochain. Demain, vous pourriez revenir à cet hôtel pour le petit-déjeuner que nous prendrions ensemble, fit Henry en lui tendant une main ferme. Bonsoir et merci encore, mon ami.

— Bonne soirée à vous deux. Moi, il me reste qu'à souper puis à aller voir les p'tites femmes. Une permission de quatre jours en quatre mois pour « conduite exemplaire », c'est peu. Comme j'réponds pas de mes futures décisions, j'veux en profiter au maximum.

Henry décela le message subtil de Mathieu. À ce stade de la guerre, des milliers de soldats déprimés au point de se mutiler eux-mêmes étaient faits prisonniers et fusillés par leurs pairs pour désobéissance. On en était rendu à ce point-là. En tant qu'officier, il ne pouvait pas se montrer ouvertement en accord avec le choix des soldats qui étaient à bout de forces, puisque de pareilles mesures s'appliquaient autant aux supérieurs qu'aux subalternes.

Graziella osa bécoter les deux joues de Mathieu.

— Merci pour tout, lui dit-elle, et bonne soirée!

*

La chambre était éclairée faiblement par une bougie, dont le halo permettait à Henry de voir dans tous ses détails la femme qu'il aimait. Il s'extasiait devant sa chevelure en désordre qui tombait sur ses épaules parfaites, la courbe remarquable de sa taille jusqu'au puits des reins, la rondeur de son postérieur, le galbe de sa cuisse et de son mollet. Le peintre le plus inspiré n'aurait pas pu peindre un aussi charmant tableau.

Dans le lit, abandonné contre le corps de son amoureuse, il ne se lassait pas d'effleurer tendrement de ses doigts la chair frémissante. Elle s'était donnée entièrement. Il voulait malgré tout presser le fruit jusqu'à ce que ses forces l'abandonnent. La tête appuyée sur ses bras repliés, elle implora:

— Encore, chéri, n'arrêtez pas, c'est trop bon.

Pour la première fois, elle lui avait murmuré le mot de cinq lettres qu'il voulait entendre. Le bonheur sortait par tous les pores de sa peau. Henry voyait l'aboutissement invraisemblable de deux années passées à douter de la possibilité de cet amour. Il la renversa sur le dos. Une communion sublime les transporta infiniment plus haut que la réalité, dans le domaine des anges.

Et si c'était cela, le paradis!

*

21 janvier 1917

La bouteille de champagne vide gisait sur la commode en souvenir d'une nuit pétillante. Dans les bras l'un de l'autre, Graziella et Henry ouvrirent les yeux sur la lumière du jour qui embellissait les murs de la chambre pauvrement décorée.

— Bonjour, ma chérie, lui susurra-t-il.

— Bonjour, mon chéri, riposta-t-elle.

Graziella roula sur lui.

— Henry Davis, tu es mon prisonnier, tu es mon prisonnier...

Il la renversa et roula à son tour sur elle en répétant :

— Graziella Davis, vous êtes ma prisonnière, vous êtes ma prisonnière! Si vous voulez que je vous libère, embrassez-moi!

— Je n'embrasserai pas Henry Davis tant qu'il ne m'aura pas tutoyée.

— Henry Davis ne sait que vouvoyer.

— Graziella Davis se sent plus près de la personne qui la tutoie.

Il la tint sous lui et souffla à son oreille :

— Graziella, tu es ma femme, la seule que j'aimerai, je te le jure.

Elle répondit de la même manière en soufflant à son oreille :

— Merci, chéri, d'être aussi gentil avec moi. Je t'aime...

⁂

Dans la baignoire, à mesure que le filet d'eau détrempait la débarbouillette savonneuse, elle s'aspergeait en estimant la dimension de sa taille qui semblait s'alourdir de jour en jour. Que faire avec un secret pareil? Elle ne pourrait pas cacher son état encore très longtemps. Pour le moment, elle ne devait que se concentrer sur les moments privilégiés qu'il lui restait avec Henry.

Enfin, les traces de la nuit furent effacées. Graziella s'épongea, s'enveloppa dans le peignoir de son amoureux et se faufila dans le corridor. Henry l'attendait dans la chambre, la bouteille de champagne vide dans les mains.

— Chérie, tu ne m'as toujours pas dit d'où venait cet excellent élixir, demanda-t-il en la déposant sur le meuble.

— Tu ne m'en as pas laissé le temps. Le bouchon a sauté et les verres étaient encore pleins quand tu m'as assiégée comme un vrai militaire.

— Nous l'avons quand même vidée durant les trêves. À propos, je récidiverais volontiers, affirma-t-il en l'enveloppant de ses deux bras.

— Une fois de plus, tu ne me laisses pas le temps... Arrête, je t'explique.

En levant le menton vers son visage, elle enroba la vérité de la façon la plus habile qu'elle pût trouver.

— Ce champagne vient du Château Frontenac.

— Vous êtes sérieuse?

Elle le corrigea:

— Tu dois dire « Tu es sérieuse »! Je suis sérieuse. Je l'ai acheté en pensant qu'il soulignerait une occasion spéciale pendant le voyage. J'avais en tête un rendez-vous réussi avec Gabrielle Chanel. Mais... c'était avant de te connaître. Comme tu m'es tombé dans l'œil et que j'ai un sérieux penchant pour toi, j'ai conclu que cette occasion de célébrer était plus importante que la première.

Graziella était peu fière de cette explication. En revanche, cette bouteille de champagne lui appartenait sans aucun doute, puisqu'elle l'avait bel et bien payée pour éviter de se retrouver dans un imbroglio à la suite du larcin de Jean, le garçon d'ascenseur.

— Tu l'as transporté tout ce temps dans tes bagages? Enfin, c'est la fin de l'épouvantable journée d'hier que tu as choisie?

Elle avait pensé que de la boire avec l'homme de sa vie allégerait les mauvais souvenirs, qu'elle ne devait pas laisser la vague des remords balayer la plage de son avenir. Chassant les pensées qui mettaient une ombre sur son bonheur, aussi précaire fût-il, elle répondit:

— Je n'ai pas trouvé une occasion plus opportune avant hier.

— Puis-je comprendre que, plus tu avances sur les traces d'Alexis, plus tu t'en détaches?

— Je ne voyais pas les choses de cette manière, mais c'est probablement ce qui m'arrive. Et puis, nous sommes ensemble.

Elle s'était évadée de ses bras et avait remonté sa crinière en chignon, dégageant son visage en entier. Elle enleva son peignoir, passa ses sous-vêtements et enfila l'uniforme kaki.

Son amoureux s'assit sur le lit et savoura ce charmant moment d'intimité. Il ne restait que trois jours et il serait en plein cœur des dangers de toutes sortes. Dans une tente saturée d'humidité et réservée aux commandants, dès que le soir serait venu, il rêverait de chaque fugace instant de grâce que la vie lui avait accordé avec la femme qui emprisonnait son âme.

Soudain, comme piquée par une guêpe, elle sursauta.

— Henry, j'allais oublier les tricots destinés à Mathieu et aux soldats avec qui il voudra les partager.

— Tu les lui remettras tout à l'heure. Il pourra les mettre dans sa chambre à son hôtel avant notre départ pour Boulogne-sur-Mer.

— Autre chose. Mathieu ne sait pas que j'ai été adoptée par tes parents. Il est préférable de ne pas en parler devant lui; comme nous lui avons dit que nous sommes mariés, il n'est pas surpris que je porte ton nom. Comme tu vois, je suis prête. Allons-y!

— Je ferai attention. J'apporte la sacoche de cuir.

❋

Mathieu était déjà attablé. Il n'était pas seul. Selon l'expression typique de sa région, Graziella pensa qu'il avait passé la nuit sur la corde à linge avec cette fille qui avait l'air d'un chat mouillé ou… d'une chatte en chaleur. Par politesse et discrétion, elle évita de s'attarder sur les détails de sa coiffure et de ses vêtements. Elle s'arrêta plutôt à l'ensemble. Avait-elle le droit de juger, elle qui tirait souvent sur la corde de la permissivité?

Le jeune soldat se leva pour les accueillir. Il tendit la

main à Henry et rendit à Graziella les deux baisers sur les joues qu'elle lui avait donnés la veille. Il fit les présentations:

— Voici Mata. Elle va déjeuner avec nous. Est-ce que ça vous dérange?

— Pas du tout, affirma Henry en tendant la main à la fille.

Graziella fit de même et prit place en face de Mathieu.

— J'ai vu que vous avez pris une grosse sacoche. Vous serez pas embarrassés, pour aller à Boulogne-sur-Mer? À mon avis, il serait préférable d'emporter le moins de bagages possible.

— C'est pour vous, Mathieu. Ce sont les tricots que votre marraine vous envoie.

— Ma marraine de guerre, madame Kate, je l'aime comme une mère. Vous savez pas à quel point un homme seul, loin de sa famille, peut apprécier des délicatesses semblables. J'lui en serai toujours reconnaissant. Je veux juste vivre assez longtemps pour le lui dire de vive voix.

Sa sincérité se lisait dans sa voix et dans son regard.

Mata semblait indifférente à la conversation. Ses grands yeux charbonneux couraient sur les hommes présents dans la salle à manger. Ses lèvres outrageusement rougies artificiellement se refermaient sur l'ongle de son index droit, savamment rongé. Elle bougeait sur son siège sans arrêt.

Cette toupie étourdissait Graziella qui s'était proposé de remettre à Mathieu une surprise à laquelle il ne s'attendait pas. À présent, elle se demandait si elle ne devait pas attendre un moment plus propice. Peut-être le train pour Boulogne-sur-Mer offrirait-il une meilleure occasion. Elle glissa donc l'enveloppe dans son sac à main et n'étendit que les tricots sur la table.

Lorsqu'il vit les trois chandails bruns, les bas de laine gris et les tuques noires devant lui, Mathieu fut aussi émerveillé qu'Hubert devant ses soldats de bois. Ses pupilles se dilatèrent et ses yeux las se mirent à briller.

— Merci, merci. Je crois que je vais être égoïste; je garde tout pour moi.

Le sujet intéressa enfin sa compagne. Elle demanda :

— Chéri, tu m'en donnes un? Je prendrais le cardigan à motifs.

En s'exprimant, elle avait calé l'une des tuques noires sur ses cheveux d'un blond soutenu, frisottés et coupés au carré entre le lobe de l'oreille et l'épaule. Henry avait lu *Les Misérables*, de Victor Hugo, et il crut reconnaître Cosette. Manifestement, cette fille était issue des bas-fonds de Calais et elle offrait ses services aux soldats moyennant quelques francs. Elle était plus jeune que Billie, dont il avait profité des douceurs offertes lors des rares permissions qu'on lui avait accordées. Henry se reprocha de n'être pas plus chaste et pur que Graziella.

Il s'adressa à la fille :

— Mademoiselle, où demeurez-vous?

Elle tira son index de sa bouche et répondit :

— Un peu partout... Je n'ai pas de foyer fixe depuis que j'ai perdu ma famille et ma maison dans un bombardement.

Graziella débarrassa vivement la table des lainages et les glissa dans la sacoche; le serveur déposa devant chacun une assiette garnie de façon identique à celles du petit-déjeuner de la veille.

Sans attendre que les autres soient servis, Mata plongea la fourchette dans l'omelette. Mathieu donna plus de détails.

— J'ai rencontré mademoiselle hier soir à mon hôtel. Elle m'a raconté son histoire. Une triste histoire...

Mata s'attaquait à présent à un morceau de pain grillé. En avalant, elle corrigea Mathieu.

— Mon histoire n'est pas plus triste que celle de la majorité d'entre nous, qui sommes de l'une des races maudites par les Allemands et leurs alliés. Je m'en tire bien, aussi bien que mon modèle.

— Que votre modèle? Pouvez-vous expliquer? réclama Graziella.

— Mon modèle, c'est Mata Hari.

— Cette femme s'appelle comme vous?

— J'ai choisi son nom pour mon travail. Je veux devenir une aussi bonne danseuse qu'elle. J'économise mon argent; bientôt, je pourrai acheter le nécessaire et confectionner mes costumes de scène.

— Vous ne trouvez pas cela risqué d'utiliser le nom d'une espionne du haut commandement allemand? s'étonna Henry.

— Je sais qu'on en parle. Moi, ce qui m'intéresse, c'est surtout sa carrière artistique et sa vie trépidante. Mais je ne refuserais quand même pas de me faufiler en douce dans des endroits louches si le salaire en valait la peine... Mata Hari et moi, nous avons des affinités. Comme elle, j'ai fait des études, je comprends plusieurs langues et je sais me faire payer.

Par ses lectures, Graziella avait connu des femmes délurées sorties de l'imagination d'auteurs populaires. Mais, justement, les personnages qu'elle avait cru imaginaires n'étaient-ils pas inspirés par la réalité? La vraie Mata Hari était peut-être dans cette salle, déguisée en soldat ou en train de faire du charme à un colonel dans le but de lui soutirer des informations de haute importance. Sa curiosité l'emporta:

— Je suis couturière. Pouvez-vous me décrire le genre des costumes de scène de madame Hari? Je pourrais ajouter cette tendance à mes créations.

— Ça dépend qui sont vos clientes. Pensez-vous qu'une robe à bustier très décolletée décorée de pierreries et dont la jupe serait transparente sur des dessous très légers pourrait convenir? Ou encore un soutien-gorge seulement et une jupe transparente sans petite culotte?

Se pouvait-il qu'une femme ainsi attifée soit applaudie par le public? À Chicoutimi, on l'avait montrée du doigt pour la seule raison qu'elle avait parcouru la ville en bleu électrique sur le dos de son cheval; on avait aussi critiqué sa robe noire, trop décolletée pour les chastes yeux. Quel monde contradictoire insensé! Vivait-elle dans un rêve? Allait-elle se réveiller au petit matin dans son lit, sur la rue Jacques-Cartier? Comment, désormais, pourrait-elle rougir en pensant aux hommes à qui elle avait accordé ses faveurs?

Chapitre 21

— Je suis émue. Henry, tiens-moi la main!

Accompagnés de Mathieu, ils étaient à Boulogne-sur-Mer, devant les ruines du collège des jésuites. Le complexe immobilier avait été transformé en hôpital. Comme il occupait un terrain d'une superficie de vingt-six acres, les mille cinq cent soixante blessés qui venaient des grandes tentes à Dannes-Camiers y jouissaient d'un air plus sain et moins humide. La concentration des malades à un même endroit augmentait l'efficacité du personnel.

En haut des marches, l'imposante porte à deux battants semblait interdire l'accès aux visiteurs. Dès qu'ils eurent franchi le seuil, ils se retrouvèrent dans une salle semblable à celle qu'ils avaient découverte la veille à Ypres, où étaient accueillis les blessés plus légers. L'infirmière affectée au tri vint au-devant d'eux.

— Que puis-je faire pour vous?

Se sentant à présent plus à l'aise en pantalon, Graziella s'imposa:

— Madame, je suis une amie de lady Rachel de Dudley. J'ai un laissez-passer de son mari. Pour plus de précision, je viens du Canada, de la province de Québec. Mon ex-fiancé, Alexis Angers, a été hospitalisé ici avant de terminer sa réhabilitation en physiothérapie à Desvres.

— En quelle année? demanda l'infirmière sans regarder le contenu du papier que tendait Graziella.

— Au début de 1915. Nous croyons que le docteur John McCrae l'a soigné. Ce serait grâce à lui si Alexis a retrouvé une certaine qualité de vie. Pouvons-nous le voir? Je voudrais le remercier de vive voix.

— Le docteur McCrae a de lourdes responsabilités sur les épaules. Je vais voir ce que je puis faire. Attendez-moi ici. Il faut que je téléphone à son bureau, qui se trouve dans l'aile des blessés graves.

Les trois visiteurs occupèrent les chaises le long d'un mur qui, malgré un rafraîchissement sommaire, laissait voir les écorchures des bombardements. Les cloisons lézardées témoignaient des tremblements du sol lorsque les bombes tombaient de montgolfières ou d'avions allemands.

L'infirmière revint d'un pas lent. Elle confirma:

— Le docteur va vous recevoir. Suivez-moi.

⁂

La femme conduisit les visiteurs dans une aile éloignée. Il leur fallut marcher pendant plusieurs longues minutes avant d'être enfin mis en présence du fameux médecin originaire de l'Ontario. Son bureau était étroit; les pupitres et les étagères étaient enfouis sous des piles de dossiers. Graziella comprenait à présent pourquoi Henry et William avaient mis autant de temps à retrouver la trace d'Alexis.

Le docteur McCrae avait un air aigri; il était si mince qu'il avait l'air sous-alimenté. Il leur tendit une main qui n'avait cependant pas perdu la fermeté de sa jeunesse. Il débarrassa trois chaises des feuilles qui s'y entassaient pêle-mêle et leur offrit de s'asseoir. En plissant les yeux, il dit à Mathieu:

— Toi, jeune homme, t'ai-je déjà soigné?

Son ton et son attitude étaient si défaitistes que les invités se sentaient de trop. Henry reconnaissait ce genre d'extrême asthénie qui minait les forces. Des milliers d'hommes étaient tombés morts exténués avant d'être atteints d'une balle. Il n'avait jamais considéré comme un privilège d'être enseignant à Witley; son idéal patriotique, selon sa conception, ne serait satisfait que s'il se retrouvait continuellement en face du danger. En fait, que savait-il de la guerre? À peine s'était-il retrouvé dans les tranchées pendant quelques mois durant une période plus calme. Mais les tableaux qu'il découvrait au fil des heures lui faisaient prendre toute la mesure de sa chance; il était encore vivant et aucune blessure ne marquait son corps. Peut-être serait-il mort, s'il avait combattu aux côtés des éclopés qui se trouvaient là.

Cependant, Mathieu exprimait au médecin l'admiration que lui avait inspirée son dévouement inépuisable auprès des blessés de la seconde attaque d'Ypres, classée parmi les plus sanglantes de cette guerre.

— Vous savez, répliqua McCrae, j'y ai perdu mon meilleur ami. Je n'ai pas été capable de lui porter secours. Il a été inhumé comme tous les autres. Quelque temps après, lorsque je suis allé me recueillir sur sa sépulture, les coquelicots sauvages fleurissaient à travers les minables croix de bois sur les fosses. Pendant la nuit, j'ai composé un poème pour rendre hommage à nos héros canadiens dont on n'entendra peut-être plus jamais parler.

Graziella aimait la poésie. Elle l'implora :

— Serait-ce trop vous demander de le lire?

— Si les autres sont d'accord, je veux bien.

McCrae saisit dans sa poche un papier vieillot plié. Il l'ouvrit et, d'une voix éraillée, il commença à lire.

Au champ d'honneur, les coquelicots
Sont parsemés de lot en lot
Auprès des croix; et dans l'espace
Les alouettes devenues lasses
Mêlent leurs chants au sifflement
Des obusiers.
Nous sommes morts…

Avec une voix teintée par l'émotion qui lui nouait toujours un peu plus la gorge à chaque mot, il récita enfin la dernière ligne :

Au champ d'honneur.

Des larmes dans les yeux, Graziella bredouilla :

— Mathieu ne vous a pas dit qu'il avait perdu, lui aussi, son meilleur ami, d'une tout autre façon, cependant. Après s'être remis de l'amputation d'un pied, certainement grâce à vos bons soins, il est venu mourir bêtement à Chicoutimi.

— Quel est son nom?

— Alexis Angers.

— Alexis Angers? Je me souviens de lui comme si je l'avais vu hier. Je me suis toujours demandé ce qu'il était devenu. Il a été le meilleur entraîneur de Bonfire.

— Qui est Bonfire?

— Mon cheval. Je n'ai pas voulu m'en séparer et je l'ai emmené de Guelph jusqu'ici. Il ne m'a jamais quitté. Alexis était aussi attitré aux soins des chevaux, durant les périodes où on ne redoutait pas d'attaques. Il en était réellement amoureux. À Noël de 1914, quand les soldats allemands sont sortis dans le no man's land en chantant, nos soldats ont sympathisé avec eux. À cette occasion, Alexis leur a fait une démonstration avec Bonfire. Vous devez être au courant, Mathieu?

— J'savais pas que cette bête vous appartenait. Après cette course, j'ai jamais eu la chance de l'observer en train de soigner ou d'entraîner des chevaux. Dans mes temps libres, moi, j'étais plutôt affecté à la cuisine.

— Au début, quand j'écrivais des lettres à mes neveux et nièces, je prétendais qu'elles étaient écrites par Bonfire et signées de l'empreinte de l'un de ses sabots.

En imaginant le tableau, Graziella chantonna d'une voix enjouée :

— J'ai moi aussi un cheval; il ne signe pas de lettres, toutefois. Il se nomme Enfer.

Le docteur émit un rire sourd, comme si l'insouciance ne lui était plus permise, à lui qui avait déjà été le roi de la joie et de l'optimisme.

— Nos chevaux ont un lien de parenté. Le vôtre, c'est l'enfer et, le mien, c'est le feu. Bonfire est tout noir.

— Le mien est tout blanc. Et Alexis a dressé les deux.

— Je n'aurais jamais pensé un jour entendre une chose comme celle-là. J'aimerais en savoir plus long.

Graziella raconta l'arrivée d'Europe d'Alexis avec William pour le baptême de son fils Hubert jusqu'à l'accident malheureux survenu lors de la kermesse organisée par la ville.

Les trois hommes l'écoutèrent avec attention. Elle était une guerrière à sa façon, fagotée en pantalon ou en robe. Le médecin n'avait passé aucun commentaire sur son habillement.

Mathieu sortit de sa poche l'enveloppe que Graziella lui avait remise dans le train. Il en tira une coupure du *Progrès du Saguenay*, datée de septembre 1915. Le photographe Eudore Lemay, qui avait été chargé des clichés pendant les compétitions, en avait tiré des images proches de la réalité. Celle-là proposait une illustration aussi précise que morbide de l'accident qui avait coûté la vie à Alexis. McCrae la regarda attentivement sans broncher. Il était visible qu'il avait développé de la retenue devant l'incroyable.

— C'est bien le jeune homme que j'avais en tête. Je suis surpris que l'attelle ait lâché aussi subitement malgré une usure partielle. Le shérif n'a pas eu tort d'évoquer le fait qu'on ait pu forcer le boulon.

Graziella avoua qu'elle avait brûlé la prothèse juste avant d'entreprendre son voyage, elle qui l'avait conservée depuis la mort de son ex-fiancé. Elle en était désolée, à présent que les paroles du médecin ravivaient ses soupçons. Elle mentionna franchement devant Henry qu'elle suspectait un jeune homme jaloux, mais qu'Antoine Dubuc, un autre de ses soupirants, lui avait démontré l'inutilité d'entreprendre une démarche judiciaire.

Pour se distraire de ce moment pathétique de sa vie, Graziella demanda :

— Puis-je voir Bonfire?

— Bien sûr! Avant, j'ai quelque chose pour vous. Attendez-moi un instant.

Ils suivirent du regard le héros aigri, qui avait vieilli prématurément. Sa démarche était celle d'un arthritique. Il disparut derrière un demi-mur et revint vers eux, une enveloppe dans les mains. Il la tendit à Graziella :

— Voilà! Cette lettre est arrivée ici après le départ d'Alexis. Depuis Witley, elle a voyagé d'un hôpital à l'autre pour arriver à travers mon courrier. Je l'ai gardée intacte. Elle n'a pas été décachetée.

Graziella reconnut l'enveloppe qu'elle avait remise de main en main à William avant son séjour à Witley, en 1915. Elle y avait inséré une photo d'elle prise par le même photographe que celui de la coupure de journal. Feignant de vouloir en envoyer une à son père, Kate avait accepté d'en faire finir de plus. Henry avait reçu l'autre.

— Merci, merci! Je sais ce qu'il y a dedans. Je ne l'ouvre pas.

— Venez, maintenant, je vais vous présenter à Bonfire.

⁂

La bête était dans le même enclos qu'une quinzaine d'autres chevaux. Le lieutenant McCrae, le pouce et le majeur dans la bouche, siffla. Un cheval noir de jais galopa vers les visiteurs. L'air content, il frotta son museau contre le front de son maître. Graziella lui caressa le chanfrein. Il hennit.

— Il vous salue, dit le médecin.

— Je reconnais Enfer en Bonfire. Ils auraient été de bons amis. Mon cheval s'ennuie. Il n'est plus le même depuis la mort d'Alexis et celle de Cyrus, son vieux copain d'écurie.

Graziella lui entoura le cou de ses deux bras.

— Bon cheval, bon cheval. J'aimerais bien te monter…

La bête hennit à nouveau.

— Je n'ai plus beaucoup de temps pour faire des balades. De toute façon, il n'y a que des ruines dans les alentours. Je ne sais pas comment ce séminaire converti en hôpital arrive à rester debout. Certains murs risquent de s'écrouler. Mais que voulez-vous! On fait avec ce qu'on a!

McCrae tira le verrou et ouvrit la barrière. Bonfire se faufila à l'extérieur et attendit le commandement.

— Allez, montez-le. Vous vous entendez bien, tous les deux.

En deux temps trois mouvements, Graziella fut à cru sur le dos du cheval. Elle le commanda par la crinière et il s'élança au grand galop. Les trois hommes virent disparaître la croupe zigzagante à travers les différents pavillons.

❋

Les hommes fumaient, le temps passait et Graziella ne revenait pas. L'inquiétude les gagnait.

❋

Kate avait retrouvé son sourire. La fébrilité qui régnait à Witley Court lui redonnait une grande partie de son entrain. En compagnie des domestiques, de lady Rachel, de Gladys et de Morvyth, elle consacrait les forces qui lui restaient à la nouvelle vocation de la grande maison. On courait ici et là, on déplaçait des meubles, on installait des lits dans l'immense salon selon les plans que la comtesse avait faits avec son ex-mari. Dans la cuisine, on se cassait la tête : les vivres allaient-ils manquer? Entre nourrir quarante-cinq personnes et plus de deux cents, il y avait une nette différence. Les centres de ravitaillement étaient-ils assez garnis pour satisfaire les besoins? La logistique était plus compliquée qu'on aurait pu le croire.

La comtesse remettait en question son projet de visiter dans quelques jours ses cliniques australiennes en France. Kate n'aurait pas été déçue d'éviter Paris. Les dangers étaient présents où que l'on fût, elle en avait la preuve; Graziella et Henry n'avaient-ils pas frôlé la mort, à Londres? En fin de compte, Witley était l'un des endroits les plus sécuritaires. Elle n'aurait pas été déçue de terminer là ce voyage. Dans cette grande maison, elle avait le loisir de côtoyer quotidiennement Andreas, qu'on avait prié de mettre ses compétences à profit dans la transformation du château en dispensaire. Néanmoins, elle ne voulait pas décevoir Graziella, qui tenait tant à rencontrer Gabrielle Chanel.

Elle décida de ne plus se faire de mauvais sang; elle trouverait des solutions à mesure que les décisions s'imposeraient.

Pour l'instant, la jupe retroussée au milieu du mollet et un long tablier attaché à la taille, elle étendait des draps sur les lits disposés en deux rangées qui avaient été livrés par une compagnie. Son chignon laissait échapper des mèches sur son visage. Elle réalisait l'extrême complexité du travail des dirigeants, qui devaient planifier les opérations destinées à subvenir aux besoins des soldats et du peuple. Lady Rachel lui avait raconté que, souvent, l'armée pillait les champs des agriculteurs et les fermes d'élevage de bétail pour arriver à nourrir les troupes au front. Une foule de questions s'entrechoquaient dans sa tête. La réalité dépassait l'idée qu'on pouvait s'en faire. Il fallait être dans l'action pour le savoir vraiment.

Aussi parfaitement que les religieuses le lui avaient appris, elle plia les coins du drap et glissa l'excédent sous le matelas; elle pensa à Henry qui était muté dans les tranchées, et l'inquiétude la gagna. Elle prit une longue inspiration et s'efforça de regagner son calme; il ne fallait pas gâcher les moments de quiétude qu'elle avait partiellement retrouvés. Andreas la rejoignit. Elle lui sourit aimablement, sans plus.

— Ma chère, on dirait que vous avez perdu votre bonne humeur!

— J'ai soudain pensé à la future vie d'Henry. J'avoue que je suis inquiète après avoir entendu tout ce qui se dit sur cette partie de la Belgique et ses dangers. Si mon fils y perdait la vie, je ne sais pas ce que je ferais. Ce serait aussi dramatique pour moi que la mort d'Alicia.

— Ne pensez pas à cela, lui conseilla-t-il en lui baisant les cheveux sous les yeux des deux servantes qui balayaient le parquet.

Les convenances semblaient ne plus avoir d'importance pour les deux amoureux. Ils avaient décidé de ne rien manquer, de vivre leur amour ouvertement le temps qu'il leur restait. Andreas comprenait le point de vue de Kate : elle voulait à tout prix retourner à Chicoutimi, renouer avec son mari et surtout aimer un peu plus chaque jour de tout son cœur le petit Hubert. Compréhensif, il ne lui en voulait pas. Il se trouvait privilégié de l'avoir retrouvée après des années d'attente sans espoir de la revoir. Les merveilleux moments qu'ils passaient ensemble l'aideraient à surmonter tous les risques. Ils avaient promis de s'écrire. De plus, elle lui avait assuré, la main sur le cœur, qu'à l'avenir elle serait sa marraine de guerre.

Lady Rachel les rejoignit.

— Pour avoir monté des dispensaires, je ne suis pas étonnée que nous en ayons plein les bras. Les premiers blessés arriveront en fin de journée. Il faudra que cette partie de la maison soit prête. Si vous en avez terminé avec les lits, je vous demande de transporter le bureau de la bibliothèque à l'entrée du salon. Il servira aux infirmières qui verront à la mise à jour des dossiers.

— Et les médecins? Savez-vous si, au moins, il y en aura un d'attitré?

— J'attends un appel téléphonique de confirmation. Dommage que nous ne soyons pas à Boulogne-sur-Mer, là où j'ai un dispensaire. J'aurais bien aimé obtenir les services du docteur McCrae, le fils d'une famille écossaise qui a émigré au Canada. Un homme formidable, la bonté même. Âgé d'à peine quarante-cinq ans, il a déjà dans son baluchon autant d'expérience qu'un homme de quatre-vingts. C'est un médecin de haute moralité, soutenu par de fortes valeurs spirituelles. Chaleureux, sensible, il a une véritable compassion envers les gens et les animaux. De plus, il écrit de magnifiques poèmes, des lettres à sa parenté. Il tient un journal personnel et a écrit sur divers sujets médicaux pour des revues médicales.

— Je vois que c'est un homme de grande valeur.

— Oui, profondément humain comme médecin et comme enseignant. Deux de ses étudiantes sont devenues les premières femmes médecins en Ontario. Il n'a pas de préjugés. Si la terre était peuplée d'hommes aussi droits et intègres, il n'y aurait pas de guerre. Mais passons, nous ne réglerons pas les problèmes mondiaux en ne faisant qu'en parler. Il faut agir! Revenons à nos tâches.

— J'aimerais le rencontrer.

— Si nous allons à Boulogne-sur-Mer comme prévu, je vous le présenterai. Cependant, au vu de ce que nous avons à faire ici, j'hésite encore à faire ce voyage.

— Je n'insiste pas. Ce sera votre décision, dit Kate. Maintenant, Andreas, si vous êtes d'accord, transportons ce pupitre...

⁂

— Nous allons vous soigner, jeune dame! Ou devrais-je dire jeune homme? dit le docteur sur un ton joyeux en faisant allusion au pantalon.

McCrae avait retrouvé sa bonne humeur et son espièglerie, depuis qu'il était en contact avec ces trois jeunes adultes pleins de vie. Du moins, ce fut ce que pensa l'infirmière venue donner une aspirine à Graziella; elle quitta la chambre aussitôt.

Il était à présent seul avec sa patiente; elle avait eu un malencontreux accident.

Alors qu'il filait au grand galop, Bonfire avait été déséquilibré par une crevasse creusée par un explosif, sans doute une mine. Ses sabots avaient glissé dans la boue et il s'était agenouillé involontairement, laissant planer sa cavalière. Mathieu et Henry l'avaient retrouvée évanouie, le visage égratigné superficiellement et le corps marqué de multiples contusions. Elle souffrait de crampes abdominales qui semblaient menstruelles, de vomissements et de nausées.

John McCrae retira le stéthoscope de son ventre, prit le temps de dégager sa gorge d'une sécrétion asthmatique comme s'il voulait étirer le temps et avoua tristement:

— Tous ces symptômes semblent indiquer que l'utérus est en train d'expulser l'œuf. J'y vois tous les symptômes d'un avortement. Êtes-vous enceinte?

Elle était aussi pâle que la jaquette blanche qu'on lui avait fait passer; des larmes coulaient sur ses joues. Était-ce la joie d'être libérée des cancans qui auraient pu courir sur son dos et de ce qu'aurait pu penser Henry, ou le chagrin de perdre le demi-frère ou la demi-sœur d'Hubert? Elle n'en savait rien.

— Dois-je comprendre que cet enfant n'est pas d'Henry? avança McCrae.

En dominant tant bien que mal la douleur causée par les courbatures, elle se leva tout d'un bloc et se logea dans les bras du médecin en sanglotant.

— Je vois, je vois..., continua le médecin. Consolez-vous: vous retomberez sur vos deux pieds plus forte que jamais. Plus tard, quand il sera temps, vous mettrez au monde le fruit de votre amour pour Henry.

Graziella s'étranglait dans ses larmes; McCrae la réconforta de son mieux. Ses souvenirs remontaient à la surface. Il avait été amoureux, follement amoureux d'une jeune fille de dix-huit ans, la sœur de l'un de ses amis. Le sort l'avait frappée durement: elle avait trouvé la mort dans un accident peu de temps après leur rencontre. Depuis, il était demeuré chaste et pur, fidèle à son souvenir. Cette étreinte qui diffusait en lui la chaleur du corps féminin lui insufflait le regret de n'avoir jamais été marié et de n'avoir jamais eu d'enfants, lui qui les aimait tant. Du temps qu'il était jeune médecin dans un foyer de convalescence d'été pour de jeunes malades, il révélait à sa mère dans ses lettres ses observations sur leurs petits bonheurs et leur misère. Il se rappela un jeune garçon qui se mourait d'atrophie musculaire. Incapable de bouger, il s'était néanmoins lié d'amitié avec un chat qui dormait la plus grande partie de la journée dans son chapeau de paille. Un soir, le garçonnet avait vu l'animal enroulé dans ses couvertures. McCrae avait affirmé à sa mère que c'était là une grâce de la Providence; la petite bête s'était attachée à l'enfant qui en avait le plus besoin.

Graziella s'était calmée. Assis sur le bord du lit simple, il l'aida à s'étendre sur le dos et poussa plus loin son examen.

— Les pertes sanguines que vous avez présentement sont-elles dues à vos règles, d'après vous? Quand les avez-vous eues pour la dernière fois?

— Il y a un mois et demi.

— Et...

— Les pertes que j'ai en ce moment sont différentes.

— Mon diagnostic est ferme. Vous avez fait une fausse couche.

Il leva les draps.

— Je vais demander à l'infirmière de vous aider à rafraîchir vos vêtements. Avant, j'ai une dernière question: ne savez-vous pas vous protéger?

— Oui, ma mère me l'a enseigné.

— Et vous n'avez pas suivi ses consignes, jeune fille désobéissante?

— J'avais pris trop de champagne.

— Au fait, vous ne m'avez pas dit avec qui vous avez fait le voyage depuis Chicoutimi.

— Avec monsieur William Price et ma mère, qui sont toujours à Witley.

— Comment avez-vous connu Henry?

— C'est une longue histoire. J'aimerais mieux attendre d'avoir retrouvé mes forces avant de la raconter.

— Vous l'avez trompé, si je comprends bien.

— Nous ne sommes mariés que depuis quelques jours.

Le docteur gratta son front qui se dépouillait petit à petit. Pensif, il termina son questionnaire.

— Si le moyen de contraception que vous a enseigné votre mère n'est pas efficace, j'en connais un qui pourrait le surpasser.

— Je suis curieuse...

— J'ai toujours été contre, mais, à voir les pauvres petits dans la misère de la guerre, je crois que cela est devenu un cas de conscience. Pour l'instant, du moins. Je ne tiendrais pas le même discours en temps de paix. Je vous parle du diaphragme, le contraceptif moderne, le plus efficace connu.

— Le diaphragme, c'est un mot qui fait peur!

— L'idée de la contraception artificielle vient de Margaret Sanger. Elle était la sixième d'une famille américaine d'origine irlandaise de onze enfants; elle a vu sa mère souffrir de multiples grossesses, pour finalement y laisser sa vie. La jeune infirmière est devenue une véritable activiste pour la contraception. Finalement, elle a trouvé en Katherine McCormick une alliée de taille. Riche militante pour le droit de vote des femmes, diplômée en biologie, la dame fait aussi dans la distribution de diaphragmes. Nous pouvons dire que, encore là, les femmes ouvrent la voie.

Le médecin n'eut pas le temps d'en dire plus long; on frappait à la porte de sa petite chambre, où il avait fait installer Graziella. Il ouvrit à Henry et à Mathieu, inquiets.

— Elle va mieux, les rassura-t-il. Avant de la voir, vous allez attendre que Mary l'aide à changer de jaquette. Madame devra se reposer quelque peu ici. Je lui cède avec plaisir ma chambre.

⁂

22 janvier 1917

La veille, en fin de journée, Mathieu avait fait ses adieux à ses deux compagnons et s'était embarqué sur le dernier train pour Calais. Henry avait profité de sa dernière journée de congé seul avec sa femme. Ils avaient élaboré des projets d'avenir en tenant compte des difficultés qu'ils éprouvaient.

Il lui avait apporté son aide en vérifiant sa respiration et son pouls, comme le médecin le lui avait enseigné. Il avait rafraîchi la débarbouillette sur son front et lui avait donné de l'aspirine. Ses plaies étaient en bonne voie de guérison alors que ses ecchymoses, sévères sans être sérieuses, se résorberaient au fil du temps. Ils avaient pris leurs repas dans leur chambre.

Le soir venu, tombant de fatigue, Graziella s'endormit tapie contre lui, dans l'espace qu'offrait un des lits à une place. Il quitta alors la couche tout doucement et s'assit dans la berçante. Dans la pénombre éclairée par la pleine lune, il fixa sa femme de son regard tendre.

En fermant les yeux, il se souvint de ses caresses sur sa peau fine et lisse, des baisers passionnés qu'ils avaient échangés et du moment d'accomplissement. Il entretiendrait ces souvenirs lorsqu'ils seraient séparés.

Une lumière rouge s'alluma dans son esprit. Que contenait la lettre que lui avait remise le docteur, une missive que Graziella avait adressée à Alexis plusieurs années auparavant? Elle en connaissait le contenu, avait-elle dit... Contrairement à ce qu'il avait affirmé à Mathieu, il ne put empêcher sa poitrine de se gonfler d'angoisse à l'évocation du jeune homme qu'elle avait failli épouser. Henry découvrait peu à peu le parcours amoureux de Graziella. Manifestement, tout comme lui, elle ne lui avait pas tout dévoilé dans ses lettres. Qui était cet homme jaloux dont elle avait parlé en relatant l'accident de son ex-fiancé? Et, l'autre soupirant, n'était-ce pas le garçon avec qui sa sœur Alicia avait entrepris une relation?

Sournoisement, en dépit de ses bonnes résolutions, le passé de son amoureuse était comme un nuage qui, de temps en temps, passait devant le soleil. Il devait les chasser à mesure et se concentrer sur le présent; elle était là, avec lui, et c'était tout ce qui comptait.

Graziella semblait rêver; elle plissait les paupières comme si elle était prise au piège. Henry aurait voulu être dans sa tête. Était-il présent dans son rêve? Était-ce leur prochaine séparation qui lui causait du tracas? Il espéra que le désir qu'il lui avait formulé se réalise: il voulait avoir un enfant d'elle. Un enfant! Un enfant qui continuerait sa lignée; garçon ou fille, cela n'avait pas d'importance. À son retour de la guerre, elle l'attendrait au port, le petit être chéri dans ses bras. Kate tiendrait Hubert par la main. Le poupon cacherait son visage dans le cou de sa maman et se mettrait à pleurer en voyant un inconnu s'approcher trop près d'elle. Elle le calmerait en disant: «Junior, c'est ton papa!»

Henry laissait couler des larmes.

Graziella émit une sourde lamentation. En reniflant, il s'avança silencieusement et toucha délicatement son épaule en murmurant:

— Chérie, as-tu mal?

Malgré la douceur du geste d'Henry, elle sursauta. Elle ouvrit les yeux et le reconnut.

— Rassure-toi, ce n'est pas la douleur. J'ai fait un mauvais rêve récurrent. Henry, étends-toi à mes côtés, je suis si inquiète! Je ne veux pas te quitter!

Chapitre 22

23 janvier 1917

Henry était présent à l'accostage du traversier qui faisait la navette entre Douvres, en Angleterre, et Calais, en France.

Les fantassins sous la surveillance de William étaient excités. On aurait dit des écoliers en vacances à la distribution des prix. Henry se dit qu'ils ne savaient pas encore ce qui les attendait.

Price salua le fils de son principal collaborateur d'une voix qui manquait d'entrain accentuée d'un regard sombre. Avait-il des soucis?

— Votre sœur n'est pas avec vous? Où l'avez-vous égarée? Serait-elle partie avec un beau colonel?

— Ne parlez pas ainsi de Graziella, William. J'ai cru remarquer que vous aviez souvent des paroles épicées à son endroit. Je ne sais pas ce qu'elle vous a fait de déplaisant.

— Ce n'est rien, c'est un plaisir pour moi de la provoquer, tout simplement. J'aime son regard de feu et son menton en l'air quand elle réplique.

— Vous la connaissez bien. Pour cela, il faut que vous l'ayez observée avec intérêt.

Henry sentait une décharge de bile lui monter à la tête. William était-il un aventurier qui jouait le rôle du fidèle serviteur de sa femme et de ses enfants? Faisait-il des entourloupettes dans le domaine familial autant que dans celui des affaires? Il avait remarqué les regards dont il entourait Graziella quand il était en sa présence. Aurait-elle repoussé ses avances? Quelques jours plus tôt, en quittant le château des Dudley, l'homme d'affaires lui avait souhaité de trouver parmi les soldats et les haut gradés un prince charmant qui serait assez conciliant pour endurer une femme aussi entêtée qu'elle. En même temps, il lui avait baisé les deux joues en décochant à Eric et à lui-même un coup d'œil malicieux, l'air de les narguer.

— Je regarde avec intérêt toutes les jolies femmes. Encore plus en temps de service militaire, alors que les occasions sont rares.

— Ne touchez pas à Graziella!

— Je ne savais pas qu'elle vous tenait autant à cœur. Vous la défendez aussi férocement qu'un loup défend sa femelle.

— William, vous vous écartez.

— Je ne m'écarte pas. Je connais la petite mieux que vous. Je sais bien des choses que vous ignorez...

— Que voulez-vous dire?

— Vous m'avez clairement fait comprendre de ne pas toucher à sa réputation. Je suis maintenant votre conseil après en avoir trop dit.

Henry était une fois de plus dans le doute. À qui Graziella avait-elle pu accorder ses faveurs après le père de son fils? Elle avait mentionné d'autres prétendants... Il avait beau se distraire en pensant à son aventure avec Billie, la curiosité le rongeait. Comment faire parler William après l'avoir sommé de ne pas en dire plus long? Il fallait flatter son orgueil; c'était une stratégie qui fonctionnait immanquablement avec lui.

— Vous avez raison, je ne la connais pas aussi bien que vous. Nous savons tous que vous êtes le maître en tout. Personne ne peut avoir autant de connaissances ni d'intuition que vous.

— N'en mettez pas trop, cela n'est pas crédible. Vous vous payez ma tête! Je vous répète que je suis votre conseil à la lettre. Je ne dirai plus rien à propos de votre sœur.

Henry n'insista pas; c'était peine perdue. Sa motivation avait baissé d'un cran. Les fantassins avaient à présent retrouvé leur calme; disciplinés, ils défilaient en rang devant ses yeux; il les ignorait. Dans sa tête, il n'y avait que Graziella dans les bras d'un autre.

Le matin même, ils s'étaient dit adieu dans la chambre du docteur McCrae. Ils s'étaient démontré la grandeur de leur amour et la peine qu'ils éprouvaient devant la séparation. Henry s'aperçut qu'il gâchait le souvenir de ces moments de bonheur en entretenant de l'animosité pour des idées sans doute fausses.

Soudain, Paul Chamberland quitta les rangs et se dirigea vers les deux hommes. William le réprimanda:

— Soldat, de quel droit agissez-vous ainsi?

— Mon lieutenant, j'avais l'intention d'attendre de recevoir une lettre de Claire avant d'lui écrire, mais, sur le traversier, j'ai changé d'idée. J'vous demande de la mettre dans une enveloppe, si c'est possible. Graziella pourrait la lui donner de ma part.

— Graziella est présentement hospitalisée à Boulogne-sur-Mer, l'informa Henry.

— Vous ne m'avez pas dit cela, tempêta William.

— Vous ne m'en avez pas laissé le temps.

— Soldat, je remettrai votre lettre à Kate en passant à Witley Court. Henry, si votre sœur se dirige directement vers Paris, je ne la reverrai pas avant son départ pour le Canada. Est-ce grave?

— Dans peu de temps, elle sera sur pied, selon le pronostic du docteur McCrae. Il va s'occuper d'elle. Je ne sais pas si elle pourra se rendre directement de Boulogne-sur-Mer à Paris dans ces conditions. Pour ne pas les alarmer, je n'ai pas encore téléphoné à ma mère et à lady Rachel, qui devaient la rejoindre.

— Si elle est entre les mains de McCrae, il n'y a rien à craindre. Dites-moi, que lui est-il arrivé?

— Elle est tombée de cheval.

— Je n'en crois pas mes oreilles. J'aurais voulu voir cela. Graziella sur un cheval…

— Ses blessures sont beaucoup moins importantes du fait qu'elle portait un pantalon.

Paul n'avait pas repris sa place dans le rang. Claire avait failli mourir à cause de l'inconscience du mari colérique qu'il était? Comment se rétablissait-elle? Elle. Il était parti sans avoir la chance de la saluer, sans pouvoir lui certifier qu'il regrettait. Un mois, déjà un mois. Un mois qui semblait une éternité. Un mois à s'habituer à une vie insoupçonnée, dont on ne parlait que dans des livres qu'il n'avait jamais lus.

Il s'intéressa à la conversation à nouveau:

— Vous a-t-elle dit de qui venait ce pantalon? demanda William.

— Oui, de vous.

— J'aurai tout vu et tout entendu, venant d'elle.

Devant les traits fermés de son vis-à-vis, il leva la main droite en s'empressant d'ajouter:

— Henry, Henry, ne rouspétez pas! Je vous jure que je ne veux rien insinuer!

— Laissez tomber, je ne vous demande rien. Je ne vous reverrai peut-être plus.

— Je vous offre de ramener Graziella à Witley Court, si elle ne se rend pas directement à Paris à cause de ses blessures. Je téléphonerai moi-même à Kate.

— J'en serais soulagé. Malgré tout, je vous fais confiance. Votre intervention enlèverait un poids de sur les épaules du docteur McCrae; il est si occupé! Dans ce cas, vous serez obligé de vous rendre à Boulogne-sur-Mer! Et ses affaires sont restées ici, à l'hôtel Victoria.

— Ne soyez pas inquiet, ce n'est rien, je m'en charge. J'ai le temps d'aller la chercher à l'hôpital aujourd'hui et de revenir ici. Ce soir, elle couchera à l'hôtel où sont ses affaires; lorsqu'elle sera en état, nous retournerons à Witley. Êtes-vous d'accord?

— Merci, vous m'enlevez une épine du pied. Jusqu'où vous rendez-vous, avec ces soldats?

— Vous le savez déjà. Mon mandat est de les laisser ici. Ils seront sous votre surveillance jusqu'à Ypres. Vous aurez de l'aide. Deux sous-lieutenants vous attendent à la gare. Comme mes plans ont changé et que je dois me rendre à Boulogne-sur-Mer en train, je fais le chemin avec vous.

William glissa dans sa poche la lettre de Paul, qui retourna à son rang. Les deux lieutenants adoptèrent le pas militaire derrière le bataillon.

Henry n'avait plus qu'une seule question en tête: « Graziella est-elle enceinte de moi? Vivement, que la paix triomphe! »

Le jeune amoureux mit tout son cœur dans la marche.

*

Les vibrations des voitures sur les rails accentuaient les douleurs dues aux courbatures. La façon la plus juste de comprendre les malaises des autres n'était-elle pas de les ressentir soi-même? Graziella jeta un coup d'œil en coin à un homme blessé assis misérablement sur la banquette en face d'elle. Il avait le crâne pansé. On le transférait dans un hôpital de soins légers. Dans l'aile des blessés graves qu'elle venait de quitter, elle avait aperçu des corps enveloppés de bandages des pieds à la tête, des nez manquants qu'on essayait de reconstituer, des unijambistes et même des hommes qui avaient laissé au front leurs deux jambes ou leurs bras, des blessures impossibles à imaginer avant de les avoir vues. Elle se souvint de la réaction qu'elle avait eue quand le docteur Riverin avait levé la couverture; le moignon guéri d'Alexis lui avait tiré des larmes.

William mit sa patte d'ours sur la main gauche de Graziella et se buta à la bague que lui avait achetée Henry chez Cartier, à Londres. Vivement, elle cacha ses deux mains dans les manches de son uniforme, comme une religieuse arpentant le corridor d'un cloître ou d'un couvent.

Qui allait parler en premier? Graziella n'avait pas l'intention de briser la glace. Elle en avait gros sur le cœur. Premièrement, les adieux à Henry avaient été déchirants. Ils s'étaient juré de se revoir et avaient invoqué la chance. Ils avaient souhaité la paix pour très bientôt. Elle l'avait vu sortir de la chambre sans se retourner.

Il y avait eu ensuite sa séparation du docteur McCrae et de Bonfire, son magnifique cheval noir; la bête l'avait saluée d'un hennissement, qui semblait être du regret de n'avoir pas pu éviter l'accident. Il avait secoué sa tête de haut en bas en s'ébrouant et en balançant son fessier.

— Je parlerai de toi à Enfer, lui avait-elle promis, mon meilleur ami depuis mes quatorze ans. L'idéal, ce serait que vous vous rencontriez, tous les deux, et que vous deveniez de grands copains.

— Je suis ravi d'assister à un tel échange! s'était exclamé le médecin. Je vois que vous ne lui tenez pas rancune pour ce qui vous est arrivé! Jamais, depuis Alexis, je n'ai vu Bonfire aussi enjoué! On dirait que vous vous connaissez depuis toujours.

— Vous savez, les pur-sang possèdent une grande intelligence et ils sont d'une fidélité incontestable. Leur instinct leur permet de déceler l'amour inconditionnel que les humains éprouvent pour eux.

— Je suis pleinement d'accord avec vous.

Il lui avait dit au revoir en lui faisant une longue accolade et en lui murmurant à l'oreille :

— Prenez soin de vous et ne laissez personne vous faire du mal.

Elle lorgna William en coin. Il avait les yeux clos. Quelles images défilaient dans sa tête de bélier capable de défoncer les portes blindées sur son chemin? Ils avaient eu quelques différends pendant le voyage. Elle avait remis en question ses idées, semblant n'avoir aucune reconnaissance envers la générosité qu'il avait manifestée envers elle et Kate. Il était orgueilleux. Que pouvait-il inventer pour l'empêcher d'ouvrir sa boutique de vêtements? Allait-il dissuader sa femme Amelia, l'une de ses clientes les plus prestigieuses, de lui commander des créations originales? Un homme de sa trempe qui était contre les femmes en affaires n'était-il pas à craindre? Elle pensa à la plume qu'elle voulait lui remettre. Le temps était-il bien choisi pour le faire? Prendrait-il son geste comme un affront? Déjà, la manière qu'elle avait utilisée pour lui remettre son mouchoir avait été très cavalière.

Troublée par ces pensées, elle posa son regard sur le paysage d'une minime partie de la France; il affichait une désolation de plus en plus prononcée à mesure que le train se rapprochait des frontières de la Belgique. Plus au nord, à Ypres, entre des amas de débris, il était aussi dépouillé qu'un cimetière de croix de bois au travers desquelles se pointaient les coquelicots au mois d'avril.

Elle pensa à ce qu'avait raconté le docteur McCrae à propos de sa visite sur la tombe de son meilleur ami tombé au champ d'honneur. Il avait vu se pointer ce genre de pavot rouge parmi les signes qui rappelaient que Jésus était mort en martyr pour sauver ses frères. Partout où Graziella posait les yeux, il n'y avait que destruction et misère. Elle se rassura. « Le coquelicot qui fleurit malgré tout dans une terre pauvre et dévastée n'est-il pas un messager d'espoir? Ne veut-il pas dire que la vie est plus forte que la mort? »

Apaisée, elle retrouva le courage et le dynamisme de la petite fleur rouge qui mettait de la lumière sur la noirceur. Elle sentait une énergie nouvelle courir dans ses veines. Henry survivrait à la guerre; il reviendrait vers elle et ils pourraient crier leur amour sur les toits. Ils marcheraient dans la rue main dans la main et elle lui donnerait l'enfant qu'il désirait de tout son être.

❋

Un court arrêt à l'hôtel Victoria, le temps de refaire ses forces, et elle retournerait à Witley Court prendre le reste de ses bagages. De là, elle reviendrait en France vers Paris. Ce n'était pas ainsi qu'elle avait prévu les choses, mais, malgré les obstacles, elle gardait l'espoir de rencontrer son idole, Gabrielle Chanel.

Jusque-là, elle n'avait que peu touché à ses économies. William avait payé d'avance sa chambre et les repas pour toute la durée de leur séjour; il avait même obtenu qu'elle demeurât dans la pièce qu'elle avait déjà occupée, ses affaires étant restées dans le placard sans porte. Était-ce pour faire pardonner ses paroles acerbes concernant une éventuelle relation qu'il soupçonnait entre elle et Timothy? Un penchant pour Eric Dudley? Qu'avait-il en tête?

Elle poussa le battant. La pièce était dans le noir. Elle vint à la fenêtre et tira les draperies poussiéreuses. La rue était pratiquement déserte; le couvre-feu allait bientôt pousser la population à l'abri dans les églises, les écoles ou les maisons affectées par l'humidité. En cas d'alerte, les gens gagneraient les abris souterrains. Le lit vide d'Henry lui tira les larmes. Elle s'y étendit à plat ventre et attendit.

Le chagrin, la rage, la colère, l'absence de ses mains sur sa peau mouillèrent l'oreiller. L'image du petit coquelicot fragile faisant face au vent la tira de la couche, où il ne restait que des souvenirs. Des souvenirs heureux! Il ne fallait pas laisser se faner de regrets la fleur éclatée des moments mémorables. Elle quitta le lit.

⁂

Graziella passait misérablement le seuil de la salle à manger; elle vit William lui faire de larges signes avec ses mains. N'ayant pas envie de subir ses remarques désobligeantes ni de se donner elle-même l'occasion de déclarer sa relation intime avec Henry, elle ignora son invitation peu galante et se dirigea vers une table pour deux. En lui permettant de s'asseoir, le garçon lui dit que, vu l'achalandage, la place libre pourrait trouver preneur sans qu'elle dût s'y opposer. Au même moment, elle vit se pointer Mata, accoutrée de sa tenue de travail : profond décolleté, yeux charbonneux, lèvres écarlates et multitude de breloques aux oreilles, au cou et aux poignets. Elle présuma que la fille accostait des clients dans cet hôtel également. Elle offrit au serveur en la désignant du menton :

— J'accepte volontiers d'accueillir cette fille à ma table.

— Très bien, madame, je lui en fais part.

Les deux femmes se saluèrent cordialement. La jeune fille aux mœurs légères se dit honorée d'avoir été invitée par une amie de Mathieu, un gentil garçon, respectueux en amour. Elle s'informa d'Henry en fixant d'un œil insistant les légères contusions sur le visage de sa nouvelle amie. Graziella la pria de prendre place et s'abstint de raconter l'accident dont elle avait été victime. Pour la distraire, elle lui proposa:

— Mata, j'ai un cadeau pour vous.

— Un cadeau! Un cadeau pour moi?

— Je vous offre mon pantalon de soldat. J'avoue qu'il va avoir besoin d'être rafraîchi...

— Vrai, vous êtes sérieuse? Vous m'en faites cadeau?

— Oui. J'irai le prendre dans ma chambre après le dîner. Nous sommes de la même taille.

— Merci, vous êtes gentille. Pour vous remercier, c'est avec plaisir que je vous rendrai service. Dites-moi ce que vous voulez que je fasse.

— Eh bien, je ne m'attendais pas à une pareille offre... De me tenir compagnie pendant ce repas est déjà un bon début.

Elle leva les yeux sur William; il lui sourit tristement. Il semblait si seul!

— Mata, soyez discrète en regardant cet homme seul à la table près du foyer. Il a un front dégarni et une moustache soignée. C'est un très riche lieutenant-colonel. Il m'a déjà invité à sa table. Que diriez-vous si nous allions le retrouver?

❋

— William, nous permettez-vous de vous accompagner?

— Très certainement, approuva-t-il en se levant.

Il baisa la main droite de chacune des filles. Graziella fit les présentations.

— William, voici Mata.

— C'est un plaisir pour moi de vous rencontrer, admit-il en lui baisant la main droite pour la seconde fois.

— Je suis heureuse de vous connaître, William, répondit la jeune femme. Vous permettez que je vous appelle ainsi?

— Je n'y vois pas d'objection! Prenez place. Je vais prier le serveur d'apporter vos assiettes ici. Vous allez bien, Graziella?

— Je suis courbaturée.

La fille fixa à nouveau son regard sur le visage de Graziella. Elle posa la question qu'elle avait en tête depuis qu'elle avait été invitée à sa table.

— Que vous est-il arrivé?

Graziella ne voulait pas entrer dans les détails. Elle rétorqua:

— Une maladresse de ma part.

— Votre mari est-il au courant?

— Son mari? s'exclama William dans un sursaut.

Graziella crucifia Mata d'un œil acide. La fille ne s'arrêta pas là.

— Oui, monsieur Henry.

— Henry? s'exclama William. Il est son demi-frère!

L'industriel avait sa réponse. Graziella portait de nouveaux bijoux. Sa bague était d'une qualité supérieure à celle qui ornait habituellement son annulaire.

La fille vit qu'elle avait gaffé.

— Excusez-moi, je m'en vais. Merci, Graziella, pour le pantalon. Nous nous reverrons plus tard, sinon demain au petit-déjeuner, déclara-t-elle en se levant de table.

William se rendit compte que son comportement était ridicule. Il ne pouvait s'expliquer l'instinct qui le poussait à la confronter pour un rien. Il se reprit:

— Mata, restez, nous allons changer de sujet. Que diriez-vous si je commandais la boisson que vous préférez?

Graziella se sentit soudain affaissée, mélancolique. Comment arriverait-elle à vivre loin d'Henry? Il fallait qu'elle se retienne, sinon elle se remettrait à pleurer aussi abondamment qu'en après-midi, dans le lit trop froid de la chambre où elle avait vécu des moments inoubliables avec l'homme le plus merveilleux de la terre. Elle s'excusa.

— Je ne boirai pas. L'alcool ne me va pas du tout. Je me sens très lasse et je dois mettre du baume sur mes égratignures.

— Vous ne mangez pas? remarqua la fille.
— Non, je n'ai pas faim. Séparez ma portion entre vous deux. Bonsoir!

❋

En ouvrant la porte, Graziella se buta à une forme aux épaules bien dessinées dans sa veste. Étonnée, elle s'écria sur un ton animé:
— Henry, que fais-tu là?
Il lui encercla la taille en rétorquant:
— Je me suis esquivé. Je m'ennuyais déjà trop. Comment vais-je faire pour vivre sans toi?
— Cela ne fait que quelques heures… Je suis dans le même état que toi, Henry!
— Ces heures loin de toi ont été un supplice!
— N'est-ce pas risqué, cette visite impromptue?
— Ne t'inquiète pas, profitons du moment fabuleux qui nous est accordé.
Un baiser passionné les unit, leurs vêtements tombèrent et la fièvre de l'amour engourdit la douleur des ecchymoses, des égratignures et des meurtrissures dues à l'avortement.

❋

Après avoir quitté la table, William arpentait le corridor. À la hauteur de la chambre de Graziella, il crut reconnaître la voix d'Henry mêlée à celle de Graziella.

❋

24 janvier 1917
À l'aube, Henry se gava l'esprit de l'image de sa femme qui dormait à poings fermés et il quitta la chambre en douceur. Il fallait couper court à cette escapade inopinée et reprendre le service. Un officier supérieur déserteur était sujet à être fusillé ou emprisonné au

même titre qu'un simple soldat. Guidé par son cœur, il avait défié les règles en toute connaissance de cause,

La veille, après l'appel de chacun des fantassins sous sa direction, il leur avait indiqué le poste qu'ils devaient tenir. Sans motiver son absence, il ne s'était pas présenté à la tente des officiers pour la soupe. De connivence avec James, un soldat qu'il avait connu au camp de Witley, il avait réussi à se rendre à Calais.

À présent, le camion s'engageait dans une pente abrupte et glissante. Dans son manque d'expérience, Henry ignorait que, depuis un certain temps, de nouveaux centres de contrôle sommaires surgissaient sans avertissement entre un point et un autre dans le but de déjouer les déserteurs et les espions autant que l'ennemi.

Une lumière les aveugla. Un garde leur fit signe de la main de stopper. James prit panique et accéléra au maximum; l'engin fit un demi-tour en patinant. Les sirènes d'alerte se déclenchèrent. Les deux hommes sentirent monter l'anxiété. Un second camion sortit d'un boisé et leur coupa la route. Trop sollicités, les freins du premier manquèrent et les carrosseries s'embrassèrent. Un troisième véhicule se plaça en travers pour emprisonner le tas de ferraille. Le visage écorché, Henry et James descendirent, les mains en l'air. En leur plantant la pointe d'un fusil dans le dos, on exigea leurs papiers d'identité sans tenir compte des uniformes galonnés. Les explications n'avaient pas de poids. On ne voulut rien entendre. Le fait de ne pas s'être arrêté au signal était louche. Des soldats qui n'avaient rien à se reprocher auraient collaboré; on ne laissait plus rien passer. Ils auraient à répondre de leurs actes devant la justice.

❋

26 janvier 1917

En dépit de la présence d'Andreas qui essayait de la rassurer, Kate se rongeait les sangs. Deux jours plus tôt, William avait téléphoné. Il ramènerait Graziella blessée à Witley Court. Comme la communication était embrouillée, il n'en avait pas dit plus long. Comment était-ce arrivé? De quelle importance étaient ses blessures? À la radio, on avait dit que le passage aux frontières était contrôlé de façon plus stricte depuis qu'une espionne qu'on soupçonnait d'avoir une double identité avait été vue aux Pays-Bas, lieu de sa naissance; elle travaillerait à la fois pour les Allemands et pour les Français. Des télégrammes chiffrés interceptés avaient révélé que le consul allemand lui avait versé vingt mille francs pour des renseignements, alors qu'elle affirmait que cet argent était le prix de ses faveurs.

Kate ne pouvait croire en ces histoires d'espionnage. Comment une femme pouvait-elle être aussi fantasque? Margaretha Zelle, disait-on, avait changé son nom en Mata Hari et s'était fait payer pour ses faveurs par un attaché militaire, un consul, un capitaine russe de l'âge qu'aurait eu son fils. C'était de la pure fiction. Et il y avait plus. La danseuse, courtisane à ses heures, classée par les échotiers comme une égérie de la Belle Époque, aurait levé le tabou de la nudité dans une société encore marquée par le rigorisme du XIXe siècle.

Malgré ses efforts pour se changer les idées, alors que, en compagnie d'Andreas, elle désinfectait les plaies d'un blessé d'environ dix-sept ans, Kate se remit à penser à Graziella. Accoutrée d'un trench-coat et d'un pantalon, elle aurait pu également être identifiée comme espionne. Était-ce la raison de son retard?

— Ne vous en faites plus, ma chère, lui conseilla Andreas. Ce n'est qu'une question de temps. Les formalités supplémentaires ralentissent les déplacements. Elle est accompagnée de haut gradés, soyez sans crainte. Allons, je vous aide à panser les blessures de ce jeune héros.

Le son du gong attira leur attention sans pour autant rassurer Kate. Toute la journée, des gens entraient dans la maison comme dans un moulin et en sortaient de la même manière. Les commissionnaires, les employés, les nouveaux malades, les brancardiers, les infirmières qui changeaient de quart, les deux médecins qui faisaient la ronde une fois par jour allaient et venaient; c'était à en perdre la tête. Penchée au-dessus du patient, Kate sentit une présence dans son dos. Elle lâcha les gazes qu'elle était en train de fixer d'un sparadrap et se retourna promptement en s'écriant:

— Graziella, ma chérie, vous êtes là! Que je suis heureuse!

Elle se logea dans ses bras.

Ému, Andreas proposa:

— Allez dans vos appartements. Je vais m'assurer que ce jeune homme reçoive tous les soins requis.

❋

Kate aida Graziella à passer sa chemise de nuit et à s'étendre sur le Récamier. En remarquant sa nouvelle montre et l'anneau qu'elle n'avait jamais vu à son annulaire, elle avança le fauteuil tout près. Elle implora:

— Racontez-moi tout: vous et Henry, cet accident, votre retour compliqué par les contraintes aux frontières...

— La rumeur courait; nous n'avons pris aucun risque et nous sommes restés à l'hôtel en attendant que le calme revienne. Mes courbatures me faisaient souffrir davantage. J'ai passé presque tout le temps au lit dans la chambre. Je vais beaucoup mieux, à présent. Pour répondre à votre question au sujet d'Henry et de moi, je vous certifie que nous nous aimons assez fort pour passer notre vie ensemble.

— J'ai déjà entendu cela... Mais d'où viennent ces nouveaux bijoux?

Kate la fixait d'un œil qui pouvait détecter le mensonge. Graziella se fit le reproche d'avoir été imprudente en ne les enlevant pas.

— Je ne veux pas que vous nous en vouliez. Je l'avoue, nous vous avons caché qu'il m'a acheté cette montre et cette bague à Londres. L'anneau, il me l'a passé au doigt devant le tombeau de la reine Elizabeth à l'abbaye de Westminster. Pour nous, cette promesse est aussi importante que si nous l'avions faite devant un prêtre.

— Je ne vous condamne pas. Je vois pourquoi Henry n'a pas eu l'air surpris quand je vous ai mis au courant des embûches que vous auriez à surmonter si vous décidiez de vous marier.

— Un prêtre de l'abbaye nous avait exposé la situation.

— Pourquoi ne me l'avez-vous pas dit? Vous saviez que vous pouviez me faire confiance...

— Pour vous ménager. Votre santé était chancelante. De toute façon, ce n'est qu'une bague. Cette promesse n'a de valeur que pour nous deux. C'est cette pensée qui me donne du courage quand il n'est pas là. Ne croyez-vous pas que nous pouvons réaliser le grand défi de passer notre vie ensemble?

— En avez-vous discuté?

Kate se leva du fauteuil, s'avança et entoura sa fille de toute l'affection qui débordait de son cœur de maman.

— Il espère un enfant de moi, déclara Graziella, les yeux mouillés.

— Ce serait la plus belle nouvelle que je puisse apprendre. Imaginez son retour de guerre. Un petit frère ou une petite sœur d'Hubert.

Kate pria pour que Graziella soit enceinte malgré la somme des difficultés pratiquement insurmontables qui se dresseraient sur le chemin de toute sa famille. L'important, c'était que les désirs d'Henry soient comblés. Le reste viendrait après.

Kate la serra plus fortement contre sa poitrine. Elle aussi avait les yeux noyés.

Chapitre 23

29 janvier 1917

Les adieux furent difficiles. En femme généreuse et attentionnée, lady Rachel remercia ses invitées en leur disant qu'elle avait reçu d'elles plus que ce qu'elle leur avait donné.

Lorsque Kate et Graziella passèrent au camp militaire pour saluer William, étonnamment, elles le trouvèrent de meilleure humeur; on aurait dit qu'il avait oublié les humiliations répétées que lui avait fait subir Graziella. Il promit de faire suivre les lettres d'Henry, sans faute. Debout à côté de la voiture des Dudley, il embrassa ses deux femmes sur les joues.

Andreas les accompagna à la gare et il aida le chauffeur à transporter les valises.

Kate renouvela sa promesse de lui écrire et de lui envoyer des tricots et les fourrures de ses lapins. Émus, ils se séparèrent après un baiser passionné sur le quai de la gare. En tournant le dos, le nez dans son mouchoir, Kate faillit revenir sur ses pas…

Elles arrivèrent à Paris tellement épuisées qu'elles se laissèrent longuement tremper dans la baignoire l'une après l'autre. Sans dîner, elles allèrent au lit et se cachèrent jusqu'au nez sous les couvertures. De toute façon, Graziella souffrait encore de légères nausées, une séquelle de son avortement.

❋

30 janvier 1917

Le jour se pointait quand Graziella ouvrit les yeux.

Elle se demanda si la vague de froid exceptionnelle qui sévissait depuis une dizaine de jours tirait à sa fin. Surprise par la neige à leur arrivée la veille, elle se félicita d'avoir voyagé vêtue du Burberry. Devrait-elle le passer pour se rendre rue Cambron à partir des Champs-Élysées? Combien de temps fallait-il marcher? Elle n'était pas certaine de trouver un véhicule de transport public; la veille, les taxis restaient en panne à onze degrés au-dessous de zéro; même les chevaux, peu habitués à un froid sibérien, s'écrasaient dans les rues. Les péniches étaient bloquées dans la glace sur le canal Saint-Martin.

Sa mère et elle avaient été chanceuses de pouvoir se rendre à destination sans ennui, toujours grâce à lady Rachel; elle avait réservé à l'*Élysée Palace*, qui était en même temps le terminus parisien. Il y avait une nette différence de classe entre cet hôtel et celui de Calais. Cependant, la visite surprenante d'Henry n'était-elle pas classée parmi ses plus précieux souvenirs?

Assez, les tracas! Il fallait commencer par sauter du lit et faire sa toilette. Graziella observa Kate, couchée dans le lit voisin; elle semblait être dans un sommeil paradoxal, entre les derniers rêves dont elle se souviendrait et le réveil.

Elle se rendit à la table de toilette et commença à brosser ses longs cheveux.

— Bonjour, ma chérie, la salua Kate, comment allez-vous?

Elle posa son oreiller à la tête du lit et s'assit confortablement pour écouter la répartie de Graziella:

— Je vais bien, je m'inquiète pour vous. Voulez-vous me confirmer que vous êtes assez en forme pour le séjour prévu ici?

— Ne vous préoccupez plus de moi. Les soins que j'ai apportés aux malades à Witley Court ont remis mes valeurs à la bonne place. Je suis beaucoup plus forte. Pourquoi êtes-vous debout si tôt?

— J'étais trop nerveuse pour rester au lit les yeux ouverts. Je ne faisais que penser à Henry, à Hubert et à la visite à madame Chanel que nous devons faire aujourd'hui. Pour me changer les idées, j'ai pensé prendre de l'avance et vous laisser la place ensuite.

— Votre présence m'a manqué pendant les jours où vous avez accompagné Henry. Je suis contente que vous ayez pu passer du précieux temps ensemble, je vous l'ai déjà dit et je le répète. Maintenant, il faut croiser les doigts pour qu'il ne lui arrive rien de fâcheux; je n'aime pas la fébrilité et la fatigue extrême dont on entend parler chez les soldats. Vous savez, des décisions inappropriées peuvent être prises en raison de l'épuisement. Nous en sommes tous là un jour ou l'autre, bien que, dans notre vie personnelle, ça n'ait pas nécessairement une portée très grande.

Graziella pensa à l'escapade qu'il s'était permise pour venir la retrouver… Il lui avait dit de ne pas s'inquiéter; assurément, il savait ce qu'il faisait. Elle concéda:

— J'ai vu cela chez le docteur McCrae. Un homme énergique, un vrai missionnaire, est devenu aigri et taciturne. On sent que sa flamme s'est éteinte devant le ridicule d'une guerre comme celle-là. On dirait que les soldats ne savent plus pourquoi ils se battent. Cela n'a plus de sens pour eux. Leur esprit patriotique est mort. Ils ne sont que l'ombre d'eux-mêmes; plusieurs commettent des actes dont ils sont peu fiers, juste pour se prouver qu'ils sont encore vivants.

— Votre discours me fait réfléchir. N'auriez-vous pas été victime d'avances irrespectueuses, pendant que vous n'étiez pas sous la protection d'Henry?

Graziella voulait écourter cette discussion qui la mettait mal à l'aise. Elle pensa à la vive réaction que William avait eue lorsqu'elle lui avait remis sa plume dans le train entre Douvres et Londres. Il lui avait dit que ce geste était un affront de plus. Quel jeu jouait-il? Sa trop grande sollicitude à leur départ de Witley cachait-elle une riposte imprévue? Il lui fallait du recul pour digérer tout cela. Elle détourna la conversation en se regardant dans la glace.

— Comment trouvez-vous les marques que j'ai sur le visage? Pensez-vous qu'elles puissent être une contrainte lors de ma rencontre d'aujourd'hui?

— Vous n'avez pas répondu à ma question. Je vous connais bien. Vous me cachez quelque chose.

Graziella mit plus d'énergie à arranger sa chevelure en réfléchissant à une réponse qui pourrait satisfaire la curiosité de Kate.

— À l'hôtel, j'ai vu des soldats en permission qui paient des filles pour un soir. Plusieurs sont mariés. Pour oublier, ils répondent à un besoin physique, souvent avec brutalité, parce qu'ils ne connaissent plus autre chose. La guerre ne stimule que le côté violent de leur nature.

Elle avait raconté à Kate leur rencontre avec Mathieu et les visites qu'ils avaient faites ensemble; elle ne lui avait pas mentionné sa relation avec la jeune prostituée.

— Je vois ce que vous voulez dire. J'espère qu'Henry ne fera pas partie de cette cohorte un jour.

— Je ne suis pas inquiète pour lui. Nous sommes trop amoureux. Peut-être aussi verra-t-il la fin de cette guerre bientôt! Il a été chanceux de pouvoir jouir d'un aussi long séjour à Witley. Il n'est pas aussi atteint moralement et physiquement que certains hommes que j'ai vus. Il reviendra vivant pour ses parents et pour moi, il me l'a promis.

— Que vous me faites du bien, ma chérie! s'exclama Kate, la voix frémissante. Mon fils ne pourrait pas trouver une femme qui lui convienne plus que vous. Ensemble, nous ferons face à tous les obstacles qui se dresseront sur notre route. Et je prie pour que vous reveniez au Québec enceinte de lui. Je n'ose imaginer un bonheur aussi grand…

Assise sur le banc rond devant le miroir de la coiffeuse, Graziella baissa ses yeux remplis de tristesse. Son cœur voulait éclater. Elle ne pourrait pas répondre au désir d'Henry tant qu'elle ne l'aurait pas revu.

❋

Pendant la demi-heure que dura la course, le conducteur de taxi jura contre la vague de froid; il la mit sur le dos de la guerre qui apportait tous les maux, y compris les dérèglements de la température. Conscient que ses deux clientes visitaient Paris pour la première fois, il les informa que la façade de la boutique *Chanel Modes* ne donnait pas directement sur la rue Cambon. Cependant, l'emplacement était en plein cœur du quartier de l'élégance, à deux pas de la place Vendôme et de la rue du Faubourg-Saint-Honoré, synonyme de luxe et de tendances.

— Vous êtes arrivées, mesdames. Cela fera soixante-dix francs.

Bien décidée à ce que cette partie du voyage lui appartienne, Graziella tendit un dollar canadien. Elle s'attendait à ce que le conducteur lui remette trente cents.

— C'est le compte juste, madame, avec la différence de taux.

— La différence de taux?

Comme Kate connaissait le penchant de Graziella pour la négociation, elle intervint :

— Venez, ma chérie… Plus tard, nous irons dans un bureau de change.

Elles pénétrèrent dans un bâtiment d'un style architectural qui privilégiait les lignes pures et la rigueur des proportions.

Une femme qui semblait tombée de la lune accueillit les deux clientes. Son regard s'arrêta sur le trench-coat de la plus jeune, celle qui avait des égratignures au visage. D'où sortait-elle, celle-là? La dame emmitouflée dans des fourrures cadrait mieux avec la classe de l'endroit.

— Que puis-je faire pour vous, mesdames? dit-elle.

Ses lèvres étaient colorées de rouge. Ses cheveux ondulés étaient coupés au carré à la hauteur du lobe de l'oreille. Elle portait une robe marinière taillée dans un tissu ocre très léger, dont l'ourlet tombait au milieu de la jambe. Graziella comprenait à présent ce que voulait dire l'expression silhouette neuve qui caractérisait les créations de madame Chanel. Elle se demanda quel était le nom du tissu qui découpait et suivait ainsi les mouvements du corps. Une multitude de questions qu'elle n'avait pas pu prévoir lui venaient à l'esprit; elle n'avait comme référence visuelle que l'une des créations de la modiste portée par Anne-Marie Palardy.

Comme sortie d'un rêve, elle répondit:

— J'ai déjà écrit à madame Chanel pour lui demander un rendez-vous…

— Pour une nouvelle toilette? s'informa la collaboratrice.

Elle reluquait d'un œil curieux la cliente, qui parlait un français parfait avec un accent qu'elle avait quelquefois entendu de citoyennes canadiennes-françaises.

— Si cela est adapté à mes moyens. Je veux en tout premier lieu avoir une conversation avec madame Chanel. Pouvez-vous lui annoncer que la dame qui lui a écrit une lettre de Witley, il y a quelques semaines, veut la rencontrer?

— Madame Chanel est très occupée, je vais voir ce que je peux faire. Attendez-moi un instant.

Graziella se permettait de taper du pied, la boutique étant déserte à cette heure; elle n'avait comme témoin que Kate, qui connaissait ses humeurs. Elle se mit à se promener de long en large devant le comptoir derrière lequel s'était tenue la vendeuse.

Kate s'était assise dans un fauteuil devant une salle d'essayage et observait sa fille. Son état d'extrême nervosité lui faisait mieux comprendre encore à quel point elle avait à cœur l'ouverture de sa boutique. Graziella caressait ce projet depuis si longtemps! Alicia avait elle aussi des rêves. Cependant, aurait-elle démontré un tel courage, une telle ténacité?

Kate n'admirait que davantage les qualités exceptionnelles de Graziella. Elle ne regrettait nullement de l'avoir prise sous son aile et de l'avoir encouragée. Une fois de plus, elle se dit qu'elle ne lui en voulait pas d'avoir provoqué la tempête dans son couple. Son cœur se gonfla; elle l'appelait souvent maman, à présent, ce que Kate avait espéré des années. Mais, le plus beau, c'était que son fils l'aimait comme un fou et qu'ils s'étaient juré fidélité. À nouveau, elle fut bouleversée en imaginant qu'elle était enceinte. C'était pour elle une grande satisfaction d'entretenir cette idée. Elle surveillerait de près sa taille au cours des prochaines semaines. Son attention se dirigea vers l'arrière de la boutique; la messagère en ressortait.

— Madame a bien reçu votre lettre. Elle en reçoit plusieurs chaque jour. Si elle s'attardait à toutes les demandes qui lui sont faites, elle n'aurait plus le temps de travailler à ses collections.

Graziella se sentait d'humeur combative. Elle comprenait la situation sans pour autant se laisser décourager. D'une voix forte, elle se mit à résumer les arguments les plus importants contenus dans sa lettre. Elle insista sur le fait qu'elle venait du Québec et que l'un des buts de ce voyage en pleine guerre était de rencontrer son modèle.

Elle avait récité son boniment tout d'une traite, sans pratiquement reprendre sa respiration. La collaboratrice fut touchée par son opiniâtreté, qui ressemblait en tous points à celle de sa patronne. Cette catégorie de personnes frappait à la porte tant qu'on ne lui ouvrait pas par compassion.

— Je vais dire à madame que vous insistez. Comme vous avez risqué gros en venant du Canada, elle fera peut-être une exception.

Pour calmer sa fébrilité, Graziella passa en revue les vêtements disposés sur des cintres et suspendus à des barres fixées à des demi-murs; ils regroupaient les différentes variétés de confections, tailleurs ou robes. Des étagères accueillaient les chapeaux, les gants et même les chaussures. Elle se demandait comment adapter ces stratégies de rangement au local qu'elle avait en tête depuis sa première visite de la ville de Chicoutimi, en boghei avec Kate.

La reine du genre pauvre, comme on surnommait madame Chanel, passa de l'atelier à la boutique; elle tenait une lettre dans sa main droite, au niveau de sa taille. Kate se leva et s'approcha de Graziella.

C'était pour elles comme l'apparition d'une madone

de marbre descendue de son socle pour leur tendre la main. Son charisme était dans la gamme de celui des Amelia Smith, Anne-Marie Palardy et lady Rachel.

En la fixant dans les yeux, Graziella lui tendit une main décidée accompagnée d'une légère génuflexion. Gabrielle Chanel émit un rire trop sonore pour sa maigre taille. D'une voix flegmatique et caverneuse, elle dit :

— Vous êtes bien Graziella Davis? Vous m'avez écrit cette lettre? Je vous la remets.

En acceptant l'enveloppe, Graziella ne pouvait détacher son regard de ses cheveux foncés, coupés court dans le même style que ceux de sa collaboratrice. Elle répondit en rangeant la lettre dans la poche de sa redingote :

— Je suis bien Graziella Davis, du Canada. Je vous présente ma mère, madame Kate Davis.

— Votre persévérance m'a touchée. J'accepte de vous accorder un peu de mon temps.

Elle s'attarda à l'allure de Graziella. En boutade, elle dit :

— On dirait que votre Burberry a fait la guerre avec vous!

Faisait-elle allusion aux marques sur son visage?

— Il a appartenu à mon ex-fiancé qui s'est battu à Ypres. Quant à moi, j'ai eu un accident à Boulogne-sur-Mer; de là viennent mes égratignures. Excusez cette tenue, mais c'est le manteau le plus chaud que contiennent mes valises.

— Ma remarque n'est pas négative! J'ai moi-même de l'engouement pour les vêtements masculins; ils ont inspiré une partie de mes collections. Voyez par vous-même. Cette jupe noire que je porte est confectionnée dans du tricot de corps pour les soldats.

— Elle est très jolie.

Graziella pensa à la combinaison toute d'une pièce boutonnée devant que son père et tous les hommes qu'elle connaissait portaient en hiver. À n'en pas douter, cette femme débordait d'imagination.

— Vous me plaisez, admit Coco. Si vous aviez été habillée différemment, je n'aurais pas décelé en vous la fille dynamique qui n'a pas peur de l'excentricité, qui sait assumer ses décisions.

— Merci, madame, fit Graziella en faisant une autre génuflexion rapidement.

— Quels sont vos projets pour aujourd'hui?

— Bien..., premièrement, vous parler, et c'est déjà fait.

Elle fut coupée par un second éclat de rire de son idole.

— Excusez-moi, votre candeur me rappelle la mienne, il y a bien des années. Continuez, je vous écoute.

— Dans le but de m'habiller dans votre boutique, j'ai économisé une partie de l'argent que j'ai gagné à coudre. Si mon porte-monnaie est assez bien garni pour me permettre de choisir parmi votre collection, j'en serai enchantée.

— Ensuite...

— Ensuite, comme je l'ai dit dans ma lettre, je veux que vous me parliez de vous et de votre carrière en étant franche avec moi. Je veux savoir dans quoi je m'embarque afin de prévenir les coups durs.

— Décidément, vous me plaisez de plus en plus. Je me réserve la soirée avec vous deux. J'aurais bien voulu vous inviter au *Moulin-Rouge*, mon endroit de prédilection, mais un incendie l'a détruit. Venez me rencontrer au Casino de Paris, qui vient juste d'être relancé comme music-hall. Il est situé sur de Clichy, dans le IXe arrondissement. Je répondrai à toutes vos questions, puisque vous n'êtes pas une compétitrice qui va ouvrir son commerce à la porte d'à côté. Autrement, je vous craindrais. Vous me parlerez de votre invention de...

— ...jupe à boutons-pression...

— Intéressant. Je regrette de ne pas y avoir pensé avant vous.

— Et moi de ne pas avoir pensé à utiliser les tricots de corps pour homme!

❋

— Ma chérie, vous m'étourdissez. Vous pivotez devant ce miroir depuis au moins dix minutes. Vous avez la tenue parfaite pour aller au Casino de Paris.

Graziella et Kate étaient dans leur chambre de l'*Élysée Palace.*

— Je ne me reconnais plus. Je suis si contente! s'exclama Graziella en faisant un centième tour sur elle-même. Je voudrais qu'Henry soit là.

— Il vous trouverait très jolie, mais pas plus que la semaine dernière. Quand une femme plaît vraiment à un homme, la tenue n'a pas d'importance.

Graziella sourit pour elle-même: Henry aimait pardessus tout la voir toute nue. Elle s'attrista; l'erreur qu'elle avait faite avec le fameux Jean voleur de champagne à Québec lui avait enlevé la possibilité de répondre à son plus cher désir. Elle aurait adoré lui donner un enfant avec ses yeux et ses cheveux d'ébène, sa bouche invitante et ses épaules solides. Kate remarqua ce moment d'inattention.

— On dirait que vous êtes triste, tout à coup!

— Je suis d'accord avec vous. Pour Henry, je suis toujours la plus belle, habillée en robe de soirée ou en chemise de nuit... Oh! Excusez-moi, je n'ai pas voulu être indécente.

— Vous n'êtes qu'amoureuse. Je comprends. Vous le savez déjà: je n'ai jamais pensé que vous étiez restés chastes, je ne le répéterai pas.

— J'ai l'esprit à l'envers. Je dis n'importe quoi. Notre séparation est éprouvante. Je voudrais le suivre pas à pas, savoir où il va, ce qu'il fait, ce qu'il mange, s'il dort bien. Je me sens un peu coupable de ce que j'ai aujourd'hui, dans un Paris qui tient encore debout, alors qu'Henry est peut-être la cible d'une fusillade.

— Ne me rendez pas triste à mon tour. Ce que vous venez de dire me certifie que vous l'aimez du plus profond de votre cœur. Ne pensons qu'à cela. À votre amour avec un grand A.

— Vous avez raison, opina Graziella en s'approchant de Kate, assise sur le bord du lit.

Les yeux clos, elle lui appliqua un long baiser sur le front.

— Que vous me rendez heureuse, ma fille!

⁂

William avait été affecté la veille à des tâches strictement administratives, comme si, à cinquante ans, il n'avait plus de crédibilité auprès de ses chers fantassins. Assis à son pupitre dans l'aile des bureaux du camp de Witley, il gratta son front, une ride entre les deux yeux. Il doutait. En passant aux frontières, il avait eu vent entre les branches que deux hommes avaient été arrêtés pour désertion et vol de camion. Cette prise avait été effectuée alors qu'on était sur les traces de Mata Hari.

William calculait. Le temps de reconduire les soldats à leur poste et de convaincre un complice, Henry était revenu le soir même à Calais. Il avait couché avec sa demi-sœur à l'hôtel, en passant devant la porte de la chambre de Graziella, William avait distinctement entendu sa voix. En essayant de revenir à son bataillon avant le son du cor, lui et son chauffeur avaient dû être interceptés.

Plus il y pensait, plus son scénario semblait plausible. Les mutineries et les désertions étant de plus en plus populaires, le tribunal de guerre devait suivre la cadence; il sanctionnait avec la rigueur qui allait de pair. Comment pouvait-il convaincre une aussi haute instance de l'innocence du fils de son principal collaborateur, si ses doutes étaient fondés?

Il téléphona au camp d'Étaples sur le littoral français du Pas-de-Calais. On lui certifia que le secret le plus total entourait les captifs; tant que le jugement n'était pas tombé soit en leur faveur, soit en leur défaveur, ils n'avaient pas la permission d'écrire et ils n'avaient accès à aucune communication avec l'extérieur. William connaissait la rigueur de l'armée. Il valait mieux marcher droit, surtout en cette période où la colère montait; les subalternes menaçaient de faire la grève et de quitter les champs de bataille. De cela pouvait dépendre la victoire ou la défaite.

— La petite et Kate ne doivent pas savoir, songea-t-il.

Il s'attaqua à la pile de dossiers devant lui.

❃

Depuis qu'ils avaient quitté New York, Kate et Graziella n'avaient pas eu le loisir de sortir sous l'éclairage majestueux d'une grande ville la nuit. Durant le trajet en taxi, le conducteur leur dit que des ingénieurs avaient planifié la construction d'un faux Paris en banlieue de la vraie ville. Le but était de désorienter les pilotes allemands afin qu'ils bombardent cette fausse ville plutôt que Paris même.

— On aura tout vu! s'écria Kate. À New York, nous avons vu un navire factice; ici, c'est un Paris factice!

Graziella répliqua:

— C'est nous qui sommes gagnantes. Sinon, nous aurions fait ce voyage sans voir Paris sous les lumières.

— Casino de Paris, dit l'homme au képi.

Le nouveau music-hall éclatait de rouge, de vert, de bleu et de blanc. Graziella en avait les yeux et la tête remplis. Les livres qu'elle avait lus ne lui avaient pas transmis les émotions qui se bousculaient en elle en cette soirée privilégiée. Devant un palace pareil, les conflits mondiaux semblaient bien loin. Les dames élégantes étaient au bras de beaux messieurs à redingote, chemise blanche, boucle au col et chapeau melon, fedora, ou un nouveau genre de couvre-chef de forme ovale à fond et à bords plats, orné d'un ruban, inconnu de Graziella.

Elle leva la tête et vit sur l'affiche le visage espiègle d'un jeune homme qui en portait un pareil: Maurice Chevalier, l'homme au canotier. Kate ne savait pas non plus de quelle sorte de chapeau il s'agissait; c'était la première fois qu'elle en voyait, elle aussi.

Le froid était cinglant. Elles se précipitèrent dans l'immense et spectaculaire hall de marbre. Les lustres de cristal au plafond et les lampes murales scintillaient. C'était aveuglant. Graziella se sentait à sa place à travers ce beau monde. N'était-elle pas d'un chic fou? Moderne? Révolutionnaire?

Kate suggéra:

— Venez, nous allons laisser notre manteau au vestiaire.

— J'aimerais mieux le garder avec moi. Je ne veux pas me le faire voler.

— Vous ne le ferez pas voler. Et puis, vous l'avez eu un bon prix, puisque madame Chanel a accepté de l'argent canadien; si on vous le chipait, ce ne serait pas trop grave!

Elle avait un rire dans la voix.

— Un manteau Chanel? s'étonna la préposée.

— Oui, mademoiselle. Je l'ai acheté aujourd'hui. Je l'étrenne.

— Il est très joli. Vous le portez à merveille, ainsi que votre deux-pièces et votre chapeau.

— C'est madame Chanel elle-même qui m'a conseillée.

— Elle a du goût.

— J'ai quand même eu mon mot à dire. Je connais la mode également et j'ai du goût, moi aussi.

— Je n'en doute pas. Excusez-moi, il y a des gens en file qui attendent.

Kate prit le bras de Graziella et l'entraîna au guichet.

— Un conseil, ma chérie! Dans le grand monde, les dames ne donnent pas autant de détails à des employées. Soyez plutôt discrète.

— Excusez-moi, mes manières de campagnarde me suivent partout.

— Ce n'est pas un reproche, je veux seulement vous aider.

— J'y penserai à l'avenir. Mes égratignures sont-elles trop apparentes, à la lumière intense?

— Le fond de teint que vous a conseillé madame Chanel donne de bons résultats. Presque rien n'y paraît. Vous êtes la plus jolie. Je suis fière de vous.

— Merci, vous avez toujours eu le don de me rassurer, de me faire sentir importante.

Elles se placèrent derrière la ligne de spectateurs qui attendaient devant le guichet. En scrutant les alentours, Graziella vit se pointer madame Chanel au bras d'un homme beau à en couper le souffle, mais pas plus qu'Henry. Il était d'une élégance folle! Tout en lui respirait la classe et le raffinement, la fine moustache taillée proprement, les cheveux brossés vers l'arrière, la chemise à col cassé et la boucle blanche sous le blazer. Sa tenue était différente de celle des autres hommes autour. Le couple attirait l'attention. Graziella n'aurait jamais imaginé que la petite campagnarde qu'elle était pût se hisser au niveau de la crème parisienne. Personne ne la croirait si elle s'en vantait à son retour à Chicoutimi. Elle imagina l'expression de Paule Gendron.

Madame Chanel arborait un manteau noir de lainage coupé droit qui libérait à la hauteur du genou la jupe coupée amplement au-dessus de la cheville. Un large collet de renard enveloppait son cou jusqu'à la demie de son chapeau cloche rentré jusqu'aux sourcils. Elle leur fit signe de l'attendre à l'entrée de la salle, qu'elle passait par le vestiaire.

Dès qu'elle se fut libérée de son vêtement d'extérieur, les regards se tournèrent vers sa silhouette mince parée d'un drapé devant et de jersey noir derrière qui suivait les mouvements de son corps. Elle aborda Kate et Graziella.

— Mesdames, je vous présente mon amoureux, Boy Capel, le plus grand homme de cheval. Boy, mesdames Kate et Graziella Davis, du Canada, du Québec, plus précisément.

— C'est un plaisir pour moi, mesdames, dit-il.

Il baisa les mains gantées tendues vers ses lèvres pleines.

Au risque de paraître effrontée, Graziella demanda:

— Un homme de cheval[2]?

— Gabrielle a voulu souligner mon engouement pour mon écurie de polo. J'aime la race chevaline.

— J'ai moi aussi un cheval. Un pur-sang blanc. D'ailleurs, ces marques sur mon visage me viennent d'une randonnée que j'ai faite à Boulogne-sur-Mer sur Bonfire. Son maître l'a amené du Canada.

Graziella était étonnée; pourquoi cet homme n'était-il pas au front au même titre qu'Henry? Elle s'abstint de poser la question. Boy reprenait :

— Cette merveilleuse histoire de cheval mérite d'être racontée.

— Plus tard, si nous en avons l'occasion, dit-elle en voyant que madame Chanel montrait des signes d'impatience.

— Nous avons déjà nos billets. Quels sont vos numéros?

Kate et Graziella réalisèrent qu'elles étaient placées derrière le couple le plus charmant de la salle. Boy et celle qu'on appelait tout bonnement Coco précédèrent dans l'allée les dames du Canada qui, elles aussi, attiraient les regards. Graziella était habillée d'un tailleur classique; la veste carrée ajustée à la poitrine tombait droit sur une jupe de lainage léger qui dessinait les hanches; l'ourlet était à la même hauteur que celui de la robe de madame Chanel et le tweed mélangeait les fils de vieux rose, de bleu et de gris. Son chapeau cloche à revers calé jusqu'aux sourcils se mariait au fil rose de l'ensemble. Ce qu'elle aimait par-dessus tout, c'était le sac matelassé de la couleur dominante préférée de Kate : le rose. Elle s'était plutôt laissé tenter par un vêtement pratique; ses sorties n'étaient pas très mondaines excepté celles de l'heure du thé.

---

2. Au cours du XIXe siècle apparaît l'homme de cheval, une nouvelle figure sociale, un nouveau type de cavalier en rupture avec l'aristocratie. Les activités équestres cessent alors d'être des privilèges liés à la naissance.

Étonnamment, madame Chanel et son bras droit avaient conseillé à Kate la palette préférée de sa fille, le bleu prononcé. Elle paradait le plus surprenant deux-pièces qui soit. Sa taille était soulignée par le cintré qui s'évasait sur les hanches en suivant les fronces indisciplinées de la jupe. Le chapeau, celui qui faisait la renommée de Coco, était du même bleu que la robe en tricot de jersey. Et, bien sûr, la jupe était largement au-dessus de la cheville. La mère était plus éclatante que la fille. Kate aurait bien voulu se parader au bras d'Andreas. Elle regrettait son absence! Quels sacrifices devrait-elle s'imposer, à l'avenir?

Elles eurent juste le temps de s'asseoir dans le siège de velours rouge que les lumières s'éteignirent. Le lourd rideau, rouge également, laissa passer en son centre un animateur bigarré. Il souhaita la bienvenue aux « spectateurs les plus privilégiés au monde d'avoir la chance de voir et d'entendre le gouailleur, souriant, désinvolte et charmeur, Maurice Chevalier! »

Des applaudissements fournis fusèrent du parterre jusqu'aux balcons. Les panneaux de velours, poussés de chaque côté par deux jeunes filles vêtues légèrement de voiles et de paillettes, libérèrent la scène. De l'arrière-scène, en courant énergiquement, un homme affublé d'un canotier, d'une canne et d'un nœud papillon s'immobilisa d'un coup devant la fosse des musiciens. Un ho! inquiet monta de la salle.

— Ne vous affolez, pas. À vingt-neuf ans, j'ai encore de bons muscles, assez pour m'arrêter avant de tomber dans cette tranchée où se terrent les meilleurs accompagnateurs, des gars qui arrivent à donner du canon à la voix de l'écorcheur d'oreilles que je suis.

Des rires s'élevèrent. Maurice Chevalier avait subtilement évoqué la guerre présente tout autour d'un Paris en danger, même si on en construisait un factice. Surtout, il avait l'humilité de rire de lui-même. N'était-ce pas ce qui faisait son charme?

Le pianiste, les violonistes et l'accordéoniste entamèrent les accords d'une première chanson.

Kate et Graziella se laissèrent porter par la musique

et la voix enjouée de l'interprète. Les paroles des chansons, dont le but était principalement de divertir, faisaient néanmoins réfléchir sur les valeurs de la vie, le sort des soldats qui vivaient la barbarie pour sauver leur pays, l'acharnement des dirigeants ennemis qui n'avaient pas compris que leur désir de domination n'avait pour effet que de rendre leur peuple malheureux.

Chevalier salua de plusieurs révérences très basses en agitant son canotier dans les airs de sa main droite. Les applaudissements firent vibrer les murs de la salle.

Le maître de cérémonie annonça l'entracte. La seconde partie du programme tenait dans une démonstration du groupe des danseuses attitrées à l'établissement, inspirée des danses javanaises de la grande Mata Hari, cette artiste qui avait soulevé les foules avant la guerre. Graziella aurait sous les yeux le modèle des costumes de scène que lui avait décrits l'autre Mata.

Dans le hall où une partie des spectateurs s'étaient regroupés, madame Chanel cogna sa coupe de champagne contre celle de ses deux nouvelles clientes. Elle prit une petite gorgée et proposa:

— Tenez-vous absolument à voir la seconde partie du spectacle? Pour ma part, j'ai déjà vu Mata Hari en personne à l'*Olympia* et aux *Folies Bergère.* Pas une des filles qui se produisent sur cette scène n'arrive à sa cheville.

Graziella répondit:

— Il y a quelques jours, j'ai rencontré, à Calais, une fille qui adulait Mata Hari. Elle avait même emprunté son nom pour pratiquer son métier... Je ne dirai pas lequel...

— Je sais de quoi vous voulez parler. Les femmes qui ont l'ambition de percer dans un domaine ou dans un autre ne doivent-elles pas faire preuve d'originalité? Ne devons-nous pas défoncer les portes avec les moyens qu'on a? débita-t-elle en enveloppant Boy Capel d'un regard amoureux. Ma vie en est remplie, des effronteries que j'ai dû accepter de faire pour en arriver à être considérée comme je le suis aujourd'hui. Tout le monde est au courant; je me suis même lancée dans la chanson pour distraire les officiers militaires. Ce sont eux, d'ailleurs, qui m'ont surnommée Coco en raison de la chanson *Qui qu'a vu Coco dans l'Trocadéro?* que j'avais l'habitude de chanter. Je ne considère pas m'être abaissée en essayant de gagner ma vie de cette façon. Depuis que je réussis en affaires, plus personne ne me montre du doigt. Au contraire, on étend le tapis rouge devant moi, comme à une princesse. Graziella, ne vous découragez pas. Regardez droit devant vous, ne perdez pas votre objectif de vue; soyez sourde et aveugle, mais pas muette. Défendez vos idées et votre talent. Ce serait odieux de ne pas en faire profiter les femmes qui comptent sur vous pour se sentir belles et devenir une autre le temps d'une soirée. Ce sont vos paroles, que je viens de citer. Vous en avez le devoir…

Ces mots d'encouragement allaient droit au cœur de Graziella. Ses idées aussi bien que les mots qu'elle avait confiés à son journal sortaient de la bouche de Gabrielle Chanel. Plus décidée que jamais, elle demanda:

— Avez-vous été obligée d'acheter une patente, pour ouvrir vos boutiques?

— C'est absolument nécessaire. Avec l'aide d'un notaire ou d'un avocat.

— Je ne serai pas refusée parce que je suis une femme?

Elle pensa qu'elle avait plus d'une fois acheté des actions d'un courtier. Cela devait se ressembler.

— Pas un homme ne résiste à l'odeur des billets de banque. N'est-ce pas, chéri?

Faisait-elle allusion aux fonds qu'il lui avait avancés? Ce n'était un secret pour personne, elle l'avait affirmé elle-même.

— Si vous devez compter sur quelqu'un pour vous prêter les sous, rendez-les aussitôt que vous le pourrez. L'important, c'est de rester indépendante. Votre boutique doit porter votre nom. C'est la seule façon de vous faire reconnaître. Avez-vous une idée?

— J'ai déjà pensé à: *Chez Grace, modiste et couturière.*

— Je trouve cela très bien. Vous avez coupé votre prénom… Cela donne un petit côté anglais.

— J'ai déjà des clientes anglaises. Je crois qu'il faut que je m'adapte aux deux nationalités.

— Eh bien, jeune compétitrice, je n'ai pas de leçons à vous donner. Je vois que vous avez pensé à tout.

Kate n'était pas intervenue. Cette rencontre était l'affaire de Graziella. Elle était en apprentissage; cependant, elle savait très bien s'en tirer seule.

❋

— Quelle charmante soirée, quelle charmante soirée! répétait Graziella sans se lasser.

— Ma chérie, vous êtes redondante. Ne pouvez-vous pas aborder un autre sujet?

À la fin du spectacle, elles avaient hélé un taxi. Pour la seconde fois dans la même soirée, elles avaient subi la colère d'un conducteur qui jurait contre l'interminable période de froid extrême.

À présent dans leur chambre de l'*Élysée Palace*, elles suspendirent précieusement leurs nouvelles toilettes Chanel dans la garde-robe, revêtirent leur tenue de nuit et s'étendirent chacune dans leur lit. Graziella prit sur ses genoux *Les Fleurs du mal* de Baudelaire et la liste de connaissances d'Anne-Marie Palardy, que son fils Antoine lui avait remise la veille de son départ. En étudiant chacun des noms écrits sur la feuille de papier parchemin, elles fixèrent leur choix sur la princesse Béatrice de Bourbon. Elles lui rendraient visite le lendemain.

À présent, Graziella ne pensait qu'à sa récente rencontre avec son idole. L'émotion était trop forte. Pour se calmer, elle ouvrit le livre à l'aveuglette et entama à voix haute la lecture du poème intitulé *Le Voyage*:

Ô Mort, vieux capitaine, il est temps! levons l'ancre!
Ce pays nous ennuie, ô Mort! Appareillons!
Si le ciel et la mer sont noirs comme de l'encre,
Nos cœurs que tu connais sont remplis de rayons!
Verse-nous ton poison pour qu'il nous réconforte!

Nous voulons, tant ce feu nous brûle le cerveau,
Plonger au fond du gouffre, Enfer ou Ciel, qu'importe?
Au fond de l'Inconnu pour trouver du nouveau!

D'une voix éplorée, Kate avoua:

— Ce poème me rend encore plus triste. La répétition du mot « mort » m'effraie. Qu'il s'agisse de son sens propre ou figuré, il me fait penser à mon fils qui fait continuellement face à l'enfer. Il y a Timothy, aussi! Si sa condition ne s'améliore pas, il devra accepter la mort lente de ses activités professionnelles. Il y a encore la fin de notre relation, à Andreas et à moi, et notre voyage qui tire à sa fin.

Soudain, des poings lourds semblèrent vouloir défoncer la porte de la chambre voisine. Presque d'un seul bond, elles se retrouvèrent toutes deux dans le corridor, juste à temps pour voir des officiers armés disparaître dans la pièce. Elles les entendirent discuter à voix haute. Il semblait que le locataire était un déserteur français. La porte s'ouvrit. Un homme menotté sortit devant les policiers.

Elles retournèrent en hâte dans leur chambre et se réfugièrent chacune dans son lit. La pensée de Graziella ne pouvait se fixer; lorsqu'elle était revenue de Calais, ne parlait-on pas également de deux déserteurs à qui on avait mis la main au collet? Deux déserteurs? Henry était revenu à l'hôtel; elle ne lui avait pas demandé s'il était accompagné. L'inquiétude la gagnait. Elle essaya de se consoler: « Non, ce n'est pas Henry. Je dois chasser cette idée. »

Elle se mit cependant à frissonner, comme prise d'une fièvre soudaine.

— Qu'avez-vous, ma chérie, vous vous sentez mal?

Kate voyait le regard inondé de Graziella et ne savait que faire.

— Voulez-vous me prendre avec vous dans votre lit? demanda la jeune femme en s'y précipitant. Je suis si effrayée!

Chapitre 24

Les doigts croisés derrière la tête, William réfléchissait sérieusement au cas d'Henry Davis. Les ressorts de son lit perçaient ses côtes. Il y avait plusieurs heures qu'il cherchait en vain le sommeil. Sa décision fut enfin prise; il demanderait l'autorisation de se rendre à Calais.

Il en était donc rendu à demander des permissions! Pourquoi était-il si attaché à cette maudite guerre? Lorsque Borden l'avait sollicité, il aurait pu alléguer qu'à son âge il avait déjà fait plus que quiconque. Sa meilleure façon de guerroyer n'aurait-elle pas été de donner tout son temps à ses entreprises?

Il jeta la couverture de pulpe grise par terre en se disant: «Au diable la discipline, avec le coup bas que je viens de recevoir!» Il faisait allusion à la promotion qu'on lui avait imposée pour le confiner à l'intendance. On avait invoqué ses talents d'administrateur, même en sachant qu'il était un homme d'action plutôt que de tenue de livres.

Gagné par la colère, il sauta dans son pantalon et ses bottes. En vitesse, il s'aspergea le visage de l'eau froide du bassin, égalisa sans cérémonie sa moustache d'habitude si bien entretenue, passa sa chemise par-dessus le haut de sa combinaison de tricot de corps, noua sa cravate, revêtit son veston et passa ses deux mains sur son crâne.

L'hyène allait affronter le roi de la jungle.

— Entrez, répondit le général des quartiers.

Bien entendu, la pièce était en désordre, personne n'arrivant à tenir un endroit à l'ordre dans cette bâtisse.

— Que me vaut l'honneur, William?

— Merci de m'offrir de m'asseoir, répondit l'homme, qui avait une idée saugrenue en tête.

— Je vois que vous vous êtes levé du mauvais pied.

— Vous connaissez bien mes humeurs. Je ne vous répéterai pas que je suis insatisfait des nouvelles tâches administratives que vous m'avez confiées. Elles sont comme tout le reste ici: en désordre!

— C'est pour cette raison qu'il nous faut un homme comme vous. Votre expérience et vos succès nous sont indispensables. Je vous l'ai déjà dit, d'ailleurs. À part l'état des lieux, qu'avez-vous à critiquer?

— Je veux au moins trois jours de congé!

— Pour quelles raisons?

— Personnelles!

— Dans l'armée, il n'y a pas de raisons personnelles qui tiennent. Votre femme a-t-elle accouché? Votre père est-il décédé? Avez-vous accompli votre devoir sans faille depuis quatre mois?

— Ne soyez pas cynique. Vous savez très bien que je ne réponds à aucun de ces critères.

— Donc, donnez-moi la raison que vous avez inventée.

— Je dois me rendre à Calais.

— Vous en êtes arrivé seulement depuis quelques jours, en retard, en plus. Vos ex-soldats sont en sécurité. Qu'avez-vous à y faire de plus?

— J'ai appris à la frontière qu'il y a eu désertion. Je soupçonne l'un de nos soldats. Je veux connaître les faits. Je suis inquiet. Je n'aurais jamais pensé qu'un homme aussi fidèle que lui en viendrait là.

— Voyons, William, un vieux loup comme vous ne donne pas de raison boiteuse comme celle-là. Je n'ai pas eu vent d'une telle désertion. Il est vrai que les nouvelles arrivent souvent en retard, les lignes de communication étant étroitement espionnées. Il faut souvent changer les codes. En dépit de ce que vous dites, je crois plutôt que vous vous êtes entiché d'une courtisane. Elles sont jolies, dans ce coin. Écoutez, je ne devrais pas, mais, comme vous avez fait preuve de générosité en laissant diriger vos affaires par d'autres pour venir ici, je veux bien à mon tour vous faire une faveur. Cependant, pas plus que trois jours. Et ne désertez pas à votre tour, je n'aurai pas de pardon.

— Merci, Ryan. Je vous revaudrai ça.

— À votre retour, vous prendrez les bouchées doubles. Et, advenant que vous partiez vraiment à la recherche de l'un de nos soldats déserteurs, comme vous l'avez si bien dit pour me convaincre, soyez discret. Ces temps-ci, les services secrets sont sur les dents avec les hommes qui crient: « À bas la guerre! » Les infidélités ne se lavent pas facilement. Il faut faire des exemples pour inspirer une bonne conduite à ceux qui auraient l'idée de désobéir. Pensez-y avant d'agir...

— Je vous le promets, fit William en se levant. Autre chose: pourriez-vous me signer un laissez-passer? Il peut me venir à l'idée d'aller dans les tranchées au nord.

— Cela ne servira à rien, mais, puisque vous me le demandez...

William attendit que le colonel lui remette le papier. Les deux complices échangèrent une poignée de main amicale.

❋

31 janvier 1917

En début d'après-midi, la princesse de Bourbon-Parme reçut les deux voyageuses du Québec dans le boudoir de sa grande maison située en bordure de la Seine, figée sous une mince couche de glace. La princesse parla d'Anne-Marie, la personne qui avait permis leur rencontre. Elle ajouta que le désir des deux mamans était que leurs filles, Marthe et Maria Antonia, qui avaient toutes deux dix ans, se rencontrent un jour.

Kate mentionna son inquiétude au sujet d'Henry, qui n'avait pas donné de nouvelles depuis une longue semaine. La princesse Béatrice la rassura. La passion qui, selon les propos de sa mère, avait motivé son fils à servir son pays depuis le début des hostilités, lui servirait à passer à travers tous les dangers.

L'aristocrate souligna que, dans son pays, l'Italie, le nombre de gens pauvres et le coût de la vie étaient très élevés. Elle se sentait plus en sécurité à Paris avec ses quatre enfants, surtout depuis qu'on avait planifié de construire un Paris factice.

Graziella lui montra la photo de son fils à son premier anniversaire.

La conversation glissa finalement vers le bénévolat, auquel se consacrait la princesse dans quelques hôpitaux parisiens bondés. Des blessés arrivaient par milliers tous les jours de Craonne, de Verdun et de zones dangereuses françaises. En fin de compte, elle invita les deux amies d'Anne-Marie à l'accompagner dans l'un des hôpitaux supervisés par la physicienne Marie Curie.

La température étant encore largement sous la normale de saison, elles acceptèrent avec plaisir; par ce froid cinglant, il n'était guère envisageable de visiter les principaux monuments historiques. Et puis, dans les circonstances, il valait mieux se rendre un tant soit peu utile.

⁂

Le chauffeur aida les trois femmes à descendre. Quatre ambulances étaient stationnées devant une série de tentes alignées.

Vêtue de noir comme la majorité des femmes qui prenaient une place de plus en plus grande dans cette société meurtrie, la princesse Béatrice montra le chemin à ses compagnes, bénévoles de quelques heures.

Ce fut Irène, la fille de Marie Curie, qui les accueillit. Elle fit passer un vêtement de circonstance aux deux nouvelles aidantes recommandées par la princesse. Elle leur donna un badge d'identification et les dirigea vers le véhicule numéro un, qui était équipé d'un appareil Röntgen comme les trois autres. Les hôpitaux ne ressemblaient en rien à l'image qu'en avait Graziella avant d'avoir vu celui d'Ypres et du docteur McCrae. Elle n'avait comme référence que celui de Chicoutimi.

Un soldat amena l'ambulance dans une annexe donnant accès à l'une des tentes, affectée aux soins orthopédiques et pulmonaires. Les trois bénévoles se pressèrent auprès des malades qui devaient subir une radiographie. Graziella s'occupa de pousser un estropié en fauteuil roulant. Ce jeune soldat appelé Benjamin s'était lui-même tiré une balle dans le genou; des éclats de poudre s'étaient logés de la jambe jusqu'en haut de la cuisse. En faisant ce geste désespéré, il avait voulu être exempté d'une prochaine mission dans les tranchées. Il avait été de la bataille de Verdun qui s'était étendue du 21 février au 19 décembre 1916, ce qui signifiait qu'elle n'était terminée que depuis un mois et demi. Vu l'infection sévère qui s'était mise dans la blessure, on avait été obligé de lui couper la jambe pour éviter la gangrène; il fallait maintenant vérifier l'état du fémur et des muscles de la cuisse. Aussitôt qu'il serait quelque peu rétabli, il serait dirigé vers la prison la plus près; il y serait jugé et sans doute fusillé. Les médecins le soignaient sans tenir compte du sort qui l'attendait. Leur devoir était d'essayer de sauver des vies humaines.

Benjamin était maintenant couché sur la civière. Le radiologiste releva la jambière du pantalon et défit le pansement. En pleurs, Graziella tourna la tête vers le volant du véhicule. Elle ne pouvait supporter le spectacle. De se mutiler pour éviter le combat, c'était faire la preuve que cette guerre était inhumaine. Et Henry était au combat. Henry! Elle se mit à sangloter.

Comme s'il eût été dépourvu de sentiments, avec des mouvements pressés, le spécialiste enroula sommairement les bandages. Secondé par l'infirmière, il aida Benjamin à s'asseoir dans le fauteuil roulant. Il fit signe à Graziella de laisser la place à Kate; elle amenait un éclopé à qui un bras manquait et qui souffrait en outre d'une pneumonie interstitielle.

Pendant des heures et des heures, les trois bénévoles aidèrent les infirmières qui n'arrivaient pas à tout faire;

le soin des blessures causées par les shrapnels et les fragments d'obus était la plus difficile de leurs tâches.

Malgré leur manque d'expérience, sans avoir besoin d'une formation médicale précise, Kate, la princesse et Graziella accomplirent des gestes techniques d'une grande utilité. Elles donnèrent les soins de base en retirant leur uniforme souillé aux nouveaux arrivants, en les lavant et en les aidant à se nourrir d'aliments de piètre qualité.

Vers les sept heures, elles furent invitées à la soupe. À l'entrée du réfectoire, leur surprise fut de taille; Marie Curie en personne était venue constater les dégâts chez les patients qui avaient été radiographiés pendant la journée. Sa fille de dix-huit ans était à ses côtés.

Irène dit à Graziella:

— Comment avez-vous trouvé votre première expérience ici?

— Cet après-midi consacré à l'aide aux malades m'a donné une sérieuse leçon, répondit-elle. J'ai déjà à mon actif de courts séjours à Ypres et à Boulogne-sur-Mer. Entre réconforter des blessés et les soigner, il y a une nette différence. Ma façon de voir les choses ne sera plus jamais la même. Mes brèves expériences d'antan, qui me paraissaient si héroïques, me semblent aujourd'hui bien insignifiantes; j'admire le dévouement dont vous faites preuve chaque jour. Vous risquez même votre vie. J'en suis très émue. Les blessés que vous sauvez vous doivent une fière chandelle.

— Je suis aussi bouleversée que ma fille, ajouta Kate. Nous redoutons le pire pour mon fils Henry. Dans le visage de chaque malade ou blessé, je revoyais le sien.

Graziella ravala ses larmes et sourit tristement. La physicienne les invita à une longue table qu'elle pointa de l'index.

— Et si nous continuions cette discussion devant un bol de soupe?

— Nous ne vous faisons pas perdre votre temps? s'inquiéta Kate.

— Comme vous toutes, il faut que je mange si je veux continuer mes recherches. Je suis toujours ravie de prendre du temps avec la princesse Béatrice, qui subventionne mes travaux. Ses amies me sont également chères. Je ne sais pas parler d'autre chose que de mon travail. Donc, j'espère ne pas trop vous ennuyer.

Kate résuma les informations que lui avaient transmises les filles de lady Rachel au sujet de son cheminement professionnel et de ses recherches, et lui donna des nouvelles de son ancienne consœur d'études, Elizabeth.

Avec une émotion perceptible dans la voix, Marie parla de son cher mari, Pierre, qui était mort accidentellement, renversé par une voiture à cheval. Graziella voyait qu'elle n'était pas la seule à avoir enduré la perte d'un être cher de cette façon. En retour, elle raconta la mort de son fiancé qui avait été piétiné par son propre étalon. Marie Curie comprenait sa peine. Pour en finir avec ses expériences scientifiques, elle relata l'histoire de la danseuse Loïe Fuller, qui lui avait demandé de l'aider à créer un costume phosphorescent au radium. Elle avait refusé en lui expliquant les dangers d'un tel habillement. Par la suite, ils étaient devenus de grands amis.

Des infirmières canadiennes vêtues de bleu, qu'on surnommait *bluebird*, se servirent un bol de soupe au comptoir et vinrent occuper les places vides autour de la longue table du réfectoire. Madame Curie les salua en nommant chacune par son prénom. Il était évident qu'on ne pouvait pas éviter le sujet des carnages sanglants de la bataille de Verdun, qui avaient comme conséquence le refoulement vers l'intérieur du pays des militaires blessés victimes de l'artillerie.

Kate réalisait que Witley avait été un refuge de reine. La vie là-bas était paisible, comparativement à la tristesse qui dominait partout ailleurs.

Pour Graziella, même le choc de la destruction complète d'Ypres semblait s'amoindrir devant la description des horreurs qui régnaient çà et là dans les pays alliés. Tout l'après-midi, chaque parole et chaque geste lui avaient rappelé les dangers qui menaçaient Henry. Pouvait-elle compter le revoir vivant?

⁂

Timothy trouvait la journée longue. Eulalie Juneau gardait François, alors que Claire et Solange avaient pris le train du matin pour Jonquière où, exceptionnellement, elles rendaient visite aux Angers. Il n'avait pas vu Hubert depuis plus d'un mois. Le bambin devait avoir grandi, les enfants poussant aussi vite que le blé dans les champs en été. L'homme réalisait que les émotions vives faisaient s'accélérer les battements de son cœur. Depuis le matin, il avait plusieurs fois été obligé de respirer longuement en chassant les pensées indociles. Le vide laissé dans la maison par l'absence des deux servantes n'était pas sans ramener ses mauvais souvenirs. Alexis était encore présent dans toutes les pièces du rez-de-chaussée. Timothy le réalisait davantage depuis qu'il y était confiné. Il se félicitait d'avoir accueilli Claire et engagé Solange. Leur présence et celle de François lui changeaient les idées.

Il ne pouvait compter les bouts de cigares qui s'étaient accumulés dans le cendrier depuis le matin. Il n'avait plus d'intérêt à ménager son cœur. Son avenir n'était pas rose. Il se disait que, s'il n'était pas aussi lâche, il mettrait fin à ses jours sans regret.

Le sifflement du train égaya la ville. L'horloge Big Ben sonnait sept heures. Timothy vint à la salle à manger et se versa un cognac. Il le but d'un trait et revint s'asseoir en espérant entendre des pas sur la galerie. Il se releva aussitôt et vint à la fenêtre; le traîneau conduit par Benoît disparaissait de sa vue. Ce jeune homme remplissait ses responsabilités à la lettre. Il avait la grande capacité de planifier son temps à la minute près. La famille Juneau avait une grande âme, à l'égal de celle des Angers.

Timothy passa sa main sur son crâne comme pour chasser une idée noire. Alexis tombait entre les pattes d'Enfer. La bête partait au galop, incapable de s'arrêter. Il essuya une larme qui glissait sur sa joue imberbe. Graziella courait, affolée, et secouait le corps inerte dans ses bras. Timothy inspira longuement.

À présent, les femmes descendaient du traîneau. Les

jambes en coton, il s'avança dans l'embrasure du salon, appuyé sur sa canne. Claire entra la première, Hubert dans les bras. Le grand-père s'approcha et voulut le prendre. Le bambin se mit à pleurer en réfugiant son visage dans le cou de Claire. Peiné, Timothy prit sans prononcer un mot le chemin de sa chambre.

Claire et Solange retinrent leurs larmes.

❋

William Price était en colère. Il était dans le train qui le conduisait de Londres à la gare de Douvres. Des soldats y étaient entassés comme des sardines, et les émanations de sueur mêlées à celle du tabac rendaient l'air irrespirable.

Contrarié, le lieutenant-colonel faisait dans sa tête le bilan des services qu'il avait rendus à la guerre, avec pour seule reconnaissance le titre de sir qu'il avait obtenu, un privilège qui ne lui servait plus qu'à végéter comme un simple bureaucrate. Une tempête grondait dans sa tête. Sa vie défilait comme l'un des films qu'on présentait sur un écran où on voyait se démener telles des marionnettes des personnages muets. Il avait été séparé de ses parents dans sa petite enfance, avait parcouru le monde, étudié en Angleterre; il s'était associé à son oncle dans les compagnies forestières et en avait relevé quelques-unes qui se trouvaient au bord de la faillite, il avait fondé une famille et, à présent, avec plusieurs millions en poche, quand il aurait pu s'occuper lui-même de faire fructifier ses actifs et d'en profiter pour son bien-être personnel, son corps était assailli de partout par les vibrations d'un train qui avait été aiguillé par une femme.

Maudite guerre! Si William Price en était rendu à jurer, c'était que ce conflit mondial avait perdu son sens. Et Borden qui avait décrété la conscription! Quel gâchis! Combien de jeunes Canadiens étaient tombés au front jusqu'à présent par patriotisme, sans que des ordres formels leur soient donnés? Des infirmières *bluebird*, même, parmi les deux mille et plus qui s'étaient enrôlées, y avaient laissé leur vie.

La locomotive émit une dernière plainte dans le brouillard; elle fit grincer ses freins sur une distance trop longue pour les jeunes, qui se précipitèrent avant qu'elle ne fût immobilisée. William redressa l'échine. Il se dit que de marcher dans la boue jusqu'au port de Douvres ne lui ferait que du bien. Il n'y avait pas mieux que l'air frais pour démêler les idées.

Sur la Manche, le traversier était tout aussi inconfortable que le train. Enfin, il accosta et William se retrouva sur le quai du port de Calais. En suivant la voie du tramway, il se retint de sauter dans celui qui le dépassa en se disant à nouveau que de marcher ne lui faisait que du bien.

Une vingtaine de minutes plus tard, à longs pas pressés, il entra dans le hall de l'hôtel Victoria. Il réserva une chambre pour trois nuits. La réceptionniste, qui l'avait reconnu, lui confirma que le bar était toujours le royaume où sévissait régulièrement, à présent, la jeune imitatrice de Mata Hari. Soulagé par cette réponse, il alla à la salle à manger où on lui servit le maigre plat du jour, composé de poisson et de pommes de terre.

Il gagna sa chambre et se laissa tomber tout d'un bloc sur le lit inconfortable. Derrière ses paupières closes, il repassa le fameux soir où il avait entendu les voix d'Henry et de Graziella. Au fait, pourquoi tenait-il mordicus à savoir où se trouvait Henry?

Il statua que son devoir était d'essayer de le sauver. William Price était un homme d'honneur.

⁂

La sirène du couvre-feu le réveilla. Il était dans le noir. Il fit craquer une allumette et chercha la mèche de la bougie. Il s'aspergea le visage, frappa ses bottes ensemble, salua militairement son faible reflet dans la glace et tourna les talons. Dans le corridor, sa main suivit le mur jusqu'à l'escalier qu'il dévala à la manière d'un sportif. En passant à la salle à manger éclairée faiblement par les chandeliers, il eut un haut-le-cœur en raison du même arôme de poisson qui persistait, alors qu'il avait avalé son souper du bout de la fourchette quelques heures plus tôt. À tâtons, il descendit au sous-sol.

Le bar était éclairé à l'électricité. Il commanda un cognac et choisit une table plutôt retirée le long du mur. Il dégustait une gorgée avec ravissement quand il vit entrer la petite Mata, accoutrée de sa tenue de travail. Elle le reconnut et le salua de la main. Il lui fit signe de venir s'asseoir à sa table. Sans lui demander son avis, il lui commanda un verre du même alcool que le sien.

— Bonsoir, jeune beauté! Comment allez-vous? la salua-t-il en se levant.

Il l'aida à s'asseoir.

— Les affaires sont prospères; je vais donc bien, répondit-elle en lui décochant un clin d'œil. Et vous?

— Je suis venu de Witley spécialement pour vous!

— Je ne croyais pas vous avoir fait un tel effet! La dernière fois, vous avez refusé les services que je vous ai offerts...

— J'étais ivre. Cette fois, je suis venu tout spécialement pour vous.

— Je n'y crois pas.

— J'ai l'intention de vous confier une mission importante.

— Une mission importante? Vous m'intriguez...

Le garçon déposa la rasade de cognac devant sa compagne. William paya. Il compta la monnaie et la remit pêle-mêle dans sa poche en marmottant:

— J'aime intriguer une jolie fille comme vous.

— Merci pour le compliment.

— Qu'avez-vous fait du pantalon que vous a donné Graziella?

— Je le garde précieusement en attendant l'occasion de le porter. Je l'utiliserai pour aller rendre service à des clients tout près des tranchées.

— Ce qui veut dire...

— Quand j'aurai la jaquette kaki, je pourrai aller rencontrer un commandant ou un général que j'ai déjà servi sans me faire pincer.

— Allez-vous avoir un laissez-passer?

— Avec un uniforme complet, j'en aurai facilement un qui mentionnera une fausse identité. Je sais où m'adresser. Je pourrai passer pour un soldat et traverser les postes de contrôle.

— Ouais! s'exclama William. Je vois... Vous êtes débrouillarde.

— Il faut survivre. Cette guerre nous pousse à avancer par tous les moyens, honnêtes ou pas.

— Je vous trouve bien bavarde. Une future espionne ne dévoile pas ses astuces.

— Je vous fais confiance. Les Canadiens sont nos plus fidèles alliés. Ils savent tenir leur langue.

— Où sont campés les haut gradés avec qui vous avez des relations particulières?

— À Ypres, au camp d'Étaples.

— Vous êtes précisément la personne qu'il me faut. Voici la mission en question. D'abord, je crois qu'Henry a été fait prisonnier.

Qu'est-ce qui vous fait croire ça?

— Lorsque nous nous sommes quittés, je suis passé devant la porte de la chambre de Graziella et j'ai entendu des bruits. Henry n'était pas censé être là. Sa permission était terminée. J'en déduis qu'il avait déserté.

— Et...

La fille entrait de plus en plus dans le jeu de William. Cet homme lui proposait un travail qu'elle ne ferait pas gratuitement.

— Je suis l'ami de sa mère, et son père est l'un de mes meilleurs collaborateurs. J'ai donc à cœur de savoir ce qui lui est arrivé à la suite de son escapade. Si, comme je le pense, il s'est fait arrêter, je veux savoir ce que je peux faire pour lui.

— À votre place, je ne me ferais pas de faux espoirs. Vous savez comme moi que des punitions exemplaires sanctionnent la moindre peccadille. Pourquoi n'usez-vous pas de vos pouvoirs?

— Mes pouvoirs n'ont plus de poids. Je n'ai qu'un laissez-passer pour les tranchées. Je pourrais essayer de retrouver le soldat Paul Chamberland et le questionner. Il est dans le groupe d'Henry. Comme j'ai peu de temps, pendant que je me rendrais au nord, vous pourriez vous infiltrer au camp d'Étaples. Je puis vous procurer la jaquette de l'uniforme. Quelle somme me demandez-vous?

— Pourquoi êtes-vous si certain qu'il est là?

— Parce que, parmi les camps, c'est le plus près d'ici qui comprend une prison.

— Vu les dangers encourus, disons que vous me devrez la somme de deux cents francs.

William hésita le temps de convertir le montant en devises canadiennes.

— Vos services sont onéreux. Mais j'accepte. Je prends cette situation très au sérieux.

❋

4 février 1917

La princesse Béatrice avait convaincu Kate et Graziella de ne pas retourner à Witley ni à Liverpool avant de rentrer au Canada. Pourquoi ne pas voyager sur le paquebot *La Savoie* qui levait l'ancre au port du Havre et accostait à New York? Elles n'avaient pas à s'inquiéter: le capitaine de ce bateau, qui était l'une de ses connaissances, avait à présent comme mission de ramener des soldats américains qui combattraient sur le sol français. Il saurait veiller à leur confort et à leur sécurité.

Même si elles estimaient avoir plus de chances d'obtenir des nouvelles d'Henry par William à Witley, les deux voyageuses s'étaient rendues aux arguments de la princesse. Un coup de fil au camp militaire leur avait confirmé ce qu'elles savaient déjà: au front, même les officiers étaient privés de communications téléphoniques avec leur famille. On n'était pas sur un terrain de jeu ni dans une réunion sociale ou familiale. Après quoi, toute une semaine, Kate et Graziella avaient fait du bénévolat auprès des blessés de guerre à Paris.

La veille de leur départ, elles avaient consacré la journée à faire la tournée dans les grands magasins; Graziella avait acheté quelques souvenirs à Londres, cependant, les deux femmes considéraient que ce n'était pas assez. En fin d'après-midi, elles étaient revenues à l'hôtel les bras chargés et avec une valise de plus à remplir.

Maintenant dans leur chambre, elles rassemblaient les vêtements et accessoires qui traînaient çà et là. Chaque jour depuis qu'elles travaillaient comme bénévoles, il leur avait fallu quitter la pièce à huit heures du matin pour ne revenir que douze heures plus tard, de sorte qu'elles n'avaient guère eu le loisir de garder leurs affaires en ordre. Cependant, elles ne regrettaient pas le moins du monde d'avoir pu rendre service.

Henry n'arrivait pas à quitter leur pensée. Il semblait que, plus on était près des militaires, plus la communication avec eux était difficile. Pourquoi n'écrivait-il pas? Au moins, depuis qu'il était au loin, une lettre arrivait pratiquement tous les mois...

Tous les mois! Fallait-il attendre encore un mois? Kate s'apercevait qu'elle n'avait pas posé assez de questions au sujet de son futur travail. Elle n'avait pas eu non plus l'occasion de lui transmettre les nouvelles de ses amis d'enfance et d'adolescence, comme elle se l'était proposé.

— Ce voyage ne m'en a pas dit plus sur mon fils que ce que je savais déjà.

— Moi, si. Cependant, ma soif n'est pas satisfaite. Je pars en sachant que je l'aime et que je me sens réellement mariée avec lui. Pour le reste, je veux juste espérer une vie meilleure pour nous deux et faire confiance. Nous parlons d'une lettre de sa part, mais pourquoi ne lui écririons-nous pas, nous? Nous confierions notre missive à la princesse, qui la ferait suivre.

— Quelle bonne idée! Mettons-nous à l'œuvre immédiatement avant de mettre la dernière main à nos bagages.

Chapitre 25

7 février 1917

Le navire voguait depuis deux jours sur des eaux agitées. La crainte d'une attaque sous-marine était aussi présente au retour qu'à l'aller.

Sur ordre du capitaine, les civils ne quittaient la cabine que pour les repas. Leur protection était le point le plus important. Ce soir-là, les deux confidentes tricotaient, assises sur leurs couchettes respectives.

Graziella réfléchissait aux jours et aux mois à venir. Lorsqu'elle toucherait le sol canadien, un océan la séparerait d'Henry, son mari. De New York à Québec et de Québec à Jonquière, dans une quinzaine de jours environ, elle embrasserait Hubert et le chatouillerait jusqu'à ce qu'il étouffe de rire; elle se collerait à son corps tout chaud dans le lit. Quel bonheur!

Autant le nouveau chandail destiné à Mathieu Girard s'allongeait, autant ses pensées revivaient le voyage qui tirait à sa fin. Elle songea aux hommes avec qui elle avait eu des contacts sérieux : Jean, le liftier du Château, le père de l'enfant qu'elle avait perdu, et Rick, l'Italien qui lui avait promis mer et monde. Son esprit s'arrêta à William. Il lui avait montré un vilain côté caché. Eric de Dudley avait gardé ses distances tout en lui manifestant un intérêt certain. Puis Henry était arrivé et il lui avait passé la bague au doigt à l'abbaye de Westminster. Jamais elle n'aurait pu deviner qu'elle en tomberait à ce point amoureuse.

Se succédèrent ensuite les belles rencontres qu'elle ne pourrait jamais oublier : Andreas, lady Rachel, le comte de Dudley et leurs enfants, Elizabeth et Gary Bradford,

Mathieu Girard, le docteur McCrae, Gabrielle Chanel, la princesse Béatrice, Marie Curie et sa fille Irène, les soignantes canadiennes habillées de bleu marine qui avaient un rôle crucial dans les phases pré et postopératoires, la jolie Mata.

Dès son retour à Chicoutimi, elle irait chez Claire lui remettre la lettre de son mari que lui avait confiée William. Et Timothy? Était-il guéri complètement de sa paralysie? Julienne et Alphonse Gendron étaient-ils encore amoureux l'un de l'autre? Antoine espérait-il toujours qu'elle l'accompagne aux festivités de la mi-carême? Il lui en avait fait la proposition la veille de son départ et elle avait promis de lui donner une réponse à son retour. Quant à l'abbé Gagnon, il ne faisait guère mystère de ses sentiments: toujours aussi à cheval sur les principes, dans une lettre imprégnée de paroles amères, il avait menacé Kate, qui ne méritait assurément pas un pareil mépris.

En songeant à Kate, elle se rappela qu'elle avait une requête à lui faire. Elle attendait le moment propice. L'ouverture de sa boutique en dépendait. Cinq mois, était-ce assez long pour tout faire? Qui pourrait lui donner un coup de main?

— Ma chérie, je vous ai perdue; je ne puis deviner vos pensées, dit soudain Kate.

Des oreillers derrière son dos, une balle de laine sur les genoux, elle entrecroisait les aiguilles à tricoter au même rythme que Graziella.

— Je suis inquiète…

— Ma chérie, ce n'est pourtant pas dans votre nature de vous inquiéter pour des balivernes.

— Ce ne sont pas des balivernes. Ces presque deux mois m'ont enrichie de nouvelles connaissances et d'expériences extraordinaires, mais quelle sera ma vie, maintenant?

— Sans doute serez-vous plus encline à passer outre à ce qui vous paraîtra superficiel. C'est la même chose pour moi. Nous avons vu beaucoup de souffrance, et notre quotidien sera bien insignifiant en comparaison. J'ai eu la force insoupçonnée de prendre des décisions importantes. Je me sens prête à reprendre ma vie, qui semblera celle d'avant vue de l'extérieur, mais qui dans les faits sera différente. Je ne m'effondrerai plus à la moindre occasion! Quoi qu'il arrive, je resterai pondérée devant les futurs malheurs. Je ne suis pas aveugle; je sais que la vie en est parsemée. Même si j'en ai eu ma part, il y en aura d'autres. Pourquoi me mettre la tête dans le sable? Je suis décidée: l'une des premières actions que je poserai, ce sera de rencontrer l'évêque pour discuter de ma situation matrimoniale, qui n'est pas en règle.

— Allez-vous lui parler de la nôtre, à Henry et moi? Il serait peut-être temps d'entreprendre une démarche afin d'obtenir une dispense?

— Je ne le sais pas encore. Je veux faire confiance à la vie. Je verrai en temps et lieu.

— Vous avez raison: il ne faut pas précipiter ces choses-là. Par contre, il y en a d'autres qui sont pressantes.

— Vous avez raison, il y a des choses urgentes. Il va falloir penser à engager une autre jeune fille pour aider Solange, qui a pris la place de Julienne, mais qui n'est qu'en formation; elle est si jeune! Claire doit être parfaitement remise de ses blessures. Elle a dû retourner avec son fils dans son petit chez-soi. On ne peut pas compter sur elle pour lui enseigner le travail.

— Monsieur Saint-Germain permettra peut-être à son aînée de travailler pour vous?

— Graziella, vous parlez comme si vous étiez déjà partie de la maison!

— Au mois de juin.

— Vous n'avez pas de local pour votre boutique. Pensez-vous que vous pourrez l'ouvrir dans le temps que vous vous êtes donné?

— Il y a longtemps que j'ai pensé à un local.

— Oui! Où est-ce?

— Vous souvenez-vous, lorsque vous avez couru pour me faire descendre du train? Juste avant que nous nous rendions au cimetière protestant sur la tombe d'Alicia, vous m'avez fait visiter la ville?

— Oui, avec monsieur Genest comme cocher.

— Vous m'avez montré la petite maison que Timothy loue, juste en bas de la côte de la rue Racine…

— Elle est déjà occupée.

— Il peut refuser de renouveler le bail pour louer à sa fille.

— Louer à *ma* fille! s'écria spontanément Kate. Si je décide en votre faveur, ce ne sera pas pour vous faire payer quoi que ce soit.

— Vous parlez comme si cette maison vous appartenait. Est-ce le cas?

— Elle a été achetée par Timothy avec l'argent de mon héritage. À mon retour, j'ai l'intention d'ouvrir mon propre compte de banque avec les avoirs que j'ai eus de mon père.

— Ce voyage nous a été profitable, ne trouvez-vous pas?

⁂

14 février 1917

La Savoie amarra au quai de New York après une traversée qui avait duré neuf jours. Il avait fallu changer de cap et ralentir la vitesse. Les radars avaient repéré ce qui semblait être un sous-marin ennemi. De plus, le paquebot avait fait face à l'une des tempêtes de février.

Kate et Graziella avaient eu le temps d'écrire à Henry et à William. Elles avaient aussi mis à jour leur journal de voyage. Avec la permission du capitaine, elles avaient donné en après-midi un fier coup de main au médecin et aux deux infirmières, auprès des blessés sur le chemin du retour qui exigeaient encore des soins.

Graziella avait fait les plans de sa boutique; elle était certaine de pouvoir en ouvrir les portes en juin. Elle espérait que William ne serait pas encore de retour de la mission que lui avait donnée le gouvernement. Elle redoutait de sa part un geste qui empêcherait la réalisation de son projet. Elle ne pouvait concevoir qu'il lui eût déjà pardonné les affronts qu'elle lui avait fait subir tout en évitant de lui montrer de la reconnaissance pour les faveurs qu'il lui avait accordées.

Le port de New York était tout aussi fébrile. La ville entière semblait s'y être regroupée, mais les voyageuses ne tardèrent pas à constater que, du monde, il y en avait partout dans les rues.

De justesse, le *Waldorf Astoria* put les loger dans une suite que ne pouvait pas se payer le commun des mortels. Elles n'y passèrent qu'une seule nuit; le lendemain, elles montaient dans un train, bondé d'autant de blessés que de civils, qui prit la direction de Québec.

⁂

Plusieurs des employés masculins du Château Frontenac avaient été remplacés par des femmes. Graziella fut désolée d'apprendre que Jean faisait partie des nouveaux conscrits; elle fut toutefois heureuse de ne pas le rencontrer.

Les appels téléphoniques à Jonquière et à Chicoutimi se butèrent à une ligne altérée par les rigueurs de l'hiver. Les employés de la compagnie n'arrivaient pas à réparer complètement les câbles pris dans la glace. Le service télégraphique souffrait lui aussi du climat et de la surcharge. Elles en prirent leur parti en se disant qu'elles étaient près du but et qu'il n'y avait pas à s'en faire. Elles s'encouragèrent en se répétant qu'il ne pouvait y avoir de plus grand désastre que ceux qu'elles avaient vus en Europe.

D'un endroit à l'autre, leurs vêtements demeurèrent rangés dans les valises. Les plus pratiques étaient sur le dessus, vu qu'il n'était pas question de se vêtir chic. Les dîners habillés, les soirées fastueuses et les cérémonies du thé avaient perdu leur saveur. L'essentiel l'emportait sur l'accessoire, la profondeur, sur la futilité.

Elles avaient bien trop hâte de rentrer à la maison pour s'attarder dans la capitale. Dès le lendemain, elles reprirent le train. À Saint-Joseph, par la fenêtre, Graziella jeta les yeux sur le magasin général. Presque deux mois plus tôt, elle avait vu ses parents en sortir, mais son élan spontané vers eux s'était heurté à un mur. Le cordon qui les reliait s'était rompu; néanmoins, elle conservait tous ses bons sentiments pour sa sœur Armandine. Elle trouverait le moyen de communiquer avec elle en cachette.

Jusqu'à Jonquière, elle réussit à sommeiller par intermittence. Lorsque la locomotive émit un dernier sifflement joyeux, Graziella, sans égard pour Kate, se précipita et attendit que la porte du compartiment s'ouvre. Impérieusement, elle héla un cocher, qui empila les valises sur la carriole et prit la direction de l'adresse indiquée. Épaule contre épaule, Graziella et Kate se tinrent la main jusque chez les Angers. Qu'importait l'heure avancée. Le plus important était si près!

Graziella frappa résolument à la porte de son poing ganté en retenant sa respiration. Ce fut Marie qui vint ouvrir. Graziella s'accroupit pour être à son niveau, la serra dans ses bras et bécota affectueusement son visage. Comme d'habitude, en riant, la fillette renversa la tête en arrière. Marguerite apparut dans l'arche et s'écria :

— Madame Davis et Graziella! Que j'suis contente de vous voir!

— Nous également, madame Angers, dit Kate.

— Vous arrivez tout juste?

— Nous descendons du train à l'instant. Notre première visite est pour vous et notre petit Hubert, répondit Graziella, qui en avait terminé avec les câlins à Marie.

— Vous n'êtes pas au courant?

— Je ne comprends pas ce que vous voulez dire.

— La lettre que j'ai fait écrire par Lucille n'a pas dû avoir le temps de vous parvenir.

— Mais que disait cette lettre? Il n'y a pas eu de malheur, au moins!

— Mais non, voyons, Graziella! Seulement, Hubert est à Chicoutimi depuis trois semaines. Monsieur Davis l'a envoyé chercher le 31 janvier.

Sous le choc, Graziella et Kate restèrent un moment sans voix. Lorsque Graziella retrouva la parole, ce fut pour dire:

— Bonjour, les enfants!

La marmaille au complet s'était amenée dans le salon. Tout le monde était en pyjama.

— Graziella, vas-tu nous faire du sucre à la crème? Tu le réussis mieux que maman!

Les baisers et les accolades durèrent un long moment. On n'avait pas oublié la belle grande dame Davis.

❋

Il faisait frais dans la maison de la rue Price. Le voisin chargé d'entretenir le feu avait négligé son travail et il ne restait que quelques tisons dans le poêle. Graziella ajouta un morceau de papier journal et des bûches. Elle vit monter la flamme et tira le rond sur l'ouverture. En frottant ses mains ensemble, dépitée, elle s'étonna:

— Je ne m'attendais pas à une nouvelle comme celle-là. Moi qui espérais tant dormir avec mon petit dans les bras! Je vois que je n'aurais pas pu me passer de lui plus longtemps!

— Et moi donc! s'exclama Kate, assise à la table de la cuisine, le manteau toujours sur le dos. Que c'est triste, une maison vide! Il faut que je téléphone à Timothy pour lui dire que nous sommes arrivées saines et sauves.

— Allez-y pendant que je défais les lits pour chasser l'humidité des draps…

Étonnamment, la ligne était claire. Timothy corrobora les dires de Marguerite. Il allait mieux et il avait fait venir Hubert à la maison de Chicoutimi. Le petit homme était sage comme une image, comme le disait si bien Solange. Kate en déduisit que l'adolescente allait devenir une servante aussi dévouée que sa sœur Claire. De retour à la cuisine, préoccupée, elle dit à Graziella:

— Je me demande ce qu'est devenue Julienne. Elle

n'est certainement pas revenue à la maison après un séjour forcé chez ses parents, Timothy m'en aurait parlé. Il n'a mentionné que Solange.

— Nous verrons…

Graziella avait adopté un ton las et déçu.

Elle versa du thé dans deux tasses. Kate la remercia et avoua :

— Graziella, je crains d'arriver à la maison demain.

❋

20 février 1917

Monsieur Genest et son cheval surveillaient l'arrivée du train. Ses deux meilleures clientes ne tarderaient pas.

— Ti-Noir, tu sais, les deux grandes dames sont revenues saines et sauves. Qu'est-ce que t'en penses?

La bête répondit en frappant le sol du sabot droit. Elle s'ébroua et revint au garde-à-vous.

Attelé au traîneau à skis, Enfer apparut en haut de la côte Salaberry en face de la cathédrale. À la hauteur de la gare, Benoît le dirigea vers le quai.

D'un œil conquis, monsieur Genest admira Hubert, qui frappait des mains. Le jeune frère de Claire libéra le bambin d'entre ses genoux, l'attrapa par la taille et le mit debout dans la neige. Il lui dit doucement :

— Restez tranquille, monsieur Hubert. Votre maman sera là dans quelques minutes.

Presque invisible dans un nuage de vapeur, la locomotive se plaignit une dernière fois.

— Tchou! tchou! scanda l'enfant en frappant ses moufles ensemble. Maman, tchou! tchou!

L'instant d'après, une femme courait vers lui. Il enroula ses bras autour de la jambe de Benoît et se mit à crier à fendre l'âme. Graziella s'agenouilla et le tira vers elle. Il pleura de plus belle et s'accrocha plus fermement à l'adolescent.

— Chéri, c'est maman. Tu ne me reconnais pas? Je suis ta maman!

Les larmes se glacèrent sur ses joues; son fils l'avait

oubliée. Soudain, le bambin aperçut Kate et courut se jeter dans ses bras. Graziella s'avança vers eux, le visage ravagé. Hubert plongea sa tête couverte d'un casque de lapin dans le col de fourrure de sa grand-mère. Le pouce dans la bouche, il lorgna du coin d'un œil incertain l'énergumène qui se tuait à répéter :

— Chéri, je suis ta maman, je suis ta maman!

Kate saisit enfin l'imbroglio.

— Graziella, Hubert ne vous reconnaît pas, vêtue comme vous l'êtes. Vous n'auriez pas dû passer le manteau d'Alexis et ce casque de fourrure. Pourquoi ne vous ai-je pas grondée en partant de la maison?

Graziella se décoiffa d'un coup sec. Ses cheveux tombèrent en cascade sur ses épaules. Hubert tendit les bras vers elle en s'écriant :

— Maman!

Les yeux noyés, les deux dames et l'enfant montèrent dans la carriole du cocher, pendant que Benoît empilait les valises sur la traîne.

Monsieur Genest fit remarquer :

— Y m'semble que vous aviez moins d'valises à votre départ?

— Nous en avons acheté une nouvelle à Paris. Nous avons un petit cadeau pour tous.

— Pour moi aussi?

Oui, monsieur Genest, pour vous aussi.

❋

Comme chaque fois qu'une visite s'annonçait, à la fenêtre, Timothy surveillait depuis son lever. Il lui semblait que le train arriverait plus vite s'il guettait. Lorsque la carriole passa devant l'orphelinat, comme si de rien n'était, il s'assit dans son fauteuil. La lettre que Claire avait écrite avec son aide et celle de Solange ne s'était pas rendue, puisque sa femme n'avait pas répondu. Il se demandait depuis plusieurs jours si Kate et Graziella ne s'étaient pas perdues en mer. Les journaux n'annonçaient que de mauvaises nouvelles. Il avait été si inquiet! Toutes sortes de pensées sombres l'avaient attristé. Il avait imaginé le transatlantique torpillé par les Allemands. Mais, depuis la veille, il était rassuré.

Il entendit craquer la glace sur la galerie. Son souffle resta bloqué dans sa poitrine. Allait-il avoir une nouvelle attaque? La porte s'ouvrit. Sans manières, Kate éleva la voix :

— Nous sommes là! N'y a-t-il personne pour nous accueillir?

Depuis la cuisine, Solange et Claire coururent au-devant d'elles. Timothy se leva de son fauteuil, aidé de sa canne. Debout dans la porte d'arche, il vit que les servantes obtenaient plus d'attention que lui.

Les nouvelles venues ne soulignèrent même pas qu'il avait rasé son épaisse moustache!

⁂

L'annonce du retour des voyageuses avait rapidement fait le tour de la ville. Sans attendre, Antoine Dubuc avait téléphoné pour prendre rendez-vous avec Graziella, mais on lui avait recommandé de ne se présenter que deux jours plus tard: ces dames avaient besoin de repos. Il avait compté les heures et les minutes.

À présent, calé dans un fauteuil du salon des Davis, il ne pouvait détacher son regard de la nouvelle femme assise sur le sofa devant lui. Graziella avait perdu une partie de la moue adolescente qui la caractérisait; elle n'en était que plus attirante. Il remarqua qu'elle portait une montre à son poignet. Avait-elle acheté elle-même la nouvelle bague qu'elle portait à l'annulaire? Une question lui brûlait les lèvres.

— Graziella, dis-moi, qui t'a donné cette montre et cette magnifique bague?

Elle eut comme réflexe de cacher l'anneau de sa main droite. Elle n'avait pas prévu cette question. Elle se fit le reproche de ne pas avoir changé ses habitudes. Il savait qu'elle économisait son argent, mais tant pis.

— J'ai délié les cordons de ma bourse. Tu te souviens

d'une certaine avant-veille de Noël où nous étions dans la même voiture de train, en route pour Jonquière? Tu doutais de mon sens de l'économie. Eh bien, voici la preuve que j'ai su administrer les sous que j'ai gagnés sans compter mes heures. Bien plus, je t'annonce que j'en ai encore assez pour ouvrir ma boutique comme prévu.

— Il n'y a pas à dire, tu vas droit au but.

— Merci, je le prends comme un compliment.

Le feu craquait dans la cheminée; la pièce n'était éclairée que par la flamme et une lampe de table qui diffusait une lumière voilée. Antoine se souvenait du baiser qu'ils avaient échangé la veille de son départ pour l'Europe. Il sentait encore la douceur de sa bouche sur ses lèvres. Jamais un baiser ne lui avait fait autant d'effet. Qu'avait donc cette fille de particulier? Son indépendance? Il s'enquit:

— As-tu repensé à la proposition que je t'ai faite la veille de ton départ?

— Oui, Antoine, j'y ai repensé. Nous deux, ce n'est pas possible. Premièrement, tes parents ne sont pas d'accord pour que nous nous fréquentions et ils ne le seront jamais. Ce n'est pas une bonne base pour commencer une vie de couple. Deuxièmement, je suis certaine que ton opinion n'a pas changé: tu n'accepterais pas que je fasse carrière, alors que je suis de plus en plus décidée. J'ai rencontré des femmes extraordinaires qui s'épanouissent dans le travail, même en ayant fondé une famille. Si tu me donnais la chance de te raconter comme à un ami qui me comprend, et non comme un amoureux égoïste qui veut juste une femme dans sa maison, je te parlerais de ces héroïnes qui changent le monde.

— En Europe, ce n'est pas comme ici.

— Je sais... Antoine, je me permets de te poser une question qui me chicote. Pourquoi n'es-tu pas à la guerre? L'enrôlement n'est-il pas obligatoire?

— J'ai le privilège de travailler pour le directeur-gérant de la Pulperie.

— Voilà! Je ne dirai pas que tu es lâche, mais je ne t'admire pas. J'ai vu l'horreur, là-bas, et des jeunes qui ont du cœur au ventre. Ils sont pauvres, oui, mais riches de courage. Je ne vois plus les gens comme avant et je comprends quelqu'un qui donne sa vie pour son prochain.

— Tu ne me donnes pas la chance de te prouver ce que je vaux? Accompagne-moi à la mascarade et je vais t'éblouir.

— Non, Antoine, je regrette. Je n'ai pas le temps de me fabriquer un costume parce que je prépare l'ouverture de ma boutique, ce qui va m'occuper énormément. Et je n'ai pas le goût d'entendre en chaire le dimanche suivant l'abbé Gagnon décrier une fête comme celle-là. « Vous êtes tous damnés! »

Elle avait imité grossièrement la voix de l'ecclésiastique. Antoine s'esclaffa.

— L'abbé Gagnon trouve toujours à redire. Je ne m'occupe plus de ses sermons.

— Tes parents ne doivent pas être d'accord. En passant, j'ai une lettre de la princesse Béatrice pour ta mère.

— Vrai?

— Oui! Attends-moi, je vais la chercher dans la salle de couture.

Antoine admira la démarche sensuelle qu'elle avait dû acquérir à la campagne : de marcher dans les champs parmi les longues tiges de graminées forçait la hanche à dessiner des rondeurs. Il soupira longuement et tira un cigare de sa poche.

— Tu fumes le cigare comme ton père, maintenant? nota-t-elle en revenant.

— Cela fait plus classe.

— J'ai essayé la cigarette, dans un pub de Witley. J'y retournerai quand je ferai des affaires d'or comme madame Chanel!

— Tu vas conduire la voiture de monsieur Davis la cigarette au bec?

— Ma propre voiture, s'il vous plaît! Arrête de m'asticoter. Ce sont des sujets tellement accessoires, en temps de guerre! J'ai aussi soigné des blessés; c'est cela le plus important. Je m'excuse de te mettre à la porte, Antoine, mais je dois aller border Hubert et j'ai du travail qui m'attend.

— Bien, j'ai compris, dit-il en quittant le siège de velours.

Il glissa l'enveloppe dans la poche intérieure de son veston.

— Si tu le permets, je ne te reconduis pas. Je te souhaite beaucoup de bonheur avec Agnès. C'est la femme qu'il te faut. Vous formez un couple bien assorti.

— Merci, Graziella. Dans le fond, j'apprécie ta franchise. Elle fait mal, mais il vaut mieux maintenant que plus tard, quand il serait impossible de revenir en arrière.

— Tu es un grand ami. Je te souhaite le meilleur, dit-elle en empruntant le corridor.

Il la regarda aller. Elle tourna les talons, lui sourit et fit voler un baiser au bout de ses doigts.

❋

À l'étage, elle borda Hubert, qui ne tarda pas à s'endormir. En revenant dans le corridor, elle vit une lueur horizontale qui marquait le plancher. Elle en déduisit que Claire n'était pas encore au lit. Elle frappa doucement.

— Entre, Graziella, je t'attendais, entendit-elle.

Elle franchit le seuil de la chambre d'Henry comme si elle pénétrait dans un sanctuaire. Elle se souvenait d'avoir taquiné Claire plus d'une fois à propos de ce jeune homme qui souriait sur un cliché. À présent, elle lui avait donné son cœur. Elle avait profité de sa bonté et de sa délicatesse en même temps que de sa force et de son courage; n'était-il pas revenu à l'hôtel de Calais juste pour elle? Par-dessus tout, elle se souvenait de ses caresses enveloppantes, preuves de l'amour et de l'admiration qu'il vouait à la femme qu'il avait aimée de loin en silence.

Claire était assise dos au mur comme au bon vieux temps, en travers du lit et les jambes pendantes.

— Je ne veux pas faire de bruit. François dort à poings fermés, déclara Graziella.

— Et Hubert?

— Il occupe tout l'espace dans mon lit. J'espère juste ne pas le réveiller quand je me ferai une place à ses côtés.

— Tu as dû t'ennuyer terriblement! Je pensais à cela tous les jours. Un cœur de mère saigne abondamment quand son enfant est au loin.

Graziella prit place près de son amie, sa confidente à la générosité constante.

— Ma petite Claire, j'ai pensé à toi tous les jours également. Comme je te l'ai écrit, j'ai rencontré Paul sur le navire; nous nous sommes confrontés. Il est malheureux autant que tu peux l'être. Cela n'excuse pas les sévices qu'il t'a fait subir, mais, si tu lui pardonnes, je lui pardonne pour de bon. Tu sais, j'ai encore une petite crotte sur le cœur malgré les changements que j'ai constatés chez lui.

La plupart des premières lettres que Graziella et Kate avaient adressées à Chicoutimi et à Jonquière étaient enfin arrivées à destination après leur retour.

— Je lui pardonne, dit Claire. Mais... ce n'est pas chrétien ce que je vais dire... Tout au fond de moi, j'aimerais qu'il ne revienne pas au pays, s'il s'en sort vivant; ce sont les mots même que tu as écrits dans ta lettre et, étonnamment, il m'a fait entrevoir la même chose dans celle que tu m'as remise de sa part. Monsieur Davis m'a aidée à vendre la maison. J'ai un peu d'argent de côté, assez pour donner une bonne instruction à François. De plus, j'ai la chance d'avoir encore ma place ici comme servante, sans donner plus que la moitié de mon salaire à mes parents.

Graziella lui entoura les épaules et se pencha pour la regarder en plein dans les yeux:

— Ma foi, on dirait que j'entends Graziella Cormier me raconter ses projets insensés!

— Ne me taquine pas, Graziella. Et puis, depuis quand as-tu repris ton nom de jeune fille?

Son amie plaça ses mains sur ses genoux et répondit:

— J'ai dit cela sans penser. C'est bien fini avec ma famille. Je te raconterai plus tard, quand nous déciderons de reprendre notre séance de confidences avant d'aller au lit.

— Je suis tellement heureuse d'être revenue ici! Tu ne peux pas savoir!

— Je crois que je sais, parce que j'éprouve le même sentiment. Dans sa lettre, à part te dire qu'il avait l'intention de ne plus revenir au pays, Paul t'a-t-il demandé pardon?

— Veux-tu la lire? offrit-elle en la prenant sous l'oreiller.

— Non, pas maintenant. Ce soir, je veux juste t'avouer un grand, grand secret. Tu me jures de n'en parler à personne?

— Je te le jure!

— Eh bien..., eh bien..., eh bien..., tu es ma plus grande amie!

— Graziella Davis! s'exclama Claire en lui tapant la cuisse.

— Aïe! Ça y est! Tu es redevenue comme avant... Je vais me coucher, à présent. Dors bien, grande amie.

Elle sauta du lit en appliquant un baiser sec sur le front de Claire, qui avait des points d'interrogation dans les yeux. Graziella avait quelque chose d'important à lui confier, mais, à la dernière minute, elle avait renoncé. Cela concernait-il Henry? Dans sa dernière lettre, elle lui avait laissé entrevoir qu'il lui plaisait. De qui venaient cette montre, cette bague de grande qualité et son ensemble Chanel? Elle disait qu'elle les avait achetés avec ses économies. Comment y croire, quand on savait qu'elle était gratine, selon le terme employé par les gens du coin pour qualifier quelqu'un qui comptait ses sous plus d'une fois avant de faire un achat?

Graziella Cormier-Davis lui cachait quelque chose d'important.

⁂

En faisant la toilette matinale d'Hubert, Graziella décida de foncer sans attendre. Le petit-déjeuner était le moment propice pendant que Claire et Solange s'occuperaient des deux bambins dans la cuisine.

Elle avait passé sa robe vert forêt, celle qui l'avait accompagnée dans les moments sérieux de sa vie. Elle se rappela qu'elle l'étrennait le jour où elle avait été convoquée à l'évêché. Et Kate qui avait fait la même démarche sans en dévoiler le résultat! Les cheveux attachés en chignon bas, le visage entièrement dégagé, elle ressemblait à la femme d'affaires futée qu'elle voulait devenir. En la voyant plantée cérémonieusement dans l'arche de la salle à manger, le couple Davis fut étonné.

Kate ne put s'empêcher de s'exclamer:

— Ma chérie, vous êtes d'un sérieux, ce matin! Venez vous asseoir. À votre allure, je devine que vous voulez discuter.

— Bonne journée à vous deux. Vous me connaissez bien. En effet, j'ai une requête à vous faire.

Sitôt assise, la jeune femme fit valoir ses arguments.

— La maison sur la rue Racine convient parfaitement à la boutique que je veux ouvrir en juin. J'ai fait des plans qui sont facilement réalisables. Il n'y aurait que des murets à ajouter pour séparer l'atelier du commerce lui-même, un peu comme chez *Chanel Modes.*

— Qu'en dites-vous, Timothy? Quant à moi, j'ai déjà donné mon accord à Graziella.

Elle s'adressa à sa fille:

— Je vous ai assurée que j'étais prête à vous en faire cadeau. Comme vous l'avez déjà envisagé, vous pourriez utiliser les peaux de mes lapins dans vos créations.

— Je n'ai pas changé d'idée. J'ai déjà fait quelques croquis dans ce sens. Mais il n'est pas question que j'accepte cette maison en cadeau. Je tiens à être indépendante. Je veux commencer en vous payant un loyer, selon un bail d'une durée d'au moins trois ans signé par les deux parties, avec promesse d'achat. Quand mes affaires iront rondement, je vous paierai au complet. À ce moment-là, je serai la seule propriétaire de l'immeuble.

Timothy marmonna:

—Je suis de l'avis de Kate. Nous pourrions vous la donner!

— Mon idée est faite. À prendre ou à laisser. Si ça ne vous convient pas, je trouverai un local ailleurs…

— Très bien. Si Kate accepte, ça me va.

Les rôles avaient changé. Timothy Davis se rangeait du côté de sa femme. N'avait-il pas toujours joué à l'homme de la maison, sans pour autant avoir la main forte d'un Julien-Édouard Dubuc ou d'un William Price? Il fallait l'avouer, Kate avait toujours joui d'une plus grande liberté que bien des femmes de sa classe. Celles-là ne pouvaient que choisir les friandises de l'heure du thé et répondre aux besoins des enfants et de la maison.

— Il nous reste à signer l'entente chez le notaire et à faire les démarches concernant l'exclusivité des droits, conclut Graziella, de plus en plus convaincue que tout irait selon ses espérances.

⁂

Chez les Juneau, Eulalie brusquait fortement les articles ménagers: le balai soulevait la poussière sans ménagement, la vadrouille ne faisait qu'effleurer le prélart et laissait des souillures. De la même manière que Claire et Julienne, elle brassait les marmites sur le poêle. Toute la famille se ressentait de son humeur maussade. En attendant le grand jour, elle avait constamment un œil teinté de gris braqué sur Julienne. L'adolescente vaquait aux travaux que lui assignait sa mère; le reste du temps, elle était confinée à l'étage dans la chambre des filles. Eulalie avait surveillé les linges du mois et n'avait pas vu de rouge. Alarmée, elle avait convoqué Paule Gendron chez un père eudiste.

La commère avait commencé par lever les bras en traitant Julienne de provocatrice; enfin, elle s'était rangée à l'idée de la noce pour deux raisons. La première concernait la valeur de la candidate. Elle considérait comme préférable de marier Alphonse, qui avait fait des études en classe affaires au Séminaire, à une petite servante dévouée à sa famille, plutôt qu'à une princesse qui voulait changer le monde comme Graziella. Si elle se fiait à des connaissances dans la même situation qui avaient bien tourné, Julienne serait une bonne épouse.

Le second avantage tenait dans la conscription en vigueur. Une fois marié, son fils serait assurément dispensé de s'enrôler. Sans trop savoir de quoi elle parlait, elle croyait les rumeurs qui couraient à ce sujet.

La cérémonie avait donc été fixée à la semaine suivante; elle avait obtenu une dispense de publication des bans.

Paule avait offert l'hospitalité au jeune couple en attendant qu'il trouve une maison confortable, à la hauteur d'un mari qui avait une position enviable dans les bureaux de la Pulperie. Il était dommage que Claire ait vendu la sienne aussi rapidement.

❋

Avril pointa son nez. Le ventre de Julienne prenait de l'ampleur. Kate surveillait celui de Graziella, qui restait désespérément plat. Elle avait même perdu du poids. Comment en prendre quand on cousait presque jour et nuit?

❋

Un air de panique avait envahi la maison. Malgré plusieurs lettres adressées à William qu'on lui demandait de faire suivre à Henry, aucune nouvelle consistante n'était arrivée en retour. Tourmentée, Kate en avait posté une à lady Rachel; Eric était peut-être au courant de la situation d'Henry. Enfin arriva un bref message écrit de la main de William. Il mentionnait qu'Henry allait bien, qu'il était juste dans un endroit où les sacs de courrier pouvaient avoir été interceptés et détruits par les Allemands.

Timothy trouvait que ces renseignements sentaient

le mensonge à plein nez. Que cachaient-ils? Il se raisonna; il fallait quand même tenir compte de l'ampleur qu'avait prise le conflit. Finalement, son patron était le mieux placé pour savoir ce qui se passait là-bas, tandis que, lui, qu'apportait-il à son pays?

Il marchait toujours à l'aide d'une canne et avait encore de la difficulté à prononcer certaines syllabes. Ses espoirs de retrouver toutes ses capacités étaient minces, en dépit des encouragements que lui prodiguait le docteur Riverin. Il végétait dans une maison parfumée des couches souillées et où régnaient les babils enfantins, les jouets par terre dans lesquels on s'accrochait les pieds de même que l'heure de la tétée; il aurait pu en ajouter combien, de ces inconvénients dus aux deux petits garçons? Il conclut que, au seuil de la cinquantaine, il avait passé l'âge de recommencer à élever une famille. C'eût été exactement ce qui lui serait arrivé s'il était parti au loin avec Graziella comme il en avait eu envie. En y pensant bien, il l'avait échappé belle. Il réalisait la profondeur de l'égoïsme dont il avait fait preuve en jalousant aussi fort Alexis.

N'empêche, Graziella était bien tentante. La seule fois qu'il l'avait possédée avait jeté de l'huile sur le feu qui le consumait et avait gâché sa vie. Il pensa à l'entretien qu'il avait eu avec William dans son bureau avant son départ pour l'Europe. Avait-il eu lui aussi une attirance cachée pour ce corps, bien fait pour ébranler un homme marié? Graziella et lui s'étaient côtoyés pendant presque la moitié du voyage. Avait-il fait preuve de bassesse à son tour?

Un soir qu'ils discutaient à propos de leur fils, il avait demandé à Kate quelle avait été la réaction d'Henry lors de sa première rencontre avec sa demi-sœur. Avait-il eu envers elle une attitude qui aurait pu ressembler à celle qu'il avait avec Alicia, ou si des sentiments plus forts semblaient s'être créés entre eux? Kate avait été évasive. En savait-elle plus long qu'elle ne le laissait voir? Était-elle de connivence avec eux, même en connaissant les ennuis que cela causerait?

Affalé dans son fauteuil à mâchouiller son cigare et à lire à longueur de journée, il avait le temps de penser à toutes ces choses-là.

Il avait perdu l'amour de Kate, et ce, par sa propre faute. Selon lui, elle avait revu Andreas Backer à New York. Tout dans son attitude le démontrait. Elle ne faisait chambre commune que pour sauver les apparences, il le sentait fort bien. Pour en rajouter, elle lui avait soufflé à l'oreille que leur mariage n'avait jamais eu de valeur. Pourquoi le lui avait-elle rappelé, alors qu'il le savait déjà? Elle avait rencontré l'évêque. Quelle conversation avaient-ils eue? L'avait-il encouragée à rompre tout à fait une union qui n'avait jamais existé? Quelle serait la meilleure solution, dans ce cas? De vendre les deux maisons et de recommencer leur vie ailleurs?

Timothy planta sa dent dans le bout de son cigare, jusqu'à s'en mordre la langue.

— Ouch! se plaignit-il.

Kate passait justement dans le couloir. Elle s'arrêta et s'informa:

— Timothy, avez-vous besoin de quelque chose? Un verre d'eau, un cognac ou un xérès? Vous n'avez pas l'air très bien.

— Je réfléchissais à notre vie passée, présente et future.

— Et qu'en concluez-vous?

— Que tout le monde ici me cache des choses que je devrais savoir!

— Vous vous leurrez, très cher. On ne vous cache rien, affirma Kate en poursuivant son chemin.

Elle pensait à la suggestion que l'évêque lui avait faite lors de leur rencontre seule à seul. Compréhensif, il lui avait conseillé de réfléchir sérieusement aux conséquences avant de s'engager dans une démarche pour rétablir sa situation matrimoniale. Si elle ne changeait pas d'idée, il serait toujours temps de procéder. Il était prêt à la soutenir et il saurait remettre l'abbé Gagnon à sa place, le cas échéant.

⁂

En ce jour de mai, Graziella et Claire se démenaient. Rodolphe Saint-Germain avait suivi les plans; la propriétaire en était très satisfaite. En plus de l'espace réservé aux machines à coudre et à l'aire de vente, il avait aménagé une petite pièce avec un lit, une table, et tout ce qu'il fallait pour cuisiner. Graziella prévoyait être des semaines entières sans aller chez les Davis. Son amie Claire lui avait promis de ne pas la priver de son fils. Elle le lui amènerait tous les jours sans faute à la fermeture du magasin. L'entente avait été signée par un gros câlin.

En plaçant sur les tablettes les accessoires, gants et bas qu'elle avait commandés de Québec, Graziella décida d'avouer son amour pour Henry à sa meilleure amie. Elle s'arrêta et dit:

— Claire, si tu veux, nous allons prendre une pause dans le petit coin intime. Je vais faire du thé.

— Laisse. Assieds-toi à la table, je vais te servir.

Graziella observa attentivement son amie très chère. Chacun de ses gestes était précis et efficace; il était facile de voir qu'elle avait de l'expérience. La préparation de l'élixir favori autant des pauvres ménagères qui tiraient le diable par la queue que des dames de la haute classe n'avait pas de secrets pour elle.

La nouvelle marchande restait sur ses positions. Sa boutique rejoindrait la femme en général, pauvre ou riche. Elle gardait précieusement dans son sac à main une adresse que lui avait refilée Gabrielle Chanel; elle y commanderait des pièces de jersey, mais seulement quand un traité de paix aurait été signé, puisque la mer était peu sûre. Elle remercia Alicia d'avoir veillé sur sa mère et sur elle pendant ce périlleux voyage. Elle réalisait davantage les dangers qui les avaient menacées depuis qu'elle avait repris son quotidien tout chaud et pacifique en toute sécurité.

En toute sécurité? Pourquoi, lorsqu'elle repensait à l'accident d'Alexis, les mines sceptiques d'Henry, de William et du docteur McCrae lui revenaient-elles en mémoire? Tous trois avaient pour opinion que la défection des attelles n'était pas naturelle. Cependant, même s'il y avait un coupable, la preuve était détruite. Il faudrait qu'il se dénonce lui-même, et qui aurait cette audace?

Elle sursauta en entendant la voix de Claire, maintenant assise à la table.

— Tu as l'air loin de moi. Prends ce thé, ça va te faire du bien.

— Parfois, je me perds. Il est difficile de se sortir de la tête les images de violence que j'ai vues. En plus, je me suis fait du sang d'encre quand j'ai su ce qui t'était arrivé! On a même dû t'hospitaliser. Tu ne devais pas être belle à voir. Tu aurais pu y laisser ta vie, toi aussi. Là-bas, le deuil et le malheur sont quotidiens. On marche parmi des cadavres et des éclopés sévères. On voit des blessures inimaginables!

— Essaie de ne plus y penser. Quelle est donc la grande nouvelle que tu veux m'annoncer? Est-ce celle que tu n'as pas eu le courage de me confier le fameux soir de nos retrouvailles?

— Oui, il est temps que je t'avoue que je suis en amour avec Henry. J'espère que tu ne seras pas déçue de moi. Je sais que tu l'as aimé; peut-être bien que tu l'aimes encore.

— Graziella, que je suis heureuse pour toi! Que je suis heureuse pour toi!

En un éclair, elle fut près de son amie qu'elle serra très fort. Entre leurs joues collées, leurs larmes suivaient la même direction.

Chapitre 26

Kate se précipita sur l'enveloppe en reconnaissant l'écriture d'Henry. Comme la lettre était adressée à ses parents et à Graziella, sa demi-sœur, elle appela les autres au salon.

Dès qu'elle commença la lecture de la lettre, elle éclata en sanglots. Timothy prit la relève; ses forces l'abandonnèrent lui aussi. Lorsqu'elle manqua de courage à son tour, Graziella demanda l'aide de Claire.

Camp d'Étaples, Calais

Chers parents et Graziella, ma chérie,

Je ne commence pas cette lettre, qui sera lue à la loupe avant de vous parvenir, en utilisant ma formule habituelle. Comme je n'ai droit qu'à une seule, je l'adresse à vous, chers parents, et à ma bien-aimée femme.

Je sais que mon silence a dû vous angoisser. Je n'ai pas voulu vous causer de soucis plus que vous en avez déjà. Je sais que père ne peut en supporter davantage. Par contre, il est de mon devoir de vous informer moi-même du sort qui m'est réservé. S'il en était autrement, je serais un lâche. Croyez-moi, je ne suis pas un lâche. Je ne suis coupable que d'avoir désobéi, poussé par un amour vivant et fort. Voilà les faits réels.

Le fameux mardi où j'ai repris mon service, sur l'ordre de William Price, j'ai conduit mes soldats à destination. Je leur ai indiqué leur poste et ils ont eu droit à un entraînement très rigoureux. À l'heure de la soupe, je ne me suis pas présenté au réfectoire des officiers. J'ai plutôt convaincu un conducteur de camion de nationalité anglaise que j'avais connu à Witley de me conduire auprès de Graziella à l'hôtel

Victoria. Cet homme dont je vous parle a le goût du risque. Le projet lui a souri et il a accepté avec enthousiasme. Au petit matin, alors que nous revenions au camp, les agents des frontières nous ont interceptés. James n'a pas répondu à l'ordre de stopper et il a fait demi-tour. On nous a rattrapés, mis les menottes et emprisonnés. L'intervention de William n'a rien donné. Nous avons été jugés. Enfin, le couperet est tombé. Nous sommes coupables de vol de camion et de désertion. Comme sentence exemplaire, nous aurons été fusillés lorsque vous recevrez cette lettre.

Je reste serein. Je sais que j'ai servi mon pays avec passion et courage. J'ai toujours rempli mes fonctions sans me laisser tenter par la désobéissance. Pour mettre un comble à nos tortures, on nous a obligés, nous, les futurs fusillés, à assister à l'exécution de certains de nos pairs, aussi innocents que nous le sommes. Je n'ai pas peur. Le tout se passe en quelques secondes. Excusez la rudesse de mes propos, mais la guerre m'a donné un courage brut, qui ne fait pas de détour pour dire les choses.

Vos deux enfants vous ont été arrachés brutalement parce que vous avez la force de traverser de telles épreuves. Il vous reste ma bien-aimée Graziella qui vous donnera, je l'espère, le fruit de notre amour.

Mon corps sera inhumé à Ypres, dans le même cimetière que l'ami du docteur McCrae. Mais mon âme sera avec vous.

Adieu, chers parents,
Votre fils.

Adieu, Graziella, ma bien-aimée.
Ton mari pour l'éternité.
Henry

La maison se remplit de chagrin, au point de s'imprégner dans les objets et les murs, comme si les poitrines ne suffisaient pas à le contenir.

Comme réveillé soudain d'un cauchemar, Timothy se tint debout, pointa l'index vers sa fille adoptive et tonna d'une voix tremblante :

— Graziella Cormier, depuis que vous avez mis les pieds dans ma maison, plus rien ne va dans notre famille. À cause de vous, je suis responsable de la mort d'Alexis. C'est moi qui ai forcé le boulon de son attelle! Vous êtes habitée par le diable! Je vous ordonne de déguerpir sur-le-champ!

Tétanisé, il s'écroula sur le sol et y resta immobile. Toutes se précipitèrent pour lui porter secours, mais elles ne purent que constater qu'il avait rendu l'âme.

⁂

L'anniversaire d'Hubert fut assombri par la mort du seul grand-père qu'il connaissait. Deux ans plus tôt, Alexis était revenu d'Europe pour tenir son rôle de parrain. Les années s'égrenaient comme un chapelet qu'on récitait un grain à la fois en espérant obtenir les grâces de Dieu.

Kate tenait le coup. Elle releva la tête, s'habilla de noir et suivit le cercueil de son mari dans l'allée de la chapelle St. James, à Kénogami; elle avait décliné l'offre de l'évêque qui lui avait assuré son soutien si elle désirait une cérémonie à la cathédrale.

Graziella resta à ses côtés avec la même prestance, la même élégance et la même grâce que celle qu'elle considérait comme sa mère.

Dans ses prières, il y avait une place pour le repos de l'âme de Timothy; elle voulait oublier ce qu'il avait fait à Alexis et les paroles blessantes qu'il avait eues à son endroit. Par-dessus tout, elle souhaitait la paix éternelle à l'âme d'Henry. Si les conflits se réglaient un jour prochain dans le monde, une partie en serait due à Alexis et à Henry.

Les Angers n'eurent pas de remords à assister à une cérémonie protestante. Ils avaient une reconnaissance sans bornes pour la famille Davis qui avait accueilli leur fils à bras ouverts sans faire preuve de discrimination.

Les Dubuc offrirent leurs condoléances au moment

de l'exposition du corps au 150 de la rue Jacques-Cartier; toutefois, leurs obligations les empêchèrent d'assister aux funérailles à Kénogami.

Les Doucet et les Guay soutinrent leur amie Kate et sa fille jusqu'à la tombe creusée à côté de celle d'Alicia, dans le cimetière protestant de Rivière-du-Moulin.

Amelia Price encouragea sans relâche sa chère Kate et sa plus habile couturière. Elle les assura que, même de loin, William, dont les lettres se faisaient rares, compatissait à leur chagrin.

Les Gendron s'excusèrent: Julienne, l'épouse de leur aîné, était tombée enceinte le soir de ses noces et elle vivait une grossesse difficile. On appréhendait même un accouchement prématuré.

Les Juneau prirent soin des deux bambins, Hubert et François. Le soir venu, toute la famille se mit à genoux et récita le rosaire pour le repos de l'âme de monsieur Timothy et de monsieur Henry.

Jamais Eulalie ne répéterait les paroles de Solange, qui savait comment le jeune héros était réellement mort. Un secret restait un secret!

Chapitre 27

Samedi 30 juin 1917

Elle était debout depuis cinq heures. Pour la énième fois, elle révisait le plan de la journée: la liste des invités, les robes à parader, l'emplacement des chapeaux et accessoires, les souliers qu'elle avait empruntés au cordonnier, les boissons, les petits-fours... Tout semblait parfait. Il n'y avait qu'à croiser les doigts. Elle pouvait compter sur Kate, Claire et Solange pour lui donner un coup de main. Pourvu que ses trois acolytes ne fussent pas victimes d'un malaise subit! Ce serait le comble de la malchance.

Graziella avait été soulagée d'apprendre que William ne reviendrait au pays qu'à la mi-juillet. Il était fatigué, et les fonctions bureaucratiques qu'on lui avait confiées ne lui plaisaient pas. Elle soupirait d'aise. Amelia lui avait promis d'être là.

Son attention fut attirée par la fenêtre où pointait le jour. La rue Racine commençait à s'animer; déjà, le laitier faisait sa tournée des domiciles. Graziella se demanda si Armandine avait reçu son invitation; elle espéra qu'elle n'ait pas été interceptée par ses parents.

Graziella secoua sa crinière comme le faisait Enfer, son fidèle ami de toujours. Elle fit le vœu qu'Hubert puisse le monter sans peur dans quelques années, de la même manière qu'elle l'avait toujours fait. Son fils, c'était lui qui lui avait donné la force et le courage d'en arriver à la réalisation de ses projets, sans oublier Kate, sa maman plus vraie que la vraie, qui lui avait enseigné les bonnes manières, le goût de la culture, la délicatesse, la bonté, la tolérance et même l'humilité.

Les dernières paroles de Timothy avaient été violentes, assommantes, difficilement acceptables; néanmoins, la facilité de Kate à pardonner lui avait fait comprendre qu'elle devait faire de même. Elle admettait qu'elle avait été provocante et qu'elle avait eu ses torts, qu'elle avait fait preuve de légèreté et d'inconscience. Pourquoi tenir rigueur à Timothy de son mouvement bien légitime d'impatience envers elle avant de rendre l'âme? C'était grâce à lui si Henry, son amoureux si tendre et si attentionné, était né. Les moments qu'ils avaient passés ensemble resteraient gravés à jamais dans son âme. En compagnie d'Alexis, il appartenait au monde des anges. Du paradis, tous deux étaient fiers de sa réussite; elle n'en doutait pas, ils l'encourageaient à persévérer. Pour eux, la femme avait un droit de parole.

Pour sa part, elle était le coquelicot qui demeurait parmi les vivants pour répandre leur message d'amour sur terre.

Elle s'accouda au comptoir de son magasin et laissa couler ses larmes jusqu'à ses lèvres. Elle avait une reconnaissance sans bornes envers deux hommes qui semblaient à l'opposé, mais qui se rejoignaient au niveau de l'âme. Les heures magiques qu'elle avait connues avec eux avaient été trop courtes, mais la richesse de l'instant n'était-elle pas plus importante que sa durée? Leur présence à ses côtés l'avait fait avancer dans un monde de changements, et ce, pour le mieux.

Elle enleva sa montre et sa bague. De l'écrin, elle retira la montre Omega et l'anneau d'Alexis, qu'elle s'était promis de remettre aux Angers le jour de l'ouverture de sa boutique. Dans ses mains en coupe, les yeux fermés, elle les baisa comme on vénérait une relique.

En passant le pas de la porte, Claire surprit Graziella, qui grelottait, les cheveux défaits et le visage inondé de larmes.

— Graziella, ressaisis-toi. Tu ne peux pas nous laisser tomber! Te laisser tomber, surtout! Viens, je vais t'aider à t'étendre. Essaie de dormir un peu. À ton réveil, je te préparerai un petit-déjeuner consistant. Tu feras ta toilette et tu seras la plus belle pour la cérémonie d'ouverture.

Claire la prit par le bras et l'entraîna à l'arrière de la boutique, là où les commodités avaient été installées par Rodolphe.

❋

Elle avait osé. Le tissu léger d'un beige moyen dont lui avait fait cadeau Gabrielle Chanel était devenu une robe simple qui collait au corps. Le décolleté était modeste; les manches s'arrêtaient aux coudes, une ceinture mince soulignait la taille et la jupe légèrement évasée s'éteignait entre le mollet et la cheville. Un chapeau toque de paille et des souliers orange complétaient l'ensemble.

Avant deux heures, les invitées commencèrent à arriver. Petit à petit, l'espace de démonstration se remplit. Jamais on n'avait eu l'occasion d'assister à un événement semblable à Chicoutimi. Si l'abbé Gagnon avait vu ça, il en aurait eu pour des dimanches à déblatérer en chaire contre le démon de l'orgueil qui s'était emparé du cerveau des femmes pour en faire des esclaves.

Les passants s'arrêtaient devant *Chez Grace, modiste et couturière*, pour admirer la vitrine. La maison au toit concave n'avait jamais autant attiré l'attention.

Celles qui avaient reçu un carton d'invitation devaient couper la file qui s'était formée sur le trottoir pour gagner l'intérieur. L'effervescence rappelait la kermesse ou la cérémonie d'ouverture de la cathédrale.

Kate avait le cœur gonflé de fierté. L'océan de sa vie avait connu des tempêtes terribles qui lui avaient enlevé ses enfants, Alicia et Henry, ainsi que son mari Timothy. À présent, elle avait une fille forte et courageuse qui savait défendre ses idées; elle militait à sa manière pour anéantir les préjugés passés autour du cou des femmes. Elle ne lui donnerait pas l'enfant d'Henry, mais, pour compenser, les finesses d'Hubert et les lettres d'espoir d'Andreas la comblaient.

À deux heures tapantes, Graziella monta sur la tribune de deux marches qu'avait fabriquée Rodolphe. Elle souhaita la bienvenue à tous.

—Je suis très émue de vous accueillir dans ma boutique, la boutique qui m'a tant fait rêver. Devant vous, aujourd'hui, je ne veux pas me glorifier d'avoir réussi un exploit. Je veux simplement vous dire que mon but est de rendre service à la femme, aux femmes de toutes conditions pour qui je veux mettre ma passion à profit. À vous, mes clientes que je respecte, je veux donner le meilleur de moi-même. J'ai déjà dessiné des modèles et réalisé des confections pour plusieurs d'entre vous. Si vous êtes revenues me voir, c'est que vous avez été satisfaites. Main dans la main, nous pouvons changer les choses et nous réaliser, même dans un domaine qui peut sembler aussi futile que celui de la mode. Je désire pour vous le confort, l'élégance, l'originalité, la qualité et la beauté. Les nouvelles tendances que j'ai observées lors de mon récent voyage me permettront d'ajouter une touche européenne à mes créations tout en préservant jalousement notre identité. Avant le service des boissons et des petits-fours, ma récente collection de vêtements tout faits vous sera présentée par des femmes qui, comme nous toutes, veulent paraître à leur avantage dans leurs activités quotidiennes et leurs sorties mondaines. Bon défilé!

Eulalie Juneau se demandait ce qui l'avait poussée à accepter l'offre de la petite Graziella qui se mêlait de tout, au point qu'elle avait même montré à Claire à lire et à écrire. En se regardant dans la glace, elle admit qu'Alcide retrouverait sa jeunesse en la voyant vêtue ainsi. En fin de compte, habillée selon sa taille et son genre simple et dépouillé, elle avait de l'allure. En tremblant sur ses jambes, elle monta sur le podium et l'arpenta. Les applaudissements lui donnèrent l'audace de pivoter sur elle-même devant des femmes aussi réputées que mesdames Dubuc, Guay, Doucet, Price et toutes les autres dont le mari avait une position enviée dans la ville.

Ce fut ensuite au tour de Claire. Elle éclatait de beauté

dans un ensemble vert apparenté à ses yeux. Le visage apaisé, elle semblait regarder devant elle avec espoir. Ses hanches valsaient et sa jupe suivait le mouvement.

Vinrent également Solange, Marguerite, Kate et Amelia.

Le clou de la parade avait été réservé à Paule Gendron : elle resplendissait dans un haut de jersey bleu acier au col près du cou qui tombait sur une jupe aux plis indisciplinés dont l'ourlet mourait au-dessus de la cheville. Un bibi à voilette penché du côté gauche de son front lui donnait un air malicieux. Un long collier en rangs enjolivait le tout.

Kate saluait la finesse dont sa fille avait fait preuve; elle avait à présent la commère la plus redoutable de la ville de son côté.

En dégustant les boissons et les petits-fours, ces dames qualifièrent le défilé de succès. Les plus touchées étaient certes Eulalie Juneau et Marguerite Angers, à qui on avait offert un court moment de gloire. Elles aussi avaient pu montrer au public ce qu'elles étaient. Elles aussi pouvaient être des femmes désirables à prix abordable.

Hubert attaché à sa jupe, Graziella allait d'un groupe à l'autre, donnait la main, souriait, avait un mot gentil pour chacune.

On caressait la tête de son fils, on le trouvait mignon, on félicitait sa mère, on lui offrait à nouveau ses condoléances pour la perte de son père et de son frère mort en héros, selon les dires de madame Juneau. Il était vrai que les personnes les plus près de ce brave soldat tombé au champ d'honneur, par humilité, ne s'en vantaient pas.

On n'osa pas critiquer le fait que le deuil avait été court. Les deux femmes ne s'étaient pas emprisonnées dans leur chagrin; elles ne s'étaient pas habillées de noir pendant un an pour le montrer. Cela ne les empêchait pas de continuer à aimer de tout leur cœur les deux hommes qui avaient marqué leur vie.

En tournant les yeux vers la vitrine qui donnait sur

la rue, Graziella crut reconnaître une jeune fille à qui elle avait adressé un carton d'invitation. Sans s'excuser auprès de ses clientes, elle prit Hubert dans ses bras, se précipita sur le trottoir et embrassa sa sœur Armandine.

Un peu en retrait, un bel homme vêtu d'un complet foncé et une jolie femme aussi chic que les dames à l'intérieur de sa boutique lui souriaient.

— Papa! Maman!

Remerciements

Ce n'est pas sans un pincement au cœur et les larmes aux yeux que je termine cette trilogie : Graziella. Mes personnages m'ont habitée pendant trois ans. Nous avons passé nos journées et nos nuits ensemble. Je leur ai suggéré des aventures et ils m'ont imposé les leurs. Souvent, ils m'ont menée par le bout du nez. Je les aime à l'infini et ils feront toujours partie de ma vie.

Mes plus sincères remerciements vont une fois de plus à monsieur Jean-Claude Larouche des Éditions JCL, avec une mention toute spéciale à messieurs Stéphane Aubut et Clément Martel pour leurs judicieux conseils.

Merci à vous, fidèles lecteurs et lectrices; vous permettez à mes personnages de vous accompagner dans votre vie de tous les jours et en vacances. C'est pour votre plaisir que je continuerai à développer ce goût que j'ai pour l'écriture, auquel vous donnez tout son sens.

496 pages; 26,95 $

576 pages; 26,95 $